Du même auteur, aux éditions Bragelonne, en grand format :

L'Empire Brisé – L'Intégrale

Titres de ce cycle également disponibles individuellement :

1. *Le Prince Écorché*
2. *Le Roi Écorché*
3. *L'Empereur Écorché*

La Reine Rouge :
1. *Le Prince des Fous*
2. *La Clé du menteur*
3. *La Roue d'Osheim*

Le Livre des Anciens :
1. *Sœur Écarlate*

Chez Milady, en poche :

L'Empire Brisé :
1. *Le Prince Écorché*
2. *Le Roi Écorché*
3. *L'Empereur Écorché*

La Reine Rouge :
1. *Le Prince des Fous*
2. *La Clé du menteur*

Mark Lawrence

Sœur Écarlate

Le Livre des Anciens – tome 1

Traduit de l'anglais (Grande-Bretagne) par Claire Kreutzberger

Bragelonne

Collection dirigée par Stéphane Marsan et Alain Névant

Titre original : *Red Sister*

Originellement publié en 2017 par Harper*Voyager*,
une maison d'édition de HarperCollins*Publishers*.

ISBN : 979-10-281-1001-7

Bragelonne
60-62, rue d'Hauteville – 75010 Paris

E-mail : info@bragelonne.fr
Site Internet : www.bragelonne.fr

Pour Celyn.
Nul besoin de mots pour avoir l'éloquence.

Note de l'auteur

Plutôt que de présenter cet ensemble d'informations en appendice à la fin du livre, au risque que vous n'en remarquiez l'existence qu'après avoir fini l'histoire (c'est du vécu), je le place ici, bien en évidence. Mieux vaut toutefois passer ces quelques pages et ne s'y référer que si le besoin s'en fait sentir. Tous les détails que je donne figurent dans le texte et se révèlent au fil du récit.

La population de l'Abeth descend de quatre « tribus » :

Les Gerants, qui se distinguaient par leur haute taille.

Les Hunskas, qui se distinguaient par leur célérité. C'était un peuple aux yeux noirs et aux cheveux foncés.

Les Marjals, qui se distinguaient par leur aptitude à puiser dans les magies mineures.

Quant aux Quantals, ils se distinguaient par leur aptitude à arpenter la Voie, et à solliciter les magies majeures.

Les grandes familles de l'Empire adoptent le suffixe -sis lorsque leur chef est anobli par l'empereur, un représentant de la lignée des Lansis. Parmi les autres familles éminentes, on compte les Tacsis, les Jotsis, les Memsis, les Galamsis, les Leensis, les Gersis, les Rolsis et les Chemsis.

Au couvent de la Mansuétude, quatre niveaux d'enseignement séparent les novices de la prise du voile. Elles doivent réussir leur passage vers les classes supérieures. Le nom de chaque niveau de noviciat évoque les quatre ordres monastiques :

La classe Écarlate. Novices généralement âgées de neuf à douze ans.

La classe Grise. Novices généralement âgées de treize à quatorze ans.

La classe Mystique. Novices généralement âgées de quinze à seize ans.

La classe Sainte. Novices généralement âgées de dix-sept à dix-neuf ans.

Lorsqu'elles prononcent leurs vœux, les novices deviennent moniales. Elles empruntent alors l'une des voies suivantes :

L'ordre des Épousées de l'Ancêtre (les Saintes). Moniales qui ont la charge d'honorer l'Ancêtre et d'entretenir la foi. Il s'agit de la vocation la plus courante.

L'ordre des Martiales (les Écarlates). Moniales douées pour les armes et le combat à mains nues. Ont généralement du sang hunska.

L'ordre des Silences (les Grises). Moniales dotées d'un talent pour l'espionnage, la furtivité et les poisons. Souvent de sang marjal, elles témoignent d'une prédisposition certaine à agir dans l'ombre.

L'ordre des Mystiques (les Sœurcières). Moniales capables d'arpenter la Voie et d'en manipuler les fils. Toujours de sang quantal.

Dramatis Personae

Moniales (selon l'ordre hiérarchique)

Vitrage : abbesse du couvent de la Mansuétude, également connue sous le nom de Shella Yammal.
Rose : sœur supérieure, Sainte. À la tête du sanatorium.
Roue : sœur supérieure, Maîtresse Âme, Sainte, enseigne l'Âme.
Pomme : Maîtresse Ombre, sœur Grise, également surnommée l'Empoisonneuse, enseigne l'Ombre.
Poêlon : Maîtresse Voie, Sœurcière, enseigne la Voie.
Férule : Maîtresse Savoir, Sainte, enseigne le Savoir.
Suif : Maîtresse Lame, Écarlate, enseigne la Lame.
Chrysanthème : Sainte, plus connue sous le sobriquet de « Serpillote ».
Silex : Écarlate, enseigne dans la classe Grise.
Bouilloire : sœur Grise.
Chênaie : Sainte, enseigne dans la classe Écarlate.
Roche : sœur Écarlate.

Novices

Alata : novice.
Arabella Jotsis : novice de sangs quantal et hunska.
Clera Ghomal : novice de sang hunska, amie de Nona.
Croy : novice.
Darla : novice de sang gerant.
Ghena : novice de sang hunska.
Hessa : novice de sang quantal, amie de Nona depuis la cage de Giljohn.

Jula : novice studieuse, amie de Nona.
Kariss : novice.
Katcha : novice.
Ketti : novice de sang hunska.
Leeni : novice.
Mally : novice, déléguée de la classe Grise.
Ruli : novice de sang marjal, amie de Nona.
Sarma : novice.
Sharlot : novice.
Sheelar : novice.
Suleri : postulante.

DIVERS

Crucical : l'empereur. Son palais se trouve dans la cité de Vérité.
Sherzal : sœur de l'empereur. Son palais est proche de la frontière avec le Scithrowl.
Velera : sœur de l'empereur. Son palais est situé sur la côte.
Jacob : le Grand Prêtre, à la tête de l'Église de l'Ancêtre.
Nevis : un archonte, c'est-à-dire un prêtre de haut rang.
Anasta : une archonte.
Philo : un archonte.
Kratton : un archonte.
Thuran Tacsis : noble, chef de la famille Tacsis.
Raymel Tacsis : héritier de Thuran Tacsis, de sang gerant. Combattant de l'arène du Caltess.
Lano Tacsis : fils cadet de Thuran Tacsis.
Rexxus Degon : Académicien expérimenté.
Markus : enfant de sang marjal. Cage de Giljohn.
Saida : enfant de sang gerant. Cage de Giljohn.
Willum : enfant de sang marjal. Cage de Giljohn.
Chara : enfant de sang marjal. Cage de Giljohn.
Partnis Reeve : propriétaire de l'arène du Caltess.
Gretcha : combattante du Caltess, de sang gerant.
Maya : responsable des petits apprentis du Caltess, de sang gerant.
Regol : élève de sang hunska à l'arène du Caltess.
Denam : élève de sang gerant à l'arène du Caltess.
Tarkax : connu sous le nom de Pieu du Gel, célèbre guerrier des tribus du frimas.
Yisht : guerrière des tribus du frimas, au service de Sherzal.

Zole : fille issue des tribus du frimas, pupille de Sherzal.
Irvone Galamsis : juge important.
Effraie : Écarlate de réputation légendaire (défunte).
Nuage : Écarlate de réputation légendaire (défunte).
Safira : ancienne postulante, travaille pour Sherzal.
Malkin : chat de mère Vitrage.
Argus : gardien de la prison d'Harribourg.
Dava : gardienne de la prison d'Harribourg.
John Fallon : gardien de la prison d'Harribourg.
Herber : fossoyeur.
Jame Lender : prisonnier exécuté à Harribourg.

Classe Écarlate

Prologue

Si vous comptez tuer une moniale, assurez-vous que votre armée est de taille suffisante. Pour sœur Ronce du couvent de la Mansuétude, Lano Tacsis s'était entouré de deux cents hommes.

Depuis l'entrée du couvent, on distinguait tant les glaces du Nord que celles du Sud, mais le plus beau panorama vous offrait les contrées étroites, par-delà le plateau. Par temps clair, il était possible d'entrapercevoir la côte, le bleu suggéré de la mer de Marn.

Un jour, au fil d'une histoire à n'en plus finir, un peuple désormais tombé dans l'oubli avait érigé mille vingt-quatre piliers sur le plateau, des géants de Corinthe plus épais encore qu'un chêne millénaire, plus hauts que les longs pins. Une forêt de pierre sans ordre ni méthode, qui couvrait la partie plane du terrain de bord à bord, de sorte qu'en tout point on ne se trouvait jamais à plus de vingt mètres de l'une des colonnes. Et au sein de cette forêt, sœur Ronce méditait seule.

Les hommes de Lano commencèrent à se déployer entre les piliers. Ronce n'était pas en mesure de voir ou d'entendre l'ennemi approcher, mais savait à qui elle avait affaire. Un peu plus tôt, elle avait vu les soldats gravir le flanc ouest de la vallée du Styx, à trois ou quatre de front : des mercenaires pélarthis originaires des confins glacés, qui portaient des fourrures d'ours blanc et de loup des neiges par-dessus leurs protections en cuir, voire quelques éléments de maille plus ou moins ternis par l'âge ou brillants de nouveauté, selon que la chance avait souri, ou pas, à leur propriétaire. Beaucoup étaient armés d'une lance, quelques-uns d'une épée ; un sur cinq transportait également un petit arc en corne à double courbure. Les hommes étaient grands pour la plupart, le cheveu clair, la barbe courte ou tressée. Quant aux femmes, elles avaient les joues et le front barrés de traits de peinture bleue, comme autant de rayons de soleil froid.

Un instant se définit.

Le monde entier, incommensurable et hurlant, a surgi du fond des âges pour atteindre ce battement précis de ton cœur. Et si tu ne fais rien, l'univers, sans même reprendre son souffle, s'immiscera dans la faille de cette fraction de seconde pour rejoindre le moment suivant et fonder une nouvelle éternité. Tout ce qui existe, l'écho de tout ce qui a un jour existé et les fondements de tout ce qui existera doivent traverser cet instant qui n'appartient qu'à toi. Il t'incombe simplement de piquer leur curiosité, de faire remarquer ta présence.

Ronce n'esquissait pas le moindre geste, car il n'y a que lorsque vous vous tenez parfaitement immobile que vous pouvez être un centre. Elle n'émettait pas le moindre bruit, car ce n'est qu'en gardant le silence que l'on est capable d'écouter. Elle n'avait pas peur, car seuls les intrépides savent mesurer le danger.

Elle faisait sienne la forêt paisible, cet enracinement troublé propre au chêne lent et au pin vivace, une patience ô combien rétive. Elle faisait siens les tombants de glace limpide et profonde, qui gardent par-devers eux le bleuté de leurs secrets gelés pour les préserver de la vérité ambiante, ce témoignage d'âges patiemment accumulés et exposés à un subit effondrement. Elle s'unissait à l'enfant né un jour de chagrin, inerte dans son berceau, et à la femme tétanisée par sa découverte, cette maternité fugace et pourtant éternelle.

Ce silence était déjà ancien lorsque sœur Ronce avait reçu la lumière du monde en ouvrant les yeux pour la première fois. C'était une quiétude transmise de génération en génération, le sentiment de paix qui nous invite à contempler l'aurore, une muette alliance avec la vague et la flamme qui nous confisque la parole, nous place devant l'onde grossissante, ou fait de nous les témoins de la danse allègre du feu qui emporte tout. Ronce faisait sien l'enfant que l'on rejette sans un mot, ce mutisme qui blesse sans en avoir conscience, cette cicatrice infligée aux années à venir. Elle faisait siens tous les non-dits du premier amour, la langue liée, le mutisme contraint, le refus de souiller ce sentiment si radieux et si intense par quelque chose d'aussi grossier que les mots.

Ronce attendait. Intrépide comme les fleurs aux teintes vives, fragiles, ouvertes vers le ciel. Brave comme seuls peuvent l'être ceux qui ont déjà connu la défaite.

Des voix s'élevèrent jusqu'à elle, celles des Pélarthis qui s'interpellaient, dispersés dans les espaces libres du plateau. Leurs cris se réverbéraient contre les colonnes, de même que le brasillement des torches, le bruit d'innombrables pas qui se rapprochaient. Ronce fit jouer ses épaules sous sa suie de combat, raffermit sa prise autour des angles tranchants de ses étoiles de jet, le souffle paisible, le cœur emballé.

— En ce lieu, les défunts m'observent, souffla-t-elle.

Une exclamation retentit, toute proche, tandis que des silhouettes apparaissaient par intermittence entre deux piliers. Des silhouettes par dizaines.

— Je suis le bras armé de l'Arche. Mes assaillants connaîtront le désespoir.

Son timbre enfla en même temps que cette tension qui annonçait toujours le combat, cette vibration le long des pommettes, la gorge qui se serrait, la sensation d'être tout à la fois bien ancrée dans son corps et au-dessus de lui, autour de lui.

Le premier des Pélarthis apparut à petites foulées et, avisant la moniale, s'arrêta net. Il était jeune, les joues lisses mais le regard dur sous son casque en fer. Ses camarades se massèrent derrière lui et envahirent le champ de mort.

La sœur écarlate les accueillit d'un hochement de tête pensif.

Ce fut le signal.

Chapitre premier

Les enfants ne croient jamais vraiment qu'ils finiront pendus. Même sur l'échafaud, avec la corde qui leur irrite les poignets et le nœud coulant juste devant le nez, ils sont intimement persuadés que quelqu'un va intervenir, une mère, un père de retour d'une longue absence, un roi de justice… N'importe qui. Rares sont les petits à avoir vécu assez longtemps pour comprendre le monde dans lequel ils sont nés. C'est aussi le cas de bien des adultes, sans doute, mais eux ont au moins eu l'occasion de recevoir quelques leçons d'amertume.

Saida gravit les marches de l'échafaud comme elle avait tant de fois gravi l'échelle menant au grenier du Caltess. Ils dormaient tous là-haut, les jeunes travailleurs, nichant parmi les sacs, la poussière et les araignées. Ce soir-là, en montant, ils évoqueraient en chuchotant dans l'obscurité le nom de Saida. Le lendemain à la même heure, les murmures se seraient déjà tus et un nouvel arrivant, garçon ou fille, comblerait l'espace qu'elle avait laissé sous les chevrons.

— Je n'ai rien fait, dit-elle sans une once d'espoir.

Ses larmes étaient désormais taries. Un vent mordant soufflait de l'ouest, un vent de Goulet, et le soleil cramoisi qui emplissait pourtant la moitié du ciel ne dispensait guère de chaleur. C'était donc la dernière journée ?

Le gardien la poussa pour l'inciter à avancer, un geste d'indifférence plus que de méchanceté. Saida se retourna vers lui ; il était grand, vieux, sec comme si le vent lui avait usé la chair jusqu'à l'os. Encore un pas, vers le nœud coulant qui oscillait, se détachant en noir devant le soleil. La cour de la prison était presque déserte, exception faite d'une poignée de gens qui observaient la scène, à l'abri des ombres denses de l'enceinte : de vieilles femmes avec une traîne de cheveux gris. Saida se demanda pour quelle raison elles s'étaient déplacées. Peut-être que, dans leur grand âge, elles s'inquiétaient de leur mort à venir et voulaient voir de quoi il retournait.

— Ce n'est pas moi qui ai fait ça. C'est Nona. Même qu'elle l'a dit.

Elle s'était répété si souvent ces paroles que leur sens s'était depuis longtemps échappé, ne laissant qu'un bruit fade. Mais c'était la vérité. Jusqu'au dernier mot. De l'aveu même de Nona.

L'exécuteur adressa à Saida un infime sourire en vérifiant que la corde était assez serrée autour des poignets. Les fibres lui irritaient la peau et entravaient sa circulation sanguine, et elle avait mal au bras depuis que Raymel le lui avait cassé, mais elle ne dit pas un mot, se contentant de scruter la cour, les portes donnant sur le bloc de détention et même le portail vers le monde extérieur. Quelqu'un viendrait.

Une porte s'ouvrit, celle du Pivot, la tour carrée où, disait-on, le directeur d'Harribourg vivait dans un luxe digne de la noblesse. Un gardien sortit, plissant les yeux à cause du soleil. Un gardien, voilà tout. L'espoir qui avait si aisément enflé dans la poitrine de Saida fut derechef anéanti.

Une silhouette plus petite, plus replète contourna le gardien. Saida redoubla d'attention dans un nouvel élan d'espoir. Une femme en habit long de moniale s'avança dans la cour. Seul son bâton doré dont l'extrémité formait une volute indiquait son statut.

Sur le visage de l'exécuteur, un large pli de perplexité vint remplacer le mince sourire.

— L'abbesse…

— C'est la première fois qu'elle descend ici, dit le vieux gardien en crispant ses doigts autour de l'épaule de Saida.

L'enfant ouvrit la bouche, mais elle avait la gorge trop sèche pour exprimer ses pensées. L'abbesse était venue la chercher. Pour l'emmener au couvent de l'Ancêtre. Lui donner un nouveau nom, un nouveau foyer. Saida n'était même pas étonnée. Elle n'avait jamais vraiment cru qu'elle finirait pendue.

Chapitre 2

L'odeur pestilentielle d'une prison a quelque chose d'honnête. Les euphémismes des gardiens, le sourire que le directeur réserve au public et même la façade de l'édifice pouvaient bien mentir comme des arracheurs de dents, la puanteur, elle, détenait la vérité sans fard : celle des égouts et de la pourriture, de la contamination et du désespoir. Malgré tout, l'atmosphère olfactive de la prison d'Harribourg était plus clémente que celle de bien d'autres établissements. Ses détenus, elle les pendait, ne laissant pas à la putréfaction l'occasion de s'installer. Un bref séjour, une chute vertigineuse interrompue par une courte corde, et le festin des vers se déroulait paisiblement dans une fosse commune du cimetière pour indigents de Winscon.

Au début, quand il avait rejoint l'équipe des gardiens, Argus avait été gêné par l'odeur. On raconte qu'au bout d'un certain temps, votre esprit s'accommode de n'importe quel fumet et que vous ne remarquez plus rien. C'est vrai, et cela vaut d'ailleurs pour tout ce que l'existence compte d'expériences désagréables. Après dix ans de service à Harribourg, Argus étirait le cou des détenus aussi machinalement qu'il faisait abstraction de l'odeur nauséabonde.

—À quelle heure tu pars ? s'enquit Dava.

Auparavant, Argus avait aussi été agacé par l'obsession de sa collègue pour les emplois du temps, mais il réagissait désormais sans s'en préoccuper.

—Sur le coup de sept heures.

—Sept heures ! répéta Dava, comme toujours outrée par l'inéquitable répartition de la charge de travail.

Argus et elle se dirigeaient sans hâte vers le quartier principal de détention, à l'opposé de l'échafaud. Derrière eux, Jame Lender avait disparu dans la partie inférieure de l'échafaud, mais on voyait la corde tressaillir.

Jame relevait désormais de la responsabilité du fossoyeur. Le vieux Herber ne tarderait pas à venir chercher sa moisson journalière avec sa charrette et son âne. La courte distance à parcourir pour atteindre le cimetière de la colline de Winscon représenterait certainement un périple ardu pour le vieux fossoyeur, les cinq passagers et l'âne d'âge presque aussi canonique que son maître. Cela étant dit, le fait que Jame n'avait pour ainsi dire que la peau sur les os allégerait le fardeau, d'autant plus que deux des quatre autres dépouilles appartenaient à des fillettes.

Herber monterait d'abord par les rues de la Découpe, pour aller vendre les morceaux auxquels l'Académie accorderait un tant soit peu de valeur ce jour-là, et ce qui viendrait alimenter la fosse commune de la colline s'en trouverait certainement amoindri, réduit même à des amas suintants si les affaires se révélaient florissantes.

— ... à six heures aujourd'hui, et cinq heures hier.

Dava ménagea une pause dans ces récriminations qui la portaient depuis des années, ce sentiment persistant d'injustice qui lui donnait le cran de s'occuper de condamnés mesurant deux fois sa taille.

— Qui c'est, ça ? demanda Argus.

Une haute silhouette était en train de toquer à la porte du bloc des nouveaux détenus avec une lourde canne.

— Le gars du Caltess, tu sais bien..., rétorqua Dava en faisant claquer ses doigts devant son visage, comme pour débusquer la réponse grâce à l'effet de surprise. Le chef des combattants.

Argus héla l'homme dont il venait pour sa part de se remémorer le nom :

— Partnis Reeve ! Ça faisait un bail.

Le dénommé Partnis se déplaçait régulièrement pour faire libérer ceux de ses combattants qui s'étaient attiré des ennuis. On ne dirigeait pas une écurie d'individus violents et haineux sans que certains d'entre eux se fassent de temps à autre rayer de la liste des employés par leurs camarades, mais en règle générale, ils ne finissaient pas à Harribourg. Les professionnels de l'arène gardaient généralement assez de sang-froid pour éviter qu'une rixe de taverne se mue en assassinat. C'étaient les amateurs qui perdaient la tête et continuaient à piétiner la tête de leur adversaire terrassé jusqu'à ce qu'il n'en reste plus que de la bouillie.

— Cher ami !

Partnis se retourna, les bras grands ouverts et un large sourire aux lèvres, sans même chercher à prononcer le prénom d'Argus.

— Je suis venu chercher une de mes filles.

— Tiens donc, fit le gardien en fronçant les sourcils. J'ignorais que vous étiez chef de famille.

—Elle travaille comme apprentie, répliqua Partnis en évacuant le sujet d'un geste. Ouvrez la porte, voulez-vous, mon brave. Elle est censée être exécutée aujourd'hui, et je suis déjà assez en retard comme cela.

Partnis se rembrunit, comme s'il venait de se rappeler un enchaînement de contretemps agaçants.

Argus sortit la clé, un lourd morceau de fer, de sa poche.

—Vous l'avez probablement manquée, Partnis. Le soleil se couche. Le vieux Herber et sa charrette grinçante sont certainement déjà en route pour récolter leur dû.

—Ils sont deux à grincer, s'pas ? Herber et la charrette, nota Dava.

Elle était toujours prompte à plaisanter, mais l'hilarité n'était jamais au rendez-vous.

—J'ai envoyé un coursier vous porter mes instructions. Les gamines du Caltess ne devaient en aucun cas être pendues av…

—Des instructions ? répéta Argus en suspendant son geste, une fois la clé introduite dans la serrure.

—D'accord, des suggestions. Des suggestions enveloppant une pièce d'argent.

—Ah.

Argus fit tourner la clé et emmena son visiteur par le chemin le plus expéditif, à savoir le poste de garde desservi par un couloir bordé de cellules accueillant les nouveaux détenus, pour rejoindre rapidement la cour où se dressait l'échafaud public, à l'aplomb de la fenêtre du bureau du directeur.

L'entrée principale était déjà ouverte pour accueillir la charrette du fossoyeur. Une silhouette menue se tenait debout près des marches de l'échafaud, surveillée par un seul garde : John Fallon, apparemment.

—Juste à temps ! remarqua Argus.

—Bien, dit Partnis. (Il marqua une pause.) Ne serait-ce pas…, commença-t-il, sa lèvre se retroussant sur un rictus de dépit.

Suivant son regard, Argus avisa la cause de son désarroi. L'abbesse du couvent de la Mansuétude était en train de fendre un groupe de quelques badauds réunis près de l'entrée des quartiers du directeur. À cette distance, il aurait pu s'agir de n'importe quelle matrone à la silhouette courtaude et replète, drapée de noir, mais la crosse ne laissait planer aucun doute.

—Par les cieux, cette vieille sorcière odieuse cherche encore à me dérober mon dû.

Partnis allongea la foulée, contraignant Argus à adopter un petit trot avilissant pour ne pas se laisser distancer. Quant à Dava, qui flanquait le maître du Caltess de l'autre côté, elle fut obligée de courir.

Malgré sa hâte, Partnis n'atteignit la fillette qu'une fraction de seconde avant l'abbesse.

— Où est la deuxième ? demanda-t-il en regardant autour de lui comme si John Fallon avait pu cacher une autre détenue derrière son dos.

— La deuxième quoi ? répliqua ce dernier, en regardant tour à tour Partnis et la moniale qui s'approchait d'un pas martial dans un froufrou d'étoffe.

— La deuxième gamine ! Elles étaient deux. J'ai donné l'ordre d… Je vous ai *prié* de les garder en vie.

— Là-bas, avec les pendus, répondit Fallon.

Du menton, il indiqua, près de l'entrée principale, un drap grisâtre maintenu par des pierres et déformé par une bosse imposante.

— Damnation ! laissa échapper Partnis, assez fort pour qu'aux quatre coins de la cour les têtes se tournent vers lui. Je voulais les deux.

Il leva les mains, doigts très écartés, puis au prix d'un gros effort les baissa.

— Z'allez devoir vous débrouiller avec le fossoyeur pour la grande, remarqua Fallon. Pour ce qui est de la petite (il fit un geste vers la fille qui se tenait près de lui), c'est avec moi qu'il faut discuter. Et avec ces deux-là. (D'un mouvement de la tête, il montra Dava et Argus.) Sans oublier le directeur.

— Il n'y a pas de discussion qui tienne. J'emmène l'enfant, dit l'abbesse en se plaçant entre Fallon et Partnis.

Elle paraissait minuscule par rapport à eux, mais rompit le contact visuel entre les deux hommes en levant sa crosse.

— Ça, pas question ! protesta Partnis, son front barré d'un pli. Malgré le respect que je dois à l'Ancêtre et tout le tremblement, la gamine est à moi, je me suis acquitté de son prix.

Il jeta un coup d'œil vers l'entrée. Herber venait d'arrêter sa charrette près des cadavres amoncelés sous le drap.

— Et puis… comment pouvez-vous savoir qu'elle correspond à ce que vous voulez ?

L'abbesse pouffa de rire et gratifia le maître du Caltess d'un sourire tout maternel.

— Le doute n'est pas permis. Il n'y a qu'à la regarder, Partnis Reeve. Son regard est de feu. (Elle se rembrunit.) J'ai vu l'autre. Apeurée. Désemparée. Jamais elle n'aurait dû se trouver ici.

— Saida est encore en cellule…, expliqua l'enfant. Ils m'ont dit que je passerais la première.

Argus l'observa. C'était une frêle créature enveloppée d'un tissu informe, non pas des haillons de gamine des rues, couverts de taches de rouille, mais malgré tout la tenue d'une domestique. Elle devait avoir dans les neuf ans. Argus n'avait plus l'œil pour ces choses-là. Ses deux premiers enfants avaient depuis longtemps achevé leur croissance, et la petite Sali aurait cinq ans pour l'éternité. La fillette était une dure à cuire, avec une expression que l'on devinait renfrognée sous la pellicule de crasse qui couvrait son visage fin, et des yeux aussi noirs que ses courts cheveux d'ébène tout emmêlés.

—Cela aurait pu être l'autre, dit Partnis. La costaude.

Mais il manquait de conviction. Un maître d'arène savait reconnaître le feu lorsqu'il l'avait en face de lui.

—Où est Saida ? demanda l'enfant.

L'abbesse cilla. Presque comme sous l'effet d'une douleur. L'impression disparut aussi vite qu'elle était venue, semblable à l'ombre d'une aile d'oiseau, et Argus décida que ses yeux lui avaient joué des tours. On affublait l'abbesse de la Mansuétude de bien des qualificatifs, quoique rarement en sa présence, et « douce » n'en faisait pas partie.

—Où est mon amie ? insista la gamine.

—C'est pour elle que tu es restée ? s'enquit l'abbesse.

Elle sortit de sous son habit une pomme de givre d'un rouge si sombre qu'il en paraissait presque noir, signe d'un fruit amer à la consistance farineuse. Une mule aurait peut-être accepté d'en manger un. Quant aux êtres humains, ils se seraient comptés sur les doigts d'une main.

—Restée ? répéta Dava, à qui la remarque de la moniale ne s'adressait pourtant pas. Elle est restée à cause de cette satanée prison, d'autant qu'elle est ligotée et sous bonne garde !

—Tu es restée pour aider ton amie ?

L'enfant ne répondit pas, foudroyant plutôt l'abbesse du regard, comme si elle s'apprêtait à se jeter sur elle d'un instant à l'autre.

—Attrape.

L'abbesse lança la pomme vers la fillette.

Une main fondit sur le fruit, vive comme pas deux. Claquement du fruit contre la paume. Les liens tombèrent sur le sol aux pieds de la gamine.

—Attrape.

La moniale lança un autre fruit, avec force, et l'enfant l'intercepta de sa main libre.

—Attrape.

Où l'abbesse avait-elle pu cacher sa réserve de pommes ? Argus n'aurait su le dire, mais il oublia aussitôt ce sujet de préoccupation, car son regard s'était posé sur le troisième fruit, pris en tenaille entre les deux autres, que la fillette n'avait pas lâchés.

—Attrape.

L'abbesse jeta une quatrième pomme, mais l'enfant lâcha les trois premières et laissa la dernière passer au-dessus de son épaule.

— Où est Saida ?

— Tu vas venir avec moi, Nona Grisaille, dit la moniale avec bonté. Nous parlerons de Saida une fois arrivées au couvent.

— Je la garde, rétorqua Partnis en s'avançant vers la gamine. Je la chéris comme si elle était mon enfant ! Et puis, elle a bien failli tuer Raymel Tacsis. Jamais sa famille ne lui laissera sa liberté. Cependant, si je peux leur faire comprendre qu'elle a de la valeur, ils lui permettront peut-être de livrer quelques combats avant de sévir.

— Raymel est mort. Je l'ai tué. J…

L'abbesse coupa la parole à l'enfant.

— Vous la chérissez ? Je m'étonne que *vous* l'ayez laissée filer, M. Reeve.

— Si j'avais été là, elle n'aurait jamais réussi à s'enfuir ! protesta Partnis en serrant le poing, peut-être pour tenter de se réapproprier cette occasion manquée. J'étais presque à l'autre bout de la ville quand j'ai eu vent de la nouvelle. À mon retour, le chaos régnait au Caltess… il y avait du sang partout… Des hommes de Tacsis m'attendaient… Si la garde urbaine ne l'avait pas arrêtée, elle serait dans les cachots privés de Thuran à l'heure qu'il est. Il n'est pas homme à se tourner les pouces après avoir perdu un fils.

— C'est précisément la raison pour laquelle vous allez me confier l'enfant, déclara l'abbesse avec un sourire qui, de l'avis d'Argus, évoquait sa mère. Le sourire qu'elle lui adressait lorsqu'elle avait raison, et qu'elle savait pertinemment qu'il en avait conscience.

— Vos ressources financières sont trop limitées pour que vous puissiez faire sortir Nona d'ici si le fils Tacsis venait à mourir, et même à supposer que vous soyez en mesure d'obtenir sa libération, ni vous ni votre établissement n'avez les reins assez solides pour résister aux pulsions vengeresses de Thuran Tacsis.

Nona chercha à intervenir.

— Comment connaissez-vous mon nom ? Je n…

À nouveau, elle fut interrompue par l'abbesse.

— Pour ma part, j'étais déjà amie avec M. James avant même votre naissance, M. Reeve. Et aucun être sensé n'oserait fomenter une attaque contre un couvent de l'Ancêtre.

— Vous ne devriez pas faire d'elle une Écarlate, maugréa Partnis sur ce ton que prennent les hommes qui ont conscience d'avoir perdu la partie. Ce n'est pas bien. Elle n'a pas foi en l'Ancêtre… et elle est tout bonnement une meurtrière. Une sauvage, avec ça, si on en croit les témoins…

— La foi, je la lui inculquerai. Ce sont des qualités qu'elle possède déjà que les Écarlates ont besoin, déclara l'abbesse en présentant une main potelée à l'enfant. Viens, Nona.

La fillette leva les yeux vers John Fallon, vers Partnis Reeve et le bourreau à côté de qui oscillait la corde de la potence.

— Saida est mon amie. Si vous lui avez fait du mal, je vous tuerai tous.

En silence, elle s'avança en posant ses pieds de manière à éviter les pommes qui jonchaient le sol, et prit la main de la moniale.

Argus et les autres les regardèrent s'éloigner. Sur le seuil de la prison, elles s'arrêtèrent brièvement, se découpant en noir sur le soleil rougeoyant. L'enfant lâcha la main de l'abbesse et fit trois pas vers le drap bosselé, près du vieux Herber qui, comme tous les autres, était figé là, dans l'instant présent, avec sa mule. Elle considéra la masse imposante. Puis elle se tourna lentement vers les gardiens et le maître de l'arène avant de revenir auprès de la moniale. Quelques secondes plus tard, toutes deux avaient disparu à l'angle du bâtiment.

— Elle a décrété notre arrêt de mort, dit Dava.

Prompte à plaisanter, comme à son habitude, mais là encore l'hilarité ne fut pas au rendez-vous.

Chapitre 3

Un jongleur arriva un jour dans le village de Nona, un endroit si minuscule qu'il n'avait jamais été baptisé et ne disposait même pas d'une place où tenir marché. Le jongleur vint paré de boue et d'une tenue bariolée aux teintes défraîchies. Il était seul, jeune, svelte de carrure, avait des yeux sombres et le geste agile. Dans son sac de toile, il transportait des balles en cuir coloré, des bâtons ornés de rubans blancs et noirs, ainsi que des couteaux de confection grossière.

— Approchez, le grand Amondo saura vous ravir et vous éblouir.

C'était à croire que la phrase n'était pas faite pour sa bouche. Il se présenta à la poignée de villageois qui n'étaient pas occupés à travailler aux champs ou dans leur masure, mais étaient toutefois assez courageux pour braver un vent de Goulet chargé de pluie glacée. Il posa entre lui et son public son chapeau aux larges bords, ouvert aux marques d'estime, se saisit de quatre bâtons rayés et les envoya danser dans les airs.

Amondo séjourna au village pendant trois jours, même si son public se dispersa le premier soir au bout d'une heure. Telle était la triste réalité. Un jongleur, aussi impressionnant fût-il, ne pouvait divertir durablement l'assistance.

Mais Nona resta auprès de lui, scrutant ses moindres gestes, chaque habile torsion, voltige et finasserie. Elle resta auprès de lui même après le départ des derniers enfants, lorsque la lumière eut décliné. En silence, elle regarda attentivement le jongleur qui commençait à ranger ses accessoires.

— Tu n'es pas bien bavarde, dit-il en lui jetant une pomme toute ridée prise dans son chapeau.

Le couvre-chef en contenait plusieurs spécimens mieux conservés, ainsi que deux petits pains, un morceau du fromage de chèvre dur que fabriquait Kennal et, au milieu de tout cela, un demi-sou de cuivre déprécié, amputé de la moitié de sa valeur.

Nona porta la pomme à son oreille, écoutant le bruit que produisaient ses doigts contre les ridules.

— Les enfants ne m'aiment pas.

— Ah bon ?

— Oui.

Amondo attendit que Nona reprenne la parole en jonglant avec des balles invisibles.

— Pour eux, je suis mauvaise.

Amondo lâcha une balle invisible et reposa les autres en adressant à la fillette un regard interrogateur.

— D'après ma mère, ils disent ça parce que j'ai les cheveux très noirs et la peau très pâle. Elle dit que mon teint vient d'elle et mes cheveux de mon père.

Les autres enfants avaient hérité de leurs parents une peau hâlée et des cheveux de sable, mais la mère de Nona venait des confins du frimas, et son père était issu d'un clan dont le terrain de chasse s'étendait jusqu'aux glaciers ; tous deux avaient été des étrangers.

— Maman dit qu'ils n'aiment pas ce qui est *différent*, voilà tout.

— Comme c'est vilain d'avoir ce genre d'idées qui nous trotte dans la tête quand on est enfant.

Le jongleur ramassa son sac tandis que Nona regardait sa pomme sans la voir, perdue dans ses souvenirs du jour où sa mère, dans la pénombre de la masure, avait remarqué pour la première fois le sang qu'elle avait sur les mains. *« Qu'est-ce que c'est que ça ? Ils t'ont fait du mal ? »* Et Nona avait fait « non » de la tête. *« Billem Smithson a essayé. Le sang, il est à lui. »*

— Tu devrais retourner chez ta maman et ton papa.

Amondo s'orienta lentement vers les masures, les arbres, les granges.

— Mon p'pa est mort. Emporté par la glace.

— Allons bon… (Un sourire, attristé mais pas trop.) Je ferais mieux de te ramener chez toi.

Repoussant ses cheveux en arrière, il tendit la main à Nona.

— Après tout, nous sommes amis, n'est-ce pas ?

La mère de Nona autorisa Amondo à dormir dans la grange, même si l'endroit se résumait à un abri où les brebis pouvaient se cacher lorsque la neige commençait à tomber. Elle dit que cela ferait jaser, mais qu'elle s'en moquait. Nona ne voyait pas pourquoi sa mère aurait dû se soucier du qu'en-dira-t-on. Les mots n'étaient que du bruit, après tout.

Le soir précédant le départ d'Amondo, Nona alla le trouver dans la grange. Il avait étalé le contenu de son sac sur la terre battue, à l'endroit où la lune rouge s'infiltrait par la porte ouverte.

— Montre-moi comment jongler.

Amondo se désintéressa de ses couteaux et lui fit un grand sourire, les cheveux noirs qui lui étaient tombés en travers du visage dissimulant ses yeux tout aussi sombres.

— Ce n'est pas une mince affaire. Quel âge as-tu ?

Nona haussa les épaules.

— Je suis petite.

Au village, on ne comptait pas le passage des années. Vous étiez d'abord un bébé, puis un petit, puis un grand, et ensuite vous deveniez âgé et vous mouriez.

— C'est vrai que tu n'es pas bien vieille, répondit le jongleur en pinçant les lèvres. Moi, j'ai vingt-deux ans. Je crois que je suis censé faire partie des grands.

Il esquissa un sourire teinté d'inquiétude plus que de bonne humeur. Sans doute le monde continuait-il à n'avoir ni queue ni tête lorsque vous grandissiez, et ne vous offrait-il guère plus de réconfort.

— Faisons un essai.

Amondo ramassa trois de ses balles en cuir. La luminosité ambiante permettait difficilement d'en identifier les couleurs, mais la lune approchait de sa convergence, alors son éclat était suffisant pour les lancer et les rattraper. Le jongleur délia ses épaules en bâillant, puis en une vive succession de gestes fit naître un ballet de trois balles s'entrecroisant.

— Voilà, dit-il au terme de sa démonstration. À toi.

Nona lui prit les balles des mains. Parmi les autres enfants, quelques-uns avaient réussi à en manipuler deux. Le fait qu'Amondo lui en présente trois signifiait qu'il ne la prenait pas du tout au sérieux. Il la regarda palper le cuir, retourner l'objet pour s'accoutumer au poids, à la sensation.

Elle étudiait les gestes d'Amondo depuis qu'il était arrivé, et visualisait distinctement la trajectoire des balles, la cadence des paumes. Elle lança la première balle selon l'angle adéquat et fit ralentir le monde autour d'elle. La deuxième balle s'envola paresseusement. Un instant plus tard, les trois dansaient selon le bon vouloir de l'enfant.

— Impressionnant ! (Amondo se leva.) Qui t'a appris à jongler ?

Piquée au vif, Nona manqua de rater une interception.

— Toi.

— Ne me mens pas, gamine.

Il lui lança une quatrième balle, celle-ci de cuir brun avec une bande bleue.

Nona la saisit au vol et ajusta presque instantanément le rythme de ses mouvements pour intégrer la nouvelle balle aux ellipses languides des trois autres.

La colère qu'elle lut sur les traits d'Amondo la déconcerta. Elle pensait lui faire plaisir, s'attirer son affection. Il avait déclaré qu'ils étaient amis, mais Nona n'avait jamais eu d'ami auparavant, et il lui avait dit cela si négligemment… Elle s'était dit que si elle partageait son art, il lui ferait une nouvelle déclaration d'amitié, la scellant ainsi officiellement. Nona fit exprès de rater une balle et réceptionna la suivante d'un geste hasardeux.

— Un artiste de cirque m'a montré comment faire, mentit-elle.

Les balles roulèrent jusque dans les recoins sombres où vivaient les rats.

— Je m'entraîne. Tous les jours ! Avec des… pierres… Les lisses qu'on trouve dans la rivière.

Amondo jugula sa colère en se composant un sourire cassant.

— Personne n'aime être pris pour un imbécile, Nona. Même les imbéciles.

— Tu sais jongler avec combien de balles, toi ? demanda l'enfant.

Les hommes aimaient parler d'eux et se vanter de leurs exploits. Nona savait au moins cela à leur sujet, malgré son jeune âge.

— Bonne nuit, Nona.

Ainsi congédiée, la fille se hâta de regagner la maison dont sa mère et elle se partageaient les deux pièces, sous les rayons de la lune convergente, plus ardents que le soleil à son zénith.

— Plus vite, la môme !

L'abbesse tira Nona par le bras, la ramenant brusquement à la réalité. Les pommes de givre avaient ravivé le souvenir d'Amondo. La femme jeta un coup d'œil par-dessus son épaule, et recommença quelques secondes plus tard.

— Vite !

— Pourquoi ? demanda Nona en forçant l'allure.

— Parce que M. James aura tôt fait d'envoyer ses hommes à nos trousses. J'aurai droit à une réprimande, mais toi, ils te pendront. Alors, dépêche-toi !

— Vous avez dit que vous étiez déjà amie avec le directeur avant même que Partnis soit un bébé !

— Je savais bien que tu nous écoutais.

L'abbesse s'engagea dans une ruelle étroite, si escarpée qu'elle était ponctuée d'une marche ou deux à quelques mètres d'intervalle, et que les toits des hautes maisons se chevauchaient pour garder le *tempo*. Une odeur de cuir, riche, capiteuse, aussi prononcée que la puanteur des bovins, s'engouffra dans les narines de Nona, lui rappelant celle des balles d'Amondo, brunes et colorées, patinées.

— Vous avez dit que vous étiez amie avec le directeur, répéta Nona.

— Je l'ai rencontré quelquefois, répliqua la moniale. C'est un vilain petit homme, chauve, bigleux, et encore plus laid dans le dedans.

Elle contourna les outils qu'un cordonnier avait éparpillés devant les marches de son échoppe. Toutes les autres maisons semblaient relever du même négoce, avec à chaque fenêtre un vieil homme ou une jeune femme occupés à consolider des talons, à découper une pièce de cuir.

— Vous avez menti !

— Cela ne sert pas à grand-chose de qualifier un mensonge de tel, mon enfant.

Le souffle court, l'abbesse peinait dans la montée.

— Les mots sont des jalons le long d'un chemin : l'important, c'est d'arriver à destination. Tu peux te conformer à toutes sortes de règles, *tombe-dans-le-puits-retourne-à-la-case-départ*, mais tu atteindras plus rapidement ton objectif si tu choisis l'itinéraire le plus fiable.

— Mais…

— C'est complexe, un mensonge. Mieux vaut ne pas raisonner en termes de vrai et de faux… Que la nécessité soit ta loi… et fais preuve d'inventivité !

— Vous n'êtes pas moniale ! (Nona se dégagea sèchement.) Et vous les avez laissés tuer Saida !

— Si je l'avais sauvée, c'est toi que j'aurais été obligée d'abandonner.

Quelque part en contrebas de la ruelle escarpée, des cris retentirent.

— Vite.

Le passage débouchait, après une étroite volée de marches, sur une artère où l'abbesse s'engagea sans prendre le temps d'un regard en arrière.

— Ils savent où nous allons.

Au fil de sa courte vie, Nona avait eu bien des occasions de fuir et de se cacher, et elle savait qu'il ne servait à rien de se dépêcher si vos poursuivants connaissaient votre destination.

— Ils savent surtout que nous serons hors d'atteinte une fois arrivées là-bas.

L'artère était très encombrée, mais l'abbesse se fraya un chemin au milieu des badauds pressés les uns contre les autres. Nona la suivait de si près que les pans de l'habit de la moniale claquaient autour d'elle. Elle n'aimait pas la foule. Son village, son univers même n'avaient pas compté autant d'habitants que ceux qui se massaient dans cette rue. Et ils venaient d'horizons si variés… Certains adultes étaient à peine plus grands que Nona tandis que d'autres surpassaient en taille les colosses du Caltess. Certains avaient le teint sombre, d'un noir d'encre, d'autres une chevelure d'un blond presque blanc, avec une peau si pâle que chaque veine s'y dessinait en bleu, et entre ces deux extrêmes toutes les nuances possibles s'exposaient au regard.

Dans les ruelles qui rejoignaient la voie principale, Nona vit une mer de toits hérissés d'innombrables cheminées desquelles s'échappaient des corolles de fumée. Elle n'avait jamais envisagé qu'un lieu puisse être si vaste, et que tant de gens puissent s'y entasser. Depuis le soir où le croque-mitaine était entré dans Vérité avec les enfants qu'il avait achetés, Nona n'avait presque rien vu de la cité, hormis l'arène du Caltess, les quartiers des combattants et les terrains d'entraînement. Quant au trajet en charrette vers Harribourg, que Saida et elle avaient passé dans les bras l'une de l'autre, il ne lui avait fourni qu'un bref aperçu de la capitale.

— Par ici, dit l'abbesse, orientant Nona d'une main en direction des marches de ce qui ressemblait à un temple doté de colonnades, dont les portes monumentales, grandes ouvertes, étaient chacune émaillée d'une centaine de cercles de bronze.

Les degrés étaient assez hauts pour rendre l'ascension physiquement éprouvante. Au sommet, une salle gigantesque éclairée par de hautes fenêtres les attendait, chaque centimètre carré occupé par des étals et des passants en quête de bonnes affaires. Le bruit des négociations se réverbérait sur les voûtes de marbre, gagnant l'entrée de l'édifice en une seule et même voix pourtant polyglotte. Pendant plusieurs minutes, tout ne fut que bruit, couleurs et bousculades. Nona s'attacha à mettre consciencieusement ses pas dans ceux de l'abbesse, afin d'éviter que quelqu'un d'autre s'approprie l'espace laissé vacant par celle-ci. Toutes deux finirent par croiser inopinément un couloir où régnait davantage de fraîcheur, puis par déboucher sur une rue plus calme, derrière la halle du marché.

— Qui êtes-vous ? demanda Nona, décidant qu'elle avait suffisamment suivi l'abbesse comme cela. Et au fait, où est votre bâton ?

— Je m'appelle Vitrage. Mère Vitrage lorsque tu t'adresses à moi. Quant à ma crosse, je l'ai donnée peu de temps après avoir traversé la rue des Chausseurs, à un jeune homme qui s'en est, ma foi, fort étonné. J'espère que les hommes du directeur le suivront, lui, plutôt que nous.

— Vitrage ? C'est pas un nom, ça. C'est une chose. J'en ai vu dans le bureau de Partnis Reeve.

Il s'agissait d'une matière dure et presque invisible qui préservait l'antre du maître de l'arène des vents de Goulet.

— Lorsqu'une sœur est jugée digne d'épouser l'Ancêtre, elle prend un nouveau nom, expliqua mère Vitrage en se remettant en chemin. Toujours un terme prosaïque, le nom d'un objet pour nous différencier du commun de l'humanité.

— Oh.

Dans le village de Nona, la plupart des gens priaient les dieux anonymes de la pluie et du soleil, à l'instar des autres habitants de la Grisaille, et installaient des poupées en feuilles de maïs dans les champs pour favoriser les récoltes. Cependant, la mère de Nona et une poignée d'autres femmes dans la fleur de l'âge fréquentaient l'église de Blanc Lac, où un jeune homme exalté évoquait l'Espoir, ce dieu qui les sauverait et qui s'élançait justement vers ses ouailles. Le toit de l'église de l'Espoir restait toujours ouvert pour que l'on puisse le voir approcher. Aux yeux de Nona, cette divinité était semblable aux étoiles du ciel, à ceci près qu'elle était blanche là où les autres astres étaient rouges, et plus brillante qu'eux. La fillette avait voulu savoir si les autres étoiles étaient des dieux, elles aussi, mais elle avait reçu pour toute réponse une gifle. Le père Mickel affirmait que l'étoile blanche était l'Espoir, mais également le Dieu Unique qui viendrait sauver les fidèles avant que les glaces du Nord et du Sud se soient rejointes.

Mais, en ville, on priait principalement l'Ancêtre.

— Là-bas. Tu vois ?

Nona suivit des yeux la direction que l'abbesse lui indiquait. Par-delà l'enceinte de la ville, sur une plaine d'altitude, les rayons obliques du soleil soulignaient le dôme d'un édifice distant d'environ huit kilomètres.

— Oui.

— C'est notre destination.

Et l'abbesse s'engagea dans la rue, évitant un tas de crottin trop frais pour que les petits nettoyeurs aient eu l'occasion de faire leur œuvre.

— Vous habitez tout là-haut, et vous auriez entendu parler de *moi* ? s'enquit Nona, sceptique.

Mère Vitrage émit un rire chaleureux, communicatif.

— Ha ! Non. J'avais affaire en ville. L'un de nos fidèles m'a raconté ton histoire, et j'ai décidé de faire un crochet par la prison avant de regagner le couvent.

— Mais alors, comment connaissez-vous mon nom ? Mon vrai nom, je veux dire, pas celui que Partnis m'a donné.

En guise de réponse, l'abbesse posa à son tour une question.

— Est-ce que tu aurais pu attraper la quatrième pomme ?

— Et vous, vieille femme, vous êtes capable d'en attraper combien ?

— Autant que nécessaire, rétorqua mère Vitrage. Allez, presse-toi.

Si Nona avait conscience que son savoir était limité, elle était néanmoins capable de se rendre compte que l'on cherchait à l'évaluer, et elle n'aimait pas qu'on la prive de quelque chose. L'abbesse aurait continué à lui envoyer des pommes jusqu'à ce que Nona lui révèle ses limites, et aurait fait de cette information une arme tranchante cachée dans son fourreau. L'enfant força l'allure sans dire mot. Les passants se raréfièrent à mesure qu'elles se rapprochaient de l'enceinte de la ville et que les ombres commençaient à s'allonger.

Sur la gauche comme sur la droite, les ruelles présentaient à Nona leur gueule béante prête à l'engloutir. L'abbesse avait beau avoir un rire chaleureux, l'enfant ne lui faisait pas confiance. Elle avait laissé Saida mourir. La fuite restait une solution tout à fait envisageable. Le fait de vivre avec un groupe de vieilles nonnes sur une colline battue par le vent, aux abords de Vérité, constituait peut-être un sort plus enviable que la pendaison, mais pas tant que cela.

— Maître Reeve a affirmé que Raymel n'était pas mort. Ce n'est pas vrai.

Mère Vitrage ôta sa coiffe d'un geste fluide, exposant au vent sa nuque et ses courts cheveux gris, et passa rapidement autour de ses épaules un châle en laine cousu de paillettes.

— Où… C'est du *vol*!

Nona regarda autour d'elle pour voir si les passants partageaient son indignation, mais rares étaient les citadins encore présents, et ceux qui se trouvaient toujours dans les parages étaient accaparés par leur destination et ne levaient pas le nez.

— Vous êtes une voleuse doublée d'une menteuse!

— J'attache de l'importance à mon intégrité, dit l'abbesse en souriant. Raison pour laquelle elle a un prix.

— Une voleuse et une menteuse, répéta Nona.

Elle décida qu'elle allait fuir.

— Et toi, mon enfant, tu sembles déplorer le fait que ton meurtre n'en soit finalement pas un, rétorqua mère Vitrage en nouant et en ajustant le châle. Peut-être pourrais-tu m'expliquer ce qui s'est passé au Caltess, et en échange, je t'expliquerai ce que Partnis Reeve voulait certainement dire à propos de Raymel Tacsis.

— Je l'ai tué.

L'abbesse voulait entendre toute l'histoire, mais Nona resta avare de paroles. Elle avait appris à parler si tardivement que sa mère l'avait crue stupide, et elle préférait aujourd'hui encore écouter plutôt que s'exprimer.

— De quelle manière? Et pourquoi? Brosse-moi le tableau.

Opérant un virage serré, mère Vitrage entraîna la fillette dans une ruelle si étroite qu'elle aurait raclé les murs si elle avait eu l'abdomen encore un peu plus enrobé.

— On nous a conduits au Caltess dans une cage.

Nona n'avait pas oublié le voyage. Giljohn le croque-mitaine avait déjà trois enfants dans son chariot lorsqu'il avait fait étape au village.

Stephen le Gris lui avait remis Nona lorsque les habitants avaient décidé de la lui livrer. La fillette avait rejoint les autres petits prisonniers dans la cage en bois, sous le regard, lui avait-il semblé, de toutes les personnes qu'elle connaissait. Les enfants du village, petits et grands, avaient assisté à la scène sans ouvrir la bouche, les vieilles femmes avaient grommelé, mais Mari Fleuvine, amie de la mère de Nona, avait éclaté en sanglots. Quant à Martha Lepain, elle avait cruellement invectivé Nona. Le chariot s'était éloigné en projetant dans son sillage des cailloux et de la boue.

— Ça ne m'a pas plu.

Le chariot avait cahoté pendant des jours qui s'étaient changés en semaines. En deux mois, ils parcoururent près de mille cinq cents kilomètres, empruntant le plus clair du temps des chemins étroits et sinueux. Ils sillonnèrent le Goulet en long et en large, laissant une trace aussi hasardeuse que les pas d'un ivrogne, et si près de la glace que, parfois, Nona distinguait les parois bleutées qui se dressaient derrière les arbres. Elle n'avait pour seul repère que les rafales incessantes et inamicales, glaciale incursion d'un étranger qui aurait laissé courir ses doigts dans l'herbe.

Giljohn se rendait de ville en ville, de village et de hameau en masure esseulée. Les enfants qu'il recevait étaient émaciés, certains n'ayant même guère plus que la peau sur les os, car leurs parents répugnaient à les nourrir, ou n'en avaient pas les moyens. Giljohn leur procurait deux repas quotidiens : le matin une soupe d'orge aux oignons, chaude et salée, dans laquelle on trempait un quignon de pain noir, et le soir du rutabaga écrasé avec du beurre. Ses passagers reprenaient du poids jour après jour.

— J'ai déjà vu plus de viande sur le tablier d'un boucher, décréta Giljohn lorsque les parents de Saida la firent sortir de leur cabane, sous la pluie.

Le père, un petit homme malcommode au dos voûté et aux cheveux déjà gris, pinça le bras de sa fille.

— Elle est grande pour son âge. Robuste. Elle a un soupçon de sang gerant, pour sûr.

La mère, une frêle créature au teint laiteux, pleurait, mais elle laissa retomber sa main au lieu de toucher les longs cheveux de Saida comme elle semblait en avoir eu l'intention.

— Quatre sous, et vous laissez ma mule paître dans votre champ ce soir.

Giljohn marchandait toujours, apparemment par amour du jeu, puisque Nona n'avait jamais vu bourse plus garnie que la sienne ; elle était pleine à craquer de sous et de couronnes, et contenait même un souverain rutilant qui avait appris à Nona l'existence d'une nouvelle couleur. Au village, seul Stephen le Gris avait de temps à autre des pièces de monnaie en sa possession. Lui, et aussi James Lepain, le jour où il avait vendu toutes ses miches à une caravane marchande qui s'était égarée en voulant rallier Hoberelle. Mais il ne s'agissait pas de monnaie d'argent, et encore moins d'or...

— Dix, et vous reprenez la route dans l'heure, riposta le père.

L'heure en question ne s'était pas encore écoulée que, déjà, Saida avait rejoint les autres enfants dans la cage, ses cheveux clairs dissimulant son visage baissé. Le chariot s'éloigna sans plus tarder, alourdi d'une fille mais délesté de cinq sous. À travers les barreaux, Nona regarda le père compter et recompter ses pièces de monnaie comme s'il n'était pas exclu qu'elles se multiplient dans sa main, tandis que son épouse restait prostrée. Ses gémissements suivirent les enfants jusqu'à la première intersection.

— T'as quel âge ?

La question émanait de Markus, un robuste garçon aux cheveux noirs qui paraissait très fier de ses dix ans. Il avait interrogé Nona de la même façon lorsqu'elle avait rejoint le groupe. Elle lui avait répondu qu'elle avait neuf ans, car de toute évidence, il avait vraiment à cœur de connaître le chiffre précis.

— Huit ans, dit Saida en reniflant.

Elle s'essuya le nez d'une main crottée.

— Huit ans ? Sang d'Espoir ! Je croyais que t'en avais treize !

Markus semblait à la fois ravi de garder son statut d'aîné et outré par les mensurations de Saida.

— C'est qu'elle a du sang gerant, suggéra Chara, une fille au teint mat dont les cheveux étaient si courts qu'on lui voyait le cuir chevelu.

Nona ignorait ce qu'était le gerant. Elle savait simplement que, quand vous l'aviez, vous étiez grand.

En bonne fille de fermier, Saida se décala vers Nona pour éviter les vibrations des roues qui mettaient les dents à rude épreuve.

— T'assois pas à côté de cette fille, dit Markus. C'est une maudite, celle-là.

— Elle avait du sang sur elle quand elle est arrivée, précisa Chara.

Les autres enfants opinèrent, mais ce fut Markus qui prononça la sentence définitive :

— Giljohn l'a emmenée gratis.

Nona n'avait rien à répondre à cela étant donné que même Hessa, malgré sa patte folle, avait coûté un sou déprécié au croque-mitaine. Haussant les épaules, elle remonta ses genoux contre sa poitrine.

Saida repoussa les cheveux qui la gênaient, renifla bruyamment et passa un bras épais autour des épaules de Nona pour l'attirer contre elle. Paniquée, celle-ci voulut résister, mais c'était peine perdue : Saida était plus grande et bien plus forte qu'elle. Elles restèrent ainsi, ballottées par les cahots du véhicule, et lorsque Saida, ayant arrêté de pleurer, finit par lâcher Nona, celle-ci se rendit compte que pour une raison qui lui échappait, elle-même avait les yeux pleins de larmes. Peut-être qu'elle était détraquée, si elle n'était pas capable de comprendre pourquoi elle avait du chagrin.

Nona aurait dû dire quelque chose, elle en avait bien conscience, mais elle n'arrivait pas à trouver les mots justes. Sans doute qu'elle les avait laissés au village, dans la maison maternelle. Alors, au lieu de se résoudre au silence, elle choisit une phrase qu'elle n'avait prononcée qu'une seule fois auparavant, et qui lui avait valu de se retrouver dans cette cage.

— Tu es mon amie.

Saida renifla à nouveau, s'essuya le nez et releva la tête. Un grand sourire blanc fendit son visage malpropre.

Giljohn nourrissait convenablement les enfants et répondait à leurs questions, du moins la première fois qu'ils les lui posaient. De ce fait, les « quand est-ce qu'on arrive ? » et autres « c'est encore loin ? » ne suscitaient pas plus de réactions de sa part que le grincement des roues.

La cage servait deux impératifs, à propos desquels Giljohn s'expliqua un jour, tournant son visage encadré de cheveux grisonnants vers ses captifs et laissant, pour l'occasion, le choix de la trajectoire à sa mule, un mâle qui répondait au nom de Quat'Sabots.

— Les enfants sont comme les chats, l'utilité et le pelage en moins. La cage me permet de vous garder tous au même endroit au lieu d'avoir à battre le rappel. En plus de ça… (Il suivit avec son doigt la cicatrice pâle qui courait sur le côté gauche de son visage, divisant le sourcil, l'œil et la pommette.) … je m'emporte facilement et j'ai le remords durable. Si vous m'énervez, je vous ferai tâter de ça, ou de ça.

Il leur présenta d'abord la badine qui lui servait à encourager Quat'Sabots, puis sa paume calleuse.

— Ensuite, je me repentirai de mon péché envers l'Ancêtre et envers ma bourse, conclut-il avec un large sourire qui dévoila une alternance de chicots jaunis et de trous noirs. La cage vous préserve de mon intempérance. Sauf si vous m'agacez tellement que je suis encore en colère au moment où j'atteins la porte.

La cage pouvait accueillir douze enfants, voire un peu plus s'ils étaient jeunes. Giljohn poursuivit son bonhomme de chemin vers l'ouest, le long du Goulet, sifflotant lorsque le temps était au beau fixe, pestant et faisant le gros dos en cas d'intempéries.

— J'arrêterai quand ma bourse sera vide ou mon chariot plein, disait-il chaque fois qu'un nouveau venu venait grossir les rangs des enfants.

Et Nona se prenait à souhaiter que le croque-mitaine déniche une enfant ravissante, aimée de ses parents, une enfant qui le mettrait sur la paille. Alors, enfin, on se rendrait en ville.

Les enfants distinguaient quelquefois, au loin, la fumée qui s'élevait de Vérité. Il arrivait que la silhouette des tours s'esquisse dans le halo qui embrumait la cité. Une fois, le chariot passa même si près que Nona vit les remparts de la forteresse que les empereurs avaient érigée autour de l'Arche, rougeoyer dans le soleil couchant. En contrebas s'étirait la ville, limitée par son imposante enceinte et nichée au pied d'une plaine d'altitude qui la préservait du vent. Mais Giljohn s'en détourna, et elle rapetissa une fois encore dans le lointain, masse de fumée souillant l'horizon.

Par une froide journée, alors que le soleil écarlate envahissait la moitié du ciel et que le vent insinuait ses doigts entre les barreaux en bois, leur soutirant des notes creuses, singulières, Nona fit part de son espoir à Saida.

— Giljohn ne veut pas des enfants mignons, pouffa Saida. Il cherche des descendants.

Nona cilla.

— Des descendants, tu sais bien. Des enfants chez qui le sang se manifeste, reprit Saida devant une Nona toujours médusée. Les quatre tribus ?

Nona avait entendu dire que les hommes étaient issus des ténèbres, et que leurs quatre tribus s'étaient mêlées pour rendre leurs descendants plus résistants aux rigueurs du monde qu'elles s'étaient approprié.

— M'man fréquentait l'église de l'Espoir. Là-bas, on n'aimait pas parler de l'Ancêtre.

— Eh bien, il existe quatre tribus, expliqua Saida en les comptant sur ses doigts. Les Gerants étaient très grands. Si tu as trop de sang gerant, tu deviens comme eux. (Elle se flatta la poitrine.) Les Hunskas. Ils sont moins répandus.

Elle toucha les cheveux de Nona.

— Noir comme un Hunska, vif comme un Hunska, récita-t-elle comme on chante une comptine. Les autres sont encore plus rares. Il y a les Marjouls… et… et…

— Les Quantals, compléta Markus, assis dans un coin du chariot. Et c'est « Marjal », pas « Marjoul ».

Saida lui adressa un regard désobligeant et reprit ses explications en chuchotant.

— Ils font de la magie.

Nona porta la main à ses cheveux, à l'endroit où Saida l'avait touchée. Dans son village, les autres enfants l'avaient crue méchante à cause de leur couleur noire.

— Pourquoi Giljohn veut des enfants comme ça ?

— Pour les vendre, répondit Saida avec un geste d'indifférence. Il sait quels signes il doit chercher. S'il a vu juste, il peut gagner de l'argent en nous revendant. Ma m'man dit que je trouverai du travail si je continue à grandir. D'après elle, en ville, on te donne de la viande à manger et on te paie en monnaie. (Elle poussa un soupir.) Mais c'est pas pour autant que j'ai envie d'aller là-bas.

Giljohn choisissait les sentiers qui ne menaient nulle part, les routes creusées de tant d'ornières et tellement envahies par la végétation que les enfants étaient souvent contraints d'unir leurs efforts pour pousser le chariot, aidant ainsi Quat'Sabots à se frayer un chemin. Dans ces cas-là, le croque-mitaine confiait la mule à Markus ; il savait y faire avec elle. Tous les enfants aimaient Quat'Sabots. Certes, il empestait plus encore qu'une vieille couverture et avait une fâcheuse tendance à leur mordiller les jambes, mais il les transportait infatigablement et était le seul, hormis Giljohn, à pouvoir recevoir leur affection. Plusieurs d'entre eux se disputaient le droit de lui donner des pommes de givre et de l'herbe tendre à la fin de la journée. Mais Quat'Sabots n'aimait que le maître qui le fouettait, et Markus qui le caressait entre les yeux en prononçant des mots qui ne rimaient à rien.

Lorsque la pluie se mettait à tomber, cela durait plusieurs jours d'affilée et rendait l'incarcération éprouvante, même si Giljohn couvrait d'une peau de bête le toit et le côté de la cage qui était exposé aux éléments. Il n'y avait rien de pire que la boue, froide et mesquine, qui prenait possession des roues et obligeait les enfants à désembourber le véhicule. Nona détestait la boue ; bien plus petite que Saida, elle s'enfonçait parfois jusqu'aux cuisses dans le marigot glacé qui cherchait à l'engloutir, et devait être secourue par Giljohn sitôt que le chariot, dans un bruit de succion, retrouvait la terre ferme. Le croque-mitaine l'empoignait par l'arrière de sa blouse en toile de chanvre, et la soulevait littéralement pour l'asseoir sur le hayon du véhicule.

Aussitôt, l'enfant entreprenait de racler la matière poisseuse qui lui couvrait les jambes.

— Tu viens d'une ferme, toi, alors qu'est-ce que tu as contre un peu de boue ? demanda un jour le croque-mitaine.

Pour toute réponse, Nona continuait à s'essuyer d'un air maussade. Elle avait toujours détesté être sale. Sa mère disait qu'elle mangeait comme une dame bien née, tenant délicatement chaque morceau pour éviter, sans doute, de se tacher.

— Elle est pas fermière, expliqua Saida. Sa mère tressait des paniers.

Giljohn regagna le siège du conducteur.

— Elle n'est plus rien, et ça vaut aussi pour vous autres tant que je vous aurai pas vendus. Vous n'êtes que des bouches à nourrir.

Les routes qui ne menaient nulle part les entraînaient à rencontrer des gens qui n'avaient rien. Jamais Giljohn ne leur proposait d'acheter leur enfant. Il se garait devant le muret des fermes où les mauvaises herbes et les cailloux avaient pris le pas sur les cultures, et où il aurait été généreux de qualifier le produit du travail de « récolte », puisqu'il aurait fallu pour cela que les plants aient commencé leur croissance. Dans ce genre d'endroits, il arrivait que le propriétaire des lieux cesse son labour ou pose sa faux, et décide de s'approcher.

Un homme qui transporte une cage pleine d'enfants n'a pas besoin d'annoncer son activité. Un fermier qui n'a que la peau sur les os, et des yeux couleur de famine, n'a pas besoin de justifier son intérêt pour son visiteur. La faim est invariablement à l'origine de nos transactions les plus odieuses.

Quelquefois, le fermier accomplissait la lente traversée de son champ, du bien vers le mal, et restait là dans la salopette qui cachait sa maigreur, mâchonnant un épi de maïs tandis que ses yeux brillaient au milieu de son visage ombrageux. En de telles occasions, il ne fallait guère plus de quelques minutes pour qu'une ribambelle d'enfants crasseux s'alignent devant le croque-mitaine, classés par taille des plus grands, qui considéraient d'un air soupçonneux le nouveau venu, aux plus jeunes qui, une main encore serrée autour du bâton avec lequel ils étaient occupés à jouer quand on les avait appelés et l'autre crispée sur leurs haillons, ouvraient de grands yeux candides.

Giljohn effectuait un premier examen rapide pour identifier ceux qui avaient pu recevoir des traits gerants. Quand les petits savaient quel âge ils avaient, cela lui facilitait la tâche, mais même une évaluation approximative lui permettait de déceler des indices. Il examinait souvent les nuques, ou tordait les poignets, juste assez fort pour que les enfants se crispent. Lorsque c'était le cas, il les écartait. Pendant sa seconde évaluation, il s'intéressait aux yeux des petits candidats, leur étirant les paupières pour scruter le blanc. Nona n'avait pas oublié le contact de ses mains. Elle avait eu l'impression d'être une poire que l'on palpe et hume avant de la reposer sur l'étal du maraîcher. Pour elle, le village n'avait exigé aucune contrepartie, alors même que Giljohn l'avait soumise à un examen poussé ; il fallait mériter sa place dans la cage et ses repas.

S'agissant des Hunskas potentiels, Giljohn frottait une mèche de cheveux entre son pouce et son index comme pour vérifier s'ils étaient rêches. Si le résultat piquait sa curiosité, il éprouvait leur vivacité en laissant tomber un caillou derrière un morceau de tissu, à charge pour les sujets de saisir l'objet au vol lorsqu'il réapparaissait quelques dizaines de centimètres plus bas. Presque aucun des enfants ainsi sélectionnés ne possédait vraiment les réflexes fulgurants des Hunskas : d'après Giljohn, cette aptitude se révélerait au fil de leur croissance, ou bien l'entraînement lui permettrait d'éclore.

D'après les estimations de Nona, Giljohn trouvait des personnes enclines à se séparer de leur marmaille pour une poignée de cuivre une fois toutes les dix étapes environ, et après avoir jaugé les enfants qu'on lui présentait, il lui arrivait moins d'une fois sur douze de proposer de l'argent aux parents. Les rares élus étaient généralement des spécimens trop grands pour leur âge et, de l'aveu même du croque-mitaine, rares seraient ceux qui, une fois devenus adultes, manifesteraient tout le potentiel de leur héritage gerant.

Une fois que Giljohn avait choisi les plus grands, et les petits bruns dotés de bons réflexes, il effectuait toujours une troisième inspection, qui était aussi la plus longue et la plus minutieuse. À ce stade, même s'il scrutait les enfants restants avec une vigilance typique d'un rapace, l'heure n'était plus aux épreuves, mais aux questions.

— Tu as fait un rêve, cette nuit ? demandait-il par exemple.

Ou :

— Dis-moi... Quelles couleurs vois-tu dans la lune convergente ?

Et lorsqu'il s'entendait répondre « La lune est toujours rouge » ou « Faut pas regarder la lune convergente, elle peut vous rendre aveugle », il insistait :

— Mais si elle ne rendait pas aveugle, si elle n'était pas toujours rouge, quelles couleurs verrais-tu ?

« Qu'est-ce qui émet un son bleu ? » faisait partie des questions qui revenaient fréquemment.

« Quel goût a la douleur ? »

« Tu vois les arbres pousser ? »

« Quels secrets gardent les pierres ? »

Et ainsi de suite... Giljohn passait de l'excitation croissante à l'ennui feint, auquel cas il faisait mine d'étouffer un bâillement. Tout cela était un jeu. Dont il sortait rarement victorieux. Mais à la fin, immanquablement, il s'accroupissait devant les enfants concernés. « Regarde mon doigt », disait-il. Alors, il traçait une ligne descendante, juste devant leur nez, si près que son ongle leur frôlait la peau. La ligne tressaillait, s'animait de soubresauts, de vibrations, de cadences jamais répétées mais toujours familières. Que voulait-il déceler dans le regard de ces enfants ? Nona n'en avait pas la moindre idée, et de toute évidence, Giljohn ne trouvait que rarement ce qu'il cherchait.

Deux places furent pourvues lors de cette étape, et chacun des enfants sélectionnés ce jour-là se révéla plus onéreux que tous les autres réunis. Mais sans excès. Si l'on demandait de l'or à Giljohn, il passait son chemin.

— Mon brave, je fais ça depuis que tu laboures tes plates-bandes, et tu sais combien de mes ouailles ont franchi le portail de l'Académie, depuis tout ce temps ? Quatre. Quatre descendants entiers seulement… Et pourtant, on continue à m'appeler le débusqueur de mages.

Durant les longues heures qui séparaient deux parties du grand nulle part, les enfants ballottés dans le chariot regardaient défiler un monde composé essentiellement de lande morne, d'un patchwork de champs ou d'une sombre forêt au sein de laquelle torsepins et chênes-gelure se disputaient le soleil, n'en laissant guère que quelques rayons pour éclairer la route. Le plus souvent, les petits restaient silencieux, car leur babil avait tôt fait de se tarir lorsque la faim s'installait, mais Hessa constituait un cas vraiment à part. S'aidant des deux mains, elle étendait sa jambe malade, puis s'appuyait contre les barreaux de la cage et fermait les yeux avant de se lancer dans une myriade de contes. Elle avait des pommettes si saillantes que cela lui donnait une allure presque irréelle. Son visage aux traits tirés, encadrés de cheveux frisés couleur de paille restait immobile, à l'exception de ses lèvres. Ses récits confisquaient le passage des heures, entraînant les autres enfants dans des périples si lointains que jamais Quat'Sabots n'aurait pu tenir la distance. Elle connaissait des histoires mettant en scène les Scithrowl de l'Est, peuple gouverné par Adoma, la reine guerrière qui frayait avec l'horreur enfouie sous la glace noire. Elle parlait des Durnisiens qui avaient traversé la mer de Marn sur leurs barges de bois malade pour atteindre le rivage occidental de l'Empire. De grandes vagues qui s'élevaient lorsqu'un pan de la muraille de glace méridionale se détachait, et s'engouffraient dans le Goulet pour aller s'écraser contre les falaises septentrionales, qui à leur tour se délitaient pour envoyer une onde de leur cru vers le sud. Hessa évoquait la désolation qui avait frappé maintes grandes familles ayant eu le malheur de se trouver prises au piège des chamailleries opposant l'empereur à ses sœurs. Elle mentionnait les héros du passé et du présent, les généraux de l'ancien temps qui avaient tenu les zones frontalières, l'amiral Scheer qui avait perdu mille vaisseaux, les Noi-Guin qui gravissaient les tours des châteaux pour jouer de leur surin, les Écarlates avec leur suie de combat, les Tendres et leurs poisons…

Parfois, le long de ces routes sans fin, Hessa, blottie dans un coin de la cage, s'adressait tout bas à Nona, qui n'était pas en mesure de déterminer si ce que sa camarade lui racontait relevait de la fiction ou d'une étrange vérité.

—Toi aussi, tu la vois, n'est-ce pas, Nona ? demanda Hessa, si proche que Nona sentait son souffle lui chatouiller l'oreille. La Voie, la ligne ? Elle veut qu'on la suive.

—Je ne…

—Là-bas, je peux marcher. Ici, on m'a pris ma béquille, alors je dois ramper ou être portée… mais là-bas… je suis capable de marcher, tant que je ne m'écarte pas de la Voie.

Nona sentit que Hessa souriait avant de l'entendre rire, ce qui était rare chez elle, très rare. Ce jour-là, elle raconta une histoire à tous les autres enfants : celle de Persus et de la Voie Dérobée, un conte des temps les plus reculés, et même Giljohn tendit l'oreille.

Un jour enfin, ô miracle, un douzième enfant vint s'entasser dans la cage, et Giljohn déclara qu'il avait mené sa mission à bien. S'orientant vers l'ouest, il laissa ensuite Quat'Sabots guider le groupe vers Vérité, et ils ne tardèrent pas à rejoindre une large route pavée de pierres permettant à la mule d'avaler les kilomètres deux fois plus rapidement.

Lorsqu'ils arrivèrent à destination, il faisait nuit et il pleuvait. De la cité, Nona ne discerna d'abord rien d'autre qu'une multitude de lueurs semblables à une constellation planant au-dessus de la silhouette noire et menaçante de la muraille, mais, une fois franchies les portes béantes, elles se muèrent en îlots, le halo circulaire des lanternes suggérant ici un porche, là une série de colonnes, ou encore des silhouettes encapuchonnées émergeant de l'obscurité totale pour se volatiliser sitôt entraperçues.

Par des rues larges et des rues étroites creusant des gouffres entre les demeures de Vérité, si hautes qu'il fallait se tordre le cou pour en distinguer les toits, ils finirent par atteindre une haute porte de bois massif légendée de lettres en fer qui formaient un nom. Mais l'éducation de Nona était trop limitée pour lui permettre de comprendre les caractères.

—Les garçons, les filles, voilà le Caltess, dit Giljohn en repoussant sa capuche. Le moment est venu pour vous de rencontrer Partnis Reeve.

Giljohn se gara dans la cour qui s'étendait de l'autre côté de l'enceinte, et ordonna aux enfants de descendre. Saida et Nona furent les premières à sortir de la cage, toutes courbaturées. Devant leurs yeux se dressait un édifice aux nombreuses fenêtres, trois fois plus élevé que tout ce que Nona avait eu l'occasion de voir, du moins avant de découvrir Vérité. Au centre de la cour, en grande partie désertée, se trouvait un brasero aux flammes vacillantes. De drôles d'installations avaient été abandonnées dans les coins, notamment des structures en bois enveloppées de cuir et montées sur des socles ronds, dont la taille et la silhouette rappelaient des êtres humains. Quelques jeunes gens, assis sur des bancs surplombés de lanternes, étaient occupés à entretenir des pièces d'équipement en cuir. Tous, sauf un, qui réparait un filet ; c'était à croire qu'il était pêcheur.

Les enfants furent contraints de rester debout en rang pendant plus d'une heure avant que Partnis Reeve daigne sortir de sa demeure, soit assez longtemps pour que l'aube commence à s'immiscer dans la cour ; Nona fut surprise de constater qu'ils avaient voyagé presque toute la nuit.

Saida, qui tenait difficilement en place, rajusta son châle tandis que Nona regardait l'astre poindre au-dessus des tuiles noires pour les teinter d'écarlate. À l'extérieur de l'enceinte, la ville qui avait à peine fermé l'œil commençait à s'éveiller telle une vieillarde percluse de rhumatismes.

Partnis descendit les marches en privilégiant toujours la même jambe. Il était grand et bien nourri, avec des cheveux gris acier, un visage aux traits grossiers et des yeux noirs qui ne laissaient présager aucune bonté.

— Partnis ! s'exclama Giljohn en ouvrant grand les bras.

Le maître du Caltess copia son geste, mais ni l'un ni l'autre ne s'avancèrent pour partager l'accolade annoncée.

— Celia va bien ? Et que devient la petite Merra ?

— Celia est... fidèle à elle-même, répliqua Partnis avec un sourire désabusé. (Il laissa retomber ses bras.) Et Merra vit à Bourg-Darrins, elle a épousé le fils d'un marchand drapier.

— Nous avons donc tant vieilli ? demanda Giljohn en baissant les bras à son tour. Hier encore, nous étions jeunes.

— « Hier », c'était il y a bien longtemps, répondit Partnis en tournant son attention vers la marchandise. Trop petite.

Il passa devant Nona sans autre commentaire.

— Trop timide.

Cette remarque concernait Saida.

— Trop de poids. Trop jeune. Santé trop fragile. Trop de paresse. Trop de maladresse. Trop d'ennuis en perspective.

Il pivota sur ses talons en atteignant la fin de la rangée, et dévisagea Giljohn. Ils faisaient tous deux la même taille, même s'il émanait du maître du Caltess un air de mollesse contrastant avec la dureté apparente du croque-mitaine.

— Je te donne deux couronnes pour le groupe.

— C'est ce que m'a coûté leur entretien ! protesta Giljohn en crachant sur le sol sablonneux.

Pendant encore une heure, les deux hommes semblèrent se délecter de ce marchandage, Giljohn énumérant les raisons pour lesquelles ses ouailles étaient appelées à devenir de précieux combattants d'arène, et soulignant les traits indiquant une ascendance gerant ou hunska.

— Cette gamine a huit ans ! dit Giljohn. (Il posa la main sur l'épaule de Saida, qui tressaillit.) Huit ans ! Aussi grande qu'un arbre. C'est une primante, pour sûr. Sans doute même une Gerant absolue !

— Même un absolu n'est bon qu'à travailler s'il n'a pas la hargne du combat en lui.

Partnis aboya quelque chose au nez de Saida, qui recula en poussant un piaillement de frayeur et en levant les mains devant ses yeux.

— Elle ne vaut rien.

— Elle a *huit* ans, Partnis !

— C'est son père qui le dit. Pour moi, elle a l'air d'en avoir quinze.

Giljohn saisit Saida par le bras pour l'obliger à avancer.

— Tâte-lui les poignets ! insista-t-il.

Il força la fillette à courber la tête afin de pouvoir passer un doigt sur ses vertèbres saillantes, puis lui tira les cheveux pour qu'elle se redresse.

— Écoute, les os ne mentent pas, contrairement aux pères. Cette fille est au moins une primante, voire une absolue. Pendant toute ma tournée, je n'en ai pas rencontré deux comme elle. Ça pourrait très bien être une absolue.

Partnis comprima le poignet de Saida jusqu'à lui soutirer un gémissement de douleur.

— Elle a un soupçon de sang gerant, je te l'accorde.

— Un soupçon ? Oh, je t'en prie.

— C'est une demi-sang, avec un peu de chance.

Ainsi se poursuivit la négociation, le maître de l'arène concédant à Giljohn que tel ou tel enfant devait bien avoir un soupçon ou une moitié de sang ancien tandis que le croque-mitaine insistait sur leur qualité de primant ou d'absolu.

Il affirmait par exemple que la marque des Hunskas était nettement visible chez Nona et chez un garçon prénommé Tooram. Il gifla Tooram, puis reproduisit aussitôt son geste, et le garçon se protégea avec son bras avant que le deuxième coup l'ait atteint. Quand vint le tour de Nona, la fillette se laissa frapper, la paume dure du croque-mitaine provoquant des bourdonnements dans son oreille et une poussée de douleur incandescente dans sa joue. Après un regard peu amène que Nona lui rendit bien, Giljohn répéta la manœuvre, mais la fillette ne fit pas le moindre effort pour esquiver la torgnole ; elle tomba à la renverse et des lumières vives vinrent crépiter devant ses yeux, remplaçant le ciel gris.

— … d'idiote.

Un goût de sang dans la bouche, elle se rendit compte que Giljohn l'avait remise sur ses pieds et lui enserrait l'épaule dans un véritable étau.

Elle se remémora la force du coup, cette impression qu'elle avait eue que ses dents avaient manqué de se déchausser.

— Tu as bien vu la vitesse à laquelle elle s'est tournée vers moi.

Giljohn disait vrai. Nona avait la sensation que ses lèvres avaient quadruplé de volume, et des élancements douloureux fusaient vers le fond de ses narines. Elle avait bougé au tout dernier moment.

— Il faut croire que ça m'a échappé, rétorqua Partnis.

Nona avala le sang qu'elle avait dans la bouche, et laissa la douleur l'envahir ; tel était le prix à payer pour avoir soustrait à Giljohn une partie de son dû. Certains enfants, vendus par leur propre père, en venaient presque à considérer le croque-mitaine comme un parent de substitution. Un homme sévère, certes, mais qui les nourrissait et veillait à leur sécurité. Nona avait adopté une position diamétralement opposée. Son père avait péri au milieu des glaces, et elle se réchauffait aux souvenirs qu'elle gardait de lui lorsqu'elle avait froid, elle se nourrissait de leur douceur quand le monde s'emplissait d'amertume. Lui, il aurait su comment traiter un homme tel que Giljohn.

Les Gerants n'avaient pas eu à faire un choix, contrairement à Nona ; leur taille parlait pour eux. Même si, de l'avis de Nona, il était bien possible que le maître du Caltess ait eu raison en accusant Saida d'avoir quinze ans.

Partnis et Giljohn s'accordèrent sur une somme de douze couronnes.

— Soyez sages.

Voilà tout ce que Giljohn, qui avait été leur père pendant trois longs mois, trouva à dire aux enfants, et il se jucha sur son chariot sans autre forme de cérémonie.

— Au revoir, dit Saida.

Elle fut la seule à parler. Giljohn s'immobilisa, sa badine brandie au-dessus de sa tête.

— Au revoir, répondit-il.

— Elle parlait à la mule.

Tooram n'avait pas tourné la tête, mais s'était exprimé assez distinctement pour que les mots arrivent aux oreilles de Giljohn.

Un sourire oblique vint lui barrer le visage. Secouant la tête, il fit claquer sa badine sur la croupe de Quat'Sabots pour l'inciter à se mettre en route. Un employé de Partnis Reeve avait rouvert les portes du Caltess.

Le véhicule s'éloigna en bringuebalant tandis que Hessa, Markus, Willum et Chara regardaient Nona une dernière fois à travers les barreaux. Nona allait regretter Hessa, la petite conteuse. Elle se demanda à qui Giljohn comptait la vendre, et comment une fillette incapable de marcher pouvait espérer tracer son chemin en ce monde. Peut-être Markus allait-il lui manquer, lui aussi. Les kilomètres avaient fini par émousser leurs points de friction, tour de roue après tour de roue… changeant Markus en camarade. Quelques secondes plus tard, tous avaient disparu.

— Vous êtes à moi, désormais, déclara Partnis en faisant signe au jeune homme qui réparait son filet de s'approcher.

Svelte, avec cependant une musculature bien dessinée sous son gilet en laine, l'individu avait les cheveux foncés et un teint clair, quoique bien loin de la pâleur de Nona.

— Je vous présente Jaymes. Il va vous conduire auprès de Maya, votre nouvelle maman. Une adepte de la baffe, précisa le maître avec un sourire lourd de sous-entendus. Vous serez grands comme ça (il plaça le tranchant de sa main contre son torse) la prochaine fois que j'entendrai parler de vous, normalement. Dans le cas contraire, ce sera sans doute de mauvais augure pour vous. Faites ce qu'on vous dit, et tout ira bien. Vous voilà membres du Caltess. Acquis contre espèces sonnantes.

Maya mesurait une tête de plus que Partnis, ses bras étaient aussi charnus que les cuisses d'un homme et elle avait le teint rubicond de quelqu'un qui garde toujours au fond de soi une colère sourde. Pour compenser ce teint peu avenant, l'Ancêtre l'avait dotée d'une abondante chevelure blonde qu'elle réunissait en tresses drues. Après avoir réuni ses nouveaux protégés dans le grenier, elle resta debout sur l'échelle, seules sa tête et ses épaules émergeant de l'obscurité.

— On ne monte jamais de lanterne ici. Jamais. Pas de chandelles non plus. Pas de lampes. Désobéissez-moi, et vous le paierez cher, dit-elle, remuant ses poings aux articulations saillantes pour accompagner ses consignes. Quand vous ne travaillerez pas, c'est ici que vous viendrez. Les repas se prennent dans la cuisine. Vous entendrez la cloche vous signaler l'heure. Manquez le coche, et il faudra vous passer de nourriture.

Nona et les autres, accroupis près de la trappe, observaient la géante. Il régnait dans le grenier une odeur de renfermé qui rappela à Nona la réserve de grain de James Lepain. Autour des enfants, il y eut des bruissements dans l'ombre. Très probablement des chats, assurément des rats et des araignées, mais aussi les autres élèves scrutant les nouveaux venus.

Maya haussa le ton.

— On n'asticote pas la viande fraîche. Vous aurez amplement le temps pour ça sur le terrain.

Elle s'adressait manifestement à une zone d'ombre pas plus foncée que les autres.

— Denam, Regol. Si je remarque la moindre bosse, le moindre bobo sur les emplettes de Partnis, je vous encastre l'un contre l'autre si fort que vous allez échanger vos cervelles. Compris ? (Une pause.) Compris ?

Le dernier mot fut prononcé d'une voix de stentor propre à faire trembler le toit.

— Entendu, ricana quelqu'un.

— Compris.

Un gloussement amusé, au loin.

Les autres apparurent dès que Maya fut descendue. Deux garçons jusque-là perchés dans la charpente se laissèrent tomber au milieu des nouveaux venus. Nona n'avait même pas décelé leur présence. D'autres sortirent de l'obscurité, d'un pas vif, léger ou feutré selon ce qui correspondait à la personnalité de chacun. Aucun d'entre eux n'était aussi menu et aussi jeune que Nona, même si la différence d'âge paraissait minime. De l'endroit sur lequel Maya avait concentré son attention sortit un jeune colosse à la mine patibulaire, affublé d'une tignasse rousse et dont les muscles saillants jouaient sous une tunique de lin informe. Il fut rejoint quelques instants plus tard par un camarade presque aussi grand que lui mais doté d'une silhouette gracile, avec des cheveux noirs qui lui tombaient devant les yeux et un sourire oblique qui étirait négligemment la commissure de ses lèvres.

Nona n'avait pas envisagé que les pensionnaires pouvaient être si nombreux. Tassés les uns contre les autres, ils guettaient le divertissement à venir.

Le géant roux ouvrit la bouche pour proférer une menace.

— Vous…

— Oh, la paix, Denam, dit le brun en s'interposant entre son camarade et les petits vendus par Giljohn. Vous êtes des nouveaux. Je m'appelle Regol, et lui c'est Denam, qui va bientôt passer apprenti et est le combattant le plus coriace, le plus féroce que le grenier du Caltess ait connu. Regardez-le de travers, et il vous hachera menu. J'ai bon ? (Il consulta l'intéressé du regard, avant de reporter son attention sur Nona et les autres.) Maintenant que nous avons affirmé notre virilité et évité à Maya d'avoir à donner la fessée à Denam, trouvez-vous un endroit où dormir. (D'un geste désinvolte, il indiqua l'obscurité ambiante.) Et ne nous marchez pas sur les pieds.

Il parut sur le point de se détourner, mais se ravisa.

— Tôt ou tard, quelqu'un cherchera à vous convaincre que si nous sommes si nombreux à être apprentis dans ce grenier, c'est que Partnis mange les petits enfants, qu'il existe une épreuve létale à laquelle presque personne ne survit, ou encore que Maya oublie parfois de regarder où elle s'assoit. La vérité, c'est qu'on vous a achetés trop tôt, pour un prix dérisoire. Pour la plupart, vous allez décevoir Partnis, et vous ne lui servirez à rien.

Il finira par vous vendre à quelqu'un d'autre. (Il leva la main pour empêcher Denam d'intervenir.) Pas pour vous faire travailler dans une mine de sel ou vous inclure dans la composition d'une tourte. Simplement à quelqu'un qui saura vous mettre à contribution. (Il baissa le bras.) Des questions ?

Un craquement sonore rompit le silence qui suivit sa tirade, et il fallut un moment à Nona pour comprendre que Denam venait de serrer les poings.

— Vraiment, Regol, je te hais.

— C'est pas une question, ça.

Plus un bruit.

Regol regagna les ténèbres, se hissant dans la charpente avec la grâce innée d'un félin.

Le Caltess réservait aux enfants un sort nettement plus enviable que des tribulations sur les chemins de traverse de l'Empire dans une cage ouverte à tous les vents. À vrai dire, la vie s'y révéla même meilleure qu'au village de Nona. Chez Partnis Reeve, Nona était certes la plus petite, mais elle ne se sentait pas exclue. L'isolement de son village avait eu pour conséquence d'uniformiser les lignées, à tel point que l'on aurait pu choisir quelques individus au hasard et les faire passer pour les membres d'une même famille. Seule Nona ne correspondait pas à ce moule. Elle était une chèvre au milieu d'un troupeau de moutons. La famille que Partnis s'était offerte à coups de sommes d'argent présentait toutes les formes et toutes les tailles, toutes les couleurs, toutes les carnations, ce qui n'empêchait pas une belle unité esthétique, la pénombre du grenier aidant.

En sus de la cinquantaine d'enfants que le maître de l'arène gardait sous son propre toit, sept combattants disposaient de leur propre chambre dans la demeure, et une dizaine d'apprentis logeaient dans des quartiers situés au fond du domaine.

Nona élut domicile entre des sacs de grain plus gros qu'elle, mais Saida eut plus de mal à trouver une place, d'autant que les enfants plus âgés, même ceux qu'elle dépassait d'une tête, la chassaient de leur territoire. Au bout du compte, elle prit place tout près du tas de sacs de Nona, là où l'inclinaison du toit l'obligeait à rouler sur le flanc pour atteindre un coin de plancher libre.

Ce soir-là, lorsque l'établissement ouvrit ses portes, le public s'engouffra à l'intérieur pour voir couler le sang humain. Denam et Regol s'arrangèrent pour regarder les combats, perchés sur les premiers barreaux de l'échelle du recoin le plus éloigné du grand hall, derrière les comptoirs où les apprentis vendaient de la bière et du vin à la foule. Quant aux enfants les plus âgés, ils se massèrent autour de la trappe. Les autres en furent réduits à dénicher une fente dans le plancher pour espérer entrapercevoir les hostilités.

Depuis sa place, Nona distinguait le deuxième ring à travers une mince ouverture. Elle ne voyait pas le rapport entre le mot *ring* et ce qu'elle avait sous les yeux, à savoir un carré délimité par des cordes reliées à quatre poteaux et qui ne dépassait pas les huit mètres de côté, le tout se trouvant surélevé par une plate-forme afin que le regard du spectateur moyen se trouve approximativement à la même hauteur que les pieds des combattants. Directement en dessous d'elle, Nona apercevait de nombreuses têtes ; les spectateurs étaient des centaines à se presser les uns contre les autres, le brouhaha qui montait vers le grenier enflant à mesure que la foule grossissait, tant et si bien que tout le monde était forcé de crier pour se faire entendre de son voisin.

Tout près de là, Saida avait collé son œil contre une fente, et à côté d'elle, Marten, un garçon plus âgé, s'était approprié un orifice laissé par un nœud dans le bois.

— C'est ouvert à tout le monde, ce soir, expliqua-t-il sans détacher son regard de la scène. Duels classés le septain, joutes d'exhibition le quatrain. Et les lames, c'est le dernier jour du mois.

— Mon p'pa m'a dit qu'en ville les gens se battaient dans des fosses…, dit timidement Saida, s'attendant à être contredite.

— C'est parfois le cas dans les ports de la Marn. D'après Partnis, c'est stupide. Quand tu as des combattants motivés et une foule prête à payer, il faut les mettre en hauteur, pas dans un trou où seuls les spectateurs du premier rang peuvent voir quelque chose.

Allongée à plat ventre, Nona observait le public, tandis que, hors de son champ de vision, à l'extrémité opposée de l'établissement, des combattants s'affrontaient. Le fait qu'elle ne puisse distinguer que le crâne des spectateurs ne l'empêchait pas de percevoir l'humeur générale, l'atmosphère qui régnait dans la foule dont les cris d'enthousiasme semblaient s'unir en un seul et semblable mugissement bestial, si guttural qu'il vibrait au fond de la poitrine de Nona, et fit même trembler ses cordes vocales lorsqu'elle se mit à son tour à s'époumoner.

Enfin, un personnage finit par monter sur le ring qui se trouvait juste en dessous du grenier. Nona sentit les autres enfants se rapprocher pour tenter d'apercevoir quelque chose. Quelqu'un chercha même à lui chiper sa place, mais elle enfonça ses ongles dans les mains qui voulaient la déloger. L'indélicat ou l'indélicate lâcha en poussant un cri de douleur, et elle put reporter son attention sur le spectacle.

— Raymel !

Les voix des enfants se joignirent aux vivats de la foule.

Debout sur le ring, Raymel était un homme solidement charpenté n'arborant pour seule tenue qu'un pagne blanc qui lui ceignait les reins ; sa peau luisait d'huile et, sur son abdomen, les muscles paraissaient sculptés, chaque relief nettement séparé de ses semblables. Nona, qui l'avait entrevu plus tôt dans la journée, savait que c'était un colosse ; encore plus grand que Maya, il n'avait rien de sa gaucherie lorsqu'il se mouvait. Non, chacun de ses gestes exprimait l'assurance d'un prédateur, d'un tueur dans les veines duquel coulaient trois quarts de sang gerant. Dans la pénombre du grenier, Nona avait appris le code auquel Giljohn avait fait référence, le jour où il l'avait vendue à Partnis. La teneur en sang ancien s'échelonnait du soupçon à l'absolu, en passant par les demi-sang et les primants, sachant qu'un soupçon correspondait à un quart de sang ancien. S'agissant de la lignée gerant, les primants devenaient souvent les meilleurs combattants, car les absolus, plus rares et encore plus imposants physiquement, se révélaient trop lents... Rien ne disait cependant qu'il ne s'agissait pas d'une invention du Caltess, qui ne comptait aucun absolu dans son écurie.

— Vous allez voir ce que vous allez voir ! dit une fillette fébrile, sur la gauche de Nona.

À en croire Marten, n'importe qui avait le droit, à condition de payer une couronne, de se mesurer aux champions de Partnis pour espérer remporter une bourse bien garnie, voire être embauché au Caltess.

— Raymel va les tuer, dit Saida, frappée de stupeur.

— Non. (Malgré le tapage ambiant, le dédain de Marten ne faisait aucun doute.) Il est payé pour gagner. Il va épater la galerie. Tuer l'adversaire, c'est mauvais pour les affaires.

— Ça se discute, intervint une autre voix toute proche.

— Raymel fait comme ça lui chante. Il peut très bien tuer quelqu'un, dit la fillette qui se tenait sur la gauche de Nona.

Elle semblait presque espérer une telle issue.

Un adversaire monta sur le ring, un homme chauve, gras et puissant, dont le dos était couvert d'une toison noire si drue qu'elle dissimulait sa peau. Ses bras évoquaient des quartiers de viande ; peut-être s'agissait-il d'un forgeron habitué à manier un marteau à longueur de journée. Nona ne distinguait pas ses traits.

— Partnis ne lui donne donc pas d'o..., commença-t-elle.

— Personne n'ordonne quoi que ce soit à Raymel, l'interrompit la fillette. Ça faisait cinquante ans qu'un noble n'était pas monté sur le ring. C'est Regol qui m'a dit ça. Et on ne dit pas aux nobles ce qu'ils doivent faire. Pour Raymel, l'argent n'a pas d'importance.

Nona avait déjà été témoin d'une telle ferveur : à l'église de l'Espoir, dans la voix de sa mère ou de Mari Fleuvine, lorsque toutes deux priaient le dieu nouveau et chantaient les hymnes que le père Mickel avait enseignés à sa congrégation.

La cloche sonna, et Raymel combla la distance qui le séparait du forgeron.

Nona voyait une mince portion du ring courant de l'un à l'autre des coins réservés aux combattants. Elle les perdait donc de vue lorsqu'ils s'écartaient de cette ligne oblique. Les mouvements de Raymel étaient précis, dépourvus de hâte ; il interrompait la progression du forgeron en lui portant des coups de poing à la tête, reculait pour le laisser reprendre ses esprits, puis l'incitait à repartir à l'assaut. L'enjeu était inexistant, sauf à considérer que le forgeron tenait absolument à intercepter le poing du géant avec son visage, le plus souvent possible.

À chaque impact, chaque projection de salive mêlée de sang, la foule s'époumonait davantage. Lorsque Raymel laissa enfin quelques secondes à son adversaire pour s'effondrer, ce dernier n'avait pas eu l'occasion de lui porter le moindre coup.

— Pourquoi choisir d'affronter Raymel ? demanda Saida en écartant son œil de l'orifice. (Elle frémissait.) À quoi bon ?

— La bourse du vainqueur représente une coquette somme, et elle grossit chaque fois qu'un candidat perd, expliqua Marten.

Nona ne quittait pas des yeux Raymel qui arpentait le ring. Elle se garda de répondre, mais elle savait pertinemment que l'argent n'était pas le seul facteur entrant en ligne de compte. Tout, chez Raymel, était un défi lancé à ses adversaires. Certes, ce feu était attisé par les rugissements de la foule, mais il émanait bel et bien de Raymel. *Allez, essayez un peu pour voir,* semblait-il dire.

Ils furent encore deux à tenter leur chance ce soir-là, mais Gretcha, qui combattait sur l'autre ring, eut plus de succès que Raymel. Peut-être était-elle femme à assurer le spectacle, à laisser ses adversaires s'en prendre à elle avant de les terrasser avec panache sans pour autant se montrer excessivement brutale. Raymel, lui, traitait ceux qui le défiaient avec mépris, il les humiliait avant de les abandonner, saignant sur le plancher.

Les corvées de Maya n'exigeaient que peu de temps et d'effort, puisqu'elles étaient réparties entre plus d'enfants que nécessaire. Dans le grand hall, Nona récurait, balayait et astiquait le sol. Aux cuisines, elle épluchait, transportait, lavait, coupait les aliments et entretenait le feu. Aux latrines, elle lavait à grande eau, vidait des seaux et maniait le chiffon à grand renfort de haut-le-cœur. Quant à l'entretien de l'équipement, des terrains d'entraînement et des armes factices, il incombait aux apprentis, les combattants s'occupant de leurs propres armes, comme ont tendance à le faire ceux dont la vie dépend d'un tranchant acéré ou d'une cotte robuste.

Il arrivait que les enfants plus âgés soient embauchés à l'extérieur du Caltess pour la cueillette des fruits ou pour creuser des fossés, mais la plupart du temps, comme Regol l'avait annoncé, les petits étaient surtout chargés de grandir, de révéler le potentiel qui avait conduit à leur achat. Maya leur avait confié qu'ils ne seraient, pour la plupart d'entre eux, pas revendus avant au moins un an, voire deux ou trois.

— Parfois, chez une fille, le potentiel n'apparaît pas pleinement avant les premières règles. Moi, à treize ans, je ne faisais pas encore la moitié de ma taille actuelle. Partnis n'a aucun intérêt à vous entraîner avant de savoir comment vous tournerez. La formation est onéreuse. Et, dans la plupart des cas, elle n'aura servi à rien. Personne ne gagne sa vie dans l'arène s'il n'a pas le sang ancien. Et même à supposer que vous ayez le don, Partnis aime bien attendre. D'après lui, l'entraînement porte vraiment ses fruits lorsque vous avez presque acquis votre taille et vos réflexes définitifs, car ça évite d'avoir à faire des ajustements en permanence.

Deux fois par jour, pendant une heure, Maya faisait descendre les pensionnaires du grenier dans la cour pour ranger les poids de chaque combattant dans leurs coffres respectifs, puis, qu'il pleuve ou qu'il vente, elle les obligeait à effectuer d'interminables tours de piste. Nona attendait toujours avec impatience ces occasions d'échapper à l'espace cloisonné du grenier, où elle s'ennuyait, et à la routine des tâches d'intérieur. Avec Saida et Tooram, le dernier enfant que Giljohn avait acheté avant de regagner Vérité, elle ramassait les poids abandonnés et les rangeait dans la pièce dédiée au matériel, même si elle devait avouer, pour être tout à fait honnête, que Tooram et elle gênaient probablement Saida au lieu de l'aider. Pendant qu'ils gravissaient laborieusement l'escalier, Denam les doublait, l'un des poids les plus lourds dans chaque main ; seule la transpiration qui plaquait ses cheveux de flamme sur son front suggérait l'effort que cela exigeait de lui.

Alors, Nona et Tooram s'écartaient pour le laisser passer, puis Saida les encourageait à continuer.

— Allez, oh hisse !

Cela ne dérangeait pas Nona de ne pas être capable de se rendre plus utile, d'avoir mal aux bras, au dos, et de la sueur qui lui coulait dans les yeux. Elle était contente de ne pas se sentir exclue. Saida n'avait pas besoin d'assistance, mais était l'amie de Nona et appréciait que celle-ci cherche à l'aider.

Grâce à cette amitié, Nona découvrit quelque chose qu'elle n'avait pas trouvé dans la foi des habitants de son village ou dans celle que sa mère vouait à l'Espoir, quelque chose qui avait été absent de la morale inculquée par mamie Even, et même des liens familiaux qui s'étaient ensuite rompus sous ses yeux. Quelque chose qui était pour elle sacré et valait la peine de se sacrifier. Nona éprouvait des difficultés à se lier avec autrui, elle ne comprenait pas les ressorts de l'amitié, et savait simplement que la magie opérait parfois. Elle n'avait eu qu'un ami, un seul, et en avait presque aussitôt été privée, alors elle n'avait nullement l'intention de perdre Saida.

— Explique-moi comment tu t'es retrouvée à Harribourg, mon enfant. Au pied de la potence.

La voix de mère Vitrage creva la surface des souvenirs de Nona, et elle s'aperçut qu'elle cheminait le long d'une route pierreuse séparant de vastes champs balayés par le vent, qui avaient été confiés aux chevaux et aux brebis. De part et d'autre de la voie, quelques fermes ponctuaient le terrain, et le toit très pentu d'une villa se profilait au loin avec, au-delà, l'escarpement abrupt qui soutenait le plateau.

— Comment ça ? demanda Nona, désorientée.

C'était à peine si elle se rappelait avoir quitté la ville. En se retournant, elle constata que près de deux kilomètres la séparaient désormais de Vérité, et que deux moniales les suivaient.

— Tu étais sur le point de me raconter ce qui s'est passé avec Raymel Tacsis.

Les deux autres moniales étaient plus grandes que l'abbesse, la première très svelte et l'autre plantureuse, même si elles avaient pour point commun leur habit qui flottait autour d'elles. Nona se remémora vaguement qu'elles avaient rejoint leur supérieure à l'orée de la ville, près d'une poterne. L'une était vraisemblablement aussi âgée que mère Vitrage, avec ses traits tirés, burinés, son regard froid et ses lèvres minces. Quant à la seconde, plus jeune, elle avait les yeux verts, et elle reçut l'attention distraite de Nona avec un sourire radieux qui incita l'enfant à détourner la tête et à reporter son regard vers l'horizon.

Le couvent n'était plus visible, l'escarpement étant désormais trop proche.

— Saida était chargée de laver le sol de la chambre de Raymel. Je l'ai entendue hurler.

Le cri ne lui avait pas paru humain. Au village, Jarry le Gris égorgeait les pourceaux… Voilà à quoi le bruit qu'elle avait entendu lui avait fait penser. Ce n'était que lorsque l'un des garçons qui s'étaient attroupés autour de la trappe du grenier avait mentionné la chambre de Raymel qu'une main froide s'était en quelque sorte immiscée dans le cœur de Nona, lui enjoignant de réagir.

— Je suis descendue. J'ai dévalé l'échelle.

Elle aurait gagné du temps en sautant directement du haut du grenier, mais à peine. Elle avait foncé vers le vestibule. Saida avait laissé un seau et un balai pour bloquer le lourd battant de chêne aux gonds de cuivre ouvragé.

— Le sol était jonché de tessons de poterie. Et il était en train de lui faire du mal.

Saida, qui était d'une maladresse notoire, avait renversé un objet exposé sur une margelle. Raymel l'avait soulevée de terre par le bras, et tournait son poing, qui couvrait toute la surface entre le coude et l'épaule de Saida, pendant que la fillette hurlait et gesticulait pour tenter d'atténuer l'atroce douleur.

— Je lui ai dit de la poser, mais il ne m'a pas écoutée.

Nona avait couru jusqu'à son amie pour soutenir son poids, mais Saida était deux fois plus lourde qu'elle. C'était à ce moment-là que Raymel avait remarqué sa présence et, en s'esclaffant, avait secoué Saida pour obliger Nona à lâcher prise. Quelque chose avait alors cédé dans le bras de Saida, avec un craquement assez fort pour que Nona l'entende malgré les cris de son amie.

— Du coup, je l'ai arrêté. Je lui ai tranché la gorge.

Derrière elle, la plus jeune des moniales pouffa de rire.

— Il mesure près de trois mètres, à ce qu'on dit.

— Je l'ai escaladé.

Si Raymel n'atteignait pas les trois mètres, il dépassait néanmoins les deux mètres cinquante et, ayant posé un genou à terre, narguait Nona, un sourire hideux sur son visage avenant. Il tenait toujours Saida à bout de bras.

Nona s'était élancée. Une lueur d'étonnement était passée dans le regard de Raymel, mais il n'avait pas eu le temps de réagir. La fillette s'était propulsée en prenant appui sur son genou pour lui ouvrir la gorge.

— Comment as-tu procédé ? s'enquit la plus âgée des deux moniales, derrière elle.

— Je…

Nona revit Raymel, ses boucles blondes en travers de son front lisse, et le sourire qui s'était transformé tandis que le sang écarlate sourdait des profondes entailles qu'elle avait pratiquées dans son cou charnu.

— En grimpant, j'ai pris la dague qu'il portait à sa ceinture.

— Voilà qui me paraît fort peu probable, nota la plus jeune des deux moniales.

L'abbesse réagit avant que Nona n'ait pu se fendre d'une réplique cinglante.

— Tout de même, sœur Pomme, à y regarder de plus près, il est clair que la tunique de cette fille était naguère blanche et non brune. Un brun, soit dit en passant, qui résulte, à en croire les gardiens de la prison d'Harribourg, d'un mélange de sang séché et de crasse carcérale. De surcroît, son amie et elle étaient toutes deux censées finir pendues pour le meurtre de Raymel Tacsis.

— Dans ce cas, comment se fait-il qu'il ne soit pas mort ? demanda Nona.

Je veux qu'il meure.

— Parce que son père est très riche, Nona.

L'abbesse quitta la route et s'engagea sur un étroit sentier qui menait aux tombants escarpés.

— Et je ne parle pas d'un petit pécule, mais d'une fortune qui lui permettrait de dormir dans un manoir différent chaque nuit jusqu'à ce que la vieillesse l'emporte.

— Qu'importe l'argent quand on se vide de son sang, rétorqua Nona, déconcertée.

Riches ou pauvres, les gens sont tous pareils à l'intérieur.

— Thuran Tacsis est si riche que certains Académiciens sont à sa solde, expliqua mère Vitrage en retroussant son habit pour rendre l'ascension moins ardue. Ma crosse me manque déjà. Une vieille dame sans son bâton de vieillesse, comme c'est triste.

Nona ne répondit rien. Elle ne comprenait pas les propos de l'abbesse.

— Des Académiciens... Des sorciers, Nona ! Des mages. Des enchanteurs. Des sorcières et des mages de guerre. Des enfants de sang marjal, éduqués et formés aux frais de l'empereur, puis placés au service de l'Arche. Mais ils ont tout loisir de gagner leur vie en dehors du palais lorsque la Couronne ne requiert pas leurs talents.

— Ils savent relever les morts ?

Nona songea soudain à son père, à la masse de cheveux noirs et aux bras robustes entre lesquels elle s'était sentie en sécurité. C'était là tout ce qu'elle se rappelait de lui.

— Non. En revanche, ils peuvent empêcher un être vivant de mourir. Il existe une frontière, un lieu que nous traversons pour rejoindre l'Ancêtre. Certains de nos semblables sont capables de se rendre jusqu'à cette lisière et d'y maintenir une personne jusqu'à ce qu'elle guérisse de blessures qui, sans cela, auraient causé sa perte.

— Donc les riches ne meurent jamais ? demanda Nona.

L'idée de pouvoir repousser la mort avec des pièces d'or laissait songeuse.

L'abbesse fit un signe de dénégation.

— Les mages de guerre ne s'attardent jamais longtemps à la lisière, dit-elle, le souffle de plus en plus court à mesure que la pente s'accentuait. Thuran en a une dizaine qui se relaient au chevet de son fils pour l'empêcher de traverser. Et puis, peu importe le temps que l'on y passe, dans bien des cas les dégâts sont irréparables. Les plaies, le sang perdu… Un corps sain est capable de soigner les unes et de remplacer l'autre. En revanche, il est extrêmement risqué pour les mages de renvoyer une personne dans son corps, car il existe des… créatures… qui cherchent à la suivre pour trouver refuge dans son esprit. Plus le séjour du patient à la lisière s'éternise, plus il est difficile de le protéger de ce genre de passagers.

Nona pensa à Raymel Tacsis gisant dans la demeure paternelle, entouré d'Académiciens qui ne ménageaient pas leurs efforts pour lui éviter la mort. Saida était morte, elle. Nona avait remarqué ses pieds qui dépassaient du drap, les bandes de tissu encore souillées du sang de Raymel. Nona n'éprouvait aucune pitié pour lui.

— J'espère qu'il aura plein de diables dans la cervelle quand il reviendra, et qu'ils lui mangeront le cœur.

Chapitre 4

— Vous pourriez envoyer l'enfant là-bas, ma mère.

Elles se trouvaient à l'endroit où la piste entamait son abrupte ascension des tombants de roche friable du plateau, entaillant les reliefs en un va-et-vient d'une dizaine d'épingles à cheveux. L'abbesse se tourna vers Nona pour lui indiquer un point par-delà les bois et les champs, à l'ouest.

— Morleville se trouve à huit kilomètres dans cette direction. Une enfant pourrait s'y rendre utile, travailler aux champs.

Sœur Pomme et sœur Suif se tenaient épaule contre épaule.

— Le Grand Prêtre aura tôt fait de se saisir de cette affaire, dit la première. Les Tacsis n'auront même pas besoin de le lui demander.

— Cantonnez-vous aux combats qui valent la peine d'être menés, conseilla la seconde. Jacob n'aimerait rien tant que s'inviter à nouveau à notre table. Vous lui fourniriez le prétexte idéal.

— Il faut dire aussi que vous venez de soustraire cette gamine à la prison…, remarqua Pomme en tournant un regard soucieux au loin, vers la ville.

— Voilà Maîtresse Lame qui me suggère de ne pas livrer bataille…, dit l'abbesse avec un sourire, avant de reprendre l'ascension. Et Pomme qui me reproche un vol… (Nona lui emboîta le pas.) Allons, vous êtes moniales. Ayez la foi.

À la faveur d'un dernier rai de soleil accroché à l'horizon, mère Vitrage se dirigeait vers une curieuse forêt de piliers en pierre, dont les ombres s'étiraient sur des centaines de mètres de roche pour accueillir les voyageuses. Nona marchait derrière l'abbesse, encadrée par les deux moniales qui, contrairement à leur supérieure, ne paraissaient pas le moins du monde essoufflées par l'ascension. La plus âgée des deux, sœur Suif, semblait capable d'endurer la déclivité pendant une journée entière. Sœur Pomme avait au moins le bon goût de transpirer un peu. Quant à Nona, pourtant endurcie par les interminables tours de piste du Caltess, elle avait mal aux jambes et sa tunique lui collait au dos parce qu'elle avait transpiré, mais elle ne se plaignait pas.

Le plateau, qui se résumait à une immense dalle rocheuse, se rétrécit jusqu'à ne former qu'une mince bande de terrain avant de s'élargir à nouveau, se muant en un promontoire. Les piliers se dressaient dans ce goulet, l'occupant de bord à bord par dizaines dans le sens de la profondeur, et par vingtaines dans celui de la largeur. Mère Vitrage se faufila entre eux en choisissant apparemment sa trajectoire au petit bonheur la chance. Les colonnes, plus hautes que des arbres, se tendaient vers le ciel qui s'assombrissait. Il régnait en ce lieu un silence singulier. Le vent, n'y trouvant pas de quoi entonner sa mélodie, en était réduit à soulever poussière et gravillons parmi les tours de pierre sculptée. Cette atmosphère plut à Nona.

Les piliers délimitaient un côté du couvent de la Mansuétude, tandis que la façade opposée donnait sur deux tombants verticaux qui, tout en angles acérés, convergeaient vers la plaine. Le dôme principal se détachait en noir contre le ciel empourpré, et plus d'une dizaine d'édifices supplémentaires apparaissaient de part et d'autre de lui. Nona suivit les moniales vers l'arche qui matérialisait l'entrée, voûtant les épaules sous le poids de la fatigue qui l'avait désormais rattrapée et l'enserrait dans sa poigne molle, changeant sa colère et son chagrin en sensations distantes que l'on pouvait écarter le temps d'une nuit peuplée de rêves.

— Vous vivez là-dedans ? s'enquit Nona.

À mesure que la structure se rapprochait, la fillette commença à comprendre combien le dôme était spacieux. On aurait pu faire tenir plusieurs Caltess empilés à l'intérieur.

— C'est le Dôme de l'Ancêtre, Nona. L'Ancêtre est le seul à y résider.

— Il est si immense que ça ?

Derrière l'enfant, sœur Pomme réprima un rire.

— L'Ancêtre occupe tout espace bâti en son honneur. À Vérité, il est présent dans dix mille sanctuaires domestiques, certains étant si exigus que tu aurais du mal à t'y faufiler, et d'autres plus vastes que la plupart des maisons. Ici, sur le plateau, l'Église a été en mesure de lui construire une demeure plus prestigieuse, grâce à un don de l'empereur Persus, troisième du nom.

Nona poursuivit son chemin en silence, les lèvres scellées pour retenir l'idée selon laquelle l'Ancêtre lui semblait bien avide d'espace, alors que les enfants du Caltess, eux, étaient obligés de se recroqueviller dans n'importe quel recoin susceptible de les accueillir.

— Voici mon foyer, dit l'abbesse en indiquant une bâtisse trapue parmi les ombres qui s'allongeaient. Du moins tant que je serai à la tête de ce couvent. C'est également là que vit Malkin.

Un gros chat gris était lové sur le perron.

— Sœur Pomme te trouvera un endroit où dormir, et demain matin, nous te présenterons à ta classe, après quoi...

Nona cilla.

— Ma classe ?

Au village, le septain, mamie Even apprenait notamment aux enfants d'un certain âge à compter. Nona s'était efforcée d'écouter les leçons, mais les grands la chassaient toujours. *Comme si je n'étais pas digne de connaître les secrets de leurs chiffres. C'est débile.*

— Je t'ai amenée ici pour que tu intègres le couvent, Nona.

Le visage de l'abbesse était dissimulé dans l'ombre, mais un sourire flottait peut-être sur ses lèvres.

— Si tu le souhaites. Et cela implique que tu vives ici pour apprendre tout ce qu'une moniale a besoin de savoir. Les cours ont lieu tous les jours, à l'exception du septain.

Elle s'éloigna.

— Viens, Nona, dit sœur Pomme.

Nona regarda sans réagir la main que la moniale lui tendait, ne sachant trop ce que celle-ci lui voulait. Au bout d'un moment, Pomme renonça, et s'éloigna en suivant la façade arrondie du Dôme. Sœur Suif les suivit, son habit claquant autour de ses chevilles.

L'obscurité avait gagné le plateau et le vent en avait fait son terrain d'errance. Nona lança un regard en arrière, vers le sentier par lequel les moniales et elle étaient arrivées ; elle ne distinguait désormais plus les piliers. La chaleur qu'elle avait ressentie pendant l'ascension s'était enfuie, et les griffes du vent de Goulet lui en soutiraient les toutes dernières bribes, s'immisçant jusque sous la robe qu'elle portait depuis son séjour au Caltess. Un soupçon d'iode flottait dans l'air, venant peut-être de la mer, même si la côte se trouvait à des kilomètres de là. Nona se mit à frissonner et, serrant ses bras autour d'elle, rejoignit les sœurs.

À l'arrière du Dôme s'étirait, telle la queue d'un loir recroquevillé, un édifice tout en longueur. Sœur Pomme s'immobilisa devant une porte robuste, parfaitement alignée par rapport au faîte d'un toit de tuiles. Une lanterne suspendue à un crochet dispensait assez de lumière pour permettre à la moniale d'introduire la clé de fer, sortie de son habit, dans la serrure protégée par une plaque pivotante.

Puis elle décrocha la lanterne et en ajusta la luminosité.

— Ce sont les cellules monacales, dit-elle sans lever la voix.

— Des cellules !

Nona eut un mouvement de recul.

— Rien à voir avec une prison, répliqua la sœur en souriant. (Puis elle fronça le nez.) Enfin, si, à vrai dire, la ressemblance est frappante. Mais elles sont propres, et les portes ne ferment pas à clé. (Elle franchit le seuil.) C'est ici que tu dormiras ce soir. Si tu fais preuve d'application dans tes études et que tu obtiens de bons résultats, il se pourrait que, dans une dizaine d'années, tu reviennes y passer la nuit.

L'entrée donnait sur un long couloir qui s'étirait jusqu'au Dôme pour buter contre une porte noire, révélée par le halo de la lanterne de sœur Pomme. De part et d'autre du passage, des battants au sommet arrondi, espacés de quelques mètres, se faisaient face. Sœur Pomme s'engagea à l'intérieur de la bâtisse à pas feutrés, et sœur Suif disparut sans un mot dans la troisième cellule de gauche, plongée dans l'obscurité. La porte noire captait l'attention de Nona.

Après avoir croisé dix-huit paires de portes, ce qui représentait environ la moitié de la longueur totale du corridor, sœur Pomme s'immobilisa et, poussant le battant situé immédiatement à sa droite, se pencha à l'intérieur de la cellule correspondante pour prendre une bougie rangée dans une boîte murale et l'allumer en profitant de la flamme de sa lanterne.

— Voilà ta cellule. Il y a des draps et une couverture sur le lit. Je viendrai te chercher au matin. (Elle tendit la bougie à Nona.) Évite de déclencher un incendie.

L'enfant regarda sœur Pomme rebrousser chemin, la luminosité décroissant à mesure qu'elle s'éloignait, puis entrer dans une cellule toute proche de celle de sœur Suif ; il ne restait plus à Nona qu'un minuscule îlot de lumière vacillante. Le silence qui avait reflué en même temps que les ténèbres revint, plus complet que tout ce que la fillette avait jusque-là connu. Elle resta debout, captive de ce calme absolu. Pas un bruit ne se faisait entendre. Pas le moindre gémissement du vent. Ni de poutres qui craquaient, ni de feuilles bruissantes. Ni de rats au pas menu, ni même de chouettes lançant leur complainte. Rien.

Nona se sentit une fois de plus attirée par la porte noire, pourtant à nouveau dissimulée à la faveur de l'obscurité. Le souvenir de son aspect, de ce noir lustré, ressemblait à un doigt que quelqu'un aurait pressé entre ses yeux. Ses pieds voulaient l'entraîner là-bas, ses mains désiraient se poser contre le bois lisse pour tâter cette sorte de… plénitude ensommeillée qui reposait de l'autre côté du battant.

Quelques cellules avant celle de Nona, une femme endormie se mit à tousser, rompant ce singulier silence. Tirée de sa léthargie et soustraite à l'impulsion qui lui dictait de s'approcher de la porte noire, Nona s'engagea dans la pièce exiguë en protégeant la flamme de sa bougie avec sa paume.

Même les cellules d'Harribourg s'enorgueillissaient d'une fenêtre, placée trop haut et pourvue de barreaux, certes, mais offrant malgré tout le ciel aux condamnés. Le nouveau logis de Nona comportait une fente assez large pour lui permettre d'y passer le bras, mais une planche de pin y était fixée. L'enfant tourna sur elle-même. Il y avait une paillasse, un oreiller, une chaise, un bureau. Un pot de chambre. Et, dernier élément, qui était aussi le plus étrange : une forme métallique issue de la cellule voisine courait au ras du sol tout le long du mur donnant sur l'extérieur pour disparaître dans la cellule suivante. Le diamètre du conduit, rond comme une branche, était un tantinet trop gros pour que Nona puisse le serrer dans sa main.

Elle renifla. Sentit de la poussière, et l'odeur de renfermé propre aux pièces inhabitées. Elle s'approcha de la paillasse. Elle perçut la chaleur qui imprégnait toute la cellule lui monter aux joues. Méfiante, elle éloigna le matelas du métal brûlant. Puis, posant sa bougie, elle se cala contre l'oreiller et tira la couverture sur elle. Un dernier regard à la pièce, et elle souffla la flamme, gardant cependant les yeux grands ouverts dans l'obscurité. Les rouages de son esprit tournaient à plein régime, et elle était convaincue qu'elle ne connaîtrait pas une seule minute de sommeil.

Un instant plus tard, une cloche de fer retentit. La porte s'ouvrit à la volée, percutant le mur. Nona se redressa en clignant des paupières ; un clair-obscur chagrin avait remplacé les ténèbres. Elle laissa échapper un gémissement de douleur. Tous ses muscles étaient raides et douloureux, ce qui l'étonna, car l'ascension n'avait sollicité que ses jambes.

— Debout ! Debout ! Aucune tolérance pour les traîne-plumard ! Debout !

Cette tirade émanait d'une femme menue aux traits anguleux. À l'entendre, c'était à croire que le son de sa voix avait été violemment introduit dans un infime interstice. Elle s'engouffra dans la cellule, se penchant par-dessus Nona pour ouvrir le volet.

— Que la lumière soit ! Pas de répit pour le péché !

Nona, qui avait levé les mains pour protéger ses yeux de la luminosité, entraperçut entre ses doigts un visage dénué d'humour, dont la peau semblait tendue contre des pommettes proéminentes et au milieu duquel deux grands yeux larmoyants exprimaient l'indignation de leur propriétaire. La tête dont cette figure faisait partie avait d'abord paru d'une forme alarmante, dans la pénombre. En effet, la religieuse arborait une coiffe blanche qui évoquait un conduit de cheminée et était fort différente de celles que portaient les moniales rencontrées la veille.

— Debout, gamine ! Debout !

— Ah, tu as fait la connaissance de sœur Roue, à ce que je vois.

Sœur Pomme franchit le seuil de la cellule, munie d'un habit long en feutre gris doublé d'une couche en tissu blanc.

— Elle a laissé passer l'heure du réveil ! protesta la vieille femme en levant les bras.

De toute évidence, elle ne savait pas trop si elle devait frapper Nona ou simplement se servir de ses mains pour souligner toute la gravité de l'offense dont l'enfant s'était rendue coupable.

— Elle vient d'arriver, Roue, elle ne fait même pas encore partie des novices, répliqua Pomme en souriant.

— C'est une petite va-nu-pieds, oui, et une païenne de surcroît !

Sans se départir de son sourire, Pomme indiqua la sortie à son interlocutrice.

— Je te sais gré d'avoir remarqué que la cellule était occupée.

Fronçant les sourcils, la dénommée Roue tâta le bord de sa coiffe et replaça une mèche de cheveux incolores qui s'était égarée sur son front.

— Rien de ce qui se passe dans nos cellules ne m'échappe, dit-elle en braquant son regard larmoyant sur sœur Pomme.

Puis elle renifla bruyamment, et quitta la pièce d'un pas martial.

— Cette enfant empeste, lança-t-elle par-dessus son épaule. Des ablutions s'imposent.

— Je t'ai apporté des vêtements, dit sœur Pomme à Nona, en lui montrant l'habit en question. Mais j'avais oublié que tu étais crasseuse. Sœur Roue a raison… (Elle croisa les bras.) Viens avec moi.

Nona lui emboîta le pas, évitant plusieurs religieuses qui sortaient de leur cellule ou conversaient à voix basse dans le couloir. Deux ou trois d'entre elles haussèrent un sourcil interrogateur en croisant Nona, mais aucune ne lui adressa la parole. À un moment donné, une femme maigre arrêta sœur Pomme en posant la main sur son épaule. Elle dominait toutes les autres moniales en taille, comme si l'on avait étiré bien au-delà du raisonnable une femme de proportions normales, la changeant en une créature dont les os saillaient dangereusement.

— Maîtresse Lame nous fait savoir que des hommes en armes sont stationnés derrière les piliers. Un émissaire s'est présenté au monastère avant les premières lueurs du jour.

Sœur Pomme hocha la tête.

— Merci, Silex.

Celle-ci pencha la tête, dévisageant Nona. Sa peau était si sombre dans la pénombre que l'enfant ne distinguait que ses yeux noirs et brillants. Puis elle retira sa main, rendant Pomme à ses obligations.

Nona la suivit à l'extérieur. À la faveur de la lumière matinale, elle constata que le couvent se composait de nombreux bâtiments distincts et, en Grisaille, aurait été considéré comme un village. Elle le soupçonnait même de compter plus de constructions en pierre qu'Escorchevine, métropole qu'elle n'avait pourtant qu'entraperçue depuis la cage de Giljohn, le jour où il l'avait enlevée à son foyer.

— Sœur Silex a mentionné des soldats. C'est après moi qu'ils en ont ? s'enquit Nona.

Elle se demanda comment une armée de moniales pourrait bien lui venir en aide si les guerriers étaient à la solde de Thuran Tacsis. *J'aurais dû rester en ville, me fondre dans la foule quand j'en avais l'occasion.*

— Peut-être que oui, répondit sœur Pomme en jetant un coup d'œil en direction du Dôme de l'Ancêtre. (Elle fronça les sourcils.) Peut-être que non. Quoi qu'il en soit, tu ferais bien de rejoindre ton ordre au plus vite… et pour cela, tu dois être propre, ne crois-tu pas ?

Elle força l'allure.

— Le scriptorium, le réfectoire, le four à pain, les cuisines, énuméra-t-elle en passant devant les installations concernées.

La plupart d'entre elles ne rimaient pas à grand-chose pour Nona, hormis le four, dont la bonne odeur de pain frais qui s'en échappait lui mit l'eau à la bouche.

— Le Nécessaire, poursuivit la religieuse, en indiquant un modeste ouvrage doté d'un toit plat qui, à une centaine de mètres de là, semblait comme accroché au bord du gouffre.

— Le Nécessaire ? répéta Nona.

— Tu t'y rendras quand le besoin s'en fera sentir, dit sœur Pomme avec un sourire. Avec l'odeur, tu ne risques pas de te tromper.

Elles longèrent une rangée de bâtisses pourvues d'une myriade de petites fenêtres carrées, celles qui s'ouvraient dans les façades exposées au vent étant protégées par un volet.

— Les celliers et les dortoirs.

Nona découvrit que des dizaines de paires d'yeux étaient braquées sur elle. Certaines filles parlaient fort, hélant sans doute telle ou telle camarade. La fillette perçut des bribes de conversation à la faveur du vent.

— … élue… jamais !

— Elle ? Impossible…

— … paysanne…

— … elle n'est pas l…

— L'*Élue* ?

Les voix suivirent Pomme et Nona, les mots se perdant dans le lointain, mais les intonations s'attardant dans l'atmosphère, des accents que Nona connaissait bien puisqu'ils étaient désagréables et mesquins.

— Les bains.

Sœur Pomme tendit le doigt en direction d'un bâtiment trapu, fait de pierre noire sans apprêt. De la vapeur s'échappait par une rangée d'étroites fenêtres, vite dispersée par le vent de Goulet qui balayait le plateau, et, en traversant l'espace qui séparait les dortoirs et les bains, Nona se trouva exposée à sa morsure. Toute sa vie, elle avait appris à ne pas en tenir compte – cela faisait partie, somme toute, des rigueurs d'une vie difficile –, mais une simple nuit d'aisance avait suffi à lui faire perdre cette habitude. Elle tremblait de froid.

Une fois à l'abri de la façade des bains, sœur Pomme déverrouilla le lourd battant et invita Nona à entrer. Immédiatement, l'enfant fut enveloppée d'un air chaud saturé d'humidité, si bien que son champ de vision se réduisit à quelques mètres à peine. Le pourtour du vestibule était occupé par des bancs en bois, et une haute voûte donnait accès à ce qui ressemblait à un bassin rectangulaire, même si la vapeur empêchait Nona de distinguer tout à fait la surface de l'eau.

Sous les bancs couraient des conduits métalliques à foison.

— Il y en a un comme ça dans ma chambre ! remarqua Nona.

— C'est la plomberie, mon enfant. Les tuyaux creux permettent la circulation de l'huile minérale. Elle est brûlante. (Du menton, elle indiqua le bassin.) Allons donc te débarrasser de la crasse que tu as accumulée en prison.

Nona hésita à s'approcher du bassin, n'ayant aucune idée de la profondeur et de la température de l'eau. Les ruisseaux des alentours de son village ne vous arrivaient guère qu'au genou, et vos jambes étaient aussitôt saisies par le froid.

— Tu ne peux pas te laver tout habillée, remarqua sœur Pomme, un mélange d'amusement et d'exaspération dans la voix.

Nona se renfrogna et lança un regard de défi à la moniale, qui avait croisé les bras. Les secondes s'égrenèrent sans qu'un mot soit échangé, puis l'enfant se résigna à enlever la tunique toute raidie de sang séché qu'elle portait depuis le Caltess. Ses gestes étaient lents et gauches ; dans son village, il était rare que les enfants, même très jeunes, restent nus. La glace ne le leur permettait pas. Ce n'était qu'autour des feux de la moisson, ou lors de l'étreinte ô combien brève de la lune convergente que Nona avait déjà connu une telle chaleur.

— Hâte-toi. Tu ne caches rien d'exceptionnel là-dessous, dit sœur Pomme.

Affectée à son tour par la température clémente, elle repoussa sa coiffe. Elle avait de longs cheveux roux que l'humidité ambiante faisait légèrement onduler.

Nona se dépouilla de son vêtement et serra les bras autour d'elle, seule la vapeur ménageant sa pudeur. Elle fonça en direction du bassin.

— Attends ! Tu es tellement crasseuse que l'eau va virer au noir. (Pomme s'empara d'un seau en cuir accroché à l'une des nombreuses patères qui surmontaient les bancs.) Place-toi là-bas.

La moniale désignait un renfoncement qui séparait deux bancs, sur la gauche.

Nona s'exécuta, non sans nervosité. Le renfoncement était assez grand pour accueillir deux ou trois personnes, et le sol carrelé était percé d'orifices gros comme le doigt, ce qui lui procurait une sensation étrange quand elle y posait les pieds.

— Qu...

Une gerbe d'eau chaude interrompit l'enfant. Elle s'essuya les yeux juste à temps pour discerner la silhouette de la moniale, brouillée par la vapeur.

— Il y a une brosse par terre. Sers-t'en, ordonna sœur Pomme en retournant puiser de l'eau dans le bassin.

Une nouvelle vague vint s'écraser contre le torse de Nona. Elle se saisit de la brosse. Jamais elle n'avait connu sensation plus délicieuse que ce déferlement d'eau brûlante. Même la saveur d'une tranche de pain frais agrémentée de beurre était loin de lui procurer autant de plaisir. Cela valait également pour les œufs, ou encore le lard que l'on faisait rissoler au Caltess. Si elle devait se frictionner avec une brosse dure pour avoir droit à un bassin entier d'eau chaude, soit. C'était un prix dont elle s'acquitterait volontiers.

Après encore deux allers et retours, sœur Pomme décréta que Nona pouvait aller se baigner. La fillette courut jusqu'au bord du bassin et se laissa glisser dans l'eau, cherchant le fond du bout des orteils.

— C'est profond ? demanda-t-elle, aveuglée par la vapeur.

La température était divine.

— Pas à cette extrémité-ci. L'eau devrait t'arriver... aux épaules, m'est avis.

Quand Nona rencontra enfin le sol lisse et cessa de s'agripper au bord, elle était immergée jusqu'au cou. Elle écarta les bras, les laissant flotter, désormais persuadée qu'elle n'avait en réalité jamais eu un jour vraiment chaud.

Le temps s'altéra brièvement. Nona en perdit même toute notion. Elle resta ainsi, béate de contentement dans son cocon de vapeur, jusqu'à ce qu'un bruit sec la ramène à la réalité.

—Allez, sors, tu es propre, dit sœur Pomme en tapant dans ses mains. Enfin... plus propre qu'avant.

La religieuse se tenait au bord de l'eau. Vaincue par la touffeur ambiante, elle avait accroché la couche supérieure de son habit à une patère.

—Allez! (Elle battit à nouveau des mains.) Nous n'avons pas que ça à faire, toi et moi. Regarde, il y a des marches là-bas, dans l'angle.

Nona obéit. Elle ressentait une telle torpeur qu'elle n'avait pas envie de faire l'effort de se hisser au bord du bassin. La moniale l'attendait avec un grand rectangle de tissu épais qui ne comportait apparemment ni lanières, ni encolure, ni manches.

—Comment...

Sœur Pomme fourra l'objet entre les mains de Nona en pouffant de rire.

—C'est une serviette. Sèche-toi.

Nona s'enveloppa dans le tissu doux et moelleux. Elle s'en serait fait un vêtement, si seulement il avait eu des manches.

—Sèche-toi aussi les cheveux.

Lorsque Nona eut fini de se frictionner la tête, elle découvrit avec affolement qu'une deuxième tête avait poussé à côté de celle de sœur Pomme, joue contre joue; une tête jeune présentant un visage facétieux surmonté de courts cheveux noirs, et dont le menton reposait sur l'épaule de la moniale.

—Qu'est-ce que c'est? demanda la nouvelle tête.

—Cela s'appelle une Nona, répliqua sœur Pomme.

—Une quoi?

—Une combattante du Caltess.

La nouvelle venue fronça les sourcils, et deux mains frêles apparurent sur les épaules de sœur Pomme.

—Cette créature m'a l'air bien trop petite et trop maigre pour ça. Il faudrait que quelqu'un la nourrisse. On dirait plutôt une petite fermière. Tu viens d'une ferme, Nona?

Serrant sa serviette contre elle, l'enfant se rendit compte qu'elle était en train de se mordiller la lèvre inférieure, ce qui l'empêcha d'expliquer que sa mère tressait des paniers. Elle fit « non » de la tête.

—Je n'apprécie pas trop les filles de ferme, dit la nouvelle moniale en reniflant.

Mais son sourire ôtait toute trace de méchanceté à sa remarque.

—Je te présente sœur Bouilloire, intervint sœur Pomme en chassant l'arrivante d'un geste. Et... (Elle haussa le ton tandis que la dénommée Bouilloire disparaissait dans une nappe de vapeur.) ... elle adore les filles de la campagne. (Elle retourna près des bancs.) Viens. Habille-toi.

Nona voulut se saisir de l'habit, mais sœur Pomme interrompit son geste.

— Tut-tut. D'abord les sous-vêtements.

Elle présenta à Nona un drôle de morceau de tissu blanc qui la laissa perplexe.

— Ah, ces campagnardes…, fit sœur Pomme, au bout d'un moment.

Après avoir reçu quantité de bons conseils, et moyennant quelques minutes d'affairement, Nona quitta enfin les bains dans l'accoutrement des novices du couvent de la Mansuétude de l'Ancêtre. Le vent froid sur son visage lui fit un choc, mais, étonnamment, le reste de son corps semblait bien protégé. Elle portait une robe à doubles manches, retenue par une ceinture en laine et sous laquelle bruissaient deux jupons, tandis que ses pieds lui procuraient une sensation des plus étranges, serrés dans des souliers en cuir à lacets. De toute évidence, seul le fait qu'on ne lui avait pas donné de coiffe différenciait sa tenue de celle de sœur Pomme, qui avait remis les vêtements dont elle s'était dépouillée en entrant aux bains.

— Les novices sont en train de prendre leur petit déjeuner au réfectoire. (Sœur Pomme tourna vivement la tête, et fit signe à une personne qui se trouvait à l'autre extrémité de la cour spacieuse.) Suleri !

La dénommée Suleri s'arrêta, se retourna et s'empressa de s'approcher. Elle était grande, avec de longs cheveux noirs.

— Oui, ma sœur ?

— Je te présente Nona : elle sera dans la classe Écarlate. Emmène-la à leur table.

Sœur Pomme paraissait soudain plus sévère, une figure d'autorité.

— Oui, ma sœur !

La novice, qui devait avoir une quinzaine d'années, s'éloigna d'un pas hâtif, si bien que Nona fut obligée de courir pour ne pas se laisser distancer.

Elles traversèrent la cour, puis tournèrent à l'angle d'un bâtiment pour s'engager dans un passage bordé d'un côté par le four à pain et de l'autre par les cuisines. Suleri s'arrêta net et fit volte-face, barrant le chemin à Nona.

— Ce n'est pas toi ! lança-t-elle avec autant de colère que d'incrédulité. L'Élue ne peut pas être une petite Hunska maigrichonne.

Chapitre 5

Quand, votre vie durant, la faim a été votre compagne, l'odeur de la nourriture devient un phénomène physique, un assaut aguicheur, la morsure profonde d'un hameçon qui vous rend captif. Nona oublia tout de la colère de Suleri. Les merveilles du couvent désertèrent son esprit. La chaleur qui l'assaillit lorsqu'elle franchit les grands battants de chêne, les voix aiguës qui débitaient un flot de paroles et se fondaient presque en une seule et même clameur… rien de tout cela ne comptait. Nona était obnubilée par l'odeur du pain frais, du lard saisi sur le feu, des œufs brouillés mis à revenir dans du beurre et agrémentés d'une pincée de poivre noir.

— Par ici ! lança Suleri, avec une intonation un peu forcée, comme si elle avait été obligée de se répéter.

La fillette se fraya un chemin parmi les novices les plus âgées qui s'étaient massées près de l'entrée et discutaient avec animation. À de rares exceptions près, Nona leur arrivait à peine à la taille.

Quatre longues tables accueillant chacune une bonne dizaine de chaises à haut dossier meublaient la vaste salle dans le sens de la largeur, et des bols volumineux formaient une rangée au centre de chacune. Les trois du fond étaient déjà occupées, mais la plus proche de l'entrée ne comptait encore que deux novices. Aux yeux de Nona, elles avaient l'air d'avoir atteint l'âge adulte, ou peu s'en fallait.

— C'est elle ? demanda quelqu'un, derrière elle.

Dans la zone proche de l'entrée, les conversations se tarirent, et Nona se rendit compte que les novices l'observaient avec attention.

— La classe Écarlate se trouve au fond, la classe Grise est juste à côté, puis viennent les Mystiques…, énuméra Suleri en plaquant violemment sa paume sur la table qui se trouvait à proximité immédiate. Et enfin les Saintes ! (Elle fit signe à Nona de s'éloigner.) Avance !

Les poings serrés le long du corps, Nona traversa le réfectoire, épiée par les filles qui se trouvaient le plus près de l'entrée. S'il y avait foule, elle ne s'était pourtant jamais sentie si seule. Elle se mordit la lèvre inférieure assez fort pour se faire saigner. Puis, décrispant ses mâchoires, elle pinça les lèvres en une ligne mince et releva le menton d'un air de défi.

Le bruissement des discussions mourait sur son passage. Lorsqu'elle atteignit la quatrième table, toutes les élèves s'étaient retournées sur leur chaise pour la regarder.

Nona s'arrêta devant les novices de la classe Écarlate, d'âge assez varié même si aucune n'était aussi jeune et aussi menue qu'elle. La faim qui lui enserrait l'estomac dans sa poigne de fer s'éclipsa sous les regards insistants de la cinquantaine d'élèves présentes. Nona chercha un siège, mais toutes les places étaient occupées.

La voix cassante de Suleri s'éleva dans la salle.

— Ce n'est pas elle. C'est la paysanne crasseuse de tout à l'heure. Regardez-la donc !

Sans tenir compte de l'ordre qu'elle avait donné aux autres, elle se servit généreusement en lard et en pain.

Ce fut l'instant que l'estomac de Nona choisit pour la trahir en grondant plus fort qu'elle l'aurait cru possible, et ses camarades éclatèrent de rire. Sentant ses joues s'empourprer, elle foudroya le sol du regard, croyant mourir de honte.

Mais ce fut en réalité l'hilarité qui mourut, car des hommes de haute taille portant les fourrures de l'Ours Rouge par-dessus leur armure en écailles de bronze firent leur entrée, les novices s'écartant sur leur passage. Ils affichaient un air d'autorité impérieuse, comme s'ils n'excluaient pas de piétiner quiconque se montrerait trop lent à se pousser de leur chemin. Ils portaient chacun un heaume couvert de mailles métalliques, dont la visière représentait un visage hiératique, dénué de la moindre once de clémence.

Des Tacsis ! songea Nona. Ils étaient venus avec leur propre corde pour finir le travail entamé à la prison d'Harribourg, à n'en pas douter. Ou peut-être entendaient-ils lui administrer un châtiment plus cruel encore. Elle subtilisa le couteau de table le plus proche et le tendit à bout de bras, à la hauteur de ses yeux, tout en commençant à battre en retraite vers le mur du fond, où se trouvait la porte de service.

Les nouveaux venus ne lui prêtèrent cependant aucune attention. Ils se placèrent de part et d'autre de l'entrée et levèrent la visière de leur casque, révélant des traits qui ne suggéraient guère plus de compassion que ceux qui étaient gravés sur le métal. L'abbesse entra aussitôt après, tenant fermement d'une main sa crosse qui s'achevait par une volute dorée et la dépassait en taille, l'autre reposant sur l'épaule d'une enfant blonde qui devait avoir un an de plus que Nona.

—Novices, je vous présente Arabella Jotsis, qui vient rejoindre vos rangs.

—Comme cela avait été prédit ! s'exclama sœur Roue.

Elle était jusque-là restée derrière l'abbesse, tandis que sœur Suif se tenait à côté de celle-ci.

—Comme cela avait été prédit ! répéta-t-elle en lançant un regard larmoyant à la ronde, comme pour mettre quiconque au défi de la contredire.

Mère Vitrage se rembrunit.

—Ce dont nous sommes sûres, c'est qu'elle a pour prénom Arabella et pour nom Jotsis. Le reste demeure sujet à interprétation.

Elle abattit l'extrémité de sa crosse sur le sol pour mettre un terme aux chuchotements des élèves.

—Autre certitude : Arabella travaillera d'arrache-pied et sera traitée exactement comme les autres novices.

Sœur Roue parut sur le point d'ajouter quelque chose, mais un regard de l'abbesse l'incita à tenir sa langue.

—Par ailleurs, je suis persuadée que la novice Nona comprend qu'il est impoli de pointer un couteau vers nos invités, poursuivit mère Vitrage.

Penaude, Nona reposa le couteau là où elle l'avait pris tandis que des rires retentissaient autour d'elle.

—Messieurs, dit l'abbesse en s'adressant aux soldats, voilà votre devoir accompli. Je suis désormais responsable du sort d'Arabella, au nom du couvent.

Les quatre gardes tournèrent les talons et quittèrent le réfectoire au pas de charge, sans un mot à l'adresse de l'abbesse ou de la fille qu'ils avaient escortée.

Celle-ci ne semblait pas avoir remarqué leur départ. Aux yeux de Nona, elle avait l'air différente des humains mornes et sales qui s'affairaient dans le vaste monde. Sa chevelure paraissait d'or sous la lumière qui entrait par les portes toujours ouvertes. Elle arborait pour tenue de voyage une merveille faite de daim et de cuir ourlé de fourrure, tandis que sa magnifique cape rouge sombre était retenue par une chaîne en or. Si certaines personnes pouvaient être décrites comme la somme de leurs défauts, Arabella n'avait apparemment pour trait distinctif que sa beauté. Seul l'Ancêtre aurait pu se targuer d'une telle perfection.

—Ta table est celle du fond, Arabella. Je suis sûre que la classe Écarlate te fera bon accueil en ses rangs. Cela vaut également pour Nona, dit l'abbesse en ôtant sa main de l'épaule d'Arabella.

— Et tenez-vous à carreau ! ajouta sévèrement sœur Suif à l'intention de toutes les élèves.

Sur ce, mère Vitrage s'éloigna avec les deux sœurs.

Arabella Jotsis scruta ses nouvelles camarades avec assurance et sérénité ; c'était à croire qu'elle avait non seulement passé toute sa vie au couvent, mais aussi qu'elle en était la propriétaire et tenait donc les cordons de la bourse. En la voyant s'approcher, une adolescente de la troisième table s'empressa de se lever pour lui apporter une chaise.

La fille dont Nona avait chipé le couteau se mit debout sitôt que les portes se furent refermées sur les trois religieuses. Grande, mince et pâle, avec une crinière de cheveux noirs et bouclés, elle semblait moins impressionnée que les autres novices par la blonde Arabella.

— Pour ta gouverne, sache que l'Ancêtre n'a pas prévu de traitement de faveur pour les têtes couronnées, Arabella. Qu'elles soient ou non de sang mineur. Ton père a beau arguer de son titre pour briser les honnêtes Véridiens, ici, les combats sont des duels et c'est le talent qui compte, pas le statut social.

C'est à peine si Arabella fit l'aumône d'un regard à celle qui venait de parler.

— Si ton père est en prison, il ne peut s'en prendre qu'à lui-même, Clera Ghomal. Quel piètre négociant, dit-elle en s'asseyant avec des allures de princesse sur la chaise qu'on lui présentait. Quant à ses talents de détrousseur, je n'en parle même pas.

Elle s'exprimait avec un accent que Nona n'avait encore jamais entendu, une intonation riche et précise qui détachait nettement les mots et avait une façon créative de souligner certaines syllabes.

Clera serra les poings.

— Prends garde à ce que tu ra…

— Oh, je t'en prie, l'interrompit Arabella. Tu viens d'une famille de grippe-sous qui ont perdu leur argent… C'était bien la peine de jouer les radins. Passons à autre chose. D'après ce que j'ai compris, nous allons avoir amplement le temps de nous taper dessus. Tiens-toi donc tranquille, et laisse-moi manger.

Elle se saisit d'un petit pain croustillant qu'elle rompit au-dessus de son assiette.

— C'est limpide, je te remercie, rétorqua Clera. Quel supplice pour toi que d'avoir à endurer la compagnie de filles qui ne possèdent pas leur propre poids en joyaux. Comment fais-tu pour supporter notre présence ? (Elle prit la main de Nona.) Et tu détestes sans doute tout particulièrement Nona. Imagine donc, une petite paysanne soupant à la même table qu'une représentante des Jotsis !

Arabella tartina de beurre les deux moitiés de son petit pain.

—Je me moque comme d'une guigne de toi et de ta petite paysanne hunska toute maigrichonne, Ghomal. Maintenant, asseyez-vous, vous avez l'air ridicules toutes les deux.

Clera lâcha la main de Nona et fit un pas vers Arabella.

—J…

—Clera !

La voix de Suleri claqua à l'autre extrémité du réfectoire.

—Assieds-toi. Tais-toi. Gardes-en pour le cours de sœur Suif, sans quoi tu seras de corvée de lessive pendant un mois.

Clera obéit, un pli agressif déformant ses lèvres. Mais quelques secondes plus tard, elle se cala au fond de son siège avec un large sourire, et approcha une chaise qu'une novice de la table voisine venait de libérer.

—Prends place, Nona. Tu m'as l'air affamée.

Chapitre 6

Giljohn avait nourri Nona bien mieux que sa mère avait été en mesure de le faire. Et au Caltess, la qualité de l'alimentation avait été encore supérieure, si bien que les os de la fillette avaient commencé à s'effacer sous la peau, faisant d'elle une digne enfant des villes. Mais au couvent de la Mansuétude, on servait des plats à l'aune desquels ceux de l'établissement de combats faisaient piètre figure. Pour la première fois depuis des lustres, elle eut l'occasion de manger de vrais morceaux de viande, pas quelques filaments épars mais d'épaisses tranches de lard que l'on venait tout juste de faire revenir à la poêle. Elle les prit en tenaille dans un pain croustillant et mastiqua le tout avec application en dispersant des miettes partout pendant que Clera parlait avec entrain.

La fille du négociant emprisonné s'abstint d'évoquer Arabella, et ne regarda même pas dans sa direction. Elle entreprit plutôt d'expliquer à Nona d'une voix enjouée ce qui l'attendait ce jour-là, n'exigeant pas grand-chose de la part de son interlocutrice en échange, hormis un grognement occasionnel ou un « oui » lors des brèves périodes où elle n'avait pas la bouche pleine.

— Ghena est la plus jeune de la classe, elle n'a pas encore dix ans. Ruli et moi, nous avons onze ans. Nous devrions bientôt passer en classe Grise… la deuxième classe, donc, l'Écarlate étant la première. Sœur Chênaie est notre référente, mais nous ne la voyons pas beaucoup. (Elle ménagea une pause pour regarder Nona manger.) Tu avais vraiment l'estomac dans les talons !

— Mgmmmm.

— Le premier cours de ce matin, c'est le Savoir avec sœur Férule, c'est-à-dire tout ce qui va des nombres à la lecture en passant par l'histoire et la géométrie. En ce moment, on étudie la géographie.

Ayant la bouche pleine, Nona ne fut pas obligée d'avouer qu'elle ne savait pas ce qu'étaient la géométrie et la géographie.

—Nous avons Lame cet après-midi, sans armes pour le moment. Mais plus tard, on apprendra le maniement des couteaux et des étoiles, et les plus âgées pratiquent aussi l'épée en plus de progresser dans tout ce qui relève de la stratégie. En classe Écarlate, tout le monde étudie tous les sujets. À un stade plus avancé, les Saintes privilégient les cours de Savoir et d'Âme alors que les Martiales se concentrent principalement sur la Lame et que les Silences se consacrent à l'Ombre. Quant aux Mystiques, elles vouent tout leur temps à la Voie. Tout le monde appelle les Martiales les sœurs Écarlates, et les Mystiques sont surnommées les Sœurcières. Mais que les moniales ne te surprennent pas à les appeler comme ça !

Nona continua à s'alimenter sans se laisser atteindre par cette profusion de termes nouveaux. Elle finirait bien par les mémoriser en temps voulu. Elle termina son lard, vint à bout des œufs brouillés tant bien que mal, mais capitula devant le saladier, qui contenait encore trois petits pains croustillants. C'était bien la première fois qu'elle arrêtait de manger alors qu'il restait encore de la nourriture, et cela la perturba profondément.

—Allez, viens ! dit Clera en posant la main sur son épaule. On va être vraiment en retard.

Nona s'aperçut que Clera et elle étaient les deux dernières novices de la classe Écarlate à être encore attablées et, en se retournant, constata que trois autres élèves seulement se trouvaient encore dans le réfectoire.

Clera se hâta vers la sortie.

—Allez, viens ! répéta-t-elle.

Nona la suivit en croisant les mains sur son ventre. Il était si distendu que marcher la faisait souffrir, alors courir… elle en aurait été bien incapable. Clera et elle firent le chemin inverse vers les dortoirs, puis traversèrent en diagonale un cloître au centre duquel se trouvait un bassin rectangulaire, ainsi qu'une fontaine. Au-dessus du mur ouest affleuraient les ailes d'un moulin au faîte de leur course. Clera entraîna Nona en toute hâte dans un passage qui permettait de ressortir du cloître.

—Voilà le Savoir, expliqua-t-elle en tendant le doigt vers une tour ornementée qui se dressait près des falaises, dans la partie nord du plateau.

Nona et elle s'approchèrent, alternant marche et petites foulées jusqu'à l'entrée qui s'ouvrait à la base de l'édifice. Une rapide ascension de l'escalier hélicoïdal les mena à une porte en chêne, tandis que les degrés poursuivaient leur course vers les hauteurs. Clera poussa le battant et s'engagea dans la pièce.

—Il n'y a personne.

Sitôt après avoir prononcé ces mots, Nona se sentit bête. Il n'y avait qu'une petite rustre pour assener une telle évidence. La salle de classe était plongée dans la pénombre, et dans le coin le plus éloigné était lové un gros chat gris d'âge vénérable : Malkin, l'animal familier de mère Vitrage. Quatre rangées de pupitres déserts s'étiraient devant une table de bois lustré derrière laquelle se trouvait un tableau à craie, qui dissimulait en partie le mur couvert d'un fouillis de cartes et de plans. Il y en avait tant que l'on aurait certainement pu représenter le monde entier en les plaçant bout à bout.

— Damnation ! s'écria Clera en courant jusqu'à l'une des fenêtres pour en ouvrir le volet.

Un panneau de losanges de verre, assemblés par des baguettes en plomb, permettait à la lumière d'entrer tout en condamnant le froid à rester dehors. Clera pressa son nez contre la surface pour regarder d'un côté puis de l'autre.

— Elle les a emmenées quelque part... Je ne les vois pas...

Nona s'avança vers le bureau sur lequel étaient posés des objets tous plus fascinants les uns que les autres, notamment trois ouvrages reliés de cuir et un gros livre de comptes jouxtant une plume et un encrier. Mais ce fut surtout le crâne d'un chien, un cristal limpide mesurant près de trente centimètres de long et trop épais pour que Nona l'entoure de ses doigts, ainsi qu'une boule d'un blanc scintillant posée sur un petit trépied en cuivre qui retinrent tout particulièrement son attention. Ce dernier artefact la captiva même tellement qu'elle finit par se cogner les genoux contre le bureau.

— Qu'est-ce que c'est ? demanda-t-elle en touchant la surface laquée, qu'elle découvrit rugueuse, avec de légères crénelures captant la luminosité ambiante.

L'artefact était légèrement plus gros que la tête de Nona, et parfaitement sphérique. Il était maintenu en deux points symétriquement opposés par un pied qui permettait de le faire pivoter. Et il était ceint en son milieu par une mince bande de couleur, pas plus épaisse qu'un morceau de ficelle.

— Pas touche ! Maîtresse Savoir en ferait une maladie ! dit Clera en écartant Nona d'un coup de coude.

Mais elle désobéit aussitôt en faisant tournoyer la sphère sur son trépied.

— C'est le monde, petite nigaude.

— Le monde ?

C'était absurde.

— L'Abeth. (Clera souffla, comme si la stupidité de Nona lui avait fait l'effet d'un coup de poing à l'estomac.) Une maquette de l'Abeth.

Nona cilla. Son univers s'était résumé à son village, aux forêts et aux champs, avec en lointaine toile de fond la glace septentrionale qui marquait l'un des côtés du Goulet. Elle n'avait jamais envisagé que le monde puisse avoir une forme, et même dans le cas contraire, elle n'aurait jamais cru qu'il s'agirait d'une boule, alors de là à en deviner la couleur…

— C'est un globe, poursuivit Clera en arrêtant la rotation. Nous vivons… ici.

Elle posa son doigt contre la ligne qui divisait la sphère en deux parties égales.

— Ah bon ? fit Nona en se penchant pour y regarder de plus près.

— Tu veux voir quelque chose de chouette ? demanda Clera avec un sourire radieux.

Sans attendre la réponse, elle posa ses mains de part et d'autre de la sphère et, au prix de quelque effort, fit pivoter chacune des moitiés dans une direction différente. Sans un bruit, la surface blanche inférieure coulissa, rapetissant progressivement. Nona se rendit compte qu'il ne s'agissait pas d'un bloc complet, contrairement à ce qu'elle avait supposé, mais de plusieurs éléments qui se replièrent les uns dans les autres telles les plumes d'un oiseau rabattant ses ailes. Ainsi, la fine bande colorée, d'abord large comme le doigt, grandit encore et encore ; l'enfant n'aurait pas pu la couvrir avec sa main. Elle était décorée de motifs laqués bleus, verts et bruns du plus bel effet.

— Que…

— Voilà le monde tel qu'il était il y a cinquante mille ans, bien avant même l'arrivée des tribus.

Clera fit lentement tourner les deux demi-sphères en sens inverse, et la glace s'étendit.

— Tous les gens qui vivaient dans ces contrées ont été repoussés. (Elle replaça les terres gelées dans leur position initiale.) Coincés dans ce Goulet de plus en plus étroit à mesure que le soleil vieillissait et que son éclat faiblissait.

— Comment pouvait-il y avoir assez de place ? s'enquit Nona, s'imaginant le peuple de jadis qui avait fui l'avancée de la glace.

Clera haussa les épaules.

— Maîtresse Lame affirme que les gens ont besoin d'espace, qu'il y a des limites à l'entassement. Et quand on les atteint, le sang se met à couler. Après ça… ils sont un peu moins les uns sur les autres.

— Je constate avec satisfaction que tu as retenu certaines de tes leçons, Clera.

En se retournant, les deux filles avisèrent sœur Férule. Femme de stature et de corpulence considérables, de surcroît toute drapée dans son habit gris foncé de moniale, elle occupait une bonne partie de l'encadrement de la porte. Elle s'engagea dans la pièce d'un pas martial, le reste des élèves la suivant une par une pour se déployer ensuite vers leurs pupitres respectifs. Arabella et les trois camarades qui l'avaient déjà choisie pour amie prirent place à des pupitres voisins tout en riant sous cape.

— J'attends une explication, novices, dit la moniale en posant sur Clera et Nona son regard noir et perçant.

— Nous étions..., commença Clera.

Elle chercha à se justifier... ne trouva rien de mieux que la vérité, et s'avoua vaincue avec un soupir.

— Nona était vraiment affamée !

Les rires qui s'égaillèrent moururent aussitôt lorsque sœur Férule abattit sèchement sa règle sur l'un des pupitres. Elle s'approcha jusqu'à son bureau, dominant les deux fautives de toute sa taille.

— Nona semble avoir besoin de se remplumer, je l'admets volontiers. Ne sois plus jamais en retard à mon cours, Nona. Aujourd'hui, tu as manqué un rapide examen des strates du plateau, visibles grâce à la doline Hyaline. La prochaine fois, les désagréments seront nettement amplifiés... et concerneront le dîner.

Clera alla s'asseoir sans demander son reste. Nona ne bougea pas. Elle regarda le visage aussi joufflu que sévère de sœur Férule, puis le globe capta à nouveau son attention.

— Tu as le choix entre ces deux pupitres, Nona, dit l'enseignante en pointant sa règle. (Elle laissa échapper un soupir.) Franchement, j'espère que tu ne ralentiras pas trop la classe, mon enfant. L'abbesse a parfois...

Nona baissa la tête et fit un pas dans la direction que lui avait indiquée la moniale. Un mélange de colère et de défi couvait en elle, mais elle brûlait plus encore du désir d'apprendre. Et puis, elle avait le ventre plein. Comment rester fâchée dans ces conditions ?

— J-j'ignore ce qu'est la géographie.

Sœur Férule joua une nouvelle fois de sa règle, tuant l'hilarité dans l'œuf.

— C'est bien, tu es assez maligne pour poser des questions. J'ai vu défiler bon nombre d'élèves qui ne pouvaient pas en dire autant. (Elle prit place à son bureau, rajusta son habit puis continua à s'adresser à son auditoire.) La géographie est comparable à l'histoire. L'Histoire avec un grand « H » est le récit des événements que l'humanité a connus depuis que nous avons commencé à en garder une trace écrite. Le récit, mais aussi la compréhension de ce récit. La géographie est l'histoire du monde qui se trouve sous nos pieds. Les montagnes et la glace, les fleuves, les océans, la terre... Tout est compilé dans la roche même et nous est accessible, pourvu que nous ayons assez de jugeote pour déchiffrer ce qui y est inscrit. Prenons par exemple le plateau rocheux sur lequel repose notre couvent. Son histoire est gravée dans les couches de calcaire que l'on distingue dans la doline Hyaline, deux cents mètres à l'ouest de la tour où nous nous trouvons. (D'une petite tape de sa règle, elle invita Nona à rejoindre sa place.) Notre histoire est aussi vaste que nous sommes insignifiants, alors ses leçons ne sont peut-être plus adaptées à nos besoins. Il faut découper une étoffe au plus près de nos mesures, à ce qu'on dit parfois. Mais l'histoire du terrain recèle des enseignements bien plus importants que tout ce qui a trait aux rois et aux dynasties. Car celle de la glace y est gravée. Celle de notre soleil agonisant est sculptée dans la roche et le glacier. Telles sont les leçons qui régentent notre existence. Et qui scelleront notre perte, lorsque la lune déclinera à son tour.

Chapitre 7

Nona était bien décidée à arriver à l'heure au cours de Lame. Pendant le déjeuner, Clera lui avait expliqué la signification des cloches qui retentissaient à divers moments de la journée.

— Il en existe trois. Celle qui vient de sonner, c'est Ferra, la cloche de fer. Elle émet un son creux qui s'atténue vite. Elle s'adresse aux sœurs, essentiellement pour l'heure des prières. Elle est accrochée dans le petit beffroi, au sommet du Dôme de l'Ancêtre. C'est celle qui ressemble à un téton.

— Clera, voyons ! la houspilla Jula, qui s'était assise de l'autre côté de Nona pour se joindre à la conversation. Bray est la cloche de cuivre qui résonne au faîte de la tour du Savoir. Elle égrène les heures, et c'est elle que tu dois écouter pour les cours et les repas.

— Et aussi pour l'extinction des feux et l'heure du lever, précisa Clera, reprenant la parole. Sa voix est gutturale, ses notes longues.

Elle s'exprimait à cet instant d'une voix grave et sonore, comme pour illustrer son propos, et Nona eut l'impression d'entendre une chanteuse.

— Les cours de l'après-midi commencent quand Bray sonne six fois, le déjeuner est à la cinquième sonnerie et le dîner à la septième.

— Cet après-midi, on a Lame, dit Jula en levant les yeux au plafond. Je déteste ça.

— Comme toutes les Saintes, releva Clera sur un ton moqueur.

Nona remarqua en effet que Jula avait une apparence studieuse, et restait frêle malgré le fait qu'elle avait déjà passé plus d'un an à la table du couvent. Ses cheveux d'un châtain fade formaient un carré court. Rien dans son aspect physique ne suggérait qu'une ascendance hunska ou gerant se manifesterait chez elle dans les années à venir. Étant donné que presque personne n'était porteur du marquage quantal ou marjal, même lorsque les signes semblaient très prometteurs, Jula deviendrait très certainement une Sainte. Les connaissances de Nona à propos de l'Église de l'Ancêtre étaient très limitées, mais la perspective de mener une vie contemplative, faite de prières, ne l'attirait pas du tout. Et si la vie en question n'avait pas présenté l'avantage de lui permettre de manger à sa faim et de se dérouler dans un lieu chauffé, Nona aurait plaint sa camarade.

—Après ton premier cours de Lame, tu te diras que tu as rencontré la maîtresse la plus sévère, dit Clera. Mais elle est gentille à côté de Maîtresse Ombre. Elle, tout le monde l'appelle l'Empoisonneuse ou Maîtresse Poison, parce qu'elle est toujours en train de moudre des trucs pour concocter telle ou telle substance. Elle est censée nous enseigner la furtivité, le déguisement, l'escalade et les pièges... mais elle n'en a que pour les poisons. En tout cas, ne l'appelle Maîtresse Poison sous *aucun* prétexte.

Clera frémit. Jula appuya son propos d'un lugubre hochement de tête, puis voulut porter sa fourchette à sa bouche mais s'arrêta à mi-course ; le sujet de la conversation venait de lui revenir.

—La troisième cloche, c'est Bitel. Elle est en acier, dit-elle en reposant son couvert dans son assiette. (Sans doute les poisons n'avaient-ils pas quitté ses pensées.) Quand elle sonne, c'est rarement bon signe, et tu ne risques pas de la confondre avec les autres. Elle est stridente. L'abbesse y a recours quand il y a le feu, que quelqu'un s'est introduit dans le couvent, ou quelque chose de ce genre. Espérons que tu n'auras jamais à l'entendre. Mais si cela se produit et qu'il n'y a personne pour te donner des consignes, rends-toi chez l'abbesse et attends.

—J'ai entendu..., commença une élève assise de l'autre côté de la table, assez fort pour être à portée d'oreille de toutes ses camarades. J'ai entendu dire que c'est l'abbesse en personne qui t'a conduite jusqu'ici depuis Vérité.

Jusque-là, le reste de la classe avait été captivé par une anecdote d'Arabella concernant la cour impériale. Nona n'en avait saisi que des bribes, et s'était figuré une sorte de conte de fées faisant intervenir des princesses, comme il s'en racontait autour du feu, dans son village... Mais elle s'était ensuite rappelé que Clera avait employé le terme de « tête couronnée » pour désigner Arabella. Le conte de fées était peut-être bien réel.

—Que vous avez gravi la Voie de Seren au beau milieu de la nuit, toi et mère Vitrage.

La novice qui avait parlé était Ghena, la plus jeune de la classe, d'après Clera. C'était une fillette dont les courts cheveux noirs étaient très frisés. Au village, Stephen le Gris avait en sa possession un bâton qui avait appartenu à son père et au père de son père avant lui : le teint de Ghena était aussi sombre que le bois poli par de si nombreux contacts avec une paume.

—Et que tu es une paysanne. D'où viens-tu ? Comment ta famille a pu payer les frais de scolarité ?

—Je…

Nona se rendit compte qu'elle faisait l'objet de l'attention générale. Même Arabella avait interrompu son histoire pour la regarder avec insistance.

—Tu entends trop de choses, Ghena, dit Clera en mettant ses mains en pavillon derrière ses oreilles. (Elle rit.) Tu as passé la nuit à ta fenêtre pour guetter l'arrivée de la fameuse « Élue ». (D'un infime geste de la tête, elle désigna Arabella.) Tu as vu l'abbesse passer dans son habit tout empoussiéré, et tu en as conclu qu'elle avait emprunté la Voie de Seren ?

Ghena se renfrogna.

Après le déjeuner, et avant que Bray parle pour la sixième fois de la journée, signalant la reprise des cours, les novices disposaient d'un peu de temps pour flâner ou se reposer. Arabella quitta le réfectoire avec la majorité de la classe dans son sillage.

—Les filles vont lui montrer le cloître des novices, dit Clera.

—C'est là que nous allons après le déjeuner, pour la plupart d'entre nous, expliqua Jula. Ce n'est pas comme dans le cloître des moniales. Dans le nôtre, les bavardages fusent… Impossible de réfléchir.

Si Jula désapprouvait manifestement cette ambiance, Clera semblait au contraire l'appeler de ses vœux.

—Nous, on va t'emmener voir la doline, décréta Clera. Puisque tu as manqué le coche auj…

—Pas question que je nage ! l'interrompit Ruli, la seule autre élève à être restée.

—Moi non plus, renchérit Jula, croisant les bras et feignant de trembler de froid.

—On va simplement faire des ricochets, dit Clera. Et ma nouvelle amie pourra nous expliquer pourquoi ses parents l'ont abandonnée.

Nona fut fascinée par la doline Hyaline. Tout portait à croire qu'un géant avait enfoncé son doigt dans le plateau à l'époque où celui-ci était encore tendre et récent, y laissant une dépression parfaitement circulaire, dotée de parois verticales et abritant une eau noire environ dix mètres plus bas. L'enfant se demanda ce qui se cachait sous la surface dormante, dans les profondeurs insondables.

Le bassin mesurait environ douze mètres de diamètre. En son point le plus éloigné de la position qu'occupait Nona à cet instant, une échelle en fer fixée à la pierre permettait aux baigneuses de descendre.

Nona distinguait nettement les couches rocheuses que sœur Férule avait mentionnées, comme si le plateau avait été façonné petit à petit, tranche après tranche.

Les quatre novices s'assirent au bord de la doline, les jambes dans le vide. Nona portait les meilleurs souliers qu'elle ait jamais eus, les seuls qui étaient en cuir. Terrifiée à l'idée de les perdre, elle crispait les orteils même si elle savait bien que les lacets étaient soigneusement noués. Pendant quelques instants, personne ne parla. Clera joua à faire sauter un sou de cuivre sur le dos de sa main, d'articulation en articulation, avec une aisance née de la pratique. Nona se délecta du silence. Elle n'avait pas envie de raconter ce qui lui était arrivé, pas encore… Jamais. D'un autre côté, elle répugnait à mentir.

— Tout le monde raconte son histoire, dit Clera, comme si elle avait lu dans ses pensées.

Jula combla le silence embarrassé qui s'ensuivit.

— Ma mère est morte en mettant au monde mon petit frère. Après ça, mon père a eu beaucoup de chagrin. « Je suis un scribe, je n'ai aucun sens pratique », m'a-t-il dit. Il a pensé que les moniales prendraient mieux soin de moi que lui.

— Mon père exporte le vin du couvent de l'autre côté de la mer de Marn, mais il n'a pas payé la taxe, expliqua Ruli avec un grand sourire. Mes oncles sont tous des contrebandiers, eux aussi. Ceux qui n'ont pas fini pendus, en tout cas. L'abbesse est venue au procès et a annoncé qu'elle allait me recueillir. Papa a accepté, ce qui lui a permis de sauver sa peau.

Jula et elle se tournèrent vers Nona avec espoir tandis que Clera l'encourageait d'un haussement de sourcils éloquent. Mais une fois l'extension maximale atteinte, Nona n'avait toujours pas réagi, alors Clera se résolut à parler.

— Le premier jour, tu expliques pourquoi tes parents ne voulaient plus de toi. Théoriquement, ça fait passer la douleur. Le fait de la partager. Plus tard, tu apprends ce que les autres ont vécu, et tu te rends compte que tu n'es pas la seule à avoir souffert. Si tu avais fait de la prison, tu saurais que c'est la première chose que font les détenus : ils crachent le morceau.

Nona n'avait aucune envie d'avouer qu'elle avait bel et bien été incarcérée, et qu'elle n'avait même pas eu besoin d'ouvrir la bouche, puisque les gardes s'étaient époumonés pendant qu'ils la conduisaient à sa cellule. *Meurtrière.* Elle était sur le point de demander à Clera comment la fille d'un négociant pouvait savoir ce genre de chose lorsque la remarque cruelle d'Arabella lui revint en mémoire : *« Si ton père est en prison, il ne peut s'en prendre qu'à lui-même. »* Alors, elle tâcha plutôt de répondre à la question sur laquelle elle évitait depuis longtemps de se pencher. Voilà comment son récit aurait dû commencer : « Un jour, un jongleur est venu dans mon village. Il a été mon premier ami. » Mais Nona se refusait à prononcer cette phrase. Alors, elle choisit une question de son invention :

— Vous avez déjà rêvé qu'ils venaient vous chercher pendant la nuit ? s'enquit-elle, les yeux rivés sur ses pieds, et sur l'eau noire en contrebas.

— Qui ça ? demanda Clera.

— Oui, dit Ruli, en redressant le buste, ses longs cheveux clairs s'écartant pour révéler un visage pâle, tout en longueur également.

— Qui ça, « ils » ? dit Jula en fronçant les sourcils.

— *Ils*. Eux. Les méchants qui nous veulent du mal, répliqua Nona.

Elle se lança alors dans une histoire. Et même si son débit fut d'abord hésitant, même si elle s'exprimait comme une petite paysanne de la Grisaille, cette région orientale où l'on ne prononçait guère le nom de l'empereur et dont les terres sauvages se trouvaient plus près des ennemis dudit empereur que de ses palais, elle gagna vite en volubilité et dressa pour ses camarades un tableau qui les entraîna dans une vie qu'elles n'avaient jamais vécue, qu'elles ne s'étaient même jamais imaginée.

— J'ai rêvé que je dormais dans la maison de ma mère, au village où j'ai toujours vécu. Nous n'étions pas comme les gens de là-bas, maman et moi. Les villages qui suivent le cours du fleuve Bleu sont comme des clans, une famille, un sang, les mêmes traits, la même mentalité. C'est mon père qui nous a amenées dans cet endroit quand j'étais encore dans le ventre de ma mère, mais il s'en est allé, contrairement à nous.

» J'ai rêvé de la lune convergente, de ses rayons ardents qui gagnaient progressivement le Goulet, des garçons et des filles quittant leur lit et profitant de sa chaleur pour jouer. Ils ont formé une farandole autour de la cabane de ma mère en chantant cette vieille chanson :

Tombe, tombe
Tombe la lune,
Bientôt, bientôt
Tombera la lune,
Viendra la glace,
Fini la lune, fini, fini
Et nous tomberons tous,
Si vite, si vite.

» Pendant la convergence de la lune, les garçons et les filles sont si rouges qu'ils pourraient aussi bien être couverts de sang. Ils arrivent. Les méchants. Je sais qu'ils arrivent. Dans ma tête, je vois leur chemin, c'est une ligne qui traverse tout, qui zigzague, s'incurve vers la ga[...]

la droite, s'enroule, cherche à les semer, mais ils la suivent... et elle les conduit jusqu'à moi.

» À l'extérieur de la cabane, les enfants s'effondrent, tous en même temps. Sans un hurlement.

» Je me réveille en sursaut. Sans un hurlement. Il fait noir, la convergence est passée et les champs sont agités par le vent. Je me redresse, et l'obscurité bouge autour de moi comme de l'eau noire, assez profonde pour m'engloutir. Pendant une éternité, je reste assise là, toute tremblante dans la couverture que je serre autour de moi, et je regarde fixement une porte invisible. J'attends qu'elle s'ouvre.

Des chiens qui aboient. Un hurlement au loin. Et puis un grand bruit, tout près de là. La barre qui scelle l'entrée cède au premier coup de pied, et un guerrier occupe l'ouverture, une lanterne dans une main et une épée dans l'autre. Il est plus grand que n'importe lequel des villageois, avec une musculature développée.

— Saisissez-vous d'elle !

Il entre, et d'autres assaillants lui emboîtent le pas. La lanterne capte un éclat morne de fer sous la tunique de cuir. Il s'avance vers l'entrée de l'atelier, la pièce où dort maman, sur les roseaux dont elle tresse ses paniers.

Des mains puissantes me broient le bras dans leur étau. Les hommes ont tous une barbe nattée. Une femme passe un nœud coulant autour de mes poignets et le serre étroitement. Son visage est barré de traits de peintures verticaux. Des charmes en bois sont accrochés dans une multitude de petites nattes informes. Des Pélarthis. Des pillards venus des confins glacés.

Ma mère se rue hors de l'atelier au moment où le premier pillard s'apprête à y entrer. Ses réflexes sont impressionnants. Le couteau dont elle se sert pour tailler les roseaux ripe sur le plastron en fer avec un son clair. L'homme fait volter sa lourde épée, mais maman n'est déjà plus là. Son poing est plaqué contre la gorge de la femme qui me retient prisonnière, et l'arme disparaît dans la chair. Maman m'entraîne vers la sortie. Il s'en faut de peu que nous réussissions, mais l'assaillant à la lanterne pivote et frappe à nouveau. La pointe rencontre la nuque de maman. Elle s'écroule sur moi. Alors la nuit retrouve son obscurité, et son calme.

— Tu as été vendue par des pillards ? demanda Jula, horrifiée.

Nona s'était tue et contemplait l'eau lointaine.

— Non, répondit-elle en relevant la tête. C'était les villageois.

Ses trois camarades la dévisageaient comme si elles avaient affaire à une créature inconnue.

— Les pillards m'ont enlevée, mais ils ne sont pas allés bien loin. À l'aube, ils ont établi leur camp dans la forêt de Rellam. Les chasseurs du village ne vont jamais là-bas. D'après eux, des esprits y habitent, et ils ne sont pas bien intentionnés.

» Les Pélarthis se sont séparés en petits groupes, sachant qu'ils n'étaient pas plus de vingt au début. Cinq d'entre eux sont restés avec moi : quatre hommes et la sœur de la femme que ma mère avait poignardée. J'ai remarqué que j'avais du sang sur moi. (Nona regarda ses mains et les retourna, comme si son récit pouvait y être inscrit.) Pendant que les Pélarthis se préparaient à dormir, le silence s'est fait dans la forêt. Ils n'ont manifestement rien remarqué, mais je sentais que tout, les arbres, le sol, l'obscurité nous épiaient. Un guerrier est sorti de la pénombre, là où la végétation se densifiait. Il avait la barbe pleine de ronces et une tignasse tout emmêlée. Il n'a rien dit, il s'est simplement avancé pieds nus en levant son épée. Les Pélarthis n'ont même pas levé la tête, je suis la seule à l'avoir regardé. J'étais allongée sur le côté, les mains attachées dans le dos. Je me suis dit qu'il était l'un d'eux, mais il avait l'air trop… sauvage pour ça, comme s'il n'avait jamais vécu ailleurs que dans la forêt de Rellam. Et son épée était faite de bois poli, noir ou marron très foncé.

» Il a d'abord terrassé le guerrier qui avait tué maman. Simplement en brandissant son épée et en l'abattant sur la nuque du Pélarthi. Sa tête s'est détachée aussitôt. Ça a alerté les autres ; ils ont fondu sur lui, mais il les esquivait comme un danseur, sans un mot, sans un bruit… Aucun des Pélarthis n'arrivait à croiser le fer avec lui… Et chaque fois qu'il déviait sa trajectoire, il laissait derrière lui un geyser de sang, un ennemi à terre.

» La femme a trébuché sur moi en reculant pour éviter une attaque ample. Le temps que je me dégage, tout était terminé. Les Pélarthis étaient morts, et le sauvage avait disparu. Il n'y avait plus que moi, et les cadavres, et la forêt mouvante tout autour de nous.

» Un groupe de chasseurs qui avait suivi la trace des pillards depuis le village m'a trouvée une heure après l'aube, couverte de sang, avec tous ces corps… Et dans la forêt hantée, qui plus est. Ils m'ont ramenée, mais les anciennes étaient déjà en train de laver maman, et Mari Fleuvine avait couru jusqu'à Blanc Lac pour que le père Mickel les empêche de la brûler. D'après lui, l'Espoir arrivera lorsque tous les morts se relèveront de leur tombe pour redevenir eux-mêmes… C'est pourquoi il faut les enterrer au lieu de les offrir au feu. Parce que même l'Espoir n'est pas capable de redonner la vie à de la fumée et à des cendres.

» Les messes basses n'ont pas tardé. Elle était dans la forêt, et elle en est sortie pleine de sang… Pas une égratignure… Qui a tué les Pélarthis ?… cadavres… sang… esprits…

» Je ne sais pas qui a prononcé le mot « sorcière » en premier. Toujours est-il que c'est Matha, la femme du forgeron, qui me l'a craché au visage. Elle me déteste depuis que j'ai corrigé son fils Billem qui m'avait frappée avec un bâton. Tout le monde a repris le refrain, comme si les Pélarthis ne nous avaient jamais attaquées, comme si ceux qui étaient morts n'avaient pas tué maman avant de m'enlever. Je crois qu'ils m'en voulaient énormément parce que, de tous ceux qu'ils avaient enlevés, j'étais la seule à être revenue vivante alors qu'ils n'avaient jamais voulu de moi.

» Le forgeron et Grettle Eavis demandaient qu'on m'enferme dans un sac et qu'on me noie dans le fleuve Bleu. D'après eux, c'était le seul moyen pour qu'une sorcière ne revienne pas : en l'attachant avec une chaîne en fer, et en la mettant dans un sac pour la noyer. Mais Stephen le Gris a refusé ; c'est toujours lui qui a le dernier mot quand une décision concerne tout le village, car il avait combattu les Pélarthis à l'époque où on avait encore une impératrice, et en avait même tué quelques-uns. Il a dit « non », que le rétameur avait croisé le croque-mitaine sur la route, et que si le village ne voulait pas de moi, le croque-mitaine, lui, « ferait pas la fine bouche ».

» J…

La voix grave et vibrante d'une cloche se réverbéra contre les parois de la doline, couvrant celle de Nona.

— Bray ! C'est le début du cours !

Nona se remit sur ses pieds d'un bond, oubliant qu'elle se tenait tout au bord du vide, et ses camarades l'imitèrent, non sans s'être écartées du gouffre au préalable.

— C'est horrible, dit Jula en époussetant son séant.

— C'est sensationnel ! dit Ruli. Tu as dû être terrorisée quand…

— C'est la vérité ? l'interrompit Clera en jaugeant Nona du regard.

— On a Lame tout de suite, répliqua Nona, s'éloignant déjà au pas de course en direction de la tour du Savoir. Je ne peux pas me permettre d'être en retard ! (Elle marqua un temps d'hésitation, tourna sur elle-même.) C'est par où ?

Clera éclata de rire.

— Allons-y. Elle a raison. Vous savez comment est sœur Suif, elle pourrait nous obliger à monter et descendre la Voie de Seren !

Quelques secondes plus tard, Clera, Ruli et Jula se dirigeaient d'un pas vif vers l'extrémité la plus éloignée du plateau, Nona trottinant pour les rattraper.

— Le grand bâtiment avec les hautes arcades, c'est la Demeure de la Lame, lui indiqua Clera.

Les façades, constituées d'imposants blocs de calcaire, soutenaient un toit pointu aux chevrons ornés de gargouilles rugissantes. Le mur orienté au sud, à la lisière du plateau, était maintenu par une série de contreforts sculptés.

—Et celui-là, c'est la Demeure du Cœur, poursuivit-elle en désignant du menton les nombreuses colonnes d'un portique qu'elles étaient en train de dépasser.

—La Demeure de Persus, nota Jula, qui finissait de s'attacher les cheveux avec un cordon noir. Ainsi baptisée en référence à l'empereur Persus, troisième du nom, dont la lignée s'est éteinte lorsque l'actu…

—Tout le monde l'appelle la Demeure du Cœur, car il a été bâti pour le cœur-de-nef, dit Clera.

Elle gravit précipitamment le perron de la Demeure de la Lame, sans pour autant courir.

—Qu'est-ce que le cœur-de-n…

Mais déjà, Clera poussait le lourd battant. Ruli la suivit.

—Je ne comprends toujours pas qui a payé tes frais de scolarité, dit Jula, entrant dans le hall en dernier.

Nona non plus ne comprenait pas. Elle se demanda avec inquiétude si la question avait été éludée jusqu'à présent. Peut-être que le soir venu, ou le lendemain, une moniale viendrait la trouver avec un registre et une plume pour exiger d'elle dix souverains d'or. Mais Nona aurait eu l'impression de tenter le sort en parlant de cela avec ses camarades.

Sœur Suif la héla sitôt qu'elle eut pointé le bout de son nez dans la demeure.

—Nona! Viens un peu par ici.

La fillette s'empressa d'obéir, ce qui lui évita d'avoir à fournir une réponse à Jula. La vieille femme la regarda d'un air soupçonneux avant de reporter son attention sur les autres élèves de la classe Écarlate. Les dernières à arriver s'alignèrent au deuxième rang. Arabella, qui s'était entre-temps vu fournir un habit, rayonnait de blondeur et de perfection auprès de Maîtresse Lame; c'était à croire que trois femmes de chambre avaient passé une heure à la peigner et à la coiffer.

La vaste salle occupait environ la moitié du bâtiment dans le sens de la profondeur, et s'achevait par une galerie garnie de sièges surplombant un court passage donnant sur les autres pièces. La voûte en plein cintre atteignait de telles hauteurs qu'un chêne aurait pu pousser au cœur de la demeure et y atteindre sa maturité. Exception faite d'une dizaine de poteaux en bois enveloppés de cuir et mesurant la taille d'un adulte, posés sur des pieds dans un coin reculé, les lieux étaient déserts et une couche de deux ou trois centimètres de sable couvrait le dallage.

—Il me faut des partenaires pour les deux nouvelles, dit sœur Suif en lançant un regard peu amène aux novices alignées devant elle.

Sa voix recélait tant de dureté que les remarques les plus simples semblaient devenir de mortels ultimatums.

— Novice Ghena, tu te chargeras de Nona. Novice Jula, tu es avec Arabella.

Ghena adressa un mince sourire à sa nouvelle partenaire. Quant à Jula, elle parut étonnée.

— C'est le moment de se changer, dit sœur Suif en frappant dans ses mains. Quiconque traînassera aura le crâne rasé.

Ce disant, la moniale avait focalisé son attention sur Ghena qui, à y regarder de près, semblait avoir subi le châtiment en question, à peine quelques semaines auparavant.

— Assure-toi que les nouvelles aient une tenue à leur taille. (Nouveau claquement de paumes.) Allez !

Et les douze novices filèrent en direction du passage qui s'ouvrait sous la galerie, soulevant du sable dans leur sillage.

Ghena était véloce, aussi Nona fut-elle obligée de s'élancer à toutes jambes pour la rattraper. Après la lumière vive de la salle, elle se retrouva aveuglée par l'obscurité qui régnait dans le tunnel. Tandis qu'elle ralentissait pour laisser à ses yeux le temps de s'accoutumer, et que certaines de ses camarades arrivaient dans son dos, Ghena creusa l'écart. Au fond du passage, la plupart des filles virèrent à gauche, mais Jula emmena Arabella vers la droite, alors Nona les suivit.

Ghena les attendait dans une pièce étroite, toute en longueur, au fond de laquelle se trouvait une fenêtre. Elle ouvrit les volets, et la lumière révéla deux murs pourvus d'étagères. Plus loin s'entassaient toutes sortes d'objets : des jarres en terre cuite, des matelas roulés, de lourdes balles en cuir, des bâtons courts et longs, des cannes, et Nona avisa même des pommeaux qui appartenaient peut-être à des dagues ou à des épées. À portée de main, des piles de tuniques pliées avec soin étaient disposées sur les rayonnages, de même que des souliers faits d'une robuste étoffe noire.

— Les plus petites sont près de la porte. Faites bien attention à en choisir une qui vous ira parfaitement, dit Jula. Si elle est trop serrée, votre adversaire vous attrapera, vous, et pas seulement votre tenue. Trop ample, et vous trébucherez dessus, ou vous vous la ferez arracher.

Nona et Arabella se choisirent un habit de combat, qui se composait d'une tunique et d'un pantalon serré aux chevilles, et le tinrent devant elles pour le soumettre au regard critique de leur partenaire.

— Trop petite, même pour toi, aboya Ghena.

Déjà, Jula avait emmené Arabella au vestiaire, cette dernière semblant vouloir privilégier ses boucles dorées plutôt qu'essayer de trouver une tenue à sa taille.

— Pourtant, elle m'a l'air bien…, remarqua Nona.

Elle n'avait encore jamais eu l'occasion de choisir un vêtement, mais il n'en restait pas moins qu'elle était raisonnablement sûre que la tenue lui irait.

Ghena l'empoigna par le revers de sa tunique.

— Tu veux que ton adversaire te chope la peau en même temps que le tissu si elle t'attrape ?

— Je ne veux pas me faire attraper, justement, rétorqua Nona. Et pour ça, mieux vaut un habit près du corps.

Ghena lui arracha la tenue des mains avec un feulement de colère.

— On est partenaires, petite paysanne. Chaque fois que tu commettras une erreur, c'est moi qu'on regardera de travers. Maîtresse Lame va te tester, et si tu échoues, c'est moi qui serai punie. Si ça arrive, je me vengerai sur toi.

Nona récupéra sa tenue d'un geste brusque.

— Ce n'est jamais un tort de gagner.

Alors qu'elle soutenait le regard furibond de sa camarade, elle se sentit gagnée par un rictus haineux et se remémora les hurlements qu'elle avait poussés en se ruant vers Raymel Tacsis. Une seconde plus tard, toute trace de colère la déserta, comme si un vent froid était venu balayer son ardeur. Elle revit le drap dont l'exécuteur avait couvert Saida, et la silhouette de celle-ci sous le tissu. Nona s'était emportée, et cela n'avait pas sauvé son amie. Sa victoire s'était révélée vaine. Elle prit une tunique posée deux piles plus loin que la première, et la plaqua contre son corps.

— Ça ira ?

— Ça ira.

Quand elles entrèrent dans le vestiaire, l'une des novices était déjà prête.

— Quel joli couple, le crâne luisant vous ira à ravir, dit Ketti avec un sourire radieux.

Elle mima le geste de la tonte, lissant son abondante chevelure noire étroitement retenue par un cordon blanc, tandis qu'elle s'éloignait.

— … vec les vaches et les cochons, disait Arabella.

Elle s'interrompit, adressant un grand sourire à Nona et Ghena. Toutes les élèves éclatèrent de rire, même si elles furent une poignée à chercher à dissimuler leur hilarité.

Contenant son agacement, Nona trouva une place libre sur le long banc et se débarrassa non sans mal de son habit de novice, l'accrochant à une patère comme ses camarades l'avaient fait. La pièce empestait la sueur rance, la promiscuité, une odeur qui, quoique moins prononcée dans la grande salle, n'en restait pas moins omniprésente. Cela rappela à Nona son village.

— Dépêche-toi ! lui conseilla Clera avec un geste d'impuissance.

Elle avait déjà noué sa ceinture et ramené ses cheveux vers l'arrière. Pas une mèche ne dépassait.

— Allez ! Allez !

Sur le pas de la porte, Jula bouillait d'impatience.

— Arabella !

Arabella la rejoignit au pas de course, et elles se précipitèrent dans le couloir. Nona et Ghena étaient désormais seules dans le vestiaire.

— Viens ! dit Ghena.

Nona allait s'élancer à sa suite lorsqu'une ceinture noire, abandonnée sur le sol, attira son regard. Instinctivement, elle la cueillit au passage pour la rapporter à sa propriétaire, la calant sous sa tunique pour garder les mains libres. Quelques instants plus tard, essoufflée mais ayant comblé l'essentiel de son retard sur Ghena, elle déboucha dans la salle ensoleillée. Étourdie par la luminosité, elle ne put identifier celle de ses camarades qui repartait en coup de vent vers le vestiaire.

— Sur le fil du rasoir, novice, lui dit sœur Suif, qui n'avait rien manqué de son entrée.

Baissant la tête, Nona alla se placer près de sa partenaire, au deuxième rang. Elle regarda autour d'elle… il y avait une absente. Elle s'apprêtait à ouvrir la bouche lorsque Ghena la fit taire promptement, d'un violent coup de coude dans les côtes.

Un instant s'écoula en silence. Puis un autre. Au bout d'une minute, la tension monta d'un cran tandis que onze novices scrutaient le sol sablonneux entre leurs pieds.

— La voilà.

Les mots de sœur Suif résonnèrent comme une sentence, celle du juge qui avait condamné Nona à mort.

Arabella réapparut, serrant sa tunique autour d'elle. Elle semblait au bord des larmes.

— Je ne l'ai pas trouvée ! J'ai cherché partout !

— Une enfant douée d'inventivité aurait remplacé sa ceinture perdue par une autre. Et une enfant attentive ne l'aurait tout bonnement pas perdue, à peine quelques minutes après l'avoir reçue.

Sœur Suif s'adressa à l'ensemble de la classe.

— Au couvent, les règles s'appliquent tant aux têtes couronnées qu'à la roture. À la fin du cours, Jula rasera la tête d'Arabella, et ensuite les rôles seront inversés.

Nona se rendit compte de sa bévue. Elle hésita, puis sortit la ceinture qu'elle avait rangée dans sa tunique.

— Ma sœur…

— Ah ! fit Maîtresse Lame, à qui décidément rien n'échappait. Nona nous fait ici la démonstration d'une vérité aussi intangible que précieuse, à ce que je vois. Certes, nous nous battons les unes contre les autres en ce lieu, et nous pensons que, sous prétexte que nos duels ne s'encombrent pas de règles, nous comprenons vraiment ce que faire la guerre signifie. (Elle longea ses élèves alignées.) Ne vous méprenez pas. Un véritable affrontement n'est jamais limité par quatre murs. Un véritable affrontement ne s'arrête pas sur tel ou tel perron, ou dès l'instant que nous lavons le sang et la sueur. Non, un affrontement se conclut par une défaite. Et la mort est la seule défaite qu'une guerrière soit capable de comprendre. Tant que notre souffle ne nous a pas quittées, nous sommes en guerre contre nos ennemis, et réciproquement.

La moniale pivota sur ses talons à l'extrémité de la rangée, s'approcha de Nona et lui prit la ceinture.

— À l'avenir, Nona, garde ce genre de démonstration pour le cours de Maîtresse Ombre, qui saura l'apprécier mieux que moi. Essaie toutefois de ne pas l'irriter. Notre sœur de furtivité est bien moins… charitable… que je le suis.

Elle lança la ceinture à Arabella.

— À vos tours de piste ! Sharlot, tu pars en tête.

La plus grande des novices, une jeune fille rousse à la frêle silhouette, s'élança, aussitôt suivie par ses camarades.

Ayant pris l'habitude de courir pendant son séjour au Caltess, Nona adopta vite un rythme régulier. Elle se trouvait en avant-dernière position comme le voulait l'ordre de la classe, juste devant Arabella dont elle sentait la présence et dont les yeux lançaient, à n'en pas douter, des éclairs. Chaque fois que Clera tournait à un coin de la salle, elle adressait un sourire à Nona. Après les premiers tours, celle-ci parvint à faire le vide dans son esprit ; seul comptait désormais le *tempo* de ses pas, le contact du sol sablonneux sous ses pieds. Elle lâcha prise, occultant l'histoire qu'elle avait contée à ses camarades au bord de la doline, faisant fi de son inquiétude concernant ses frais de scolarité, laissant s'estomper le désir de revanche d'Arabella Jotsis ; même l'idée que Raymel Tacsis pourrait vouloir lui aussi se venger se perdit dans le défilement des foulées. Il ne restait plus qu'une ligne, vive et brûlante, comme dans le rêve de Nona.

— Par égard pour les nouvelles, je vais procéder à un rappel, dit sœur Suif lorsque les novices se trouvèrent à nouveau alignées sur deux rangées, transpirant et luttant pour reprendre leur souffle. C'est un message qui fera du bien à beaucoup d'entre vous. Peut-être prendra-t-il tout son sens, maintenant que vous avez passé un certain temps à suivre mon enseignement.

» Nous ne sommes pas faites pour la guerre. Nous ne sommes pas véloces ; la plupart des animaux sont capables de nous distancer à la course ou de nous éviter, qu'il s'agisse des chiens, des chats, des rats ou des moineaux. Nous ne sommes pas puissantes ; à poids égal, une mule, un hoola ou un ours sont trois voire cinq fois plus forts qu'un homme. Et vous n'êtes pas des hommes.

» En revanche, nous possédons précision et intelligence. Tels sont nos outils. La vivacité et la précision. Je vous apprends à vous battre à mains nues pour deux raisons. La première, c'est que vous ne serez pas armées en toutes circonstances. La seconde, c'est que cela vous permet de vous améliorer par la douleur sans pour autant vous blesser, et d'apprendre la colère sans tuer pour autant votre adversaire. (Elle leva les mains.) Voilà de bien piètres armes. Quand nous nous battons, c'est pour gagner. Là... (Quinze centimètres d'acier étincelant venaient d'apparaître comme par enchantement dans la main de la religieuse.) ... là, il y a du mieux. Néanmoins, vous apprendrez quelque chose si je vous frappe avec mon poing. La leçon du poignard se révélerait aussi courte que définitive.

Sœur Suif fit disparaître la lame en un tournemain.

— Les récits nous enseignent qu'une bataille est régie par les notions de bien et de mal. Que la victoire requiert bravoure et fougue. Que l'Ancêtre tendra la main à ses fidèles en rendant leur bras puissant. La vérité, c'est qu'il recueillera votre essence à l'instant de votre mort pour l'intégrer au grand tout. C'est un sujet qui est développé en cours d'Âme, je n'en doute pas. Pour les besoins du nôtre, sachez simplement que, tant que vous serez en vie, l'Ancêtre restera un simple spectateur.

» Tout est affaire de maîtrise, lors d'un affrontement. Maîtrise de votre peur, de votre douleur et de votre fureur. De votre arme. De votre adversaire. Il est question de mécanismes, de leviers, de points de rupture et de vélocité. Votre corps est une machine. Il est temps pour vous d'apprendre comment il fonctionne, de déterminer jusqu'à quel point vous pouvez le solliciter ou le donner en pâture, non pas avant de le faire souffrir, mais avant qu'il rompe. Le combat à mains nues nécessite de la force pour neutraliser la machine adverse avant que celle-ci vous mette hors d'état de nuire.

» En cours de Lame, nous attachons une extrême importance à la rapidité. Tous les autres aspects du combat n'ont plus lieu d'être, pourvu que vous atteigniez un certain degré de célérité. Si votre ennemi vous fait l'effet d'être une véritable statue de marbre, qu'importent sa robustesse et ses talents ; il vous suffit de l'atteindre à la gorge ou aux yeux pour le terrasser. La vitesse est la voie de notre communauté.

» Vous avez évidemment entendu parler des sœurs Écarlates, de sœur Nuage et du roi d'Occident, de sœur Effraie, peut-être, celle qui a maté le Château Noir. Les forgemots de Vérité tissent la trame de tels récits ; pour un quart de sou, ils vous dressent le tableau de la tornade à mains nues, du jour où sœur Effraie a laissé une dizaine de membres de la garde rapprochée du roi dans son sillage. (Elle cracha dans le sable.) Ce ne sont que des paroles, et les paroles n'ont pas leur place dans les hostilités. En réalité, lorsque deux personnes s'agressent sans armer leur main, il arrive dans l'immense majorité des cas qu'elles s'effondrent toutes deux bien avant que l'une d'entre elles soit passée de vie à trépas, ou ait à déplorer une fracture.

» Au sol, le facteur force est décisif et, à cet égard, vous ne serez que rarement avantagées. Je vous expliquerai ce qu'il y a à savoir au sujet des articulations. Comment elles acceptent et refusent de se mouvoir. Dans quelle direction les solliciter pour qu'elles cèdent plus facilement. Où concentrer vos efforts pour profiter au maximum de l'effet de levier et menacer les ligaments. Comment échapper vous-mêmes à ce genre de prises. Comment mordre, crever les yeux de quelqu'un. Comment gagner lorsque seule la victoire est envisageable.

» Plus important encore, vous vous familiariserez avec la douleur, la peur, la colère, vous apprendrez à vous maîtriser en dosant ces trois émotions. Et ces leçons vous resteront utiles en classe Grise, lorsque je vous armerai et que je vous apprendrai ce que c'est que d'être une sœur Écarlate. Je vous apprendrai à les faire saigner, ces salopards.

— Arabella, Nona, Jula, Ghena, avancez.

Nona suivit ses camarades jusqu'à l'emplacement que la professeure leur indiquait.

— Vous deux, par ici…, poursuivit sœur Suif en faisant signe à Arabella et à Jula de se décaler sur un côté. Nos deux nouvelles nous arrivent précédées d'une solide réputation. Voyons jusqu'où leur potentiel les mènera. Jula et Arabella, vous commencez. Jula, ne la blesse pas.

Elle fit un pas en arrière et tapa dans ses mains.

— Battez-vous.

Jula adopta une posture de défense, fermement campée sur ses jambes écartées et présentant son flanc à Arabella, les poings levés à hauteur de poitrine, en léger décalage. Arabella ne réagit pas, mais se tourna vers sœur Suif.

— Je dois me battre, Maîtresse Lame ? Comment…

— Bats-toi ! Assène-lui des coups de pied, des coups de poing, mords-la si besoin est. Neutralise-la.

— Mais…

Sœur Suif adressa un signe de tête à Jula. Aussitôt, celle-ci fondit sur sa camarade, lui décochant un coup de pied aérien qui la toucha à l'épaule. Arabella tomba de tout son long.

— La jambe est plus solide que le bras, le pied moins délicat que la main. Même s'il faut en contrepartie sacrifier notre équilibre. Debout, ma fille, dit sœur Suif en faisant signe à Arabella de se relever.

Nona avait été surprise par la fulgurance de l'attaque. Jula lui avait paru si studieuse… Elle se surprit à sourire de ce contraste, mais remarqua alors que sa réaction n'avait pas échappé à Arabella, et que celle-ci s'était sentie visée.

Lentement, Arabella se releva en se massant l'épaule.

— Battez-vous !

Nouveau signal de la part de l'enseignante.

Jula tenta la même approche, et Arabella se décala avec une vivacité remarquable. Jula porta un nouveau coup de pied, ne rencontra là encore que le vide. Les deux filles se remirent en garde, les poings levés. Arabella décocha un premier coup de poing fulgurant, un crochet ample. Jula réussit à l'esquiver en se projetant vers l'avant, sans que Nona sache bien comment, et, saisissant le poignet de son adversaire, se contorsionna pour passer en dessous d'elle et l'éjecter par-dessus son épaule. Arabella se reçut lourdement sur le dos, ses poumons se vidant de tout leur air, puis lâcha un juron dont Nona n'aurait jamais pensé qu'il puisse avoir cours dans l'entourage de l'empereur.

Elle se tourna vers sœur Suif pour connaître sa réaction et découvrit que la religieuse, comme le reste de la classe, d'ailleurs, était médusée. Chez la moniale, une autre émotion se mêlait à la surprise, un sentiment que Nona ne parvint pas à identifier, mais qui était assez puissant pour la faire légèrement pâlir, ce qui accentua ses cicatrices anciennes.

Jula, pourtant victorieuse, fut la première à rendre un verdict.

— Elle a les réflexes d'une Hunska.

Enfant issue d'un village reculé, Nona savait simplement qu'il existait quatre tribus et que leur sang coulait parfois dans les veines de quelqu'un. Mais au fil des mois qu'elle avait passés avec Giljohn, puis au Caltess, elle avait appris une vérité profondément ancrée, à savoir que les descendants des Hunskas étaient noirs d'iris et de cheveux. Elle comprit alors pourquoi l'Église de l'Ancêtre avait jugé bon de négocier l'entrée de cette fille de la noblesse au couvent. Elle le comprit avant même que l'une de ses camarades ne murmure le mot « sang-mêlé ». Les double-sang étaient aussi rares que la fonte de la banquise. Quant aux triple-sang, on n'en avait pas vu un depuis trois siècles, depuis le jour où Aran le Fondateur avait dessiné les contours du royaume actuel, jusque-là livré aux exactions des hommes sauvages et divisé en petites principautés hargneuses. Du moins, c'était ce que Nona avait entendu dire au Caltess. Si Arabella Jotsis manifestait aussi des signes d'appartenance à la lignée gerant, elle entrerait à son tour dans l'histoire. Voire dans la légende, si elle venait à manifester de surcroît des qualités propres aux Quantals ou aux Marjals.

— Ça suffira comme ça, décréta l'enseignante avec un nouveau claquement de paumes qui fit sonner douloureusement les tympans de Nona. Nona, notre combattante du Caltess… (Les novices rirent de sa plaisanterie.) C'est à ton tour. Ghena, tu es prête ?

Se tournant vers sa camarade, Nona la découvrit déjà en garde, les yeux plissés sous l'effet de la concentration, sans le moindre sourire ou rictus de défi. Elles étaient les deux filles les plus menues de la classe et avaient en commun leur teint sombre, Ghena dépassant Nona de deux ou trois centimètres seulement et présentant des membres presque aussi graciles que les siens, tout en muscles et en os.

La posture en « lame de couteau » relevait du bon sens : il s'agissait de présenter à l'adversaire la zone d'attaque la plus réduite possible, tout en offrant à celle qui l'adoptait une bonne stabilité, grâce à l'écartement des pieds. Mais Nona garda sa posture initiale. Elle apprendrait les méthodes du couvent, mais trouvait idiot de chercher à singer Ghena dès le premier cours, puisqu'elle n'était pas habituée à cette nouvelle position.

— Prête ? s'enquit Ghena.

Contrairement à Jula, elle n'avait pas tenté de bénéficier de l'effet de surprise, mais Nona comprit, rien qu'en la regardant, que sa réserve était motivée par son estime d'elle-même, et non par la gentillesse. Rien ne devait venir entacher sa victoire.

Nona fit un infime hochement de tête, et Ghena lui décocha un coup de poing, un direct bien différent du crochet ample et maladroit d'Arabella, aisément prévisible. Nona bloqua l'assaut en croisant ses paumes devant son visage ; le bruit du choc résonna dans le vaste espace de la salle. Nona n'avait pas prévu que ce serait si douloureux.

En baissant sa garde, elle lut de la surprise sur les traits de Ghena.

— Tu es rapide, dit celle-ci en penchant la tête d'un côté puis de l'autre pour délier les muscles de son cou.

Et, sans crier gare, elle se livra à une série de coups de poing fulgurants, tous ponctués d'un pas en avant, une attaque impétueuse qui ne laissa aucun répit à Nona. Autour de la fillette, le monde ralentit, les fractions des secondes se cristallisant pour lui apporter la lucidité d'esprit qu'elle avait, du plus loin qu'elle se souvienne, toujours été capable de mobiliser. Elle recula au fur et à mesure, oscillant à gauche puis à droite avec souplesse pour éviter deux coups, et écartant le troisième d'un revers de la main, si bien que le poing de Ghena passa à un cheveu de sa joue. Ghena était vive. Très vive. Comme une Hunska. Nona bloqua une nouvelle attaque, puis une autre, et esquiva la troisième en effectuant un écart latéral. Le masque de Ghena se fissura, laissant entrevoir sa fureur. Sous l'effet de sa colère, ses assauts se firent plus hasardeux mais pas moins rapides. Nona fut contrainte de redoubler d'efforts, n'échappant au contact qu'*in extremis*. Serrant les dents, elle s'enfouit davantage dans l'instant présent, tant et si bien que son esprit bourdonna telle une abeille prise au piège à l'intérieur de son crâne, et que les assauts pourtant fulgurants de Ghena se muèrent en gestes alanguis qu'elle pouvait prévoir sans peine.

Elle se rendit compte, alors même que le duel s'égrenait en fractions de seconde, que la surprise de Ghena allait grandissant. Nona connaissait ces yeux écarquillés, cette dilatation des pupilles. Elle avait vu la même expression sur le visage de son premier ami lorsqu'elle avait lancé la quatrième balle, croyant ainsi lui faire plaisir… Elle laissa Ghena la cueillir à l'épaule gauche, et accompagna sciemment l'impact pour se retrouver à terre. Une gerbe de sable ponctua sa réception, et elle resta au sol, pantelante.

Un long moment s'écoula, durant lequel le monde reprit sa course ordinaire. Nona sentait les grains de sable contre ses lèvres, son épaule douloureuse, ses paumes abrasées. Enfin, le signal de Maîtresse Lame rompit le silence. Nona se releva lentement et rentra dans le rang devant les hochements de tête approbateurs de ses camarades. Clera et Ruli paraissaient impressionnées, Arabella maussade. Seule Ghena semblait ne pas comprendre ce qui s'était passé, et sœur Suif, restée sereine, avait l'air néanmoins songeuse.

Chapitre 8

La préférence de Nona allait au dortoir des novices plutôt qu'à la cellule monacale dans laquelle elle avait passé sa première nuit. La bâtisse comptait quatre niveaux, les classes Écarlate et Grise se partageant le rez-de-chaussée divisé en deux pièces tout en longueur, tandis que les deux premiers étages étaient dédiés respectivement aux Mystiques et aux Saintes, le dernier accueillant les locaux qui permettaient aux Saintes d'étudier. Les lits étaient par ailleurs plus larges et plus confortables, puisqu'ils disposaient de pieds et d'un matelas formé de planches enveloppées de couvertures pliées. Nona était allongée sur le sien tandis qu'autour d'elle ses camarades se préparaient à l'heure du coucher tout en bavardant. Immédiatement à gauche de Nona, Ghena s'était déjà faufilée sous ses couvertures et avait sombré dans le sommeil.

Nona s'étira en bâillant. La séance avait été axée sur l'exécution d'un coup de poing suivi d'une projection, et l'enfant avait répété cet enchaînement encore et encore, sans jamais réussir à donner satisfaction à l'enseignante. À la fin du cours, elle ruisselait de sueur et était percluse de courbatures. Un passage aux bains avait émoussé la douleur et chassé l'odeur de la transpiration, les remplaçant par une profonde torpeur. Si Clera ne l'avait pas aidée à quitter l'eau chaude du bassin, elle serait sans doute restée plongée dans sa léthargie, au milieu de la vapeur.

Ruli vint s'asseoir au pied de son lit. Elle portait un bonnet de nuit qui lui donnait une mine cocasse, tout déformé qu'il était par ses longs cheveux.

— Je suis étonnée que tu arrives à garder les yeux ouverts, dit-elle en indiquant le lit de Ghena.

— Je me suis débrouillée comment ?

— Tu as été sensationnelle ! Tu es vraiment rapide, Nona ! La technique de Ghena laisse à désirer parce qu'elle n'est là que depuis trois mois, mais elle est extrêmement vive. C'est une primante, à coup sûr. Seule Clera est encore plus rapide, et il y en a pour dire qu...

— ... qu'on n'a pas vu ma pareille depuis des années, intervint l'intéressée avec un sourire menaçant. (Elle s'assit sur le lit voisin.) Que je suis une Hunska absolue.

— Il existe d'autres couvents ? demanda Nona.

Elle resta à plat dos, sa couverture remontée jusqu'au menton, et reprit sa contemplation du plafond, où dansaient des ombres.

— Six. (Ruli se lança dans une énumération.) Le Constant Silence, la Chaste Dévotion, le Piton de Gerran...

— La Mansuétude est le seul où on enseigne la Lame, la Voie et l'Ombre. Les autres n'accueillent que des Saintes.

— « Que » des Saintes ? répéta Jula, qui occupait un lit tout proche.

À en croire l'intonation de sa voix, elle n'avait pas encore digéré la perte de sa chevelure.

— Les Saintes ne sont pas moins importantes que les autres sœurs, pépia Ruli, conciliante. L'abbesse est une Sainte, après tout, et nous sommes toutes sous sa responsabilité.

Nona laissa ses amies discuter pour se concentrer sur le jeu des ombres. Elle n'avait pas envie de voir Arabella, changée en une étrange créature par son cuir chevelu rose, semé ici et là de duvet blond. Elle ne voulait pas croiser son regard et s'attirer ainsi une nouvelle salve de récriminations. Jula avait accueilli sa punition de mauvaise grâce, mais sa réaction n'était rien à l'aune de l'explosion de violence d'Arabella, à tel point que Nona avait songé que sœur Suif serait peut-être forcée d'immobiliser l'héritière des Jotsis...

Mère Vitrage avait dit à Nona qu'elle était libre de partir à tout instant, mais lorsque Arabella avait exigé de regagner son foyer, sur le ton qu'adoptent ceux qui ont l'habitude d'être obéis, sœur Suif était restée intraitable.

— Pas question qu'une novice me massacre avec un rasoir sous prétexte qu'une petite paysanne m'a volé ma ceinture !

Sur ces entrefaites, Arabella s'était dirigée vers la sortie d'un pas déterminé.

La scène qui s'était ensuivie avait été pénible pour les témoins, mais Arabella Jotsis avait eu beau tempêter et se répandre en menaces, la moniale était restée intraitable, et c'était en larmes que la jeune fille s'était assise et avait soumis sa chevelure d'or au long rasoir que Jula tenait d'une main hésitante.

Lorsque le moment avait été venu d'inverser les rôles, Arabella avait manié la lame sans trembler malgré ses yeux rougis, tout en dévisageant froidement Nona qu'elle jugeait responsable de son châtiment.

Nona rouvrit brusquement les yeux. Elle avait bien failli s'endormir. Elle tourna la tête vers la gauche. Assise près d'elle sur le bord du lit, dans une longue chemise de nuit blanche, Clera jouait avec le sou de cuivre dont elle ne se séparait guère, tandis que les autres filles terminaient les préparatifs du coucher.

— Bon, alors, on est amies ? s'enquit Clera tout de go en scrutant le visage de Nona.

— « Amies », ça peut être un mot dangereux, répliqua cette dernière.

— Ah oui ? demanda Clera en riant. Vraiment ?

— Oui, si on ne l'emploie pas à la légère.

Nona ne souriait pas, elle. Elle repensait à Amondo et à Saida. L'amitié était un lien. Le plus souvent, les faits et gestes des gens dépassaient son entendement. Mais elle comprenait le sens du mot « ami ». On pouvait mourir pour un ami. Ou tuer pour lui.

— Eh bien, je suis sincère, dit Clera d'un air grave.

— Dans ce cas, on l'est.

Cela parut suffire à Clera. Elle se leva pour rejoindre son propre lit, faisant tournoyer son sou une fois, et fredonnant tout bas un petit air charmant.

Nona se laissa gagner par l'épuisement. Les dortoirs bénéficiaient du même système de chauffage que les bains et les cellules monacales. Elle n'avait jamais imaginé que les gens de peu pouvaient espérer échapper un jour au froid ; à la rigueur l'empereur, avec ses flambées toujours nourries, mais pas les filles comme Nona, et pas aussi complètement. L'une des hautes fenêtres était même légèrement entrouverte, comme si l'on pouvait offrir la chaleur au vent, alors qu'elle était si précieuse qu'il aurait fallu la préserver avec soin.

Dans son village, les mères coupaient les cheveux de leurs enfants presque à ras lorsque revenait le beau temps. Sitôt que le vent gelé cédait la place à celui du Goulet, et que le froid se faisait moins mordant, elles sortaient leur couteau afin de réduire l'infestation par les poux, les puces et les lentes à un niveau acceptable, mais Nona avait toujours vécu cet instant comme un nouveau départ : une nouvelle croissance, des possibilités inédites. L'une de ses dernières pensées, avant de s'endormir, fut que si Arabella Jotsis n'avait jamais subi d'autre traumatisme, au cours de son existence, que celui d'avoir le crâne rasé, alors elle avait connu une vie enchanteresse. Et puis, c'était vraiment agaçant. La perte de sa crinière d'or n'avait pas du tout altéré sa beauté. Elle semblait encore plus parfaite, si tant est que cela fût possible.

Dans un cocon de voix assourdies, et attirée vers le sommeil par la chaleur de son lit, Nona se repassa la scène de son duel avec Ghena.

Le combat n'avait duré que quelques instants au cours desquels son adversaire lui avait décoché, au bas mot, une dizaine de coups de poing, se livrant à une danse née de la pratique là où Nona avait fait appel à son instinct, à ses réflexes. De fil en aiguille, les souvenirs d'un autre affrontement se substituèrent à ceux du dernier, et Nona retrouva la sciure et la sueur du Caltess, un jour où elle avait regardé les apprentis s'entraîner. Les instructeurs de Partnis Reeve enseignaient la discipline tout en laissant à leurs élèves une certaine latitude pour exprimer leur agressivité.

Une semaine ou deux après l'arrivée de Nona, lors de l'une de ces séances, Raymel Tacsis était entré dans la grand-salle comme on s'avance en terrain conquis. Nona, Saida et deux autres enfants du grenier, jusqu'alors occupés à balayer le sol, s'interrompirent et s'appuyèrent sur leur balai pour regarder le nouveau venu. De près, il était de stature intimidante. Nona se rendit compte qu'elle ne lui arrivait même pas à la hanche et qu'il aurait été capable de les projeter, elle et ses trois camarades, à travers la pièce. Simultanément.

— J'ai une meilleure leçon pour ces avortons, dit-il en montant sur le ring, où deux apprentis gerants s'affrontaient, deux vrais colosses qui mesuraient cependant une bonne tête de moins que lui.

Il s'interposa entre eux dans toute sa gloire et sa blondeur. Sa richesse ne faisait aucun doute, en dépit du fait que son corps était simplement enduit d'huile et qu'il ne portait rien d'autre qu'un pagne.

L'instructeur s'avança, prêt à émettre une objection, mais Raymel le devança :

— Et pour vous autres, reprit-il d'une voix tonitruante.

Il fit signe à trois autres apprentis qui se tenaient au fond de la salle de s'approcher : deux Hunskas munis d'un filet, et une Gerant dont le front imposant donnait l'impression que quiconque serait assez insensé pour vouloir lui porter un coup à la tête se briserait le poing.

Tandis que la fille emboîtait lourdement le pas aux deux Hunskas, plus vifs qu'elle, Raymel enfonça son coude dans la gorge du jeune Gerant qui se trouvait derrière lui.

— Il ne faut jamais attendre pour frapper.

L'apprenti s'effondra en se tenant le cou. Les autres restèrent immobiles, trop ébahis ou trop nerveux pour réagir.

Puis Raymel gifla la fille d'une grosse main qui lui couvrait la moitié du visage, et l'envoya dans les cordes, crachant du sang. Il arborait un sourire hideux qui pervertissait les traits avenants dont il avait hérité.

À côté de Nona, Saida se détourna et se saisit de son balai.

— Tu ne comptes pas regarder ? demanda Nona, qui ne pouvait pas, pour sa part, détacher son regard de la scène.

Les deux Hunskas s'étaient rués sur Raymel dans une rafale de coups de poing et de pied.

—Je déteste ça, dit Saida en recommençant à balayer. Ça me retourne l'estomac de voir les gens souffrir.

—Mais...

Nona fit la grimace lorsque Raymel attrapa la jambe d'un des deux Hunskas, qu'il avait acculé dans les cordes.

—Si Partnis nous a achetées, c'est pour qu'on se batte. Tu vas être obligée.

Elle sentit plus qu'elle ne vit Saida hausser les épaules.

—Je préférerais rafistoler les gens au lieu de les massacrer. Ça existe dans cette ville, ça ? Un endroit où on remet les gens sur pied ?

—Je ne sais pas.

Raymel balança l'apprenti contre l'un des poteaux du ring. Au fond d'elle, Nona avait envie de laisser libre cours à sa hargne dans cet endroit clos. Mais elle désirait aussi que l'espoir de Saida soit fondé, et qu'il existe des gens qui mettaient autant de cœur à soigner leur prochain que Raymel prenait plaisir à semer la violence.

—Raymel ! beugla l'instructeur. Mollo.

Mais l'intéressé continua d'étrangler l'apprenti sans tenir le moins du monde compte des assauts de la dernière Hunska encore debout.

Nona se détourna à son tour du spectacle, en s'apercevant que la colère vague qui montait en elle chaque fois qu'un combat avait lieu en sa présence était en train de se dissiper.

—Tu ne seras pas obligée de te battre, Saida. Ils verront que ça ne te correspond pas du tout, et ils te donneront autre chose à faire. D'après Regol, le vieux monsieur qui vient pour les chevaux sait recoudre les plaies comme une vraie dentellière. Peut-être qu'il devra bientôt penser à sa succession. Il est vraiment très âgé.

Saida parvint à esquisser un timide sourire.

—Ça me plairait bien. Je ne veux pas que Partnis se sépare de moi. Tu me manquerais.

—Toi aussi, tu me manquerais, répondit Nona, sentant son cœur se serrer. Donc ça n'arrivera pas !

Elle avait parlé avec tant de fougue et de conviction que le sourire de Saida devint radieux, embellissant son visage sans charme.

Le rêve de Nona se fit alors plus sombre, plus froid, et des ombres envahirent la grand-salle du Caltess. Saida et elle étaient désormais seules, et un sentiment de malaise, profond et pernicieux, s'était installé entre elles.

—Ne me fais pas de mal !

Saida, soudain terrifiée, battit en retraite devant Nona.

—Saida ! Je ne laisserai personne t…

—Ne me fais pas de mal ! répéta Saida en tendant le doigt vers Nona.

Celle-ci chercha à la rassurer, mais elle se découvrit beaucoup plus grande que son amie, dont elle serrait le bras dans son poing massif. Les murs gris de la salle devinrent ceux des appartements de Raymel ; Saida se trouvait désormais en suspens au-dessus d'une luxueuse peau d'ours.

Nona voulut la lâcher.

—Ce n'est pas moi. Je ne suis pas comme lui, je t'assure !

—Non, je t'en prie ! C'était un accident.

Une colère viscérale l'envahit. Elle essayait d'aider Saida. De quoi cette sotte avait-elle peur ? Elle savait pourtant que Nona n'avait rien en commun avec ce monstre de Raymel Tacsis…

—Je n'ai pas l'intention de te faire du mal.

Mais elle s'aperçut avec horreur qu'elle secouait Saida à intervalles réguliers, comme pour appuyer ses dires.

—Lâche-moi !

—C'est ce que je fais…

Mais elle raffermit sa prise et imprima une torsion. Alors, Saida se mit à hurler.

Nona rouvrit les yeux avec un petit hoquet. Les couleurs de son cauchemar s'évanouirent, et il n'y eut plus que l'obscurité. Il lui fallut un moment pour comprendre où elle était. Autour d'elle montaient les légers bruits émanant de ses camarades endormies. Dans un coin de sa tête, son rêve se poursuivait comme s'il se moquait éperdument de sa présence et se passait de sa permission. Elle avait entrepris de suivre quelque chose, une ligne aussi étroite que périlleuse, flanquée d'un côté par une faim noire et avide, et de l'autre par l'aveuglement intense d'une personne qui aurait trop contemplé le soleil. Et, curieusement, elle s'était lancée en parallèle sur la piste d'un être vêtu de noir, aux gestes vifs et assurés, qui évoluait sans hésiter entre de hautes bâtisses, dans la nuit dépourvue d'étoiles. La silhouette avait trouvé ce qu'elle cherchait, levé la tête, et s'était engagée dans l'ascension d'une façade de pierre froide.

Nona tendit l'oreille, guettant derrière les ronflements et les soupirs ténus de ses camarades, derrière le doux bruissement de celles qui se retournaient dans leur sommeil, par-delà le murmure du vent… un raclement, un mouvement soudain… À quelle distance ? Difficile à dire dans cette nuit que rien ne troublait. Tout à coup, Nona se surprit elle-même en se redressant dans son lit, vive comme jamais ; sa couverture vola. Peut-être avait-elle perçu un bruit nouveau, ou peut-être n'était-ce rien. Simplement l'une de ces réactions instinctives du corps qui survenaient sans explication, comme si vous étiez commandé par une ficelle. Quelque part dans les ténèbres, un son étouffé se fit entendre, celui que vous produisez lorsque vous expulsez, bien involontairement, tout l'air de vos poumons.

— Q-quoi ?

Au bout de la rangée de lits, Ketti, l'aînée des novices, découvrit la lanterne qu'elle gardait près de son lit, au cas où l'une de ses camarades aurait besoin de se rendre au Nécessaire en pleine nuit.

Tout contre le renflement de la couverture roulée dont Nona se servait comme oreiller se dressait un petit objet noir, crânement planté dans le sommier. L'enfant battit des cils pour essayer d'y voir plus clair. S'agissait-il d'un manche ? Tout près de là, Clera se leva en titubant.

— Ne me dites pas que c'est déjà l'heure de se lever…, souffla-t-elle, la voix lourde de sommeil.

Entre elle et Nona se tenait Arabella Jotsis, révélée par le halo de la lanterne. Son visage était de marbre.

Nona saisit le manche de l'objet – il était de cuir, avec un pommeau formant une boule de fer grosse comme un œil – et tira. Elle dut faire appel à toute sa force pour extraire la pointe de la lame des planches du sommier, et rabattit vite sa couverture en avisant la lame rutilante. Seule Arabella surprit son geste, remarquant d'abord le manche autour duquel Nona avait serré ses doigts. Puis leurs regards se croisèrent.

— Recouchez-vous ! On est au beau milieu de la nuit, ordonna Ketti en ramenant l'intensité de la lanterne à un léger rougeoiement.

Arabella s'empressa de la rejoindre, et quitta le dortoir quelques instants plus tard avec la lanterne. Quant à Clera, elle s'était déjà recouchée.

— Fermez la fenêtre. Il fait froid, lança-t-elle d'une voix pâteuse.

Personne ne réagit.

Nona s'allongea en tirant sa couverture sur elle. Clera n'avait pas tort, la température avait bel et bien diminué ; le vent avait certainement fait pivoter la fenêtre. Mais quoi qu'il en soit, si Clera trouvait qu'il faisait froid, c'est qu'elle n'avait jamais eu à affronter l'avidité du vent glacial avec des parois de torchis pour seule protection.

Nona sortit le couteau qu'elle avait caché sous la couverture. La lame était longue comme deux fois sa paume, large comme deux doigts et toute d'acier froid. Elle provenait sans doute du matériel de la salle d'entraînement, et avait vraisemblablement été dérobée par Arabella. La seule question qui se posait était de savoir si l'héritière des Jotsis avait cherché la mort de Nona, ou simplement à lui lancer un sérieux avertissement. Au fond d'elle, l'enfant sentit monter une sensation rouge et primitive, sanguinaire, qui exigeait qu'elle rende la monnaie de sa pièce à son adversaire. Elle réprima cette impulsion avec effort. Certes, elle aurait été en mesure de rattraper Arabella avant que celle-ci ait atteint le Nécessaire, une cabane trapue située au bord du vide. Quelle serait l'issue de ce face-à-face ? Nona, un couteau acéré à la main, lancerait-elle donc des accusations à l'emporte-pièce ? La colère avait droit de cité, elle était une arme qu'il convenait de ne pas négliger, mais ce raisonnement s'appliquait également à la patience, aussi Nona décida-t-elle que ce serait à elle de déterminer quand et dans quelles conditions elle agirait ; il n'y avait que de cette façon qu'elle pourrait se déclarer maîtresse d'elle-même.

Elle resta donc couchée. Dehors, il faisait froid, et toutes sortes de dangers la menaçaient. Arabella Jotsis avait certainement voulu l'effrayer. Même une noble ne pouvait espérer assassiner une novice en toute impunité dans un dortoir peuplé... *Sauf si elle est vraiment persuadée qu'une petite paysanne comme moi ne vaut pas plus qu'une vache ou qu'un cochon par rapport à elle, qui a été reçue au palais impérial.*

Au bout d'un certain temps, malgré le cycle sans fin des pensées qui se succédaient dans son esprit, Nona s'assoupit et, même si son sommeil fut agité, ne se réveilla que lorsque Bray annonça l'heure du lever, et que des formes grises commencèrent à remuer sous les couvertures en pestant contre la venue du jour.

— On a Voie et Âme, aujourd'hui, grogna Clera. Les pires du lot.

— Mais d'abord, on prend le petit déjeuner ! lui rappela Ruli avec un grand sourire, tout en ôtant son bonnet de nuit pour secouer sa chevelure.

— C'est pour ça que nous sommes là : pour étudier l'Âme, décréta Jula avec un petit reniflement hautain.

Elle se tapota le crâne, et constata que ses cheveux n'avaient pas repoussé pendant la nuit.

— Moi, si je suis là, c'est parce qu'on m'a envoyée au couvent, dit Clera. Quand je serai une Écarlate, je crèverai l'œil de tous ceux qui me demanderont de réciter le catéchisme.

— Si tu écoutais mieux en cours, tu saurais que c'est mal vu de crever l'œil de quelqu'un, rétorqua Jula en ajustant sa tenue. (Elle entreprit ensuite de faire son lit.) Quoi qu'il en soit, on a d'abord Voie.

— Je bâille déjà ! dit Clera en passant son habit par-dessus son jupon. J'espère que Poêlon laissera à nouveau les égarées dont je fais partie vaquer à leurs occupations.

Nona quitta son lit et commença à s'habiller. Elle vérifia que le couteau se trouvait bel et bien sous son oreiller, pour s'assurer qu'elle n'avait pas rêvé. Il était là, désormais réchauffé par son corps mais toujours aussi dur et acéré, porteur d'une indéniable vérité. Elle aurait voulu l'emporter en enveloppant la lame dans un morceau de tissu, mais elle manquait de temps pour cela, d'autant plus qu'elle n'était pas seule. Elle allait devoir laisser l'arme cachée, en espérant qu'Arabella n'aurait pas l'occasion de la lui reprendre.

Nona fut l'une des dernières novices à sortir du dortoir, et c'est en toute hâte qu'elle se rendit au réfectoire avec Clera. En dévalant le perron, toutes deux découvrirent une journée anormalement paisible qui n'avait guère plus qu'un soupçon de chaleur à offrir sous un ciel sans nuages.

Non loin du dortoir, une moniale corpulente au visage rougeaud, armée d'un seau et d'une brosse dure, était en train de récurer le sol. Elle s'interrompit brièvement pour verser un peu plus d'eau sur le dallage, et avisa à cette occasion Clera et Nona.

— Dépêchez-vous ! Allez, ouste.

Et elle retourna à sa besogne, frottant énergiquement une tache sombre.

Clera tira la langue à la moniale, profitant de ce qu'elle avait le dos tourné, puis fila vers le réfectoire en gloussant.

— C'est sœur Serpillote. Elle croit que les novices n'ont que deux buts dans la vie : être dans ses pattes et tout salir.

— Serpillote. Elle a choisi ce nom ? s'enquit Nona.

— Non, mais tout le monde l'appelle comme ça. Elle a choisi le nom d'une fleur, Chrysan-quelque chose, mais personne n'arrive à le retenir et à le prononcer correctement.

Une centaine de mètres plus loin, elles croisèrent sœur Suif qui sortait de la demeure de l'abbesse. La moniale détourna la tête vers l'orient au moment de croiser Clera et Nona, mais pas avant que ces dernières ne remarquent qu'elle avait le côté gauche du visage éraflé, et gagné par une ecchymose violacée.

Nona attendit d'être hors de portée d'oreille, après avoir tourné à l'angle du réfectoire, pour interroger sa camarade.

— Qu'est-ce qui s'est passé ?

— Aucune idée. Je ne vois pas qui aurait pu triompher de cette bonne vieille Lame, répondit Clera, le souffle court. Peut-être que mère Vitrage l'a giflée ! (Elle rit, puis recouvra son sérieux.) Tu as remarqué qu'elle a le bras caché dans son habit ?

Non, Nona n'avait pas relevé ce détail, mais elle oublia toutes les questions que cela lui inspirait à la vue des bols remplis à ras bord de nourriture fumante. Les minutes consacrées au petit déjeuner étaient comptées, mais cela n'empêcha pas Nona de tenter vaillamment, avant de sortir de table, de faire un sort à tout ce qu'elle trouva de comestible.

— Viens ! dit Clera en lui faisant signe de la suivre.

Elle s'éloigna, et Nona fut obligée de s'élancer à petites foulées, une main sur son estomac distendu, pour ne pas se laisser distancer.

Fort heureusement, le cloître de la Voie apparut bien vite, juste après la rangée de ruches disposées contre la maison de l'abbesse, à l'abri du vent. Quatre ailes de pierre ouvragée partaient d'une tour ronde centrale pour s'étirer vers les points cardinaux. Chacune formait une galerie exposée aux éléments, ponctuée de piliers d'angle sculptés de délicats motifs tandis qu'une dentelle architecturale complétait la structure. La tour sombre qui se détachait contre le ciel, défiant les années avec l'arrogance de la pierre, semblait alterner entre le sublime et le menaçant. Quatre portes permettaient d'accéder au rez-de-chaussée, une pour chaque aile du cloître.

À quelques mètres devant Clera et Nona, une novice se dirigeait vers la tour en boitant, une béquille calée sous son aisselle gauche.

— Quelqu'un a pris un sacré coup hier pendant la Lame, on dirait ! remarqua Nona.

Elle ralentit l'allure à mesure qu'elle comblait la distance la séparant de l'inconnue. Dans son dortoir, elle n'avait vu aucune novice qui boitait. Pourtant, la silhouette lui était familière.

— Ha ! cria Clera. (Elle poursuivit sur sa lancée, bousculant l'inconnue assez vigoureusement pour la faire chanceler.) C'est seulement Patte Folle !

Nona s'arrêta pour retenir la novice, mais se rendit vite compte que ce n'était pas nécessaire. À peine plus grande qu'elle, la fillette avait des cheveux couleur de paille tout frisés.

— Nona, dit la novice, toujours de dos.

Je connais cette voix, songea Nona.

— Hessa ?

Hessa s'aida de sa béquille pour se retourner. Son habit long cachait sa jambe atrophiée, mais on voyait bien que seule l'extrémité de son soulier touchait le sol.

— Que de chemin parcouru depuis la cage de Giljohn !

Nona se jeta dans ses bras sans lui laisser le temps de dire « ouf ».

— Saida a été tuée.

— Je suis navrée, dit Hessa en tapotant timidement Nona entre les omoplates.

— Comment tu t'es retrouvée ici ? Pourquoi je ne t'ai pas vue avant ? s'enquit Nona après avoir mis un terme à l'embrassade.

— J'étais au sanatorium. Sœur Rose voulait me garder jusqu'à ce que ma toux cesse complètement. (Elle frappa sa maigre poitrine avec son poing.) J'y ai passé plusieurs semaines. Giljohn a cherché à me vendre à l'Académie, mais j'ai échoué aux épreuves. On m'a dit que je n'étais pas du bon sang.

Une Quantal, à la rigueur, mais assurément pas une Marjal. Il a essayé de me vendre à trois mages différents. Ils ont des maisons gigantesques, Nona ! J'ai cru qu'il m'avait amenée au palais impérial…

— NooooOOOooona ! s'époumona Clera, dans l'encadrement de la porte nord. On va être en retard !

— J'arrive !

— On ferait bien de se dépêcher, dit Hessa, décalant son poids et prenant appui sur sa béquille.

Mais des mains osseuses se posèrent sur son épaule et sur celle de Nona.

— Les petites païennes font la paire, à ce que je vois ! dit sœur Roue en se plaçant entre les deux amies. La paysanne et la boiteuse font des messes basses. Nous aurons tôt fait de rincer leur esprit tout embourbé. De laver à grande eau l'hérésie et la fausseté, de façon que l'Ancêtre vous juge dignes de lui. La plus banale des argiles peut donner une poterie digne de ce nom.

— Je…, commença Nona, piquée au vif.

— Oui, sœur Roue ! J'ai hâte de suivre le cours de Voie, déclara Hessa avec un sourire si exquis qu'on l'aurait presque cru sincère. Mais nous ferions bien d'y aller, sinon Maîtresse Voie sera fâchée contre nous.

La moniale lâcha les deux fillettes et s'essuya les paumes sur son habit d'un air écœuré.

— Ouste, alors !

Hessa se révéla admirablement agile dans ses déplacements, sa jambe atrophiée se balançant sous son habit. Nona calqua son allure sur la sienne, non sans avoir lancé un regard en arrière. Sœur Roue se dirigeait vers le Dôme.

— Je ne l'aime pas, cette vieillarde !

— Oh, une fois qu'on sait comment la prendre, ça va, dit Hessa.

Clip-volte de béquille-clop.

— Attends de rencontrer l'Empoisonneuse. Elle, elle est franchement terrifiante !

Nona et Hessa entrèrent dans la tour de la Voie par la porte est. En théorie, les novices devaient être attirées par une porte bien précise, mais Nona ne ressentait rien de particulier. Les quatre issues donnaient sur la même pièce, un lieu vide qui résonnait, avec en son centre un escalier hélicoïdal en pierre et, sur ses murs, les images les plus étranges qu'il eût été donné à Nona de voir, même s'il fallait bien avouer qu'elle n'avait jamais vu de tableaux avant son séjour au Caltess. Tandis que Hessa entamait laborieusement son ascension, Nona prit quelques instants pour regarder la vingtaine de portraits accrochés. Tous représentaient des moniales, à ceci près qu'elles avaient les cheveux découverts et étaient affublées de traits distinctifs tout à fait singuliers. À l'une d'elles, il manquait la moitié du visage, la peau s'effilochant pour se fondre dans le noir absolu de l'arrière-plan. Une autre avait en guise d'œil une étoile rouge qui dardait son éclat dans toutes les directions, et une troisième, dépourvue de bouche, avait les cheveux ornés de fleurs que Nona n'avait jamais vues auparavant, et dont le bleu profond évoquait un ciel vespéral.

—Nona !

Elle se dépêcha de suivre Hessa dans l'escalier, qui semblait assez long pour atteindre le sommet de la tour mais ne croisait en chemin aucune porte. Les deux fillettes débouchèrent directement dans une salle de classe. Nona supposa du moins qu'il s'agissait d'une salle de classe, car elle eut plutôt l'impression d'entrer dans une chapelle. À l'exception des chaises sur lesquelles les élèves de la classe Écarlate avaient pris place, et d'un grand coffre bardé de fer, la pièce était entièrement nue. Elle n'était pas pour autant dénuée de beauté. Quatre hautes et étroites fenêtres fractionnaient la lumière en maintes couleurs. Des dizaines et des dizaines de vitraux changeaient ces ouvertures en rutilants tableaux abstraits qui projetaient des nuances de rouge, de vert et de bleu sur les murs et sur le sol. Pendant quelques secondes, Nona resta bouche bée devant cette étrange merveille.

Jamais elle n'avait vu de moniale plus âgée que celle qui se tenait debout devant le coffre, et jamais, sans doute, de *femme* plus âgée. Ora, la sœur aînée de mamie Even, était morte l'année précédente en ayant, d'après la mère de Nona, dépassé les quatre-vingts ans. Pourtant, couchée sur le bûcher que l'on avait dressé sur la place du village, devant la maison en pierre de Stephen le Gris, la défunte avait semblé bien plus jeune que Maîtresse Voie.

—Assieds-toi, Hessa, dit la vieillarde d'une voix étonnamment juvénile. Et toi aussi, novice...

—Nona.

Celle-ci choisit un siège qui n'était en réalité guère plus qu'un tabouret, puisque le dossier se résumait à une planche fine.

—Rona ? demanda Maîtresse Voie.

Elle se pencha après avoir effectué un pas en avant.

—Nona ! intervint Clera, criant presque.

—Ah, Nona, dit la moniale en tapotant l'épaule de l'intéressée. Comme la reine marchande ?

Nona ne fut pas la seule novice que cette question laissa perplexe, même si elle surprit chez Clera un hochement de tête affirmatif.

— Peu importe… Peu importe. (Maîtresse Voie s'éloigna en secouant la tête.) C'était il y a fort longtemps, et ses fils sont tous redevenus poussière. Sommes-nous désormais toutes réunies ?

L'enseignante embrassa la pièce du regard. Elle avait des iris si clairs qu'ils paraissaient incolores, et l'âge avait donné une certaine opacité au blanc de ses yeux.

— Nous avons deux nouvelles, si je ne m'abuse ?

Une clameur collective s'éleva.

— Oui, Maîtresse Voie.

— Dans ce cas, je vais procéder aux présentations. Je suis sœur Poêlon. Entre ces murs, Maîtresse Voie est mon nom.

Elle commença à décrire des allées et venues devant la classe puis, poussant un soupir exagéré, s'installa sur le gros coffre. Nona remarqua que la main droite de l'enseignante n'était pas, comme elle l'avait cru jusque-là, enfoncée dans la manche de l'habit, mais qu'en dessous du poignet son bras s'achevait par une hideuse masse de tissu cicatriciel.

Sœur Poêlon baissa la tête et tapota du bout des doigts le couvercle du coffre. Elle resta si longtemps silencieuse que Nona se demanda si elle ne s'était pas assoupie, mais au bout d'un moment, la moniale leva un regard clair sur l'assistance.

— Dans le cadre de ce cours, nous étudions la Voie. Pour la plupart d'entre vous, ce cursus sera un périple vers la sérénité, vers un état d'esprit qui vous aidera à cultiver la patience ou la concentration. Ou peut-être que cela vous permettra d'apaiser vos craintes, de tenir le chagrin à distance jusqu'à ce qu'il soit temps pour vous de recevoir sa visite. Pour les rares qui, parmi vous, ont le don inné de voir la Voie, au lieu de simplement percevoir sa vague présence, mes leçons constitueront une première étape vers la découverte de mondes cachés, des frontières qui les séparent, et du pouvoir que l'on peut acquérir si l'on ose s'aventurer en de tels lieux.

Clera souffla à l'oreille de Nona :

— Si certaines d'entre nous y parviennent, elles seront seules. À ce qu'on raconte, cela fait trente ans que cette vieille chouette n'a pas posé ne serait-ce qu'un orteil sur la Voie.

Nona se crispa, et lança un regard appuyé en direction de la moniale.

— Elle est sourde comme un pot, petite sotte, dit Clera en haussant légèrement le ton. (Elle eut un large sourire.) Celles qui peuvent arpenter la Voie le font, les autres deviennent enseignantes. Je ne sais pas si ça vaut pour les autres matières. Les plus douées sont trop précieuses pour qu'on gâche leur talent en leur confiant des élèves.

Sœur Poêlon s'interrompit pour lancer un regard réprobateur à Clera, qui reprit une posture convenable.

— Et puis nous avons… Arabella.

La moniale concentra son attention sur l'héritière des Jotsis, dont le crâne rasé était moucheté de lumière colorée.

— Que de fierté sur ce visage. Hmm. Mais qu'est-elle capable de voir ? (Elle s'approcha tout près d'Arabella, et se pencha vers elle.) Ne te détourne pas, ma douce. Garde ton regard rivé au mien. Dans cet endroit, le monde chante pour nous. L'entends-tu ?

Elle prit le poignet d'Arabella dans sa main intacte. Sa peau était noire comme une tuile d'ardoise empoussiérée, plus sombre même que son habit, tandis que, par contraste, les doigts de la jeune fille semblaient aussi pâles que de l'os.

— Un chant en trois parties. La vie. (Elle leva la main d'Arabella, jointe à la sienne.) Ce qui n'a jamais vécu.

Elle passa son moignon dans un rai de lumière rouge et en suivit le tracé vers la fenêtre.

— Et la mort. (Elle lança un bref coup d'œil à son coffre.) Les notes de ce chant…

Elle en fredonna trois, à la fois pures et empreintes de tristesse, le début d'une mélodie dont Nona aurait voulu entendre la suite. Sœur Poêlon lâcha le poignet d'Arabella et reprit ses allées et venues devant les élèves assemblées.

— Une frontière sépare l'animé et l'inanimé. Elle circule à travers et autour de tout ce qui existe. Elle est difficile à suivre, mais chaque pas que l'on effectue sur son tracé est divin. Car, oui, quand vous évoluez sur la Voie, vous vous rapprochez du divin. La Voie émane de l'Ancêtre, et c'est bien l'Ancêtre qui vous attend au terme de la Voie. À la fin de tout.

» Nous sommes toutefois mortelles. Imparfaites. De piètres réceptacles pour le divin. Chaque foulée est plus ardue que la précédente, et la Voie comporte nombre de circonvolutions, de virages, elle est étroite et mouvante ; le pouvoir qu'elle nous accorde est… difficile à contenir. Tôt ou tard, peu importe le désir de notre cœur et la ferveur de notre foi, tout le monde dérape et quitte la Voie.

» Notre connaissance de la Voie est un don qui nous vient de la quatrième tribu, la dernière à avoir accosté sur le rivage d'Abeth. Parmi les étoiles, les Quantals ont mis la Voie au cœur de leur existence, génération après génération, si bien qu'elle est devenue une partie intégrante d'eux. Pour que les peuples soient de taille à affronter les défis d'un monde nouveau, leur sang s'est mêlé à d'autres, mais il subsiste quelques individus chez qui la Voie affleure, encore aujourd'hui, bien que tant d'années se soient écoulées.

» As-tu vu la Voie, mon enfant ? demanda sœur Poêlon en prenant le menton d'Arabella entre ses doigts pour s'assurer de l'attention de la jeune fille.

— Je… Parfois, je distingue une ligne brillante, comme une fêlure dans mes rêves…

— L'as-tu touchée ?

— P-presque. Une fois. J'ai tendu la main… (Elle leva les yeux vers la lumière de l'une des fenêtres.) J'ai eu l'impression que je courais… Mon cœur… et ma tête étaient pleins d'angles. Des angles acérés, de travers…

— Et ensuite, que s'est-il passé ? s'enquit sœur Poêlon en lâchant le menton de la jeune fille.

— Je suis tombée du lit, et je me suis réveillée en ayant mal à la tête.

Des rires mi-amusés mi-nerveux s'égaillèrent.

— Et qu'en est-il… (Sœur Poêlon cilla, et chercha Nona qui se tenait à l'extrémité de la rangée.) … de l'autre nouvelle ?

— C'est une Hunska, Maîtresse Voie ! lança Clera en donnant une tape sur l'épaule de Nona. Elle fait partie des Écarlates !

— Hmm, fit la moniale en reportant son attention sur Arabella pour lui poser d'autres questions.

— Voilà, elle te fichera la paix, comme ça, dit Clera à voix basse. Tout ce qui compte pour elle, ce sont les Mystiques.

— Les quoi ? chuchota Nona.

— Les Mystiques. Si Madame Arabella n'a pas menti, elle serait la deuxième Quantal de la classe, avec ton amie la boiteuse. Sauf que notre bonne amie au crâne rasé est également vive comme une Hunska, ce qui la rend très spéciale aux yeux des moniales. Ceci expliquant pourquoi elles lui tournent autour et la prennent pour l'Élue. (Clera mima un geste de prosternation moqueuse.) À la fin de nos études, si on nous en juge dignes, nous entrerons dans les ordres et deviendrons à notre tour moniales. Les filles qui suivent la Voie deviendront des Mystiques, mais tout le monde les appelle les Sœurcières, comme je te l'ai déjà dit. Toi et moi, nous nous focaliserons sur le cours de Lame et deviendrons des Martiales, c'est-à-dire les sœurs Écarlates. Mais la plupart des novices deviennent des Saintes… sans autre surnom… même si certaines d'entre elles se surnomment les Épousées de l'Ancêtre pour faire joli. Moi, je trouve que ça fait froid dans le dos… Enfin, il y en a qui étudient l'Ombre en dernière année. C'est l'ordre des Silences. Les Grises. On leur donne tout un tas de surnoms tous moins charitables les uns que les autres. Mais…

— Novice Clera !

Maîtresse Voie avait beau être sourde, elle y voyait encore suffisamment clair pour remarquer deux novices s'adonnant au bavardage.

— Je lui parlais de la Voie de la Lame, Maîtresse ! Puis-je lui montrer ? S'il vous plaît !

Sœur Poêlon leva les yeux au ciel et se signa, posant contre son cœur son index pointé vers le haut.

—Cette enfant vient tout juste d'arriver! (Elle prit une profonde inspiration.) Aujourd'hui, nous allons méditer. Poursuivre le développement de la sérénité qui nous aide à accéder à la Voie. Et, Nona, s'il est vrai que la complexité et la beauté de la Voie resteront inaccessibles à beaucoup d'entre vous, quand bien même vous vous consacreriez corps et âme à l'introspection paisible, l'état mental que nous cherchons à déclencher dans ce cours te sera malgré tout bénéfique à bien des égards, tant sur le plan spirituel que physique. La première année, je commence, par le biais de la méditation, de mantras et d'exercices de respiration, à enseigner l'esprit triple, c'est-à-dire les trois étapes nécessaires pour atteindre la Voie: lucidité, patience et sérénité. Lorsque tu auras assimilé les principes élémentaires de ce trio, j'apposerai mon sceau sur ton bulletin pour te permettre de passer en classe Grise.

La moniale s'approcha de Nona et de Clera en clopinant.

—S'il est essentiel pour une Mystique de maîtriser ces trois techniques, toutes les novices peuvent en tirer parti. En accédant à la lucidité, une Sainte intensifie sa communion avec l'Ancêtre. La sœur des Silences se montrera d'autant plus efficace qu'elle sera capable d'atteindre la patience. Et, ironiquement, les Martiales se révèlent plus dangereuses lorsqu'elles ont connu la sérénité avant le combat. Cela étant dit, puisque c'est le premier cours de Nona et que je dois faire passer un certain nombre de tests à Arabella, j'autorise les novices qui le souhaitent à aller s'entraîner sur la Voie de la Lame.

Cette déclaration de l'enseignante fut aussitôt ponctuée par six raclements de chaises contre le sol, les novices concernées se levant d'un bond pour gagner les marches, au milieu de la pièce.

La voix de sœur Poêlon retentit dans l'escalier avec une clarté surprenante.

—Clera! Tu peux demander la clé de la Demeure de la Lame au sanatorium!

Les six filles quittèrent la tour de la Voie en riant, et foncèrent vers l'endroit où le plateau se resserrait, les quatre Hunskas distançant Ruli et Kariss, même si leur célérité naturelle n'importait pas autant à la course qu'au combat: par essence, les Hunskas étaient dotés de réflexes extrêmement développés, d'une réactivité démesurée qui semblait leur permettre de déplacer leur main d'un point A à un point B sans jamais occuper l'espace entre les deux. En revanche, leur sang ne leur permettait pas, par exemple, de se mouvoir plus vite qu'un cheval au galop sur une distance significative.

Le sanatorium, bâti à partir de blocs de calcaire issus du plateau même, se dressait tout en marge du couvent et faisait le gros dos pour résister au vent, une longue galerie ponctuée de colonnes s'ouvrant sur son flanc protégé des éléments. Clera s'engouffra dans le bureau tandis que les autres novices s'immobilisaient près de l'entrée.

— Pourquoi on a été obligées de venir ici ? demanda Ketti, perplexe, en se voûtant pour se mettre à la hauteur de ses camarades.

— J'ai vu que sœur Suif boitait ce matin, dit Ghena. Elle doit être blessée.

— Comment ça se fait ? s'enquit Ruli.

Ghena haussa les épaules.

— Je n'en sais rien.

Nona tâcha de se représenter sœur Suif tombant dans l'escalier. Ce fut peine perdue. Elle n'avait pas encore vu Maîtresse Lame se battre, mais celle-ci avait une façon de se mouvoir qui rendait improbable toute rencontre malencontreuse avec des éléments du décor. Donc…

— Peut-être que quelqu'un cherche à faire assassiner Arabella, suggéra Ketti.

— Des assassins ? Pourquoi ?

Nona n'avait entendu parler d'eux que dans les contes d'antan. On avait recours aux Noi-Guin, formés dans le plus grand secret, pour arrêter une guerre, en déclencher une, ou encore pour mettre un terme à l'existence de quiconque avait offensé un personnage fortuné ; les frais s'élevaient en effet à des sommes que même la vieille noblesse pouvait trouver astronomiques.

La stupidité manifeste de Nona lui valut un grognement de la part de Ghena, tandis que Ketti affichait son étonnement par un pincement des lèvres doublé d'un regard effaré.

— Elle est l'Élue. Le don de l'Ancêtre. Tu ne sais donc pas qu'ils sont tous en train de se la disputer ? Et qu'ils seraient tous prêts à la faire tuer, simplement pour empêcher les autres de tirer parti de ses pouvoirs ?

— J'ai entendu dire que Sherzal avait essayé de l'enlever dans le domaine de son père, dit Ruli.

Même dans le village de Nona, on connaissait les sœurs de l'empereur Crucical. Des deux, Sherzal était réputée être la pire, une intrigante que le souverain avait été contraint de bannir jusqu'à la frontière avec le Scithrowl pour enfin se sentir en sécurité dans son palais.

Mais le retour d'une Clera aux anges, qui serrait dans son poing une grosse clé en fer, empêcha Nona de poser les questions qui lui étaient venues à l'esprit. Derrière la jeune fille apparut la silhouette imposante de sœur Rose qui s'approchait d'un pas chaloupé. Elle portait la même coiffe conique que sœur Roue.

— Novices, vous vous montrerez prudentes. Je suis sérieuse, Ketti ! Assure-toi que les nouvelles ne finissent pas sur le pas de ma porte cet après-midi…

Clera prit la tête de la course en direction de la Demeure de la Lame, puis, après avoir traversé la zone d'entraînement, s'engouffra dans le couloir qui s'ouvrait sous la tribune pour se précipiter vers la porte du fond.

— On devrait se changer, non ? dit Ruli en tournant à gauche vers le vestiaire.

— Il nous faut des bâtons lestés…, renchérit Kariss, hors d'haleine, après avoir rattrapé ses camarades.

Elle s'orienta pour sa part vers la droite, vers la réserve de matériel.

— Pff. Les bâtons, c'est pour les bébés, et les Hunskas gardent mieux leur équilibre dans leur habit de tous les jours, dit Clera en agitant ses manches comme s'il s'agissait d'ailes.

Elle s'engagea dans un nouveau passage où le manque de lumière empêchait de distinguer le moindre détail.

Nona, Ketti et Ghena lui emboîtèrent le pas, Nona fermant la marche ; elle s'engagea à tâtons dans un escalier en bois exigu. Quelque part dans les hauteurs, elle entendit une porte s'ouvrir, et un rai de lumière tomba vers elle. Elle poursuivit son ascension.

— Attention, une fois là-haut, l'avertit Ketti. Il n'y a pas beaucoup de place sur la plate-forme.

Nona franchit une porte aussitôt après sa camarade plus âgée, et de nouvelles questions vinrent remplacer celles qui lui trottaient jusque-là dans la tête. Les quatre novices se tenaient sur une plate-forme située juste en dessous du plafond d'une immense salle dont le mur le plus éloigné était percé d'une myriade de petites fenêtres carrées. Hormis de grands filets surplombant d'environ deux mètres le sol sablonneux et accrochés à des poteaux dressés aux quatre coins, la pièce était vide. Sur la gauche, un grand pendule composé d'une mince baguette de fer qui s'achevait par un lourd balancier en cuivre occupait presque tout le mur, soit une trentaine de mètres de haut. Il était surmonté d'un cadran rond dont le pourtour gradué correspondait à l'écartement maximal des bras de Nona. La plate-forme où les novices avaient pris place était reliée à une porte située au niveau du sol par un parcours alambiqué. Un tuyau semblable à ceux qui transportaient l'huile chaude servant à chauffer les bains et les cellules monacales montait, descendait, formait des virages et des méandres et même, à un certain endroit, une vrille évoquant un tire-bouchon.

— Qu'est-ce que c'est ? demanda Nona.

Elle se rendit compte qu'elle était la dernière novice encore debout. Ses camarades, après avoir rangé leurs affaires dans des sacs de toile disposés contre le mur du fond, s'étaient assises, les jambes dans le vide, et étaient en train d'enlever leurs souliers.

— La ligne, expliqua Clera. La Voie de la Lame.

Elle sortit de son habit un petit pot en terre cuite contenant une substance sombre qu'elle entreprit d'appliquer sur la plante de ses pieds.

— Et ça…

— C'est de la résine de pin, compléta Nona en se fiant à son odorat.

— Moi, j'utilise du goudron, dit Ketti. L'adhérence est meilleure.

— La résine de pin est moins onéreuse, rétorqua Clera en appliquant la substance sur ses paumes avec une retenue digne d'une avare.

— La Voie de la Lame ?

— C'est ce qui se rapproche le plus de la Voie, pour les Hunskas. Impossible de faire plus près, sauf pour les Quantals. À ce qu'on dit, cela permet à l'esprit d'apprendre quelque chose du corps. Mais, en réalité, ça nous permet de nous occuper, nous humbles mortelles, et de comprendre que le sort des pauvres Sœurcières est bien peu enviable. Elles sont obligées de rester assises en tailleur, les yeux fermés, pour arpenter la Voie.

— Il faut marcher dessus, précisa Ghena, serviable, une fois n'étant pas coutume. Le pendule compte le temps que ça te prend. (Elle indiqua un levier encastré dans le mur, derrière elle.) Ceci permet de déclencher le mécanisme, et il y en a un autre près de la porte pour arrêter le temps.

— Je vais te montrer, dit Clera.

Mais Ketti s'était déjà décalée jusqu'à la ligne de départ, ne se levant qu'une fois arrivée à proximité de l'étroit tuyau pour ne pas laisser de goudron sur la plate-forme.

— Trop tard ! s'écria-t-elle en s'engageant sur la ligne, les bras grands ouverts.

Nona nota avec horreur que les câbles qui tombaient du plafond pour retenir le tuyau n'étaient pas destinés à stabiliser l'ensemble, mais purement et simplement à le soutenir. Sitôt que Ketti se fut engagée sur la ligne, toute la structure commença à osciller, pivotant même au niveau d'une demi-dizaine d'attaches différentes le long du parcours.

Ghena tira le levier mural pour enclencher le mécanisme. Le grand pendule se mit en branle, vif et silencieux, atteignant son point d'élévation en une dizaine de battements de cœur, pour autant que Nona puisse en juger, avant de repartir en sens inverse. Au cours de ce premier mouvement de balancier, la roue qui surplombait l'appareil parcourut cinq des petites sections de son cadran.

Ayant trouvé son équilibre, Ketti commença à avancer en prenant soin de ne pas se laisser entraîner par la pente. Elle se mouvait avec une grâce indéniable, corrigeant la posture de son corps de liane en une dizaine de petits ajustements subtils pour compenser l'oscillation du tuyau, chaque pas lui imposant un changement de rythme.

Ayant atteint le premier relief, Ketti ralentit encore et attendit que la structure répercute l'influence de son poids. Le vide qui s'ouvrait sous le parcours paraissait sans fin à Nona. Plus que suffisant pour tuer. Un arbre aurait pu y tenir. *Ça doit vraiment faire mal de tomber dans les filets à cette vitesse*, songea Nona. *Et d'ailleurs, résisteraient-ils ?*

— Ah !

Ketti, désormais en difficulté, effectuait de furieux moulinets avec ses bras tendus.

Les trois filles assises sur la plate-forme la regardaient, captivées. Quelques secondes plus tard, Ketti se stabilisa et descendit d'environ cinq mètres le long de la pente très prononcée.

— C'est là que ça se corse, dit Clera.

Ketti s'engagea dans l'ascension du tire-bouchon, assez grand pour lui permettre de négocier ses spirales sans encombre. Avec une extrême lenteur, la jeune fille entreprit de transférer sa masse de l'intérieur vers l'extérieur de la structure en se fiant au goudron dont elle s'était enduit les pieds pour ne pas glisser sur le métal froid. Contrairement à ce à quoi Nona s'attendait, elle parvint à franchir la première vrille de l'obstacle.

Nona se retourna pour consulter le cadran ; la roue avait presque effectué un tour complet.

— Combien de temps il va lui fall…

Un hurlement de rage et de désespoir l'interrompit. Loin en contrebas, Ketti rebondit contre le filet sans cesser de se maudire.

— En temps normal, elle se débrouille mieux que ça, remarqua Ghena.

— À ton tour, Nona ! dit Clera en lui indiquant le point de départ.

Nona lorgna le pot de résine de son amie, mais celle-ci se pencha pour taquiner Ketti, qui regagnait tant bien que mal le bord du filet, près de la sortie. Ghena tira le levier, ce qui eut pour effet d'immobiliser le pendule au faîte de sa trajectoire, puis replaça le cadran dans sa position initiale. Elle nota alors une tache sombre au bord de la plate-forme, juste devant le point de départ du parcours.

— Marche là-dedans, Nona. Ça fera assez d'adhérence. Maîtresse Voie fait nettoyer le parcours tous les jours. C'est à croire qu'elle est de mèche avec les vendeurs de résine. Mais puisqu'elle ne nous ordonne pas de nettoyer la plate-forme nous-mêmes… on s'abstient !

Nona se déchaussa, le goudron et la résine lui empoissant les orteils. Elle s'efforça de se concentrer sur cette sensation plutôt que sur le gouffre béant qui la séparait du sol. L'attitude de Clera concernant la résine la peinait un peu, mais elle avait conscience que le cycle des besoins et celui de la générosité n'étaient pas toujours en phase. Lorsque la disette s'annonçait, les habitants de son village n'hésitaient pas à partager les vivres. En revanche, quand la famine commençait vraiment à s'installer, même les plus généreux se repliaient sur eux-mêmes et réservaient leur nourriture à leur cercle familial. Il arrivait parfois que la situation prenne un tour si critique qu'une mère cessait d'alimenter son enfant. Nona était extrêmement bien placée pour comprendre que, soumis à une tension intense, les liens les plus sacrés pouvaient se rompre. Certes, Clera ne connaissait pas la faim… mais elle avait été riche, encore récemment, et ne l'était plus. Peut-être que cela s'apparentait à souffrir de la faim pour ceux qui étaient nés dans l'aisance…

Nona tâcha de ne pas penser à sa mère et jugula sa colère. Serrant les dents, elle s'avança. Au contact de son pied, le tuyau gîta aussitôt. Loin en contrebas, le filet vibra.

—Le couvent consigne les meilleurs temps, dit Clera. Le meilleur de chaque classe au fil des ans, le meilleur temps annuel et le meilleur temps tout court.

Ghena remit le pendule en route dans un claquement guttural.

—Je ne… Comment…

Les matières poisseuses ne suffisaient pas à expliquer pourquoi Nona se sentait collée à la plate-forme. Elle n'avait aucune envie de s'engager sur la Voie de la Lame. Elle n'avait jamais eu le goût de grimper aux arbres, redoutant autant l'inéluctabilité de la chute que la douleur de la collision avec le sol.

—Allez! l'encouragea Clera.

Un bruit de pas dans l'escalier incita l'enfant à s'engager au-dessus du vide. La peur pouvait exercer autant de pression que la colère. Nona déploya ses bras sur les côtés et ralentit légèrement la marche du monde. L'équilibre repose sur la compréhension de la façon dont se meuvent les choses: mouvements de balancier, élan, contraintes que la gravité impose à la matière… fût-elle de chair ou de pierre. À trop ralentir le monde, vous perdiez cette intuition, vous brisiez votre connexion avec la trame des pièces mouvantes, et si la chute s'effectuait alors par paliers successifs, vous n'en tombiez pas moins.

Nona se sentait attirée par la pente; elle était en permanence sur le point de glisser. Le tuyau oscillait dangereusement. Elle atteignit le premier virage, calquant ses souffles brefs sur le déroulé de ses gestes tout en luttant pour ne pas altérer sa posture. Ses bras la faisaient déjà souffrir, comme si elle s'accrochait pour ne pas tomber alors qu'ils lui servaient simplement à garder l'équilibre. Contre toute attente, elle franchit l'obstacle de la première longue courbe descendante !

Après cela, le tire-bouchon formait une barrière qui paraissait de prime abord infranchissable, puisqu'en l'espace de quelques foulées il s'élevait au-dessus de la tête de Nona. Elle l'aborda à pas minuscules, n'entendant rien d'autre que sa respiration éraillée, hormis les battements sourds de son cœur. À sa grande surprise, elle se rendit compte qu'elle avait atteint le sommet de la première spirale, et qu'une descente vertigineuse l'attendait désormais au détour de la courbe suivante. Cette fois, le chemin lui échapperait, elle glisserait, cela ne faisait aucun doute pour elle.

— Avance ! cria quelqu'un depuis la plate-forme, presque avec colère.

Nona tint bon quelques secondes, cernée par le vide qui lui hurlait de lâcher prise, tandis que, dans ses jambes, la tension devenait insoutenable. Alors, elle sauta.

Son pied directeur se posa au sommet de la boucle suivante de la spirale, et elle ouvrit l'autre jambe en écartant vivement les bras pour atteindre aussitôt le faîte de la troisième et dernière vrille, sur un pied, en agitant frénétiquement les bras. En deux bonds, elle avait atteint un point situé à un peu plus d'un quart du parcours.

Elle ramena son autre pied sur le métal et, avec des mouvements exagérés d'ivrogne, tourna à quatre-vingt-dix degrés. Ce faisant, elle vit les autres novices qui la regardaient, médusées. Elle connaissait bien leur expression : c'était la stupeur qu'elle avait lue sur les traits d'Amondo, le soir où elle avait appris à l'imiter presque sans effort, et qui ne présageait rien d'autre que colère et douleur.

Son talon glissa sur le tuyau de fer, et elle tomba à la renverse. Le temps qu'elle se réceptionne dans le filet, son glapissement de frayeur initial s'était changé en hurlement.

Elle rebondit deux fois et roula sur le côté avant de regagner le bord du filet tant bien que mal, la respiration chuintante. Une traction énergique l'aida alors à descendre du filet, et elle croisa le regard mutin de sœur Bouilloire, qu'elle avait vue pour la dernière fois au côté de sœur Pomme, dans la moiteur des bains.

— Voilà qui était fort peu… conventionnel, dit la moniale en souriant. Ce n'est pas exactement ce que j'appellerais *suivre* la voie, mais je m'avoue impressionnée par tes acrobaties !

— C-combien…

— Combien de temps tu es restée ? compléta sœur Bouilloire en levant la tête vers la plate-forme. Ghena ? Elle est tombée au bout de combien de temps ?

— Un plus vingt.

— Un cycle plus vingt, précisa sœur Bouilloire, soit quatre-vingts graduations. Sais-tu quel est le record de ta classe, Nona ?

— Non.

— Devine.

— Trois cents ? se hasarda à répondre la fillette.

— Ketti ?

— Aucune élève de la classe Écarlate actuelle n'a encore réussi à terminer la Voie de la Lame. Suleri avait réussi en deux cent quatre-vingt-dix graduations quand elle était encore en classe Écarlate.

Debout près de l'entrée, Ketti leva les yeux vers la ligne, dans les hauteurs.

— Mais j'ai presque réussi, reprit-elle. Presque.

— Depuis, Suleri a gagné en rapidité, dit sœur Bouilloire en s'apprêtant à partir. Elle est la plus véloce des novices de ce couvent. Son record est descendu à cent dix-huit.

— Quel est le meilleur temps jamais réalisé ? s'enquit Nona.

Sœur Bouilloire, qui venait d'entrebâiller la porte, s'immobilisa sur le seuil de la salle.

— D'après nos archives, il y a un peu plus de deux cents ans, une certaine Effraie – oui, celle des histoires, celle du Fort Noir – aurait établi un temps de vingt-six graduations en classe Grise. Mais cela paraissait difficilement crédible. Peut-être que le mécanisme du pendule a été rectifié au fil des ans…

— Vingt-six !

Nona cilla. Cet objectif lui paraissait tout bonnement inaccessible.

— C'est un idéal vers lequel tendre, dit sœur Bouilloire.

Elle gagna la sortie en boitant légèrement, laissant Nona et Ketti en tête à tête tandis que Ruli s'attaquait au parcours.

— Qu'est-ce que sœur Bouilloire est venue faire ici ? s'enquit Nona, essentiellement pour rompre le silence.

— Elle est venue voir comment se débrouille la nouvelle, évidemment. Elle tiendra sœur Suif informée. Elle est comme ça. Elle nous surveille, et elle consigne nos faits et gestes. Elle serait Maîtresse Ombre si nous n'avions pas déjà l'Empoisonneuse ! Elle…

Un cri strident l'interrompit, accompagnant la chute vertigineuse de Ruli.

— Même sans toi, elle serait certainement venue jauger la concurrence. Le record qu'elle a établi sur la Voie de la Lame tient encore. Soixante-neuf graduations. C'est le record absolu chez les sœurs de notre couvent qui sont encore en vie à l'heure actuelle.

Nona retenta le parcours encore cinq ou six fois sans faire d'étincelles, non pas pour éviter d'être rejetée par ses camarades, mais parce que la gravité l'avait de toute évidence ferrée. Comment avait-elle réussi à aller si loin lors de son premier essai ? Cela restait pour elle un mystère, car le chemin métallique lui paraissait désormais pareil à une mer inapprivoisée dont les remous lui étaient foncièrement étrangers. Cela ne l'empêcha pas d'aller plus loin que Ruli, Ghena et la pauvre Kariss, qui parcourait difficilement un mètre, et en tout cas jamais plus de trois.

La sixième chute de Nona lui laissa les oreilles bourdonnantes.

— Bray ! cria Clera. Oh, bon sang !

Elle sauta au bas de la plate-forme, son habit se déployant vers le haut et dévoilant ses longues jambes.

Nona s'agrippa aux cordes du filet. La seule règle qu'on lui avait expliquée était qu'il ne fallait pas tenter le parcours tant que quelqu'un se trouvait encore en contrebas, car on risquait, en cas de chute, de précipiter la personne hors du filet.

— On va être en retard pour l'Âme ! lança Clera en traversant le filet.

Nona leva la tête vers la plate-forme. Déserte. Obnubilées par leur compétition, Clera et elle n'avaient pas remarqué que les autres étaient parties.

— Viens ! dit Clera. (Elle lança les chaussures de Nona à celle-ci, puis sauta du filet.) Maîtresse Âme est pire que tout !

— Je croyais que c'était l'Empoisonneuse la pire !

— Elles se valent toutes quand on est en retard !

Et Clera s'éloigna en courant.

Chapitre 9

Pendant sa course éperdue vers le Dôme de l'Ancêtre, Nona en vint à se dire que l'édifice ne comportait aucune entrée ; l'essoufflement la guettait, et Clera, capable de foulées plus longues que les siennes, l'avait distancée. Elle fut même contrainte de ralentir l'allure et de se tenir les côtes, taraudée par un point douloureux, juste sous les poumons. Un peu plus loin, heureusement, elle arriva en vue des grandes portes qu'elle avait aperçues le soir de son arrivée. Les élèves de la classe Écarlate, déjà en rang, étaient en train de se faufiler à l'intérieur, une main tenant entrouvert le battant de gauche. En sueur et hors d'haleine, Clera et Nona se placèrent à l'extrémité de la file, précédées de peu par Ketti et Ruli. Ketti fut obligée de se pencher pour passer sous la main, qui appartenait à sœur Roue. Nona se rembrunit. Elle n'avait pas pardonné à la religieuse de l'avoir tirée du lit avec une telle ferveur.

— Dépêchez-vous, et faites silence ! ordonna la moniale en faisant signe aux élèves d'avancer.

Nona n'entrevit tout d'abord que d'imposantes colonnes et un sol lustré précédant un espace plus clair, et elle suivit Clera en clignant des paupières pour accoutumer ses yeux habitués à la luminosité de l'extérieur. Elle se trouvait dans un immense vestibule qui aurait pu accueillir toutes les demeures de Vérité, à l'exception des plus cossues. Longeant l'un des murs, sœur Roue emmena ses élèves vers la gauche, en direction d'une petite porte, comme pour éviter que des novices puissent, par leur simple présence, souiller ce lieu saint. Entre les pilastres de marbre noir, à la silhouette fuselée, Nona devina un espace d'un seul tenant, très vaste, qu'éclairait la coupole du Dôme, percée de myriades de fenêtres aussi hautes qu'étroites. Au cœur de l'édifice rutilait une statue qui paraissait minuscule au regard des dimensions de l'ensemble, mais devait être bien plus grande qu'un homme adulte.

L'attraction que Nona avait ressentie le premier soir, dans les cellules monacales, était encore bien présente. Pas aussi intense que lorsqu'elle s'était trouvée à quelques mètres à peine de la porte noire qui permettait d'accéder au Dôme par l'arrière… mais bien réelle. L'immensité de l'espace, l'écho, les rayons de soleil qui filtraient de toutes parts, la statue dorée… tout cela était certes impressionnant, relevait sans doute même du sacré. L'origine de la sensation de Nona venait cependant d'ailleurs. Quelque chose d'autre habitait le Dôme, l'emplissait à le faire éclater mais se trouvait profondément enfoui…

— Nona !

Clera lui faisait signe depuis le pas de la porte.

— Arrête de traînasser !

Nona s'empressa de suivre son amie, pénétrant dans une salle de classe de modestes dimensions qu'éclairaient seulement trois des œils-de-bœuf qui formaient une figure sur la façade du dôme majestueux.

— Jamais en retard au dîner, dit sœur Roue, sa voix criarde atteignant des sommets d'aigreur. (Elle pointa un doigt accusateur vers Clera et Nona.) Pour les cours, c'est une autre histoire…

La sentence parut sévère aux yeux de Nona, qui n'avait jusque-là assisté qu'à un seul dîner, après tout.

La moniale se tenait au fond de la salle dans l'un des cercles lumineux qui faisait briller le sillon de sa coiffe blanche, et les mèches de cheveux gris qui s'en échappaient semblaient flotter autour de son visage.

— Allons, avancez ! L'enfer est pavé d'arrivées tardives !

Nona se dépêcha de choisir un pupitre près de l'entrée et baissa la tête en se demandant comment l'enfer pouvait bien être pavé d'arrivées. Clera s'installa au pupitre voisin en lui adressant un grand sourire, et sortit de son habit un parchemin minutieusement roulé, une ardoise, une craie et un petit pot hermétiquement fermé, sans oublier une plume. Cette dernière donnait l'impression d'avoir été prélevée sur un volatile qui, finissant par succomber à une longue maladie, serait tombé de son perchoir, s'écrasant dans une mare de boue avant d'être piétiné par plusieurs attelages puis méthodiquement mâchonné par un chat affamé.

Déjà, les autres novices avaient déroulé leur parchemin, et certaines d'entre elles avaient même trempé leur plume dans leur encrier. Celle d'Arabella, une plume de cygne immaculée, captait harmonieusement la lumière, se changeant en créature fantomatique.

— Nous allons reprendre la dix-huitième partie du catéchisme là où nous en sommes restées la dernière fois. Plus tard, je contrôlerai votre connaissance des saints, de leurs fêtes, des célébrations et des traditions qui leur sont attach… Hé, la nouvelle, sors donc ton parchemin et ta plume ! Ou estimes-tu que mes paroles ne valent pas la peine d'être prises en note ?

— Non... (Des rires s'élevèrent de toutes parts, ponctués par le timbre cristallin d'Arabella.) Je veux dire, si, ma sœur.

— Ma sœur ? Il n'y a pas de « ma sœur » qui tienne dans cette classe, ma fille. Pour toi, je serai Maîtresse Âme. Maintenant, dépêche-toi de sortir tes affaires !

— Mais, je n..., bredouilla Nona en se palpant comme si quelqu'un avait pu ranger les fournitures dans ses poches intérieures sans qu'elle s'en rende compte.

— Et que ça saute !

Sœur Roue abattit sa poigne de fer sur le pupitre de Jula, au premier rang, et se faufila entre les autres tables pour s'approcher de Nona, les autres élèves courbant l'échine sur son passage.

Nona sentit une colère familière naître au fond d'elle, en un lieu enfoui où jamais son cerveau ne s'aventurait. Même si on lui avait donné le matériel requis, elle n'avait jamais tenu une plume de sa vie et n'aurait pas été plus capable de l'appliquer convenablement sur un parchemin que de se laisser pousser des ailes.

— Alors ? s'enquit sœur Roue, silhouette menaçante aux yeux pâles et larmoyants.

Nona se leva vivement de sa chaise.

— Notre dernière novice en date a fait une entrée fort peu... classique.

L'entrée de mère Vitrage était passée inaperçue. L'abbesse posa une main sur l'épaule de l'enfant pour l'inciter à se rasseoir.

— Cela n'a pas rendu possible l'échange épistolaire qui permet aux nouvelles élèves de connaître la liste des fournitures, Maîtresse Âme, expliqua l'abbesse en posant une plume grise et un épais rouleau de parchemin sur le pupitre de la fillette. Nona se contentera toutefois de vous écouter jusqu'à ce que sœur Bouilloire soit satisfaite de ses progrès dans les matières annexes. Elle...

Le visage pâle de sœur Roue s'empourpra.

— Je sais *exactement* à quel genre d'études annexes se livre sœur Bouilloire, et avec qui, et je...

— Sœur Bouilloire apprendra à Nona à lire et à écrire, afin qu'elle atteigne le niveau requis pour la classe Écarlate, déclara l'abbesse en crucifiant sœur Roue du regard. L'affaire est close.

De mauvaise grâce, l'enseignante retourna vers les premiers rangs tandis que mère Vitrage déroulait la partie supérieure du parchemin de Nona et y posait un encrier pour le maintenir en place. Elle trempa ensuite la plume dans la matière noire et, dans ce que l'enfant perçut comme un seul et même geste fluide, abandonna sur le parchemin un bel embrouillamini de lignes noires et luisantes, serpentant telle de la vigne vierge.

— Ton nom, dit l'abbesse.

Puis elle humecta à nouveau la plume, et sous le mot qu'elle avait écrit ajouta trois traits foncièrement différents, un entrecroisement de gribouillages aussi insouciants que le nom « Nona » avait été tracé avec précision. Ensuite, elle appliqua un buvard sur le parchemin.

— Et cela, c'est toi.

Nona considéra le motif d'un air perplexe.

— Et tant qu'à faire, puisque je suis ici, poursuivit l'abbesse, je vais m'adresser aux novices. (Elle rejoignit sœur Roue, souriant aux élèves tout en passant parmi elles.) Certaines d'entre vous, comme Arabella et Nona évidemment, ne m'ont sans doute jamais entendu parler de mon entrée dans la foi, et même dans le cas contraire, cela ne vous fera pas de mal de vous rafraîchir la mémoire.

Du bout du doigt, Nona suivit les lignes de son prénom et, ce faisant, s'aperçut que le motif dessiné en dessous représentait... son visage, suggéré en trois traits de plume. Un visage qu'elle avait vu pour la dernière fois dans le miroir de Raymel Tacsis. Stupéfaite de ne pas avoir aussitôt compris ce dessin qui aurait dû lui paraître évident, elle étouffa un petit rire. Peut-être que les secrets de l'écriture se révéleraient à elle de la même manière, un jour prochain.

D'un geste, mère Vitrage chassa négligemment sœur Roue et prit sa place devant les élèves.

— Maîtresse Âme vous enseigne les détails cruciaux de notre vénération envers l'Ancêtre. Les mécanismes qui la gouvernent, si vous préférez, les *comment* et les *quand*, et elle le fait bien. Nous l'en remercions d'ailleurs. Mais c'est à moi qu'il revient de vous rappeler les *pourquoi*.

» Nona, par exemple, vénérait l'Espoir avant de venir ici, et même s'il s'agit d'une hérésie condamnée par notre dogme, elle reste dans le cadre de notre foi... Oui, Nona ?

La fillette avait levé la main comme le faisaient les « grands » de son village pour poser une question à mamie Even, lors des cours du septain. Cela dit, les enfants interrogeaient rarement leur maîtresse, celle-ci leur répondant le plus souvent : « Parce que c'est comme ça. »

— Ma mère fréquentait l'église de l'Espoir à Blanc Lac, mais moi, je n'ai jamais prononcé les mots. Une étoile est blanche et les autres sont rouges... Pourquoi me serais-je prosternée devant elle ?

Ces propos venaient du père de Nona.

— Dans mon village, on prie les dieux multiples qui n'ont pas de nom.

Les novices gloussèrent comme si sa remarque était plus cocasse que le fait de conserver une statue en or à l'abri d'un dôme.

— Ce genre de pratiques sont rares à Vérité, Nona. Dans les terres sauvages de l'Est, et par-delà la frontière avec le Scithrowl, il existe des croyances résiduelles que l'empereur tolère, de loin, mais l'Ancêtre…

— Mon père chassait sur la glace, et même dans les tunnels qui courent sous la glace.

Nona avait presque oublié à quoi ressemblait son père, mais pas ses histoires, et celle qui l'avait le plus marquée concernait ces passages que l'eau, à la recherche d'un chemin praticable, avait creusés avant de se figer. Tous ces récits paternels avaient en commun des parties de chasse avec les membres du clan. Mais les plus palpitants évoquaient les Absents, ces êtres qui n'étaient pas des hommes mais avaient vécu en Abeth avant que les quatre tribus descendent des étoiles. Nul ne les avait vus de ses propres yeux, mais leurs serviteurs avaient perduré, vestiges hantant les lieux sombres dans les profondeurs de la banquise. Les ruines de leurs lieux sacrés affleuraient de temps à autre, là où les tunnels s'enfonçaient dans les cités que les Absents avaient fait naître de la roche même.

— D'après mon père, l'Ancêtre veille sur nous dans le Goulet, mais dans les endroits sombres de ce monde, ce sont les dieux abandonnés par les Absents qui importent.

Cette fois, son intervention ne suscita aucune hilarité, seulement un silence tandis que les novices retenaient leur souffle, guettant la chute du couperet.

L'abbesse fit une grimace ; c'était à croire qu'elle avait croqué un aliment particulièrement amer. Elle dévisagea Nona quelques instants, levant la main pour empêcher sœur Roue, désormais revenue de sa stupeur, de laisser libre cours à sa contrariété. Puis elle sourit.

— L'empereur a interdit l'adoration des idoles, Nona. Un pan important de notre histoire, longue de dix mille ans au bas mot, gît sous la glace. Un témoignage de nos triomphes, de nos entreprises insensées, de notre lente capitulation sous un soleil mourant. Nous avons inventé assez d'hérésies et de divinités païennes comme cela. Inutile de chercher à percer les mystères de créatures qui ont encore moins de points communs avec nous qu'un chien n'en a avec un poisson.

La colère rouge que Nona avait senti monter en elle lorsque Raymel s'en était pris à Saida se rappela à son souvenir. Elle se leva si brusquement que sa chaise aurait basculé si Clera n'avait pas eu la présence d'esprit de la retenir.

— Mon père…

Les mots, durs, anguleux, se coincèrent dans sa gorge. Elle les ravala. Ses accès de colère lui avaient déjà coûté sa place au village, puis au Caltess…

— Je m'intéresse aux *pourquoi*, poursuivit l'abbesse sans se laisser déstabiliser par la fillette qui serrait rageusement les poings. Nous vénérons l'Ancêtre parce que ainsi nous nous unissons à ce qu'il y a de saint dans l'esprit humain, en nous…

— Vous n'avez rien d'une sainte ! cracha Nona sans pouvoir s'en empêcher.

Un lit douillet et des repas valaient un trésor inestimable, mais ils allaient de pair avec le scintillement d'une lame dans l'obscurité, des moqueries étouffées et cette femme qui se prétendait sainte.

— Vous avez laissé Saida mourir ! Elle s'est étranglée sous vos yeux !

— Sœur Roue ! lança l'abbesse, son cri devançant un torrent de protestations de la part de Maîtresse Âme. Allez me chercher une badine torsadée dans la Demeure de la Lame.

Il y eut un petit hoquet de stupeur collective, et sœur Roue se fendit d'un sourire tout à fait inhabituel chez elle.

— Oui, ma mère, très bon choix en vérité. Très bon choix pour une rossée.

Elle sortit de la classe avec une rapidité surprenante.

L'abbesse attendit que la porte se soit refermée, puis approcha la chaise d'un pupitre inoccupé et y prit place, scène un brin comique s'il en était, étant donné la corpulence de mère Vitrage par rapport aux dimensions enfantines de son siège.

— Je n'ai rien d'une sainte ? Mais quelle est la définition de la sainteté, le sais-tu, Nona ? Et vous autres ?

Silence. Nona aurait bien voulu lui répondre, mais elle ne savait pas quoi dire.

— Je crois en l'Ancêtre… En l'esprit de l'Ancêtre.

— Vous y croyez ? Exactement comme sœur Roue ? demanda Nona sur un ton acerbe.

Elle avait l'impression que Maîtresse Âme était une créature inachevée et, la plupart du temps, elle était persuadée de n'être elle-même pas entière, comme s'il lui avait manqué quelque chose à la naissance ; elle souffrait d'une absence si criante qu'elle n'aurait su l'identifier, d'un gouffre béant qu'elle ne pouvait que constater.

— Je déteste sœur Roue.

Lorsqu'une personne partageait les mêmes tares que vous, il était difficile de la juger avec clémence. Bien plus difficile.

—Comment le saurais-tu, Nona ? Tu viens tout juste de faire sa connaissance.

Nona se renfrogna.

—J'en connais un rayon. J'en ai assez vu comme ça. Bien plus que vous du haut de votre couvent bien douillet, financé par les travailleurs de la ville et les cultivateurs du Goulet qui sont obligés de patauger dans la boue. À quoi rime le sacré s'il ne vous permet pas de vous nourrir et de vous vêtir ? Cet endroit change des gamines en vieilles dames qui prient pour les péchés du monde sans jamais les avoir sous les yeux.

Ses paroles étaient d'inspiration paternelle, mais sa colère n'appartenait qu'à elle.

—À quoi rime le sacré s'il se contente de regarder mourir mon amie, pas parce qu'elle a fait quelque chose de mal, mais parce que le sang des tribus n'était pas assez vigoureux chez elle ?

Autour d'elle, les visages de ses camarades s'étaient figés, masque de stupeur horrifiée chez Jula et Ruli, ou d'étonnement chez Clera, tandis qu'Arabella affichait un sourire impossible à interpréter. Nona aurait voulu ravaler sa diatribe, présenter ses excuses à l'abbesse et l'implorer de ne pas la renvoyer… mais elle n'arrivait pas à s'y résoudre.

—Tu as raison, Nona, répliqua l'abbesse en hochant la tête d'un air songeur.

Elle se focalisa quelques instants sur sa seule parure, un anneau serti d'une grosse améthyste. Nona resta quant à elle interdite. Elle s'était attendue à recevoir un coup, ou la sentence ultime.

—Si nous passions notre vie ici, nous n'aurions que peu de chose à offrir au monde, et nous le connaîtrions si mal que nous serions bien en peine de formuler des prières adaptées… (Voyant Nona perdue, elle précisa sa pensée en termes plus simples.) Nos prières n'auraient aucun sens. Si nous n'étions pas au fait du chaos et de la confusion qui règnent hors de ces murs, au pied du Roc de notre foi, nous ne pourrions pas apprécier à sa juste valeur la sérénité que nous cherchons à atteindre.

Mère Vitrage ménagea une pause et croisa le regard de Nona. De toute évidence, il lui tenait à cœur que l'enfant comprenne ce qu'elle disait… que l'enfant la croie.

—Je n'ai pas toujours été moniale. J'ai eu un fils, et il était toute ma vie. Quand je l'ai inhumé, ma peine m'a consumée. Cette peine était-elle sacrée ? Était-elle unique ? Nos maux et nos folies se répètent à l'infini. Génération après génération, nous commettons les mêmes erreurs. Mais nous ne sommes pas pareils au feu, au fleuve ou au vent… Nous ne sommes pas un chant dont les modulations se répéteraient à l'infini, ou un lot de chiffres qui se reproduirait jusqu'à ce que le monde périsse. Une histoire est inscrite en nous. Tes parents… ton père avec ses tunnels dans la glace, ta mère avec l'Église de l'Espoir, qu'ils t'aient tous deux chérie ou abandonnée, restent au plus profond de toi ; ton sang garde le souvenir d'eux. La vivacité d'un obscur ancêtre hunska, mort depuis dix mille ans, s'est révélée chez toi… Cela menace-t-il pour autant la présence de ta mère et de ton père ?

Nona avait les mâchoires trop crispées pour pouvoir répondre. La colère que lui inspirait sa mère faisait rage en elle, et ses mains tremblaient, avides de violence.

— Oui, une histoire est inscrite en nous, une histoire qui s'enrichit à chaque nouvelle naissance ; elle a une mémoire, et cela lui permet de nous changer, si bien que nous passons par plusieurs états successifs.

Mère Vitrage tourna ses deux mains vers Nona, les pouces repliés contre les paumes et les index se frôlant presque.

— La vie. (Elle leva très légèrement une main, puis l'autre.) La mort. Nos années de vie représentent un court voyage entre ces deux points. Mais regarde… Le gouffre est étroit si tu le franchis. En revanche, s'il te prend l'envie de le longer, il devient interminable. Il ne s'interrompra que si tu le veux bien. Toi et moi, nous le franchissons, mais nous tous, en tant que peuple, nous le longeons. L'Ancêtre se tient aux deux extrémités. Nous observe avant même notre envol, avant même le premier battement des cœurs-de-nef. Il s'agit de l'Ancêtre de la forme singulière, l'origine, l'alpha. Au cours de notre périple, nous nous multiplions et gagnons en diversité. L'Ancêtre nous scrute aussi bien au point de départ qu'à l'arrivée, par-delà les étoiles qui ont péri, dans une froide obscurité. Il s'agit là de l'Ancêtre de l'esprit singulier, la destination, l'oméga.

» L'Ancêtre est le chaos fait sens, la mémoire inscrite dans le mouvement temporel. Voilà où réside le sacré. Les rituels que sœur Roue enseigne aux novices font partie de cette mémoire, ils sont notre lien avec elle et c'est essentiel, malgré ce que tu peux penser de celle qui délivre le message. Moi, ce qui m'importe surtout, c'est la connaissance qui sous-tend tout cela. Nous formons les maintes parties d'un grand tout. Nous sommes les étapes de ce périple qu'est l'Ancêtre.

Se levant, elle prit Nona par la main.

— Nous ferions bien d'y aller.

La surprise délia la langue de Nona.

— Pourquoi ? Où ça ? demanda-t-elle, méfiante.

— À l'heure qu'il est, sœur Roue aura trouvé la porte de la Demeure de la Lame close et sera allée voir sœur Suif au sanatorium pour lui demander la clé. Tu as vraiment envie d'attendre qu'elle revienne ? (Elle ouvrit la porte, entraînant Nona à sa suite.) Soyez sages, mesdemoiselles. Maîtresse Âme ne chercherait pas bien loin un prétexte pour se servir de cette fameuse badine.

» Sœur Roue aura tôt fait de se calmer, poursuivit l'abbesse (elle traversa le vestibule pour ouvrir la porte d'entrée), même si la placidité n'est pas son fort en temps normal, et qu'elle est d'un naturel rancunier, je ne te le cache pas. Elle porte sa foi passionnée comme un étendard, et interprète tout manque de respect, réel ou supposé, à mon égard comme une attaque en règle contre sa foi, Nona. Ne la provoque pas, et écoute-la attentivement : son enseignement est crucial.

En arrivant à la maison de l'abbesse, elles découvrirent Malkin dormant sur le perron.

— Tu peux toujours me dire le fond de ta pensée, Nona, mais ta scolarité se passera mieux si sœur Roue et les autres ont l'impression que je t'ai punie pour avoir dénigré ma fonction. Tu passeras donc une heure à méditer près de la doline au lieu de dîner avec tes camarades.

— Oui, ma mère.

Nona avait dévoré l'équivalent d'une semaine de nourriture en deux jours ; elle pouvait bien se passer de dîner, peu lui importait. Elle avait déjà connu la faim, la vraie.

Une moniale apparut dans l'espace qui séparait le Dôme de la forêt de piliers. Elle courait.

— Tu dois retenir les enseignements de Maîtresse Âme, reprit l'abbesse sans quitter la femme des yeux. Une fois que tu les auras assimilés, tu pourras te les approprier comme bon te semble, en ordonner les préceptes selon ta sensibilité, comme nous le faisons toutes. Mais pour cela, tu dois d'abord les apprendre…

Distraite, elle laissa sa phrase en suspens tandis que la nouvelle venue s'immobilisait dans un flottement de manches et d'habit.

— Sœur Silex ? dit l'abbesse, pensive.

L'intéressée ne semblait pas avoir le moins du monde souffert de l'effort prolongé qu'elle avait dû fournir.

— Des visiteurs, ma mère. Un juge des juridictions supérieures accompagné de neuf hommes en armes.

— Voilà qui est curieux, remarqua l'abbesse en pinçant les lèvres. Ils ne sont passés ni par la Voie de Seren, ni par l'Escalier de la Vignerie, sinon nous aurions eu vent de leur présence. Sœur Chênaie surveille toujours la voie Carrossée ?

Sœur Silex acquiesça.

— Dans ce cas, nos visiteurs seront venus à dos d'aigle, à moins d'avoir effectué un fort long détour pour nous prendre de court.

— Quels aigles ? demanda Nona.

— Je plaisantais, ma chère enfant. Quand seront-ils là ?

— Dans quelques minutes.

— Hmm, fit l'abbesse, en s'asseyant sur le perron de sa résidence officielle avec quelque difficulté. Va me chercher ma crosse, Nona, veux-tu ? Elle se trouve à proximité de la porte d'entrée. C'est ouvert.

Nona monta les marches deux à deux, poussa la porte à panneaux et s'engouffra dans un couloir faiblement éclairé, carrelé de blanc et de noir. L'écho de ses pas résonna dans les hauteurs. Cinq crosses identiques étaient accrochées à un râtelier mural, à quelques pas de l'entrée, de robustes bâtons cerclés de fer dont le sommet formait une volute évoquant la houlette d'un berger, avec des côtés plats ornés de minces feuilles d'or représentant des scènes tirées du livre de l'Ancêtre. Nona s'empara de la première, qu'elle ne s'attendait pas à découvrir si lourde, et l'apporta à mère Vitrage en toute hâte.

— Merci, dit l'abbesse en tapotant la marche sur laquelle elle avait pris place. Assieds-toi.

Lorsque Nona obéit, Malkin s'éloigna à pas feutrés tandis que sœur Silex restait debout dans toute sa maigreur, le vent jouant avec son habit.

Les visiteurs ne tardèrent pas à apparaître entre les piliers, mal à l'aise au milieu de cette forêt de pierre.

— Savais-tu, Nona, que la pierre dont ces colonnes sont faites est aujourd'hui introuvable dans le Goulet ? Elle repose désormais sous la glace. Elle nous est inaccessible.

Nona allait lui répondre, mais se ravisa. Mère Vitrage savait bien qu'elle était ignorante.

Les hommes portaient un long manteau rouge par-dessus un plastron d'acier lustré, et un casque rutilant orné de motifs. Ils encadraient un individu aux cheveux gris, vêtu d'une longue tunique noire. Il était juché sur un gigantesque cheval taillé pour l'endurance plus que pour la vitesse. Il était suivi d'un autre visiteur qui arborait également une tunique noire, mais d'étoffe plus mince puisqu'elle claquait dans le vent, et guidait une mule chargée de sacoches pleines.

Cinq ou six moniales, dont sœur Roue armée de la badine torsadée, étaient désormais debout dans l'embrasure du Dôme de l'Ancêtre pour observer la scène.

Les neuf gardes se déployèrent devant la maison de l'abbesse, et le vieil homme descendit de son énorme monture. Son maintien évoquait une assurance et une dignité propres à faire pâlir Stephen le Gris en personne. Nona se demanda s'il s'agissait d'un noble, voire d'un proche de l'empereur. La crinière blanche qui encadrait son visage de patricien était retenue par un épais diadème d'or torsadé, et ses sourcils soignés surmontant un nez busqué renforçaient l'expression de subtil malaise qui émanait de ses traits.

— J'ai rarement vu garde rapprochée plus grandiose que celle-là, murmura mère Vitrage. Cela sent l'argent à plein nez.

Le plus jeune des deux visiteurs s'avança en serrant contre son cœur un lourd volume relié de cuir noir qu'il venait de sortir de l'une des sacoches.

— Le juge Irvone Galamsis adresse à l'abbesse du couvent de la Mansuétude ses salutations et la félicite en ce jour anniversaire de la naissance de l'empereur Hedral Antsis, quatrième du nom.

Mère Vitrage se pencha en souriant pour parler à l'oreille de Nona.

— Si l'on y réfléchit bien, il ne se passe guère de jour sans qu'il y ait un quelconque anniversaire à célébrer. (Elle se leva avec un grognement d'effort, s'aidant de sa crosse.) Irvone, quel plaisir de vous revoir. Resterez-vous pour le dîner ? Les novices seraient folles de joie ! Voilà qu'un juge nous rend visite, non pas un banal magistrat, mais l'un des trois membres de la juridiction suprême de notre pays !

— Je suis venu chercher la fillette, ma mère. Je ne compte pas m'attarder.

— La fillette ? Nous en avons une tripotée, Irvone. Et j'ai charge de leur corps et de leur âme.

— Je parle de celle que vous avez soustraite à la prison d'Harribourg il y a deux jours, la condamnée pour meurtre.

— Condamnée ? répéta l'abbesse en se frottant le menton. Un procès se serait donc tenu ? Ou s'est-on contenté d'acheter la corde qui servirait à la pendre ?

Sur un claquement de doigts du juge Irvone, le jeune homme leva le livre qu'il tenait et l'ouvrit à une page marquée d'un ruban de soie. Il lut avec application :

— « Moi, le juge Faiseur, membre estimé des juridictions supérieures, ai ainsi parlé : d'aussi loin que portent les cloches du palais, une personne sans place dans le monde peut être condamnée par tout représentant de l'appareil carcéral pouvant justifier de trois années de service, à condition de réunir au moins cinq témoins directs de bonne moralité. Rédigé en l'an 3417 de la Lune. »

Mère Vitrage imprima un lent mouvement de rotation à l'extrémité dorée de sa crosse.

— Quelle couverture bien conservée pour un si ancien ouvrage, monsieur le juge. L'an 3417 de la Lune ? Votre jurisprudence précède la fondation de notre couvent. Elle précéderait même celle de Vérité, pour un peu ! Et je doute que l'on y ait eu recours ne serait-ce qu'une fois depuis que ces murs ont été dressés.

— Il n'empêche que M. James a décidé du sort de l'enfant lorsqu'elle fut amenée à la prison d'Harribourg.

Le juge embrassa le couvent du regard.

— Si vous voulez bien avoir l'amabilité de la faire venir… Je répugne à opérer une fouille complète de votre établissement.

Avec un coup au cœur, Nona comprit que ces hommes n'avaient aucune idée de ce à quoi elle ressemblait.

— Bien sûr, acquiesça l'abbesse. Bien sûr, je me ferai une joie de vous aider. Mais il me semble que même à une époque aussi moderne que la nôtre, et malgré l'existence d'une loi ancrée dans notre passé… il faudrait néanmoins que la victime ait bel et bien péri pour que l'on condamne sa meurtrière à la pendaison. Le pauvre Raymel aurait-il donc rejoint ses aïeux ?

D'un air las, le juge fit signe à son assistant, qui se référa à une autre page marquée de soie.

— « En l'an 3702 de la Lune, le juge Arc Leensis a décidé que la personne s'étant rendue coupable d'une tentative de meurtre peut être pendue pour le crime en question, pourvu que la condamnation ait été fondée sur la crainte légitime que la victime allait trépasser. »

— Vos clercs ont méticuleusement épluché les livres de droit, Irvone. Thuran Tacsis a dû vous couvrir d'or.

— Quel homme ne souhaiterait-il pas que justice soit rendue pour son fils ? répliqua le magistrat en penchant la tête avec recueillement.

Nona se demanda s'il avait déjà croisé Raymel Tacsis.

— Sire Tacsis est prêt à passer l'éponge sur votre ingérence dans l'exécution de la sentence, ma mère, et par respect pour l'Église je renonce à toute poursuite judiciaire au nom de la ville. Toutefois, je vous conseille fortement de nous livrer sans délai la meurtrière répondant au nom de Nona Reeve.

La fillette serra les dents pour se retenir de cracher par terre. Partnis Reeve ne lui avait jamais rien donné, et elle n'avait aucune intention de porter son nom.

— Loin de moi l'idée de désobéir à la haute cour, Irvone, dit l'abbesse en cessant de faire tourner sa crosse.

Le juge émit un petit rire dédaigneux. Mère Vitrage attendit un instant avant d'ajouter :

— Cependant…

— Pff ! fit le magistrat, excédé.

— Cependant, Nona bénéficie désormais du statut de novice. Partant, tous méfaits actuels et passés tombent sous le coup du droit canonique. Ce qui vaut également pour moi. Je suis navrée que vous ayez fait tout ce chemin. Vous devriez rester dîner, les filles seraient enchantées…

Le gros livre noir heurta le sol avec un son mat.

— C'est elle, n'est-ce pas ?

Le jeune assistant s'avança vers le perron en montrant Nona du doigt.

— C'est elle, la petite traînée qui a fait ça !

— Lano…, dit le juge, avec plus de résignation que de colère. Je vous avais bien dit de ne pas venir.

Nona dévisagea l'assistant, auquel elle n'avait jusque-là pas vraiment fait attention, et nota quelque familiarité dans son visage étroit, peut-être la fureur qui brillait dans son regard clair, ou le pli de ses lèvres. Instantanément, elle retrouva la colère qu'elle avait ressentie au Caltess lors de l'agression, comme si l'émotion ne s'était jamais apaisée depuis.

— Il aurait tué Saida ! Il méri…

Dans un flou de tunique sombre, Lano Tacsis fondit sur Nona, parvenant même à contourner la garde de sœur Silex, pourtant aussi vive qu'une vipère troglodyte. C'est à peine si l'enfant eut le temps de lever les mains pour protéger sa gorge de la poigne de son assaillant. Quelques fractions de seconde plus tard, Lano fut brutalement tiré en arrière, avec un cri de hargne vite étranglé par le bras maigre de sœur Silex.

— Que… ?

Mère Vitrage, figée dans le moment de l'agression, venait seulement de recouvrer ses moyens et de se rendre compte de ce qui s'était passé en voyant Lano maîtrisé par sœur Silex.

— Nona ! Tu es blessée ? demanda-t-elle avec inquiétude.

— Non.

— Mais tes mains… !

Les paumes de l'enfant ruisselaient d'écarlate. La douleur était inexistante.

— Cette garce m'a blessé ! C'est bien cela, cette petite engeance des bas-fonds m'a *blessé* !

Lano, confié par Silex aux gardes les plus proches, se tenait la main. Du sang coulait entre ses doigts.

— Arrêtez-la !

D'autres moniales étaient venues s'interposer entre les gardes et l'abbesse : sœur Bouilloire et sœur Pomme, postées de part et d'autre de sœur Silex, ainsi que deux autres religieuses que Nona ne connaissait pas.

Mère Vitrage s'avança d'un pas.

— Lano Tacsis, votre père sait-il que vous êtes ici, jeune homme ?

Lano poussa un grondement de colère et voulut s'approcher, mais pas assez vite pour empêcher les gardes de le retenir.

— Vous avez bien fait de fréquenter le Tétragode, à ce que je vois, reprit l'abbesse. Votre duplicité et votre réactivité sont toutes deux admirables.

(Elle regarda le juge Irvone, laissa échapper un soupir puis reporta son attention sur Lano.) Il semblerait qu'aucun des deux fils de Thuran Tacsis n'ait retenu la leçon. Rosser une fillette ne saurait rester totalement impuni… J'ai à ma disposition quelques filles plus âgées qui se feraient une joie de vous l'inculquer, pourvu que vous les défiiez dans la Demeure de la Lame.

— Vous ne me faites pas peur, Shella Yammal ! cracha Lano, blême de fureur. Car oui, je connais votre lignée, votre famille, vieillarde. Mon père pourrait s'offrir le caillou où vous entassez votre ramassis de vieilles biques et de marginales.

Le juge haussa le ton. Il avait une voix grave et impressionnante, empreinte de solennité, qui lui était un instrument d'autorité :

— Ce que Lano veut dire, c'est que nous rentrons à Vérité pour poursuivre cette affaire par les voies appropriées.

Il fit signe à un garde de ramasser l'ouvrage juridique, puis mit à contribution un autre de ses hommes pour se hisser sur le dos de sa monture.

— Le Grand Prêtre Jacob dîne à la table de mon père, espèce de misérable tas de saindoux ! rugit Lano. Je vous ferai couler pour ce que vous avez fait ! (Hurlant toujours, il se laissa entraîner par les gardes, ses talons raclant le sol.) Je ferai rôtir cette gamine ! Je la servirai à mon frère sur un plateau ! Le Grand Prêtre vous fera chasser de ce couvent à coups de pied, vieillarde. Vous finirez dans le caniveau !

Vingt mètres plus loin, Lano Tacsis se dégagea sans ménagement et gagna l'avant du groupe avec des airs de prédateur, pour abreuver le magistrat de ses récriminations, tandis que les moniales observaient la scène sans mot dire. Les accents offusqués de Lano leur parvenaient depuis le plateau, alors même que les visiteurs avaient atteint la forêt de piliers.

— Bon, fit l'abbesse en se laissant retomber sur les marches du perron.

Elle ne semblait guère encline à étayer son propos, mais lorsque sœur Pomme voulut lui parler, elle agita négligemment la main.

— Vous l'avez entendu… Nous risquons de recevoir prochainement la visite du Grand Prêtre. C'est le moment rêvé de faire un peu de ménage dans ce couvent, et de nous assurer que tout est en ordre. Je te charge de cette mission, ma chère Pomme.

Dépitée, l'intéressée regarda les mains de Nona puis fit signe à mère Vitrage qu'elle avait compris et s'éloigna avec ses consœurs. Roue voulut rester en arrière, mais l'abbesse la chassa en agitant sa crosse, alors elle se hâta de rattraper les autres.

— Alors, dit mère Vitrage en tapotant la pierre, à côté d'elle. Tu as un couteau ?

Nona reprit place auprès de la vieille dame en hochant la tête.

— Cela ne devrait sans doute pas me surprendre. Mais je te prierais de le rapporter dans la Demeure de la Lame.

— Oui, ma mère.

Nona se sentait partagée. L'abbesse l'avait protégée, ce dont sa propre mère ne pouvait pas se targuer ; elle risquait même de tout perdre simplement parce qu'elle avait défendu une petite paysanne, une parfaite inconnue. Nona n'avait pas menti, mais cela ne l'empêcha pas d'éprouver des scrupules en ajoutant :

— Je n'y manquerai pas.

— Tu es sûre que tu es indemne ? insista mère Vitrage.

Nona fléchit ses doigts sur lesquels le sang était déjà en train de coaguler.

— J'en suis sûre.

— File, dans ce cas. Remets ce couteau là où tu l'as trouvé, et n'en parlons plus. Il nous incombe, à moi et à toutes tes sœurs, de te protéger. Tu n'as pas besoin d'être armée.

— Oui, ma mère, dit Nona en se relevant vivement. Je m'en occupe.

Elle voulut remercier l'abbesse, mais tout ce qui lui vint à l'esprit lui parut maladroit. Et mère Vitrage les avait tout de même laissés pendre Saida.

L'enfant partit en courant, sous un vent de Goulet qui cherchait à commander sa course. Elle irait immédiatement ranger le couteau dans la Demeure de la Lame… mais elle devait d'abord aller le chercher au dortoir, puisqu'elle l'avait caché dans son lit.

Chapitre 10

Nona regagna le dortoir tard dans la soirée après avoir médité au bord de la doline, car elle avait fait un détour par les bains afin d'éviter sœur Roue, tout cela pour s'y retrouver bloquée parce que la moniale se trouvait en grande discussion avec une inconnue, juste devant l'entrée. L'enfant crut entendre son prénom, mais l'épaisseur du battant, à laquelle il fallait ajouter les gerbes d'éclaboussures provoquées par deux ou trois novices plus âgées qui se livraient à leurs ablutions, sans oublier le bruit aussi discret que constant de la tuyauterie, l'empêchèrent de percevoir distinctement les paroles des deux interlocutrices. À un moment précis, Roue haussa le ton, ce qui permit à Nona d'entendre le mot « meurtrière ! » et un instant plus tard le mot « sang ! », mais à la suite de cela, il n'y eut plus que des marmonnements.

Au bout d'un certain temps, sœur Roue ne trouva plus rien à dire, à moins qu'elle ait été à court de temps pour pérorer. Toujours est-il qu'elle s'éloigna, ce qui permit à Nona de s'éclipser. En quittant la touffeur des bains, elle découvrit aussitôt combien il était désagréable de s'exposer au vent froid qui s'immisçait sous un habit tiède lorsque l'on était soi-même encore moite.

Au moment où elle passait devant la laverie, il se mit à pleuvoir. Malgré sa hâte de retrouver son lit, elle s'arrêta à l'abri de la porte de service de la laverie, qu'une moniale tenait entrebâillée. La femme s'apprêtait à sortir, et avait sans doute suspendu son geste pour achever une conversation.

— … l'Ancêtre !

— …

— Tu n'étais même pas là à cette époque, petite. Mère Tesson n'avait pas eu le cran de le laisser dehors. Il faisait venir les novices dans la Demeure du Cœur pour les soumettre à des « épreuves spéciales ». Et cela ne concernait pas que les novices les plus âgées.

— …

— Un simple archonte. Et s'il était déjà comme ça avec ce rang modeste, que crois-tu que cela donne maintenant qu'il est devenu Grand Prêtre ? Pas étonnant qu'il déteste Vitrage ! On raconte…

La porte se referma, la moniale étant rentrée dans la laverie pour poursuivre sa discussion.

Nona patienta pendant une minute, puis deux, avant de reprendre son chemin, aussi mouillée que si elle avait parcouru à la nage la distance séparant les bains et le dortoir. En entrant dans le bâtiment, elle découvrit ses camarades de la classe Écarlate bavardant par petits groupes autour des lits ; quelques-unes avaient entrepris de se dévêtir, mais la hâte n'était pas de mise. La voix d'Arabella se détachait des autres, même si elle était cachée par les trois ou quatre novices qui gravitaient autour d'elle.

— … à sœur Roue qu'il faudrait dire ça !

— Et si on a le crâne rasé, c'est uniquement parce qu'elle t'a pris ta ceinture, Ara !

En voyant que Jula faisait partie du cercle d'Arabella, Nona se sentit piquée au vif, même si elle n'avait dit que la vérité et qu'en tant que fille d'un scribe, elle devait se sentir flattée d'avoir attiré l'attention d'une princesse.

— À ce qu'il paraît, la loi t'a rattrapée, dit Clera, étendue sur ses couvertures. (Elle posa son parchemin d'étude à l'approche de Nona.) Ces juges, je les déteste.

Elle fit tournoyer sa pièce de monnaie sur l'ardoise près d'elle, et l'abat-jour de sa lampe se couvrit de mouchetures d'ombre.

Nona lui adressa un pauvre sourire.

— On dirait que tu as failli te noyer. Tiens, prends ça, dit Clera. (Elle lança à son amie une serviette grise rugueuse, puis tapota son lit pour l'inciter à la rejoindre.) Qu'est-ce que tu as fait, Nona ? Ils sont venus t'arrêter parce que tu t'es montrée insolente envers l'abbesse ? Ou parce que tu es une adoratrice des tunnels ? (Elle écarta les cheveux qui lui tombaient en travers du visage, et sourit en réitérant son invitation.) Allez, raconte-moi tout.

Nona enleva son habit trempé, s'essuya le visage, se frictionna les cheveux puis, malgré son humeur sombre, s'assit près de Clera.

— Un juge ? dit celle-ci. Un foutu juge a fait tout ce chemin pour venir te chercher ? Bon sang, qu'est-ce que tu as fabriqué, Nona ? (Elle empoigna le bras de son amie.) Et comment se fait-il que tu sois encore là ? Je ne veux pas qu'ils t'obligent à partir !

Nona poussa un soupir. Tôt ou tard, tout le monde aurait vent de ce qui s'était passé avec Raymel Tacsis. Elle s'étonnait même que le récit de cette péripétie ne se soit pas déjà propagé parmi les novices. *Tôt ou tard. Mais mieux vaut que ça arrive le plus tard possible*, songea-t-elle.

— Tu es mon amie ?

— Oui, répondit Clera, resserrant ses doigts autour du bras de Nona avant de la relâcher.

— J'ai menti.

Nona leva la tête. Ruli, une mèche claire s'échappant de son bonnet de nuit, venait de prendre place sur le lit voisin.

— Je n'ai pas été enlevée par des pillards…

Clera et Ruli se rapprochèrent sans un mot, et Nona remonta dans le passé pour reprendre son récit au commencement.

— Une fois, un jongleur est venu dans notre village. Il a été mon premier ami… Jusque-là, je n'en avais jamais eu. La vie dans un petit village est difficile quand on est étranger. Il n'y a nulle part où se cacher, on est connu comme le loup blanc. Avant, je pensais que quelque chose clochait chez moi, et que c'était pour ça que les autres enfants me repoussaient. Pas seulement parce que je suis très brune… Je n'ai jamais vraiment compris les gens, je n'ai jamais su comment être à l'aise avec eux et comment les mettre, eux, à l'aise. Parfois, j'ai l'impression que je joue un rôle comme ces saltimbanques itinérants qui se griment. La différence, c'est que je ne sais pas comment m'exprimer, comment je suis censée me comporter.

» J'avais un seul ami. Je ne sais pas si c'en était vraiment un, mais il disait qu'il était mon ami, et c'était la première fois que quelqu'un me disait ça, alors c'était vraiment spécial pour moi.

— C'était ce jongleur ? Quel âge avait-il ? demanda Clera, aussi captivée que Ruli.

Jula, le visage impassible, s'assit sur le lit voisin pour les observer toutes les trois.

— Vingt-deux ans, répondit Nona, revoyant les traits d'Amondo dans l'alternance d'ombre et de lumière suscitée par la lune convergente.

— Vingt-deux ! s'exclama Clera en échangeant un regard avec Ruli. On est adulte, à cet âge-là.

— Comment s'appelait-il ? intervint Jula.

— Amondo. Il n'est resté que trois jours. Il disait qu'il devait être toujours en mouvement pour trouver d'autres personnes susceptibles de le payer pour ses représentations. Mais ce matin-là, en constatant qu'il était parti, ma mère s'est mise très en colère. Je ne l'avais jamais vue comme ça, pas à ce point-là en tout cas. Elle jetait ses paniers en abreuvant Amondo d'injures. Et puis elle m'a vue debout dans un coin, parce que j'évitais d'être dans ses pattes, et elle m'a accusée. Tout était ma faute, c'était moi qui avais fait fuir Amondo, et maintenant elle me détestait.

— Il t'avait touchée ? demanda Clera avec véhémence.

— Oui, évidemment.

Quelle question stupide, songea Nona en fronçant les sourcils.

Ruli retint sa respiration.

— Ce que je veux savoir, c'est s'il t'a fait du mal, dit Clera.

— Il ne m'a pas frappée, répliqua Nona, de plus en plus perplexe. Il m'a appris à jongler. (Elle haussa les épaules d'un air désabusé.) Et quand il est parti, je l'ai suivi en me disant que j'allais le convaincre de revenir, pour que ma mère ne soit plus fâchée contre moi. Elle était toujours contrariée, comme si tout allait toujours de travers. Je ne me rappelle pas l'avoir un jour vue rire. Mais je pensais que ça pourrait changer si Amondo revenait, et qu'on serait heureuses. Je me suis persuadée que je voulais qu'il se ravise, mais au fond de moi j'espérais en fait qu'il me proposerait de l'accompagner, et je savais que j'accepterais.

» Les histoires de mon père étaient différentes de celles que Stephen le Gris nous racontait le soir autour du feu. Différentes parce que je savais qu'il s'était rendu dans les endroits qu'il me décrivait, et ça me donnait envie d'aller là-bas, moi aussi. Ses histoires me donnaient l'impression que le monde s'étendait à perte de vue, beaucoup plus loin que ce que je pouvais en voir, que le Goulet était une route qui aurait pu me mener n'importe où. J'aurais pu atteindre la mer de Marn et m'embarquer sur un bateau de pêche, ou me rendre en Tecras pour y extraire des émeraudes, ou chasser des blanchots sur la glace, explorer les tunnels et découvrir les Absents.

» La vieille Sible avait vu Amondo s'engager sur la piste de Rellam. Elle l'a averti que la forêt était hantée, mais il ne l'a pas prise au sérieux. D'après lui, il y avait des fantômes partout.

Comme la fois précédente, Nona se plongea dans son récit. Elle n'entendait plus les mots qu'elle prononçait, mais les événements se déployaient en son for intérieur.

La vieille Sible a voulu m'arrêter.

— Tu ne le rattraperas pas avant qu'il entre dans la forêt.

J'ai continué à courir, sautant pour éviter les ornières creusées par les chariots. Les bandes de tissu qui m'enveloppaient les pieds étaient saturées de boue et faisaient un bruit spongieux.

— Tu ne le rattraperas pas.

La voix de la vieille femme s'est perdue au loin.

Avant, je n'étais allée que jusqu'à l'orée de la forêt de Rellam pour ramasser du petit bois, chasser le hérisson dans les feuilles mortes, scruter les espaces sombres entre les troncs d'arbre, guetter les lumières-fées dont parlaient les villageois. Je ne voyais rien, ne trouvais rien hormis des bouts de bois qui brûlaient exactement pareil que les autres. Oui, je m'étais déjà rendue à la lisière, mais pas à la nuit tombée. Et je ne m'étais jamais aventurée *dans* la forêt.

Amondo et moi, on était malgré tout sur la même route. On avait au-dessus de la tête les mêmes nuages dont le cœur gros de pluie était touché sur les bords par le soleil. La pluie vient d'un cœur gros. Je rattraperais Amondo avant les premières gouttes.

Il avait plus d'une heure d'avance sur moi, et la mère Sible ne s'était pas trompée. J'étais hors d'haleine, je transpirais, j'avais mal aux pieds et la piste s'était réduite à une bande verte passablement piétinée qui serpentait entre les premiers arbres, comme si elle avait, elle aussi, eu vent de la réputation de la forêt et cherchait à retarder l'inéluctable.

Amondo avait dit qu'il y a des fantômes partout, mais dans la plupart des endroits ils sont au moins cachés dans les recoins, ils attendent leur heure, tapis à angle droit par rapport au monde. Dans la forêt de Rellam, en revanche, on les voit, ils se dessinent sur la voûte des arbres, dans le demi-jour, leurs visages difformes sont figés dans l'écorce des troncs anciens. Et on peut aussi les entendre hurler dans le silence, sans tout à fait le rompre.

J'avais peur. Plus peur que lorsque les grands me poursuivent, ou que la fois où le molosse de Will le Noir a arraché les doigts de Jenna, l'an dernier. Ce qui m'incitait à suivre la piste alors que le soleil déclinait, c'était une frayeur plus générale qui m'accompagnait depuis que j'avais appris à la définir avec des mots : celle de ne jamais quitter le village, d'y rester jusqu'à ce que je devienne une vieille dame voûtée, jusqu'à ce qu'on m'enterre après avoir gâché tant d'années dans un endroit où on me traitait comme une étrangère.

J'ai parcouru quelques kilomètres avant que l'obscurité grandissante m'empêche de me repérer. J'avais faim et froid, alors je me suis accroupie, le dos contre un vieil arbre, et j'ai attendu. Une pluie fine a commencé à tomber, le genre de pluie qui ressemble plutôt à de la neige fondue et qui s'écrase en mottes dans le feuillage avant de rejoindre le sol.

Quand on évolue de nuit dans une forêt hantée, on se sent obligé de presser progressivement le pas. On sent une pression entre les omoplates. Chaque grincement, chaque grognement appartient à un chasseur qui nous traque, chaque souffle de vent est en réalité celui de sa respiration, tout contre notre nuque. On n'a qu'une envie : partir à toutes jambes, peu importe dans quelle direction tant qu'on file sans demander notre reste.

Mais quand on ne bouge pas, on est tenté d'être encore plus immobile. Le fait de nous savoir observés nous incite à faire taire l'air emmagasiné dans nos poumons. On se fait tout petit. On bande chaque muscle. Et surtout, on tend l'oreille. On écoute les bois qui convergent vers nous.

Prise de crampes, je suis restée là à trembler, terrifiée, jusqu'à ce que la lune convergente fasse son apparition. La lumière a percé la végétation, petit à petit, me permettant de sonder l'obscurité jusque-là insondable, changeant d'atroces créatures en branches malencontreusement entrelacées. En quelques minutes, j'ai pu apercevoir à nouveau la piste. Je me suis mise à courir. Pendant tout le trajet, j'avais eu envie de foncer à toute allure, mais la folie m'aurait guettée ; il ne faut pas fuir la terreur, sinon on ne s'arrête jamais. Mais à cet instant, avec ces rais obliques qui mouchetaient le sol de taches rouge clair, je me suis élancée.

La convergence a bien vite atteint son paroxysme, sourdant à travers les nuages. De la vapeur a commencé à monter du feuillage, la pluie glacée se muant en brouillard chaud. J'ai couru, couru à perdre haleine, et puis je l'ai vu.

— Amondo !

Il ne formait guère qu'une tache plus sombre dans le brouillard, mais je me suis précipitée vers elle.

L'homme qui s'est retourné pour m'attraper par le bras était plus grand qu'Amondo, plus grand même que n'importe quel habitant du village. Sale, il empestait la sueur rance. Sa barbe emmêlée lui couvrait le cou.

— Tiens ! a-t-il dit.

Il m'a confiée à un autre individu, derrière lui, puis a tiré son épée. Malgré le brouillard, la lune convergente parvenait à capter le morne éclat des plaques de fer cousues sur son plastron en cuir.

— Combien êtes-vous au total ? s'est-il enquis.

Les hommes étaient quatre ou cinq, tous équipés du même plastron bardé de fer, de la même cape épaisse, rouge sombre sous une couche de crasse ; un vêtement de qualité dont la couleur indiquait peut-être une troupe armée. Certains possédaient un casque dont le pourtour ajusté autour des yeux leur donnait une allure singulière qui n'était pas sans rappeler un hibou. Des mains m'ont saisie brutalement.

— Elle a parlé d'Amondo, non ? a dit le grand gaillard. (Tendant son épée devant lui, il a lentement tourné sur lui-même dans la brume vaporeuse.) Je vous avais bien dit que cette fouine devait être dans les parages.

Il s'est composé une petite voix aigrelette.

— Amondo ! Amondo ! À l'aide, Amondo !

L'un des deux individus qui m'immobilisaient a gloussé discrètement.

— Faites-la chanter, a sifflé le colosse avec hargne. Ça le fera venir s'il est encore dans les parages.

L'un d'eux m'a tordu le bras dans le dos. J'ai serré les dents, laissant échapper un gémissement. Il a accentué la tension, et j'ai ressenti une douleur fulgurante. Il est simple comme bonjour de pousser quelqu'un dans ses derniers retranchements. Au bout de quelques secondes, je m'époumonais déjà, et je n'avais plus conscience que des cris que je poussais. Je ne sais pas combien de temps ça a duré, sauf que ça m'a paru une éternité. Ça s'est arrêté brusquement. L'homme qui me torturait s'est tassé, les doigts crispés sur sa gorge. La convergence touchait à sa fin, teintant la brume de l'écarlate de ses derniers feux.

— À quoi tu joues ? a demandé l'autre brute.

Le sang, sombre comme du vin, ruisselait entre les doigts de son ami.

— Il est là ! (L'homme a dégainé son épée sans pour autant me libérer.) Il…

Le manche d'un couteau est apparu sous son menton. La lame était entièrement logée dans la chair.

— Aux arbres ! a aboyé le colosse, se conformant aussitôt à l'ordre qu'il venait de donner.

L'homme qui me tenait m'a lâchée pour extraire la lame plantée dans son cou, comme si cela pouvait le sauver. Il est resté là, le temps de trois ou quatre battements de cœur ponctués d'un jet de sang chaud, puis il est tombé à genoux en se soutenant avec son épée. Il n'avait pas l'air fâché, ou effrayé. Il semblait simplement ne pas en croire ses yeux, qu'il gardait rivés sur la brume.

— Cours, Nona !

C'était Amondo qui venait de crier.

J'ai vu une silhouette sombre bouger au milieu des arbres, il y a eu des cris, des jurons tandis que la lumière mourait. Un hurlement déchirant. Un choc sourd, spongieux. Un craquement de branches basses. Mes jambes refusaient de me porter. Je n'avais nulle part où aller.

Les ténèbres. Pas un bruit, hormis les grincements et les plaintes habituels de Rellam qui attendait que la lumière passe son chemin ; on aurait cru entendre quelqu'un qui se serait mordu la langue. J'ai retenu mon souffle, et quelque part, au loin, à peine audible par-dessus les sons nocturnes, j'ai perçu le pas d'un humain qui boitait, ou qui se traînait dans les fourrés.

Je me suis faite toute petite dans l'obscurité troublée, attendant sans émettre un son que les fantômes des défunts quittent leur enveloppe charnelle et s'en prennent à moi, comme dans les contes. Mais l'aube a fini par poindre, et avec elle sont apparus James Lepain et Willum Fleuvine. Ce n'était pas moi qu'ils cherchaient, ils espéraient rattraper Amondo ; le pécule des Lepain s'était volatilisé le jour où le jongleur était parti. Mais ils n'ont trouvé que moi, couverte de sang et entourée de cadavres.

Nona prit une profonde inspiration avant de lever les yeux.

— Le reste, ça s'est passé comme je vous l'ai raconté. On m'a traitée de sorcière, de voleuse et on m'a donnée au croque-mitaine.

— À ceci près que ta mère n'est pas morte, souffla Clera.

— Non.

— Elle les a laissés faire, constata Ruli.

Elle ne manifestait aucun étonnement, comme si sa propre mère avait eu un comportement similaire envers elle, mais dans d'autres circonstances.

Nona baissa la tête.

— Elle a dit que j'avais aidé Amondo à voler l'argent des Lepain.

— C'est donc pour ça que le juge est venu… À cause des morts. Et de l'argent disparu. S'agissait-il de soldats ? D'hommes au service d'un seigneur local… ? demanda Clera.

— Je ne sais pas.

Nona se leva du lit de Clera et se dirigea vers le sien, lourde de souvenirs et des mensonges qu'elle avait racontés.

— Comment Amondo a-t-il fait pour se servir de ses dagues ? s'enquit Ruli, dubitative. Tu as dit que la brume…

— Je vais me coucher.

Nona s'étendit de tout son long sur son lit et se tut. Elle resta immobile tandis qu'autour d'elle les lanternes s'éteignaient et que ses camarades s'endormaient les unes après les autres.

Chapitre 11

Nona fut réveillée par la convergence. Chaque interstice des volets s'inscrivait en rouge contre les murs du dortoir, serpentant sur les formes endormies des novices pour brosser en quelques traits leur silhouette, comme mère Vitrage l'avait fait pour le visage de Nona. Elle regarda les lignes se déplacer sur ses camarades au gré de la course de la lune, la bâtisse grinçant et geignant sous l'effet de la chaleur. Quelque part, très loin, les grandes falaises qui se dressaient vers la Blancheur commençaient à suinter, pleurant de la glace corrompue et reperdant le terrain qu'elles avaient gagné pendant la journée. Cette bataille connaissait naturellement des hauts et des bas. Pendant un siècle, la Grisaille avait vu ses villes et villages peu à peu engloutis, avant que la convergence vienne finalement à bout de la glace. À l'heure actuelle encore ne subsistait qu'une mince couche de sol, pauvre ; seuls les fermiers aux abois tentaient de le cultiver, seules les créatures affamées cherchaient à y chasser. Des millénaires d'humus fertile avaient été repoussés par les glaces près de cent kilomètres plus au sud, dans le Goulet, faisant des territoires horticoles d'Hernon le fleuron de l'Empire.

Nona repensa à son village, à ces gens qui grattaient leur pitance comme ils le pouvaient. Malgré les quelques mois qui s'étaient écoulés, elle avait encore du mal à se dire que leur histoire se poursuivait, sans elle.

Nona.

L'enfant se redressa dans son lit. Regarda autour d'elle.

Nona.

Rien. Personne.

Nona.

L'espace d'un instant, les rayons de lune projetés en lignes vives sur le sol semblèrent se rejoindre en un seul et même fil qui conduisait hors du dortoir. Nona quitta son lit, pieds nus sur la pierre froide, s'enveloppa dans une couverture et sortit. Tout autour d'elle, des chuchotements se faisaient entendre alors même que ses camarades dormaient.

— Te voilà !

De l'autre côté de la place, en face de la bâtisse des dortoirs, Hessa, emmitouflée tout comme Nona dans une couverture, était assise sur le perron du scriptorium. Les mares commencèrent à fumer sous l'effet de la chaleur de la lune convergente, et Nona fut bien vite en nage.

La ligne avait disparu. Elle se demanda même si elle n'avait pas rêvé.

— Tu es déjà levée ?

— Je dors mal, répondit Hessa en tapotant sa mauvaise jambe. Depuis la cage. (Elle fronça les sourcils.) Depuis toujours, en fait.

Nona s'assit à côté de son amie sur les marches.

— Ce couvent est vraiment un lieu étrange.

— Oui.

— Les moniales ne m'inspirent pas confiance.

Hessa haussa les épaules.

— Moi, je les aime bien, pour la plupart.

— Je n'ai pas non plus confiance en l'Ancêtre. Mais je ne compte pas m'enfuir. En tout cas, pas pour le moment.

— La foi c'est une chose, l'Église et les croyants en sont une autre, dit Hessa en décalant sa jambe atrophiée et en se penchant vers l'arrière pour exposer son visage au clair de lune. Libre à toi de croire ou de ne pas croire en l'Ancêtre. Mais l'Église est simplement composée d'humains, des bons et des mauvais.

Une minute s'égrena avec lenteur, puis une autre, la convergence atteignant son paroxysme et entamant sa course descendante.

— J'ai fait un mauvais rêve, dit Hessa. (Nona dressa l'oreille.) À propos de Markus.

— Markus ?

Nona n'avait plus pensé au garçon depuis l'incident avec Raymel Tacsis.

— À qui Giljohn l'a vendu ? Il en a profité pour chercher à se séparer de Quat'Sabots ? demanda-t-elle.

Elle sourit en se remémorant l'affection qui liait Markus et la mule du croque-mitaine.

— J'ai fait un mauvais rêve, répéta Hessa, un trémolo dans la voix. (Son regard était braqué sur un point par-dessus les toits.) Mais la réalité était bien pire. (Elle se tourna vers Nona.) Je peux te montrer, je pense. D'après sœur Poêlon, j'ai un don pour raconter les histoires, pour déceler le chemin qu'elles empruntent. Et la mémoire possède son histoire propre, son chemin bien à elle…

—Montre-moi.

Les yeux désormais rivés sur Nona, Hessa lui présenta sa main en coupe. N'ayant rien à donner à son amie, Nona imita son geste, et Hessa l'incita à tourner sa paume vers le ciel.

—Je n'ai essayé qu'avec sœur Poêlon pour l'instant. Il se peut que te vienne une idée floue, ou alors il ne se passera rien. Ce serait sans doute bon signe qu'il ne se passe rien…

Elle plaça son index de façon que son ongle bute contre le talon de la main de Nona.

—Je vais probablement devoir recommencer plusieurs fois.

Elle entreprit de tracer une ligne sur la paume de son amie, raclant la peau assez fort pour que Nona ait envie de refermer son poing.

—Que…

Le récit de Hessa confisqua d'abord la voix de Nona, puis l'emporta entièrement.

L'Académie acheta Willum et Chara. À l'instar du Caltess, elle entretenait une écurie de jeunes individus prometteurs, mais là où Partnis Reeve entassait les enfants dans son grenier déjà truffé de sacs et de caisses, l'Académie avait quant à elle créé une école pour les accueillir, un complexe étendu qui rappelait un château de conte de fées, trop somptueux pour y admettre les petits manants dépenaillés issus de la cage de Giljohn.

Ses sabots claquant sur les pavés, Quat'Sabots franchit une imposante arche en grès dont chaque centimètre carré était sculpté de symboles, certains semblant commander au monde de se plier à leur volonté là où d'autres arrachèrent un sourire à Hessa, faisant jaillir du tréfonds de son être une hilarité dont elle avait oublié l'existence fort longtemps auparavant, bien avant d'avoir été confiée à Giljohn. L'air était imprégné d'une énergie singulière qui picotait la peau de Hessa, lui tiraillait les joues et chantait jusque dans la moelle de ses os.

—Tu n'auras sans doute jamais l'occasion d'approcher le palais impérial de plus près, dit Giljohn.

Il semblait nerveux. L'inquiétude paraissait chez lui aussi peu adaptée que la gentillesse ou la sensiblerie.

—La plupart des gens ne l'ont jamais vu de si près. L'Académie se trouve derrière l'école, elle est pratiquement adossée à l'Arche.

Il arrêta Quat'Sabots devant les bâtiments, sous le regard vigilant d'intendants qui arboraient une livrée noire impeccable.

— Sortez, et plus vite que ça ! ordonna Giljohn en faisant signe aux enfants de descendre. (Il feignit de vouloir donner une taloche à Markus.) Et essayez de leur faire envie, bon sang !

Markus, Hessa, Willum et Chara avaient été examinés tous les quatre dans une salle aussi grandiose qu'une église, chacun leur tour, séparés de l'Académicienne qui les recevait par une table d'ébène lustrée. Giljohn avait porté Hessa jusqu'à une chaise inconfortable dont l'assistant de l'Académicienne avait protégé le bois lisse par une étoffe, avant de battre en retraite en fronçant le nez.

Alors que c'était au tour de Markus de s'entretenir avec la femme, Hessa songea que Giljohn lui-même devait passer pour un mendiant dans un lieu si splendide. Il semblait en effet mal à l'aise au milieu des colonnes de marbre brillant.

L'Académicienne avait pris place sur un siège dont le haut dossier était une œuvre d'art à part entière, avec ses torsades et ses extrémités fuselées. Elle avait joint ses doigts devant elle, et ses manches dont le tissu violet chatoyant présentait un motif répété à l'infini avaient dévoilé ses bras frêles. Son cou paraissait trop long, trop fin pour soutenir sa tête et était, sur tout un côté, marqué par un épaississement violacé de la peau, comme si quelqu'un avait tenté de l'étrangler.

La femme s'entretint longuement avec chacun des enfants, qu'elle dévisageait avec une curiosité teintée de froideur. À l'issue de la discussion, Hessa se sentait désorientée, vidée de son énergie ; c'était à croire que chaque réponse qu'elle avait fournie à l'Académicienne lui avait littéralement coûté quelque chose.

Lorsque vint le moment de la transaction, Giljohn s'abstint de marchander avec bonhomie comme il l'avait fait avec Partnis. Il s'exprima plutôt à la façon d'un camelot qui aurait eu affaire à une dame bien née venue se distraire un moment dans une foire. Pour chaque enfant, il annonçait le prix requis, et l'Académicienne acceptait ou demandait à passer à l'enfant suivant. Elle s'acquitta de vingt-quatre couronnes, douze pour Chara et douze pour Willum, sachant que Giljohn n'avait même pas dépensé la moitié de cette somme pour acquérir l'ensemble de ses protégés.

— Le petit brun révélera sans doute le sang marjal, mais son aura est trop farouche pour qu'il ait sa place à l'Académie. Il finira mage errant, ou sauvageon. Si cela se produit, mieux vaut qu'il se retrouve dans la forêt plutôt que dans les tunnels, vous pouvez me croire.

L'Académicienne s'éloigna dans la longue galerie bordée de colonnes, et Giljohn poussa Chara et Willum vers elle, d'une main sur l'épaule de chacun.

— Et la gamine ?

— Rien. Peut-être est-elle capable de déceler la Voie… Ou peut-être que quelqu'un lui a appris ce qu'il convenait de dire pour recevoir sa pitance. Amenez-la aux sœurs, ou alors à Caiphus, si tant est qu'il accepte de vous recevoir. Allez même voir les rogues, tant que vous y êtes. Peu m'importe… La Voie ne concerne pas l'Académie.

Après son passage à l'Académie, Giljohn mena sa mule par les petites rues en marmonnant sous cape. Il émanait des logis une odeur aigre, et les hautes cheminées situées à l'arrière des maisons expulsaient une fumée sombre, presque verte, dont même le vent ne semblait pas vouloir.

Giljohn leva soudain la voix, se retournant sur son siège.

— Pas question que je t'emmène voir la sorcière, gamine, ah ça non ! Je n'aime pas cette façon qu'elle a de me regarder. Et puis, la mule n'est pas d'attaque pour monter jusqu'au couvent. La pente est rude.

Hessa se rencogna au fond de la cage avec un geste d'impuissance. Les sorcières, les mages, l'Académie… Tous ces gens la terrifiaient, et se confondaient dans son esprit.

— Je vais d'abord amener le gosse à l'église. Le prêtre connaît son affaire. Et il ne juge pas, lui.

Giljohn fit claquer les rênes afin que Quat'Sabots force légèrement l'allure. Le ciel maussade s'accompagnait d'une atmosphère étouffante, d'une chaleur humide qui vous faisait transpirer abondamment.

Ils passèrent par les rues moroses de l'est de la ville, s'engageant ensuite dans les avenues plantées d'arbres qui montaient vers un quartier plus opulent, une mer de tuiles dominée par les flèches d'une majestueuse cathédrale qui défiait la voûte céleste. Hessa se sentit aussi mal à l'aise en croisant le bon peuple de Vérité qu'en présence de l'Académicienne.

— On dirait que ce sont pas de vraies personnes…, lui souffla Markus.

Elle hocha la tête. Jeunes ou âgés, et indépendamment de leur sang et de leur couleur de peau, les Véridiens semblaient appartenir à une espèce différente ; propres comme des sous neufs, on ne leur voyait pas les os sous la peau, loin de là, et ils portaient des tenues qui paraissaient aussi coûteuses qu'étranges. Un jour, quand Hessa vivait encore en Grisaille, elle avait vu le maire de Morleville passer sur son cheval. Dans la capitale, même cet homme important aurait eu l'air pathétique, et les couleurs de ses vêtements ternes à l'aune des habits des citadins.

Giljohn arrêta la charrette sous un grand arbre, et descendit d'un bond sur la chaussée.

— Je vous couvre. Restez cachés.

Il sortit les peaux qui lui servaient à protéger la cage par temps de pluie, et les tendit à Hessa et à Markus à travers les barreaux. Les deux enfants se pelotonnèrent en dessous.

Le trajet se poursuivit dans l'obscurité étouffante, une alternance de pavés et de chaussée plane ponctuant le cours du temps.

— La femme ne m'a pas plu, dit Markus.

— L'Académicienne ? Elle était… bizarre.

— Ma grand-mamie était une sorcière errante. Selon elle, les Marjals qui œuvrent avec la terre ne deviennent pas aussi tordus que les autres. C'est pour ça qu'ils nous détestent.

— Tordus ? répéta Hessa.

Elle souleva un pan de sa peau de bête pour faire entrer un peu de lumière et ainsi apercevoir le visage de Markus.

— C'est ça, tordus, répliqua le garçon. (Il porta la main à son cou pour évoquer la tache que la femme présentait à cet endroit.) Les Marjals ont appris les secrets les mieux cachés de leur monde, ils en ont goûté le sang, ont acquis de lui une connaissance intime… ce qui leur a permis de le manipuler avec leur esprit, de comprendre ses créatures, de puiser dans sa force et dans son feu. Mais ce monde-là appartient à quelqu'un d'autre. Ce qu'on prend d'un côté, l'Abeth le reprend de l'autre. Ce lieu appartient toujours aux Absents.

Giljohn marqua un nouvel arrêt.

— Attendez-moi ici.

Une éternité plus tard, ou peut-être quelques minutes, le croquemitaine revint. La charrette décrivit un virage et s'engagea dans un espace qui résonnait, avant de s'immobiliser. Hessa fut aveuglée par l'éclat du jour lorsque Giljohn tira les peaux de bête.

La fillette avisa tout d'abord un jardin cerné de hauts murs, séparé par une étendue gravillonnée de la demeure la plus grandiose qu'il lui eût été donné de voir. Les fenêtres surmontées d'imposants linteaux de grès se divisaient en une multitude de panneaux de verre joints par des croisillons, et tous plus gros que la tête de Hessa.

— Le prêtre va arriver dans une minute, dit Giljohn. Gamin, prouve-lui que tu possèdes ce qu'il cherche. Mieux vaut ne pas le décevoir, crois-moi.

Hessa se traîna jusqu'au hayon de la charrette tandis que Markus rejoignait Giljohn, près de Quat'Sabots. De toute évidence, les murs du jardin empêchaient le peu d'air qui circulait ce jour-là de pénétrer dans le domaine, si bien qu'il y régnait une atmosphère moite, statique.

— C'est un prêtre ? s'enquit Markus.

— De l'Ancêtre, oui, alors fais attention à ce que tu racontes, petit païen.

— Je ne suis pas un p…

La porte d'entrée s'ouvrit sur un homme de haute stature, vêtu de velours bleu nuit. Il considéra la charrette et les trois voyageurs d'un air réprobateur, comme s'ils avaient pu souiller, par leur simple présence, ses habits d'un goût exquis. Puis le prêtre apparut, suivi de près par un garde au torse musculeux. Hessa en resta bouche bée. Elle n'avait encore jamais vu de domestique si richement vêtu, mais que dire alors de l'accoutrement du clerc ? Sa soutane d'un noir chatoyant semblait dévorer la lumière ; l'étoffe était si dense et présente en quantité si dispendieuse que Giljohn aurait pu s'en servir pour recouvrir la cage dans laquelle Hessa avait vécu ces derniers mois. Des chaînes en or ornaient chacun de ses poignets, il portait au cou une améthyste aussi grosse que l'œuf d'une poule, retenue par une tresse d'or, et tenait dans la main droite une houlette de bois malade dont l'extrémité représentait, en incrustations d'argent, l'alpha et l'oméga de l'Ancêtre.

— Giljohn. J'espère que ton arrivée est passée inaperçue. Qu'as-tu à me soumettre ?

Le prêtre s'exprimait avec une autorité nonchalante, et ne prenait même pas la peine de dissimuler la répugnance que lui inspiraient ses visiteurs.

— Ce garçon, mon père. J'ai aussitôt pensé à vous. Il est de ceux que vous envoyez dans ce monastère qui se trouve sur la côte. Chez lui, le sang dépasse le stade de l'anecdote, il ferait un admirable frère Mystique, oh ça oui.

Sur la route, Giljohn avait traité les enfants et ses transactions avec les villageois d'une main de fer, tel un seigneur dispensant ses faveurs. Mais à cet instant, il avait à son tour l'apparence d'un paysan obséquieux, intimidé par la demeure de pierre et son jardin aux allures strictes.

— Tu m'as fourni sept garçons, Giljohn. L'abbé Tae m'a fait savoir que seuls deux d'entre eux ont manifesté ne serait-ce qu'un soupçon de sang marjal, et encore… l'un d'eux était à moitié sauvage. (Le prêtre descendit le perron en toisant Markus.) Les sauvageons doivent être matés précocement si l'on veut pouvoir les garder. Il est toujours possible de rectifier leur disposition d'esprit, moyennant un domptage en règle. Mais cela exige beaucoup d'efforts.

— Chez cet enfant, les signes sont très marqués, mon père, très marqués. C'est au moins un demi-sang ! Et un petit futé, qui plus est. Il pourrait apprendre la sigillerie en un rien de temps, expliqua doctement Giljohn.

S'il était plus petit que son garde et que le croque-mitaine, le prêtre dominait en revanche Markus de toute sa taille. Ses cheveux gris et son visage ridé étaient ceux d'un homme âgé, mais Hessa se sentit transpercée par le bref regard qu'il lui accorda avant de se désintéresser définitivement d'elle, et ce fut avec une vivacité extrême qu'il saisit le poignet de Markus.

— Un sigillier ? (Il tira brutalement l'enfant à lui, lui faisant perdre l'équilibre. Markus poussa un cri.) Ou un sauvageon ?

Quat'Sabots fut tout aussi prompt à réagir. Il mordit la main du clerc, qui lâcha prise avec un juron et porta ses doigts à sa bouche tandis que la mule poussait un braiment assez sonore pour attirer les femmes de chambre aux fenêtres.

Giljohn se confondit en excuses, et voulut vérifier la gravité de la blessure, mais le garde le repoussa en lui plaquant fermement sa paume en travers du torse.

— Cette mule n'avait jamais mordu personne, mon père, l'Ancêtre m'en soit témoin ! (Il passa un bras autour du cou de Markus pour le ramener derrière lui.) C'est le Marjal en lui, mon père, vous l'avez dit vous-même. Il est farouche. Mais l'empatheux marche aussi chez les humains, avec un entraînement adapté. Une telle influence à votre portée, cela vaut de l'or.

— On dit empathie, pas empatheux, espèce d'imbécile.

Le prêtre baissa ses doigts rougis en les soutenant avec son autre main. Il avait désormais les lèvres maculées de sang, et son visage était déformé par la haine.

— Et il y a cent personnes ayant un soupçon de Marjal dans leurs veines qui murmurent à l'oreille des animaux pour un primant sachant altérer l'esprit d'un homme. Et dix primants pour un absolu capable de s'en emparer totalement. Mais j'achète le garçon. De même que la mule.

— Ah. Le gamin vaut vingt couronnes, mon père. Il est comme un fils à mes yeux, pour sûr... Mais Quat'Sabots n'est pas à vendre. Ça fait douze ans qu'il m'accompagne, le vieux bougre.

— Tu en accepteras dix pour le garçon, et une pour la bête. Un spécimen jeune ne te coûtera que quelques sous à la foire aux bestiaux, décréta le prêtre. (Son garde se rapprocha, légèrement en retrait par rapport à lui.) Mon jardinier et son fils, ici présents, t'aideront à pousser ton chariot jusque là-bas.

Giljohn, nerveux, faisait toujours écran entre Markus et le prêtre.

— Dix couronnes, dix. Je les accepte, venant d'un homme d'Église. En signe de ma dévotion envers l'Ancêtre. Mais Quat'Sabots...

— Tu me vendras cette mule, Giljohn, sinon ce sera ta dernière transaction dans cette ville. Un mot au capitaine Herstin, et la garde ne te laissera même plus franchir les portes de Vérité. Allons, sois raisonnable. Une couronne pour une mule agressive... On est loin d'une visite chez l'équarrisseur.

Le clerc fit un signe à son serviteur.

— Donne-lui la somme.

— Faites pas ça ! protesta Markus. (Réussissant à se dégager, il alla enfouir son visage contre le cou de l'animal.) Il va lui faire du mal.

Les adultes ne lui prêtèrent aucune attention. Le domestique sortit de sa tenue de velours une bourse en cuir usée et présenta à Giljohn une première couronne. Le croque-mitaine tendit la main, non sans hésitation. Le conflit qui faisait rage en lui affleurait sur son visage.

— Arrêtez ! cria Markus, affolé. C'était ma faute, pas celle de Quat'Sabots !

Le serviteur déposa la première couronne d'argent sur la paume de Giljohn, aux plis marqués par la crasse. La pièce avait été polie à force de passer de main en main, et le métal s'était légèrement terni dans les sillons qui soulignaient l'effigie de l'empereur. Les pièces tintèrent les unes après les autres. Giljohn referma son poing après avoir obtenu la dixième.

— Écoutez… Quat'Sabots fait partie de la famille…

— Cet animal m'a mordu, dit le prêtre en levant sa main, striée de coulures rouges jusqu'au poignet. Accepte mon argent, croque-mitaine. Quoi, tu serais assez riche pour renoncer à ton gagne-pain, tout cela pour une mule qui n'est pas de première jeunesse ?

Le domestique fourra la dernière pièce dans la main entrouverte de Giljohn. Le ciel maussade mit sa menace à exécution, et les premières gouttes de pluie tombèrent.

— Attache-la là-bas. Et que la corde soit solide, ordonna le prêtre en indiquant les piliers qui soutenaient le toit du versant arrière de sa demeure.

Giljohn prit le licou de Quat'Sabots sans tenir compte des cris de Markus.

— Désolé, petit gars, marmonna-t-il.

Quat'Sabots se laissa emmener par son maître, non sans pousser de petits braiments de détresse, son œil noir et brillant braqué sur Hessa. La fillette ne voulait pas voir ce qui allait se passer, mais elle restait tétanisée.

Giljohn attacha la mule au pilier le plus proche avec l'épaisse corde dont il se servait pour désembourber son chariot, voire d'autres voyageurs, à l'occasion. Puis il retourna à son véhicule, arborant l'expression d'un homme appauvri malgré le pécule qu'il venait d'empocher.

Le jardinier et son fils, ce dernier aussi svelte que son père était solidement charpenté, commencèrent à pousser le chariot vers la sortie. Mais, de toute évidence, le prêtre ne semblait pas disposé à attendre.

— Sais-tu, Giljohn, comment mater quelqu'un ? Évidemment que oui… Tu as passé quelque temps aux mains des Scithrowl, n'est-ce pas ?

Le croque-mitaine ne dit mot et se contenta de s'arc-bouter contre le chariot. Mais avant de caler son épaule contre le hayon, il porta la main à son orbite gauche.

L'averse se fit plus drue, les gouttes coulant du nez de Hessa et ruisselant sur les barreaux de la cage.

— Le plus simple, quand il s'agit de mater un homme, ou un garçon, consiste à châtier un être aimé. Et c'est encore mieux si l'affection est réciproque.

Ce ne furent pas les paroles du prêtre qui incitèrent Giljohn à se retourner, mais le choc du bois contre la chair, et le braiment de surprise qui s'ensuivit. À l'instant où la fillette imita le geste du croque-mitaine, le clerc venait de ramener son bâton par-dessus son épaule pour armer un nouveau coup.

— Non !

Markus voulut se précipiter vers Quat'Sabots, mais le garde le retint par le bras.

Le prêtre abattit son bâton de toutes ses forces sur l'échine de l'animal, qui redoubla d'efforts et tira. L'homme frappa, encore et encore, tandis que la mule roulait des yeux fous. Markus hurlait en se débattant comme un beau diable, mais le bruit des coups et les plaintes de Quat'Sabots empêchaient Hessa de comprendre ce qu'il disait.

— Vous ne...

Giljohn abandonna presque aussitôt toute velléité d'intervenir. La pluie qui coulait dans son orbite gauche remplaçait les larmes que cet œil-là ne pouvait pas verser.

— Vous ne... Tout ce qu'il sait faire, c'est tirer son chargement... Il croit que vous voulez...

Giljohn baissa la tête pour dissimuler son émotion.

— Faites quelque chose, l'implora Hessa.

Mais, comme le jardinier et son fils, Giljohn avait appris la docilité. La faille était invisible, contrairement au handicap de Hessa, mais tout aussi réelle.

Une pluie de coups puissants, miroir des intempéries, s'abattait à un rythme régulier, sans frénésie aucune, et le prêtre essoufflé ponctuait chacun d'eux d'un mot.

— Tu. M'as. Mordu. Saleté. De. Bestiau.

Le sang avait noirci les flancs de Quat'Sabots, qui essayait désespérément de tirer le pilier en mobilisant tout son poids. Il ne brayait plus, mais haletait, une écume rosée aux coins de la bouche.

Giljohn et le jardinier poussèrent le véhicule tandis que le jeune homme soulevait la barre qui condamnait les portes. Ils n'avaient qu'une envie, partir loin de cet endroit.

Dans la cage, Hessa restait paralysée de chagrin ; elle ne pouvait plus ni respirer, ni bouger. Une douleur montait dans sa poitrine, et une grimace involontaire contractait douloureusement son visage. La cruauté du prêtre l'atteignait au plus profond d'elle-même, pervertissant quelque chose de vital et la poussant dans ses retranchements. Aveuglée par les larmes, elle distinguait encore Quat'Sabots dont le cœur menaçait de céder sous l'effort atroce. La bête ne comprenait pas pourquoi on la battait, elle gardait en tête la leçon que sa vie simple lui avait enseignée : il fallait tirer le chargement.

Poussant lui aussi un cri de bête blessée, Markus enfonça ses dents entre les jointures du garde, qui ne put le retenir à cause de la pluie qui rendait sa prise hasardeuse. Moyennant quelques contorsions, l'enfant parvint à se dégager et, tandis que le garde retirait vivement sa main en le maudissant, courut non pas vers le prêtre mais vers la mule, pour presser sa bouche contre l'oreille de l'animal. Cette fois, l'homme visa Markus, en retenant cependant la force de son bras. Le choc n'en fut pas moins sonore, rude et extrêmement douloureux, mais le garçon tint bon.

Hessa ne vit ni n'entendit son ami toucher son pouvoir du doigt, le phénomène ne fit vibrer aucun de ses sens, mais elle comprit instantanément ce qui se passait, tout au fond d'elle. S'agissait-il d'un mot murmuré à l'oreille de la mule, ou du mélange de leurs deux sangs, paume contre pelage ? Hessa n'aurait su le dire. Toujours est-il que Quat'Sabots redressa la tête et reçut le coup suivant sans tressaillir, même si le bâton lui rompit une autre côte. Il s'ébroua comme il l'aurait fait en présence d'une étendue d'herbes hautes ou d'un parterre de célembines appétissantes, et redoubla d'efforts...

Le pilier, haut de cinq mètres et plus massif qu'un homme, se décala soudain. Une salve de tuiles en terre cuite se mêla à la pluie battante, cascade de rouge qui s'écrasa sur le prêtre. Une fraction de seconde plus tard, la corde se rompit, et Quat'Sabots, ses membres cédant peu à peu, s'affaissa en douceur avec Markus qui se tenait toujours à son cou. Alors, ses flancs se gonflèrent une dernière fois. Et il mourut.

Le champ de vision se rétrécit. Rapetissa encore. Les portes de la demeure se refermèrent derrière le chariot.

— Non ! Non ! cria Hessa en se débattant, mais on la tenait fermement. Non !

Elle rouvrit les yeux. Hessa était penchée au-dessus d'elle, auréolée par le clair de lune.

— *Hessa* ? dit Nona.

Et elle reprit conscience de son identité.

— Je croyais qu… J'étais dans ta peau.

Alors, les deux enfants s'étreignirent comme elles en avaient l'habitude dans la cage de Giljohn, et fondirent en larmes, comme si leurs pleurs pouvaient effacer la souffrance.

Chapitre 12

Clera posa sa fourchette et lança un regard lourd de sens à Jula.

— Allez, raconte-nous.

— Quoi ? demanda Jula en enfournant une nouvelle bouchée de pain. Choi ?

— Tu sais bien, intervint Ruli.

— *Son* histoire, dit Clera.

D'un léger mouvement du menton, elle indiqua l'extrémité de la table des Écarlates. L'une était occupée par le quatuor composé de Clera, Nona, Jula et Ruli tandis qu'à l'autre Arabella régnait sur sa cour, groupe autrement plus fourni.

— Ara dit q…

Les traits de Clera se durcirent.

— Ara ? C'est qui, ça, Ara ?

— Arabella, répondit Jula. Tout le monde l'appelle comme ça, tu le sais.

— Ses *amies* l'appellent comme ça.

Jula haussa les épaules.

— Elle est sympa. Ce n'est pas sa faute si elle est née très riche. Et puis, tu veux connaître son histoire, oui ou non ?

Clera pianota sur son assiette.

— Vas-y.

— Alors…, commença la fillette, se délectant de l'attention générale. Alors… cela fait des années que les prêtres nous bassinent avec Argatha, pas vrai ? Mais depuis quelques mois, l'excitation est à son comble ; ils envoient des assesseurs dans toutes les provinces, et même dans les villes indisciplinées de la zone frontalière.

— Argatha ? répéta Nona.

Elle fit le dos rond, prête à être traitée d'ignare.

— Il s'agit d'une prophétie ancienne, résuma Ruli. Formulée par une certaine sœur Argatha, une Sœurcière, à l'époque où le premier empereur s'est emparé de l'Arche des Sarmariens. À ce qu'on raconte, l'Arche s'ouvrira lorsque les quatre tribus uniront leurs voix.

— On ne peut pas simplement demander à un Gerant, un Hunska, un Marjal et un Quantal ? demanda Nona.

— C'est exactement ce que j'ai dit ! répondit Jula. Mais ça a déjà été essayé il y a plusieurs siècles, sans succès. Depuis ce jour, les prêtres estiment qu'il faut une personne réunissant les quatre ascendances.

— Personne n'est dupe, c'est de la poudre aux yeux pour nous faire oublier la guerre qui s'annonce, remarqua Clera. Chaque fois qu'une crise se produit et que l'empereur cherche à étouffer les dissensions, ça repart de plus belle, et on nous rebat les oreilles avec la quête de l'Élue. C'est ce que dit mon père…

Elle s'interrompit, les yeux rivés sur la table.

— Donc… l'abbesse pense qu'Arabella est porteuse des deux lignées magiciennes ? s'enquit Nona.

— Poêlon semble presque certaine qu'elle est quantal, et pas qu'un peu, dit Jula. Car un simple soupçon de sang ne compte pas. Un soupçon de chacun des quatre sangs aurait beau couler dans tes veines, cela n'impressionnerait personne. Sœur Bouilloire est une primante hunska avec un soupçon de Marjal, et personne ne l'appelle l'Élue d'Argatha pour autant.

— Ah bon ? fit Nona. Comment tu sais ce qu'elle est ?

— Elle est capable de tisser les ombres. C'est le tour de passe-passe le plus élémentaire pour les Marjals ; même les demi-sang en sont capables, quand elles sont à proximité du cœur-de-nef.

— Est-ce que l'abbesse pense qu'Arabella est aussi une Gerant ? demanda Nona, songeuse. (Arabella était loin d'être la plus grande élève de la classe.) À moins que je sois la dernière à apprendre qu'elle a en réalité six ans, je ne vois pas comment elle pourrait avoir du sang gerant.

— Elle va sur ses onze ans, dit Jula. Mais parfois, on ne se rend compte qu'on est gerant qu'au moment où on atteint l'âge adulte et que la croissance se poursuit. *Bref*…

Elle rapprocha ses paumes l'une de l'autre, comme pour s'efforcer de ramener la conversation sur ses rails.

— En tout cas, la famille d'Ara a remarqué sa vivacité, et étant donné qu'elle est blonde, cela les a inquiétés. Son père l'a donc présentée à l'Académie.

— C'était idiot de leur part, dit Clera. Une fois que l'Académie est informée, la rumeur se propage. Trop de parties intéressées.

Ketti s'essuya la bouche puis rapprocha bruyamment sa chaise pour se joindre à la discussion.

— Selon ton père, là encore ? demanda-t-elle. (Clera lui lança un regard peu amène.) Hé, simple remarque. Mon père est percepteur d'impôts. Il dit que s'il n'agissait pas au nom de l'empereur, il se ferait traiter de voleur tous les jours.

— Bref ! lança Jula avant de baisser le ton. (Elle jeta un coup d'œil au groupe d'Arabella, lui aussi en grande conversation.)

Seules Hessa et Ghena se trouvaient isolées, l'une en face de l'autre au milieu de la table, et concentrées sur leur assiette.

— L'empereur a convoqué toute sa famille à la cour. L'oncle d'Arabella, Malcan Jotsis, qui est aussi le chef de famille, a donc réuni tout le monde sur son domaine, à Ledo, pour ensuite se rendre au palais. En chemin, ils ont été interceptés par la troupe personnelle de Sherzal, soit une bonne centaine d'hommes... venus tout droit de la frontière avec le Scithrowl. Et cela s'est passé à peine quelques jours après l'entretien avec l'Académie !

— Qu'est-ce qu'ils ont fait ? s'enquit Ruli.

— Rien, répondit Ketti. (Elle reçut cette fois un regard réprobateur de Jula, qui se sentait dépossédée de son récit.) Parce que Ara, escortée par quatre hommes de confiance, était déjà partie rencontrer l'abbesse, dans le plus grand secret.

— Ce qui la soustrait *de facto* à l'influence de l'empereur, intervint Jula en passant ses paumes contre son crâne duveteux. Même ses sœurs ne sont pas assez folles pour tenter d'enlever une novice. Et quand bien même on chercherait à faire pression sur le Grand Prêtre Jacob, il ne peut tout de même pas leur livrer Ara, maintenant que le clergé a fait tout un foin avec l'Argatha.

— Exactement, dit Clera. (Elle se leva en tapotant son habit plein de miettes.) Personne ne s'attendait vraiment à découvrir une candidate pour la prophétie, donc rien n'était prévu pour l'accueillir.

Ce matin-là, Clera et Nona furent les premières à arriver. Sœur Férule attendait le début du cours, assise à son bureau. La position assise ne faisait rien pour atténuer sa corpulence, et étonnamment, sa coiffe semblait aussi pleine à craquer que son habit aux coutures très sollicitées. Malkin, le chat de l'abbesse, était lové en « U » sur le bureau pour ménager ses vieux os.

— Bonjour, Maîtresse Savoir, dirent les deux enfants en chœur, avant de prendre place au premier rang.

Sœur Férule posa sur elles son regard sombre, sans prononcer un mot. Les autres novices entrèrent progressivement dans la salle. Le globe posé sur le bureau de l'enseignante, avec sa mince ceinture verte cernée de glace, capta à nouveau l'attention de Nona. Elle avait toujours considéré le Goulet comme un vaste territoire… un territoire qui s'étendait même à perte de vue. Elle avait du mal à se représenter la surface qu'il occupait avant l'avancée de la banquise.

— Pourquoi… ?

Tant de questions à peine formées venaient se bousculer aux lèvres de Nona qu'elle-même ne savait pas ce qu'elle allait dire avant que les mots lui échappent.

— Pourquoi la lune n'est-elle pas ronde, elle aussi ?

La voix de sœur Férule couvrit les railleries des novices.

— Voilà une excellente question, Nona. Même s'il faudrait la formuler ainsi : « Pourquoi n'est-elle pas une sphère ? »

— Une sphère, répéta Nona.

— Pourquoi estimes-tu que la lune devrait être sphérique ?

— Eh bien…

Nona ne savait pas trop. Elle avait simplement le sentiment que c'était la forme adéquate.

— Le monde l'est, dit-elle. Et, dans le ciel, Badon a parfois l'air d'un rond, et parfois d'un croissant… si on le regarde vraiment attentivement. Et, à l'Église de l'Espoir, on raconte que Badon est un monde à part entière comme le nôtre, au lieu d'une étoile comme l'Espoir, et que si Badon ne va pas venir nous sauver, contrairement à l'Espoir, c'est parce que Badon n'est que de la glace, tout un tas de glace, et qu'il est coincé autour de notre soleil, exactement comme nous. (Nona reprit son souffle.) Donc… je me disais simplement que tout ce qui est vraiment, vraiment très gros était souvent rond…

Elle leva la tête pour regarder l'enseignante, chez qui sa remarque se vérifiait puisque, à défaut d'être de forme sphérique, l'imposante moniale en prenait le chemin.

Des gloussements se firent entendre, et sœur Férule n'eut qu'à tendre la main vers sa règle pour qu'ils cessent.

— Tu sais qu'il y a fort longtemps, avec la bénédiction de l'Ancêtre, nos ancêtres ont placé la lune dans le ciel, Nona ?

La fillette acquiesça. Elle n'était pas ignare à ce point-là, même si elle venait de découvrir le mot « sphère ».

Sœur Férule sortit d'un tiroir de son bureau un objet argenté à la fois rond et carré, et le présenta à la classe.

— La lune.

Elle tourna l'objet de profil, et Nona constata avec surprise qu'il s'agissait d'un miroir fin comme du papier.

— Regardez !

La moniale plaça sa « lune » derrière le globe représentant l'Abeth, la positionnant de telle sorte que le soleil matinal, dont les rayons obliques entraient par les fenêtres, l'emplisse de sa lumière. Puis elle mit sa main en mouvement, et tapota le globe pour attirer l'attention de Nona sur un point rouge vif qui se déplaçait au rythme de l'objet représentant l'astre.

— Toute la lumière que reçoit ce miroir concave est projetée vers ce point précis. C'est la convergence. Poses-y ta main, mon enfant.

Nona obéit.

— C'est chaud ! Ça brûle !

— Et c'est ainsi que la lune préserve le Goulet. L'ardeur du soleil transite par un vaste miroir et se transmet en un point précis. Elle n'a aucune raison d'être circulaire. (Sœur Férule rangea le miroir.) Nous nous trouvons entre deux immenses parois de glace, Nona, et l'hiver nous guette depuis cinquante mille ans.

Elle tendit les deux mains pour représenter les murs gelés et les pressa l'une contre l'autre en un geste sans appel, perturbant.

— Mais, aujourd'hui, nous allons évoquer les roches !

Les novices sortirent leur ardoise en grommelant. Nona fit de son mieux pour écouter le cours, mais le sujet se révéla encore moins intéressant qu'elle en avait d'abord eu l'impression. Ses pensées revinrent régulièrement vers cette lune qu'un de ses distants ancêtres avait accrochée dans le ciel, vers ce miroir fin et fragile qui était apparemment tout ce qui séparait le genre humain de la glace qui progressait, au nord comme au sud.

Après le déjeuner, Clera emmena Nona vers le cloître des novices tout en manipulant son sou en cuivre.

— Pourquoi tu passes ton temps à jouer avec cette pièce ? demanda Nona.

Clera se considérait comme pauvre depuis que sa famille était ruinée, mais continuait apparemment à estimer qu'il s'agissait d'une maigre somme, guère plus qu'un jouet. Nona, pour sa part, avait déjà vu des parents se séparer de leur enfant en échange d'un seul sou, et le fait de voir sa camarade traiter le sien avec tant de légèreté la troublait profondément.

— Mon père me l'a donnée en me disant d'apprendre à la multiplier, répondit Clera. (Elle haussa les épaules.) Le Goulet est séparé en une centaine, peut-être un millier de contrées, mais tu sais ce qui se moque des frontières et des pouvoirs en place ? Deux choses. Le vent de Goulet, et l'argent. Les négociants circulent dans le Goulet comme le sang dans nos veines, et aucune reine, aucun empereur ne serait assez sot pour les en empêcher. C'est pour ça que les riches agrémentent leurs plats avec le sel noir des mines de Crémot. Aucun ressortissant de Crémot n'a jamais mis le pied dans l'Empire, mais l'argent et les marchandises circulent. (D'une pichenette, Clera envoya son sou voltiger dans les airs, puis le rattrapa.) L'argent est au centre de toutes nos activités.

Manifestement, la jeune fille reprenait mot pour mot les propos paternels.

—Mais tu vas devenir moniale. Les moniales n'ont pas d'argent.

Nona n'était même pas certaine que son amie avait le droit de garder sa pièce. En tout cas, Clera s'abstenait bien de la montrer pendant les cours.

—À la fin de la formation, je m'en irai, dit Clera en rangeant le sou dans sa poche. L'éducation que nous recevons ici est très recherchée...

—Mais...

Nona voulut demander à son amie qui s'était acquitté des frais de scolarité – il s'agissait assurément d'une coquette somme, puisqu'il fallait considérer le gîte et le couvert en sus d'un enseignement offrant d'excellentes qualifications –, mais elle ravala sa question, ne souhaitant pas se la voir retourner. Elle hocha donc simplement la tête.

—Je ferai comme toi, dit-elle, songeant au prêtre qui avait acheté Markus et battu Quat'Sabots à mort. Je n'ai pas envie de devenir moniale.

Le cloître des novices était constitué d'un déambulatoire ouvert sur la cour intérieure d'une bâtisse qui servait de buanderie et d'atelier de réparation aussi bien aux moniales qu'aux élèves. Une cinquantaine de jeunes filles de tous âges flânaient dans la galerie tout en bavardant, tandis que d'autres, assises sur de longs bancs de pierre, observaient la cour gravillonnée entre les piliers du cloître. En son milieu, un arbre immense, le chêne central, étendait ses branches, même si Nona n'avait pas la moindre idée de la façon dont il s'ancrait dans la roche.

—Le cloître des moniales est bien plus grandiose, expliqua Clera. Les sœurs s'y rendent au beau milieu de la nuit et s'allongent dans la cour pour attendre la convergence.

—Tu me fais marcher !

—Toutes nues !

—Clera ! protesta Ruli en faisant la grimace.

—En tout cas, il ne s'est rien passé la nuit où j'ai dormi dans les cellules, dit Nona.

—Tu dormais, remarqua Clera.

Nona tâcha de se représenter sœur Roue, sœur Pomme et la corpulente sœur Férule prenant un bain de lune.

— Je crois plutôt que c'est toi qui te fais des idées, Clera.

— Juste après, on a Ombre, dit Jula qui venait de rejoindre le petit groupe. (Elle se faufila entre Nona et Ruli.) Vous lui avez dit ?

— Dit quoi à qui ? demanda Clera.

Elle se tut tandis qu'Arabella passait avec plusieurs novices dans son sillage. La gaieté semblait être toujours de mise au sein de son groupe. *Moi, je rirais sans doute moins si j'avais dû troquer une vie de palais contre ce couvent, et si des assassins cherchaient à me tuer*, songea Nona.

— Tu lui as parlé de l'Empoisonneuse ? s'enquit Jula aussitôt qu'Arabella se fut éloignée.

Clera leva les yeux au ciel.

— J'espère que personne n'avertira Arabella, en tout cas.

Jula s'adressa à Nona d'un air grave.

— Maîtresse Ombre empoisonne toujours les nouvelles.

— Quoi ?!

— Ou plutôt : elle *essaie*, précisa Clera comme si c'était la chose la plus naturelle du monde.

— On ne l'a jamais vue échouer, je te ferais dire, répliqua Jula. (Pinçant les lèvres, elle convoqua ses souvenirs.) Elle t'a eue, Clera. Elle m'a eue aussi. Et même chose pour Ruli.

— J'ai été malade pendant plusieurs jours, dit cette dernière en faisant semblant de vomir. J'ai fait des bêtises en Lame rien que pour qu'on me rase le crâne. Comme ça, je n'ai pas eu de vomi dans les cheveux.

— Alors, ne mange rien de ce qu'elle pourrait te donner, conseilla Jula à Nona.

— Et ne la laisse pas te toucher, renchérit Ruli.

— Mais non, laisse-la faire. Elle arrive toujours à ses fins, de toute façon, dit Clera. On rigolera bien, au moins.

— Cle...

— On rigolera bien en voyant *Arabella*, précisa Clera, coupant court au reproche que Jula s'apprêtait à lui faire.

— C'est terrible, dit Nona, atterrée. L'abbesse le sait ?

— Elle l'encourage même, à mon avis ! s'exclama Clera avec un sourire tout de guingois. S'il ne t'arrive pas pire pendant son cours que d'être empoisonnée, tu pourras t'estimer chanceuse. C'est la plus salo...

— Clera ! protesta Jula, qui semblait recevoir les grossièretés de sa camarade comme autant de coups bien réels.

— C'est la vérité ! Personne ne nous punit aussi sévèrement qu'elle. Mais le pire dans tout ça, c'est qu'elle n'a pas besoin de sévir physiquement. Ne lui réponds jamais, Nona, elle est capable de te réduire en bouillie d'une simple phrase.

La voix grave de Bray se propagea à travers tout le cloître avec un écho durable.

— C'est l'heure, dit Clera en se levant d'un bond.

C'était la première fois que Nona la voyait si soucieuse de sa ponctualité.

— Tu aurais pu me prévenir plus tôt, dit-elle en se saisissant de son châle. À propos de l'empoisonnement, je veux dire.

Clera haussa les épaules.

— Tu n'aurais rien pu y faire. Et puis, ce n'est pas le genre de sujet à aborder quand on est à table.

Toutes deux rejoignirent les novices qui jouaient des coudes pour franchir l'arche marquant l'entrée du cloître.

— Une fois, elle a empoisonné la soupe de la classe Grise. Tout ça parce que les filles avaient raté un examen.

C'est hors d'haleine que les deux fillettes arrivèrent au cours d'Ombre, qui se tenait dans les cavernes naturelles dont le plateau était criblé. Maîtresse Savoir avait expliqué lors de la leçon précédente comment le soubassement rocheux s'était formé... *L'eau de pluie a dissous des chemins dans la pierre, si je me rappelle bien*, songea Nona. *Mais ça ne doit pas être tout à fait ça...*

— On n'est pas les dernières ! (Clera donna une tape sur le bras de Nona.) Crois-moi, il ne faut jamais être en retard pour ce cours-là.

Juste derrière la Demeure du Cœur, si près du bord du plateau que Nona crut que les grottes n'en étaient pas vraiment, mais plutôt des gueules béantes à flanc de falaise, Clera et elle s'arrêtèrent au sommet de l'étroit escalier qui s'enfonçait dans les profondeurs, et était fermé par une grille en fer au bout de quelques mètres.

Debout sur la première marche, une novice grande et mince, aux cheveux très sombres et au teint blême, cocha le nom des deux enfants lorsqu'elles arrivèrent, et braqua sur Nona un regard d'un bleu si surnaturel qu'il en devenait angoissant.

— C'est Bhenta, souffla Clera, de la classe Sainte. Elle assiste l'Empoisonneuse dans son laboratoire. Ne lui cherche pas de noises.

Une minute plus tard, la dénommée Bhenta leva les yeux de son ardoise et sortit une robuste clé en fer d'une poche intérieure de son habit.

— Bon, tout le monde est là. Novice Hessa, contente de voir que tu nous as fait l'aumône de ta présence, cette fois. Novice Jula, il semble que tu aies perdu tous tes cheveux depuis le dernier cours.

— Elle essaie d'être aussi désagréable que l'Empoisonneuse, chuchota Clera. Mais elle n'y arrive pas vraiment.

— Novice Clera, cesse de postillonner dans l'oreille de la nouvelle et fais attention aux marches, dit Bhenta.

Et elle profita du fait que Clera passait à côté d'elle pour lui assener une taloche.

L'escalier se révéla escarpé, et une matière gluante suintait du calcaire ici et là. À certains endroits, Nona se demanda si Bhenta ne serait pas contrainte de se baisser pour ne pas s'érafler le crâne contre la roche. Au bout de quelques pas, une odeur désagréable s'immisça progressivement dans ses narines, de faibles relents de détergent, de vin aigre et d'autres substances qu'elle n'aurait pas su nommer. Elle fronça le nez tandis que la puanteur s'intensifiait.

L'éclat du jour accompagna Nona plus longtemps qu'elle l'avait escompté, et à l'instant précis où elle commençait à avoir des difficultés à distinguer où elle mettait les pieds, une nouvelle source de lumière prit le relais. Nona découvrit qu'il s'agissait d'une grosse bougie placée dans un renfoncement de la paroi, à l'occasion d'une courbe de la galerie. Le halo permit aux novices d'atteindre une portion de tunnel grossièrement taillée, où s'ouvrait une porte en bois devant laquelle elles s'immobilisèrent les unes à la suite des autres.

Bhenta souffla la bougie, puis se fraya un chemin entre ses camarades pour les précéder dans la pièce, une cavité tout aussi grossièrement taillée que la galerie, même si l'on avait sans doute profité de l'existence d'une grotte naturelle, puisque certaines portions du plafond maculé de suie comportaient de nombreuses aspérités mais aucune marque de pioche. La lumière y pénétrait par plusieurs entailles verticales du mur du fond, mesurant entre un mètre cinquante et deux mètres de long et dévoilant des bribes de ciel. Nona devina que cette paroi devait donner sur l'à-pic.

Trois longues tables bordées de bancs occupaient la salle, et au centre de chacune étaient posés toutes sortes de jarres, de pots, de bouteilles en verre et de gourdes hermétiquement scellées. Au fond de la pièce, et tournant le dos à l'entrée, une moniale était en train d'écrire quelque chose sur le tableau noir. Les élèves s'assirent sur les bancs sans l'agitation que le choix des places suscitait d'ordinaire.

L'enseignante n'était ni grande ni petite, et était dotée d'une silhouette assurément harmonieuse. Nona ne pouvait pas deviner son âge, à moins de se borner à la qualifier de « pas vieille ».

Bhenta ferma la porte, et Maîtresse Ombre, l'Empoisonneuse, se retourna, un chaleureux sourire éclairant son visage.

— Ah, ma chère Nona, viens un peu par ici. Toi aussi, Arabella. J'aime examiner les nouvelles élèves sous toutes les coutures.

Nona, interloquée, se leva. L'Empoisonneuse avait déjà amplement eu l'occasion de la voir aux bains.

— Oui, sœur Pomme.

Les deux élèves s'avancèrent, Nona lançant un regard en coin vers l'héritière des Jotsis, qui lui paraissait bien sereine pour quelqu'un qui, moins de quarante-huit heures auparavant, avait planté une lame dans le lit d'une camarade. L'idée qu'Arabella soit capable d'enfouir ses pulsions meurtrières au point de n'en rien laisser paraître perturbait plus Nona que la tentative d'assassinat elle-même. Elle avait bien conscience que, contrairement à Arabella, on pouvait déceler ses émotions avant qu'elle les ressente elle-même.

— Je te trouve déjà moins maigrichonne, Nona. Encore un an à la table du couvent, et il se pourrait bien que tu deviennes dodue à souhait. Et toi, Arabella Jotsis… C'est un plaisir que de t'avoir avec nous. Alors, que ressent-on lorsqu'on fait l'objet d'une prophétie ?

Elle leva une main pour empêcher Arabella de répondre.

— Mieux vaut considérer cela comme une question rhétorique, ma chère enfant.

Elle sortit de son habit une petite boîte sculptée en émail noir et blanc, puis en ouvrit le couvercle d'une simple pression qui déclencha le ressort. À l'intérieur se trouvaient une dizaine de petites boules translucides, pas plus grosses que l'ongle du pouce.

— Une douceur pour vous accueillir dans mon cours. Nous allons bien nous amuser ensemble.

L'enseignante arborait le même sourire jovial un peu languide que le jour où elle avait rencontré Nona, au pied du plateau.

— J'ai déjà copieusement déjeuné, répondit Nona en se tenant le ventre.

Elle avait même trop mangé, comme à chaque repas, ce qui n'empêchait pas les douceurs de lui paraître appétissantes, avec leur aspect chatoyant qui évoquait les vitraux de la tour de la Voie.

— C'est bien dommage, dit sœur Pomme en présentant la boîte à Arabella.

— Merci, répondit celle-ci en saisissant délicatement l'une des gourmandises entre son pouce et son index. Je le garde pour l'interclasse.

Nona nota que les doigts d'Arabella s'étaient couverts d'une pellicule cireuse, tandis que sœur Pomme rangeait sa boîte.

— Allez, asseyez-vous, jeunes filles. Nous avons bien des choses à apprendre aujourd'hui !

Nona regagna la plus proche des trois tables avec Arabella, qui fut la première à se rasseoir et remua légèrement en faisant la grimace. Nona allait s'asseoir à son tour, mais s'immobilisa, les fesses à quelques centimètres du banc, prise d'un doute. Regardant par-dessus son épaule pour balayer rapidement le banc du regard, elle avisa un point brillant. Une petite punaise de couleur sombre, pointe dressée vers le haut. D'une pichenette, Nona la fit tomber sur le sol. Bhenta devait l'avoir placée là en son absence.

— Bien joué, Nona! dit sœur Pomme en battant des mains. Arabella, je ne peux pas vraiment en dire autant de toi.

Nona se tourna vers sa camarade, dont les traits semblaient exagérément figés, seuls la fureur qu'on lisait dans son regard et un tic nerveux qui déformait son visage indiquant qu'elle ne se montrait pas simplement attentive aux propos de l'enseignante. Hormis d'infimes soubresauts vers la gauche, elle semblait incapable d'effectuer le moindre mouvement.

— Tu as réussi l'épreuve, Nona, expliqua Maîtresse Ombre en souriant. Je n'essaierai plus de te piéger.

Elle retourna près du tableau noir, tapota avec son bâton de craie une feuille qu'elle y avait dessinée puis souligna le nom qu'elle avait inscrit en dessous.

— Aujourd'hui, nous allons apprendre comment libérer la puissance de l'herbe à chat, qui est une proche parente de la racine de ségrenelle à partir de laquelle j'ai préparé la teinture dont j'ai enduit la punaise que Nona a si admirablement évitée, contrairement à Arabella. Nous l'appelons communément la teinture de verrouille. La prem…

On toqua à la porte.

— Entrez, dit sœur Pomme en se tournant vers la classe.

La tête de sœur Bouilloire apparut dans l'entrebâillement du battant.

— Je voulais simplement donner à Nona le matériel d'écriture que j'ai récupéré au scriptorium, déclara la nouvelle venue avec un sourire espiègle.

Elle s'engagea dans la pièce par la porte entrouverte, ardoise noire dans une main et bâtons de craie dans l'autre.

— Pour nos leçons en tête à tête.

— Je t'en prie, répondit aimablement l'Empoisonneuse en faisant signe à sa consœur de s'approcher.

La plus jeune des deux moniales – d'après l'estimation de Nona, Bouilloire devait avoir vingt ans et quelque, tandis qu'elle évaluait Pomme plus proche de la trentaine – s'avança à pas de loup pour poser le matériel devant Nona. Puis elle sortit un mouchoir plié de son habit, le plaça entre l'ardoise et les craies et s'éloigna à une allure tout aussi feutrée, non sans avoir articulé un « désolée » à l'adresse de l'enseignante, et, sitôt cachée par le tableau, salué les novices d'un geste de la main.

— Où en étais-je ? demanda sœur Pomme en tapotant le tableau. L'herbe à chat.

Nona considéra ses affaires toutes neuves. Ses seules possessions, en dehors de la plume, du parchemin et de l'encrier que l'abbesse lui avait fournis… Et du couteau qui était brièvement passé entre ses mains. Elle attrapa l'ardoise, s'émerveillant d'en découvrir les angles si nets, la surface si épaisse et si uniformément lisse. Les grands qui suivaient les cours de mamie Even, le septain, travaillaient sur des ardoises pleines d'aspérités qu'ils avaient dénichées eux-mêmes dans la fosse d'Ebson. Tandis que l'enseignante décrivait l'habitat privilégié de l'herbe à chat, Nona reposa son ardoise devant elle et se rendit compte que ses doigts étaient un peu poisseux. Des taches brunâtres y étaient apparues, et l'enfant décelait également une subtile odeur de pourriture.

— Telle qu'elle existe dans la nature, l'herbe à chat n'entraîne aucun effet nocif, poursuivit l'Empoisonneuse. Même s'il convient de ne pas la consommer en quantité excessive, ce qui pourrait provoquer des crampes d'estomac et un engourdissement des extrémités. Sans compter que son goût amer est désagréable.

Sœur Pomme continua à vanter les mérites de l'herbe à chat pendant quelques minutes avant de marquer une pause pour s'adresser à Nona.

— Alors, novice, comment se sent-on ?

La fillette voulut s'humecter les lèvres. Elle avait la bouche étrangement sèche, pâteuse.

— Vous m'avez… menti.

Se sentant faiblir, Nona chercha à se lever, mais ce simple mouvement lui valut de s'affaisser contre la table.

— Ma chère Nona, j'allais évidemment chercher à t'empoisonner, cela crevait les yeux. Tu n'espérais tout de même pas qu'une personne décidée à t'empoisonner se montrerait d'une franchise absolue envers toi ?

— Men… teuse.

À l'instar d'Arabella, Nona ne maîtrisait plus du tout son corps, à ceci près que sa camarade semblait changée en statue, et non toute molle comme elle.

Sœur Pomme s'approcha de Nona et lui posa la main sur l'épaule.

— Sais-tu quel est le poison le plus insidieux, Nona ? « Insidieux » signifie que c'est le pire.

— N…

La table envahit presque entièrement le champ de vision de Nona. Elle ne parvenait plus à tenir sa tête droite, et ne distinguait plus que l'abdomen de sœur Pomme, le bras d'Arabella et Clera à l'arrière-plan.

— « N… » Tu as avalé ta langue ?

Sœur Pomme ramassa l'ardoise à l'aide du chiffon.

— La confiance, Nona. Le poison le plus insidieux est la confiance, cette confiance qui t'incite à faire fi de toute précaution. (Hors de vue de l'enseignante, Clera leva les yeux au ciel.) Alors, accorde la tienne avec parcimonie. Ou mieux encore : ne l'accorde à personne. Quant à toi, novice Clera… À la fin du cours, tu iras au fumoir broyer des épis fétides pendant une heure.

Chapitre 13

Le cours d'Ombre s'écoula lentement, mais ne trouvant guère de distraction, Nona recueillit énormément d'informations quant aux propriétés et au mode de préparation de l'herbe à chat, principal ingrédient entrant dans la composition d'une substance appelée l'avachine, celle-là même que l'enseignante lui avait administrée. Elle apprit également l'existence de la ségrenelle, une racine permettant de distiller la teinture de verrouille à laquelle Arabella avait été exposée. Mais le plus mémorable était que contre toute attente, la ségrenelle empestait l'urine de chat, alors que l'herbe à chat dégageait des relents de pourriture.

— La ségrenelle rappelle l'herbe à chat, contrairement à l'herbe à chat, dit sœur Pomme en tapotant le tableau. Vous ne devriez avoir aucun mal à vous en souvenir !

Nona ne vit pas les expériences réalisées par l'enseignante, mais surprit Clera à profiter de la paralysie d'Arabella pour la pincer. Deux fois.

Environ dix minutes avant la fin du cours, Nona retrouva l'usage de son cou. Tout autour d'elle, les novices avaient mis à chauffer une petite casserole en fer pleine d'herbe à chat et de vinaigre sur un lit de braises. La puanteur était inqualifiable.

Lorsque la fillette parvint enfin à redresser son buste, sœur Pomme circulait entre les rangs pour vérifier la couleur et la consistance obtenues par les élèves.

— Vous devriez toutes être en train de procéder à la décantation. Servez-vous d'une passoire fine, en veillant bien à incorporer le sel alcalin *avant* le filtrage, et le vif-argent *après*. Au prochain cours, nous distillerons notre liqueur pour obtenir l'essence dont l'ardoise de Nona était enduite. Elle passe à travers la peau, même si cela rend son action plus lente, et ses effets moins prononcés. Pour un résultat optimal, il convient de la consommer fraîche.

Lorsqu'il fut temps de retourner enfin à l'air libre par le long escalier, Nona et Arabella fermèrent la marche, respectivement aidées par sœur Pomme et Bhenta.

Une fois en haut des marches, la moniale congédia Nona avec une tape affectueuse.

— Tu seras rétablie dans l'heure.

Nona ne se sentit à nouveau elle-même qu'à l'heure du coucher. Elle resta assise sur son lit à bavarder avec Ruli jusqu'à ce que Clera ait enfin terminé de prendre son bain.

— J'ai passé des heures à faire trempette pour me débarrasser de l'odeur ! Regardez-moi ça ! Je suis toute fripée ! s'écria-t-elle en tendant ses paumes pour prouver ce qu'elle avançait.

Nona huma l'air et s'abstint de tout commentaire, même si les miasmes des épis fétides ne s'étaient pas totalement dissipés.

— Comment elle a su ? s'enquit-elle.

— Que je me fichais d'elle derrière son dos ? Tss, elle a des yeux derrière la tête !

Jula, qui occupait le lit voisin, se pencha vers Nona.

— Si les douceurs ou les punaises avaient fonctionné dans les deux cas, elle n'aurait pas dit à Bouilloire d'entrer. Si Arabella avait réagi comme toi, Bouilloire lui aurait donné quelque chose à elle aussi. Un message de son père, par exemple… L'Empoisonneuse gagne à tous les coups !

— Je hais cette femme, conclut Clera.

Au matin, Nona fut la première levée, et une Clera encore tout endormie fut obligée de lui rappeler qu'il n'y avait pas cours le septain.

— Les plus âgées ont le droit de se rendre en ville. Excursion supervisée, dit-elle.

Elle se redressa en bâillant et entreprit de s'étirer. Sa chemise de nuit, grise et fine, était déchirée en plusieurs endroits, mais cela valait mieux que rien. Nona n'en possédait même pas, elle.

— Moi, je vais rendre visite à mon père. Avec sœur Silex, ce qui n'est vraiment pas de chance. Elle est tout sauf marrante. L'abbesse m'a accordé une permission spéciale, même si je suis encore en classe Écarlate.

Nona ne répondit rien. Elle avait assez fréquenté la prison d'Harribourg pour savoir qu'elle n'aurait pas voulu voir son père dans un endroit pareil. Cela étant dit, ça aurait signifié que son père était encore en vie, plutôt qu'égaré définitivement sous la glace. Nona aurait donc été ravie de se trouver à la place de Clera.

Hessa pointa le bout de son nez hors de sa couverture, et bâilla à s'en décrocher la mâchoire.

— Brr, j'ai fait un cauchemar affreux. À propos d'un loup…

— … tombé dans un piège, compléta Nona en fronçant les sourcils.

— Oui… J'ai parlé dans mon sommeil ?

Nona ne lui répondit pas. Elle avait tout oublié du loup à la patte coincée dans un piège en fer qui l'avait réveillée pendant la nuit, jusqu'à ce que Hessa en ravive le souvenir.

— On va nager dans la doline, dit Jula.

En voulant enfiler son jupon, elle se prit les pieds dans son lit et tomba fort peu cérémonieusement, les fesses en l'air et le nez contre le sol. Elle roula sur le côté en se tortillant pour achever de se vêtir.

— Tu viens avec nous, Nona ?

— J'ai des cours de soutien avec sœur Bouilloire, dit l'enfant.

Sans compter qu'elle ne savait pas nager.

— Prends garde à ne pas te faire à nouveau empoisonner, dit Clera en souriant.

Nona retrouva sœur Bouilloire dans la tour du Savoir après le petit déjeuner, toutes deux s'asseyant côte à côte au bureau sur lequel sœur Férule exposait habituellement ses mystérieux objets. En l'absence des autres élèves, Nona trouva la salle de classe immense. L'ardoise et les craies que sœur Pomme avait ramassées pendant le cours d'Ombre attendaient la fillette, posées sur le bois lustré.

— Vous m'avez empoisonnée.

— C'est exact.

— Ne refaites jamais ça.

Sœur Bouilloire suçota sa lèvre inférieure en dévisageant Nona.

— Je ne vois pas pourquoi cela s'imposerait. En voilà un regard féroce chez une si petite fille !

— J'ai fait saigner les frères Tacsis, et ils n'ont même pas essayé de m'empoisonner, eux, rétorqua Nona en prenant sa plume.

— C'est qu'ils t'ont sous-estimée, Nona. Je t'ai vue sur la Voie de la Lame. Je n'aurais pas commis l'erreur de te sous-estimer.

Bouilloire sortit de son habit un étui plat et l'ouvrit, révélant sa propre plume. Noire et ferme, elle avait sans doute appartenu à un corbeau.

— J'ai parlé à sœur Suif du fait que tu avais choisi de sauter de spirale en spirale.

Nona déplia son parchemin sans mot dire, mais elle sondait le regard sombre de sœur Bouilloire.

— Elle m'a expliqué que tu avais suivi la méthode de la guerrière. D'après elle, la plupart des candidates se dépouillent de tout avant de tenter le parcours, sauf de leur peur de chuter. Même lorsqu'elles font abstraction de la hauteur, elles redoutent d'échouer… Précisément de la même façon que la peur de la mort scelle le sort de bien des combattants. Mais la guerrière abhorre la peur : il s'agit d'une attaque comme les autres, et il convient d'y résister. Elle se jette dans la bataille, au-devant du danger, elle défie la mort et se joue d'elle. La mort finit par nous avoir toutes un jour ou l'autre, mais la guerrière choisit le lieu et le contexte ; la mort s'échine à la rattraper.

Bouilloire lissa à son tour son parchemin.

— Allons, commençons !

— Comment Maîtresse Lame s'est-elle blessée ?

Sœur Bouilloire trempa sa plume dans l'encrier et coucha un caractère sur le parchemin sous le regard attentif de Nona.

— Ceci est la lettre A. Je t'ai apporté l'ardoise et les craies afin que tu puisses t'entraîner à recopier.

Hessa avait enseigné les rudiments de l'alphabet à Nona. A comme « arbre », et ainsi de suite. Dans le demi-jour, l'encre encore humide ressemblait à du sang.

— A comme « assassin », dit Nona. À ce qu'on raconte, les sœurs de l'empereur, Sherzal et Vel…

— Velera.

— Velera. À ce qu'on dit, elles préféreraient savoir Arabella morte plutôt qu'entre les mains de leur frère.

— Tu remarqueras qu'Arabella n'est ni morte, ni prisonnière.

— Je connais les histoires qu'on raconte à propos des Noi-Guin.

Dans la cage de Giljohn, Hessa lui avait révélé tout ce qu'elle savait au sujet de ces étranges chasseurs d'hommes, invisibles dans la nuit, capables de contourner n'importe quel système de protection pour ôter la vie à leurs cibles en toute impunité. Markus réclamait toujours les histoires qui concernaient les assassins. Plus il y avait d'hémoglobine, plus il était satisfait.

— Sœur Suif s'est battue avec l'un d'eux ?

Bouilloire regarda posément Nona.

— Un Noi-Guin ne serait pas capable de blesser Maîtresse Lame, rétorqua-t-elle en reniflant légèrement. Bon, « b » comme « bataille ».

Elle fit glisser sa plume agile sur le parchemin, y abandonnant une traînée noire et luisante.

— On dirait un « p », dit Nona.

Très concentrée, elle s'efforçait de se remémorer les tracés que Hessa n'avait cessé de reproduire pour elle. Elle en coucha un sur son ardoise, qu'elle retourna alors.

— Là, vous voyez.

— « P » comme « parcours ». Ce fait est peu connu, mais le parcours et la Lame sont indissociables. Le parcours de la Lame n'est pas un simple passe-temps pour celles qui sont sourdes à la Voie. Les deux se nourrissent mutuellement. À part ça, là, je ne vois qu'un vague « q », et encore...

— Vous êtes la meilleure sur la Voie de la Lame. Ça veut dire que vous êtes également une Quantal ?

Le sourire affable de sœur Bouilloire se changea en éclat de rire.

— Par l'Ancêtre, non ! En revanche, je suis très douée pour les états mentaux induits par la Voie, ceux que vous enseigne sœur Poêlon. Je peux être la *sérénité* incarnée, si ça me chante ! Et personne n'est plus *placide* que moi, quand je m'y mets ! Sauf Pomme de reinette, évidemment... *Maîtresse Ombre*, je veux dire.

Nona chercha à se représenter une sœur Bouilloire sereine... voire placide. En vain.

— Je croyais que l'esprit triple comprenait la lucidité, la sérénité et la patience.

Bouilloire haussa les épaules.

— La patience, la placidité... Ce sont les deux faces d'une même pièce de monnaie. Il faut connaître les deux avant de pouvoir la gagner ou la dépenser. Sœur Poêlon t'apprendra cela.

— Les novices disent que sœur Poêlon n'est qu'une vieille dame trop bavarde. Qu'il ne lui reste plus du tout de magie.

Tout bien réfléchi, Nona avait moins de mal à imaginer sœur Poêlon faisant de la magie qu'à envisager que sœur Bouilloire puisse troquer son humour et sa volubilité coutumiers contre la sérénité typique des Quantals. Sœur Poêlon avait au moins le mérite d'avoir la tête de l'emploi, puisqu'elle était d'âge vénérable, et aussi hagarde que les sorcières des bois que l'on trouvait dans les contes murmurés au coin du feu, dans le village de Nona.

— Ceci est un « c ». Je veux que tu écrives un « a », un « b » et un « c », ordonna la moniale en indiquant l'ardoise de Nona. Recommence jusqu'à ce que le tracé te vienne instinctivement.

La fillette écrivit les lettres en suivant mentalement les contours de chacune d'elles.

— C'est bien. Recommence.

Nona put reproduire encore six fois l'exercice avant de ne plus avoir de place sur son ardoise.

— Bien. Et non, je ne sais pas si sœur Poêlon est encore capable de toucher la Voie. Elle était déjà âgée lorsque l'abbesse a entamé son noviciat. Ce que je suis en mesure d'affirmer, en revanche, c'est qu'elle était autrefois l'une des Sœurcières les plus respectées, et que sur la Voie rien ne lui était inaccessible. Les Grands Prêtres venaient la consulter. L'empereur Xtal et son fils, respectivement troisième et quatrième souverains du même nom, l'ont fait venir à leur cour. Et lorsque les Durnisiens ont fait voile vers nos côtes, il y a plus de cinquante ans, sur leurs barges de bois malade si nombreuses qu'ils ont bien failli occuper toute la largeur du Goulet, c'est sœur Poêlon et sœur Pluie, du Piton de Gerran, qui ont affronté leurs tisseurs d'orages et les ont balayés... N'enterre donc pas trop vite notre vieille camarade. Et ne la traite pas de « vieille ». Ne lui dis pas non plus que je t'ai raconté cette histoire, tant que j'y pense... Allez, écrivons quelques « d », veux-tu ?

Lorsque Nona quitta la tour du Savoir, ayant enfin échappé aux supplices de l'alphabet, la majeure partie de la journée s'était écoulée, et elle se sentait trop épuisée pour se lancer à la recherche de ses amies. Un freux passa au-dessus de sa tête, petite silhouette noire se découpant sur le ciel avant de fondre vers la flèche qui surmontait la volière criblée de maintes fenêtres. En temps normal, ces oiseaux tournoyaient en bande, lançant leur appel rauque. Que ce freux soit seul n'avait rien d'anodin. Nona se demanda quel message s'approchait sur les ailes sombres du volatile, et s'il venait de loin. Elle se demanda également si son auteur avait éprouvé autant de difficulté à le rédiger qu'elle en avait eu à s'entraîner à écrire ; la séance lui avait paru interminable.

Nona était en train de se reposer dans le dortoir, ménageant sa main endolorie par le maniement de la plume, lorsque Clera rentra de son excursion. Le soleil commençait déjà à descendre vers l'horizon, peignant le plafond de stries rougeoyantes.

— C'est sur le parchemin que tu es censée appliquer l'encre, fit-elle remarquer à Nona avant de se jeter sur son lit.

Nona tendit la main droite en écartant ses doigts maculés de noir. C'était elle qui avait insisté auprès de sœur Bouilloire pour avoir l'autorisation d'employer sa plume et son parchemin, après des heures passées à s'entraîner sur son ardoise. L'expérience s'était révélée plus ardue qu'elle l'avait escompté, et s'était soldée par un magma informe de taches et de lignes tressautantes.

— Alors, comment va ton père ? s'enquit Nona.

Clera roula sur le dos et contempla le plafond.

— Où sont-elles toutes passées ? Elles se sont noyées ?

Nona haussa les épaules.

— Pas la moindre idée. J'ai vu Ruli se rendre à la Demeure de la Lame.

Clera avait l'air éreintée. Et triste, aussi, tandis qu'elle jouait avec sa pièce de monnaie, la faisant virevolter, tournoyer et virevolter encore.

— Comment va… ?

— Il va bien. Il a une audience en appel prévue dans un mois. C'est de bon augure.

— Ah bon ?

Nona ne savait pas vraiment en quoi consistait une « audience en appel ».

— Oui.

Clera saisit sa pièce de monnaie au vol, l'enfermant dans son poing. La lumière déclinante capta un éclat d'argent.

— Tu as déjà songé à t'enfuir, Nona ? T'enfuir à toutes jambes et te faire oublier quelque part ?

— Où ça ?

Nona avait en effet envisagé de disparaître, mais tant qu'à faire, mieux valait fuir *vers* une destination plutôt que fuir *devant* quelque chose.

— Peu importe. Ce qui compte, c'est de vivre une nouvelle vie.

— Le monde est dur, dit Nona en regardant par la fenêtre. C'est bien beau de s'enfuir, mais une fois qu'on s'arrête de courir, on gèle et on finit par crever de faim. Avec de l'argent, en revanche…

— Oui, dit Clera en se redressant subitement. Oui, l'argent améliore la situation. Il est la solution à tout. (Elle se leva.) Allons les retrouver, amusons-nous, faisons des bêtises, faisons un raffut de tous les diables. Demain, on a cours. Les cours n'en finissent jamais. All…

— Mais c'est une couronne d'argent ! s'écria Nona en montrant la pièce que tenait Clera.

— Mon sou de cuivre a fait des petits, répondit son amie en rangeant la pièce dans sa poche, où elle émit un faible tintement. J'ai eu de la chance.

De la tristesse transparaissait derrière son sourire.

— Comment…, voulut demander Nona.

Mais la porte s'ouvrit à la volée, et une Ruli enveloppée dans sa serviette de bain s'engouffra en hurlant dans le dortoir, talonnée par Jula et Ketti.

— Attrapez-la !

— La laissez pas s'échapper !

Clera se mit en chasse avec un sourire jusqu'aux oreilles.

Chapitre 14

La première semaine de Nona au couvent passa à la vitesse de l'éclair, répartie entre les coups, les projections et les prises qu'il fallait répéter jusqu'à l'épuisement pendant le cours de Lame, l'effort intellectuel qu'elle devait fournir lorsque Maîtresse Savoir abordait des sujets comme la glaciation, l'érosion ou la formation de la roche, mais aussi les repas qui lui permettaient de se remplir la panse et continuaient – elle avait peine à le croire – à être servis trois fois par jour.

Elle partagea deux autres songes avec Hessa, des cauchemars dans un cas comme dans l'autre. Selon son amie, un lien s'était formé entre elles après le partage du souvenir de Markus et de Quat'Sabots, et ce phénomène résiduel finirait par disparaître. Par ailleurs, Ketti se disputa avec Ghena, ce qui leur valut à toutes deux d'être de corvée de lessive pendant une semaine. Enfin, le tierçant soir, le chat de l'abbesse urina sur l'habit d'Arabella, ce qui mit Clera en joie.

En Ombre, deux nouveaux poisons furent concoctés – l'un causant la cécité, l'autre semant la confusion dans l'esprit du sujet –, afin d'en apprendre les ingrédients et les antidotes éventuels, sans oublier les meilleures façons de les administrer aux futures victimes tout en s'en préservant soi-même. Sœur Pomme était aussi affable en dehors du temps scolaire qu'elle se montrait acariâtre pendant ses cours. Ketti passa toute une journée sans l'usage de ses yeux, au motif qu'elle s'était laissé berner par un stratagème de l'enseignante, alors que celle-ci venait tout juste d'en exposer le principe au tableau. Ruli fut condamnée à rester enfermée au Nécessaire jusqu'au soir pour avoir bavardé au fond de la classe avec Ghena. Nul ne savait comment l'Empoisonneuse avait réussi à lui administrer une substance nocive. Toujours est-il que la fillette avait été prise de vomissements avant même d'être retournée à l'air libre. Quant à Jula, elle avait reçu une volée de bois vert pour avoir rêvassé un moment, Maîtresse Ombre critiquant ses compétences en alchimie proches du néant. Jula avait fondu en larmes tandis que les propos acerbes de l'enseignante déclenchaient l'hilarité des autres élèves… Un rire nerveux.

La Voie était le cours que Nona appréciait le moins ; elle s'y ennuyait encore plus qu'en Âme, où sœur Roue énumérait pourtant la pléiade de petites célébrations qui devaient peupler, semblait-il, les journées de toute Sainte digne de ce nom. Nona en vint bientôt à redouter la vue de la salle de sœur Poêlon, pourtant baignée de couleurs harmonieuses. Elle contemplait les motifs jusqu'à avoir l'impression de se faire saigner les yeux, mais la moniale avait beau se répandre en explications, la Voie des Mystiques n'apparaissait pas devant Nona. Elle ne ressentait rien de la singulière et troublante énergie qu'Arabella avait évoquée lors du premier cours, simplement un ennui si mortel qu'elle s'en serait presque arraché les yeux. Les visualisations censées la mener à la sérénité avaient l'effet inverse, puisqu'elles la mettaient en colère. Quant à celles qui visaient à accéder au calme, elles éveillaient plutôt en elle une vraie cacophonie mentale.

Le septain de la semaine suivante, Nona commençait déjà à considérer le couvent comme son foyer. Ses souvenirs du Caltess lui paraissaient lointains, ceux de la période passée avec Giljohn semblaient appartenir au domaine du songe, et lorsqu'elle repensait à son village, elle avait l'impression de revivre une histoire qui n'était pas la sienne.

Alors qu'elle se dirigeait vers la tour du Savoir, elle prit le temps d'embrasser du regard les bâtiments qui lui étaient si vite devenus familiers : les Demeures du Cœur et de la Lame, derrière lesquelles se dressaient le majestueux Dôme de l'Ancêtre, les dortoirs et le réfectoire, sans oublier le cloître des moniales et la vaste cour sur laquelle donnaient les bains. Un poulet esseulé se pavanait dans l'ombre du scriptorium, s'arrêtant pour picorer le sol ou le gratter, cherchant peut-être un signe de ponctuation égaré. Entre la laverie et le sanatorium, un chariot garé devant le chai accueillait les fûts du dernier cru sorti du pressoir. Les élèves de la classe Sainte avaient droit à un verre du vin conventuel pour accompagner leur dîner du septain, pourvu qu'il s'agisse d'un jour sacré, ce qui était manifestement le cas la plupart du temps. Ruli affirmait que la Mansuétude tirait la majeure partie de ses revenus de la commercialisation de son vin, et non de l'enseignement et de la formation dispensés aux novices.

— Naturellement, si les acheteurs avaient eu l'occasion de rencontrer l'Empoisonneuse, ils auraient tous vidé leur carafon dans les canalisations.

À l'issue de sa deuxième leçon avec sœur Bouilloire, Nona avait la main ankylosée, pleine de craie et d'encre sur le bout des doigts. Mais ce fut aussi le cœur bien lourd des dernières paroles de la moniale qu'elle traversa le couvent balayé par la bise pour regagner le dortoir où l'attendait Clera.

— Un conseil d'amie, avait dit Bouilloire, posant une main sur celle de Nona, alors que celle-ci s'apprêtait à rassembler ses affaires. La leçon la plus difficile qu'il m'ait été donné de recevoir est la suivante : lorsqu'une amie cause du tort à quelqu'un, tu peux être certaine qu'elle se conduira tôt ou tard de la même façon à ton égard. En ce bas monde, il y a ceux qui se servent des gens, et ceux qui leur apportent quelque chose. Fais-toi d'autres amies, Nona. Clera Ghomal passe déjà assez de temps comme cela à se préoccuper de sa petite personne, tu n'as pas besoin d'en rajouter. Ne...

Nona s'était dégagée et avait quitté la tour sans demander son reste, mais elle sentait encore les doigts de sœur Bouilloire contre le dos de sa main, et ses paroles résonnaient dans son esprit. Elle se frotta la main contre son habit et s'efforça de chasser l'humeur sombre qui l'avait saisie. Elle avait compté peu d'amis au cours de son existence, et les liens de l'amitié lui paraissaient plus sacrés que l'était l'Ancêtre aux yeux des moniales. Ce n'était pas le genre de relation à laquelle on pouvait renoncer, ou qu'on pouvait laisser filer ; en amitié, il n'y avait pas de concessions possibles, pas de demi-mesures.

Quand elle ouvrit à la volée la porte du dortoir, sa colère n'était toujours pas retombée.

La plupart des novices étaient encore en train de vaquer à leurs diverses occupations, mais Jula, allongée sur son lit dans le sens de la largeur, consultait un parchemin posé par terre devant elle. Quant à Ghena, elle dormait ; c'était à croire qu'elle ne connaissait que deux extrêmes, l'hyperactivité et le sommeil, sans jamais passer par un état intermédiaire. Elle vit également une Ketti en sous-vêtements traverser le dortoir d'un pas rageur.

— Quelqu'un a encore laissé entrer cette saleté de chat ! pesta la fillette en tendant son habit à bout de bras. Il a pissé sur mon jupon ! Sœur Férule devrait le noyer !

— Il est gentil, Malkin, dit Jula sans lever la tête. Il est vieux et un peu à l'ouest, c'est tout.

— Il mériterait qu'on le noie !

Cette dernière tirade émanait de l'extérieur, Ketti s'éloignant déjà vers la laverie.

— C'est le seul mâle de ce couvent, et il passe son temps à faire pipi partout, remarqua Clera.

— Tu oublies les coqs, dit Jula, toujours plongée dans son parchemin.

— Qui passent leur temps à se pavaner, dit Clera.

— Et les porcs.

— Ils mangent et ils chient, eux. Rien d'autre à ajouter, conclut Clera. (Nona s'approcha.) Alors, sœur Bouilloire arrive à te les mettre dans le crâne, ses lettres ?

Elle se désintéressa momentanément de sa couronne d'argent, qu'elle s'amusait à faire courir sur ses articulations. Nona la trouva distante ; peut-être avait-elle appris de mauvaises nouvelles en se rendant à la prison ce jour-là.

— Mieux que sœur Poêlon avec la Voie. Quel ramassis de sornettes ! soupira Nona. (Se laissant lourdement tomber sur son lit, elle chercha à décrisper sa main douloureuse.) Il faut qu'on s'arrange pour qu'elle nous laisse aller nous entraîner sur le parcours de la Lame, la prochaine fois.

— Tu as raison, répondit Clera en regardant Nona comme si elle venait de réviser son opinion à son égard. En tout cas, tu dois te dépêcher d'apprendre à lire. Il faut éviter de donner trop de septains à Bouilloire, sinon l'Empoisonneuse va commencer à râler.

— Pourquoi ?

— Tu ne sais pas ça ? Non, tu plaisantes... Tu es sûre que tu n'es pas en train de me faire marcher ?

Clera fut interrompue par le son d'une cloche, une cloche puissante, agressive. Trois coups, une pause, trois coups. Une cloche en acier.

— Que l'Ancêtre me croque ! C'est Bitel ! Vite, sortons !

Quelques instants plus tard, les filles de la classe Écarlate étaient massées devant l'entrée du dortoir avec une bonne dizaine d'élèves plus âgées. À l'extérieur, dans l'obscurité grandissante, moniales et novices venues des quatre coins du couvent convergeaient avec plus ou moins de hâte vers la maison de l'abbesse.

Bitel donna à nouveau de la voix. « Clang ». Derrière la Demeure du Cœur, des freux s'élancèrent vers le ciel. « Clang ». Clera et Nona se mirent à courir. « Clang ». Au loin, des cris de femme s'élevèrent.

Tout le couvent se réunit devant le logis de mère Vitrage, Nona et Clera jouant des coudes pour se frayer un chemin au milieu de leurs camarades, dont certaines venaient de sortir du bain et avaient la peau encore chaude et mouillée. Les moniales, portant une lanterne pour plusieurs d'entre elles, se postèrent autour des élèves.

— Il y a le feu ? demanda Jula en rejoignant Nona et Clera.

— J'ai entendu dire qu'il y avait eu un éboulis dans les grottes de l'Ombre...

Dixit Ruli, ses longs cheveux enveloppés d'une serviette.

— Chut ! fit Ghena en tendant le doigt vers la demeure de l'abbesse.

Sœur Suif et sœur Pomme apparurent, précédant mère Vitrage. La première avait le bras en écharpe. L'abbesse, munie de sa crosse, s'arrêta au sommet du perron pour pouvoir distinguer toutes ses ouailles.

— Mes sœurs, commença l'abbesse avec un sourire dénué de joie. Chères novices. Nous venons tout juste d'apprendre que le Grand Prêtre Jacob s'apprête à nous rendre visite, accompagné de quatre archontes. Ils arriveront dans une heure. C'est un insigne honneur qui nous est fait là, j'attends donc de votre part une conduite irréprochable.

» Le Grand Prêtre logera avec sa suite dans la Demeure du Cœur, qui vous est donc interdite jusqu'à nouvel ordre. Les novices se retireront dans leur dortoir après l'avoir salué. Sœur Férule réunira les choristes pour chanter l'Hymne d'Aethsan à l'Ancêtre, puis le requiem de sainte Jula.

» Il ne fait aucun doute que le Grand Prêtre désirera célébrer l'office dans le Dôme, une célébration à laquelle toutes les sœurs seront tenues de participer.

Mère Vitrage tapa dans ses mains.

— Nous avons une heure ! Allumez-moi donc les lanternes, préparez les mets et le vin. Quant à vous, choristes, apprêtez-vous comme il se doit… Allez ! Allez !

Nona ne savait pas où donner de la tête, mais une grosse main brune eut tôt fait de s'abattre sur son épaule.

— Classe Écarlate, au réfectoire avec moi, lança l'imposante sœur Chênaie. Nous allons déplacer les tables et les chaises devant le Dôme de l'Ancêtre en prévision de la cérémonie de bienvenue.

Agitant un bras charnu, elle s'éloigna, et les novices lui emboîtèrent le pas les unes à la suite des autres. Clera, qui aurait pourtant dû rejoindre les choristes, resta avec ses camarades, sans doute peu désireuse de se produire devant un auditoire si raffiné. Nona regarda par-dessus son épaule. L'abbesse descendait les marches du perron, la volute dorée de sa crosse confisquant un peu de l'éclat des lanternes. Dans la pénombre qui entourait ce halo, son visage était lugubre.

Chapitre 15

Des lumières apparaissant par intermittence entre les piliers furent le premier signe tangible de la venue du Grand Prêtre. Nona visualisa les hommes d'armes, minuscules par comparaison avec les immenses colonnes, petites poches de clarté cernées de ténèbres et d'ombres mouvantes. Elle se demanda combien ils étaient, et quel était le motif de leur visite. Lano Tacsis, le frère de Raymel, avait déclaré que son père était un proche du Grand Prêtre Jacob. Jusqu'où s'étendait l'influence de Thuran Tacsis ? *Mère Vitrage aussi connaît le Grand Prêtre. Ça doit être plus important, non ?* se dit l'enfant.

— Ils sont là pour toi, tu en as conscience, non ? dit Clera.

Chaque classe était répartie en deux rangées, les élèves les plus petites occupant la première, si bien que Clera se trouvait derrière Nona, légèrement sur la gauche.

— On ne parle que de ça en ville, Nona. Tu aurais dû me le dire, reprit Clera sans quitter des yeux les lumières qui se rapprochaient.

Ses voisines, Ruli et Ketti, se tournèrent en revanche vers Nona.

— Te dire quoi ? demanda Jula, qui se tenait juste à côté de cette dernière.

— Nona a failli tuer Raymel Tacsis, le combattant d'arène, le fils de Thuran Tacsis. Et quand Lano Tacsis est venu l'autre jour, avec le juge de la haute cour…

— Non, c'est vrai ?! s'exclama Ghena, à droite de Nona.

— Je t'assure, il était là, et Nona lui a presque tranché deux doigts. Il a fallu recourir à un sorcier marjal de l'Académie pour les sauver.

— Où tu as trouvé un couteau ? siffla Ghena.

Plus loin dans la rangée, Nona surprit Arabella à l'observer avec une intensité surprenante.

— Pourquoi tu l'as attaqué ? souffla Jula.

Nona garda le silence, les yeux rivés sur ses mains vides et se demandant pourquoi Clera ne l'avait pas interrogée plus tôt, dans le dortoir. Lui en voulait-elle d'avoir menti à propos d'Amondo et de la forêt ? Pourtant, cette histoire était plus proche de la vérité que la première... Avait-elle appris ce qui était arrivé à Raymel ce septain, ou la semaine précédente ? Clera avait admirablement dissimulé sa colère, la laissant couver froidement avant de la manier comme une lame. Nona n'aurait pas soupçonné un tel comportement chez son amie, mais il lui fallait reconnaître qu'elle n'était pas une fine connaisseuse du genre humain. Elle partait du postulat que tout le monde était forcément comme elle, mais découvrait ensuite que les personnes à qui elle avait affaire demeuraient pour elle un mystère. Cela valait aussi bien pour Clera avec son sou de cuivre remplacé par une couronne d'argent, que pour la douce Ruli, si à l'aise dans sa peau et dénuée d'ambition, la pieuse Jula, Hessa la magicienne, et même Ghena, en qui couvait une colère fort similaire à celle de Nona, une colère inflexible, imperméable aux prédictions comme aux explications.

Les clercs apparurent, leur silhouette soulignée par les flammes vacillantes du brasero que les moniales avaient allumé à l'entrée du couvent. Sous la houlette de sœur Férule, les novices entonnèrent l'Hymne d'Aethsan, leurs voix cristallines transperçant la nuit de leur douceur singulière et s'attardant dans le vent avant d'être rejointes par le timbre plus fougueux des moniales pour parachever la mélodie. Au premier rang, on distinguait la silhouette trapue de sœur Serpillote. Elle avait des traits quelconques, marqués de plis soucieux, mais elle était dotée d'une voix exquise qui donna la chair de poule à Nona.

Vinrent d'abord les gardes cléricaux dans leur plastron d'acier poli, le monde se reflétant sur la visière lisse de leur heaume. Quatre tambours qui s'approchaient à la suite de cette escorte armée entonnèrent un roulement sinistre dont le *tempo* ne correspondait pas du tout à celui de l'hymne, et dans lequel se noyèrent tant les voix des moniales que celles des novices. Derrière les instruments s'avancèrent huit prêtres brandissant les gonfalons des quatre archontes et des quatre États composant l'Empire. Chaque morceau d'étoffe frémissait à l'extrémité de sa hampe, qui s'achevait par une saillie arrondie, faite de cuivre et d'argent rutilants.

Les archontes étaient montés sur des étalons qui se ressemblaient assez pour être issus du même couple reproducteur. Chacun d'eux était assisté de deux clercs se déplaçant à dos de poney. Mais même eux, malgré la modestie de leur statut, arboraient une chaîne d'argent, témoin de leur fonction, et une riche tunique ourlée de fourrure de lynx des glaces. Enfin, douze hommes se répartissaient la charge d'une chaise à porteurs calée sur deux perches.

Les tambours ne se turent que lorsque la chaise fut posée au sol. Le chœur avait également fait silence, et ce fut dans le calme le plus complet que l'un des porteurs s'empressa d'aller ouvrir la portière du véhicule.

Un beau jeune homme blond vêtu de velours noir se baissa pour en sortir, serrant un livre relié de cuir contre son cœur. Décidément, Nona était intriguée par les prêtres et les juges : étaient-ils empotés au point d'emporter un ouvrage partout avec eux, même au Nécessaire ?

Le Grand Prêtre Jacob apparut au bout d'un laps de temps justifié par la solennité de l'instant, petit homme engoncé dans la soutane violette de son sacerdoce, une abondance d'étoffe brodée d'une généreuse quantité de fil d'or dont le poids lui permettrait certainement de rester fermement campé au sol, si d'aventure une bourrasque cherchait à lui faire prendre son envol. De courts cheveux gris s'échappaient de sa mitre noire. Il avait beau se trouver à une trentaine de mètres de là, et n'être éclairé que par les flammes tressaillantes du brasero, il inspira à Nona une impression de familiarité. Une sensation qui lui hérissa le poil.

Le prélat scruta l'assemblée d'un regard aquilin, dédaignant la main que lui présentait l'un des porteurs pour l'aider à descendre. Son assistant sortit du véhicule un bâton qui le dépassait de deux bonnes têtes, et confectionné dans un bois si sombre qu'il aurait bien pu être noir, tandis que son extrémité frappée d'or représentait les symboles de l'Ancêtre : l'alpha et l'oméga entrelacés. Le Grand Prêtre accepta l'objet tout en continuant à poser un œil critique sur son comité d'accueil.

Sœur Canif s'approcha en exécutant une courbette. Les yeux baissés, elle indiqua le perron où l'abbesse attendait son visiteur. Mère Vitrage était flanquée non pas de Pomme et de Suif, comme cela avait été si souvent le cas, mais de sœur Roue et de sœur Rose, la responsable du sanatorium. Ces dernières portaient une cornette qui indiquait manifestement un rang plus élevé que leurs consœurs dans la hiérarchie conventuelle.

À ce signal, le Grand Prêtre s'avança en s'appuyant lourdement sur sa crosse ; il souffrait d'une sévère claudication. Derrière lui, les quatre archontes mirent pied à terre tandis que les porteurs entreprenaient de sortir des effets personnels du véhicule.

— Grand Prêtre Jacob, soyez le bienvenu à la Mansuétude ! dit l'abbesse.

— Je crains fort qu'il ne s'agisse pas d'une visite de courtoisie, rétorqua le prélat. (Un geste de sa part, et un silence profond se fit.) Si vous voulez bien avoir l'obligeance de me rejoindre, ma mère…

— Je le connais, souffla Nona.

Elle n'avait pas eu l'intention de dire quoi que ce soit, mais cette remarque lui échappa malgré elle.

— Menteuse ! siffla Ghena, sur sa droite. C'est le Grand Prêtre Jacob, le primat de la foi, pas un vulgaire prêcheur de campagne que tu aurais pu croiser.

— Ma mère ? insista le prélat avec un nouveau geste de la main.

L'abbesse prit un air pincé, dévisagea les deux porteurs qui s'approchaient avec une boîte aux angles ferrés, munie de cordes en guise de poignées. Puis, poussant un soupir résigné, elle descendit les marches avec Roue et Rose pour rejoindre le Grand Prêtre à côté du brasero.

— La fille aussi, ajouta Jacob en promenant son regard sur les élèves de la classe Écarlate.

Le feu faisait miroiter ses pupilles, le jeu de l'ombre et de la lumière donnant aux traits de son visage un aspect cadavérique. C'est là que Nona le reconnut. Il était l'homme qu'elle avait vu dans les souvenirs de Hessa. Celui qui avait battu Quat'Sabots à mort.

— Quelle f..., commença l'abbesse, déconcertée.

— Pas de cela avec moi.

— Nona !

La fillette obéit à l'abbesse sans même songer à s'enfuir. Elle regarda le prélat d'un œil torve, croisant son regard pâle dans lequel on lisait de l'étonnement. L'espace d'un instant, elle se vit lui sautant à la gorge. Cela lui plut.

— C'est la novice en question ? s'enquit Jacob.

Mère Vitrage hocha la tête.

— Quelle frêle créature, ne trouvez-vous pas ? Et c'est pour elle que le Grand Prêtre et quatre archontes ont bravé les rigueurs de l'ascension ?

— Vous avez eu bien tort d'agir de la sorte, Shella, dit le prélat en se rembrunissant.

Derrière lui, les porteurs ouvrirent la boîte pour en sortir, dans un choc de métal, de lourdes chaînes reliant des entraves.

— Est-ce bien nécessaire, Jacob ? demanda l'abbesse avec répugnance.

— Vous ne comprenez toujours pas qui est Thuran Tacsis ? répliqua Jacob d'un air navré. Et moi qui vous croyais intelligente, Shella... Retorse, même. Votre comportement n'a... aucun sens. (D'un geste, il ordonna aux porteurs de s'approcher, ce qu'ils firent, les chaînes traînant sur le sol.) Mère Vitrage, novice Nona, vous êtes toutes les deux en état d'arrestation, et resterez sous l'autorité de l'Église jusqu'à votre procès, qui se tiendra à l'aube.

Il y eut des protestations et des hoquets de stupeur quand le plus imposant des deux porteurs ouvrit un joug de fer pour le passer par-dessus la tête de mère Vitrage. Quand l'autre homme fit mine de s'en prendre à elle, Nona eut un mouvement de recul.

— Laisse-les faire, ma petite Nona, dit l'abbesse en souriant. Le Grand Prêtre a parlé. L'Ancêtre veillera sur nous.

Nona se fit violence. Peu lui importait que l'Ancêtre la regarde ou non. En revanche, elle avait bien conscience que si l'abbesse devait souffrir une telle indignité, c'était parce qu'elle était venue la soustraire à l'ombre de la potence, quelques instants à peine avant qu'on lui passe la corde au cou. Nona ignorait pourquoi mère Vitrage avait agi de la sorte, mais comprenait qu'elle avait une dette envers elle.

— Je le tuerais à nouveau, si c'était à refaire, déclara l'enfant en restant bien droite tandis qu'on l'entravait. Et je tuerais aussi son frère, et son père, s'ils pensent que ce que vous faites est juste.

— Elle se condamne toute seule, remarqua le prélat avec un geste fataliste. Avons-nous seulement besoin de la traduire en justice ?

Mère Vitrage chancela en voulant faire un pas en avant, les traits tirés par l'effort.

— C'est une enfant, Jacob, dit-elle.

Lorsque Nona reçut le fardeau sur ses épaules, ses jambes se dérobèrent sous elle, et elle tomba à genoux contre le sol rocheux. L'un des porteurs la releva et la soutint pendant que l'autre essayait de fermer les entraves autour du cou et des poignets de l'enfant. Il fallut user d'une clé de réglage pour serrer suffisamment le métal, et éviter que Nona puisse tout bonnement libérer ses mains.

— Vous pouvez encore renoncer à elle, et conserver peut-être votre place dans l'Église, Shella. Tant de sentimentalisme à propos d'une enfant, cela ne vous ressemble pas. Et pourquoi cette enfant-là plutôt qu'une autre, d'ailleurs ?

— Mon nom est Vitrage. Le procès se tiendra, et nous verrons alors ce que vaut ce nom.

En soupirant, le Grand Prêtre ôta sa mitre, se recoiffa succinctement puis la remit avant que le vent ait pu compromettre son ouvrage.

— Emmenez-les à la claustration.

C'est ainsi que, devant tout le couvent réuni, et tandis que le repas d'hospitalité achevait de refroidir sur les tablées, mère Vitrage et Nona furent enfermées dans l'attente de leur procès. La fillette, en partie soutenue par un garde clérical, lança un regard en arrière vers ses camarades avant de s'éloigner. Certaines, dont Clera, avaient baissé la tête. D'autres étaient horrifiées par la scène. Même Arabella Jotsis semblait pétrifiée, ce qui dépassait l'entendement de Nona.

Sœur Pomme fut obligée de guider les hommes du Grand Prêtre jusqu'à la claustration, dont l'emplacement variait en fonction des couvents. Celle de la Mansuétude occupait une grotte au fond du passage qui se poursuivait après la salle de classe de Maîtresse Ombre. Sœur Pomme s'enfonça une centaine de mètres plus loin dans les profondeurs du plateau, tenant bien haut sa lanterne. Si loin de la surface, les ténèbres ne cédaient qu'à contrecœur devant le halo lumineux. La moniale négocia une demi-dizaine d'embranchements, croisant des tunnels plus ou moins larges, plus ou moins étroits, avant que le couloir s'achève dans une grotte de modestes dimensions, rendue presque sphérique par un flot qui avait depuis belle lurette trouvé un cours plus vif. Des barreaux en fer condamnaient l'accès principal et l'issue plus petite par laquelle l'eau s'était retirée. Sœur Pomme tourna la clé dans la serrure, et l'abbesse entra avec autant de dignité que son joug le lui permettait. Les gardes aidèrent Nona à en faire autant, puis sœur Pomme les enferma.

— Je prierai pour vous et pour Nona, dit-elle avec un mince sourire, avant de s'éloigner avec les quatre hommes.

Seule subsista une vague aura de sa lanterne, bientôt absorbée par une nuit si ancestrale qu'elle ne quittait jamais vraiment ce genre d'endroit.

— Elle n'avait pas l'air très émue de notre sort, dit Nona, se surprenant elle-même.

Elle n'avait pas eu l'intention de s'exprimer, mais l'obscurité semblait lui donner carte blanche, tels un masque ou la couronne d'un juge.

— Pomme est une Grise, expliqua l'abbesse. (Nona l'entendit s'asseoir.) Elle porte de nombreux déguisements, et elle-même te dirait de ne te fier à aucun d'entre eux. Souviens-toi simplement qu'elle est ta sœur, qu'elle t'est aussi dévouée que tu l'es à l'Ancêtre.

— Qu'est-ce qu'ils vont nous faire ? demanda Nona.

Le sol était humide, dur et irrégulier, et il émanait de la claustration des relents persistants d'égout, un reliquat, sans doute, du séjour de la dernière moniale ou novice qu'on avait envoyée là pour méditer sur ses péchés.

— Ils nous déclareront innocentes, j'espère.

— Et dans le cas contraire ?

— Ah, nous serions alors soumises à la justice ecclésiastique, dont les principes fondateurs sont malheureusement aussi anciens que barbares. On me fendra la langue et je serai fouettée avant d'être chassée du couvent. Quant à toi, tu seras mise à mort.

— Oh.

— C'est toi qui m'as posé la question. Et tu allais être pendue, le jour où je t'ai trouvée.

— Je croyais que vous aimiez mentir, dit Nona.

Elle se blessa les mains contre l'étau en voulant les bouger.

— Ce que j'ai dit, c'est qu'un mensonge pouvait se révéler bien utile. Mais, dans l'obscurité, tout le monde mérite une réponse honnête, même les enfants.

— Comment ?

— Qu'entends-tu par là ?

— Comment je vais être mise à mort ?

— Ah, fit l'abbesse. Chaque couvent possède sa propre méthode. Le Constant Silence et la Chaste Dévotion brûlent les condamnées, mais pas de la même façon ; au Piton de Gerran, on a opté pour la lapidation. Chez nous, c'était la noyade. Cela remonte à avant mon époque, mais il paraît que le fond de la doline est jonché d'ossements.

— Pourquoi me racontez-vous tout ça ?

Nona avait beau n'avoir que dix ans, elle savait que les adultes étaient censés réconforter les enfants, même s'ils n'avaient qu'une sérénité factice à leur offrir.

— Pour que, demain, tu tiennes ta langue et me laisses faire le nécessaire sans que ton caractère de cochon nous compromette davantage.

Nona se mordit la lèvre inférieure et remonta ses genoux contre sa poitrine, soulageant un peu le poids de son joug en s'aidant de la paroi de la grotte. Le calme s'éternisa tandis qu'elle repensait à l'expression qu'elle avait lue sur le visage de ses camarades quand on l'avait emmenée.

— Mais pourquoi vous m'aidez, en fait ? finit-elle par demander.

L'abbesse resta longtemps silencieuse, et lorsqu'elle se décida à répondre, elle se contenta de dire :

— Peut-être parce que je sais parfaitement qui est Thuran Tacsis.

Chapitre 16

Les gardes cléricaux escortèrent Nona et l'abbesse jusqu'à la Demeure du Cœur. Aveuglées par l'éclat du jour, c'est à peine si elles distinguèrent en chemin le scriptorium et la Demeure de la Lame. Moniales et novices étaient alignées sur les cinquante derniers mètres du parcours, dans le prolongement du parvis et des colonnes de la majestueuse entrée de la Demeure du Cœur. Les sœurs et les plus âgées des élèves chantaient à mi-voix la première prière à l'Ancêtre. Nona n'en connaissait pas les paroles sur le bout des doigts, mais l'avait entendue assez souvent pour la reconnaître.

—Ancêtre, veille sur notre périple. Ancêtre, guide-nous de l'origine à l'au-delà. Ancêtre, aide-nous à porter le poids de nos ans, et…

—Ce n'est pas ce qu'on chante aux enterrements, par hasard ?

—Et à l'occasion d'une naissance, Nona. À l'occasion d'une naissance.

Les grands battants donnaient sur un vestibule carrelé en blanc et noir, et ponctué lui aussi de colonnes se dressant vers la voûte du plafond. D'autres portes, celles-là en bronze et de dimensions plus réduites, ouvraient sur un dôme à l'aplomb duquel une estrade accueillait le Grand Prêtre, assis sur une chaise dont le dossier, orné de dorures sculptées, s'élevait derrière sa tête. Les quatre archontes avaient pris place au pied de l'estrade, deux par deux à chaque extrémité, dans leurs plus beaux atours. Leurs sièges étaient à peine moins impressionnants que celui du prélat. Pour la première fois, Nona put détailler leur physionomie, elle qui n'avait pu voir, le soir de leur arrivée, que la magnificence de leur apparence générale et les symboles de leur fonction. Il y avait un gros homme au teint blême, le cheveu gris, des yeux profondément enfoncés dans leurs orbites, des lèvres humides. Une vieille femme d'allure sévère, dont le crâne rasé dévoilait une peau sombre comme de la poix et un seul ornement : un anneau d'or à l'oreille. Un homme aussi grand que fluet, plus jeune que ses homologues et qui exsudait un profond mal-être. Enfin, un homme solidement charpenté à qui son inactivité actuelle semblait peser. Doté d'un cou épais sur lequel se perchait une tête à la mâchoire carrée, il avait la moitié du visage mangée par de vieilles cicatrices boursouflées ; c'était à croire qu'un fauve avait tenté de le lui arracher. Nona nota chez lui un sourire pincé, très bref, dirigé vers un coin de la salle, mais il disparut si vite que l'enfant se demanda si elle n'avait pas rêvé.

Une poignée d'assistants, dont certains transportaient des ouvrages juridiques reliés de cuir, étaient présents pour seconder les archontes. Toutes à leurs conversations discrètes, les personnes réunies devant l'estrade ne remarquèrent pas l'arrivée des captives. Sœur Roue et sœur Rose s'arrêtèrent à la hauteur du muret de partition qui délimitait la zone réservée à l'audience et arrivait à la poitrine de Nona. Des gardes cléricaux étaient postés contre les murs de la salle, à raison de cinq par côté.

Mère Vitrage s'avança jusqu'au muret, suivie de Nona.

—As-tu peur, mon enfant ? demanda-t-elle, s'efforçant de tourner la tête et les bras pour pouvoir regarder Nona.

—Je ne sais pas, répondit la fillette.

Elle avait conscience qu'elle aurait dû avoir peur. Elle avait par exemple redouté de tomber du haut du parcours de la Lame, même si ce n'était pas vraiment la perspective de s'écraser au sol qui l'avait effrayée, mais plutôt son impuissance à empêcher la chute. Elle avait redouté de perdre Saida, lorsqu'on les avait conduites en prison. Mais ce jour-là au couvent, malgré les entraves et le risque de périr noyée dans la doline, dans cette eau noire où des crânes guetteraient son arrivée, elle n'éprouvait encore aucune crainte. Ses malheurs, c'était à Raymel Tacsis qu'elle les devait, aux faits et gestes de cet homme malfaisant. Il périrait de sa main, et tous les membres de l'Église qui décideraient de prendre son parti, elle les considérerait à leur tour comme ses ennemis. Elle avait déjà décidé que le Grand Prêtre s'acquitterait d'un prix bien plus élevé que la couronne qu'il avait déboursée lors de l'achat de Quat'Sabots.

—Je suis en colère, surtout.

Mère Vitrage resta un instant interdite, puis secoua la tête en souriant.

—Évidemment que si, tu as peur, Nona. Tout comme moi.

Elle posa un genou à terre pour se mettre à la hauteur de la fillette. Quelques mèches de cheveux gris s'étaient échappées de sa coiffe ; de la sueur perlait sur son front.

—Sais-tu pourquoi on appelle cet endroit la Demeure du Cœur ?

Nona fit « non » de la tête.

— On l'a baptisé ainsi en raison du cœur-de-nef que nous conservons dans une grotte, loin sous nos pieds. C'est ce qui nous permet d'alimenter les bains et les dortoirs, les tuyaux s'enfonçant dans les profondeurs, assez près du cœur-de-nef pour en emmagasiner la chaleur et ainsi chauffer l'huile…

Nona comprit que l'abbesse cherchait à se rasséréner en lui contant des histoires, et s'intéressa plutôt à ses poignets, maintenus par le joug à la hauteur de ses épaules. Le fer lui avait labouré la peau, la laissant à vif, et c'était à peine si elle parvenait à remuer ses doigts tout engourdis. Si on la jetait à l'eau avec ses entraves, elle coulerait à pic. Mais même si on la libérait, elle se noierait malgré tout, à moins qu'elle se révèle capable d'apprendre à nager spontanément. Une telle quantité de fer… S'en débarrasseraient-ils aussi facilement qu'ils voulaient se débarrasser de Nona ? Ou comptaient-ils le garder pour pouvoir s'en servir à nouveau ? La fillette tiendrait alors une occasion de survivre.

— … enlevé du vaisseau dans lequel nos ancêtres ont franchi les ténèbres, par-delà le ciel, pour arriver jusqu'ici. Tu savais cela, Nona ?

— Non. (L'enfant se désintéressa de ses poignets meurtris et leva les yeux vers l'abbesse.) Ils vont bientôt commencer ?

— Dans un petit moment. Les tribunaux ecclésiastiques n'aiment rien tant que tergiverser et gloser, mais j'ai le sentiment que notre Grand Prêtre a hâte de reprendre la route. Un rendez-vous urgent l'attend sans doute à Vérité. Ou peut-être n'est-il pas tranquille, et que d'autres parties risqueraient de s'intéresser à notre affaire si on leur en laissait le temps. J'ai quelques amis à la cour.

Comme s'il l'avait entendue depuis le fond de la salle malgré la rumeur des conversations, le Grand Prêtre se leva et abattit l'extrémité de son bâton sur l'estrade.

— Moi, le Grand Prêtre Jacob, Saint de l'Église, déclare ouverte cette session extraordinaire de la cour de l'Ancêtre.

Du menton, il fit signe à une assistante assise sur sa gauche, et celle-ci, se munissant d'une plume et se penchant au-dessus d'un grand parchemin étalé, commença à écrire.

— Sont réunis ici avec moi pour prononcer leur jugement les quatre archontes de la foi. L'archonte Nevis nous apportera la gravité des Gerants.

L'homme corpulent inclina la tête, ses yeux luisant tout au fond de leurs orbites au milieu de son visage blême. S'il était ventripotent, Nona ne le trouvait en revanche pas si fortement charpenté que cela, en tout cas pas au point d'avoir du sang gerant dans les veines.

— L'archonte Anasta fera preuve de la vivacité et de la précision des Hunskas.

La vieillarde entérina la présentation d'un signe de tête qui fit osciller son anneau d'or, tandis que la lumière du jour se reflétait sur son crâne glabre.

— L'archonte Philo nous apportera le mystère et la lucidité des Marjals.

Rien n'indiquait que l'intéressé, le plus grand et le plus jeune des quatre archontes, avait entendu les paroles de Jacob, même si Nona remarqua que son visage étroit s'imprégnait de plus de tristesse encore.

— Quant à l'archonte Kratton, il focalisera le débat et l'équilibrera en sa qualité de Quantal.

Le dernier individu opina du chef, tandis que la moitié gauche de son visage, mangée par les cicatrices, apparaissait dans toute sa lividité sous les rayons obliques qui entraient par les fenêtres en ogive de la salle. Puis il serra les poings devant lui. Nona le voyait très bien pulvériser des cailloux à mains nues.

Le Grand Prêtre salua tour à tour ses collaborateurs, et reporta son attention sur les prisonnières.

— Ce procès devrait être extrêmement bref. Les faits sont incontestés, les sentences dictées par des précédents avérés, et je ne vois pas de quelle ligne de défense les accusées pourraient se prévaloir. Nous allons entendre les excuses de mère Vitrage avant d'envisager dans quelle mesure nous pourrions faire preuve de clémence dans l'affaire qui nous occupe.

» Les faits sont les suivants. Raymel Tacsis, fils de l'une de ces grandes familles du royaume qui sont issues de la lignée des empereurs, et baptisé en la sainte cathédrale de l'Ancêtre, a été mortellement blessé par Nona Reeve…

La fillette voulut protester vertement contre cette affiliation forcée à Partnis Reeve, mais l'abbesse lui lança un regard si impérieux qu'elle ravala ses paroles.

— … l'intéressée ayant ensuite été reconnue coupable des faits et condamnée à être pendue dans la prison d'Harribourg, à la discrétion de l'empereur.

» Mère Vitrage du couvent de la Mansuétude a invoqué des raisons fallacieuses pour se voir confier la criminelle, et l'a par voie de conséquence amenée ici pour lui octroyer prématurément le statut de novice, de façon tout à fait odieuse.

» Cette affaire tombe désormais sous le coup du droit canon, qui en matière d'assassinat et de tentative d'assassinat n'est pas plus indulgent que les commandements impériaux. Notre devoir est clair. Nous devons premièrement condamner la novice Nona à mort pour le crime dont elle s'est rendue coupable à l'encontre de Raymel Tacsis. Deuxièmement, il convient que nous châtiions mère Vitrage pour sa scandaleuse ingérence dans les questions séculières, une transgression qui doit recevoir une sanction exemplaire tant pour le bien de l'Église que celui du peuple des fidèles. En l'absence d'un tel châtiment, l'agitation naîtrait au sein de la population, gagnant même la cour impériale. L'Église ne peut pas se permettre de donner l'impression qu'elle s'estime au-dessus de la loi civile.

» À défaut d'opinions divergentes à ce stade... (Du regard, il consulta les archontes situés à sa gauche et à sa droite.) ... j'invite mère Vitrage à présenter ses excuses et à en appeler à la clémence de cette cour.

Toute l'assistance reporta son attention sur l'abbesse, qui fit un pas en avant et profita de la partition boisée pour atténuer le poids de son joug.

— Vous êtes-vous demandé ce qui m'a poussée à soustraire une enfant à la potence, Jacob ?

Le prélat toussa dans sa main et s'éclaircit la voix.

— Vous m'appellerez par mon titre, mère Vitrage. Les liens de l'amitié n'ont pas cours ici. Seul importe le droit.

En position assise, les nombreux replis de sa soutane s'évasaient autour de lui, formant comme une corolle de violet et d'or au-dessus de laquelle flottait sa tête.

— Nous comprenons votre faiblesse, ma mère ; nous sommes tous des êtres humains. La perfection de l'Ancêtre nous est refusée. Sans doute avez-vous été submergée par l'instinct maternel. Ce n'est pas si rare chez les femmes d'un certain âge, mais vous avez mal choisi votre progéniture... (Il agita la main en direction de Nona.) ... d'adoption.

Mère Vitrage parvint à se redresser malgré le poids de son joug, et à adresser un sourire désabusé à son interlocuteur.

— Je souffre de bien des tares, Grand Prêtre, à tel point qu'il m'est impossible de les dissimuler. Cependant, même mes ennemis ne m'ont encore jamais accusée d'avoir le cœur tendre. Le terme qu'ils emploient le plus fréquemment à mon égard est d'ailleurs « matoise », me semble-t-il. Cela me chagrine donc de vous voir parvenir à la conclusion, on ne peut plus hâtive, que je me retrouve entravée devant vous à cause de ma stupidité.

Nona vit frémir les lèvres scarifiées de l'archonte Kratton, assis tout à droite, et un sourire en bonne et due forme apparut même sur les lèvres humides de l'archonte Nevis, qui se trouvait à l'extrême gauche.

— Dans le cadre d'un procès, on recherche la vérité, Grand Prêtre. Or, je note un criant manque de vérité dans la condamnation de l'enfant qui est à côté de moi. Peut-être devriez-vous me demander pourquoi j'ai agi comme je l'ai fait, avant d'exiger que je vous présente mes excuses. Les hommes qui ont reconnu cette petite fille coupable du meurtre d'un célèbre combattant gerant auraient sans doute dû se poser ce genre de question, avant de les condamner à mort, elle et la dénommée Saida Reeve.

— Saida n'avait rien fait ! protesta Nona, craignant que l'abbesse impute à son amie défunte la responsabilité des blessures de Raymel.

— Chut, Nona, dit tout bas mère Vitrage. Tu vas finir noyée à cause de ta langue bien pendue.

Le Grand Prêtre se leva de son siège, son bâton à la main.

— Ce manque d'humilité ne fera que vous desservir, mère Vitrage...

— Il n'en reste pas moins que j'aimerais entendre les raisons qu'elle invoque, intervint l'archonte Kratton, des trémolos dans la voix, comme si de puissantes vibrations le parcouraient tout entier.

À cet instant, Nona se rendit compte que le Grand Prêtre n'était pas le souverain absolu qu'elle s'était imaginé, et que les archontes ne faisaient pas simplement partie du décor.

L'abbesse accueillit la remarque de l'archonte par un hochement de tête.

— J'ai entendu parler du cas de Nona alors que je me trouvais à Vérité pour négocier l'entrée de l'héritière Jotsis dans notre couvent. La prophétie d'Argatha revêt une influence considérable au sein du petit peuple, et quelle que soit l'interprétation que nous faisons de ses termes, il n'en reste pas moins que le citoyen lambda lui prête une puissance intrinsèque. La population pourrait par exemple aisément estimer que la mise à mort ou l'enlèvement d'une double-sang présumée est imputable à une manigance impériale.

» Si j'évoque cette prophétie, c'est qu'elle est un exemple du pouvoir dont nous laissons parfois les mots se charger. De la même façon, deux autres mots ont également acquis par notre faute une importance exagérée : « Thuran » et « Tacsis ». Le Grand Prêtre Jacob m'a demandé si je savais vraiment qui il était. Pardi ! Je sais que son fils aîné a tué au moins cinq jeunes filles par un goût de la cruauté résultant soit de son tempérament irascible, soit de ses désirs pervers, et qu'il s'est systématiquement vu épargner toutes tentatives d'arrestation et de poursuites judiciaires. Le droit commun s'est vendu à la fortune des Tacsis. Même dans les juridictions supérieures auxquelles les autres Sis et les classes négociantes s'adressent pour obtenir justice, l'or des Tacsis a souvent le dernier mot. À tel point que sa parole prévaut sur celle de ceux qui ont la charge et le devoir de faire appliquer les décrets édictés par nos ancêtres.

» De ce fait, curieuse de comprendre comment une fillette avait pu terrasser un combattant, un véritable colosse, j'ai poussé plus loin mon enquête. J'ai découvert de nombreux comptes-rendus du crime, ou du moins des témoignages privés qui contrastaient fortement avec ceux qui avaient été produits à l'appui de la sentence infligée à Nona et Saida Reeve. Nona a blessé Raymel Tacsis, nul ne le conteste. Elle ne l'a toutefois pas pris au dépourvu, de dos, mais a agi pour défendre son amie, elle-même enfant, qu'il était en train d'agresser, et seulement après lui avoir demandé de cesser ladite agression.

» Nona possède un talent rare ; je n'avais pas vu de Hunska si pure depuis des années ; elle a un talent inné pour le combat et la défense des faibles. Une fillette dans toute son innocence, en qui la foi trouvera un terreau fertile. La Mansuétude sillonne l'Empire en quête d'enfants telles que Nona… Aurais-je donc dû la laisser en pâture aux pulsions impies d'un assassin trop riche pour rendre compte de ses méfaits ?

» L'Ancêtre nous commande de nous conformer aux principes de notre foi, et l'Église en est l'armure. J'ai vu le droit commun échouer, et l'ai remplacé par le droit canon. Nous, fils et filles de l'Ancêtre ici présents dans cette salle, sommes tenus par devoir et par piété de montrer qu'on ne nous achète pas. Le droit ancestral est d'or là où le droit commun est fait de métal vulgaire. Quand d'aucuns vacillent, nous nous érigeons en guides. J'ai sauvé une enfant qui servira admirablement l'Ancêtre, mais j'ai surtout frappé au nom d'idéaux inscrits dans Son livre. Si nous livrons Nona à cette justice factice, ce n'est pas la corruption qui pâtira de mon acte, mais les fondements mêmes de notre Église.

L'abbesse prit une profonde inspiration, et voûta légèrement les épaules, ne pouvant plus nier le poids de ses entraves.

L'archonte corpulent s'humecta les lèvres et hocha la tête d'un air songeur. Philo, le Marjal au visage triste, s'arracha à la contemplation de ses genoux.

— Il aurait mieux valu demander un report de l'exécution, et chercher un juge pour entendre l'affaire.

— Vous avez certainement raison, Archonte, lui concéda mère Vitrage. Mais l'affaire aurait alors fait grand bruit, car il aurait fallu que les juges de Vérité l'entendent en dépit du cliquetis des pièces d'or. (Elle poussa un soupir.) J'ai agi de manière impulsive. J'ai vu que je pouvais partir avec Nona. La distance entre le « pouvais » et le « devrais » est bien court, et ne vous laisse qu'un bref temps de réflexion. Mais je ne pense pas avoir pris la mauvaise décision. Je regrette seulement de ne pas avoir pu sauver les deux fillettes.

— C'est un jeu fort dangereux auquel s'adonner, en effet, comme l'a souligné le Grand Prêtre, dit l'archonte Anasta, s'exprimant pour la première fois. (Elle avait une voix grave, rendue légèrement pâteuse par l'âge.) Invoquer la primauté du droit canonique sur le droit commun par-delà nos portes revient à s'approprier allégrement les prérogatives de l'empereur.

— Cela est vrai, là encore, Archonte Anasta. Jamais je ne débattrais de politique avec la femme qui m'a tout appris à ce sujet.

L'abbesse parvint à se composer un sourire, comme si elle ne croulait pas sous le poids des entraves qui lui faisaient saigner les poignets, mais discutait plutôt de questions savantes avec son interlocutrice, autour d'un pupitre.

— Toutefois, à aucun moment n'ai-je invoqué un cadre juridique plutôt qu'un autre le jour où j'ai emmené Nona loin d'Harribourg. Je n'ai nullement fait mention de mon statut. J'ai simplement rappelé aux gardes mon amitié de longue date avec le directeur James, et leur ai indiqué que je prenais l'enfant en charge. Ils n'ont à aucun moment tenté de m'en empêcher, ni ne m'ont ordonné de m'effacer, aussi m'a-t-il paru tout à fait naturel d'estimer que j'avais leur accord. Je suis tout à fait disposée à me soumettre à l'épreuve de vérité… J'ai entendu dire qu'il existait des lauréats de l'Académie capables de déterminer si une personne leur ment, et…

— La vérité est une notion passablement floue, déclara l'archonte Philo, d'un air plus accablé que jamais, avant de reporter son attention sur ses genoux.

— Ha ! s'esclaffa l'archonte Kratton. Ils n'ont même pas essayé de vous arrêter ?

— Non.

— Eh bien, ces incompétents ne peuvent s'en prendre qu'à eux-mêmes. C'est avec leur permission tacite que vous avez emmené la fillette ! conclut Kratton en se frappant la cuisse avec son poing.

— Si vous n'avez rien d'autre à ajouter…, commença le Grand Prêtre Jacob. (Se rendant compte qu'il était resté debout, il s'assit lourdement sur son siège ouvragé.) Si vous persistez dans votre refus de présenter vos excuses, nous allons passer à la délibération.

— Je suis favorable à l'abandon des charges, dit l'archonte Kratton en agitant négligemment la main. Qui me suivra ?

— Kratton ! s'offusqua le prélat. Vous feriez bien d'accorder à cette affaire tout le sérieux qu'elle…

— Je m'appartiens, Jacob. La peste soit des vieilles dettes et des secrets d'alcôve s'ils m'obligent à vendre mon âme en échange de l'or des Tacsis.

L'archonte Philo leva la tête.

— Il m'apparaît que l'affaire est nulle et non avenue.

Cela ne semblait pas le réjouir, mais Nona le soupçonnait de ne jamais s'être réjoui de quoi que ce soit au cours de sa vie.

L'archonte Anasta braqua sur mère Vitrage un regard si dur qu'il en paraissait presque palpable, telle une barre de fer invisible.

— L'affaire aurait pu être plus adroitement menée, Vitrage.

— Je le sais.

— Netteté. Précision. Clarté. Mon enseignement de toujours, dit l'archonte en pinçant ses lèvres déjà minces et gercées. Là, tout est vaseux, emberlificoté, incertain.

Mère Vitrage courba humblement la tête. L'archonte Anasta reprit :

— Néanmoins, l'enfant ne devrait pas avoir à pâtir de votre bévue. L'affaire est nulle et non avenue.

De soulagement, l'abbesse se voûta, et un garde la retint pour lui éviter de tomber.

— Archonte Nevis, la décision repose sur vous, dit le prélat en se plaçant derrière la chaise de l'intéressé. Je gage que vous, au moins, savez où résident les intérêts de l'Église.

Nerveux, l'archonte Nevis dévisagea tour à tour ses collègues. La sueur plaquait sur son front de minuscules mèches de ses cheveux gris.

— Je...

— Cela s'est passé il y a si longtemps que nous oserions à peine compter les années, Nevis, dit l'abbesse.

Renonçant au soutien du garde, elle se grandit, s'adressant à l'archonte comme s'ils étaient seuls tous les deux, Nona et les autres réduits à l'état de simples ombres.

— Le petit garçon et la petite fille que nous étions ne nous reconnaîtraient pas. Nous avons vieilli. Nous avons changé. Mais je n'ai pas oublié. Une fois, m'avez-vous dit. Une fois, je pourrais vous demander ce que bon me semble. Vous ne pensiez certainement pas que j'attendrais si longtemps avant de vous prendre au mot. Mais le moment est venu. Et voilà ce que j'attends de vous.

— Moi non plus, je n'ai pas oublié, répliqua Nevis, plus pâle encore. (Le bleu de ses veines transparaissait sous sa peau marbrée.) Nous étions des enfants, Shella. Des enfants jouant à des jeux puérils. Vous n'espérez tout de même pas qu...

— C'était pendant la convergence, Nevis. Autour de nous, la glace rougie s'est mise à fumer...

— ... et les creiques ont pris leur envol. Leur chant...

— Comme c'est émouvant, intervint le Grand Prêtre en cognant son bâton contre le sol. Mais l'archonte Nevis n'est plus ce garçon rêveur qui en pinçait pour la fille du tanneur. Par la grandeur de l'Ancêtre, Shella ! Nevis honore les dettes de l'Église tout entière. Le maître du Trésor de la foi a des préoccupations plus adultes. Archonte, mettez un terme à cette farce.

— Je...

L'archonte Nevis posa un doigt contre son cœur, hors du champ de vision du Grand Prêtre. Le chiffre « un », destiné à l'abbesse et à elle seule.

— L'affaire est sans fondement. Elle ne tient pas.

Des murmures d'approbation se propagèrent dans la salle parmi les gardes et l'auditoire et, à l'extérieur, des cris de joie s'élevèrent, même si Nona se demanda franchement comment la nouvelle avait pu si vite arriver aux oreilles des femmes restées sur le parvis. Déjà, l'archonte Kratton s'était levé, faisant osciller son siège.

— Enlevez-lui ce foutu joug ! Elle dirige un couvent, bon sang !

Galvanisée, Nona ne sentait plus le poids de ses entraves et n'avait plus besoin d'être soutenue. Un cri de défiance lui monta aux lèvres.

Un garde s'approcha avec une grosse clé, mais le Grand Prêtre trancha la rumeur des conversations en abattant violemment son bâton.

— Véto.

— Quoi ?!

Nona resta pétrifiée, et même les archontes paraissaient sous le choc. Elle consulta l'abbesse du regard.

— Il ne peut pas...

De toutes les personnes présentes, mère Vitrage semblait la seule à ne pas être étonnée.

— C'est un point de non-retour, Jacob. Êtes-vous certain d...

— Vous comparaissez devant une cour de justice, alors vous emploierez mon titre ! Je prends note de votre inquiétude, ma mère, dit le prélat en se calant de nouveau nonchalamment au fond de son siège. Et je vous sais gré de vous soucier de mon cas, plutôt que de votre expulsion imminente et... désagréable... de ce couvent, qui sera suivie d'excommunication.

— Le sacerdoce du Grand Prêtre repose sur quatre piliers, répliqua l'abbesse. Il est de mon devoir de vous dissuader de les mettre à bas.

— Dûment noté.

Jacob se tourna vers son assistante vêtue de noir qui écrivait scrupuleusement sur son parchemin.

— Veillez bien à consigner cela par écrit, Greha. À présent, passons à la sentence.

— J'ai fait sortir Nona de cette prison parce qu'elle est le Bouclier. L'Ancêtre me l'a annoncé lors d'une vision.

Mère Vitrage n'avait pas haussé le ton, mais l'attention générale qui était focalisée sur le prélat encore quelques secondes auparavant se reporta sur elle, tandis que le silence se faisait.

— Sornettes ! Un ramassis de sornettes..., dit le Grand Prêtre dans une tentative pour évacuer l'argument. C'est insensé, vous êtes aux abois. De telles paroles auraient eu plus de poids si vous les aviez proférées dès votre arrivée. Mais vous avez attendu l'ultime instant, alors que nous nous apprêtons à vous fendre la langue… Cela ne vous honore guère, vous, une abbesse de l'Ancêtre !

— Qu…

Nona aurait voulu savoir ce qu'était le Bouclier, mais son pied disparut sous celui de l'abbesse.

— Le Bouclier aura presque autant d'ennemis que l'Argatha. Il m'incombait de le protéger jusqu'à ce qu'il soit en mesure d'assurer sa propre sécurité, ainsi que celle de l'Élue. Ce n'est qu'une enfant. La discrétion jouait en sa faveur. Malheureusement, vous m'avez forcé la main : il faut désormais révéler son identité, ou vous laisser la noyer sans savoir qui elle est en réalité.

— C'est ridicule, ma mère. N'importe qui peut se targuer d'avoir reçu une vision de l'Ancêtre pour se soustraire à la justice.

— N'est-ce pourtant pas la première chose que je vous ai conseillée en me présentant devant cette cour : me demander *pourquoi* j'avais agi ainsi ? Plutôt que d'accorder à cette question toute l'attention qu'elle méritait, vous avez préféré imputer la faute à un prétendu instinct maternel qui m'était pourtant singulièrement étranger, même à l'époque où mon sang coulait. Je vous le redemande : me connaissant comme vous me connaissez, assumez-vous vraiment la responsabilité de vos propos ?

Nona avait bien conscience de manquer cruellement de tact, mais cela ne l'empêchait pas de constater que l'abbesse s'y prenait fort mal, si elle espérait inciter cet homme arrogant à se raviser. Elle ne lui laissait aucune échappatoire, aucune latitude pour changer d'avis, alors qu'il détenait le pouvoir absolu. Même les archontes ne pouvaient pas lui dicter sa conduite.

Le Grand Prêtre Jacob se racla la gorge, réunit les pans de sa soutane autour de lui comme s'il risquait d'attraper froid, et frappa le sol, juste à côté de lui, avec son bâton.

— Vous ne m'avez pas convaincu, ma mère. Cette cour décide qu…

— J'exige de passer l'épreuve.

— L'épreuve ? Quelle épreuve ? demanda le prélat, perdu.

Un assistant vêtu de noir vint lui souffler la réponse à l'oreille. Le Grand Prêtre fronça les sourcils, son front se creusant de rides de plus en plus prononcées à mesure que les secondes s'égrenaient. Puis vint un sourire.

— Vous voulez présenter cette enfant devant les sœurs Écarlates pour qu'elles la criblent de flèches ? J'admets qu'en matière d'exécution cela me paraît plus distrayant que la noyade.

L'assistant leva le nez de son ouvrage pour se pencher à nouveau vers Jacob.

—Il faudrait toutefois que l'enfant donne son assentiment, semble-t-il.

—Non, rétorqua l'abbesse. (Elle accentua sa pression sur le pied de Nona.) Ce serait grotesque. L'ordalie du Bouclier concerne toute sœur qui souhaiterait se prévaloir de ce titre. Elle n'a jamais été conçue pour des novices. Encore moins pour une enfant qui porte l'habit depuis à peine plus d'une semaine. Je fais référence à l'épreuve qui est devenue un précédent légal lorsque sœur Canne a reçu la vision des Trois Arches. (Elle changea de position, libérant le pied de Nona.) Il convient de consulter l'ouvrage de Lorca, relatif à l'administration de la preuve en droit canonique. Il me semble bien que l'assistant de l'archonte Philo en possède un exemplaire au milieu de la pile qu'il a érigée auprès de son maître...

Pressant ses coudes sur ses genoux, Jacob posa une main sur son poing serré, et y appuya son menton.

—Épargnez-nous cette peine, ma mère, et dites-nous donc de quoi il retourne, dit-il.

Un sourire fit tressaillir les lèvres de l'abbesse.

—Je suis tentée de vous expliquer qu'il me suffit, en tant qu'Épousée de l'Ancêtre, d'affirmer avec force ma vision en présence de chaque archonte. (D'un geste, elle devança une objection du Grand Prêtre.) Malheureusement, l'ordalie à laquelle sœur Canne se soumit jadis pour prouver ses propos se révéla foncièrement déplaisante, dit-elle d'une voix qui tremblait désormais un peu.

L'archonte Anasta rompit le silence qui s'installait.

—La moniale en question a présenté sa paume au-dessus d'une bougie votive jusqu'à ce qu'on accorde foi à ses dires, dans les conditions suivantes: soit le président de séance s'estime convaincu et autorise le témoin à retirer sa main, soit le témoin retire sa main sans en avoir obtenu la permission, et reconnaît par là même avoir menti. Il se pourrait aussi, je suppose, que la flamme s'éteigne, ce qui devrait alors fournir une preuve suffisante du caractère extraordinaire de la situation. Toute cette procédure est éminemment archaïque, barbare, pétrie de superstition, mais la prophétie à laquelle mère Vitrage fait référence est tout aussi archaïque et gouvernée par la superstition. Et l'on atteint des sommets de barbarie et d'obscurantisme avec le châtiment que le Grand Prêtre semble déterminé à imposer... Quelqu'un a une bougie? conclut la vieillarde avec un geste fataliste.

Sa requête circula d'assistant en assistant, jusqu'aux moniales qui patientaient à l'extérieur de la salle, et un silence s'ensuivit. Sans doute les sœurs s'étaient-elles dispersées pour aller chercher une bougie votive.

—Pourquoi changerait-il d'avis sous prétexte que vous vous brûlez la main? demanda Nona.

Ses poignets recommençaient à la faire souffrir, ses doigts retrouvant peu à peu leurs sensations alors que le joug était toujours aussi étroit.

— Il s'en fichera : c'est un homme qui aime faire mal aux êtres vivants.

— Le Grand Prêtre se rendra compte que ma conviction est absolue. Chaque seconde qui passera l'amoindrira davantage aux yeux des archontes dont il a dédaigné le conseil. Il saura qu'une femme capable de supporter la flamme est capable de tout, et cela le fera céder, dit l'abbesse sur un ton parfaitement égal, les yeux toujours rivés sur le fond de la salle, sur le Grand Prêtre.

Nona se demanda comment mère Vitrage pouvait rester si calme. Elle-même s'était déjà brûlée avec des braises, à l'âge où elle savait à peine marcher, et ces douloureux instants étaient restés à tout jamais gravés dans sa mémoire.

— Mais si une femme est capable de tout, alors elle peut aussi mentir, non ?

— Quelle importance pour lui ? Il ne s'est jamais agi de démêler le vrai du faux dans cette affaire, dit l'abbesse sans quitter le Grand Prêtre du regard. S'il décide de me faire souffrir, il sera tout de même contraint, au bout du compte, de me relâcher. Tu crois qu'il a le cran nécessaire ?

À la place de l'abbesse, Nona serait prise de sueurs froides, elle en avait bien conscience. Elle chercherait un moyen de fuir. Se préparerait au combat. Mais mère Vitrage semblait si… sereine.

— C'est ça que vous faites, hein ? Vous jouez au jeu mental que sœur Poêlon nous a appris.

Les novices appelaient cet exercice « frôler la Voie ». Non pas s'y engager comme le pourrait une Quantal, mais l'approcher d'assez près pour influer sur le fonctionnement de leur esprit.

L'abbesse hocha lentement la tête.

— Celui de la sérénité, oui.

Nona fronça les sourcils. *Elle aura beau être sereine, sa main brûlera quand même*, songea-t-elle.

Une jeune garde cléricale dont le casque était de travers et la cape aspergée de pluie entra dans la salle, tenant une bougie votive comme s'il s'agissait d'une relique.

— Ôtez les entraves de la prisonnière et faites-la approcher, ordonna le Grand Prêtre. Disposez une table… ici. Et apportez une corde pour l'empêcher de lever le bras trop haut.

— Est-ce bien nécessaire ? Je…

— C'est devant moi qu'elle doit faire ses preuves, Archonte Kratton, pas devant vous. Et j'estime, moi, que c'est nécessaire ! Faites venir l'enfant également.

À côté de Nona, un garde avait commencé à desserrer un écrou avec la grosse clé, et, autour du cou et des bras de l'abbesse, le joug s'écartait lentement, grinçant, piaulant et émettant parfois un son plus caverneux.

— Évite de regarder, Nona, cela vaudra mieux, dit mère Vitrage en libérant l'une de ses mains. Et pas un bruit, ça ne m'aiderait pas. Je vais avoir besoin de toute ma concentration.

Sitôt débarrassée du joug, mère Vitrage se massa les poignets et s'avança vers la table où la garde avait posé la bougie. Nona se demanda si l'abbesse l'avait libérée par principe, outrée par les échecs d'un droit impérial gangrené par la corruption, ou parce qu'elle attachait de la valeur à ses talents. Ou peut-être avait-elle vraiment eu une vision. À moins qu'elle ait invoqué ce dernier argument en désespoir de cause. Tout cela n'avait ni queue ni tête. Elle avait dit : « Les mots sont des jalons le long d'un chemin : l'important, c'est d'arriver à destination. » *Et là, elle sait où elle va, ou alors le jeu lui a échappé dès l'instant où elle est sortie de la prison en me tenant par la main ?* se demanda l'enfant.

Le garde qui l'escorta vers l'estrade lui rappelait l'homme qui l'avait conduite à la potence : grand, le cheveu grisonnant. Il était probablement grand-père. Si l'abbesse échouait à l'épreuve, ce serait peut-être lui qui précipiterait Nona dans l'eau.

— Est-elle bien attachée ? s'enquit le Grand Prêtre en descendant de l'estrade pour se retrouver nez à nez avec mère Vitrage, comme s'il redoutait que celle-ci lui réserve un tour pendable.

Deux cordes attachaient le poignet endolori de l'abbesse aux deux pieds de table les plus proches, de telle façon qu'elle pouvait bouger latéralement mais pas verticalement la main.

La bougie, large et courte, était posée tout près de là, sa flamme vacillant tandis que les gardes circulaient autour de la table pour vérifier la solidité des liens.

— Ma mère? dit le Grand Prêtre en indiquant la flamme. Convainquez-moi.

Les quatre archontes se penchèrent pour mieux suivre la scène tandis que la salle retenait son souffle. Nona entendait la pluie tambouriner sur le toit, se déverser du haut des gouttières. Mère Vitrage étendit sa paume au-dessus de la flamme, sa peau séparée de la chaleur par quelques centimètres à peine. Nona ne fut guère impressionnée par la mise en scène de l'épreuve. Chez les hommes sauvages de Durn, on se faisait suspendre à un arbre par des crochets de fer incrustés dans les pectoraux. Mais même en l'absence du sang et des gémissements qui accompagnaient ce genre de rituel, l'ordalie de l'abbesse n'exerçait pas moins une certaine fascination sur l'assistance. Tout le monde gardait un souvenir du baiser du feu, qui vous enseignait une leçon sans jamais devoir la réitérer. *N'y touche pas, c'est chaud.*

Mère Vitrage soutenait le regard du Grand Prêtre, le gris froid de ses iris ; un rictus tressaillait sur les lèvres du prélat, par amusement, ou par gêne peut-être ? Le visage de l'abbesse, lui, restait placide. Nona l'imagina arpentant de vastes allées menant à la quiétude, de doux méandres débouchant sur les lieux paisibles du monde, là où le vent tient sa langue et où un soleil mourant darde avec tact ses rayons vers le sol.

Le temps s'étira.

— Ah.

Un souffle bref. De la tension dans la mâchoire de l'abbesse, et une douleur diffuse passant sur ses traits.

— Vous devriez renoncer, Shella, c'est insensé, dit le Grand Prêtre en se penchant vers mère Vitrage. (Il continua dans un murmure.) Votre main ne serait plus que des os calcinés que je ne serais toujours pas convaincu par vos mensonges. Votre temps est écoulé. Vous avez joué, et vous avez perdu.

L'abbesse serra les dents, les yeux exorbités mais toujours braqués sur le prélat.

— Vitrage, articula-t-elle d'une voix étranglée. Je m'appelle Vitrage.

Un léger grésillement montait de sa paume. Nona huma l'air. Il aurait pu s'agir de l'odeur du lard rissolé que l'on servait au réfectoire, entassé dans les bols. Son estomac se mit à gronder alors même que la nausée l'envahissait.

La respiration hachée de la moniale rythmait la durée de l'ordalie. Étant la plus petite, Nona était la seule à voir les dégâts causés par la flamme : d'abord un cercle rouge sur la peau, qui se couvrit ensuite de cloques mouvantes avant de commencer à noircir.

Les yeux de l'abbesse s'emplirent de larmes, la sueur perlant sur son front, sur son cou ridé. Le hurlement qui lui échappa fut si soudain que Nona eut un brusque mouvement de recul ; la moitié des gardes portèrent la main à leur épée. Puis les hoquets reprirent, et des gémissements gutturaux qui faisaient peine à entendre. Mère Vitrage chercha à lever sa main, mais elle était solidement attachée. Son bras tremblait en vain sous l'effort, mais elle ne le bougea pas d'un iota à droite ou à gauche pour se soustraire à la chaleur.

— C'est tout à fait vain ! Abandonnez, Shella, vous vous donnez en spectacle.

Or, c'était évidemment le prélat qui se donnait en spectacle, lui qui avait le teint aussi rouge que mère Vitrage. Mais l'abbesse était au-delà de ce genre de considérations, terrée en un lieu où elle était isolée avec la douleur.

— Arrrrrrgggggghhh !

Un véritable cri de souffrance, cette fois. Nona voyait les tissus suinter autour de la béance creusée par la flamme, qui semblait s'élever de plus en plus haut pour s'en délecter.

— Arrrrrggggghhhh !

Une plainte si atroce que Nona se serait bouché les oreilles si elle avait eu les mains libres.

Nona revit mère Vitrage dans la salle de sœur Roue, traçant d'un geste délié les caractères qui formaient son prénom. Comment retrouverait-elle l'usage de ses doigts ? Serait-elle un jour en mesure d'écrire à nouveau ?

— Enlevez votre main ! lâcha involontairement l'enfant.

Mais elle n'était pas la seule... Partout dans la salle, des hommes et des femmes marmonnaient la même chose qu'elle. L'assistant de l'archonte Philo serrait les poings si forts que ses jointures avaient blanchi.

— Enlevez votre main ! lança-t-il, perdant son flegme.

— C'est ridicule !

De colère, le prélat abattit son bâton contre le sol.

— Je refuse de me soumettre à votre chantage...

Un abominable cri de douleur l'interrompit. Aveuglée par les larmes, Nona avait le nez qui coulait sans pouvoir rien faire pour l'essuyer, et la gorge douloureuse à force de supplier l'abbesse de mettre un terme à son calvaire.

Le visage du Grand Prêtre Jacob était figé en un masque grimaçant. Il tourna les talons et s'éloigna, enjambant d'une traite les trois marches de l'estrade sous les cris de l'abbesse. Puis, réunissant les plis de sa soutane dans le creux de ses genoux, il s'assit.

— Je regarderai votre chair (hurlement) se liquéfier plutôt que de vous laisser me vendre... (un hurlement qui n'avait absolument rien d'humain s'éleva) ... ce mensonge pathétique.

— Je me soumets à l'épreuve du Bouclier !

Personne n'entendit Nona au milieu de la cacophonie des plaintes presque ininterrompues de l'abbesse. Elle se précipita vers la table, y pesant de tout le poids de ses entraves. La bougie déséquilibrée tomba et roula au loin.

— Je me soumets à l'épreuve du Bouclier ! brailla l'enfant dans un silence de mort.

Pendant quelques secondes, le silence se prolongea. Puis l'abbesse s'effondra, et tout le monde commença à parler simultanément.

Chapitre 17

En franchissant le seuil de la Demeure du Cœur, Nona reçut un déluge d'eau froide et, sans doute à cause de ce choc, prit conscience de la gravité de sa situation. Dans la salle, en présence des archontes drapés de leurs atours, elle se trouvait si loin de son univers habituel que les événements avaient pris une tournure onirique avant de se muer en cauchemar. Mais dehors, sous la pluie glacée, la dure réalité retrouva son emprise.

L'enfant ne distinguait pas grand-chose, hormis le dos des gardes qui ouvraient la procession et, de part et d'autre d'elle, les silhouettes grises des moniales et des novices blotties dans leur habit, qui rasaient les murs pour se préserver du mauvais temps. La pluie gelée raviva les plaies de ses poignets écorchés par les entraves. Elle les fléchit rapidement, sachant qu'elle aurait bientôt besoin de toute sa dextérité. Les gouttes coulaient au bout de ses doigts comme s'ils étaient des tuyaux.

Le cortège progressait d'un pas soutenu. Nona n'avait aucun mal à tenir la cadence. Désormais libérée de son joug, elle avait l'impression de flotter, de pouvoir, d'une simple poussée franche, s'affranchir des contraintes terrestres pour gagner le toit de la Demeure de la Lame, dont les contours sombres apparaissaient plus loin, à travers le rideau aqueux. Quelques instants plus tard, elle suivit les gardes à l'intérieur de la bâtisse, d'autres soldats venant encore derrière elle.

Deux d'entre eux l'emmenèrent à l'écart sans la tenir trop scrupuleusement, comme si elle était vraiment une petite fille, et non une captive accusée de meurtre devant préparer une épreuve à laquelle seule une poignée de sœurs Écarlates aurait choisi de se soumettre.

Sitôt à l'abri des intempéries, le Grand Prêtre et les archontes s'immobilisèrent dans leurs habits trempés qui gouttaient sur le sable.

La mère de Nona disait toujours que la pluie se moquait éperdument de savoir combien de temps vous aviez passé à vous coiffer ; elle ne vous en tombait pas moins sur la tête. Les villageois croyaient en l'existence de divinités de la pluie, au même titre qu'en celles qu'ils attribuaient aux rivières et aux bois. Il était possible de s'adresser à elles, mais lorsqu'elles étaient assez près pour entendre vos prières, il était généralement trop tard pour rester au sec.

Les archontes n'eurent que le temps de s'écarter de l'entrée tandis que d'autres personnes cherchaient à se masser à l'intérieur : d'abord des prêtres et la domesticité du cortège religieux, puis les moniales, suivies de près par les novices, que nul ne chercha à bannir de l'édifice.

Sans échanger plus de quelques mots, l'ensemble de l'assistance se déplaça vers les gradins, situés au fond à gauche de la salle. Il restait encore quelques personnes en train de s'asseoir lorsque mère Vitrage fit son entrée, escortée par deux gardes cléricaux et soutenue d'un côté par sœur Roche, une robuste sœur Écarlate au visage en lame de couteau, tandis que, de l'autre, sœur Rose mettait la dernière touche aux nombreux bandages dont elle avait enveloppé la main de l'abbesse, la faisant ressembler à un ballon. Mère Vitrage acceptait les bons soins de ses moniales sans protester, et marchait d'un pas mal assuré. Les gardes la conduisirent devant la première rangée des gradins. En passant devant Nona, l'abbesse lui jeta un coup d'œil, certes fugace, qui n'empêcha pas Nona de remarquer que les yeux noirs de la vieille femme n'avaient rien perdu de la vivacité qu'elle y avait lue le premier jour, au pied de la potence.

Nona fouilla les gradins du regard. Les classes étaient mélangées, novices et moniales voisinaient, mais l'enfant parvint à identifier Clera et Ruli, serrées l'une contre l'autre au deuxième rang. Un éclat de couleur entraperçu attira son attention quelques rangées plus loin : des mèches rousses s'étaient échappées de la coiffe de sœur Pomme, aussi étroitement blottie contre sœur Bouilloire que l'étaient les deux amies de Nona.

Quant au Grand Prêtre, il occupait le dernier rang, le plus élevé, et s'était séparé de sa mitre ; ses cheveux gris étaient plaqués en arrière dans le prolongement de son front marqué par la forme de son couvre-chef.

— Sœur Roue… Sœur… (Il consulta discrètement l'assistant le plus proche.) … Rose. Vous êtes sœurs supérieures à la Mansuétude, si je comprends bien ? Vous incarnez l'autorité de l'abbesse en son absence. Or, elle est prisonnière en vertu du droit canonique, ce qui la rend indisponible. Il vous revient donc d'administrer l'ordalie du Bouclier à cette… novice.

Sœur Rose répondit quelques mots inaudibles, puis s'empressa de rejoindre Nona dans un frétillement de rondeurs et de bourrelets.

— Oh, ma chère enfant…, dit la moniale.

Elle se laissa choir pesamment aux pieds de Nona sans prêter attention aux gardes, et prit les mains de la fillette entre les siennes.

Nona éprouva soudain l'envie de pleurer. Elle avait l'impression d'être redevenue petite, comme dans ses souvenirs confus de l'époque où l'affection de sa mère lui était une forteresse, un havre de paix. Mais elle repoussa la tendresse de sœur Rose. Sa mère avait laissé les villageois la vendre au croque-mitaine : l'instant de faiblesse que lui proposait la moniale ne lui serait d'aucune aide.

— Que dois-je faire ? demanda-t-elle.

La religieuse décala son attention derrière Nona, là où se trouvaient les mannequins d'entraînement, debout sur leur socle circulaire. De forme humaine, ils étaient confectionnés en cuir, mesuraient environ un mètre quatre-vingts de haut et présentaient d'innombrables traces de coups de poing et de pied. Ils oscillaient lorsqu'on les frappait, absorbant l'énergie pour mieux se redresser grâce à leur base en plomb.

— Eh bien… Les plus grandes, j'entends par là celles qui viennent de prendre le voile… cela fait quelques années qu'il n'y a eu personne, Bouilloire est la dernière en date… Et elle a choisi la lance et la dague… (Elle se releva avec effort.) Vous, là-bas ! (Elle héla deux gardes postés près de l'entrée.) Il faut déplacer l'un des mannequins d'entraînement contre ce mur.

Elle se tourna vers Nona, puis vers les gradins, puis à nouveau vers l'enfant.

— M-mais c'est de la folie !

Folie ou pas, les deux gardes obéirent et entreprirent de traîner l'un des mannequins à l'emplacement que la moniale leur avait indiqué, abandonnant dans le sable un sillon large et régulier.

— Attendez ! dit le Grand Prêtre en se levant de son banc. Le Bouclier protège l'Argatha, qui est un don précieux de l'Ancêtre, et non un vulgaire tas de crins de cheval enveloppé de cuir. Qu'elle défende au moins un être fait de chair et de sang, afin qu'elle ressente un semblant de l'enjeu auquel elle serait exposée dans la réalité.

Écartant les mains en direction de Nona, il sourit.

— Qui se portera volontaire ? demanda-t-il en scrutant l'assemblée de gauche à droite. N'avez-vous donc pas foi en ce Bouclier ?

Sœur Bouilloire voulut se lever, mais l'Empoisonneuse la retint par le bras et lui intima de se rasseoir, ses yeux lançant des éclairs. Toutes deux s'engagèrent dans un débat chuchoté des plus houleux.

— Personne ? dit le Grand Prêtre, son sourire s'élargissant en même temps que son geste d'invite.

— Je suis volontaire, déclara sœur Suif, à cinq places de là, tout en ôtant l'écharpe mouillée qui lui maintenait le bras.

Elle s'avança vers les marches de la tribune, moniales et archontes se levant pour la laisser passer.

— Pas question, décréta le prélat en mettant son bâton en travers du chemin de sœur Suif. Vous êtes Maîtresse Lame, n'est-ce pas ? Comment pourrons-nous être certains, nous dont les réflexes sont si lents, que c'est bien l'enfant qui a agi, et non vous qui aurez assuré votre propre défense ?

— Parce que si tel était le cas, je vous le dirais.

Sœur Suif arborait une expression impérieuse, visible même à la distance à laquelle Nona se tenait, et le Grand Prêtre parut se liquéfier.

— Certes, certes…, fit-il, avant d'invoquer un nouvel argument. Mais l'enfant ne peut tout de même pas défendre une personne aussi grande que vous, Maîtresse Lame. C'est à peine si elle vous arrive à la hanche. Nous devons l'associer à une personne plus proche de sa taille, ne trouvez-vous pas ? De façon que l'épreuve soit valide. (Il n'attendit pas que la moniale réagisse.) Il nous faut une novice. Et en l'absence de volontaires, nous pourrons en conclure que ce Bouclier n'entraîne pas l'adhésion de ses camarades. Car non content de défendre Argatha, le Bouclier doit également représenter et porter notre foi.

Il balaya les gradins du regard.

— Une novice ! De préférence une élève de la même classe. Qui est prête à confier sa vie à cette criminelle ?

Nona se demanda combien de membres du couvent avaient déjà assisté à l'ordalie du Bouclier. Aucune des novices, pour commencer, puisque sœur Bouilloire avait été la dernière à s'y soumettre. Peut-être avaient-elles assisté à des démonstrations, ou peut-être leur avait-on simplement raconté le déroulement de l'épreuve. Or, un récit inspirait souvent bien plus de crainte que la réalité. Toujours est-il qu'aucune fille de la classe Écarlate ne s'empressa de se porter volontaire. Clera baissait la tête, même si sa voisine, Ruli, avait au moins la décence de regarder la jeune novice d'un air médusé, impuissant. Nona remarqua Ketti et Ghena assises côte à côte. La première avait pâli et restait bouche bée, tandis que la seconde semblait furieuse ; c'était à croire que quelqu'un venait de l'insulter. Derrière elles, légèrement plus à droite, Nona avisa deux crânes rasés. Jula était apparemment en train de pleurer, mais Arabella avait ouvert la bouche, sans doute pour éclater de rire.

— Personne ? s'enquit le prélat avec un mince sourire. La question est rég…

— Moi.

Hessa, qui s'était baissée pour ramasser sa béquille, s'en servit pour se lever.

Les yeux de Nona s'embuèrent. Au couvent, on racontait à qui voulait bien l'entendre qu'elle n'avait pas réussi à sauver Saida. Qu'elle avait laissé son amie mourir. Elle ne pensait vraiment pas que l'une de ses camarades se dévouerait. Elle serra les poings jusqu'à la douleur.

Hessa descendit les gradins avec une lenteur exaspérante, et une maladresse qui captait l'attention générale. Le prélat se pencha vers la rangée inférieure pour s'adresser à sœur Roue. Dans le silence qui avait accueilli la décision de Hessa, sa voix porta plus loin qu'il l'avait sans doute escompté.

— … pas destinée à devenir une sœur Écarlate. Ce n'est tout de même pas une Quantal ?

Sœur Roue lui répondit d'une voix inaudible, puis Nona perçut le mot « gâchis » dans la bouche du Grand Prêtre. Peut-être estimait-il qu'une Quantal était trop précieuse pour risquer sa vie au cours de ce genre d'exercice, mais sœur Roue paraissait s'en moquer comme d'une guigne, estimant probablement que tel était le prix à payer pour débarrasser le couvent d'une petite paysanne, invalide de surcroît.

Hessa pataugea dans le sable pour rejoindre Nona et sœur Rose, sa jambe folle se balançant au rythme de sa béquille et ne laissant dans le sable que quelques marques superficielles. Elle adressa un pauvre sourire à Nona. Ses yeux étaient d'un bleu plus sombre que jamais.

— Tu ne devrais pas, dit Nona.

— Je suis ton amie. Et puis, tu vas me protéger.

— Je suis ton amie ?

— Évidemment, espèce de bêtasse. Tu ne croyais tout de même pas que Clera était la seule ? Pas besoin de dire qu'on est amies pour l'être.

Nona en resta coite. Elle s'était juré de ne jamais abandonner ses amis, de faire absolument tout ce qui était en son pouvoir pour les protéger. Pour elle, ce serment était plus sacré que l'Ancêtre, que toutes les églises avec leurs cryptes et leurs flèches dressées vers le ciel. L'idée que quelqu'un puisse compter sur son amitié sans le lui avoir clairement dit et sans avoir reçu son assentiment venait lui compliquer la vie.

Sœur Rose posa une main sur l'épaule de Nona, et fit de même avec Hessa.

— Vous comprenez ce qu'on attend de vous ?

Nona fit « non » de la tête, mais Hessa répondit :

— Je dois rester immobile, et Nona doit me défendre contre une lance, une étoile de jet, et… et… L'épreuve comporte-t-elle trois ou quatre étapes ?

— Il y en a…

— Sœur Rose ! lança le Grand Prêtre depuis les gradins. Aidez-les à se préparer. Et fournissez une lance au capitaine Rogan.

À ces mots, l'un des gardes postés près de l'entrée principale s'avança. S'il n'était pas gerant, il n'en mesurait pas moins un bon mètre quatre-vingt-dix, avec un torse puissant et des membres musculeux. Il ôta son casque, ébouriffa ses cheveux bruns, parsemés de gris comme sa courte barbe. Près de sa bouche, une cicatrice blafarde donnait l'impression d'un rictus perpétuel, mais on ne lisait dans son regard ni cruauté ni douceur, simplement un manque total de curiosité, comme si le fait de braquer une lance sur des fillettes relevait de la routine.

Sœur Rose orienta les deux novices vers un mur recouvert de panneaux de bois dont certains avaient éclaté par endroits. Nona sentait la moniale trembler.

— Fais de ton mieux, Nona, dit-elle d'une voix chevrotante. Oh là là. Et toi, Hessa, ne crains rien. Sœur Suif trouve Nona très rapide… et… et je suis persuadée que l'abbesse a raison… qu'elle a eu une vision et…

Sœur Rose s'étrangla sur ce dernier mot et, au lieu de terminer sa phrase, serra les deux élèves contre son opulente poitrine. Nona constata avec étonnement qu'elle aurait voulu que cette étreinte dure toujours. Du moment où le Grand Prêtre avait décrété qu'elle serait responsable d'une vie humaine, elle avait commencé à redouter l'épreuve… Et il avait fallu que cette vie soit celle de Hessa. Son amie Hessa.

— Sœur Rose ! protesta le Grand Prêtre, las d'attendre.

La moniale se redressa tant bien que mal en pleurant, et sœur Silex l'emmena s'asseoir au fond de la salle, non sans avoir dévisagé Nona de ses yeux noirs et lui avoir adressé un bref signe de tête.

Alors, Nona s'approcha tout près de Hessa, si près que leurs nez se touchaient presque.

— Ne bouge plus. Je dois impérativement savoir où tu es, et je n'aurai pas le temps de vérifier.

— Je ferai de mon mieux, répondit Hessa avec un sourire navré. (Elle était désormais très pâle.) De toute façon, j'avance à une allure d'escargot.

Le soldat se vit remettre une arme, une lance en frêne de près de deux mètres de long, dont l'extrémité contondante était cerclée de fer et dont la tête mince avait pour vocation de s'immiscer dans le défaut d'une armure. Il la soupesa.

— Vous avez quelque chose de plus lourd ? demanda-t-il. De l'amplefeuille ?

— Non, rétorqua sœur Suif sans aménité. En revanche, nous avons des lances vraiment acérées, si vous voulez labourer autant de chair que possible, capitaine.

Sans s'émouvoir d'être jugé, l'homme évacua la suggestion de la moniale d'un geste négligent.

— Non, celle-ci fera l'affaire.

— Finissons-en avec ces bêtises, dit le Grand Prêtre en ponctuant son ordre d'un coup de bâton.

Nona se tourna vers l'abbesse, qui la gratifia du même regard calculateur que le jour où elle lui avait lancé les pommes, dans la cour de la prison, puis positionna Hessa avant de se placer elle-même devant le capitaine, à cinq pas de son amie. Cela lui laisserait moins de temps pour voir arriver le projectile, mais en contrepartie, une déviation de trajectoire ne pourrait avoir que plus d'effet.

— Sœur Roue, si vous voulez bien avoir l'obligeance d'arbitrer l'épreuve, dit le prélat en mimant le geste de pousser gentiment quelqu'un.

Comprenant le signal, la moniale descendit sur le terrain sablonneux, de la démarche un peu gauche qui la caractérisait et lui donnait des airs de créature foncièrement surnaturelle.

Nona profita de ce laps de temps pour examiner le capitaine, scruter son plastron rutilant, la façon dont bougeaient les jupes de cuir cousues de plaques de fer qui lui protégeaient les cuisses. La pointe brillante de la lance. Les muscles saillants du bras offensif.

Enfin, sœur Roue prit place au cœur du terrain d'entraînement et leva le bras vers le plafond.

— Que l'Ancêtre soit témoin de cette épreuve de piété et de réflexes, celle du Bouclier d'Argatha. (Elle regarda à gauche, puis à droite.) Prêts ?

Elle baissa le bras.

Nona prolongea les battements de son cœur et accrut sa vigilance. Le capitaine ramena son bras en arrière pour mieux le propulser vers l'avant en un geste fluide, tandis qu'un puissant cri franchissait ses lèvres. Au bout du bras parfaitement tendu, les doigts se desserrèrent, libérant le projectile. Nona lova le monde autour d'elle, surveillant la pointe d'acier brillant, animée d'infimes oscillations verticales provoquées par la force du lancer.

Le capitaine l'avait visée au cœur. Elle entreprit de se contorsionner sur le côté. La vivacité d'une personne dépendait de sa réactivité, de la vitesse à laquelle son esprit analysait ce que ses yeux lui montraient, pour transmettre ses ordres au reste du corps. Or, la fulgurance de cette communication était limitée par les aptitudes physiques. Nona savait que les gestes se décomposaient ainsi, du plus rapide au plus lent : d'abord le doigt, puis la main, le bras, et enfin le reste du corps. Elle s'efforça de décaler son abdomen hors de la course de la lance, son frêle organisme lui paraissant soudain plus lourd que du fer ; il lui résistait comme un enfant maussade alors qu'elle s'évertuait à le déplacer.

Tout en se contorsionnant, elle leva les bras en plaçant ses mains l'une au-dessus de l'autre, les paumes plaquées contre sa poitrine. Le reste de la salle était figé, tout n'était que visages et regards pétrifiés, et la gerbe de sable soulevée par le capitaine restait en suspens. Seule Nona était en mouvement. Nona, mais aussi la lance qui fondait inexorablement sur elle.

Lorsque la pointe d'acier arriva presque au terme de sa course, Nona, réfugiée dans le profond silence né de la vitesse, s'était presque totalement écartée de sa trajectoire, et l'arme était désormais braquée sur le cœur de Hessa. Les doigts de Nona effleurèrent la partie la plus large de la lame, un frémissement qu'elle ne sentirait pas avant quelques instants, mais elle avait déjà bandé ses muscles, et c'est avec une synchronisation parfaite que ses paumes entrèrent en contact avec le bois de la lance.

Quand tout s'accélère, le mouvement se refuse à vous avec un entêtement sans bornes, comme si l'air lui-même s'était mué en boue collante. Si le poids de l'arme posait un problème, Nona pouvait compter sur deux atouts. Premièrement, elle avait appliqué sa force à la naissance de la lame, l'endroit précis qu'elle avait voulu viser. Deuxièmement, elle se trouvait relativement loin de son amie, ce qui signifiait que l'angle de déviation, aussi faible soit-il, enverrait le projectile à distance respectable de Hessa.

Alors, Nona poussa avec toute la force et la célérité dont elle était capable. Le manche glissa contre sa paume. Elle connut un instant d'affolement en se rendant compte que si elle maintenait le contact au-delà de la moitié de la longueur de la lance, elle l'orienterait droit vers Hessa. Son esprit émit son verdict, mais il lui fallut une éternité pour juguler l'action de ses muscles. Le point fatidique était passé de plusieurs centimètres lorsque Nona réussit à rompre le contact, et l'arme poursuivit sa course, libre de toute influence. La fillette ne pouvait plus rien faire pour altérer sa trajectoire.

Elle laissa le monde reprendre son cours ordinaire et soutint le regard du capitaine Rogan. Si Hessa mourait, elle lui donnerait une nouvelle cicatrice à ajouter à sa collection. Entre autres choses. L'impact résonna contre les murs et le plafond. Pendant une fraction de seconde, il n'y eut plus que la voix du projectile, les vibrations du bois qui avait achevé sa course... Puis vinrent les vivats. Hessa n'avait pas bougé d'un pouce, mais avait fermé les yeux de toutes ses forces et commençait à peine à les rouvrir. La lance dépassait fièrement du mur, à moins de dix centimètres de l'épaule de la fillette.

— Merci, hoqueta-t-elle, enlaçant Nona maladroitement avec son bras libre.

— Poursuivez ! s'impatienta le Grand Prêtre. La suite sera plus ardue, je présume ?

— L'étoile de jet ! dit sœur Roue d'une voix éraillée qui réduisit à néant les dernières bribes de conversations. Maîtresse Lame, si vous voulez bien...

— Pas elle. Roue, je vous charge d'agir, ordonna Jacob en faisant signe à sœur Suif d'aller se rasseoir. Et mettez-y du cœur.

— Sœur Roue ? dit Nona, un rien méprisante. C'est bien. De quoi elle est capable ?

— C'est une catastrophe, tu veux dire, fit Hessa, dépitée. Tu ne sais donc pas qu'elle est entrée dans les ordres en tant que sœur Écarlate ? Elle a réussi toutes les épreuves. Ensuite, elle s'est ravisée et a choisi l'ordre des Saintes. Elle estime que les sœurs Écarlates ne sont pas des moniales à part entière... pas assez proches de l'Ancêtre. Elle...

— L'étoile de jet !

Sœur Roue avait pris la place du capitaine Rogan et ramené son bras fléchi vers le haut, l'étoile d'acier captant la lumière entrant par les fenêtres. Le projectile formait presque un seul et même tranchant, avec son centre lesté, de taille réduite, et ses cinq larges lames ménageant à peine les interstices nécessaires au placement des doigts. Nona se demanda comment sœur Roue s'arrangerait pour le lancer sans se blesser.

— Que l'Ancêtre soit témoin de cette épreuve de piété et de réflexes.

Sœur Roue se focalisa sur Nona, comme si c'était elle la cible, et non Hessa. Elle délia les muscles de son long bras, fléchit son poignet déjà très souple. Ses yeux, habituellement grands ouverts comme si elle vivait dans un état de vague mais perpétuel étonnement, changeaient du tout au tout une fois plissés : à cet instant, Nona eut l'impression d'avoir affaire à un être vindicatif, dénué de toute humanité.

L'enfant réagit en croisant ses avant-bras devant son visage.

Sans avertissement, Roue détendit son bras comme on fait claquer un fouet, et l'étoile prit son envol. Son geste paraissait trop nonchalant pour imprimer beaucoup de vitesse au projectile, mais celui-ci fendit l'air, bien plus véloce que l'avait été la lance du capitaine Rogan, ses lames tournoyant autour de son axe vertical, parallèles au sol, et soutirant des étincelles à la lumière ambiante pour se précipiter vers la poitrine de Nona. Même si l'enfant réussissait à le dévier, il faudrait que l'angle soit assez prononcé pour l'envoyer au-dessus de la tête de Hessa, ou tout bonnement s'écraser à ses pieds. Extrêmement prononcé. Si Nona cherchait simplement à l'écarter un brin vers la droite ou vers la gauche, elle serait contrainte de manipuler les lames virevoltantes, et non le centre lisse de l'arme... Cette simple réflexion permit à l'étoile de parcourir un tiers de la distance qui la séparait de la fillette. Pour la première fois de sa vie, Nona se rendit compte qu'elle ne pouvait pas creuser davantage l'écart entre les battements de son cœur.

Elle commença à tendre un bras vers les lames. De l'autre, elle entreprit de fendre la manche avec ses ongles, en remontant vers son aisselle. L'étoffe robuste céda presque aussitôt. Quand elle n'était qu'une toute petite fille, Billem Smithson avait voulu lui faire du mal. Elle avait ensuite montré ses doigts pleins de sang à sa mère. « Il avait ça à l'intérieur de lui. » Lorsqu'elle l'avait touché, la chair s'était fendue selon quatre plaies parallèles, comme si Nona avait eu des lames invisibles au bout des doigts. Le phénomène s'était répété en présence de Raymel Tacsis, puis lorsqu'elle avait voulu repousser le frère de celui-ci, aux côtés de l'abbesse. Durant de longues heures d'ennui, lors des journées moroses où la pluie tombait, saturée de glace, elle avait cherché à déclencher volontairement le processus... Mais il n'y avait qu'à la prison d'Harribourg qu'elle avait réussi à libérer ce pouvoir en n'étant ni affolée ni en proie à la colère. Les cordes qui lui enserraient les poignets avaient cédé sans peine.

Elle tailla donc de longues bandes de tissu dans la manche de son habit. Peut-être se lacérait-elle la peau et les muscles par la même occasion... Mais le temps s'égrenait trop lentement pour que le signal de la douleur l'ait atteinte, ou pour que le sang ait commencé à couler.

L'étoile se rapprochait de la main tendue de Nona alors qu'elle venait tout juste de finir d'entailler sa manche. Elle continua en orientant cette fois un seul de ses ongles vers son torse pour créer une fente. Le projectile passa à un cheveu du creux de son poignet, poursuivant sa course vers l'aisselle, là où les bandes d'étoffe commençaient tout juste à tomber. Il passa au travers, mais le tissu s'enroula autour des lames à la faveur de leur rotation, tandis qu'elles cheminaient sous le coude de Nona.

Pendant ce temps-là, l'enfant avait tracé une fente jusqu'au milieu de son torse. Elle suspendit alors son geste et empoigna le devant de son habit pour tirer en sens inverse, cherchant à contrer l'élan du sang et des os pour déchirer tout un pan d'étoffe et l'attraper au vol.

L'étoile remonta le long de son bras, atteignant le point où elle devrait passer sous l'épaule. C'est là que l'enfant l'intercepta avec sa main désormais protégée de tissu pour lui imprimer une déviation oblique vers le bas. Elle sentit l'onde de choc lui parcourir le bras. Alors, ayant fait tout son possible, elle libéra le temps.

Le bruit mat de l'étoile enveloppée de tissu, l'impact le long de son bras et la douleur vive de sa main... Toutes ces sensations lui parvinrent simultanément. Le projectile tomba dans le sable, son élan sapé. Nona constata qu'une tache de sang s'élargissait sur sa main, et crut un instant s'être ouvert tout le bras, mais il y avait au centre un point plus sombre ; la pointe de l'une des branches de l'étoile avait en réalité traversé les couches d'étoffe pour se planter dans sa paume, y laissant un orifice modeste qui n'en saignait pas moins abondamment.

Des cris de joie s'élevèrent tandis qu'elle arrachait sa manche en lambeaux pour s'en faire un bandage.

— Couvre-toi, gamine ! pesta sœur Roue en avisant la manche lacérée et le pan de tissu rabattu sur la poitrine de Nona.

— J'ai protégé Hessa, rétorqua l'enfant, ravalant les mots durs qui se bousculaient au bord de ses lèvres.

— Ton habit est fichu ! s'exclama la moniale en scrutant d'un air soupçonneux le bras nu de l'enfant et l'orientation de l'entaille sur le devant de l'habit. Comment…

Nona remua sa manche en lançant un regard assassin à sœur Roue.

— C'est *votre* étoile qui a lacéré le tissu.

Vous auriez préféré que ce soit moi à la place ? poursuivit-elle en son for intérieur. Et à en croire l'expression de la Sainte, elle avait peut-être vu juste.

— J'espère que la dernière étape de cette ordalie est plus éprouvante ! dit le Grand Prêtre en détachant son regard de Nona.

L'enfant fut déconcertée. Elle n'aurait pas cru qu'assez de temps s'était écoulé pour permettre au prélat de descendre sur le terrain à l'allure claudicante qui était la sienne. Il arborait une grimace aussi hideuse que celle de sœur Roue. C'est à ce moment-là que Nona fut prise de vertiges. Elle voulut porter la main à son visage, ce qui lui prit, lui sembla-t-il, une éternité… Autour d'elle, des voix bourdonnaient tel un essaim de mouches acariâtres.

— … va pas chez cette gamine ? pouffa le prélat. Quel Bouclier pathétique, si elle n'est même pas capable de supporter la vue de quelques gouttes de sang.

— Je vais bien, dit Nona, même si la vérité était tout autre.

Un engourdissement avait gagné ses membres, et elle se sentait éreintée, telle une marionnette qui n'aurait plus été suspendue que par un fil et risquait de s'endormir, la figure dans le sable doux, si ce fil venait à céder.

— La dernière épreuve est celle de l'arc, expliqua sœur Roue avec une expression indéchiffrable. Qu'on aille me chercher un arc !

— Non ! Vous avez eu votre chance, Roue. J'ai l'homme idéal pour cette tâche… Et l'arc idéal. Devid ? (Il haussa le ton.) Devid !

Un homme de haute taille et aux muscles saillants franchit la première rangée de sièges en appui sur une main. C'était l'un des porteurs de la chaise.

— Allez chercher l'arc à rapaces qui se trouve dans mes bagages. Faites vite !

L'homme s'éloigna en courant, soulevant à chaque pas une petite motte de sable, tandis que Nona s'adossait contre le mur.

— Qu'est-ce qui ne va pas ? demanda Hessa en cherchant à l'obliger à se tourner. Tu as une mine de déterrée.

Nona se laissa glisser au sol, la tête pendante.

— La nuit a été longue. Je suis simplement fatiguée, ânonna-t-elle. (*L'étoile aurait-elle donc été enduite d'un poison ?*) Il faut simplement que je… ferme… les yeux…

— Tu ne peux pas dorm…

Mais la voix de Hessa lui semblait venir de très loin, elle n'était désormais guère plus qu'un écho contre les parois d'une caverne dont les ténèbres étaient en train d'engloutir… tout.

Le monde réapparut sous la forme d'une gifle tandis que la lumière du jour filtrait par les étroites fenêtres, et accompagné du murmure des conversations qui n'étouffait pas le crépitement de la pluie sur le toit.

— Lève-toi, gamine !

Sœur Roue saisit Nona par le devant de son habit pour la remettre sur ses pieds.

Le dénommé Devid se tenait prêt, sa tunique trempée de sueur épousant la musculature de son torse et de ses épaules. Son arc, presque aussi grand que lui, était confectionné dans plusieurs bois différents et s'achevait par une double courbure, contrairement à ceux des archers de la Grisaille. Entre les mains d'un tireur d'exception, ce genre d'arme était capable de terrasser les aigles blancs qui se laissaient porter par le vent de Goulet. Mais aucun paysan n'aurait protégé son troupeau de cette façon… Même en vendant son bétail et ses terres, il n'aurait pas réuni assez d'argent pour s'offrir une arme de cette qualité.

Le Grand Prêtre boita jusqu'à son porteur.

— N'échouez pas.

La moitié des sièges étaient désormais vacants, moniales, novices, gardes et porteurs s'étant massés de part et d'autre de la ligne invisible qui séparait Nona et Hessa de l'archer selon un axe nord-sud. Même mère Vitrage avait été autorisée à s'approcher, quoique sous la surveillance d'un garde. Nona jeta un coup d'œil à la main droite de l'abbesse, qui avait presque doublé de volume à cause des bandages, tandis que la sienne était entourée d'une bande d'étoffe saturée de sang ; du bout des doigts à la naissance du poignet, elle avait la peau rougie et poisseuse. Mère Vitrage lui adressa un hochement de tête assuré et solennel.

— Que l'Ancêtre soit témoin de cette épreuve de piété et de réflexes, dit sœur Roue en faisant signe au public de reculer.

Devid tira de son carquois une longue flèche empennée de blanc, peut-être une plume d'aigle, dont la pointe d'acier, longue et fine, était conçue pour s'enfoncer dans les chairs au lieu de les lacérer. Il la cala contre la corde, consultant le prêtre du regard. Ce dernier lui donna son assentiment d'un geste excédé.

Nona, sur le qui-vive, croisa à nouveau les bras devant elle, le dos de la main gauche devant son sternum et la paume de la main droite en direction de l'archer. L'homme avait un visage émacié, grossier, comme si l'Ancêtre n'avait modelé l'argile que quelques secondes, le temps de brosser quelques traits assurés.

— Ce n'est qu'une enfant, marmonna-t-il.

Il parlait si bas, et d'une voix si gutturale, que Nona eut du mal à distinguer les mots.

— Ce sont des gamines toutes les deux, insista-t-il, perdu.

— Je veux que cette flèche traverse ce satané mur, Devid, déclara le Grand Prêtre. (Cette fois, ce fut dans le sable qu'il abattit son bâton, ce qui diminua d'autant l'impact de son geste.) C'est à l'Ancêtre qu'il appartient de décider lesquels d'entre nous seront dignes de voir un nouveau jour se lever. Vous ne commettez aucun péché. Maintenant, tirez !

Atterré, Devid se frotta l'œil avec l'une de ses grosses mains, puis saisit l'extrémité de la flèche pour armer son tir d'un geste fluide, ses muscles se contractant sous l'effort et faisant ressortir ses veines. L'arc grinça. Il maintint la tension. La maintint encore. Puis, avec un cri de hargne ou de honte, il décocha son projectile.

Nona eut beau s'accrocher à chaque bribe du temps qui filait, la flèche fondait sur elle, ondoyant tel un poisson sur le pont d'un navire, tremblant sous l'élan que lui avait imprimé la corde. La trajectoire allait en droite ligne de l'archer au cœur de Hessa, frôlant l'épaule gauche de Nona.

La fillette se pencha brusquement vers l'arrière, l'abdomen presque parallèle au sol, et tendit les mains en désespoir de cause.

Pour dévier le fin projectile dans le très bref intervalle où il passerait à sa portée, elle devrait mobiliser beaucoup de force, et risquait donc tout bonnement de casser la flèche, auquel cas la pointe n'en filerait pas moins vers Hessa à une vitesse mortelle.

La flèche était déjà sur elle, ne lui laissant pas l'occasion de tergiverser. Elle rapprocha progressivement ses mains déjà en place pour intercepter le projectile, et vit le métal emporter une couche de peau avant de se couvrir de sang. Lorsqu'elle commencerait à sentir quelque chose, le projectile aurait déjà achevé sa course.

Les premiers centimètres de bois qu'elle vit réapparaître entre ses doigts avaient perdu de leur vitesse initiale, mais étaient en contrepartie lubrifiés par son sang, et elle n'arriverait pas à freiner suffisamment le trait pour le priver de son élan mortel. Nona tira vers le bas dans l'espoir d'orienter subtilement le projectile vers le sol sans en briser la partie qui n'était pas encore passée entre ses doigts.

La flèche lui échappa des mains. Au même instant, la pointe d'acier, légèrement déviée vers le bas, toucha sa clavicule. Le temps que ses doigts se referment sur l'extrémité de la flèche, le métal s'était enfoui dans son épaule sur plus de cinq centimètres, ralenti par la densité de la chair et de plus en plus dévié de sa course à mesure que Nona se laissait choir en arrière. Elle fit appel à toute sa volonté pour mobiliser ses griffes invisibles dans l'espoir de freiner le corps du projectile plutôt que de le réduire en morceaux.

La douleur ne l'avait même pas encore effleurée. À en croire la longueur de bois qui avait disparu de son champ de vision, la flèche avait dû la transpercer de part en part, mais elle ne sentait rien. Au contact de ses doigts, des copeaux de bois se détachaient, parsemant le pourtour de la plaie.

Elle savait que le contact de sa tête contre le sable serait rude. Mais l'impact n'arriva jamais. Nona tombait dans un abîme sans fond qui n'était que blancheur, puis ce fut une totale absence de couleur.

Chapitre 18

Nona cracha du sable, ce qui ne suffit pas à évacuer tous les grains qui s'étaient collés entre ses gencives et ses lèvres. Quelque chose d'humide et froid lui couvrait le visage. Elle chercha à s'en défaire. À cet instant, la douleur explosa, trop intense pour son organisme, cherchant à s'extirper des muscles et de la peau. Elle hurla, ou plutôt voulut hurler, mais ne parvint à pousser qu'un gémissement. L'objet mouillé se déplaça et, les yeux mi-clos à cause de la douleur terrible, Nona entrevit une personne penchée au-dessus d'elle, un chiffon à la main.

— Ne bouge pas, dit sœur Rose en la maintenant allongée d'un geste.

— Hessa ?

Nona voulut rouler sur le côté, mais la blancheur incandescente qui lui taraudait l'épaule l'en empêcha plus efficacement que la main de sœur Rose.

— Elle va bien. (Un sourire.) La flèche s'est plantée dans le sable trente centimètres devant elle. (La moniale s'adressa à quelqu'un d'autre.) Il faut la déplacer !

Nona prit conscience d'autres voix. Elle se concentra sur le bruit provenant du toit, sur le sable où reposaient ses talons. Elle se trouvait toujours dans la Demeure de la Lame. Sur sa droite, quelques personnes parlaient. Elle pencha légèrement la tête, et cela lui suffit pour voir de qui il s'agissait.

Mère Vitrage, flanquée de sœur Pomme, était débarrassée de son joug et se dressait fièrement sur le terrain d'entraînement. En face d'elle se tenaient les archontes et le Grand Prêtre. À l'exact opposé se trouvait la foule des moniales et des novices que les gardes étaient en train d'escorter vers l'extérieur, mais qui traînait des pieds afin de voir le plus longtemps possible ce qui se passait. Seules trois sœurs : Silex, Bouilloire et Serpillote s'approchaient, certainement pour transporter Nona jusqu'au sanatorium, même si n'importe laquelle d'entre elles aurait été capable de la porter sans aide.

—… entachée d'irrégularités! Qu'à notre époque, des textes archaïques et des rumeurs prophétiques prennent le pas sur le droit impérial… Vous feriez bien de remettre l'enfant aux juridictions civiles, ma mère, peu importe à quel degré le sang des Hunskas coule dans ses veines. Tout cela est fort décevant. Cette affaire pourrait nous causer grand tort, notamment devant la cour impériale…

—En ce qui me concerne, Jacob, la déception vient du fait que vous vous êtes de toute évidence vendus, vous et votre office, pour quelque chose d'aussi insignifiant que l'argent.

Mère Vitrage haussa le ton, sans crier, mais suffisamment pour que sa voix porte jusqu'aux poutres du plafond.

—L'Église de l'Ancêtre n'est pas à vendre. Vous amenez les archontes ici, vous les faites accourir des quatre coins de l'Empire pour mieux leur brandir votre véto sous le nez parce que leur opinion n'a pas l'heur de plaire à Thuran Tacsis?! Il est temps, je crois, d'organiser un vote de défiance. Ici, sans plus attendre!

Le visage du Grand Prêtre se déforma, arborant la même expression qu'au moment où il s'apprêtait à abattre son bâton sur l'échine de Quat'Sabots.

—Il ne vous appartient pas d…

—J'appelle à ce vote, dit l'archonte Kratton d'un air sévère, en massant ses cicatrices. Vous me décevez, Grand Prêtre. J'ai passé trois jours à cheval pour me rendre à Vérité. En lisant le message attaché à la patte de l'oiseau, je m'attendais à trouver sa muraille abattue, son empereur déclaré de naissance illégitime et les hérétiques du Scithrowl ayant pris possession des rues… Mais non, il n'y a là qu'une enfant, venue à bout d'un tortionnaire. Et si elle est bien le Bouclier d'Argatha, vous venez de lui trouer le lard parce que vous vous entêtez à vouloir vous méfier de l'abbesse.

—Je suggère que vous soyez démis de votre office, renchérit l'archonte Philo, qui dominait ses collègues de toute sa taille. (Sa silhouette svelte et languide contrastait fortement avec la masse compacte de Kratton qui bouillait d'énergie contenue.) Anasta, votre sentiment?

De ses doigts fuselés, l'aînée des quatre archontes joua avec son anneau d'or avant de poser ses mains l'une sur l'autre.

—Vous n'imaginez pas quel calvaire représentent cinq jours de navigation sur la Bleuvine lorsqu'elle est en crue. Les voyages en barge sont déjà bien assez inconfortables comme cela en temps normal, mais à l'époque où son lit grossit… Rien que de regarder un verre d'eau, je me trouve mal. Mais cela ne m'aurait pas dérangée si l'on m'avait fait venir pour régler une affaire importante. J'aurais même pu vous pardonner une errance dans votre jugement… si vous aviez ensuite respecté notre décision. Mais… (Elle leva une main.) … vous nous avez demandé d'accourir comme de braves toutous pour entériner votre sentence au sujet de cette pauvre Vitrage… Je demande que vous soyez démis de votre office. (Elle consulta son voisin de gauche.) Archonte Nevis ?

Le corpulent archonte passa ses mains dans ses boucles grises, encore abondantes sur les tempes même s'il avait le sommet du crâne aussi lisse que celui d'Anasta.

—Qu'il soit démis.

—Il ne reste donc plus que moi, dit Kratton en s'avançant d'un pas décidé jusqu'au Grand Prêtre. (Tous deux se retrouvèrent face à face, les yeux dans les yeux.) Et puisque ce vote doit se faire à l'unanimité, ma voix sera déterminante…

—Kratton, discutons de cela en privé… Vous comprenez bien qu'il est certaines questions *épineuses* qui…

—Je n'ai jamais eu une bien haute opinion de votre prélature, Jacob. Ce sacerdoce n'est pas sans conséquence sur son titulaire, il induit des effets le plus souvent néfastes. Il ne fait pas bon avoir dans son entourage trop de gens qui doivent se montrer arrangeants pour conserver leur position. J'aurais malgré tout voté en votre faveur… N'eût été une chose. Un Grand Prêtre peut se montrer stupide, cupide, il peut lui arriver d'avoir tort, mais il ne peut en aucun cas se laisser acheter. J'ai voté pour vous, et j'assume mon choix. En revanche, je n'ai pas voté pour que votre mitre coiffe Thuran Tacsis et qu'il revête votre soutane. Vous devez partir. Je suis navré. Vous êtes relevé de votre office.

Quelqu'un était penché sur Nona, prêt à la soulever, mais personne n'irait nulle part tant que l'affaire ne serait pas réglée. Le silence qui régnait derrière la fillette lui indiqua que les moniales avaient temporairement renoncé à s'en aller.

—C-c'est un scandale ! protesta le prélat.

Il recula devant les archontes et l'abbesse, tenant son bâton à l'horizontale devant lui pour se protéger et boitant à cause des tuiles qui lui étaient tombées sur la jambe.

—C'est bien la première fois qu'un Grand Prêtre…

—Le Grand Prêtre Albur a été démis de ses fonctions par ses archontes il y a quarante-trois ans de cela, au cours du dernier rétrécissement, lui fit remarquer mère Vitrage.

—C'est arrivé également à la Grande Prêtresse Sartra, un siècle plus tôt, ajouta l'archonte Anasta. À cause de ses relations… inconvenantes.

— Je refuse. C-c'est une conspiration, dit Jacob en s'empourprant. (Il regarda Nona avec insistance.) Une ruse ! Gardes ! Saisissez-vous de ces archontes et placez-les en détention. Enchaînez-les !

Deux soldats commencèrent à converger vers le Grand Prêtre, les autres étant focalisés sur l'évacuation d'un public devenu indésirable. Parmi ceux-là, le premier à réagir fit à peine un pas avant que sœur Suif le fasse tomber dans un fracas d'armure, d'un coup de pied placé au creux du genou. Un autre garde, une femme, voulut immobiliser la moniale, mais celle-ci lui intercepta le poignet pour, d'une torsion, la projeter sur le sable. Le soldat suivant fit mine de tirer son épée.

— Maîtresse Lame, tel est mon titre, jeune homme. Tu n'étais même pas né que j'étais déjà sœur Écarlate. Ne me cherche pas de noises.

L'homme – qui, de l'avis de Nona, n'était pas particulièrement jeune – interrompit son geste alors qu'il n'avait guère sorti que deux centimètres d'acier scintillant de son fourreau, et regarda ce qui se passait au fond de la salle. Les deux gardes cléricaux qui avaient rejoint le Grand Prêtre avaient porté la main à la poignée de leur arme, mais ne paraissaient pas très enthousiastes à l'idée d'arrêter les archontes.

Kratton donna de la voix avant que le prélat ait pu manifester son indignation.

— Capitaine Rogan, votre loyauté envers le Grand Prêtre n'est aucunement mise en doute. Seulement, cet homme n'est plus le Grand Prêtre. S'agissant des considérations légales relatives à cette affaire, vous allez devoir vous fier au jugement de quatre archontes et de tout ce que ce couvent compte de moniales, mais je puis vous assurer que la procédure que nous avons engagée est parfaitement régulière, à l'instar de celle qui nous a réunis précédemment. Je vous prie de maîtriser vos hommes.

Le silence qui s'ensuivit parut à Nona aussi long que chaque étape de l'ordalie qu'elle venait de vivre. Puis :

— Repos, soldats.

— Traîtres ! Blasphémateurs ! Quand l'empereur apprendra cela, il plantera vos têtes au bout d'une pique ! pesta Jacob, pris d'une rage insensée. (Il agrippait son bâton comme s'il s'agissait de l'incarnation de son sacerdoce et non d'un vulgaire morceau de bois doré.) L'empereur sera…

— Ne vous privez pas, Jacob, dit l'archonte Nevis, avec sur le visage une expression aussi solennelle que celle de l'archonte Philo. Vous êtes libre de partir. J'espère qu'avec le temps vous accepterez d'intégrer l'un de mes diocèses. Le prêtre Martew de Gellim a rejoint l'Ancêtre le mois dernier, et ses ouailles auraient bien besoin d'un sage de notre Égli…

— Gellim ? Vous avez perdu la raison ? C'est une tourbière pleine de glace, presque en dehors du Goulet !

Le prélat déchu s'éloigna, mi-boitant mi-plantant son bâton dans le sable.

— Je me rends au palais. Quiconque tentera de m'arrêter sera pendu !

Les archontes regardèrent l'ancien Grand Prêtre s'éloigner.

— Nous devrions reprendre le bâton…, nota Philo.

— Qu'il le garde, dit mère Vitrage en souriant. Ce n'est qu'un bout de bois. Et puis, il en aura besoin lors de la descente. Elle est raide et piégeuse.

— Voilà qu'il nous faut choisir un nouveau Grand Prêtre, dit l'archonte Philo, joignant ses longues mains puis entrelaçant ses doigts.

— Eh bien, nous sommes tous présents, répondit Kratton. Nous pourrions nous retirer dans une salle et tourner autour du pot pendant des heures, ou nous décider immédiatement et regagner nos pénates. Pas question que je passe une minute de plus que nécessaire sur ce tas de cailloux battu par le vent. Sans vouloir vous offenser, Vitrage.

— Il n'y a pas de mal.

L'archonte Anasta balaya l'assistance de son regard noir.

— Nous ne pourrions rêver meilleurs témoins.

— Je vote pour Anasta, dit Philo.

— Je vote pour Nevis, dit Anasta. Il a fait preuve de beaucoup de courage aujourd'hui, et c'est lui qui passera le mieux auprès de l'empereur.

L'intéressé parut surpris.

— Moi aussi, je vote pour Nevis, dit-il en tenant son volumineux abdomen, tandis qu'un sourire gagnait ses traits.

— Disons que…, commença Kratton en agitant négligemment la main, comme si cette décision n'était qu'une vétille. Va pour Nevis.

Les trois archontes se tournèrent vers leur cadet.

— Vous êtes sûre, Anasta ? s'enquit ce dernier.

Elle acquiesça.

— À mon âge, j'ai envie d'occuper un fauteuil confortable, ni trop loin ni trop près des latrines. Et je veux boire de la camomille. Des litres de camomille.

— Va pour Nevis, dans ce cas.

— Voilà qui est réglé, déclara Kratton en se frottant les mains. (C'était à croire qu'elles étaient couvertes de poussière.) Félicitations, Grand Prêtre Nevis. Vous vous achèterez un bâton avec vos propres deniers. Maintenant, si cela ne vous dérange pas, j'ai une église à consacrer, une épidémie de variolette à juguler et une jument de race qui a sans doute déjà pouliné. Nous y allons ?

— Vous oubliez une chose, Kratton, dit Anasta avec un geste de la main. Il nous manque un archonte. Je suggère que le Grand Prêtre nomme mère Vitrage.

Nevis pencha la tête d'un air songeur, ce qui fit doubler, puis tripler les plis de son menton.

— Ce serait entaché d'irrégularités, mais…

À cet instant, les portes de la Demeure de la Lame claquèrent derrière l'ancien prélat.

— Je vous remercie, répondit l'abbesse en faisant un pas vers le Grand Prêtre Nevis. Mais je dois décliner votre offre. Ma place est ici, au service de mes sœurs et des novices, nos futures moniales. Sans compter que la politique n'a jamais été mon fort.

À ces mots, le nouveau prélat et les trois archontes s'esclaffèrent. Nevis et Anasta semblaient même ne plus pouvoir s'arrêter de rire.

— Mère Vitrage, dit le Grand Prêtre en s'essuyant les yeux. Je me dis parfois que s'il vous prenait un jour l'idée de renoncer au Grand Jeu, la glace nous engloutirait. (Il s'adressa aux moniales les plus proches.) Emmenez-la au sanatorium. Quant à l'enfant, elle saigne trop abondamment pour que son état ne soit pas pris au sérieux.

Il tapa dans ses mains, et sœur Bouilloire souleva Nona sans effort. La douleur revenue en force lui arracha un cri, et elle enfouit son visage contre l'épaule de la moniale qui l'emmenait.

Chapitre 19

Sœur Rose avait fait boire à Nona une décoction amère qui ressemblait à de l'eau de vaisselle. Elle avait aussitôt sombré dans le sommeil. Plus tard, lorsqu'elle rouvrit l'œil, elle voyait trouble et avait la nette impression d'avoir subi le traitement que les lavandières infligeaient à leurs draps.

— Ma mère? dit-elle, parvenant enfin à donner un sens à la silhouette brouillée qui se trouvait à son chevet.

Sa voix, murmure éraillé, ne suffit de toute évidence pas à attirer l'attention de la personne. Nona chercha alors à toucher sa blessure, et découvrit à cette occasion que ses deux mains avaient été bandées après avoir été enduites d'une sorte de pâte orange. Elle voulut bouger, et sentit alors un écho de la douleur qui l'avait taraudée auparavant. Les draps limitaient par ailleurs ses mouvements, des draps sous lesquels elle était nue, si l'on faisait abstraction des larges bandes de gaze qui, passant sous son bras droit, enveloppaient son torse et son épaule transpercée.

— Ma mère, répéta-t-elle avec davantage de force.

L'abbesse lui présenta un verre d'eau dans lequel elle but de petites gorgées. Elle semblait avoir vieilli, et ses yeux s'être cernés de ridules donnant à sa peau un aspect parcheminé.

— Encore. Bois tout si tu le peux.

Nona s'en découvrit capable.

— Rendors-toi, à présent.

Nona constata que cela aussi était du domaine de l'envisageable.

Dans l'enceinte du sanatorium, la parole de sœur Rose faisait loi. Peu importait que l'une se soit vu proposer le quatrième siège des archontes, et que l'autre ait tout juste enduré l'ordalie du Bouclier. La petite unité de soin comptait cinq lits bien alignés, orientés vers une large fenêtre qui donnait sur le jardin d'aromates. Mère Vitrage occupait le couchage le plus éloigné de la porte, voisin de celui de Nona.

Le premier jour, sœur Rose n'autorisa aucune visite. Le soir venu, Nona regarda le soleil disparaître derrière les toits, calée en position demi-assise par des oreillers, tandis que mère Vitrage lisait l'un des nombreux rouleaux qui s'empilaient sur sa table de chevet. Elle avait les deux poignets bandés, et sa main brûlée était toujours cachée par plusieurs couches de pansements. Malhabile de la main gauche, elle jura comme un charretier lorsque le parchemin qu'elle consultait lui échappa pour la troisième fois, pour aussitôt simuler une quinte de toux en se rappelant l'existence de Nona.

— Savais-tu, Nona, que ton nom a été cité devant l'empereur, dans la salle du trône ? demanda-t-elle.

— Mon nom ? répéta la fillette, interloquée.

Jamais elle n'aurait pu imaginer une chose pareille.

— La déchéance d'un Grand Prêtre n'est pas une broutille. L'Église constitue l'un des piliers du pouvoir impérial. L'empereur a donc tout intérêt à ce que cet édifice soit robuste de ses fondations à sa plus haute flèche. Thuran Tacsis a été convoqué à la cour. Il a fait le serment d'oublier ses griefs à ton encontre, et par extension, il renonce à toute action contre le couvent qui t'accueille. L'affaire est close.

— Et vous le croyez sincère ?

Nona revit le visage de Raymel Tacsis, dont l'arrogance reflétait celle de son frère. Il n'y aurait jamais ni pardon ni oubli.

— Thuran Tacsis est un homme froid et impitoyable. Il assassinerait un millier de petites filles si elles l'empêchaient d'assouvir ses ambitions. Mais ce n'est pas un chien enragé. On ne prête pas serment devant l'empereur à la légère. Il passera à autre chose. Ce cher sire Tacsis a des chats autrement plus importants à fouetter que toi, novice, et toute cette affaire lui a déjà causé du tort. Mais souviens-toi de lui, car il ne t'oubliera certainement pas. Il y a des personnes chez qui la colère monte lentement, petit à petit, si bien que l'on ne voit rien venir. Une colère de cette nature-là est un élan irrépressible, si bien qu'elle est susceptible de déborder quand bien même la cause de son existence aurait cessé. Thuran Tacsis n'est pas le seul homme à réagir ainsi… Prends garde aux gens comme lui, Nona. Cela étant dit, je le crois sincère, en tout cas pour le moment.

Nona relâcha la tension qui l'habitait et s'abandonna contre son oreiller. À l'extérieur, la pluie tombait à l'oblique, orientée par le vent vif.

— Cette vieille moniale d'il y a cent ans, c'est vraiment de moi qu'elle parlait ?

— Non.

L'abbesse n'avait même pas levé le nez, penchant simplement un peu plus son parchemin vers la bougie qu'elle venait d'allumer.

— Mais…

Sans avoir espéré que la prophétie fût vraie, Nona ne put s'empêcher de ressentir une certaine contrariété.

— Mais sœur Argatha était une Sœurcière célèbre, à ce qu'on raconte. Elle a écrit une prophétie…

— Les prophéties, cela n'existe pas, Nona. Enfin… si, mais elles émanent de fous, ou de personnes qui avaient autrefois l'oreille du peuple en raison de leur sagesse, et qui, en vieillissant, ont perdu cette sagesse sans perdre pour autant l'envie d'être écoutées. Il n'y a rien de magique là-dedans. La magie ne fonctionne pas comme ça.

— Alors, sœur Argatha était sénile quand elle a prophétisé ? s'enquit Nona tandis que le rougeoiement du couchant s'estompait au-dessus du toit. De toute façon, je ne voulais pas être le Bouclier, mais plutôt l'Épée.

L'abbesse posa son parchemin avec un soupir résigné, et le déroula tant bien que mal, le rouleau se refermant derechef sitôt qu'elle eut ôté sa main.

— Tu mérites de connaître la vérité, Nona, et je n'ai pas envie de ternir le nom de sœur Argatha, mais tu dois me promettre de garder pour toi ce que je vais te révéler. T'en sens-tu capable ?

— Oui.

Nona était douée pour garder un secret.

— Pas question de tout raconter à Clera, avec qui tu es comme cul et chemise.

— Oui, ma mère.

L'abbesse croisa les mains sur ses genoux pour les décroiser aussitôt en faisant la grimace. Sœur Rose lui avait administré trois doses d'écorce de sorrin contre la douleur, mais Nona voyait bien que celle-ci persistait, et que mère Vitrage se mouvait avec la prudence de ceux qui souffrent le martyre.

— Sœur Argatha n'est pas restée inactive, elle a accompli plus de bonnes actions que de mauvaises, et dans deux cas, à ma connaissance, elle a fait preuve d'une stupidité sans bornes. En revanche, elle n'a jamais prophétisé. La prophétie d'Argatha est l'œuvre de deux archontes qui vivaient sous le règne du grand-père de Crucical, l'empereur Edissat, trente-cinq ans auparavant. C'était une époque troublée : Edissat était sénile, son fils aîné en exil et la guerre couvait avec les Durnisiens alors même que des vents glacés avaient ravagé plusieurs récoltes successives. La prophétie nous a rappelé l'essentiel. Elle nous a rappelé que l'Ancêtre nous a promis le salut. Qu'il était possible d'ouvrir l'Arche, que cela arriverait un jour et qu'elle appartenait à nous tous, en tant que peuple.

—Qu'y a-t-il à l'intérieur?

—Nul ne le sait. Mais étant donné que l'autorité de l'empereur repose sur le fait que l'Arche est en sa possession, ce serait une bonne chose qu'il puisse l'ouvrir, tu ne crois pas?

—Il doit bien y avoir quelqu'un qui sait ce qu'elle contient, tout de même..., dit Nona, sceptique.

—Peut-être bien que oui. Là où le bât blesse, c'est que beaucoup de gens prétendent le savoir, et qu'il est difficile de déterminer qui dit vrai, à supposer que ce ne soient pas tous des menteurs. Ils sont nombreux à croire que l'Arche permet de contrôler la lune.

—La lune? Mais...

—L'important, c'est que, selon la prophétie, la clé se trouve parmi nous, parmi nos enfants vivants ou encore à naître. Cela, j'y ai cru de tout mon cœur et de toute mon âme. J'étais jeune à l'époque, et fervente. (Un léger sourire, encore hanté par la douleur.) Quoi qu'il en soit, la prophétie a rempli son office. Ce n'est qu'en devenant abbesse et en obtenant l'accès aux histoires répertoriées que j'ai appris la vérité. Peu importe, aujourd'hui. Cependant, ce n'est pas une anecdote à crier sur les toits. Je te fais confiance, Nona. C'est un fardeau que je t'impose plutôt qu'un cadeau que je t'offre. Tu en as conscience?

—Oui.

À peu près, songea l'enfant.

—Mais le Grand Prêtre n'en savait rien? Et les archontes, alors?

—Jacob n'a jamais été féru de lecture. Et il écoute rarement autrui, dit mère Vitrage. (Son sourire se fit plus chaleureux.) Pour ce qui est des archontes, je suis certaine qu'Anasta savait. Philo aussi, à mon avis. Kratton? Bonne question. Ce ne serait pas la première fois qu'il me surprendrait. Nevis, sans doute pas. À moins qu'il soit comme sœur Roue, et qu'il choisisse de croire tout en connaissant la vérité.

Nona fronça les sourcils.

—Mais pourquoi m'avoir sauvée, dans ce cas?

—Tu étais là quand j'ai plaidé ta cause devant les archontes.

—Vous avez pourtant dit que vous aviez eu une vi...

—J'ai menti, Nona. Cela m'arrive, même quand personne ne menace de rendre ma langue fourchue et de m'expulser du couvent.

Nona se remémora les paroles de mère Vitrage: « *Les mots sont des jalons le long d'un chemin: l'important, c'est d'arriver à destination.* » Et que visait l'abbesse?

—Vous n'aimiez pas le Grand Prêtre.

— Non.

— Vous aviez l'impression d'avoir une épine dans le pied.

— Plutôt un couteau planté dans les reins.

— Et vous n'appréciez pas Thuran Tacsis.

— Exact.

— Et maintenant, Thuran n'est plus ami avec le Grand Prêtre.

— Il ne se l'est pas mis dans la poche, non. Nevis a bien des défauts, mais il n'est pas aussi corruptible que Jacob.

— Pourquoi me racontez-vous tout ça ? demanda Nona, voulant déterminer si l'abbesse se moquait d'elle.

— C'est toi qui voulais savoir.

— Mais… Vous ne devriez pas parler des archontes comme ça… Pas devant une novice. Pas devant moi. Je viens d'arriver.

— Tes souliers ont beau briller comme des sous neufs, Nona, ton habit est passablement troué, dit l'abbesse avec gravité. Tu t'es compromise pour moi. Je te dois des réponses. Ou peut-être ai-je envie de m'assurer que tu es vraiment capable de garder mes secrets ?

— Si le Grand Prêtre était si déplorable que ça, pourquoi ne pas avoir appelé au vote dès le départ ?

Après tout, le remplacement du prélat avait été l'affaire de quelques minutes.

— Les archontes ont déjà fort à faire avec leurs diocèses, et leurs cathédrales sont très éloignées de Vérité. Il faut déjà déplacer des montagnes pour convaincre deux d'entre eux de se réunir, alors quatre… Jamais je n'aurais réussi à les faire venir.

— Pourtant, le Grand Prêtre n'avait pas besoin d'eux pour vous expulser.

— Non, mais leur présence lui permettait de cacher son inimitié à mon égard. Nous avons un passif commun, Jacob et moi. S'il m'avait déclarée coupable, il serait passé pour un faible. Or, quelqu'un qui fréquente les cercles du pouvoir ne peut pas se permettre d'avoir l'air d'un pleutre. Trop de requins nagent dans ces eaux-là. Il a surestimé son emprise sur les archontes. Son pouvoir de persuasion. Il suffisait que l'un d'entre eux se range de son côté, et c'en aurait été terminé. Thuran Tacsis leur a donc fait un pont d'or… et tout cela pour t'atteindre, ma chère enfant.

— Et vous étiez persuadée qu'il irait jusque-là…, dit Nona, une idée prenant forme, l'ébauche d'un plan.

— J'en étais raisonnablement certaine, oui.

— M-mais vous vous êtes brûlée tout en sachant que ça ne servirait à rien. Vous saviez que le Grand Prêtre ne changerait pas d'avis pour autant.

— Oui.

— Parce que… vous étiez sûre que je me porterais volontaire pour l'ordalie. Mais dès le début, j'étais volontaire.

— Si j'avais accepté ta proposition à ce stade, les archontes n'auraient jamais voté contre Jacob. Ils devaient me voir souffrir… Constater que je souffrais par *sa* faute. Rassembler les quatre archontes en un même lieu relève déjà de l'exploit, alors les mettre d'accord sur un sujet majeur…

— Donc… depuis le premier jour… vous cherchiez à écarter le Grand Prêtre pour pénaliser Thuran Tacsis.

L'abbesse dévisagea Nona sans répondre.

— C-comment saviez-vous que je réussirais l'épreuve ?

Nona bougea son épaule, et cela lui arracha une grimace. Hessa avait failli mourir, mais même une banale égratignure aurait mené Nona à la noyade.

— Sœur Suif t'a bien observée pendant le premier cours de Lame. Il a fallu quatre Académiciens pour maintenir Raymel Tacsis… un combattant d'arène, un Gerant… à la lisière de la vie, parce qu'une petite fille l'avait mis dans un état critique. Je me suis dit que tu devais avoir d'excellents réflexes. Sœur Suif t'a vue évoluer sur le sable, et m'a confié qu'elle n'était pas aussi rapide que toi quand elle avait ton âge.

Nona resta silencieuse, tenaillée par sa blessure, par ses mains et ses poignets qui la brûlaient. Mère Vitrage n'était ni robuste, ni dotée de bons réflexes, elle n'était de toute évidence pas riche et son sacerdoce ne lui conférait guère d'influence. Pourtant, en usant de la vérité et du mensonge, elle avait mis en branle des rouages successifs, et avait fini par déplacer des montagnes, précipitant la chute des puissants et menant le monde à la baguette. Nona ne savait pas vraiment quoi penser des actions de l'abbesse. Ce qu'elle savait, en revanche, c'était qu'elle avait tenu mère Vitrage pour partiellement responsable de la mort de Saida, alors qu'elle était la seule à blâmer. Elle n'aurait jamais dû capituler et se laisser traduire en « justice » avec son amie. Nona avait conscience que ses semblables demeuraient pour elle un mystère. Leur façon de traiter des amitiés aussi fragiles que malléables, leurs loyautés changeantes, leurs sourires, leurs embrassades, les regards de travers et les dos tournés, sans oublier la mécanique cachée des cœurs… l'enfant se rendait bien compte que tous ces codes, qui valaient aussi bien pour l'entourage de l'empereur que pour les pensionnaires du couvent, dépassaient son entendement. Mais elle comprenait encore moins les faits et gestes de l'abbesse. On avait voulu la précipiter dans les eaux noires et opaques de la doline qui accueillaient aussi bien les novices que les ossements profondément enfouis dans la vase. D'un certain point de vue, mère Vitrage et la doline se ressemblaient.

Vitrage et son Église. Nona ne leur devait plus rien, ni à l'une ni à l'autre. Et peut-être qu'en réagissant ainsi, l'enfant s'inscrivait encore dans les manigances de l'abbesse… Mais Nona avait eu l'occasion de fuir, et n'en avait pas profité. Elle partageait avec Clera et Hessa un lien d'amitié plus profond que celui du sang : il était le socle d'un monde qu'elle pouvait comprendre.

Quelque chose en quoi elle pouvait avoir foi.

Chapitre 20

Mère Vitrage retrouva sa maison et les responsabilités de son sacerdoce au terme de la première nuit. Nona, pour sa part, resta alitée trois jours de plus, sous l'étroite surveillance de sœur Rose.

Le premier matin, elle avait reçu la visite de Clera et Ruli, qui avaient été dispensées de Savoir à cette fin. Ruli se montra d'abord timide et se cacha derrière ses cheveux, contrairement à Clera qui se répandit en sourires et en effusions sitôt qu'elle eut fait irruption dans la pièce. Les deux visiteuses s'assirent sur le lit de Nona, et toutes trois discutèrent de tout, sauf de ce qui s'était passé. Clera évoqua un bal auquel son père l'avait emmenée avant de tomber en disgrâce.

— … et c'est là que Velera a fait son entrée. Elle est la benjamine, mais elle n'arrête pas de se plaindre que son frère a le droit d'occuper le trône pendant qu'elle moisit dans le palais qu'elle a sur la côte. Toujours est-il qu'elle était au bras de sire Jotsis, le jeune, et de l'héritier Gersis. Et sa robe ! On aurait cru une seconde peau. D'après mon père, elle a eu un accident de…

Le soir venu, ce fut au tour de Hessa de venir trouver Nona, clopin-clopant.

— Sœur Rose t'a donné mon lit, à ce que je vois, dit-elle en s'asseyant avec précaution à l'extrémité du sommier.

Elles parlèrent de l'ordalie.

— Je n'ai rien vu. Seulement les gardes et sœur Roue qui armaient leur tir, et puis au même moment quelque chose a heurté le mur près de moi. J'ai tellement sursauté que j'ai failli tomber. Ensuite, je suis vraiment tombée en même temps que toi. J'ai été obligée de leur faire de grands signes pour prouver que je n'avais pas été touchée !

Le jour suivant, Jula vint lui rendre visite avec Clera.

— On ne peut venir que deux par deux, sinon ça va te fatiguer, d'après sœur Rose. Sœur Bouilloire voulait te faire passer ton ardoise pour travailler tes lettres, mais Rosy a refusé tout net.

Clera finit par s'asseoir, son flot de paroles tari.

— Tu imagines… tu es blessée, et il faudrait en plus que tu travailles !

Jula fit preuve de plus de ménagement, enlaçant Nona avec délicatesse comme si elle avait affaire à une poupée de porcelaine. Son crâne était rugueux contre la joue de la convalescente. Après cette embrassade, la lèvre inférieure de Jula se mit à trembler.

— Tu vas bien, grâce à l'Ancêtre ! J'ai cru qu…

Sa voix se brisa, et Nona constata avec stupeur qu'elle pleurait.

Ce ne fut qu'au matin du troisième jour que Nona fit part de ses craintes à sœur Rose. Elle savait bien que ses blessures et que les abrasions de ses poignets finiraient par cicatriser, mais son corps l'avait abandonnée à un moment crucial.

— L'abbesse me trouve rapide, expliqua-t-elle entre deux gorgées de la décoction amère que la moniale n'avait de cesse de porter à ses lèvres, comme si elle n'était pas capable de boire seule. Mais je ne le suis pas. J'ai essayé d'être rapide pour attraper la flèche – j'ai cru que j'y arriverais –, mais je n'ai pas réussi. J'étais épuisée.

— Épuisée ? C'est le surmenage des Hunskas. Tout le monde est concerné. En tout cas, celles qui comme toi ont de la foudre dans les veines. Moi, je n'ai pas ta vivacité, mais je peux tenir pendant des heures entières.

Sœur Rose inspecta le fond du verre pour s'assurer que Nona avait bien bu les dépôts amers qui s'étaient accumulés au fond.

— Quand tu sollicites ton pouvoir comme tu l'as fait, tu consumes tes réserves, expliqua-t-elle en pinçant le bras de l'enfant. Or, tu n'as que la peau sur les os. Qu'est-ce que tu as comme énergie à brûler ? Je suis déjà épatée que tu aies tenu si longtemps. À cette vitesse, la plupart des Hunskas ne tiennent déjà plus sur leurs jambes au bout de quelques secondes de combat. Cela pourrait t'aider de boire de l'eau sucrée après l'effort. Mais les réserves de ton organisme ne sont pas illimitées. À force, il risque de te lâcher. Chez les Hunskas, c'est souvent le cœur qui cède. Même si, dans tous les cas, vous ne vivez jamais bien longtemps…

— Ah bon ? demanda Nona en se redressant.

Les élancements aigus de son épaule s'étaient réduits à une douleur sourde.

— Maîtresse Savoir ne t'a p… Bien sûr que non. J'oublie que tu viens tout juste d'arriver parmi nous, Nona.

Sœur Rose posa le verre à l'écart, et approcha une chaise aussi près du lit de la fillette que ses jambes le lui permettaient.

— À leur arrivée, les quatre tribus ont découvert que l'Abeth était déjà une contrée inhospitalière avant l'apparition de la glace. En mêlant leurs sangs, elles ont donné naissance à un peuple capable d'y survivre. Les Hunskas et les Gerants ont une brève espérance de vie, les premiers étant dotés de réflexes trop fulgurants et les seconds étant de proportions trop colossales. Je n'ai jamais connu de Hunska plus âgée que sœur Suif, et elle paraît bien plus vieille qu'elle ne l'est en réalité… Les Quantals et les Marjals sont capables pour leur part de puiser en l'Abeth, d'emmagasiner la magie qui existe sous la surface, dans le ciel et dans tout ce qui compose ce monde. Mais ils ne sont pas nés de l'Abeth, et sa magie est agressive ; les imprudents ont tôt fait de s'y brûler, ou d'être altérés par elle…

— Je…

Nona fut interrompue par quelqu'un qui venait de toquer à la porte.

— Les éphémères sont ceux dont la flamme est la plus ardente, dit sœur Rose en lui tapotant affectueusement les mains. Une vie brève peut projeter une ombre colossale.

Nona repensa à Saida, à cette dépouille froide enfouie dans le sol, et se demanda à quoi avait ressemblé l'ombre de son amie. On frappa à nouveau au battant.

— Entrez, dit sœur Rose en se levant avec difficulté.

La porte donnant sur le hall d'entrée s'entrouvrit, et Arabella passa la tête dans l'entrebâillement, ses courts cheveux blonds lui donnant des allures de garçon manqué.

— Sœur Poêlon demande à nous voir, Nona et moi.

— Eh bien, tu n'auras qu'à lui dire, à sœur Poêlon, que Nona n'ira nulle…

— C'est pour le baptême.

— Oh. Comment te sens-tu, Nona ? Tu penses que tu es capable de marcher jusqu'à la tour de la Voie ? Je pourrais demander à des sœurs de te porter…

— Non, je peux marcher.

Nona se décala vers le bord du lit, faisant pivoter ses pieds pour les poser sur le sol avant que la moniale insiste pour la traiter comme un bébé. La douleur se raviva, plus intense que ce qu'elle avait escompté, mais la fillette s'endurcit et se dirigea vers la sortie en économisant ses gestes.

Une fois à l'extérieur, elle fut happée par le froid : un vent de glace s'était levé, un vent venu de la banquise sud auquel trois jours passés dans le sanatorium avaient suffi à la rendre vulnérable.

— Quel temps de chien, pesta Arabella en s'enveloppant plus étroitement dans son habit.

Elle ne força pas l'allure pour autant, et Nona, voyant bien qu'elle raccourcissait sa foulée à dessein, chercha à accélérer, une vague de chaleur atroce lui parcourant le bras à chaque impact.

— C'est quoi, le « baptême » ? demanda-t-elle, en se faisant la réflexion que c'était sans doute les premiers mots qu'elle adressait directement à Arabella.

Quelle étrange sensation que de marcher auprès d'elle, comme si de rien n'était, comme si l'héritière Jotsis n'avait pas cherché à la poignarder dans son lit, comme si elles n'étaient pas ennemies depuis la première heure. Mais si elles se retrouvaient toutes deux ferrées par la fausse prophétie, Arabella Jotsis serait peut-être contrainte d'endosser le rôle de l'Élue, et Nona celui de Bouclier, bien à contrecœur.

— Le baptême ? Tu penses vraiment que sœur Bouilloire tient son nom de sa mère ? demanda Arabella, amusée, avec un regard en coin.

— M-mais les postulantes ont gardé leur nom ! Suleri est en classe Sainte, et elle s'appelle toujours Suleri...

Nona se rembrunit, songeant que Suleri était peut-être le nom d'un objet comme un vitrage ou une pomme, mais qu'elle n'en savait rien parce qu'elle était une petite paysanne.

— Certes, mais elles ont toutes un nom sacré. Simplement, elles le gardent secret jusqu'à ce qu'elles prennent le voile et deviennent moniales. À supposer qu'elles aillent jusque-là. Chaque novice est convoquée par Maîtresse Voie pour choisir son nom, et cela a généralement lieu au cours de la première année.

Nona fut soulagée. Elle ne voulait pas renoncer à son prénom.

— Ça veut donc dire que nous resterons Arabella et Nona.

— Ara.

— Quoi ?

— Ara. Tout le monde m'appelle Ara. Tu devrais en faire autant.

La tour de la Voie se découpait, silhouette sombre contre le ciel, avec ses quatre entrées cernées de pierre.

— J'emprunte la porte est, dit Arabella.

— Pourquoi ?

— C'est là que la Voie me mène.

Ara ménagea une pause pour dévisager sa cadette.

— Essaie. Ferme les yeux, et vois. (Elle rit.) C'est ce que dit toujours sœur Poêlon.

Nona obéit. Elle ne distingua rien qui sortît de l'ordinaire, simplement de l'orange et du gris, des images rémanentes qui battaient comme un cœur avant de s'estomper, leurs dernières bribes façonnant des idées et des suggestions aux confins d'un rêve.

— Tu la vois ? souffla Ara, presque contre l'oreille de Nona.

— Non.

— Persévère.

Une main se posa sur l'épaule de Nona, et à cet instant précis apparurent alors derrière ses paupières une brillance acérée et une obscurité brûlante qui se transperçaient mutuellement – la fillette n'aurait su dire laquelle des deux avait l'ascendant sur l'autre – et s'enfonçaient brutalement dans sa tête pour voler en éclats contre son occiput.

— … ona !

La fillette rouvrit les yeux, pour aussitôt les plisser à cause de l'éclat du jour pourtant gris.

— Nona ?

Une masse sombre se dressait devant elle.

— Où suis-je ? fit Nona, sentant des mains la saisir par le bras pour la relever et grimaçant aussitôt.

— Je suis vraiment navrée ! dit Arabella. (Elle avait l'air sincère, aussi sincère que pouvait le paraître une princesse.) J'ai oublié que tu étais blessée !

Le visage déformé par la douleur, Nona était prête à en découdre. Sa camarade avait tiré du côté où elle était blessée, et elle avait l'impression d'avoir de la lave en fusion dans l'épaule, comme si la flèche n'avait jamais été extraite.

— Tu n…, commença-t-elle.

Mais elle ravala ses paroles. Elle ne décelait pas une once de moquerie sur les traits d'Arabella, pas la moindre trace d'amusement. Seulement de l'inquiétude…

Ara ne l'avait pas touchée à l'endroit où elle était blessée. On ne distinguait pas les bandages sous l'habit de Nona : Arabella avait simplement supposé qu'elle avait commis une bévue en voyant Nona s'écrouler, et l'avait donc relevée par l'autre bras, réveillant la douleur bien malgré elle.

Nona épousseta son habit.

— Je vais entrer avec toi.

Elles comblèrent ensemble la distance restante, et empruntèrent la porte est pour déboucher sur la salle aux portraits. Celui qui était accroché en face de l'entrée représentait une femme mi-noire mi-blanche, la moitié noire comportant un œil blanc, et la moitié blanche étant affublée d'un œil noir. Une bande grise délimitait les deux parties, mais Nona constata en se rapprochant qu'il ne s'agissait pas d'une ligne droite comme elle l'avait d'abord cru, mais de circonvolutions infinies, le noir se fondant dans le blanc, qui lui-même se mêlait au noir.

— Elle est belle, n'est-ce pas ? C'est sœur Nuage. Une double-sang. Une Hunska absolue et une Marjal absolue.

— Ça fait beaucoup, tout ça... ! dit Nona en souriant.

— Cela veut simplement dire qu'elle possédait les pouvoirs des deux tribus, répondit Ara avec un geste d'indifférence. D'après sœur Poêlon, il y a une sœur comme elle à chaque génération.

— Et pour la nôtre, c'est toi ? demanda Nona, étudiant la physionomie d'Arabella plus attentivement que jamais.

Sa camarade était-elle aussi sûre d'elle qu'elle paraissait l'être ? En son for intérieur, sous le masque qu'elle avait appris à porter en vertu de sa noble naissance, ne ressentait-elle aucune appréhension ?

— On devrait y aller.

Ara s'engagea dans l'escalier, talonnée par Nona. Tout en suivant à pas lents le colimaçon, cette dernière tâcha de passer en revue ses griefs envers sa camarade. Les méfaits d'Ara semblaient se limiter à sa beauté, à sa richesse et au fait qu'elle était l'Élue. Tout le reste venait de Clera, ou d'interprétations de la part de Nona. Elle s'était sentie visée sans raison solide par des plaisanteries fragmentaires, par les rires qui cessaient lorsqu'elle entrait dans une pièce.

— Prête ? demanda Ara avec un sourire nerveux.

Nona se rendit compte que sa camarade s'était arrêtée en retrait du palier. Elle s'aperçut également qu'il lui était difficile de ne pas éprouver de sympathie pour Arabella Jotsis.

— Prête.

Et les deux enfants achevèrent le chemin ensemble.

Sœur Poêlon les attendait, assise sans faire de manières à un pupitre d'élève. Elle leur fit signe de rapprocher des chaises. Elle était si âgée que Nona avait encore peine à en croire ses yeux, et ressemblait aux dépouilles que l'on découvrait dans les tunnels de glace, ces corps recroquevillés en position fœtale telles des fleurs agressées par la bise, tout en os sur lesquels était tendue une peau noire et parcheminée.

— Cela souffle fort ! dit la moniale avec un sourire, un sourire qui n'était pas sans rappeler celui d'un squelette. Ce soir, le Goulet va s'amoindrir.

Arabella lui donna la réplique consacrée.

— Et la lune éclairera le chemin.

— Et la lune éclairera le chemin, répéta sœur Poêlon. Saviez-vous que la lune est en train de tomber ?

Nona consulta Ara du regard.

— Non...

La religieuse esquissa un nouveau sourire cadavérique.

— Pas d'inquiétude. Elle avait déjà entamé sa chute quand tu es née, quand *je* suis née.

Elle leva une main plus sombre que le plus sombre des cuirs, fléchissant légèrement les doigts pour suggérer la lune baignant le monde de sa lumière.

— Elle tombe depuis qu'ils l'ont placée là-haut. La lumière lui pèse, de même que le vent solaire. Et à mesure qu'elle se rapproche, elle commence à abraser notre air, à frôler les vents des hauteurs de l'Abeth. Ensuite… ensuite, sa chute sera vertigineuse, conclut la moniale en plaquant sa paume sur son genou.

— Ne peut-on rien faire ? s'enquit Ara, captivée par le geste de sœur Poêlon.

— Non. En tout cas, rien qui puisse avoir un effet positif, répondit la vieille femme en haussant les épaules. Bon… Si je vous ai fait venir, c'est pour entendre votre nom.

— J'ai choisi le mien, dit Ara. (Elle jeta un coup d'œil à Nona.) Est-ce qu'on ne devrait pas… faire cela séparément ?

Sœur Poêlon regarda à droite, puis à gauche.

— Il n'y a que nous, ici.

— Mais…, dit Ara, déconcertée. Nous ne sommes pas censées révéler notre nom à qui que ce soit. Il doit rester secret jusqu'à la prise du voile…

— L'Élue et son Bouclier n'ont pas de secrets l'une pour l'autre.

Nona resta coite. Peu lui importait de révéler le nom choisi par Ara, mais elle n'en ferait rien. L'abbesse avait voulu savoir si elle était capable de garder un secret, et elle l'était.

— Je ne suis pas l'Élue, dit Ara. Je le saurais, si c'était le cas. Et puis, je n'ai pas les capacités d'une Marjal.

— Peu importe. Tu es en danger à cause de la prophétie… Si tu es en sécurité à l'heure actuelle, c'est parce que tu te trouves ici, au couvent. Je ne parle pas de son enceinte, ou de ses sœurs, qu'il s'agisse des Écarlates, des Grises ou des autres. Je parle de la femme qui vit dans la grande maison. Vitrage a le bras long, et elle exerce son influence en toute subtilité. À une époque, j'aurais pu creuser dans la roche un trou assez gros pour engloutir la tour où nous nous trouvons, mais j'étais pourtant moins dangereuse que l'abbesse. Nettement moins. (Elle pencha la tête sur le côté, comme à l'affût d'une mélodie lointaine.) Si tu es en danger, c'est que les gens accordent de l'importance à la prophétie. Si jamais ils venaient à y croire de tout leur cœur, cela tournerait à ton avantage. À votre avantage à toutes les deux.

— Et ce serait une bonne chose parce que… l'abbesse risquerait de… changer d'avis ? s'enquit Nona.

— Parce que le vent ne cessera jamais de souffler, et que la chute de la lune est inexorable.

Sœur Poêlon s'essuya la main sur sa cuisse.

— Alors, quel sera votre nom de moniale ? demanda-t-elle. Nona ?

Pas un instant Nona n'avait réfléchi à cette question, alors qu'elle vivait entourée de Poêlons, de Pommes, de Vitrages et de Roues. Pas même en gravissant l'escalier de la tour.

La moniale sourit.

— Souvent, les sœurs choisissent un nom qui leur rappelle leur foyer, un havre de paix, un souvenir précieux.

— Je…

Nona s'efforça de repenser à son village, à sa maison, à sa mère taillant et tressant des roseaux. Elle repensa à la forêt de Rellam, lieu de sauvagerie et de mort, à l'expression de sa mère lorsqu'on lui avait ramené sa petite fugueuse drapée dans le sang d'autrui.

— Choisis judicieusement, Nona. Laisse la Voie te guider vers un nom.

Nona se décida.

— Cage. On m'appellera Cage.

— Cage, répéta sœur Poêlon, pinçant ses lèvres ridées.

Elle s'adressa à Arabella Jotsis, qui avait suivi l'échange avec une sérénité que Nona lui envia.

— Et toi, ma chère enfant ?

— Ronce. Je serai sœur Ronce.

Classe Grise

Si vous comptez tuer une moniale, assurez-vous que votre armée est assez compétente. Pour sœur Ronce du couvent de la Mansuétude, Lano Tacsis s'était entouré de mercenaires pélarthis originaires des confins glacés qui s'étendaient à l'est de la Grisaille, une tribu considérée comme sauvage par ses voisines pourtant féroces. Des bagarreurs, des meurtriers, des hommes et des femmes endurcis qui tuaient pour de l'argent. Des hérétiques qui privilégiaient leur allégeance envers des chefs de guerre inhumés depuis moins de trois cents ans, au lieu de vénérer l'Ancêtre qui portait toute l'humanité sur ses épaules et la rendait fraternelle.

L'étoile de jet, ou crucilame pour les Noi-Guin, n'avait pas sa pareille pour détourner l'attention de l'adversaire, le déstabiliser ou lui infliger des blessures légères. Mais, confiée à une sœur écarlate, elle devenait létale.

Sœur Ronce portait par-dessus sa suie de combat un baudrier accueillant une bonne vingtaine d'étoiles, dont les pointes acérées étaient destinées à s'enfoncer dans la chair plutôt qu'à la taillader, et dont le centre était lesté de plomb. Les projectiles fusèrent dans le prolongement de ses doigts, tandis qu'elle s'élançait au milieu des piliers, prenant les Pélarthis au dépourvu par la soudaineté de son attaque. Œil, gorge, front. Les étoiles perçaient la chair tendre et la dureté de l'os. Un œil, un cou, une bouche ouverte sur un cri de guerre avalait une étoile dont la vive rotation fracassait les dents. Front, gorge. Ici, un colosse gerant en armure, casque à visière et lourd gorgerin. La crucilame décrivit un arc de cercle, le cueillant au poignet, juste à la naissance du gantelet, tranchant le tendon et l'artère ; son épée massive tomba de ses doigts pataudds.

Dans l'acte destructeur siège une beauté que nous tâchons de nier, une joie qu'il nous est impossible de cacher. Les enfants bâtissent pour mieux détruire, et même s'il nous arrive en grandissant de perdre cette habitude, elle reste un besoin tapi au fond de nous, elle coule dans nos veines plus sûrement encore que notre sang.

La violence est le langage de la destruction, la chair est sa principale victime, fragile, précieuse, difficilement raccommodable une fois cassée : que sacrifier d'autre pour que le monde nous prête attention ?

Votre mort n'a pas attendu que vous arriviez à l'heure dite : cela fait des années, depuis votre naissance, qu'elle se précipite à votre rencontre avec la farouche vélocité de cette flèche qu'est le temps qui passe. Elle est inéluctable, on ne peut marchander avec elle, l'esquiver ou l'apaiser. Simplement, un choix vous est offert : celui d'aller à sa rencontre les yeux grands ouverts et d'aller quérir votre récompense le cœur en paix. Ou, en toute flamboyance, de prendre les armes et de la combattre, cette garce.

En toute chose, aussi délicate, précieuse et belle fût-elle, réside un défi. *Brise-moi.* Aux yeux d'une Épousée de l'Ancêtre, la vie est fidèle à sa nature de don aussi merveilleux que fragile. De l'alpha à l'oméga, nous sommes tous frères et sœurs, enfants nés de l'unité et destinés à s'unir. Et pourtant… pourtant… Celles qui prennent l'Écarlate savent tendre l'oreille. *Brise-moi.*

Ronce avait la prestance de ses heures d'entraînement, de ces jours et de ces années inscrits dans la musculature de ses bras, gravés le long de ses mollets, sur son ventre et ses cuisses endurcis par les coups. Elle connaissait mille et une façons de tuer, intimement, et sans doute le désir jouait-il un rôle dans la mise à mort, car qu'est-ce que le désir, si ce n'est un appétit ? Un appétit qu'il convient d'assouvir.

Toute arme représente une invitation. La lame vous incite à la violence. Et ceux qui commettent l'erreur de considérer les enfants écarlates de la Mansuétude autrement que comme des armes sont des sots de la pire espèce.

Poignets fléchis, bras qui se tendent tel un fouet. Les étoiles de jet prennent leur envol, tournoient hardiment comme sous l'effet de leur volonté propre, captives de leur trajectoire parabolique. Aucune mère n'a un jour donné à ses enfants des instructions si précises, ni ne les a placés sur leur chemin d'avenir avec une telle méticulosité. Gouvernée seulement par les forces qui guident les étoiles, les vraies, à travers les cieux noirs, la progéniture de Ronce darde son métal étincelant vers les cibles prédéterminées. Indépendante, elle jouit de toute la confiance de la moniale, dont l'œuvre est achevée.

De surprise, on jette sa lance, on décoche une flèche à la va-vite. Ronce évolue parmi les Pélarthis, présence fugace, fuyante cible vêtue de lambeaux de noir et de rouge. Les piques filent haut dans le ciel, heurtent des piliers, transpercent leurs alliés plutôt que leur ennemie. Une mercenaire au sang de glace et au regard d'aigle libère une flèche vers la silhouette floue de la moniale, l'induit en erreur. La pointe atteint l'épaule de Ronce à l'oblique tandis qu'elle virevolte, et la suie de combat se rigidifie pour enrayer la course du projectile. Ce bref gain de résistance entrave la riposte de Ronce. Son étoile mord l'archère au coin de l'œil et lui lacère l'oreille avant de se ficher dans le torse du guerrier qui se trouve derrière elle.

Et voilà que Ronce se retrouve les mains vides, son baudrier est vide et une bonne vingtaine de Pélarthis ont pris possession de l'acier : certains étendus de tout leur long, d'autres ayant fini piétinés par leurs camarades alors qu'ils s'étouffaient dans leur propre sang tandis que d'autres encore sont restés debout mais semblent lovés autour de leur plaie. Toute leur combativité les a désertés, remplacée par la douleur, le chagrin de l'acier, des larmes de sang.

Elle dégaine son épée. La lame est longue, fine et s'incurve légèrement, assez acérée pour pouvoir mordre dans de l'acier. Le métal n'émet qu'un chuintement au sortir du fourreau, mais cela suffit inexplicablement à provoquer un instant de silence. *C'est là*. Là, en pareilles circonstances, que bat le cœur d'une sœur Écarlate... Sur la brèche. De l'autre main, elle tire le couteau passé à sa ceinture.

Les Pélarthis la bloquent sur trois côtés, la baignant du halo de leurs torches, piétinant leurs morts et laissant des empreintes cramoisies sur la roche. Dire qu'ils sont nombreux est un euphémisme. Ils forment une marée humaine qui cherche à déborder la moniale par grappes de vingt hommes et que l'on entrevoit entre les piliers. Ceux des premiers rangs ont ralenti et accru leur vigilance, les yeux rivés sur le brillant de la lame de Ronce, sur le tranchant qui divise la lueur du feu.

Ronce conserve une immobilité de fauve, mais elle arpente la Voie et engrange à chaque pas le pouvoir brut fondamental qui tout à la fois sépare et unit la Création. Elle demeure impassible, mais les énergies qui s'accumulent en elle la font trembler, ébranlent l'air et font danser la lumière.

Les Pélarthis l'observent, les grands comme les petits, les maigres et les robustes, qu'ils soient partisans de la hache, de l'épée, de la lance ou de l'arc. Les femmes au visage peinturluré lui montrent les dents, leur pouls s'accélère à l'aube de la violence, quelques-unes ont les cheveux nattés là où d'autres les laissent flotter librement, et certaines ont été aspergées du sang de leurs amis. Des hommes patibulaires brandissent leur fer acéré, crispent les mâchoires tandis que tous leurs muscles tressaillent sous la maille et le cuir, guettant, scrutant l'instant fatidique.

Ils pensent qu'elle va fuir. Ils en sont persuadés mais se trompent lourdement. Car c'est vers eux qu'elle s'élance.

Semer la mort est source de joie, et lorsque Ronce embrasse du regard le carnage qu'elle a semé, un sourire blanc apparaît au milieu de son visage baigné d'une sueur rouge. Ce sang n'est pas le sien, ou si peu… Les réflexes des Hunskas, l'efficacité implacable de l'art monacal de l'épée et le pouvoir canalisé de la Voie… Tout concourt, chez cette jeune femme, à un massacre tel que le Roc de la Foi n'en avait jamais connu. Hors d'haleine, exténuée, Ronce chancelle sans lâcher ses lames, écarlates de la pointe à l'extrémité du manche, mais une centaine de mercenaires sont étendus sur le sol autour d'elle. Par endroits, ils s'y *empilent* même.

Ronce délie ses épaules ; ses côtes cassées lui soutirent un grognement. Elle a la joue entaillée, et a reçu un coup d'estoc à la cuisse. Sa célérité est compromise : la Voie l'a rejetée, lui est désormais inaccessible, mais elle a enseigné la terreur à ses ennemis qui répugnent désormais à l'approcher. À l'abri des piliers, les survivants épient ses moindres mouvements, hyènes rôdant autour d'une lionne, à la fois trop timorées pour passer à l'assaut et trop affamées pour filer sans demander leur reste.

La lance s'enfonce entre ses omoplates. Elle aurait dû entendre le chuintement de la course, sentir la menace, savoir qu'elle se profilait. Mais l'agression a été fulgurante… Digne des Hunskas. La suie de combat se rétracte, épouse la pointe du projectile pour l'empêcher de s'enfoncer plus d'un centimètre dans la chair, lui refusant la vie de Ronce. La moniale opère une volte-face tout en tombant sur le sol ensanglanté.

Quelqu'un se détache des rangs des Pélarthis. Une femme.

— M-ma sœur ?

Le sang, la sueur et l'épuisement brouillent la vue de Ronce. La femme n'est pas une Pélarthi, mais tient une deuxième lance. À cet instant précis, Ronce reconnaît celle qui fut sa camarade.

Si vous comptez tuer une moniale, assurez-vous que votre armée est assez compétente.

La femme brune ramène son bras en arrière.

— Non !

Ronce esquisse un geste qui n'est pas une supplique, mais une protestation. Quelle ignominie.

— Ne fais pas ça, C…

L'arme fend l'air.

Chapitre 21

— Bienvenue en classe Grise.

Sœur Silex se leva de son bureau pour aller chercher le relevé de mérites de Nona, sur lequel les cinq maîtresses avaient apposé leur sceau pour entériner ses résultats satisfaisants en Lame, Âme, Savoir, Ombre et Voie.

— Tu vas t'asseoir à côté d'Alata, là-bas, dit l'enseignante en orientant la jeune fille vers la place en question.

À côté de cette géante qui mesurait un bon mètre quatre-vingt-dix, même si elle était d'une maigreur extrême, Nona, désormais âgée de douze ans, se sentait encore plus petite qu'à la veille de ses dix ans, lors de sa rencontre avec sœur Chênaie à son arrivée au couvent.

Clera, Ara, Hessa et Ketti l'accueillirent par un sourire chaleureux tandis que les huit autres novices la gratifiaient du regard impassible que l'on réservait aux petites nouvelles. Clera avait été la première à passer dans la classe supérieure, et s'arrangeait pour que ses camarades ne l'oublient pas. C'était le Savoir qui avait empêché Nona de progresser, même si elle avait beaucoup d'affinités avec cette matière et avec sœur Férule. Elle avait même réussi, avant de se présenter aux examens, à mémoriser ces dates honnies qu'étaient les fêtes des saints, les jours des cérémonies et, plus globalement, tout le catéchisme que l'impitoyable sœur Roue avait cherché à lui inculquer pendant le cours d'Âme. Ce n'étaient pas tant ses lacunes en lecture que ses difficultés en écriture qui avaient retardé ses progrès, cette nécessité de coucher ses réflexions à la craie sur l'ardoise, sous la forme de pattes de mouche.

Sœur Silex retourna à son bureau, sans pour autant s'y asseoir.

— La classe Grise se réunit ici chaque primain matin pour un cours à visée générale. Je dispense également des cours particuliers sur des sujets qui seraient susceptibles de vous causer des difficultés.

La moniale s'interrompit et regarda par la fenêtre. La classe Grise était au fond de la Demeure de la Lame, dans une salle qui offrait une vue sur la doline Hyaline et, en arrière-plan, le plateau qui s'achevait par une langue effilée surplombant les terres agricoles du nord de Vérité. À cet instant, la roche était baignée de soleil, avec seulement quelques mouchetures d'ombre fugace ici et là, lorsque le vent pourchassait un nuage dans le ciel.

— Mais aujourd'hui, nous finirons un quart d'heure plus tôt pour te laisser l'occasion de faire plus ample connaissance avec tes nouvelles camarades et de retrouver les anciennes.

Sur ces entrefaites, sœur Silex rabattit avec un « toum » sonore la reliure en cuir d'un épais volume posé sur son bureau. Elle quitta la pièce sans rien ajouter, ayant peut-être hâte de profiter d'un beau temps qui survenait assez rarement pour être noté.

Sitôt que la porte se fut refermée, les conversations s'animèrent tandis que les élèves repoussaient bruyamment leur chaise. Ce fut Clera qui rejoignit Nona la première en jouant des coudes pour se frayer un chemin au milieu de novices d'environ quatorze ans, même si certaines paraissaient plus âgées.

— Grâces soient rendues à l'Ancêtre, Nona ! Tu nous sauves la mise. Silex était en train de nous expliquer les premières règles en forçant sur les détails explicites. C'était répugnant. Pas question que je les aie.

Ara contourna deux novices plus âgées pour venir s'asseoir sur le pupitre de Nona.

— Moi, j'ai les miennes depuis le dernier vent glacé. Ce n'est pas si terrible que ça. Les crampes...

— Mais arrête un peu... ! protesta Clera avec une grimace. En tout cas, je suis sauvée. (Elle détailla les courbes d'Ara.) D'après Silex, plus tu es mince, plus elles arrivent tard.

— Ah bon, elle a dit ça ? demanda Ketti d'un air narquois.

Elle était plus grande et encore plus svelte que Clera.

— Si c'était vrai, Silex n'aurait jamais eu les siennes, déclara Arabella en levant les yeux au ciel.

Clera et elle se toléraient tant bien que mal, mais elles ne rétractaient jamais vraiment leurs griffes quand elles étaient en présence l'une de l'autre.

— C'est peut-être pour ça qu'elle aime tellement aborder le sujet, dit Clera en évacuant la question d'un geste de la main. *Bref*... Ma petite Nona... Te voilà en classe Grise ! Ça va être exceptionnel. Jula et Ruli ne vont pas tarder, elles non plus, j'en suis persuadée. Ruli n'a plus qu'à obtenir l'aval de Maîtresse Lame...

Nona allait ajouter qu'il ne manquait plus à Jula qu'une matière : l'Ombre, et que l'examen était prévu pour le quatrain suivant, mais une silhouette vint masquer la lumière, et elle ravala ses paroles. Une main qui lui parut grosse comme une assiette à dessert se tendit vers elle, et elle attrapa l'un des doigts qui se refermaient sur son épaule, l'obligeant à se lever.

— Je m'appelle Darla, dit la novice en soulevant Nona à bout de bras, lui comprimant l'épaule si fort que la jeune fille était sûre que les ongles lui avaient transpercé la peau.

— Moi, c'est Nona, hoqueta-t-elle.

L'adolescente lui avait déjà semblé imposante quand elle était assise à un pupitre. Dans le réfectoire, elle surpassait en taille la plupart des novices de la classe Mystique, ainsi que la majorité des moniales. Mais, de près, c'était une véritable géante.

— Alors comme ça, c'est toi le Bouclier ? demanda Darla.

Elle avait des traits grossiers donnant l'impression qu'on l'avait obligée à récurer les sols avec son nez, et des yeux d'un marron terne. Une cicatrice pâle qui prenait naissance juste au-dessus de son sourcil gauche lui barrait le front et une bonne partie du cuir chevelu, restant visible parmi les cheveux bruns coupés à ras ; la fille avait de toute évidence eu le crâne rasé guère plus d'une semaine auparavant. Elle plaqua Nona contre le mur sans la reposer.

— Tu ne paies pas de mine, dis donc.

— Tu as été témoin de l'épreuve ! protesta Ara avec colère.

— Pose-la ! dit Ketti en agrippant le bras de Darla.

Celle-ci accentua sa pression sur l'épaule de Nona, si bien que l'articulation grinça.

— La vitesse ne suffit pas à expliquer une victoire. N'en déplaise à Suif.

Elle enfonça un doigt dans l'estomac de Nona, assez brutalement pour que celle-ci se débatte.

— Qu'est-ce que tu comptes faire, toi qui es si rapide ?

L'une des camarades de Darla obligea Ketti à lâcher prise et, d'un coup de hanche, repoussa Clera.

— C'est la première chose qu'on apprend en classe Grise. Il n'y en a pas que pour ces moins que rien de Hunskas, dit Darla en répétant son geste. Et ce n'est pas une leçon qu'on couche par écrit ! Ce soir, tu n'auras qu'à étudier les bleus que je t'aurai donnés. Même tarif que pour tes copines le premier jour. Sauf la princesse. Elle, je l'ai laissée tranquille.

Darla ramena son poing vers l'arrière.

Nona soutint son regard. Elle avait l'épaule dans un étau. Avec ses pieds, elle aurait presque pu toucher Darla au ventre, à condition de se débattre et de faire abstraction de la douleur, mais à quoi bon frapper l'équivalent d'un tronc d'arbre ?

— Tu n'as rien à dire ? demanda Darla avec un sourire mauvais.

Nona se força à décrisper ses traits et à sourire à son tour, malgré la douleur. Elle rapprocha sa main libre de l'autre, toujours crispée autour de l'un des doigts de Darla. Et tira de toutes ses forces.

Le hurlement de douleur de la brute, le craquement de l'os et le choc mat d'un poing charnu rencontrant le visage de Nona… Tout cela se combina en un seul et même bruit. Vinrent ensuite la chute, les hurlements et une pluie de coups de pied suivie d'autres braillements. Hébétée et à moitié aveuglée par la douleur, Nona eut la présence d'esprit de minimiser les plus violents impacts en se recroquevillant. Endurcie par deux années de poing-lame, elle savait supporter une rossée. Un coup mieux placé que les autres finit par la déplacer à la base du mur. Même si elle avait le souffle coupé, elle parvint à se cambrer pour éviter l'assaut suivant, et Darla se cogna le pied contre la pierre. Poussant un hurlement, elle se mit à sautiller sur une jambe en se tenant les orteils, éparpillant les pupitres et se répandant en jurons tandis que les autres novices s'empressaient de s'écarter de sa trajectoire imprévisible. Elle finit ainsi par se retrouver nez à nez avec sœur Suif sur le pas de la porte.

— Darla, tu t'es cassé le doigt, manifestement, dit l'enseignante sur un ton égal.

La novice regarda l'appendice qui formait un angle inquiétant avec le reste de sa main. Elle blêmit, vira au vert puis reposa le pied par terre, ce qui lui arracha une grimace et un nouveau juron.

— Et aussi quelques orteils, précisa la religieuse en fronçant les sourcils. Va au sanatorium. Nous discuterons de tout cela plus tard.

Darla s'éloigna, poussant un gémissement de douleur chaque fois qu'elle devait s'appuyer sur son pied blessé. Clera et Ara aidèrent Nona à se relever. La jeune fille serait bien restée là, blottie autour de la douleur qui lui labourait le ventre et les côtes, mais elle se laissa faire. Tout près de là, Hessa, appuyée sur sa béquille, avait l'air aussi inquiète que dubitative.

— Nona, même remarque. C'est toi qui as l'air le plus mal en point, dit sœur Suif en lui indiquant la porte.

La jeune fille se redressa, non sans que son visage se crispe de douleur, et fit signe à ses camarades de la lâcher.

— Je vais bien, maîtresse.

Elle cracha une salive mêlée de sang, et adressa à la moniale un sourire aussi rouge que farouche.

— Ça fait deux ans que j'attends que vous m'enseigniez la Lame. Je suis fin prête.

Sœur Suif la dévisagea quelques instants sans dire un mot, plissant les yeux d'un air soupçonneux.

— Dans ce cas, au travail, classe Grise. Nous allons bien voir si tu es prête, novice.

Ayant dit cela, la religieuse sortit de la pièce.

— Quoi ?! Tu dois aller voir sœur Rose, Nona ! dit Ara.

Elle tacha la manche de son habit en essuyant les lèvres de sa camarade.

— Pourquoi tu ne lui as pas réglé son compte ? demanda Clera, sa voix se perdant presque dans le tumulte ambiant.

Nona fit craquer les articulations de son cou, et avança d'un pas en luttant contre l'envie de se tenir le flanc.

— Et j'aurais fait ça comment ? demanda-t-elle, un goût de sang dans la bouche. C'est une géante !

Clera la gratifia d'un regard très similaire à celui que lui avait adressé sœur Suif, mais réagit par un geste d'indifférence. Nona s'était retrouvée immobilisée par surprise, alors ses réflexes ne lui avaient pas été d'un grand secours. Si elle avait voulu se libérer tout en évitant d'être blessée, elle aurait été contrainte de faire saigner Darla.

— Tu aurais dû la battre comme plâtre, dit Clera, s'imaginant peut-être infliger à la brute la correction à laquelle elle faisait référence.

— Même si j'en étais capable, ça ne vaut pas la peine de se faire une ennemie pour si peu.

— *Si peu* ?

— Elle voulait que je comprenne que c'est elle la chef. Quitte à ce que quelqu'un te montre de quel bois il se chauffe, autant s'arranger pour en retirer un avantage. C'est Maîtresse Lame qui nous a appris ça.

— Ah bon ? dit Clera, apparemment étonnée. (Autour de Nona et d'elle, les novices commencèrent à rassembler leurs effets personnels et à prendre le chemin du vestiaire.) Vraiment ?

— Oui, *vraiment*, intervint Ara, revenant près du pupitre de Nona après être allée chercher son sac. C'est à croire que tu te bouches les oreilles chaque fois que sœur Suif pose son épée et commence à aborder la théorie.

— J'ai reçu quelques coups de pied. En contrepartie, je n'ai pas besoin de surveiller mes arrières, ou de me demander si Darla risque d'empoisonner ma nourriture, expliqua Nona. Ce qui compte le plus pour elle, c'est d'être crainte. Pourquoi lui enlever ça ?

— Dans ce cas, pourquoi tu lui as cassé le doigt ? demanda instamment Clera, le front barré de plusieurs sillons de perplexité.

— Elle n'oubliera jamais qu'elle m'a battue, donc elle n'aura pas une dent contre moi. Elle n'oubliera pas non plus que l'expérience s'est conclue de manière déplaisante, ce qui ne lui donnera pas envie de recommencer.

— Et les orteils ?

— J'en avais marre d'être son souffre-douleur, dit Nona.

Elle s'éloigna vers la sortie en boitant, avec Hessa qui, une fois n'étant pas coutume, n'avait aucun mal à rester à sa hauteur.

— Tout ce que tu as dit est vrai ?

— Oui, répliqua Nona avec une grimace.

— Mais était-ce toute la vérité ?

— Pas vraiment.

Comme d'habitude, Hessa voyait clair dans son attitude.

— Elle t'a fait du mal. J'avais envie de lui rompre les os, reprit Nona.

— Elle bouscule toujours les nouvelles, ça n'avait rien de personnel, dit Hessa en se tournant vers la sortie.

— D'accord, mais j'ai senti tout ce qu'elle t'a fait.

Un jour, Hessa avait partagé avec Nona le souvenir de sa dernière journée avec Giljohn et avait, malgré son inexpérience en la matière, forgé sans bien savoir comment un lien indélébile avec son amie. Une fois par mois, en moyenne, elles vivaient le même cauchemar. Jamais un songe agréable, toujours un événement traumatisant. Et lorsqu'elle était en proie à l'affolement, ou à la douleur, Hessa, bien involontairement, accaparait les sens de Nona. Le phénomène existait aussi dans l'autre sens, mais à un degré moindre. Quand la flèche s'était plantée dans l'épaule de Nona, ce n'était pas simplement le choc qui avait terrassé Hessa. Elle avait perçu un écho de la douleur. De la même façon, pendant un cours d'Ombre, Nona s'était retrouvée dans la peau de Hessa alors que Darla lui piétinait le visage ; elle voyait sans la voir la mixture qui bouillait devant elle, ressentant comme son amie la pression exercée par la semelle, la lave qui sourdait dans sa hanche, l'humiliation de se débattre sous le regard de nombreux témoins. Elle n'avait rien manqué de la scène tout en se trouvant dans l'incapacité de réagir.

— Pas question de me faire martyriser deux fois sans bouger.

— Une chose est sûre, dit Hessa avec un sourire timide, c'est qu'elle a compris le message.

Puis, étant dispensée de cours de Lame, elle prit la direction du vestibule pour se consacrer à d'autres matières, l'arc de cercle qu'elle décrivait avec sa mauvaise jambe laissant dans le sable une ligne fuyante à côté de l'empreinte de son pied.

Sœur Suif attendait ses élèves sur le sable, tenant la longue épée effilée qui était l'arme de prédilection de la congrégation, un morceau d'acier d'Arche, légèrement incurvé, dont le tranchant aurait été capable de séparer la vérité du mensonge. Nona rejoignit ses camarades à petites foulées, mal à l'aise dans la tenue de combat qu'on lui avait fournie : une lourde tunique de cuir rembourré, dont les longues manches couvraient en partie des gantelets inconfortables et qui avait été traitée pour obtenir un coloris beige. Le tout était conçu pour minimiser le risque que deux novices s'étripent. Nona se plaça à côté de Clera et de Ketti.

Sœur Suif ne se départissait jamais d'une forme d'inertie. Souvent, pendant une séance de poing-lame, Nona découvrait en terminant un enchaînement que l'enseignante l'observait sans avoir bougé d'un pouce, comme si sa chair était inanimée, comme si elle avait été sculptée au lieu de croître progressivement. Mais ce jour-là, la religieuse faisait les cent pas en jetant de fréquents coups d'œil aux fenêtres, de grandes et vives enjambées gouvernées par l'impatience, rythmées par des volte-face.

Avant que les élèves se soient mises en rang, la porte d'entrée s'entrouvrit et sœur Roue se faufila dans la Demeure de la Lame, sa cornette raclant le bois. Elle resta à proximité des battants, scrutant l'ensemble des novices d'un air revêche.

— Parmi vous, rares sont celles à avoir déjà vu ceci, dit sœur Suif en orientant la pointe de son épée vers le plafond, tandis que les novices s'empressaient de se mettre en rang. Vous finirez par en manier une, mais pas avant d'avoir passé l'examen de la classe Grise – dans toutes les matières – pour venir me retrouver en classe Mystique. Mais si d'aventure vous devenez sœurs Martiales, c'est par le biais d'une arme comme celle-là que vous accomplirez la volonté de l'Ancêtre. Priez pour ne jamais être obligées de la souiller, mais ayez bien conscience que les sœurs Écarlates qui n'y ont jamais été contraintes se comptent sur les doigts d'une main.

— Pourquoi cela, « souiller » ? ne put se retenir de demander Clera.

— Parce que verser le sang est toujours un aveu d'échec, répliqua sœur Suif en jetant un coup d'œil à Nona. Souvent l'échec de la sœur qui tient l'épée. Quelquefois des personnes qui l'ont envoyée prendre part à un conflit. Mais il arrive aussi que la faute remonte à plusieurs années, et soit imputable à quelqu'un qui n'a pas su saisir une occasion de cimenter la paix, d'empêcher la survenance d'une violence qui se profilait au loin. Ou n'a tout simplement pas perçu l'existence d'une telle occasion. (Elle rengaina son épée.) Je consacre la classe Écarlate, c'est-à-dire deux années pour la plupart d'entre vous, au combat à mains nues. Si je tiens à ce que vous soyez redoutables dans ce domaine – que nous allons encore approfondir, d'ailleurs –, c'est notamment pour vous donner une alternative à ceci. (Elle tapota le fourreau qu'elle portait contre sa hanche.) Il se peut que vous soyez appelées à faire appliquer la volonté de l'Église, à faire respecter son autorité. Il vaut mieux y parvenir en laissant au contrevenant la possibilité de prendre conscience de ses errements, plutôt que de voir le contenu de ses entrailles. L'épée doit être le dernier recours.

Sœur Suif dévisagea les rangées de ses ouailles comme l'on inspecte des fruits à l'étalage sans en trouver un seul qui soit digne d'éloges.

— Aujourd'hui, travail au couteau. Les couteaux d'entraînement. Allez vous équiper. Faites vite, mais prenez garde de ne pas vous blesser en cas de chute.

Les novices s'éloignèrent en courant, le sable volant sous les pieds nus. Nona, obligée de boiter pour ménager sa chair tendre qui commençait déjà à bleuir, était bonne dernière. L'agression de Darla lui avait donné une bonne leçon. En prenant un géant comme Raymel Tacsis par surprise, on pouvait l'abattre d'un seul geste. Mais si c'était le géant qui vous prenait par surprise, vos possibilités se réduisaient comme peau de chagrin.

À l'endroit où le passage se divisait, la branche de gauche menant au vestiaire et celle de droite à l'armurerie, Nona entraperçut une silhouette dans la partie du couloir sombre qui s'étirait vers la salle du parcours de la Lame. Elle crut avoir affaire à Bouilloire, mais le regard dur de la personne ne comportait pas la moindre trace de l'humour naturel de la moniale.

— Tu vas te retrouver avec la boule à zéro ! dit Clera, qui revenait de l'armurerie avec un long couteau.

Le temps que Nona remonte à contre-courant le flot de ses camarades, il n'y avait plus personne dans l'armurerie. La jeune fille ne savait pas trop où les élèves avaient trouvé leur matériel, car au fond de la pièce, une effarante palette d'armes était exposée sur les étagères, les poignées dépassant dans le vide, prêtes à être saisies. Nona longea les râteliers. Il y avait là des épées de divers gabarits, des haches à manche long, des piolets, des lames-crochets, des couteaux de lancer, des poignards, des piques de mise à mort... Se dirigeant vers le coin le plus reculé, elle s'agenouilla devant l'étagère la plus basse et tendit le bras pour fouiller en dessous du meuble. Des araignées étaient parfois tapies dans de tels endroits, mais Nona n'avait pas le temps de prendre des précautions. Ses doigts ne rencontrèrent que le vide et, l'espace d'un instant, elle crut que quelqu'un avait trouvé sa cachette. Elle s'étira de son mieux, la joue douloureusement pressée contre le bord du râtelier, et finit par trouver le manche du couteau. Une traction suffit à le libérer.

Nona courut jusqu'à l'aire d'entraînement avec le couteau qu'Ara avait enfoncé juste à côté de son oreiller, le soir de son arrivée. Avant qu'elles deviennent... amies... si l'on pouvait s'exprimer ainsi. Cela faisait désormais deux ans que cette lame séparait l'Élue et son Bouclier, d'autant plus tranchante qu'elle n'était jamais évoquée. Nona courut aussi vite que ses contusions le lui permettaient, pourchassée dans le passage obscur par les fantômes de cette nuit lointaine, et par des bruits de pas tout proches.

Les autres élèves étaient déjà en rang, prêtes à travailler, et sœur Suif était tournée vers le couloir lorsque Nona en émergea avec une grimace.

— Je réitère cette leçon chaque fois qu'une novice rejoint la classe Grise. Avant que vous terminiez votre scolarité, vous l'aurez entendue à de multiples reprises, et ce ne sera toujours pas assez, déclara l'enseignante en faisant signe à Nona de prendre place à l'arrière du groupe.

— Oui, Maîtresse Lame, répondirent Nona et ses camarades en chœur.

— Voilà, dit sœur Suif en montrant son couteau, un instrument d'égalité. À mains nues, il est difficile de désarmer un adversaire, et plus ardu encore de le tuer. J'ai beau vous avoir enseigné beaucoup de choses, vous risquez toujours d'être vaincues par un ennemi moins doué que vous, pour peu qu'il fasse le double de votre poids, que sa musculature soit développée ou qu'il ait quatre fois votre force. Je fais là référence au profil d'un garde urbain ordinaire. Ne surestimez pas l'influence de votre entraînement dans le cadre de ce genre de confrontation déséquilibrée. En pareilles circonstances, il se pourrait bien que seule votre volonté de recourir promptement au summum de la sauvagerie vous permette d'avoir la vie sauve. Les yeux, l'entrejambe, la gorge.

De sa démarche dégingandée, sœur Roue longea lentement le mur du fond en partant de l'entrée, scrutant les novices tout en lançant de fréquents coups d'œil aux fenêtres et aux issues. Sœur Suif poursuivit son laïus comme si de rien n'était.

— Une lame, en revanche, permet d'aplanir remarquablement ce genre d'atouts chez l'adversaire. Aucun muscle, aussi robuste et épais soit-il, ne permet d'arrêter un tranchant, lequel tranchant, appliqué contre une gorge, met bien vite un terme à une confrontation. Et s'il rencontre une jambe ou un bras, il l'ouvrira jusqu'à l'os, infligeant une mutilation en bonne et due forme. N'en doutez pas : même sans exercer une pression forte sur la lame, une entaille peut endommager irrémédiablement un membre. Peau, muscles, vaisseaux sanguins, nerfs… Tout cède sous l'acier avec une effroyable facilité.

» Nona, tu prendras le temps de rendre une petite visite à sœur Roche dans les cuisines, la prochaine fois qu'elle aura besoin d'égorger un cochon. Lors de ta deuxième visite, c'est toi qui manieras la lame, puis tu te consacreras à la découpe, afin de constater la facilité avec laquelle la chair cède sous une lame bien affûtée pour révéler ce qui dort à l'intérieur.

Sœur Silex émergea du passage plongé dans la pénombre qui s'ouvrait sous les gradins, fouilla la salle du regard. Mais que pouvait-il bien y avoir de caché dans les hauteurs, parmi les poutres ? Nona l'ignorait, et elle n'était pas la seule, puisque ses camarades, qui avaient remarqué elles aussi l'attitude de la moniale, ne semblaient pas moins étonnées.

— Formez des binômes. Colorez vos lames, et battez-vous. Bottes alpha à delta seulement.

Clera et Ara voulurent toutes les deux s'associer à Nona, mais l'enseignante épargna à cette dernière la nécessité de choisir.

— Non, tu seras avec moi.

— Oui, ma sœur.

Cela valait mieux ainsi, puisque Nona n'avait pas la moindre idée de ce qu'était la botte alpha, et ne voyait absolument pas comment décliner l'offre d'Ara sans la vexer. De ce point de vue, le passage de Clera en classe Grise, six mois auparavant, lui avait simplifié l'existence.

Les novices se massèrent autour d'un support contenant un tas de chiffons, chacune s'empressant de frictionner sa lame pour l'enduire de noir de fumée. Chaque touche réussie laisserait une ligne ou un point noir sur le cuir pâle de la tenue de combat de l'adversaire.

Adressant un sourire à Nona, Ara retira d'un chiffon son arme désormais d'un noir d'encre et mima une attaque au ralenti. Nona ne lui rendit pas son sourire, car elle n'avait pas oublié que le couteau qu'elle avait jusque-là tenu caché avait servi naguère à la menacer de mort. Mais cela ne l'empêcha pas d'imiter le geste d'Ara. Immédiatement, une masse surgit de l'ombre du mur le plus proche. Une silhouette humaine douée de réflexes fulgurants, qui dévora la distance avant même que Nona ait fini de tourner la tête. Elle sentit le sol bondir à sa rencontre, et une explosion de douleur lui parcourut tout le corps ; elle était clouée à terre, maintenue au niveau du poignet par son assaillante. Elle voulut parler, mais l'impact lui avait vidé les poumons.

— Nona ?

La silhouette qui était à califourchon sur elle se pencha plus près, et ses contours se précisèrent.

— Bouilloire ? dit-elle en happant un peu d'air malgré ses côtes endolories.

— Sœur Bouilloire ?

Le visage de Suif apparut derrière l'épaule de Bouilloire, et la première aida la seconde à se relever sans pour autant lâcher la main de Nona, qui se retrouva donc elle aussi debout, par la force des choses.

— Que fais-tu, ma sœur ? s'enquit Suif.

Sœur Silex avait également rejoint l'attroupement, dominant de toute sa taille ses consœurs et les novices. Quant à sœur Roue, elle jouait des coudes – qu'elle avait anguleux – pour se frayer un chemin entre les élèves.

Sans mot dire, Bouilloire leva le poing de Nona, crispé autour du couteau.

— Tu tiens là une arme très intéressante, novice, dit sœur Suif.

Elle avait une façon bien particulière de hausser les sourcils, une mimique que Nona avait tenté d'imiter en vain, ces deux dernières années.

— Les assassins ! siffla sœur Roue. Cette gamine serait de mèche avec eux ?

— Ne dis pas de sottises, Roue, répliqua sœur Suif. Arabella et Nona ont partagé le même dortoir pendant plus d'un an, et ce sera de nouveau le cas à compter de ce soir.

— Les fils nous ont menées jusqu'ici ! s'indigna sœur Roue, les poings sur les hanches. Je ne parle pas que de moi. Il y a également Silex et Bouilloire.

Sans quitter Nona des yeux, Suif fit signe à Bouilloire de s'écarter un peu.

— Où as-tu trouvé ce couteau fort intéressant, novice ?

— Je...

Dans sa précipitation, et l'esprit toujours accaparé par son altercation avec Darla, ou du moins par les multiples ecchymoses qu'elle avait récoltées à cette occasion, Nona n'avait pas remarqué que son arme ne ressemblait absolument pas à celle de ses camarades, avec sa lame plus courte, tranchante comme un rasoir, et sa pointe évoquant une aiguille.

— Montre-moi le manche.

Nona ouvrit la main, révélant une poignée fine, enveloppée d'une mince bande de cuir, et dont le pommeau était constitué d'une boule de fer.

Autour de sœur Suif et de la jeune fille, un silence de mort régnait chez les novices redoutant d'être congédiées si les moniales se remémoraient leur présence, ce qui ne manqua pas de se produire malgré tout.

— Le cours est terminé ! lança sœur Roue. Allez prier. Prier pour ne pas vous retrouver dans les ennuis jusqu'au cou, comme votre camarade ! Allez !

— Entraînez-vous sur le parcours de la Lame, rectifia sœur Suif. Mais avant cela, allez ranger vos couteaux où vous les avez trouvés.

À contrecœur, les élèves s'engagèrent dans le passage conduisant au vestiaire.

— Reste, novice Arabella.

Ara rebroussa chemin au pas de course, et se plaça un peu à l'écart comme le lui indiquait sœur Suif.

— C'est un couteau de lancer, dit celle-ci en reportant son attention sur l'arme.

Elle tendit la main, et Nona lui remit l'objet.

— Les Noi-Guin confisquent l'arme de leur victime, expliqua la vieille religieuse en présentant le couteau à la lumière. Ainsi, ils ne laissent aucun signe distinctif permettant d'identifier leur forfait.

Elle restitua la lame à Nona, ses doigts ayant laissé des traces claires sur l'acier maculé de noir de fumée.

—Néanmoins, j'ai déjà vu un couteau strictement identique. Deux, même. À la ceinture de la femme que j'ai fait tomber du mur de ton dortoir, la deuxième nuit après ton arrivée au couvent.

—Une Noi-Guin ! s'exclama Nona en examinant le couteau, ce qu'elle n'avait pas eu l'occasion de faire depuis qu'elle l'avait extrait de son sommier et caché dans l'armurerie.

Cela remontait à plus de deux ans. Elle ne savait plus trop pour quelle raison elle avait choisi de le dissimuler sous les étagères... Simplement, il revêtait pour elle une importance symbolique, et elle répugnait à le voir se confondre avec les armes d'entraînement. Elle l'avait donc planté dans le pied du meuble, obéissant ainsi à l'ordre que lui avait donné l'abbesse sans pour autant s'en séparer vraiment.

—Qu'est-ce qu'elle pouvait bien vouloir, cette Noi-Guin ?

—Je me suis entretenue avec elle, dit sœur Suif, contrariée par le souvenir de cet événement. Mais un autre assassin de son ordre a interrompu notre conversation. Le temps que je lui règle son compte, la première avait filé... et la deuxième... eh bien, disons qu'elle n'était pas en état de répondre à mes questions. Je te le redemande donc : où as-tu trouvé ce couteau ?

—Il était dans l'armurerie...

—Je vérifie l'inventaire régulièrement, dit sœur Suif d'un air narquois. Les novices de la classe Sainte nettoient et entretiennent les armes quotidiennement. Cela faisait deux ans que je n'avais pas vu un couteau semblable.

—Il était dans l'armurerie, répéta Nona, butée.

Une expression impitoyable passa sur les traits de sœur Suif. Elle allait parler, sans doute pour réprimander durement Nona, mais sœur Bouilloire la devança.

—Sais-tu comment il est arrivé là, Nona ?

—L'abbesse m'a dit de le ranger.

La jeune fille avait bien conscience de ce que les moniales cherchaient à lui faire avouer, mais quelque chose au fond d'elle l'avait toujours poussée à s'accrocher bec et ongles aux rares secrets dont elle avait été la détentrice. Elle se découvrait aussi incapable de les dévoiler que de proférer un mensonge.

—Quand l'as-tu trouvé ? s'enquit Bouilloire.

—Le deuxième soir après mon arrivée au couvent.

—Et comment as-tu obtenu ce couteau ?

—Il était sur mon lit, expliqua Nona en fronçant les sourcils. Je me suis réveillée pendant la nuit, et quand je me suis tournée vers mon oreiller, il était planté à côté, dans la couverture.

—Ou alors, il avait été lancé, dit sœur Suif en consultant sœur Roue du regard. Nous étions persuadées que les assassins en avaient après Arabella, mais tout porte à croire qu'ils cherchaient plutôt à tuer Nona. Les Noi-Guin imposent des tarifs exorbitants, mais Thuran Tacsis a sans doute estimé la somme plus raisonnable que celle qu'il a dû verser au juge qui s'est présenté au couvent presque immédiatement après leur échec. L'Ancêtre seul sait de quelle fortune les Tacsis ont dû se délester pour organiser la visite du Grand Prêtre et des quatre archontes…

Sœur Roue gratifia Nona d'un regard assassin, mais réserva un sourire obséquieux à Arabella.

—L'Élue devrait être notre priorité, puisque la sœur de l'empereur n'a pas fait mystère de l'intérêt qu'elle lui porte. Un Bouclier devrait être en mesure d'assurer sa propre sécurité, sinon à quoi pourrait-il bien servir?

Sœur Suif émit un son ténu qui était peut-être, malgré toute la discipline dont elle était capable, un involontaire soupir d'exaspération.

—J'admets volontiers que Sherzal n'est pas réputée pour laisser filer entre ses doigts l'objet de sa convoitise… Mais ces titres ne nous facilitent pas la tâche. L'Élue? La belle affaire. L'abbesse nous a révélé la vérité, ma sœur.

Sœur Roue se plaça derrière Arabella et posa ses mains osseuses sur les épaules de la jeune fille.

—J'invoque la foi plutôt que la raison, ma sœur. L'Argatha nous vient de sources contées, et même si les circonstances qui entourent la naissance de ces histoires ne concordent pas, il n'en reste pas moins qu'elles sont d'origine sacrée. Une moniale? Un prêtre? Pour tel dessein plutôt que tel autre? (Elle agita la main comme pour chasser de la fumée.) Peu importe, cette histoire existe. Elle est née au sein de l'Église, et nombreux sont ceux qui y croient. J'en fais partie. Pas besoin de chercher plus loin.

Sœur Suif reporta son regard sombre sur Nona.

—As-tu eu l'impression que le couteau avait pu être lancé?

Nona ferma les yeux de toutes ses forces pour générer l'image qu'elle s'était repassée tant de fois en son for intérieur. Elle s'était figuré que quelqu'un avait planté le couteau, et que cette personne était Arabella Jotsis… Mais l'angle…

—La fenêtre! Il a très bien pu être lancé. Elle était ouverte cette nuit-là.

—Pourquoi passer cela sous silence, lorsqu'on n'a rien à cacher? demanda sœur Roue.

Lâchant Arabella, elle s'approcha de Nona et se pencha pour se mettre à sa hauteur, scrutant les traits de la jeune fille de ses yeux larmoyants comme s'il était possible d'y déceler de la fausseté.

— Elle n'a rien « passé sous silence », dit sœur Suif. L'abbesse était informée : c'est elle qui a ordonné à Nona de placer le couteau dans l'armurerie… Même si j'avoue que son mutisme à ce sujet me paraît bien étrange.

— Mère Vitrage nous a pourtant expliqué que Thuran Tacsis avait juré à l'empereur que tout était terminé ! protesta Ara, peut-être pour empêcher sœur Suif de chercher une faille dans le récit de Nona. (Elle adressa un sourire radieux aux quatre moniales.) Mon père a été témoin de son serment, qu'il a prêté devant la cour tout entière. Pourquoi devrions-nous continuer à nous soucier d'une éventuelle tentative d'assassinat ?

À ces mots, Suif et Roue échangèrent un regard. Ce fut la première qui répondit.

— Un peu de prudence n'est jamais vain, novice. Les Noi-Guin ont l'échec en horreur, et ce sont des gens patients. Et puis, maintenant que Thuran Tacsis s'est solennellement engagé devant l'empereur, Nona devient encombrante pour lui. Ses ennemis pourraient en effet s'en prendre à Nona pour chercher à attirer le courroux impérial sur la Maison Tacsis. Revenons à ce couteau…

— Au fait, qu'est-ce que vous fabriquez ici ? intervint Nona, peu désireuse de voir la conversation s'orienter à nouveau vers son silence au sujet du couteau et les forts soupçons qu'elle avait nourris à l'égard d'Ara. Et… (Elle s'adressa à Bouilloire.) … et vous… vous êtes sortie de nulle part !

— Je suis de l'ordre des Silences, dit l'intéressée avec un sourire jovial qui dévoilait cependant à peine le blanc de ses dents. Tu ne me vois que si je le veux bien.

— Ce sont des fils qui nous ont amenées ici, Nona, dit sœur Silex, du haut de son mètre quatre-vingt-dix. Maîtresse Voie t'apprendra ce dont il s'agit très bientôt, maintenant que tu es passée en classe Grise.

Chapitre 22

Sœur Suif chargea Ara d'enseigner à Nona les rudiments du maniement du couteau. Les autres novices étant toutes occupées par le parcours de la Lame, les deux jeunes filles bénéficièrent de toute l'attention de l'enseignante, ce qui ne les mettait jamais très à l'aise. Elles se tournaient autour, travaillant dans un silence entrecoupé par de brefs soupirs d'effort, ou par les cris lointains de celles qui se recevaient dans le filet au terme d'une chute vertigineuse.

—Non.

Sœur Suif manipula le poignet et le bras de Nona pour l'amener à exécuter la parade requise. Après une bonne trentaine de répétitions, la jeune fille opéra une variation.

—Non, répéta la religieuse en corrigeant à nouveau la posture de Nona. Ce sont les muscles qui doivent retenir les gestes, pas l'esprit. Il faut que tu te construises des schémas sur lesquels ton corps pourra s'appuyer lorsque tu n'auras pas le temps de réfléchir. Une fois que tu les auras assimilés, tu auras le droit d'improviser.

Nona se replongea dans le *tempo*: rotation, coup de taille, parade, rotation. À en croire la fréquence élevée des cris, même les novices les plus aguerries éprouvaient des difficultés à réussir le parcours de la Lame dans leur lourde tenue de combattante. La plupart des filles qui s'y entraînaient sur leur temps libre étaient des Hunskas, plus précisément des demi-sang et des primantes. Et cela, même si la vitesse d'exécution n'était pas un prérequis de l'exercice, le simple fait d'atteindre la fin du parcours constituant déjà un défi corsé. De l'avis de Nona, l'élément compétitif exerçait un attrait plus fort sur celles qui convoitaient l'habit martial, même si la studieuse Jula avait récemment démontré un talent certain pour le parcours, puisqu'elle avait réussi à atteindre l'arrivée –avec une extrême lenteur cependant–, un exploit que seule Clera était parvenue à réaliser avant de passer en classe Grise.

Une fraction de seconde d'inattention, et Ara traça une ligne noire sur le cuir pâle de la tenue de Nona.

— Recommencez ! aboya sœur Suif.

Rotation, taillade, parade, rotation, taillade. Parade.

— Quand vous frappez, il se peut que vous ayez l'occasion de blesser mortellement votre adversaire, mais pour porter un coup d'estoc il faut être plus près que pour un coup de taille. Et quand votre lame trouve la chair, elle risque d'être retenue par les os de votre adversaire, s'il cherche à se dégager. Ces deux facteurs, proximité nécessaire et lame coincée, vous laissent à la merci d'une riposte. Il est extrêmement rare de pouvoir infliger une attaque fatale assez rapidement pour empêcher un retour de flamme.

Rotation. Taillade, parade. Rotation, taillade. Parade.

— Même le murmure d'un couteau parfaitement acéré sait fendre l'étoffe et la peau pour atteindre le muscle. Les duels au couteau sont une guerre d'usure. C'est la perte de sang qui, combinée avec la perte de mobilité induite par diverses blessures, aura raison de votre ennemi en vous permettant de porter le coup de grâce.

Nona contourna la garde d'Ara, inscrivant une trace noire en travers de son abdomen. Immédiatement, elle fut prise d'un accès de culpabilité. Pendant deux ans, elle avait pensé que son amie avait cherché à la poignarder dans son sommeil, ou du moins à le lui faire croire.

— Bien évidemment, une confrontation peut se conclure en l'espace de quelques instants, en présence d'un assaillant peu aguerri. On préconise une entaille à la gorge pour passer aussitôt à la cible suivante, même s'il est possible de viser le cœur, un œil ou la naissance de la mâchoire, à condition que l'arme de l'adversaire soit sous contrôle.

Rotation-taillade-parade. Rotation-taillade-parade.

— Rompez ! Vous avez le droit de rejoindre vos camarades pour les dix minutes qui restent avant le cours suivant.

Nona se redressa, aveuglée par la sueur qui lui coulait dans les yeux. Toute notion du temps lui avait échappé, mais les ampoules qui affleuraient sur sa main offensive et un cercle formé de piétinements dans le sable lui avaient permis de se repérer plus précisément qu'un décompte des minutes.

— Oui, Maîtresse Lame, dit Ara en se précipitant vers le vestiaire.

Nona ramena vers l'arrière ses cheveux humides et battit des paupières pour chasser les dernières gouttes de transpiration avant de s'élancer à la suite de sa camarade.

— Je suis ravie que tu nous aies rejointes, confia Ara à Nona. (Elle fit un sort au dernier nœud, et se dépouilla de sa tenue de combat d'un seul et même mouvement.) Je commençais à craindre qu'on ne parte pas en exploration ensemble.

— On a encore trois mois avant le départ, dit Nona.

Elle se trémoussa pour enfiler son habit d'école et frictionna ses cheveux, courts mais drus. Elle aurait voulu les laisser pousser, mais ils devenaient impossibles à discipliner dès lors qu'ils lui arrivaient dans le cou, et elle avait beau les coiffer, rien n'y faisait. Quand cela arrivait, sœur Roue ne la traitait plus de petite manante mais de gourgandine… Cela valait presque la peine de supporter une chevelure en bataille. Presque.

Ara ramassa ses collants et ses chaussures, prête à partir.

— J'espère qu'il y en aura d'autres qui arriveront d'ici là, reprit-elle.

Nona hocha la tête.

— Oui, il nous faudrait au moins Ruli et Jula.

Chaque année, les élèves de la classe Grise partaient pour un long périple en pleine nature qui constituait une part importante de l'enseignement. Privées de ressources, elles étaient contraintes de tirer leur subsistance de la terre tout en relevant plusieurs défis imposés par le couvent. Lors de la précédente session, deux novices avaient été blessées, dont une qui n'avait pas réussi à rallier sa destination dans le temps imparti. Mère Vitrage ne renvoyait pas les élèves qui échouaient dans leur exploration, contrairement aux abbesses qui l'avaient précédée. En revanche, il leur était impossible d'accéder à l'ordre des Écarlates ou des Grises.

— Ce sera la première fois que je quitte ce caillou depuis… depuis mon arrivée, dit Nona, songeant qu'elle n'avait jamais eu l'occasion de traverser à nouveau le champ de piliers.

— Viens ! dit Ara en la tirant par le bras pour l'arracher à sa réflexion. On fait la course.

Elles gravirent l'escalier pieds nus jusqu'à la plate-forme donnant sur la salle du parcours de la Lame, Ara y faisant irruption avec une bonne longueur d'avance sur Nona et manquant à cette occasion de faire tomber une novice dans le vide. Près de la moitié des élèves présentes avaient déjà abandonné l'entraînement, lui ayant préféré un bain prématuré, mais il restait néanmoins quelques concurrentes à qui Ara et Nona pourraient se mesurer. Dos à l'entrée, Ketti était assise, les jambes dans le vide, tandis que deux camarades plus âgées attendaient leur tour pour passer. La plus grande des deux était Alata, la fille qui avait failli tomber dans le filet par la faute d'Ara, et dont les yeux foncés lancèrent des éclairs lorsqu'elle vit Nona entrer. Alata avait des cheveux d'un noir d'encre si frisés qu'ils semblaient former un halo autour du visage de leur propriétaire, et une peau sombre ponctuée de cicatrices plus sombres encore, des boursouflures qui donnaient l'impression de composer un message peu enclin à se dévoiler. L'autre novice, Leeni, était rousse, et sa peau était si pâle que l'on distinguait le lacis bleu de ses veines sur ses jambes et ses bras nus.

Quant à la novice qui était en train de tenter le parcours, il s'agissait de Clera, qui n'avait pas quitté sa tenue de combat et oscillait dangereusement en négociant l'amorce de la spirale.

— Gare à ton pied de derrière ! lança Ara.

Clera sursauta, battit des bras et tomba en poussant un cri de rage, ses cheveux noirs s'élevant en corolle autour de son visage. Ara se tourna vers Nona.

— Je lui avais bien dit que son pied était mal placé, dit-elle d'un air penaud.

Nona ne répondit pas, mais force lui était de reconnaître que Clera avait mal positionné son pied.

Alata tendit une grosse main en direction du tuyau.

— Montre-nous ce que tu as dans le ventre, la nouvelle.

— Oui, toi, dit la rousse en montrant Nona du doigt. Je veux savoir si le Bouclier va tomber encore plus tôt que nous.

Nona eut un geste d'indifférence. Clera et elle étaient officiellement les deux seules Hunskas absolues de leur âge, même si un doute subsistait concernant Ara, qui était tout de même dotée d'excellents réflexes pour une simple primante. Les élèves étaient toujours partagées entre la jalousie et l'admiration béate qu'elles vouaient aux absolues, mais depuis l'ordalie, Nona était la cible de réactions particulièrement vindicatives.

Il lui fallut quelques instants pour frotter ses pieds encore pleins de sable et les enduire de résine. Ara lui avait offert un petit pot de la marque la plus collante qu'il lui avait été donné d'essayer, et le récipient était en argent ouvragé. Jamais encore Nona n'avait possédé d'objet si précieux. Pourtant, son amie le lui avait donné machinalement, comme s'il s'agissait d'un banal trognon de pomme.

— N'oublie pas : prends ton temps, et réfléchis ! lui dit Ara lorsqu'elle eut posé son pied directeur sur le tuyau et écarté les bras pour trouver son équilibre. Tu vas toujours trop vite en besogne.

Ara avait triomphé du parcours de la Lame pour la première fois moins d'un mois auparavant, et elle ne s'était pas encore lassée de donner des conseils à son entourage. Il lui avait fallu un peu plus de quatre cents graduations, contre deux cent quatre-vingt-dix pour Clera, et si elle avait complété le parcours deux fois depuis lors, elle n'avait en revanche pas réussi à améliorer son temps.

Nona s'engagea précautionneusement au-dessus du gouffre, contrainte de lever franchement les pieds pour les décoller du tuyau à cause de la matière qui serait la garante de sa stabilité dans les sections les plus inclinées de la structure. Elle n'avait encore jamais parcouru plus de la moitié de la distance totale. Lors de chacune de ses tentatives, quelque chose avait cloché, comme si la Voie de la Lame avait été spécifiquement conçue pour la précipiter elle, Nona Grisaille, dans le vide, ce qu'elle interprétait comme une offense personnelle. Un élément de l'énigme se refusait systématiquement à elle, note discordante dans le chant, et Nona se sentait bancale comme si elle avait chaussé des souliers qui ne lui appartenaient pas.

— Tu te débrouilles bien !

Dixit Ara depuis la plate-forme qui surplombait désormais Nona, puisqu'elle était sur le point de conclure la descente initiale et de s'attaquer à la montée sévère de la première spirale.

— Le filet n'attend que toi, fillette.

La voix de la novice rousse.

— Et Darla aussi ! renchérit Alata.

Des cris et des sifflets moqueurs s'élevèrent des niveaux inférieurs, où d'autres novices observaient la progression de Nona depuis l'entrée de la salle.

Nona entama l'ascension en veillant à positionner son pied arrière plus judicieusement que Clera, et s'éleva petit à petit, corrigeant ici et là sa posture tant bien que mal pour opérer la difficile transition entre la face interne et la face externe du tuyau. Toute la structure se mit à tanguer au bout de ses câbles de soutien. La jeune fille prit une lente inspiration et franchit le faîte de la première boucle.

« Clic ». Le pendule continua sa course tandis que le compteur gagnait une graduation, ponctuant la paresseuse progression de Nona. Elle fut tentée de sauter directement au sommet de la spirale suivante, mais le règlement était clair : il fallait marcher sur l'intégralité du parcours.

Elle amorça la descente, se fiant à la résine pour ne pas glisser. « Clic ».

Quelques mètres plus loin l'attendait une portion ardue du parcours, puisque le tuyau y était articulé et réagirait à la moindre variation de pression. Chaque élément de la Voie de la Lame en commandait un autre : le pas le plus délicat pouvait faire bouger l'un d'eux, provoquant une réaction en cascade.

Nona se plongea dans l'instant présent, ralentissant le monde au point de le figer presque, les rires des novices perdant octave après octave pour ressembler aux mugissements gutturaux des bovins de tourbière.

Elle décala légèrement ses appuis pour les rendre plus sûrs en tenant compte des mouvements du tuyau. Une lente quête d'équilibre entre deux battements de cœur.

L'expérience s'acheva comme à l'accoutumée, Nona comprenant qu'elle avait dépassé le point de non-retour et qu'aucun brusque mouvement ne lui permettrait de compenser son déséquilibre. Elle s'abandonna à la gravité, tombant sans bruit, seul un rictus de dépit passant sur ses lèvres. L'impact, le rebond au fond du filet, les gesticulations pour rejoindre le bord… tout cela passa inaperçu pour elle : elle se savait capable d'arpenter la Voie de la Lame, elle la connaissait intimement, et pourtant… Pourtant…

— Pas de chance ! dit Clera en passant un bras autour de ses épaules. Mais tu te débrouilles de mieux en mieux.

— Je ne crois pas.

— Et si on regardait Ara tomber ? Ou alors, on prend racine. Elle en a pour une éternité.

Une novice, presque aussi grande que Darla mais deux fois plus fine, tira le levier pour figer le pendule à l'apogée de sa course et remit le compteur à zéro.

Chapitre 23

— Frôler la Voie est le deuxième plus grand danger que vous puissiez courir.

Sœur Poêlon arpentait la salle de classe avec une énergie prédatrice qui contrastait étrangement avec son âge canonique.

— Vous croyez que c'est faire joujou avec des épées et des couteaux, des poisons et des acides qui est dangereux ? Vous êtes des enfants, vous ignorez ce qu'un tranchant peut infliger ; une inflexion du poignet, et vous voilà béantes. Sang, os, nerfs, tripes… vous révélez au monde toutes les merveilles de douceur d'un corps pourfendu. Si vous survivez, la douleur, la perte durent parfois toute la vie… Si et seulement si vous survivez.

Elle leva le bras droit et regarda sa main réduite à l'état de moignon, penchant la tête comme si elle distinguait peut-être encore ses doigts et pouvait leur ordonner de bouger. Quelques secondes plus tard, elle pivota sur ses talons et se retrouva en face de Nona.

— Je l'ai dit et redit cent fois à mes élèves, mais ça ne rentre pas, c'est peine perdue. Peu importe si elles n'ont pas cela dans le sang. Mais pour toi… pour toi, ma petite Nona, rien n'est encore compromis. Le fil que la novice Hessa a bien malencontreusement tendu entre toi et elle est peut-être un signe, non pas d'un tissage en bonne et due forme, mais au moins de son écho.

Sœur Poêlon se pencha pour tapoter le front de la jeune fille du bout d'un doigt aussi noir et desséché qu'un bâtonnet de charbon.

— Un soupçon de Quantal est peut-être enfermé là-dedans… Tout ce que nous avons à faire, c'est trouver un moyen de le libérer.

— Quel est le plus grand danger ? s'enquit Nona.

— Hmm ?

La moniale cligna des paupières, comme si elle avait dérapé, quitté bien involontairement le cheminement de ses pensées. Elle se détachait, silhouette sombre sur un sublime arrière-plan de vitraux.

— Vous avez dit que frôler la Voie était le deuxième plus grand danger. Quel est le premier ?

— Quitter la Voie, pardi ! rétorqua sœur Poêlon, retrouvant toute son acuité. (Sans quitter Nona des yeux, elle tendit le doigt vers Hessa.) Et pourquoi cela, novice Hessa ?

— Parce que lorsqu'on s'écarte de la Voie, il faut prendre bien garde à rentrer en soi-même pour éviter de se retrouver dans un autre endroit.

— Un autre endroit, répéta sœur Poêlon. Un endroit effroyable d'où tu pourrais ne jamais revenir. Un lieu sombre, peuplé de démons invisibles qui te susurrent à l'oreille. Un lieu brûlant où ton esprit se consumera. Si froid que nous, qui sommes restées dans notre monde, pourrons distinguer un rien de frimas dans ton regard morne. Un lieu de silence où le temps ne s'aventure pas et auquel rien ni personne n'échappe. Tu *dois* regagner ton corps. En dehors de cela, où réside le danger ? Où, novice Arabella ?

— Ce que l'on tient doit nous appartenir.

— Exact. (Hochement de tête approbateur.) Chaque foulée que tu effectues sur la Voie de l'Ancêtre, ce chemin qui irrigue toute la Création, est à la fois un don et un fardeau. Chaque pas effectué est un cadeau que te fait le pouvoir brut de la Création, chaque pas accroît le potentiel que tu détiens. Bonne nouvelle, n'est-ce pas ?

Nona hocha la tête. On racontait que les Sœurcières chargeaient leurs mains d'une magie propre à faire éclater n'importe quelle porte, à réduire de la roche en poussière. Que sœur Nuage était capable, tel un orage, de lancer des éclairs. Que sœur Effraie pouvait balayer les hommes d'un revers de main, comme autant de fétus de paille.

— Imagine maintenant une carafe pleine de ta boisson favorite. Les jeunes filles apprécient le vin au miel, n'est-ce pas ? Imagine la scène.

Nona n'avait jamais goûté cette boisson, ni même du vin ou du miel pris séparément, d'ailleurs, mais cela ne l'empêcha pas d'acquiescer.

— Imagine à présent qu'on t'en verse dans la bouche. Le goût te plaît, alors tu bois, tu bois. Mais la carafe est inépuisable, c'est sans fin, cela va trop vite, pourtant tu n'as d'autre choix que d'avaler. Ton estomac se gonfle, il est près d'éclater. Tu n'en peux plus. Tu t'écartes.

» La Voie fonctionne selon le même principe. Tu en reviens chargée de ce qu'elle t'a offert, tu es pleine à craquer. Et tu dois t'approprier ce cadeau, le façonner. En cas d'échec, il te terrasse… et jamais deux fois de la même façon. Ce n'est pas une mort rapide. Le don te nourrit. Tout en t'anéantissant, il te laisse consciente. Tandis que tu te consumes, les maigres vestiges de ta personnalité connaissent une souffrance intense à en faire trépigner de jalousie les bourreaux impériaux.

La religieuse parut sur le point d'ajouter quelque chose, mais elle regarda Nona, attendant une réponse de sa part.

— Puisque c'est comme ça, je vais en rester aux épées et aux poisons, dit la jeune fille.

Sœur Poêlon éclata de rire.

— Et tu ne seras bonne à rien d'autre, ma jeune enfant, tant que tu n'auras pas développé ta sérénité. La sérénité te permet d'atteindre la Voie malgré le brouillard de notre monde. La lucidité t'autorise à la voir. Sur ce point, je n'ai rien à te reprocher. Mais ta sérénité, franchement…

Elle remua les doigts d'un air espiègle.

Nona ne prêta aucune attention aux quelques rires qui s'élevèrent dans la salle. La plupart des élèves ne savaient rien d'elle, hormis qu'elle avait subi l'ordalie du Bouclier. Et cassé le doigt de Darla. Et pointé un couteau, un vrai, vers Arabella Jotsis le matin même. Comme le jour de son arrivée au couvent, d'ailleurs.

— La sérénité me donne du fil à retordre, Maîtresse Voie.

L'enseignante lui tapota l'épaule et retourna à l'avant de la classe dans un kaléidoscope de couleurs lumineuses.

Clera fit un clin d'œil à Nona. Toutes deux avaient réussi tant bien que mal l'examen de sérénité, longtemps après avoir assimilé la lucidité et la patience. Elles éprouvaient des difficultés à atteindre l'état de transe, sans même parler de s'y plonger corps et âme et, surtout, de s'y maintenir en dépit des sources de distraction. Sœur Poêlon leur proposait des exercices pour les assister à chaque étape du processus, leur expliquait à quoi elles devaient s'attendre et pour quelle raison. En classe, elle les guidait pour les aider à façonner leur personnalité et à progresser quotidiennement afin de mieux se conformer aux exigences de l'exercice. Mais, au bout du compte, tout cela n'était que des mots, rien que des mots.

« Je peux vous montrer où se situe la Voie. Vous l'indiquer. Vous la décrire. Mais vous seules pouvez la voir. Je ne peux pas vous la remettre en mains propres. La seule personne qui est en mesure de faire cela, de s'en emparer, de se l'approprier, c'est vous. »

La vieille femme leur enseignait des poèmes, des récits, des fragments de chansons, voire des énigmes et des plaisanteries afin de les aider à considérer le monde selon une perspective décalée, et ainsi voir ce qu'elle-même discernait si facilement. Il lui arrivait d'ouvrir le grand coffre cerclé de fer qu'elle gardait devant les chaises des élèves, et en sortait un ravissant objet dont les caractéristiques charmaient le regard. Tessons de verre ancien parcourus d'un véritable arc-en-ciel de nuances, casse-tête de métal noir entrelacé, images trompeuses… De prime abord, on avait l'impression de découvrir un vieil homme tourné vers la droite, et l'instant d'après révélait un jeune garçon orienté vers la gauche, voire une colline qu'un subtil changement de perception transformait en fosse. Une infinie variété d'effets qui partageaient un point commun : ils vous menaient tous au même endroit, mais chacun à sa façon, et vous les choisissiez selon votre sensibilité personnelle.

Nona avait effleuré la sérénité un jour qu'elle s'était récité mentalement une vieille chanson. Celle que chantaient les enfants de son village. « *Tombe, tombe, tombe la lune, bientôt, bientôt tombera la lune…* » Lorsqu'elle passait et repassait les mots sur sa langue jusqu'à ce qu'ils perdent toute signification pour ne plus former qu'une chaîne de sons muets, lorsqu'elle revoyait les silhouettes noires des enfants qui dansaient sous la lune convergente… c'était dans ces moments-là qu'elle avait atteint une tranquillité inaccessible au monde extérieur, un lieu qui gommait les aspérités blessantes de tous ses souvenirs, sans exception. Cet état d'esprit ne lui faisait pas oublier ses préoccupations ou ses objectifs, mais lui donnait la sérénité nécessaire pour se distancier de la peur, voire de la douleur.

Cela ne lui était cependant d'aucune utilité pour le parcours d'adresse : sa chute se faisait dans la sérénité, mais elle n'en chutait pas moins ; elle prenait simplement moins à cœur le fait de n'avoir franchi qu'une minuscule distance, sauf à considérer comme valable le déplacement vertical induit par sa perte d'équilibre.

— Penchons-nous sur la sérénité, chères élèves, dit sœur Poêlon en s'asseyant sur le gros coffre.

Clera se couvrit la bouche et fit semblant de bâiller à s'en décrocher la mâchoire. S'il y avait eu des pupitres en cours de Voie, Nona se serait bien cogné le front dessus par dépit. Deux ans s'étaient écoulés, et elle ne parvenait toujours pas à toucher la Voie, sans même parler de l'arpenter. Et s'il n'y avait eu que cela, encore… Mais elle n'avait vu personne d'autre réussir. Sœur Poêlon avait emmené Hessa, et plus tard Ara, à l'étage inférieur lorsqu'elle avait jugé qu'il était temps pour elles d'essayer d'atteindre la Voie, et cela énervait Nona au plus haut point chaque fois que cela se reproduisait. Les autres novices interrompaient alors leur méditation et couraient jusqu'aux fenêtres pour chercher à découvrir, à travers les petits panneaux colorés, la destination de l'enseignante. Mais on ne la voyait jamais quitter la tour. Un jour, Ketti, qui revenait du sanatorium où elle était allée se faire soigner après s'être luxé l'épaule, avait raconté à ses camarades n'avoir remarqué personne au rez-de-chaussée de la tour, dans la galerie aux portraits, et leur avait assuré n'avoir croisé personne non plus dans l'escalier hélicoïdal. Les novices en avaient conclu que sœur Poêlon se rendait dans une pièce secrète située quelque part dans le corps de la tour. Mais malgré des allers et retours incessants, Nona n'avait pas décelé la moindre porte dérobée.

Poussant un soupir, la jeune fille évacua de son mieux la tension qui l'habitait, sans pour autant se départir de tout son tonus, et se lança à la poursuite de la sérénité. « *Tombe, tombe, tombe la lune...* »

Dans les premières secondes, elle crut que le son de Bitel était le fruit de son imagination, mais les coups se succédèrent, et la voix d'acier eut tôt fait de percer les voiles de tranquillité dont Nona s'était enveloppée. Lorsque la deuxième volée commença, elle s'était relevée d'un bond, à l'instar du reste de la classe.

Tout près de Nona, Clera se mit debout en bousculant quelques chaises.

— Sang de l'Ancêtre ! jura-t-elle.

— Mettez-vous en rang pour vous rendre devant la maison de l'abbesse, ordonna sœur Poêlon d'une voix forte.

Bitel n'avait plus résonné depuis le jour où le Grand Prêtre Jacob avait convoqué les archontes. Nona se plaça dans la file de ses camarades, et toutes dévalèrent l'escalier à la suite de leur enseignante.

— Faites que ce soit un incendie, faites que ce soit un incendie, ânonnait Ketti, à la troisième place derrière Nona.

Celle-ci aurait voulu, au fond d'elle, que son amie ait raison. N'importe quelle catastrophe naturelle aurait été préférable aux torts que les êtres humains étaient capables d'infliger à leur prochain.

Le vent avait tourné pendant la nuit et soufflait désormais depuis le nord en salves froides, irrégulières et balbutiantes qui donnaient l'impression de pouvoir à tout moment se raviser et laisser le vent de Goulet gambader de par le monde. Mais si le changement se confirmait, les bourrasques mugissantes venues de la blanche immensité se chargeraient de glace, et tout l'Empire grelotterait. Nona s'enveloppa plus étroitement dans son habit, réprimant l'envie de courir et calquant plutôt son pas sur celui de sœur Poêlon.

Mère Vitrage attendait ses ouailles sur le perron de sa demeure, surplombant d'une marche sœur Roue et sœur Rose qui dominaient quant à elle sœur Suif et sœur Férule. À l'arrivée de la classe de Nona, sœur Pomme était en train de fendre la foule d'un pas précipité.

On apercevait par intermittence un cavalier qui s'éloignait entre les piliers, portant une bannière argent et écarlate qui claquait dans le vent.

— C'est un héraut impérial, dit Ara en s'immobilisant sur la droite de Nona.

Clera, qui se trouvait à gauche de celle-ci, lui donna un coup de coude complice.

— Bah tiens. C'est pas comme s'il fallait faire partie des Sis pour savoir ça.

Nona observa longuement le messager qui s'en allait. Il n'y avait sans doute pas besoin d'appartenir à la lignée des Tacsis ou des Jotsis pour identifier l'étendard, mais ce genre d'information n'était pas non plus à la portée de la première petite paysanne venue de la Grisaille. Cependant, lorsque le cavalier entra une dernière fois dans le champ de vision de Nona avant de disparaître, les contorsions de l'étoffe éveillèrent chez elle l'ébauche d'un souvenir.

— L'empereur va venir ? s'enquit-elle en se rendant aussitôt compte de la stupidité de sa question.

— Non, il est parti avec l'armée de Rexxus pour lutter contre des pirates durnisiens qui pillent la côte, expliqua Ara.

— Comment le sais-tu ? demanda Ruli en se frayant un chemin jusqu'à ses amies.

Elle racontait à qui voulait l'entendre qu'elle était issue d'une famille de contrebandiers, ou de pêcheurs, au gré de son humeur, mais en réalité son père possédait une flottille forte de plusieurs gros bateaux de pêche et une armada de navires marchands, sans oublier les équipages qui allaient avec.

Ara haussa les épaules, comme si l'information était de notoriété publique.

— Toute une armée ? Et l'empereur se déplace personnellement pour de simples pirates ? demanda Nona.

— Quand des pirates s'en prennent à nos côtes, c'est que le fondé de pouvoir durnisien est à la barre, dit Ruli. Ils procèdent ainsi pour identifier les points faibles de leurs cibles. L'empereur compte frapper un grand coup. Faire une démonstration de force.

— Maîtresse Savoir serait fière de ton analyse, Ruli, dit Clera, ne plaisantant qu'à moitié.

La voix de Hessa s'éleva derrière le petit groupe.

— Il ne reste plus que les sœurs, alors.

— Velera aura donc quitté la côte, suggéra Clera.

— Elle, fuir devant des pirates ? Pendant que son frère est présent sur le rivage ? Tu veux rire ! dit Ara. Tu ne connais donc pas la douce Velera ?! Elle laisserait l'écume rouge dans son sillage.

Mère Vitrage abattit l'extrémité de sa crosse sur le perron.

— Mes sœurs, chères novices, nous allons recevoir demain une visite qui n'était pas prévue. Sherzal, sœur de l'empereur, arrivera de l'Est et nous demande de lui faire visiter le couvent. Le Grand Prêtre Nevis retrouvera le cortège royal aux portes de la ville et escortera sa très honorable invitée jusqu'ici.

— Sherzal ? dit Nona en s'adressant à Ara. Ce ne sont pas ses soldats qui ont tenté de t'enlever à ton père quand il a été appelé à la cour ? Elle est venue te chercher en personne ?

— Ne sois pas bête, siffla Clera. L'empereur lui-même ne pourrait pas faire sortir Arabella de la Mansuétude. C'est précisément pour ça que les Jotsis l'y ont envoyée.

Le vent tumultueux soulevait les habits et faisait voler les cheveux. Mère Vitrage poursuivit son discours en faisant le dos rond.

— ... cours seront suspendus jusqu'au départ de nos visiteurs. J'encourage nos sœurs à faire appel aux novices pour les préparatifs qui s'imposent. Les filles formant le chœur de sœur Férule sont dispensées d'autres besognes. Sœur Chrysanthème saura, je n'en doute pas, mettre à contribution celles qui ne trouveraient pas de quoi s'occuper : il y a toujours dans ce couvent des recoins méritant d'être récurés.

» Il va sans dire que nous comptons nous montrer demain sous notre meilleur jour... Mais je préfère vous le signaler malgré tout. La dernière visite du Grand Prêtre Nevis s'est déroulée de manière rien moins que traumatisante, aussi devons-nous faire tout notre possible pour remplacer cette mauvaise expérience par de plus joyeux souvenirs. Et, naturellement, Sherzal sera présente. Faisons en sorte de nous montrer dignes de l'honneur qu'elle nous témoigne.

D'un geste, mère Vitrage donna alors congé à l'assistance, Nona notant à cette occasion que la main de la vieille femme ne s'ouvrait pas totalement, comme crispée par le tissu cicatriciel là où la flamme avait brûlé la chair.

— Par l'Ancêtre ! dit Ruli. Filons avant que sœur Serpillote nous oblige à nettoyer les latrines !

— Filez si ça vous chante, manantes ! Moi, je vais chanter en échange de mon dîner.

Ayant décrété cela, Clera se dirigea vers sœur Férule qui, à proximité du Dôme, agitait sa règle au-dessus de sa tête pour réunir les choristes.

Nona n'eut pas le cœur de lui rendre son sourire, car elle revoyait en son for intérieur le visage de l'abbesse convulsé par la douleur tandis que sa main était exposée à la flamme implacable. Les mugissements de la bise reprirent sans crier gare, ramenant la jeune fille à la réalité, et tout le monde courut s'abriter de cette voix ourlée de glace qui vous labourait la chair comme si elle se composait, non pas de cristaux, mais d'une myriade d'étoiles de jet.

Chapitre 24

Ce fut d'un pas chancelant que Nona regagna le dortoir de la classe Grise et frictionna ses cheveux drus pour en chasser le givre, alors qu'à peine quelques minutes auparavant elle les avait séchés en sortant du bain. Elle avait cru que le cours de Lame sollicitait tous ses muscles, mais après avoir passé trois heures à manier balai, brosse à récurer et chiffon à lustrer sous le regard perçant de sœur Serpillote, elle s'en était découvert de nouveaux. Une découverte qui se faisait dans la douleur.

— Je crois que je me suis cassé la voix, dit Clera.

À plat dos sur son lit, elle étirait ses jambes fuselées en contemplant le plafond tandis que son habit formait une boule sur le sol. Sa pièce d'argent brillait sur sa paume ouverte.

— Je crois que je suis cassée de partout, sauf de la voix, rétorqua Nona en cherchant un lit inoccupé.

Ara entra à sa suite, le pourtour de son front liseré de givre tandis que le reste de sa chevelure fumait encore après son séjour prolongé aux bains.

— Sœur Roue a dit à Serpillote de te mettre de corvée de latrines…

— Heureusement qu'il existe des novices contre qui cette bonne vieille Serpillote a *vraiment* une dent, dit Nona.

Elle avait bien compris que le meilleur moyen de s'attirer l'ire de Serpillote consistait à semer le désordre dans le réfectoire. La moniale appréciait en revanche celles qui ne laissaient pas une miette dans leur assiette, et avait donc un gros faible pour Nona.

— Elle t'aime bien parce que tu viens de la campagne, remarqua Clera. Serpillote aime les filles qui n'ont pas peur de travailler dur. Moi, elle m'obligerait à récurer toute la falaise sur laquelle donne le Nécessaire, *pendant* que sœur Férule ferait sa petite affaire.

Ara s'avança dans le dortoir, s'élançant sur quelques mètres pour bondir par-dessus deux novices allongées sur leur lit et s'étendre de tout son long sur un matelas libre. Nona se rembrunit, elle qui se cherchait encore un emplacement où dormir. Au fond du dortoir, Darla, le dos tourné, s'intéressait à quelque chose qui se trouvait sur ses genoux.

— Qui dort ici ? demanda Nona en indiquant le lit situé en face de celui d'Ara.

Le lit en question était fait avec soin, mais pas tout à fait assez pour la laisser espérer qu'il était disponible.

— Alata, répondit Clera.

Du menton, elle indiqua le lit qui se trouvait derrière le sien, et des couvertures duquel dépassaient deux pieds. Nona resta interloquée, non pas à cause du nombre de pieds, fort naturel, mais parce que l'un était mat et l'autre d'un blanc presque laiteux. Et à l'autre extrémité du matelas ne dépassait qu'une masse de cheveux roux déployée sur l'oreille. En classe Écarlate, le bruit courait que les novices plus âgées partageaient parfois leur couche, mais c'était la première fois que Nona était témoin du phénomène.

Les volets tremblèrent sous les assauts du blizzard.

— Il va faire frisquet ce soir, dit Clera en tapotant son lit. On partage, si tu veux.

Elle s'exprimait sur un ton léger, inconséquent, mais ses paroles n'en demeuraient pas moins lourdes de sens.

— Celui-là est libre ! dit Ara en lui indiquant un matelas, quelques places plus loin.

— J'ai trop mal pour qu'on partage, répliqua Nona en se tenant le flanc. Darla sait placer ses coups de pied.

Clopin-clopant, elle s'engagea dans l'allée qui séparait les deux rangées de lits en évitant de croiser le regard de Clera, à qui elle n'avait pas voulu faire de peine.

Et c'est avec une délicatesse digne d'une vieillarde que Nona prit possession de son nouveau matelas, car ses muscles avaient commencé à se raidir. Elle espérait que Darla, qui lui lança un regard mauvais mais tint sa langue, avait plus mal qu'elle. Avec sa main droite et son pied gauche bandés, elle répugnerait sans doute à reprendre les hostilités. Quoi qu'il en soit, Nona s'en moquait éperdument ; elle était vidée de toute son énergie. Elle s'adressa à Ara.

— C'est quoi les fils ?

Sœurs Silex, Roue et Bouilloire avaient été attirées par le couteau de l'assassin, elles étaient toutes trois arrivées dans la Demeure de la Lame à quelques minutes d'intervalle à peine. Le mystère de leur apparition avait taraudé Nona pendant qu'elle procédait à ses ablutions.

— C'est compliqué, les fils, répondit Ara, la tête posée sur son oreiller.

— Là, je ne suis pas en état.

— C'est le même principe que la Voie, mais pas tout à fait. Tout ce qui existe contient ses propres fils, des fils qui s'emmêlent les uns avec les autres. Une Quantal entraînée est capable de tresser les fils d'une personne avec ceux d'une autre, ou avec ceux d'un objet. Mais une Quantal non formée peut y parvenir par accident, comme ça a été le cas pour toi et Hessa.

— Une Mystique a certainement noué les fils d'un objet que l'assassin survivant aura abandonné en s'enfuyant avec ceux de certaines de nos moniales. Probablement la dague jumelle de celle que tu as trouvée, ce qui expliquerait que le lien ait été si intense. Ainsi, les sœurs seraient capables de percevoir la présence de la Noi-Guin si elle revenait.

— C'est sœur Poêlon qui a fait ça ?

Ara pouffa de rire.

— Poêlon ? Elle est trop vieille. Cela fait des années qu'elle n'a pas touché la Voie. Non, il doit s'agir d'une Mystique à part entière. Une Sœurcière !

— Dans ce cas… pourquoi les sœurs n'ont-elles pas trouvé le couteau il y a deux ans ?

— C'est compliqué.

— Tu ne sais pas ?

— Non, ce n'est pas tout à fait ça, répondit Ara en riant. Mais je sais qu'il existe des fils qui t'attirent vers un élément immobile, et des fils qui t'attirent lorsque cet élément est en mouvement. M'est avis que les sœurs ont choisi des fils afin d'être alertées si la meurtrière décidait de revenir au couvent… Et que le lien établi portait aussi sur les objets qu'elle aurait forcément sur elle. Elles pouvaient se servir des deux couteaux qu'elles avaient gardés. Et quand tu en as récupéré un… elles ont débarqué !

— Aïe, fit Nona en revoyant sœur Bouilloire se détacher du pan de mur plongé dans la pénombre pour clouer au sol son corps déjà endolori. Mais elles sont arrivées avant même que j'aie touché le couteau.

— À ce qu'on raconte, un lien vraiment puissant peut être de nature prémonitoire. Certains objets sont plus faciles à nouer que d'autres, mais avec le temps, tous les fils finissent par se détendre.

Elles restèrent quelques instants sans parler tandis qu'autour d'elles le calme gagnait le dortoir, mais une autre question vint à l'esprit de Nona malgré la fatigue. Elle bâilla à s'en décrocher la mâchoire, puis la posa.

— Pourquoi les sœurs de l'empereur n'ont-elles pas de titre ? On ne devrait pas les appeler « princesse Sherzal » et « princesse Velera » ?

— Tu as trop écouté les bardes, répliqua Ara en bâillant à son tour. Nous n'avons pas eu de rois et de reines, de princes et de princesses depuis des centaines d'années. Peut-être qu'on en trouve, ceci dit, si on suit le Goulet assez longtemps.

— Mais ce sont les sœurs de l'empereur...

— Crucical se méfie d'elles comme de la peste, expliqua Ara en se lovant sous sa couverture, tant et si bien que l'on ne distinguait plus que ses cheveux. En leur attribuant un titre, il ne ferait qu'encourager leur hostilité. Cette absence de reconnaissance indique à toute la société qui a la faveur de l'empereur et qui n'en bénéficie pas. Cela se passe ainsi dans les grandes familles.

Nona ferma les yeux. Traîtrises et duperies n'étaient pas l'apanage des grandes familles. Les liens du sang ne résultaient pas d'un choix, et ils n'étaient pas difficiles à rompre, quoi qu'en dise l'Ancêtre. Elle resta immobile, tâchant de faire abstraction de la douleur et consciente que le sommeil serait long à venir. Elle repensa à sa confrontation avec Darla, même si l'on ne pouvait pas dire qu'elle s'était défendue. Darla, en revanche, avait fait preuve de hargne, de brutalité. *Ça, c'est ce que j'appelle se battre*, songea-t-elle. Les arts enseignés par Maîtresse Lame, tout mortels qu'ils soient, étaient dénués de la moindre fougue. Lorsqu'elle devait se mesurer à une camarade, Nona avait plutôt l'impression de se livrer à une danse. Une danse qui s'achevait dans la douleur et dans le sang à la moindre incartade, certes, mais une danse malgré tout, dépourvue de rage et de haine. Sœur Poêlon avait expliqué aux novices que la transe de sérénité leur servirait dans le cadre du poing-lame et de la Voie de la Lame. Elle se mariait bien à la science du combat que sœur Suif leur inculquait. Nona comprenait bien la logique de ce raisonnement. Mais il manquait un élément.

Dans son village, les enfants s'en prenaient souvent à elle à cause de ses cheveux sombres qui contrastaient avec leur blondeur, à cause aussi de son silence et de sa vigilance ; elle n'appartenait pas à leur cercle. Il était toutefois rare qu'ils parviennent à la rattraper lorsqu'ils la pourchassaient, même si elle se retrouvait parfois à la merci des plus grands. Là, on pouvait parler de combat. Feulements agressifs, décisions prises en désespoir de cause, sauvagerie, fureur inextinguible.

Le contrôle. *Combien de fois Maîtresse Lame a-t-elle employé ce terme aujourd'hui ?* se demanda Nona.

Au Caltess, Nona n'avait reçu qu'une leçon, et c'était Denam, le géant roux qui régnait sur le grenier, du moins en l'absence du vif et brun Regol, qui la lui avait apprise. Elle se trouvait dans le couloir exigu qui menait vers la façade arrière des écuries. Denam s'était approché dans son dos tandis qu'elle regardait deux étalons à l'exercice, et avait serré ses poings charnus autour des avant-bras de la fillette.

Nona lui avait décoché une ruade et s'était débattue comme une diablesse, mais c'était elle qui de toute évidence avait le plus souffert du coup qu'elle avait porté. Denam n'atteignait pas tout à fait le mètre quatre-vingts mais possédait une poigne d'acier : elle n'aurait pas plus pu se libérer que soulever tout le Caltess à bout de bras. Poussant un feulement de rage, elle l'avait mordu jusqu'au sang, et il l'avait forcée à écarter les bras pour protéger ses mains.

— Tu vas me le payer.

Denam allait sans doute ajouter quelque chose, mais un son mat l'avait interrompu. Autour des bras de Nona, l'étau s'était desserré, et elle s'était dégagée sans tarder. En se retournant, elle avait constaté que Denam se tenait les reins à deux mains et remarqué, en retrait, la présence d'un individu un peu plus petit que lui.

— Va-t'en.

Le nouveau venu n'avait pas haussé le ton, mais Denam avait filé dans la cour sans demander son reste, les doigts toujours crispés contre son dos. Nona lui avait donné un coup de pied au creux du genou lorsqu'il était passé à côté d'elle, mais il n'avait rien semblé remarquer.

— Les reins. Il va pisser du sang pendant une semaine.

L'inconnu avait le visage plat des représentants des tribus du frimas, avec deux cicatrices obliques sur chaque joue. Il portait un pourpoint de cuir, un pantalon en peau de phoque et, autour du cou, une chaîne en fer, tandis qu'à sa hanche était accroché un modèle d'épée plate que l'on appelait le *tular*. Nona avait eu l'occasion de voir une collection d'armes variée dans l'armurerie du Caltess : cette épée-là, dont la lame était plus large à l'extrémité qu'à la base, nécessitait un fourreau ouvert sur toute sa longueur. Dans son village, les pires histoires concernaient les tribus du frimas plutôt que les Pélarthis. Nul ne savait de quoi elles se nourrissaient sur leur banquise. Tout le monde s'accordait pour dire qu'elles se dévoraient mutuellement.

— Tu es minuscule. Il n'y a pas plus petite que toi chez Partnis en ce moment, n'est-ce pas ?

L'homme était chauve, pas vraiment grand mais de carrure robuste, et s'exprimait avec lenteur d'une voix si grave que chaque mot, mesuré, soupesé, ressemblait au raclement d'une grosse pierre que l'on aurait voulu déplacer. Nona eut l'intuition que son débit ne s'accélérerait en aucune circonstance, même s'il devait déplorer la mort de son premier-né ou découvrir son logis en flammes à son réveil.

— Vous vous battez dans l'arène ? avait demandé Nona en se massant les avant-bras là où Denam l'avait brutalisée.

Elle n'avait jamais vu cet homme auparavant, elle se serait souvenue de lui. Il avait le regard bleu légèrement trouble des lacs gelés, et la peau cuivrée.

Il avait acquiescé.

— Je me bats dans l'arène, je me bats à l'extérieur de l'arène. On m'appelle Tarkax, avait-il dit, observant Nona.

La fillette s'était sentie mal à l'aise d'être ainsi examinée. Quelque chose en son interlocuteur évoquait un loup, mais les loups n'avaient pas de secrets pour Nona.

— Tu as déjà eu des ennuis, avait noté l'homme en portant la main à son visage pour indiquer une ecchymose, vestige de la gifle que Giljohn avait donnée à Nona le jour où il l'avait vendue. Mais aujourd'hui, tu as été la première à faire couler le sang. C'est bien. (Il avait jeté un coup d'œil en direction de la cour.) Bientôt, ils vont commencer à t'apprendre des choses. Comme ça. (Il lui avait indiqué les étalons que les palefreniers faisaient courir au bout d'une longe.) Les formateurs de Partnis t'expliqueront que c'est une science, le pugilat et le maniement des couteaux. Ils te diront de garder la tête froide, de rester détachée, maîtresse de toi. (Il avait craché par terre après avoir brièvement haussé les épaules.) On va te dire qu'un *professionnel*, ça calcule, ça observe, ça échafaude.

— Et ce n'est pas vrai ?

— C'est la nature qui nous a donné forme, gamine. Elle façonne les animaux. Les prédateurs. Les proies. Depuis des millions d'années. On se bat, on fait des enfants, on meurt. Chaque cycle nous rend mieux adaptés à notre dessein. Et qu'est-ce que nous avons tous en commun, nous, le loup, l'aigle, les moins-tueurs, les ours ?

L'homme avait haussé les sourcils pour accentuer sa question, et Nona avait attendu qu'il lui donne la réponse en se demandant ce que pouvaient bien être les moins-tueurs.

— La hargne. On a la hargne, la colère, gamine. Et tu l'as aussi, je l'ai vue. Tu l'as mordu, cet imbécile. Sans te soucier du fait qu'il pouvait te casser les bras.

L'homme avait posé un genou à terre, son visage tout proche de celui de Nona.

— Ici, dans le Goulet, on t'apprend à mettre ta colère de côté. Il y a des raisons à cela. Garde la tête froide, et tu en sauras davantage. Mais sur le glacier, nous savons bien qu'il ne faut pas lâcher les armes qu'une ribambelle d'années difficiles nous ont données. (Il avait braqué un index épais sur la poitrine de Nona.) Garde ce feu en toi. Sers-t'en. Nous, les humains, nous sommes des fauves, et c'est quand nous ne l'oublions pas que nous sommes le plus redoutables.

Nona n'avait jamais revu cet homme, mais ses paroles avaient résonné en elle, et elle avait résonné en retour. Elle se faisait encore leur écho ce soir-là, dans la nuit paisible, et s'accrochait à sa colère.

— Debout ! Ils arrivent !

Nona ouvrit les yeux, persuadée de ne les avoir fermés qu'une minute. L'obscurité était totale.

— Vite !

Elle grogna, percluse de courbatures, et roula sur le côté à temps pour voir une haute silhouette ressortir du dortoir, une lanterne à la main. Autour d'elle, les novices quittaient leur lit, certaines grommelant, d'autres anxieuses.

— Sherzal n'était pas censée arriver avant midi !

— Les têtes couronnées font ce qui leur chante, dit Clera, toujours roulée en boule dans son lit.

— Debout tout le monde ! Habillez-vous, ordonna Mally, déléguée de la classe Grise, en allumant la mèche de la lanterne.

Poussant un nouveau grognement, Nona repoussa ses couvertures et entreprit d'enfiler son jupon, ses doigts officiant de leur propre chef sans que son esprit encore embrumé de sommeil ait à leur demander de nouer les cordons. Elle n'avait pas menti en disant à Clera qu'elle avait trop mal pour dormir avec elle, et le sommeil n'avait fait qu'empirer la situation ; elle espérait que le doigt et le pied de Darla la faisaient au moins autant souffrir.

Les novices sortirent de leur dortoir dans le frimas de la nuit finissante, la promesse rouge du soleil se profilant à l'est. La glace que la lune convergente avait fait fondre s'était figée en une pellicule traîtresse, à peine discernable. Clera traversa la cour avec la grâce d'une patineuse, faisant fi, comme si elle s'était trouvée sur le parcours de la Lame, de la chute qui menaçait à tout instant.

— Novice Clera ! En rang ! ordonna sœur Silex en apparaissant à l'angle du bâtiment, fine ligne sombre que le soleil n'avait pas encore le courage de déployer. On nous attend à la maison de l'abbesse. Faites vite, dans le respect de l'étiquette, et pas un mot.

Une heure s'écoula lentement dans le froid. Les novices aux doigts désormais engourdis grelottaient, en rang devant le perron de l'abbesse, à l'affût du moindre signe du noble cortège. Ce fut Hessa qui l'aperçut la première. Nona, suivant la direction indiquée par le doigt de sa camarade, fut obligée de plisser les yeux un certain temps avant d'apercevoir quelque chose qui se déplaçait entre les piliers.

D'abord apparurent les soldats, cinq rangées de cinq hommes tous d'écarlate et d'argent vêtus. Leur vue mit Nona mal à l'aise sans qu'elle comprenne bien pourquoi ; ils éveillaient quelque chose dans sa mémoire... L'escouade n'était pas composée d'individus mesurant sensiblement la même taille, comme cela avait été le cas des gardes cléricaux du Grand Prêtre ; ils avaient au contraire été plus ou moins généreusement dotés par la nature. À mesure qu'ils se rapprochaient, Nona remarqua qu'ils possédaient cependant deux caractéristiques en commun : la jeunesse, et le fait qu'éviter de les contrarier semblait une idée judicieuse.

Nona aurait cru que la sœur de l'empereur voyagerait dans une chaise à porteurs encore plus spacieuse et luxueuse que celle du Grand Prêtre Jacob, mais ce fut en réalité à cheval que Nevis et elle se présentèrent à l'entrée du couvent, en dépit du vent glacé. Sherzal faisait forte impression avec ses fourrures d'ours aussi blanches que l'imposante monture sur laquelle elle était juchée. Le Grand Prêtre Nevis, pour sa part, semblait mal à l'aise tant physiquement que mentalement, blotti sous une bure à capuche et monté sur une jument grise.

Derrière les deux cavaliers venait une longue file de prêtres, d'assistants et de porteurs de bagages qui se courbaient devant le vent comme autant d'arbres exposés aux éléments sur une ligne de faîte.

Le chœur entonna les premières notes aiguës de la Concordiance alors que les soldats s'alignaient devant le perron. La pauvre sœur Férule n'eut droit qu'à quelques secondes de gloire avant que le vent glacial couvre le timbre de ses novices, balayant le plateau et le criblant de particules de givre tout droit venues de la banquise du Nord. L'étiquette passa à son tour à la trappe lorsque l'abbesse battit le rappel pour réunir tout le monde dans le Dôme de l'Ancêtre.

En l'espace de quelques minutes, les habitantes du couvent et leurs visiteurs se retrouvèrent massés au beau milieu du Dôme, après avoir franchi les colonnades du vestibule dans un chaos indescriptible. Ce privilège était normalement inaccessible aux novices de la classe Écarlate, mais certaines d'entre elles avaient pu en profiter, ayant été entraînées au cœur du Dôme à la faveur de la cohue.

Bien entendu, Sherzal disposait d'un espace vital délimité par le cordon de ses soldats qui n'avaient aucun scrupule à bousculer les novices et les moniales les plus âgées. Au prix de quelques contorsions, Nona parvint à se faufiler devant ses camarades et découvrit pour la première fois l'immensité du Dôme qui résonnait de l'agitation ambiante. Elle y était tout à fait à sa place, puisqu'elle appartenait désormais à la classe Grise, mais n'aurait pas été étonnée que sœur Roue l'empêche de jouir de cet avantage légitime pendant encore quelques semaines, voire quelques mois, afin de bien lui faire ressentir ses origines modestes. Elle leva les yeux, ayant l'impression d'avoir rapetissé tant étaient impressionnants les murs incurvés qui s'élançaient vers la lointaine coupole dorée. Au sein de cet espace clos qui enveloppait de son silence les conversations et les plaintes des intrus, ceux-ci paraissaient comme engloutis, bien moins nombreux et bien plus petits qu'ils l'étaient en réalité. Nona restait médusée ; les murs semblaient tourner autour d'elle tandis qu'elle scrutait les hauteurs. De la vapeur commençait à s'élever de son habit tandis que de grosses gouttes d'eau se détachaient de l'ourlet.

La face interne du dôme formait une étendue noire semée d'étoiles de cristal sanglant, quelques-unes d'entre elles arborant ici et là une teinte plus claire, et à proximité immédiate du zénith figurait l'Espoir, représenté en quartz d'une blancheur étincelante. Ce paysage céleste retint quelque temps l'attention de Nona, mais son regard fut bien vite capté par la statue qui se dressait au centre de la salle : un personnage d'or rutilant qui mesurait environ six mètres de haut. Même à supposer qu'il s'agisse d'une pierre toute simple recouverte de feuille d'or, il y avait là de quoi passer une vie entière dans le luxe. La sculpture manquait cependant de détails. Représentait-elle un homme ? Une femme ? Il s'agissait de l'Ancêtre, que sœur Roue avait décrit comme étant l'union de tous les êtres humains ayant un jour vécu en ce bas monde, un idéal, un tout joyeux où fusionnaient les meilleurs éléments de l'humanité.

Alors que, derrière elle, la rumeur des conversations s'apaisait, Nona constata que si elle était toujours orientée face à la statue, elle cherchait à voir *au-delà*. L'attraction qu'elle ressentait de manière ténue depuis son arrivée au couvent trouvait son origine dans le vestibule qui donnait sur l'arrière du Dôme, du côté opposé à celui par lequel elle était entrée. Là-bas, derrière les piliers de marbre noir, quelque chose réclamait son attention, exactement comme cette fameuse première nuit, lorsque sœur Pomme l'avait guidée jusqu'à sa cellule parmi les moniales endormies. Une plénitude. Une altérité. Une présence.

Clera lui donna un coup de coude puis la saisit par le bras pour l'obliger à se retourner.

— Hé ! Tu rates tout !

Les soldats formaient un généreux périmètre autour de Sherzal, qui avait été rejointe par le Grand Prêtre Nevis, mère Vitrage et une fille âgée de douze ou treize ans. La sœur de l'empereur s'était dépouillée de ses fourrures, révélant l'étoffe fluide d'une robe écarlate ourlée d'argent. L'adolescente avait les cheveux noirs et les pommettes plates des tribus du frimas. Elle portait une tenue imitée de l'habit de combat des novices, mais de couleur identique à celle de Sherzal, avec des ciselures d'argent sur le col et une chaînette, en argent également, autour de la taille.

— Elle se prend pour qui ? souffla Clera. Une sœur Écarlate ?

À côté d'elle, Ghena pouffa de rire.

—Elle se prend pour ce que Sherzal a décrété, siffla Ara. Tu peux me croire, il vaut mieux éviter de contrarier un Lansis, mais Sherzal est vraiment la pire de tous. Il y a trois ans, Seema Bresis a été reconnue coupable d'hérésie et brûlée vive par sa faute, pour s'être moquée de sa coiffure lors du grand bal des Tacsis. À ce qu'on raconte, la moitié de l'Inquisition est à sa solde.

—... la bienvenue à la sœur de l'empereur, l'honorable Sherzal, au couvent de la Mansuétude..., disait le Grand Prêtre en un discours introductif qui manquait singulièrement de panache. (Puis, se tournant vers l'abbesse avec un soulagement manifeste.) ... pour mère Vitrage de dire quelques mots.

Celle-ci se répandit en remerciements pour cette occasion qui lui était offerte de faire visiter à une si illustre personne le couvent dont elle avait temporairement la charge, une charge qu'elle exerçait d'ailleurs avec humilité. Elle évoqua la piété légendaire de la lignée des Lansis, et l'Empire que le règne de Crucical avait rendu florissant. Elle parla tant et si bien que les novices commencèrent à danser d'un pied sur l'autre, et que le sourire des moniales, pourtant patientes, se figea.

—Moi, je lui demanderais simplement ce qu'elle veut, murmura Nona.

—C'est bien pour cela que tu deviendras une guerrière, pas une abbesse, répliqua Ara.

—Mais elle va se taire, à la fin? demanda Clera en se tenant le ventre. Le petit déjeuner va croire que je lui fais des infidélités.

Jula intima à ses camarades de se taire, car mère Vitrage en était arrivée au stade où il ne lui restait plus grand-chose à ajouter, sauf à s'enquérir du motif de la visite.

—... en quoi nous pouvons vous rendre service, honorable Sherzal.

—Je vous remercie, ma mère, dit la noble avec un sourire exquis, tout en lèvres fardées de rouge et en dents si blanches qu'elles paraissaient surnaturelles. Et vous également, Grand Prêtre.

Elle adressa un signe de tête à Nevis, ses boucles d'un roux sombre oscillant légèrement. Nona jugea qu'elle devait avoir une trentaine d'années, à l'instar de sœur Pomme, et qu'elle était belle, même si, pris indépendamment, chacun de ses traits aurait pu être un peu plus fin. Elle arborait en revanche une expression très vivante, pétrie d'humour malveillant.

—Je ne compte pas m'attarder ici. Je vais prier, cela va de soi. Il serait inconvenant que je m'en abstienne. Après tout, c'est mon arrière-arrière-grand-oncle qui a bâti cet endroit. À moins qu'il s'agisse de la génération précédente. En tout cas, c'était l'un des Persus.

» Je compte sur vous pour me faire visiter les lieux, Nevis, reprit-elle en passant son bras blanc dénudé à celui du Grand Prêtre. Je vous avoue que ma visite ne relève pas de la pure courtoisie… L'Ancêtre n'ayant pas eu la bonté de m'accorder des enfants, j'ai pris la jeune Zole, ici présente, sous mon aile.

Sherzal indiqua l'adolescente en habit rouge tout en se penchant pour faire une confidence à Nevis. Elle baissa le ton, mais soit par accident, l'acoustique du Dôme étant exemplaire, soit à dessein, ses propos restèrent audibles.

— Elle est la seule survivante de la ville d'Ytis, ravagée par les Scithrowl durant leur incursion de l'an 9. Elle est devenue ma pupille. (Elle se tourna vers mère Vitrage, contraignant le Grand Prêtre à en faire autant.) Je l'ai confiée à divers précepteurs et formateurs, tous excellents dans leur domaine. Je pense notamment à Safira, qui a étudié pendant huit ans ici même, à la Mansuétude. Je suis cependant persuadée que Zole doit achever son cursus en bénéficiant de l'éducation de premier ordre que vous dispensez ici. Je me suis laissé dire que la classe Grise correspondrait parfaitement au niveau qui est actuellement le sien.

Le sourire de mère Vitrage ne s'altéra qu'une fraction de seconde, mais Nona remarqua sa réaction.

— Je suis vraiment navrée, mais c'est bien sûr impo…

— Ma mère, intervint le Grand Prêtre, je suis sûr qu'il vaut mieux aborder ces questions dans l'intimité de votre bureau. Peut-être autour d'un verre du meilleur cru de la Mansuétude, afin de chasser le froid qui est si mordant aujourd'hui ? L'ascension depuis Vérité a été longue et… éprouvante.

Le sourire de Sherzal s'élargit encore, dévoilant un grand nombre de dents, si important que Nona se demanda comment une bouche pouvait en contenir autant.

— Laissons Zole en compagnie de ses camarades, voulez-vous ? Vos moniales auront ainsi l'occasion de l'évaluer.

Mère Vitrage se rembrunit, et elle allait répondre lorsque le Grand Prêtre la devança.

— Bien entendu, c'est une excellente idée, dit-il avec une courbette, avant d'inviter Sherzal à quitter le bâtiment. Je crois que nous pouvons désormais tenter une sortie afin de nous rendre chez l'abbesse.

Cette fois, le masque de mère Vitrage resta parfaitement impassible.

— Assurément, dit-elle avec un simple soupçon de raideur dans la voix. Novices, à vos classes. Il se peut que la sœur de l'empereur passe voir comment se déroulent les cours avant de s'en aller.

Suivie de ses soldats répartis en deux colonnes, Sherzal se dirigea vers l'entrée principale, le Grand Prêtre Nevis, plus corpulent et un peu plus petit qu'elle, devant déployer de gros efforts pour ne pas se laisser distancer. Mère Vitrage les regarda s'éloigner. Quelques instants plus tard, elle fit signe à sœur Suif de s'occuper du cas de Zole, puis se hâta de suivre la sœur de l'empereur.

Chapitre 25

— Je vais pouvoir profiter de votre présence ce matin dans la Demeure de la Lame, tout compte fait.

D'un regard dur, sœur Suif mit un terme à la vague de bavardages qui avait suivi le départ des visiteurs.

— Vous avez encore le temps de prendre le petit déjeuner… du moins si vous vous rendez au réfectoire en courant, et que vous vous arrangez pour ne pas vous casser une jambe à cause du verglas. Zole vous accompagnera. Alata, tu veilleras sur elle. Allez ! Ne vous mettez pas en retard.

Ce fut la ruée vers le réfectoire, Clera s'appropriant la tête de la table parce qu'elle était arrivée la première, devançant Ara, Zole et Ketti d'une fraction de seconde tandis que Nona achevait sa course en cinquième position. Quelques instants plus tard, ce ne fut plus dans la grande salle que raclements de chaises et couverts tintants, les novices s'évertuant à compenser leurs bavardages en engrangeant le plus de nourriture possible. Nona avait Ara pour voisine de droite, et Zole était assise à sa gauche, mais Alata s'interposa de force, la séparant de Zole.

— Safira a été exclue du couvent.

Ara n'avait pas levé la voix, ni quitté son assiette des yeux, mais toutes ses camarades entendirent ce qu'elle avait dit.

— Qui ça ? demanda Nona, à qui ce prénom disait quelque chose.

— Safira… la femme qui a formé *la nouvelle*, expliqua Ara, braquant son regard sur Zole, qui le soutint d'un air impassible. Elle a été exclue de la Mansuétude pour avoir poignardé dans le dos une novice qui venait de la vaincre en cours de Lame.

— C'est faux, rétorqua Zole du bout des lèvres.

— Comment tu sais ce genre de chose ? demanda Clera.

— Qui a été poignardée ? s'enquit Nona.

— Je le sais parce que mon père me tient informée des affaires qui m'affectent, expliqua Ara sans quitter Zole des yeux. (Elle n'avait pas touché à sa nourriture.) Sherzal cherche des double-sang à travers tout l'Empire, elle suit la moindre piste dénichée par ses Académiciens. Elle a choisi cette fille-là (elle montra Zole du doigt) lorsque mon oncle a déjoué sa surveillance, me permettant d'arriver sans encombre à la Mansuétude. Sherzal va chercher à la laisser ici pour nous espionner. Peut-être même que c'est une tueuse.

— Tu ne manques pas d'air, dit l'intéressée en dévorant son petit pain en deux bouchées. Cela fait belle lurette que Sa Majesté Sherzal s'est désintéressée de toi.

— Parce qu'elle t'a trouvée ? répliqua Ara avec mépris.

Zole continua à manger sans prendre la peine de répondre. Les novices, fatiguées par les efforts de la veille, leur courte nuit et leur longue attente dans le froid, suivirent son exemple. Tout en se restaurant, Nona épia discrètement la nouvelle. Elle avait le visage plat des tribus du frimas : pommettes larges, yeux semblables à des pierres noires. En l'absence d'autres indices, on aurait pu la prendre pour un garçon.

Bray eut tôt fait de résonner, et Nona fut avec Darla l'une des dernières à quitter la table, en mastiquant toujours sa bouchée. Se courbant pour se protéger du vent, les novices de la classe Grise se rendirent à la Demeure de la Lame. À une dizaine de mètres de leur destination, Darla chuta lourdement sur le verglas, incapable d'amortir sa glissade à cause de sa main blessée. Nona banda ses muscles et lui présenta son bras pour l'aider à se relever.

— J'ai pas besoin de ton aide, minus, dit Darla.

Elle pesta lorsqu'elle glissa à nouveau en cherchant à se redresser. Nona n'avait pas bougé.

— Évitons de nous chercher des noises quand le couvent est truffé d'inconnus, dit-elle en saisissant le coude de Darla. Un jour, nous serons sœurs.

Darla se laissa faire, non sans maugréer, et c'est ensemble qu'elles franchirent les portes, le visage rougi et les oreilles irritées par le vent glacial.

Sœur Suif attendait ses ouailles sur le sable, avec Zole qui avait gardé sa tenue écarlate et argent, le reste de la classe étant parti se changer. Sur les gradins, Sherzal, le Grand Prêtre et mère Vitrage étaient entourés de domestiques. Les soldats étaient postés le long des murs, ayant décalé les mannequins d'entraînement en cuir pour libérer de la place.

Darla et Nona se précipitèrent dans le couloir, courbant l'échine pour éviter une remontrance de la part de sœur Suif. Dans la chaleur familière du vestiaire alimenté par les canalisations, Nona vit que Clera s'était déjà changée et s'apprêtait à ressortir. Nona associait toujours le chauffage à un combat imminent. Le chauffage, mais aussi l'odeur du vestiaire, celle des corps juvéniles qui se mêlait à la sueur rance ; des sensations dont elle ne pouvait se dépouiller en prenant un bain à la fin de la journée.

— C'est poing-lame, aujourd'hui, lui annonça Clera avec un sourire jovial. On va pouvoir cogner sur la nouvelle !

Nona fut l'avant-dernière élève à ressortir du vestiaire sous le regard de ses camarades de la classe Grise, car Darla était encore en train de se battre avec ses nœuds. Mais son doigt cassé lui épargnerait une séance de tonte, sœur Suif ne sanctionnant que rarement les élèves qui avaient une bonne raison d'être en retard. Serrant les dents et cherchant à ménager ses contusions qui ne lui laissaient pas de répit, Nona regagna le terrain à petites foulées.

— Bien, dit sœur Suif, de toute évidence décidée à ne pas attendre Darla. Novice Clera, présente à la classe les katas du poing-lame.

Clera se mit en position, son sourire s'effaçant sous l'effet de la concentration requise pour l'exécution de ce complexe enchaînement de postures, cette danse de violence destinée à présenter les principales formes de l'art martial, longue et éprouvante pour l'ensemble des muscles et des articulations. Le visage de Zole restait dénué de toute expression, mais ses yeux brillaient.

Nona s'aperçut qu'Ara arborait une expression similaire. Ses lèvres frémissaient sous l'écho de paroles qu'elle n'avait pas prononcées, et elle fixait du regard un point situé derrière Suif et Zole, peut-être derrière les hautes fenêtres qui dévoilaient l'azur infini du ciel.

Clera s'engagea dans l'exercice à une vitesse étourdissante, enchaînant les coups de pied en grand écart à un rythme si effréné que la majorité du public ne distinguait sans doute qu'une masse mouvante. Elle effectua un bond en avant pour aussitôt se ramasser sur elle-même, le nez frôlant le sable, et se propulser dans les airs en ramenant ses genoux contre sa poitrine avec une telle puissance de détente que Nona aurait presque eu la place de tenir debout en dessous d'elle. Une série de blocages et de coups de poing entrecoupés de virevoltes et de retournements se succédèrent ensuite dans l'ordre prescrit, soulevant des gerbes de sable qui s'envolaient si souvent vers Zole que cela en devenait suspect.

Une minute plus tard, la performance s'acheva par un coup de pied sauté qui aurait fait céder la mâchoire d'un Gerant absolu. Quatre-vingt-dix mouvements associés de manière fluide et exécutés à une vitesse stupéfiante. Les joues échauffées, le souffle court, Clera se replaça dans le rang sans chercher à cacher l'effort qu'il lui avait fallu fournir.

Sœur Suif s'adressa à Zole.

— Peut-être pourrais-tu nous montrer ce que tu as appris, à présent ?

— Je connais le poing-lame, le Noi-tal, le jeu mortel des Scithrowl, ainsi que des rudiments de Torca. Que préférez-vous, Maîtresse Lame ?

Suif fronça les sourcils.

— Le Torca ne court pas les rues...

— Elle a été formée par les Noi-Guin, siffla Clera. Forcément. Ils tuent tous ceux qui enseignent le Noi-tal en dehors de leur caste !

— Si je puis me permettre..., intervint Sherzal depuis la tribune. Une démonstration plus concrète ne serait-elle pas de mise ? Zole pourrait se battre avec l'une de vos novices. Nevis me faisait justement remarquer que l'une d'elles avait réussi l'ordalie du Bouclier quelques semaines à peine après son entrée au couvent.

Mère Vitrage consulta sœur Suif du regard, et cette dernière lui adressa un infime signe de dénégation. Nona éprouva un grand soulagement. Maîtresse Lame n'ignorait pas que Darla aimait faire parler ses poings.

— Je vous propose une autre novice, Nona ayant eu une semaine difficile, répondit l'abbesse en souriant. Que diriez-vous d'Arabella ?

— J'aimerais bien que Nona se mesure à ma fille, insista Sherzal avec tout autant d'amabilité.

Le Grand Prêtre donna son assentiment d'un geste.

— Le Bouclier doit protéger l'Argatha. Tant pis si elle n'est pas au meilleur de sa forme. Cela constituera justement un bon entraînement pour elle.

Mère Vitrage fit mine de se lever, mais y renonça, troquant le pli dur de ses lèvres contre le sourire qu'elle venait d'égarer.

— Vous avez raison.

— Nona, dit sœur Suif en lui faisant signe de s'approcher. Montre à notre invitée comment nous nous battons, ici, à la Mansuétude.

L'adolescente s'avança. Au fond d'elle, juste sous les côtes, elle sentait monter une sensation de chaleur. Zole la défiait du regard, une expression qu'elle n'avait plus décelée chez quelqu'un depuis sa rencontre avec Raymel Tacsis. Une confiance typique des tueurs. La chaleur qui brûlait en elle enfla en réponse. Elle ne s'était encore jamais battue dans la Demeure de la Lame. Pendant deux ans, elle y avait appris une foule de choses, elle avait répété des gestes à s'en faire craquer les os et à s'en déchirer les muscles. Sœur Suif organisait constamment des duels entre ses élèves, mais Nona ne considérait pas cela comme des combats. Il s'agissait d'une compétition, d'un concours opposant, sinon des amies, du moins des camarades. Même lorsque Darla l'avait agressée, elle n'avait pas eu l'impression viscérale de lutter pour sa vie.

— Marquez les coins, ordonna sœur Suif en indiquant les mannequins d'entraînement, ces bonshommes grossièrement formés de cuir bourré de crins de cheval, et vissés sur des poteaux dont la base arrondie était lestée de façon qu'ils tanguent au lieu de tomber.

Les novices s'empressèrent d'en traîner quatre de façon à délimiter un carré, sans le concours de Nona, qui resta auprès d'Ara pour procéder à des étirements, cherchant ainsi à se défaire de ses courbatures.

— Surtout, abstiens-toi de faire quelque chose de tes dix doigts devant ces augustes témoins, princesse ! s'exclama Clera, qui peinait à déplacer l'un des mannequins avec Ketti.

Ara ne dit rien, se contentant d'observer les fenêtres, une mélodie fantôme semblant faire remuer ses lèvres.

Une minute plus tard, les novices s'étaient replacées en rang devant Maîtresse Lame, et les quatre mannequins délimitaient un carré de dix mètres de côté. Au signal de l'enseignante, Nona entra dans l'arène, déliant les muscles de sa nuque et passant ses mains dans ses courts cheveux.

Zole entra à son tour par le côté opposé. Elle mesurait une tête de plus que Nona.

— Je vais te faire saigner, dit-elle avec un fort accent. Même si tu t'avoues vite vaincue.

Nona se mit de profil, une jambe un peu en retrait par rapport à l'autre, et adopta la posture du poing-lame, mains levées.

— Je suis prête.

— Battez-vous, ordonna sœur Suif en reculant.

Zole s'approcha sans hâte excessive, mais sans hésitation non plus, tandis que Nona restait immobile, se retranchant dans les interstices qui séparaient les instants et figeant les particules de poussière qui flottaient dans les rais de soleil obliques. Il fallut une éternité pour que Zole arrive à sa portée, et lorsque ce fut le cas, elle chercha à atteindre Nona à la gorge. Son poing fusa si vite que Nona ne dut son salut qu'à son instinct, interposant son bras pour dévier le coup vers sa clavicule. L'os faillit se rompre sous la force de l'attaque, et Nona fut déséquilibrée.

Elle se laissa tomber en arrière, évitant de justesse un nouveau coup. Pendant sa chute, elle tendit la jambe et visa la mâchoire de Zole, mais la fille du frimas se servit de son triceps pour amortir la riposte, et décocha un coup de pied sauté vers la poitrine de Nona. Celle-ci n'avait plus le temps de se protéger. Elle accueillit la douleur de ses côtes meurtries et projeta son avant-bras avec force juste sous la rotule de son adversaire tout en amortissant sa chute avec son autre main. Elle heurta le sol avec un son mat, une gerbe de sable s'élevant paresseusement autour d'elle.

Zole ne lui laissa pas de répit, gardant le rythme qu'elle avait imposé dès le départ et cherchant à piétiner les mains et la tête de Nona. La jeune fille roula plusieurs fois sur le côté et se contorsionna pour éviter d'être touchée. Le talon qui devait s'abattre sur sa tête heurta en réalité son épaule, mais elle ressentit le choc jusque dans ses os, sous la forme d'une onde propagée par les muscles. Elle crocheta le pied de son adversaire au creux de son coude en profitant de ses roulades pour l'entraîner. Mais plutôt que de résister, Zole se laissa porter par l'élan, l'accélérant même pour mieux exécuter un salto arrière. Et lorsque Nona la vit passer au-dessus d'elle, elle poussa de toutes ses forces, ce qui lui permit de se retrouver debout, au prix d'une virevolte maladroite, à l'instant précis où Zole se réceptionnait en appui parfait sur la plante de ses pieds, dans une position ramassée qui lui permettrait de repartir aussitôt à l'assaut.

La majorité du public aurait vu un vif échange de coups, Nona mordant la poussière, Zole déséquilibrée, et puis les deux combattantes se rétablissant sur leurs jambes au prix de quelques acrobaties... Tout cela se produisant en quelques secondes. Mais Nona et Zole avaient appris une foule d'informations dans cet infime laps de temps. L'espace d'un battement de cœur, elles se regardèrent en chiens de faïence.

Nona, gagnée par une colère assez intense pour consumer sa fatigue et sa douleur, vit rouge et décida de prendre l'initiative. Les bras levés pour se protéger, elle s'avança à petits pas en levant bien les pieds, afin d'avoir toujours une jambe prête à frapper ou à contrer son adversaire. Zole la laissa s'approcher et enchaîner les coups de poing, les déviant grâce à des gestes inclus dans la démonstration de Clera. Puis elle déclencha sa riposte à la vitesse de l'éclair, mais Nona lui intercepta le poing d'une main, se servant de l'autre pour lui tordre le poignet. Mais quelle ne fut pas la surprise de la novice en voyant Zole recourir à des formes inconnues de combat, profitant de son poing immobilisé pour prendre appui sur le genou puis la hanche de Nona et créer ainsi un effet de levier afin de la projeter vers le haut. Nona fut contrainte de lâcher prise pour dévier les coups de pied que Zole lui décocha tout en tombant en arrière.

Cette fois, lorsque Nona heurta le sol, elle n'eut que le temps de se rouler en boule pour mieux résister au choc. Roulant sur le flanc, elle constata que Zole s'était déjà relevée et s'approchait d'elle, toujours sans la moindre hâte. Nona chercha à ralentir la marche du monde, mais elle perdait son emprise sur le flux du temps ; elle était harassée et avait mal partout. Elle connut un regain de colère, et se rua vers l'avant, acceptant une atroce décharge au ventre pour éviter un coup de poing à la tête ; les articulations de Zole lui frôlèrent les lèvres au lieu de s'encastrer dans sa tempe. Les deux combattantes se retrouvèrent ainsi au corps à corps, la paume de Nona plaquée contre le torse de Zole, ses doigts légèrement décalés par le renflement du sein.

Ce contact s'éternisa pendant une fraction de seconde, les deux filles étant focalisées sur la main de Nona, qui avait fort à faire pour résister à l'impulsion d'utiliser les lames invisibles avec lesquelles elle avait égorgé Raymel Tacsis. Elle aurait tout à fait pu labourer les côtes de Zole, lui arracher le cœur et le brandir encore dégoulinant de sang. Elle aurait très bien pu massacrer son adversaire et hurler sa victoire à la face du monde. Son ventre douloureux, le goût du sang dans sa bouche, la fureur qui s'immisçait dans le moindre de ses vaisseaux sanguins... tout lui dictait d'agir ainsi.

— Quoi ? fit Zole, du mépris ayant remplacé son étonnement initial.

L'instant d'hésitation était passé. Elle assena un coup de tête à Nona et la projeta au sol.

Nona ne put résister à la pluie de coups qui s'abattait sur elle. Elle parait les plus violents, mais même ceux qui parvenaient à franchir sa garde se révélaient bien plus hargneux que ceux de Darla, car ils alliaient la précision à la puissance et n'avaient qu'un dessein : briser leur cible.

— Non !

La voix n'appartenait ni à Nona ni à Zole. Ce n'était pas non plus celle de sœur Suif. Elle semblait à peine humaine, faisant vibrer les dalles et se soulever le sable en une sarabande d'or animée de curieux motifs. Elle altéra la qualité de l'air. Incita Zole à suspendre ses assauts, et Nona à cesser de se défendre.

Nona laissa sa tête retomber sur le côté. L'un de ses yeux refusait désormais de s'ouvrir, mais à travers les paupières plissées de l'autre, elle remarqua que les novices s'étaient écartées d'Ara. Quelque chose n'allait pas. Elle n'avait pas changé d'un iota mais paraissait foncièrement différente, comme si elle était faite d'une matière issue d'un autre monde, des pans de vitraux que l'on aurait teintés et façonnés à son image en les éclairant de l'intérieur ; elle exsudait littéralement des couleurs que jamais l'Ancêtre n'aurait voulu révéler au genre humain.

Ara n'avait d'yeux que pour les deux combattantes. Un filet de sang coulait de ses narines, humectant sa lèvre supérieure. Elle frémit, ou plutôt le *monde* frémit, révélant d'elle trois poses en léger décalage les unes par rapport aux autres. Ara fit un pas en avant, ou plus exactement la première Ara s'avança, la troisième restant sur place tandis que la deuxième demeurait prisonnière entre ses semblables, toutes trois se chevauchant partiellement, chacune communiquant ses vibrations aux autres.

Les trois silhouettes, ces trois images d'Ara, se fondirent les unes dans les autres avec un claquement de ciel pourfendu, et Ara redevint Ara, unique, les yeux ardents comme si sa tête était emplie de lumière.

Elle effectua deux pas de plus vers Zole puis, avec un feulement de colère, s'orienta vers le mannequin le plus proche. Son poing jaillit vers la cible, perçant le cuir et s'enfonçant dans le rembourrage, qu'elle arracha latéralement, déchirant davantage le cuir poli par des milliers d'offenses et dispersant les touffes de crins. À la faveur de la plaie béante apparaissait le poteau central, endommagé par le contact du poing de la jeune fille.

Ara braqua sur Zole son regard incandescent.

— Lâche Nona, dit-elle d'une voix riche de maintes sonorités complémentaires.

— Ou… ?

Il fallait bien reconnaître que Zole possédait un sang-froid admirable. Mais peut-être manquait-elle simplement d'imagination.

Ara plongea son bras à l'intérieur du mannequin pour se saisir du robuste poteau. Le bruit qui s'éleva alors ressembla d'abord à un gémissement, mais se mua bien vite en un cri auquel les dents d'Arabella ne purent faire barrage ; en un instant, le mannequin fut réduit en miettes, le cuir éclatant par fragments tandis qu'une nuée de crins se répandait dans les airs, précédant des éclats de bois… des éclats de bois par milliers.

Dans une ambiance de fin du monde, Nona fut projetée en arrière et roula sur plusieurs mètres. Elle ferma les yeux et se pelotonna tandis qu'autour d'elle une pluie de sable et de débris commençait à tomber.

— Nona ?

Un objet humide non identifié ramena Nona à la réalité de la Demeure de la Lame et aux élancements douloureux qui la parcouraient. Elle avait sombré dans le confort infini de l'obscurité moelleuse, et accueillit donc cette transition avec rancœur.

— Quoi ? demanda-t-elle en cherchant à chasser la sensation d'humidité.

— Ouvre les yeux.

En obéissant, Nona découvrit Clera penchée sur elle, un chiffon dégoulinant à la main. Hessa, un peu en retrait, semblait inquiète.

— Ça va ? Tu n'as rien de cassé ?

Nona émit un borborygme et porta la main à son flanc.

— Ara est dans de sales draps ! dit Clera.

Un demi-sourire soulignait l'ambivalence de ses sentiments envers sa rivale.

— Q-que s'est-il passé ?

— Tu n'as rien vu du tout ? Elle est entrée en transe de sérénité, et elle a arpenté la Voie ! expliqua Clera tout en enlevant des cheveux de Nona des éclats de bois provenant du mannequin d'entraînement.

Derrière ses amies, Nona distingua une rangée de dos. Les novices étaient tournées vers les gradins qui s'élevaient au fond de la salle.

— Ara a franchi trois étapes, peut-être même plus ! Tu as vu ce qu'elle a fait ?

Nona se redressa avec effort en se tenant les côtes. Un instant, Clera voulut l'empêcher de se relever, mais elle décida finalement de l'aider. Passant sa tête sous le bras de son amie, elle la souleva pendant que Hessa cherchait également à se rendre utile, mais entravait plutôt le processus.

— Ta tête ? demanda Nona en constatant que la moitié gauche du visage de Hessa était tout égratignée.

— J'ai senti les coups…, expliqua Hessa, faisant allusion au lien qui l'attachait à Nona. Et je suis tombée.

Ensemble, les trois jeunes filles rejoignirent les rangs de la classe Grise. À deux places de là, Nona remarqua Zole dont la tunique était déchirée et le visage constellé d'échardes.

Ara et sœur Suif, qui lui avait posé la main sur l'épaule, se tenaient devant les gradins. Sœur Roue, qui était arrivée entre-temps, s'était postée au pied des marches. Quant au Grand Prêtre, encadré par Sherzal et mère Vitrage, il s'était avancé jusqu'au premier rang et toisait la novice d'un air réprobateur.

Mais lorsque Sherzal se pencha au-dessus de la balustrade, elle affichait un sourire enjoué.

— Ce fut une impressionnante démonstration, ma petite Jotsis, lança-t-elle. Tu sembles toutefois avoir transgressé toutes sortes de règles conventuelles.

Ara leva les yeux vers la sœur de l'empereur sans dire un mot.

— Novice Arabella, commença Nevis avec un geste sans appel, tu as sollicité la Voie sans autorisation, sans être allée au terme de la formation, et ce faisant, mis en danger mon invitée personnelle. Ma sentence est la suivante : tu recevras vingt coups de canne, et le châtiment sera appliqué immédiatement. (Du menton, il désigna Suif.) C'est Maîtresse Lame qui te corrigera.

La moniale rebroussa chemin en poussant Ara devant elle, cette dernière ne réagissant pas. Sans doute était-elle encore hébétée.

— Peut-être…, commença Sherzal en faisant traîner le mot en longueur.

Même si elle semblait s'exprimer sur un ton informel, tout le monde s'interrompit.

— Peut-être qu'il serait adéquat, étant donné que la jeune Arabella serait l'Argatha, à en croire les rumeurs, que son Bouclier reçoive la correction à sa place. Après tout, c'est la défaillance du Bouclier qui a provoqué cette malencontreuse réaction chez elle.

—Assurément, cela créerait un odieux précédent, protesta mère Vitrage. Et puis, Zole…

L'abbesse n'en avait pas terminé, mais le Grand Prêtre bafoua son autorité.

—Ce serait une décision fort inhabituelle dans le cadre de la vie conventuelle, honorable Sherzal, même si je crois comprendre que ce genre de pratiques est bien installé au sein des grandes lignées. Il se pourrait même qu'Arabella ait été élevée en compagnie d'une enfant qui recevait les châtiments corporels à sa place.

—Cela a été mon cas, dit Sherzal en souriant. Mes précepteurs infligeaient de telles rossées à cette pauvre Susi… Mais cela restait sans effet sur moi.

—Néanmoins, ce serait sans doute inapproprié dans un lieu tel que celui-ci, honorable Sherzal…, répondit le Grand Prêtre, semblant marcher sur des œufs.

C'était à croire que proférer des paroles n'allant pas dans le sens de son interlocutrice le faisait physiquement souffrir.

—… même si la novice concernée est de noble extraction. Nos postulantes se dépouillent de toutes leurs attaches avec le monde profane lorsqu'elles nous rejoignent.

Nona s'avança d'un pas.

—J'accepte, dit-elle d'une voix forte.

—Plaît-il ? fit Nevis, détournant son attention de Sherzal.

—J'accepte.

—Vous voyez bien, dit la sœur de l'empereur avec un geste de sa main ouverte. La fille est encline à payer le prix de ses erreurs. (Le sourire qui ne l'avait pas quittée s'élargit.) Si seulement tous les manants se montraient aussi conciliants…

—Allons bon, puisque la novice est consentante…, dit Nevis, accordant un regard trop bref à mère Vitrage pour lui permettre de réagir.

Sœur Roue sortit de son habit une longue baguette noire, un morceau de saule torsadé assez fin pour entailler la peau à chaque passage.

—Je te l'avais bien dit que je te ferais saigner, susurra Zole derrière Nona.

Chapitre 26

— Mords là-dedans.

Sœur Suif présenta une sangle en cuir à Nona.

— Pourquoi ?

— Cela t'occupera.

Nona fit « non » de la tête en soutenant le regard de la religieuse, qui ne s'en émut pas. Elle était de ces femmes qu'on imaginait mal laisser transparaître leurs émotions. Son visage était un masque parcheminé, sillonné de ridules et de cicatrices anciennes, avec des pommettes aux angles acérés et une bouche mince marquée d'un pli amer. Nona l'avait toujours considérée comme une vieillarde, alors même que rien dans ses gestes, dans sa posture n'indiquait le grand âge. D'après sœur Rose, les Hunskas fonçaient à travers la vie ; peut-être Maîtresse Lame et l'Empoisonneuse avaient-elles partagé les mêmes cours, Pomme gardant le physique avenant de celles qui flânent le long de leur vie, tandis que Suif brûlait son homonyme par les deux bouts, illuminant le chemin qui la verrait redevenir poussière.

Ses pensées lui tinrent compagnie tandis que la moniale lui attachait les bras au-dessus de la tête par une sangle en cuir qu'elle accrocha à un anneau de fer, le plus bas des cinq qui étaient enchâssés dans le mur. Puis la religieuse recula, laissant Nona nue devant la paroi de pierre. On lui avait enlevé son habit afin que les coups ne soient pas amortis, de même que son jupon et ses sous-vêtements, pour qu'ils ne soient pas éclaboussés de sang. La plupart de ses camarades avaient étouffé un cri de stupeur en découvrant la mosaïque violacée que son dos, ses côtes et ses cuisses étaient devenus. Ce n'était pas l'œuvre de Zole, qui ne tarderait cependant pas à éclore sur la peau de la jeune fille, mais le résultat de la correction infligée la veille par Darla.

— Prête ? demanda sœur Suif.

— Oui.

Nona n'avait pas oublié la Grisaille, en dépit des deux années qu'elle avait passées au couvent. Sœur Roue continuait à la traiter de paysanne, et s'il y avait bien une chose dont les paysans avaient conscience, c'était qu'il fallait endurer les mauvais traitements et perdurer.

Le saule torsadé s'abattit. De l'épaule gauche à la hanche droite, avec moins de force que le jour où le Grand Prêtre Jacob s'en était pris à Quat'Sabots, mais la finesse de la canne inscrivit une traînée d'acide en rouge sur la peau, la douleur étonnamment aiguë s'immisçant jusqu'aux os, à travers les muscles. Nona hurla. Elle n'avait pas décidé de rester silencieuse à tout prix, ne voyant pas de vertu particulière au fait de s'emmurer dans sa défiance. Son cri devint un juron informe, la perspective d'une revanche dans la violence, la promesse qu'elle arracherait le cœur de Zole ou de quiconque oserait s'en prendre à elle en dehors du cadre réglementaire de la Demeure de la Lame.

Le deuxième coup croisa le premier, et Nona poussa, non pas un cri flûté de petite fille, mais un son profond, guttural, dont elle ne se serait pas crue capable. La badine claqua encore une fois, puis une autre. Nona se représentait les quatre zébrures comme autant de lignes vives s'entrecroisant derrière ses paupières. Cinq. Le cri qu'elle émit était une pure menace animale, élémentaire dans sa simplicité. Maîtresse Lame marqua une pause avant le sixième coup, comme si même elle était impressionnée par la réaction de Nona.

Sept. La jeune fille labourait la pierre avec ses ongles, ébranlant la sangle de cuir qui lui liait les poignets, mais aussi l'anneau de fer. Huit. Les lignes brillantes se muèrent en une seule et même corde de lumière qui se convulsait d'or et de cramoisi dans son champ de vision. Neuf. Dix. Nona n'aurait su dire si elle hurlait encore : chaque nouvelle marque infligée par la badine torsadée venait s'ajouter au sentier incandescent qui s'étirait devant ses yeux, le faisant grossir. En son for intérieur, Nona le voyait s'enrouler sur lui-même, se tordre, des effilochures brasillantes apparaissant ici et là, comme lorsque l'on file de la laine. Onze. Douze. Nona avait l'impression d'avoir de la lave en fusion à la place du dos : elle sentait le sang ruisseler sur ses fesses, le long de ses cuisses, chaque goutte lui faisant l'effet d'un métal chauffé à blanc, un liquide issu de la plus inhumaine des forges. Mais l'attention de ses ennemies, Zole et Sherzal, lui était plus odieuse que tout le reste. Plus rien d'autre ne comptait, ni les novices, ni les sœurs, ni même le Grand Prêtre ou Maîtresse Lame qui lui portait les coups… Seulement le regard de ses ennemies, pétri de satisfaction.

La sanction continua à pleuvoir, et Nona avait perdu le fil de son comptage lorsqu'une zébrure plus agressive que les autres l'incita à se cambrer et à rouvrir les yeux. Le mur était strié de lignes plus sombres que la pierre, de profonds sillons emplis d'ombre là où Nona avait rageusement lacéré le calcaire. Son secret était éventé. Elle se débattit, et sa fureur, atteignant des sommets, chassa toute trace de la douleur. Le chemin tissé par les nombreuses lacérations adopta soudain une configuration entièrement neuve, formant un motif qui emplit son champ de vision, une ligne toute simple filant parmi des angles acérés, négociant un coin, puis un autre, et encore un autre ; la surface était chargée de rectangles, c'était un espace peuplé de blocs maintenus par une seule et même ligne vive. Un mur.

Un nouveau coup fit mouche, et Nona se tendit vers la Voie avec un cri de douleur. Elle la toucha du pied… et s'y abandonna. Presque immédiatement, la Voie déferla sur elle, promesse d'horreurs et de merveilles emplissant ses moindres creux, comprimant ses yeux, faisant chanter le moindre de ses os, sourdant de tous ses pores pour mieux exploser, se consumer. Elle ne se laissa pas chasser de la Voie par la peur d'être anéantie… Elle aurait accepté de poursuivre cette destinée funeste à souhait jusqu'au bout de la terre. Non, ce fut bien plutôt la Voie qui battit en retraite, telle une créature effarouchée par l'approche de la jeune fille. Dans cet espace complexe, fait d'une dizaine de montées et d'une pléthore de chutes vertigineuses, Nona perdit l'équilibre et regagna la réalité.

Le saule torsadé la toucha. Elle le sentit céder. Le craquement se répercuta dans tout son corps, jusque dans ses paumes plaquées contre le mur, s'immisçant au cœur des pierres de taille, de leurs angles. Le temps d'un battement de cœur, un silence inédit gagna la salle, et à la faveur de ce silence les murs tremblèrent. La seconde suivante, des fissures apparurent dans le mur auquel Nona était attachée, et tout s'effondra avec un bruit cataclysmique.

— Debout.

Nona sentit qu'on la tirait énergiquement par le poignet, à l'oblique, et se retrouva debout. Son autre main, toujours reliée à la première, s'éleva à son tour, et ce mouvement provoqua une pluie de calcaire morcelé. Lorsque ses pieds furent en contact avec le sol, Nona se cogna contre sœur Suif et se blessa le cou-de-pied contre un fragment de pierre saillant. Un pan de mur de plusieurs mètres de large pour près de quinze centimètres de profondeur avait éclaté, et l'anneau de fer, logé dans un caillou pas plus gros que le poing de Nona, pendait au bout de la sangle qui retenait encore ses poignets.

Sœur Suif et sœur Rose enveloppèrent Nona dans un drap sous le regard des novices rendues blêmes par la poussière qui commençait à se déposer dans la salle.

— Je vais la porter, dit la responsable du sanatorium, en voulant soulever Nona comme elle l'avait fait deux ans auparavant, lorsque l'enfant avait été terrassée par l'archer, moins de quinze jours après son arrivée.

— Non, dit Nona en crachant du sang par terre.

Elle avait l'impression qu'on lui avait enfoncé mille hameçons brûlants dans le dos, et que chacun d'eux cherchait à l'entraîner de force dans une direction différente.

— Je vais marcher.

La tête basse, les yeux rivés sur le sable, elle quitta la Demeure de la Lame à une allure typique des vieillardes, suivie de près par sœur Rose. Elle ne s'arrêta qu'une fois, au moment de croiser Zole qui avait réintégré les rangs des novices. Elle tourna simplement son visage pour regarder son adversaire avec celui de ses deux yeux qui n'était pas encore complètement enflé. Elle ne dit rien, se contentant d'adresser à Zole un sourire rouge avant de reprendre son chemin. La fille venue du frimas présentait en toutes circonstances une expression indéchiffrable, mais elle avait beau afficher une assurance à nulle autre pareille, Nona n'en décela pas moins une lueur de doute dans ses yeux noirs.

Nona tint bon jusqu'à l'angle de la porte d'entrée. Une seconde plus tard, le vent glacial s'empara d'elle, et sœur Rose fit preuve d'une réactivité insoupçonnée en la recueillant en pleine chute.

Chapitre 27

Sœur Rose avait beau, pour soigner Nona, broyer des herbes mystérieuses et raffiner les morceaux les plus abjects de créatures tout aussi abjectes, rien ne semblait mieux apaiser le dos lacéré de la jeune fille qu'une source de distraction. Elle trouvait donc fort dommage que le sanatorium soit le lieu le plus morne du couvent; il n'offrait en effet qu'une fenêtre donnant sur son petit jardin.

Elle aurait payé cher pour un peu de compagnie. Les quatre autres lits restaient vides, et elle en arriva bien vite au point où pousser quelqu'un dans l'escalier pour en occuper un lui aurait paru une solution parfaitement légitime.

Contre toute attente, sœur Roue fut la première à lui rendre visite, et se révéla une source fiable de distraction, l'alternative consistant à rester allongée sur le côté et à regarder par la fenêtre. Du moins jusqu'à ce qu'elle soit ankylosée et que sœur Rose vienne l'aider à se retourner, auquel cas elle en était réduite à contempler le mur.

—Ne reste pas trop longtemps, Roue, dit l'opulente sœur Rose lorsque Maîtresse Âme, plus menue, joua des coudes pour s'approcher de Nona. Et ne la contrarie pas.

Roue dévisagea Rose avec insistance jusqu'à ce que celle-ci rougisse et se décide enfin à partir, refermant la porte derrière elle.

—Il n'était pas question qu'elle m'empêche de te voir, dit sœur Roue en tapotant sa cornette. Seule l'abbesse le pourrait… et même elle ne pourrait pas nous imposer son autorité à toutes les deux. C'est bien pour cela qu'elle nous a choisies, Rose et moi. Parce que nous ne sommes jamais du même avis. (Elle approcha une chaise pour s'asseoir au chevet de Nona, en en faisant désagréablement traîner les pieds contre le sol.) Tu dois te sentir très contente de toi, n'est-ce pas? (Elle s'assit, les mains pressées l'une contre l'autre sur ses genoux.) Tu as un soupçon de Quantal dans les veines, alors tu te prends pour une double-sang.

Si elle a un meilleur exemple de double-sang qu'une Quantal mâtinée de Hunska, je suis preneuse, songea Nona. *Pour atteindre la Voie, un soupçon de sang quantal ne suffit pas.* Mais elle s'abstint de répliquer et, la mine pincée, soutint l'hostilité qu'elle lisait dans les grands yeux larmoyants de la moniale.

— Tu penses que tu pourrais bien être l'Argatha. Eh bien, figure-toi que tu te trompes. La Grisaille n'a jamais rien engendré de bon, seulement des créatures détraquées. Des manants et des mensonges. L'Argatha a été envoyée pour nous sauver ! Sera-t-elle une princesse à la chevelure d'or, issue de la lignée impériale, ou une enfant des rues que l'on a soustraite à la potence ? À ton avis ?

Le menton de sœur Roue était maculé de postillons.

— L'abbesse affirme que la prophétie a été inventée, dit Nona.

— C'est le propre de toute prophétie, répliqua la moniale en évacuant l'argument d'un geste, d'être une invention en laquelle nous avons foi !

Nona reprit son expression dédaigneuse. Elle n'avait aucune intention de parler de dogme avec Maîtresse Âme, même si celle-ci était assez saine d'esprit pour aller flâner, nue, en plein blizzard.

— Quoi qu'il en soit, reprit sœur Roue avec défiance, ce n'est pas toi. Il se peut en revanche que tu sois le Bouclier. Je veux bien l'envisager. Mais abandonne tes illusions de grandeur.

Elle se leva pour partir, fit trois pas vers la sortie, s'arrêta et empoigna l'étoffe de son habit avec ses mains osseuses. Elle resta là, en proie à l'indécision, et regarda Nona par-dessus son épaule.

— Le règlement veut que tu reçoives encore deux coups de badine. Ce ne sera peut-être pas nécessaire. Tu dois simplement tenir compte de ce que je t'ai dit. L'Ancêtre te réserve quelque chose, mon enfant.

Tandis qu'elle s'éloignait bille en tête, sœur Rose déboula dans la pièce, les bras chargés de bandes de tissu.

— Je vais changer tes pansements, ma douce.

Poussant un soupir résigné, Nona s'allongea à plat ventre pendant que la religieuse s'affairait autour d'elle.

— Tss, quelle injustice. Quelle injustice, vraiment, dit-elle en enlevant adroitement les bandes souillées. C'est un châtiment déjà bien cruel lorsqu'on est coupable…

— Pourquoi me déteste-t-elle ? demanda Nona, ne voulant pas entendre de critiques à l'encontre d'Arabella.

— Qui ça ? dit sœur Rose sur un ton angélique qui n'avait même pas l'ombre de la crédibilité.

Nona gardant le silence, la moniale finit par céder au bout d'un moment.

— Elle ne te déteste pas, Nona. Elle… elle est comme ça, voilà tout, expliqua-t-elle en décollant une nouvelle bande de tissu imprégnée de sang, ce qui arracha une grimace à la jeune fille.

— Elle vient de la Grisaille, tu sais ?

— Qui ça ? Sœur Roue ?

— D'un village minuscule nommé… J'ai oublié, mais les conditions de vie m'avaient tout l'air d'être difficiles. Nous avons fait notre noviciat ensemble, elle et moi.

— Sœur Roue vient de la Grisaille ? répéta Nona, incrédule. Et vous étiez dans la même classe ?

La seconde information semblait à peine plus plausible que la première.

— Mais elle est vieille !

À ces mots, sœur Rose éclata de rire.

— Roue possède énormément de sang hunska. Les années n'ont pas été tendres avec elle. Sans compter que les rides sont moins apparentes chez les personnes… enrobées… comme je le suis.

— Elle n'a pas l'accent, insista Nona, toujours sceptique.

— Le tien s'est fortement atténué depuis ton arrivée. Encore quelques années, et personne n'identifiera plus ton origine, à moins que tu laisses Nona Grisaille resurgir.

Sœur Rose entreprit de baigner les plaies de Nona, et la douleur ravivée épargna à la jeune fille d'avoir à répondre. Elle serra les dents et enfouit son visage dans l'oreiller avec un grondement de colère.

Sœur Poêlon vint lui rendre visite ce soir-là, usant de son rang pour franchir les obstacles qui empêchaient encore les novices de venir la voir. Elle s'assit, une main lovée contre son moignon lui-même posé sur ses genoux.

— Bon, dit-elle.

Nona lui adressa un mince sourire. Depuis le premier cours de Voie, c'était sans doute la première fois que Poêlon la regardait avec une quelconque curiosité. Nona appréciait la vieille femme, qui avait l'esprit aiguisé mais ne faisait jamais preuve de cruauté envers ses élèves ; elle les divertissait et les guidait, au lieu de se montrer dirigiste et sévère. Toutefois, elle remarquait à peine les novices qui ne possédaient pas au moins un soupçon de sang quantal, comme si elles étaient toutes interchangeables à ses yeux, à peu de chose près. Ce n'était qu'en présence de Hessa et d'Ara qu'elle semblait vraiment s'animer.

— De toute évidence, tu as atteint la Voie par un chemin que je ne t'ai pas enseigné.

— Pourquoi ne pas nous l'avoir enseigné ? s'enquit Nona.

Peut-être que Pôelon, malgré son âge avancé, n'avait pas su que ce moyen existait.

La moniale sourit de toutes ses rides, dévoilant ses chicots fatigués qui avaient survécu au passage du temps.

— Mère Vitrage y trouverait sans doute à redire, si j'enchaînais toutes ses novices à un mur et que je les battais jusqu'au sang dans le vague espoir qu'elles se réfugieraient sur la Voie pour échapper au fouet. (Elle se frotta le menton.) Et puis, même chez les Quantals, cela fonctionne rarement. Même lorsque nous obtenons des résultats, cela n'a qu'une utilité limitée. La sérénité nous permet de nous rapprocher de la Voie progressivement, à pas mesurés. S'y maintenir est incroyablement difficile, cela requiert des années d'entraînement, en sus d'un talent inné qui n'est présent qu'en de rares personnes. Effectuer plus de quelques foulées sur la Voie est ardu, même pour quelqu'un qui l'aurait abordée avec circonspection, alors quand c'est la colère ou la douleur qui nous y conduisent… Songe au jeu du parcours de la Lame que sœur Suif organise en sa demeure. La sérénité représente la novice qui quitte prudemment la plate-forme en plaçant ses pieds avec soin, et en ouvrant les bras pour trouver son équilibre ; elle a anticipé les difficultés à venir. La colère, c'est l'élève qui fait irruption dans la pièce et se précipite au-dessus du vide pour chercher, par sa vitesse, à éviter la chute. Il se pourrait bien que cette fille-là touche la Voie de la Lame lors de sa chute, mais on ne pourra pas dire qu'elle l'a arpentée.

— Ce que j'ai vécu, c'était un simple contact ?

Au moment même où elle posait sa question, Nona comprit que la réponse était « oui ». Elle avait quitté la Voie sitôt après y avoir « posé le pied »… Ses pieds n'avaient rien à voir là-dedans, naturellement, mais cette comparaison l'aidait à donner un sens à l'expérience qu'elle avait vécue.

— Nous examinerons tout cela en classe, Nona. Une période passionnante s'ouvre pour nous ! Mais en attendant, travaille sur ta sérénité. Cela t'aidera à supporter la douleur, ce qui devrait constituer en soi une motivation suffisante, même si la Voie n'était pas là à t'attendre.

Sœur Poêlon se leva avec un craquement audible.

— Cherche la Voie, mais ne la touche pas ! (Elle regarda autour d'elle.) Sœur Rose ne te pardonnerait pas d'avoir endommagé le sanatorium ! Et sœur Suif est fort marrie des dégâts subis par la Demeure de la Lame. Sans compter que cela te coûterait probablement la vie. Tu as eu beaucoup de chance de réussir à façonner les énergies de la Voie et à les propulser vers le mur.

Elle prit un air songeur.

— Il faudra que nous déterminions comment tu as procédé. Ultérieurement.

Elle s'éloigna vers la sortie en traînant des pieds, mais avec une vivacité digne d'une moniale de vingt ans sa cadette.

— Merci, ma sœur, dit Nona à voix basse.

La moniale se retourna, déjouant l'opinion péremptoire de Clera selon qui elle était sourde.

— C'est toi qu'il faut remercier, novice. On n'arrive pas à l'âge que j'ai sans avoir besoin de raisons pour continuer à vivre. Crois-en mon expérience. Quand on est très jeune, on ignore un tas de choses, ces mêmes choses dont on ne se soucie plus, l'âge venu. C'est dans le laps de temps ô combien restreint entre ces deux extrêmes que tu te crées des souvenirs. Alors, profites-en bien. Quelle période passionnante, et je pèse mes mots ! conclut-elle tandis que la porte se refermait derrière elle.

Nona garda les yeux rivés sur le battant. Lorsqu'elle évoquait la Voie, sœur Poêlon semblait prendre vie, et cela la ramena à l'instant où elle était elle-même entrée au contact de la Voie, où cette atroce énergie s'était immiscée tel un feu sous sa peau. Ce souvenir atténua la douleur de ses plaies, la changeant en simple présence en marge de sa conscience. Elle avait connu un moment libérateur lorsqu'elle avait enfoncé ses griffes invisibles dans la pierre, y déversant la puissance de la Voie. Elle voulait retrouver cette sensation incomparable, supérieure même au confort d'un feu et d'un abri, après une sortie en plein blizzard. De la même façon, le plaisir de la nourriture que l'on offrait à un estomac resté creux pendant de trop nombreux jours ne soutenait pas la comparaison. Nona désirait revivre cela.

Clera, Ruli et Jula vinrent la voir le lendemain, escortées par sœur Rose derrière la silhouette imposante de laquelle Ruli pointa le bout de son nez pour lui sourire. Les trois élèves se jetèrent sur le lit de Nona, les remous du matelas la faisant grimacer.

— Je suis passée en classe Grise ! lui annonça Jula, s'asseyant en tailleur à l'extrémité du lit. L'Empoisonneuse m'a enfin accordé son sceau !

— C'est formidable ! dit Nona, à qui Jula avait manqué.

Ce n'était pas tant le fait que Jula était capable de guider la main de Nona pour former les lettres à la perfection sur l'ardoise, améliorant ainsi ses tentatives hésitantes. Si Nona appréciait sa camarade, c'était surtout parce que, dans la Demeure de la Lame, Jula n'avait plus rien d'un rat de bibliothèque. Si vous n'y preniez pas garde, cette fille de scribe pouvait vous faire mordre le sable alors qu'elle n'avait pas une goutte de sang hunska dans les veines.

— Comment vas-tu ? demanda Ruli d'un air soucieux, en posant timidement la main sur le bras de Nona. Tu fais peur à voir.

— Elle se porte comme un charme ! claironna Clera. Elle a détruit ce fichu mur. Elle a montré à cette garce de Zole qu'elle ne perd rien pour attendre.

Nona se redressa délicatement en position assise, se composa un sourire et laissa la conversation suivre son cours, ce qui ne requérait qu'un « oui » ou un « pourquoi » de temps à autre. Le rythme familier de ce bavardage lui fit du bien.

Ara comptait apparemment venir plus tard, souhaitant lui parler en tête à tête parce qu'elle se sentait affreusement coupable que Nona ait été punie à sa place.

— Et pour cause ! s'exclama Clera, interrompant les explications de Ruli. Il n'y en a pas un pour rattraper l'autre. Les Sis nous crachent à la figure en permanence, même sans le vouloir. Pour eux, nous ne sommes que des objets et ils se servent de nous.

Zole était restée à la Mansuétude après le départ de Sherzal et avait intégré la classe Grise, dont elle suivait les enseignements avec un silence teinté de vigilance, sans réagir aux moqueries ou aux menaces. Clera se fit une joie d'informer Nona que la nouvelle était tombée après avoir parcouru péniblement cinq mètres sur la Voie de la Lame, et qu'elle ne montrait aucune disposition particulière pour le Savoir. L'épisode de sa rencontre avec l'Empoisonneuse donna lieu à une séance de mime démontrant comment, sur le point de se vider par les deux extrémités, Zole avait fui la grotte quelques minutes à peine après le début du cours.

À en croire Ruli, sœur Suif avait passé le dernier cours à foudroyer du regard le pan de mur désagrégé, et avait laissé les plus âgées battre les plus jeunes comme plâtre.

— Ceci dit, elle nous a promis de nous enseigner le mouvement de Torca dont Zole s'est servie sur toi, remarqua Clera avec bonne humeur, avant d'orienter la conversation vers un nouveau sujet. Quant à mon père, il est toujours emprisonné pour dette, mais ma mère et mes sœurs ont eu le droit de lui rendre visite.

Le couvent désapprouvait toute évocation des liens familiaux, et Clera était celle qui transgressait le plus allégrement cette règle connue de toutes les novices. Elle fronça les sourcils.

— Depuis le temps, il aurait déjà dû être relâché : les seules dettes dont il doit encore s'acquitter sont celles qui ont été inventées, c'est de notoriété publique.

— Maintenant, le père de Jula travaille au palais ! pépia Ruli avec un sourire radieux.

À ces mots, Jula, toujours très à cheval sur le règlement, sembla avoir envie de disparaître sous terre.

Le bruissement des bavardages détourna l'attention de Nona de son inconfort jusqu'à ce que la grosse voix de Bray résonne à travers le couvent, faisant aussitôt réagir ses trois visiteuses.

— On a Âme ! Tu es bien mieux là où tu es ! lança Clera en s'éloignant.

— Guéris vite ! dit Ruli, lui emboîtant le pas.

— Je prierai pour ton rétablissement.

Jula pressa la main de Nona puis courut rejoindre les autres.

Des heures plus tard, un rayon de lumière cramoisie entrait dans la chambre à la faveur du soleil, dont seul un liseré ardent apparaissait encore derrière les toits. Nona songea que la journée allait s'achever sans qu'Ara soit venue la voir, mais la porte s'ouvrit précisément à cet instant.

— Je suis désolée !

— Mais pourquoi ça, voyons ? Et puis, c'était *ma* réplique, dit Ara en s'empressant de s'asseoir au chevet de Nona.

— Je ne l'ai pas battue.

— Tu ne peux pas vaincre tout le monde ! Et puis, tu étais déjà blessée...

Ara détailla avec inquiétude la physionomie de Nona.

— Comment te sens-tu, maintenant ?

Nona haussa les épaules, et le regretta aussitôt.

— Sœur Rose va bientôt me laisser sortir.

— Au moins, tu auras eu les deux en une seule fois : le combat et l'affrontement des sangs, qui n'est pas une partie de plaisir, sache-le.

— L'affrontement des sangs ? répéta Nona, perplexe.

Elle était à peu près sûre que cela aurait été une bénédiction par rapport aux vingt coups de badine qu'elle avait reçus.

— Au début, quand j'ai commencé à me rapprocher de la Voie, c'est-à-dire quand mon sang quantal s'est affirmé, je me sentais atrocement mal. Je pensais que j'allais mourir. Enfin, j'exagère, mais j'ai été malade pendant une semaine. Sœur Poêlon m'a expliqué que ce phénomène s'appelle l'affrontement des sangs. Chez toi, la transition s'est faite si vite qu'elle est passée inaperçue !

— ...

Nona se garda bien de répondre. La bénédiction était minime mais bien réelle.

— Zole a vraiment d'excellents réflexes, reprit Ara en se tordant les mains. J'aurais dû attendre que sœur Suif arrête le combat.

— Pourquoi tu ne l'as pas fait ?

— Elle n'avait pas l'air de vouloir se décider, et Zole te faisait du mal...

Ara avait baissé les yeux, et sa longue chevelure apparaissait aussi dorée qu'au premier jour.

— Tu es entrée en transe sereine, Ara. Tu aurais très bien pu me voir mourir sous ses coups sans broncher. Non, tu étais prête à agir avant même le début du duel. Je t'ai vue. (Un doute affreux la saisit.) Selon toi, je n'avais pas l'ombre d'une chance, c'est ça ?

Ara releva brusquement la tête.

— Non, tu te trompes lourdement ! J'ai agi comme ça à cause de Sherzal. Pour qu'elle ait peur de moi !

— Peur ?

De l'avis de Nona, la sœur de l'empereur n'était pas femme à s'effaroucher aisément, bien au contraire.

— Elle m'aurait enlevée à ma famille, et elle est d'ailleurs parvenue à ses fins. Certes, je ne suis pas tombée entre ses griffes, mais je me suis retrouvée au couvent. Et voilà qu'elle cherche à nouveau à m'atteindre. J'ai voulu lui montrer que la raison pour laquelle elle me convoite est aussi celle pour laquelle elle devrait me craindre. Lui faire comprendre que si elle cherchait à m'enfermer dans son palais, je lui en abattrais les murs sur la tête... Le seul problème, c'est qu'elle sait désormais que tu es digne d'intérêt, toi aussi... Et que tu ne disposes pas d'un cercle familial solide, susceptible de compromettre son projet...

— C'est ça dont tu as l'impression ? D'avoir été enlevée à ta famille et à tes domestiques ? Et tu voudrais les retrouver, nous abandonner ?

Le « nous » vint *in extremis* remplacer le « m' » que Nona avait sur le bout de la langue.

— Ce que j'aimerais, c'est me sentir assez en sécurité pour aller leur rendre visite. Voir ma mère et mon père. Ma petite sœur me manque aussi. Même Sonella, en tout cas un peu... Depuis le temps, elle est peut-être devenue moins vache.

Nona ricana. Arabella avait une centaine d'anecdotes à propos de sa sœur aînée, et aucune ne peignait son sujet sous son meilleur jour. Certaines étaient même parfaitement désopilantes.

— Bon, rien ne dit qu'on ne lui a pas fait peur, au bout du compte. Ou alors, on se place en tête de ses priorités. Dans un cas comme dans l'autre, l'Élue et son Bouclier se retrouvent dans la même galère.

— Tu sais que ce sont des âneries, n'est-ce pas ? demanda Ara, retrouvant momentanément son sérieux. Ce n'est pas parce que la prophétie est véridique que Sherzal en a après nous, mais parce que beaucoup de gens y croient.

Nona hocha la tête.

— Même si j'étais du genre à croire aux prophéties, le fait que sœur Roue souhaite à tout prix que la nôtre soit vraie suffirait à la discréditer complètement à mes yeux.

Chapitre 28

— Qui est-ce ? s'enquit Nona.

Une femme courtaude dotée du même teint cuivré que Zole s'approchait de la tour de la Voie, un manteau noir flottant autour de ses jambes, ses cheveux, noirs eux aussi, tirés en un chignon strict. Elle portait une épée de chaque côté.

— Yisht, répondit Ara.

Nona et elle étaient arrivées les premières en venant directement du sanatorium. La veille au soir, sœur Rose avait déclaré que la convalescente pouvait regagner son dortoir et reprendre les cours dès le lendemain, à condition bien sûr de ne pas participer aux leçons de Lame, qui étaient justement les moments qu'elle préférait.

— Yisht ? fit Nona, sceptique. Ça existe, ça, comme prénom ?

— Ni plus ni moins que Zole, rétorqua Darla en lançant un regard assassin à la femme.

Jula et Darla avaient rejoint Nona et Ara, et toutes les quatre attendaient que sœur Poêlon vienne leur ouvrir la porte est.

À l'instant précis où Darla prononçait le nom de Zole, Nona remarqua que celle-ci marchait dans l'ombre de Yisht.

— C'est la garde du corps de Zole, figurez-vous, dit Ara. Sherzal voulait assigner seize de ses soldats au couvent pour veiller sur sa précieuse héritière. L'abbesse a réussi à lui faire entendre raison, bien consciente qu'ils ne se seraient pas contentés de protéger Zole.

Jula opina.

— C'est vrai, même si je pense pour ma part que le Grand Prêtre lui a ordonné de ne pas faire de vagues. L'autre fois, Alata a tourné à l'angle d'un bâtiment en courant, et Yisht l'a plaquée contre le mur, manquant de lui casser le bras. D'après elle, on aurait cru qu'Alata allait se jeter sur Zole… Comme si Zole n'était pas capable de se défendre !

— Comment l'abbesse a-t-elle réagi ?

— C'est là que le bât blesse. Elle n'a rien fait. Et elle est très certainement informée de ce qui s'est passé, parce que j'ai entendu sœur Rose traiter Yisht de tous les noms. Je ne savais même pas qu'elle connaissait des insultes si fleuries. Et qu'il lui arrivait de se mettre en colère !

— En tout cas, sœur Poêlon refuse de la laisser entrer dans la tour. Elle est obligée de monter la garde à l'extérieur, dit Ara, reprenant les rênes de la discussion et décochant un regard mauvais à Zole et à sa protectrice, qui comblaient les derniers mètres. J'espère que le vent de glace va se lever.

— Yisht vient de la glace, tout comme moi. Sur la glace, le vent mugit. Ici, ce n'est guère qu'un murmure, et vous vous targuez pourtant de savoir ce qu'est le froid, intervint Zole d'un air amusé, en se plaçant près de Jula.

Ara poursuivit comme si de rien n'était.

— Sherzal voulait placer Safira à la tête des seize soldats qu'elle envisageait ! Safira ! Une novice expulsée qui a trahi le couvent et l'Église, qui enseigne la Lame en dehors de nos murs pour de l'argent.

Nona se rappela qu'Ara avait mentionné la professeure de Zole le jour de la visite de Sherzal.

— Elle a poignardé quelqu'un, je crois. Une novice ?

— Elle a poignardé Bouilloire. Elle a eu de la chance de ne pas finir noyée. Elle aurait dû.

— Bouilloire ? répéta Nona en réfléchissant à toute allure.

Elle avait passé un an à apprendre à lire et à écrire avec la jeune moniale, toujours enjouée et encline à partager des anecdotes avec elle. Pourtant, celle-ci ne lui avait jamais raconté cet épisode de sa vie. Nona la revit, affligée d'une légère claudication, se rappela que personne, au couvent, n'avait été capable de s'approcher du record que Bouilloire avait établi sur le parcours de la Lame, mais qu'elle n'avait jamais, en deux ans de scolarité, vu la moniale s'y entraîner.

— Mais tu as dit que Safira avait poignardé une novice…

— Elles étaient dans la même classe, murmura Ara en se penchant vers Nona, ses cheveux tombant sur l'épaule de son amie et son souffle lui chatouillant l'oreille. Elles partageaient le même lit en classe Sainte, mais ensuite sœur Pomme est entrée au couvent et… enfin, tu vois. Safira était jalouse, elles ont eu des mots, et juste après leur dernière dispute en date, alors que Bouilloire s'éloignait, elle l'a poignardée.

Le battant s'ébranla, déverrouillé de l'intérieur par sœur Poêlon, et Ara eut un mouvement de recul, comme si on l'avait surprise à faire quelque chose qu'il ne fallait pas. Darla en profita pour entrer la première.

Tandis que sœur Poêlon allait ouvrir les autres portes, Nona, Ara et Jula suivirent Darla dans l'escalier sans accorder la moindre attention aux portraits du rez-de-chaussée. Zole fut la dernière à monter, passant derrière l'enseignante et lui posant une question à voix basse.

— Elle passe son temps à faire de la lèche à Maîtresse Voie, dit Clera en s'asseyant à gauche de Nona. Ça ne m'étonnerait pas qu'elle passe son temps à prendre des notes pour Sherzal.

— Et quand se reverront-elles, au juste ? souffla Nona tout bas, persuadée que sœur Poêlon exagérait sa surdité afin de pouvoir surprendre les ragots des novices.

Clera haussa les épaules.

— Elle raconte qu'elle veut devenir moniale.

Comme à l'accoutumée, les deux premiers tiers de la leçon furent consacrés à la méditation et aux diverses recommandations devant permettre aux élèves d'atteindre lucidité, sérénité et patience. Clera avait pour habitude de plaisanter en disant que tout le monde devrait s'occuper en premier lieu de la patience, une condition *sine qua non*, selon elle, pour supporter le cours de Voie. Mais Clera n'était pas encore née que cette blague était déjà éculée, et désormais, elle se contentait généralement de passer les leçons à dormir les yeux ouverts, ou à harceler sœur Rose pour que celle-ci concentre ses efforts sur ses favorites et laisse une partie de la classe aller s'entraîner sur le parcours de la Lame.

Nona n'avait pas beaucoup plus de réussite avec la patience qu'avec la sérénité. À vrai dire, elle estimait même que les deux émotions étaient presque identiques, même si sœur Poêlon affirmait le contraire.

— La patience appartient au prédateur. Il attend l'heure de frapper. La patience a une valeur inestimable pour les sœurs de l'ordre des Silences. Celles qui savent tisser les ombres la sollicitent afin de se terrer assez loin dans les ténèbres pour amener leurs cibles à elles.

— Vous dites que si j'arrive à comprendre comment cela fonctionne, je pourrai faire ce qu'a fait sœur Bouilloire dans la Demeure de la Lame ?

Nona se remémora Bouilloire, surgie de nulle part ; la scène se joua et se rejoua encore dans son esprit : Bouilloire se détachant des ténèbres, ombre bondissante qui l'avait renversée dans le sable.

— Je pourrai être invisible comme un Noi-Guin ?

— Les Noi-Guin ne sont pas invisibles, mon enfant, répliqua sœur Poêlon avec une moue de dégoût. Leurs agents sont doués parce qu'ils se consacrent exclusivement à l'ombre. Une éducation si restreinte n'a guère d'utilité. Toujours est-il que la réponse à ta question est « non ». Seuls ceux qui possèdent un soupçon de Marjal en eux sont en mesure de travailler avec l'ombre, et encore… Cette condition ne suffit pas toujours. Mais qu'ils en soient capables ou non, tous doivent atteindre la transe de patience pour favoriser le contact avec la Voie.

—Mais s'agissant des Quantals, à quoi cela peut-il bien leur servir d'arpenter la Voie, si ce n'est pour causer des dégâts ?

Sœur Poêlon éleva la voix, de façon à attirer l'attention des novices qui n'étaient pas encore en train d'écouter la conversation.

—Les Marjals sont des invocateurs. Ils touchent le pouvoir du monde en maints endroits différents, très éloignés de la Voie. Les éléments de ce monde secret et l'intensité du contact dépendent de la personnalité de chacun d'eux, et de la quantité de sang marjal qui coule dans leurs veines.

» La Voie est différente. Elle sépare le vivant du non-vivant. Certains Marjals ne touchent que la partie vivante du monde, d'autres celle qui est non vivante, et une poignée d'entre eux sont capables d'atteindre les deux. La plupart des Marjals sollicitent des magies qui sont très éloignées de la Voie. Les plus talentueux touchent des éléments qui sont tout proches d'elle. Mais il n'y en a pas un seul pour toucher la Voie en tant que telle, ou pour l'arpenter. Leur magie revêt des formes diverses, souvent mineures, même si son utilité n'est plus à démontrer.

» La Voie concerne le pouvoir, elle. Elle en est la source et la nature. La plupart des Quantals ne parviennent qu'à rassembler cette puissance puis à la libérer par salves aussi brutales qu'éphémères. Il est dangereux d'emmagasiner l'énergie de la Voie. Cependant, quelques rares individus particulièrement doués ont la possibilité de conserver cette énergie et de la façonner pour servir leur dessein, moyennant un entraînement adéquat suivi d'années de pratique. La Voie est une ligne, mais une ligne sinueuse. Elle touche et sépare tout ce qui existe. Elle donne un sens au mot « identité », au fait que chaque chose est différente et bien distincte des autres. Son pouvoir permettrait de défaire le monde… et de le recréer.

Sœur Poêlon embrassa la classe du regard.

—À présent, à condition que Clera ait l'obligeance de ne pas casser le mobilier en filant ventre à terre, j'autorise les novices qui le souhaitent à pratiquer la Voie de la Lame jusqu'à la sonnerie.

Posant son moignon sur l'épaule de Nona, elle la retint tandis que les autres élèves, après avoir fait crisser leur chaise, s'éloignaient vers la sortie dans un froufrou d'étoffe.

—Toi, Nona, tu restes.

Nona ne désirait rien tant qu'accompagner ses camarades, mais son dos raidi par la cicatrisation, et la douleur qu'elle ressentait dès qu'elle cherchait à solliciter ses muscles, auraient eu raison de son enthousiasme même si sœur Poêlon ne l'avait pas tenue à l'œil. Moins d'une minute plus tard, Ara, Hessa, Darla et elle se retrouvèrent donc seules dans la classe avec Zole et Leeni, la rousse au teint de lait qui était amie avec Alata.

— Ara et Hessa vont m'accompagner. Toi aussi, Nona. Darla, Zole et Leeni, entraînez-vous à la patience.

Sœur Poêlon alla refermer le couvercle de son gros coffre avant de se diriger vers l'escalier. Hessa lui emboîta le pas à l'allure gauche qui était la sienne, adressant à Nona un regard qui semblait lui conseiller de ne pas la lâcher d'une semelle.

Nona s'engagea donc à la suite de Hessa, Ara fermant la marche.

— Représente-toi la Voie, Nona. Ne ferme pas les yeux, contente-toi de la voir. Sans la toucher, laisse-la te guider.

La voix de sœur Poêlon résonnait comme si le petit groupe se trouvait dans un espace vaste, et non dans l'étroit escalier en colimaçon.

— Suis-moi. Ne regarde pas les marches que tu foules. Contente-toi de me suivre.

Pendant une fraction de seconde, Nona aperçut la ligne vive de la Voie se détachant contre la laine sombre de l'habit de Hessa. La Voie l'attirait… Cette crevasse ardente, cette ligne multiple, à la fois droite comme une lance et alambiquée, avec ses circonvolutions et ses boucles qui emplissaient l'espace séparant les omoplates de Hessa, s'entrelaçant et s'interpénétrant comme si la jeune fille n'existait même pas…

— Nous y voilà, dit l'enseignante en retrouvant son timbre coutumier, étonnamment juvénile.

Nona cligna des paupières, découvrant un lieu bien différent de l'escalier dans lequel elle s'était engagée, et de la vaste salle qu'elle s'était imaginée en se fiant à l'écho de la voix de la moniale. La pièce était incurvée comme si elle se trouvait casée entre le mur et le renflement de l'escalier, et occupait environ un tiers du périmètre de la tour. Dépourvue de fenêtres, elle ne disposait en termes d'éclairage que de lumignons brûlant dans des renfoncements, et chaque centimètre carré, plafond et sol compris, était incrusté de symboles argentés.

— Prenez place, ordonna sœur Poêlon, en indiquant six chaises de bois noir qui étaient dispersées dans la salle.

Nona s'assit en contemplant le plafond constellé de symboles. Par comparaison, l'écriture dont l'apprentissage lui avait pourtant paru diablement complexe semblait d'une simplicité enfantine. Chaque signe, gros comme le plat d'une main, constituait une œuvre d'art à part entière, une ligne unique formant un entrelacs complexe qui vous brûlait la rétine et modelait votre esprit à son image. *On dirait presque des bouts de la Voie figés dans l'instant présent*, songea Nona.

— Il ne faut pas s'attarder dessus, Nona. Il est impoli de dévisager quelqu'un. Mais regarder ces sceaux, c'est potentiellement dangereux, expliqua sœur Poêlon en touchant le mur le plus proche. Ils sont l'œuvre d'une scribe marjal, maîtresse de l'art du néant et depuis longtemps défunte. Ils permettent de limiter à cette pièce les conséquences des accidents que vous pourriez rencontrer en cherchant à suivre la Voie. J'adore cette tour, tout comme sœur Suif adore la Demeure de la Lame, et, tant qu'à faire, j'aimerais éviter qu'elle s'effondre parce qu'une novice aurait commis une imprudence.

» Pas plus tard que l'autre jour… enfin, cela s'est peut-être produit avant votre naissance… la novice Segga a touché la Voie bien plus tôt que je l'escomptais, alors que je venais tout juste de lui montrer le premier exercice de sérénité. Bref, elle a hurlé si fort que les fenêtres ont été soufflées. Mes ravissants vitraux, pulvérisés… Nous en avons retrouvé des tessons éparpillés jusque sur le Dôme de l'Ancêtre ! Il m'a fallu beaucoup de temps pour retrouver mon acuité auditive… (Elle se tourna vers Ara.) Commence, Novice Arabella, toi que j'ai déjà eu l'occasion de réprimander, puisque ton comportement a valu à Nona le châtiment que nous connaissons.

Elle fit signe à Hessa et à Nona de la rejoindre au fond de la pièce, là où l'incurvation de la pièce commençait tout juste à les soustraire à la vue d'Arabella. Nona lui obéit. Il émanait de la moniale cette odeur particulière que la jeune fille associait aux personnes âgées, indépendamment de leur degré de propreté ; il ne s'agissait pas de relents aigres, de poussière ou de renfermé… simplement de l'odeur de la vieillesse.

— Maintenant que nous savons que le sang quantal coule dans tes veines, Nona, tu dois comprendre que tout ce que nous faisons ici est facilité par la présence du cœur-de-nef. Là où il bat, les interstices entre les éléments du monde sont au plus étroit. Il nous est donc plus facile d'atteindre la Voie, de l'arpenter, d'en façonner les énergies.

— Vraiment ?

Nona aurait bien eu recours à un terme plus incisif, une grossièreté qui aurait surpris même Clera, toujours encline à la vulgarité, ou encore les matelots auprès de qui Ruli avait appris quantité de jurons… Mais elle s'en abstint, et leva plutôt les yeux vers l'enseignante.

— Vous êtes sûre ? Parce que, moi, ce n'est pas du tout l'adjectif que j'emploierais.

Il avait fallu qu'elle soit sur le point de défaillir sous les coups infligés par sœur Suif pour atteindre la Voie, et encore… elle ne l'avait que frôlée.

Sœur Poêlon se contenta d'un petit sourire.

— Novice Arabella. Approche-toi sereinement de la Voie. Fais un pas et reviens en pleine possession de ce que tu auras reçu.

Chapitre 29

Nona quitta la salle dérobée après Hessa et Arabella. Le reste de la classe Grise était parti depuis longtemps. À l'intérieur de la pièce dépourvue de fenêtres, il était facile de manquer l'appel de Bray. Sœur Poêlon avait retenu Nona, insistant pour qu'elle pose ses mains sur les murs surchargés de symboles, afin que toute trace résiduelle d'énergie de la Voie quitte son corps.

C'est encore toute fébrile qu'elle dévala l'escalier. Son contact avec la Voie avait été fugace, mais extatique. Elle avait été tout entière possédée par la Voie, ce qui lui avait fait prendre conscience du fait que, toute sa vie, elle avait été vide. La Voie avait changé sa chair en or, son esprit en cristal. Elle voulait davantage, même si ce pouvoir la terrifiait et que son corps tremblait de manière incontrôlable. Elle voulait davantage.

Le vent fit claquer la porte est derrière elle. Elle demeura un instant au pied de la tour, contemplant la grisaille ambiante d'un air songeur, consciente que la Voie traversait de part en part tout ce qui s'offrait à son regard.

Des doigts d'acier lui saisirent le poignet par-derrière, la ramenant à la réalité. Puis la personne lui immobilisa le bras au niveau du coude et tira vers le haut, tant et si bien que Nona se retrouva courbée en deux, poussant un cri de douleur. Son assaillante l'orienta vers le mur de la tour.

— Toi, la gamine, tu ferais bien de garder tes distances avec Zole.

— Yisht ! gronda Nona, reconnaissant l'accent des tribus du frimas.

— Dis-moi que tu m'as bien comprise et que tu m'obéiras.

Nona serra les dents pour résister à la douleur. Le visage pressé contre la pierre froide et le bras dans un étau, elle ne pouvait espérer se libérer.

— Vous allez me casser le bras ? lança-t-elle en happant un peu d'air. Vous allez violenter combien de novices avant que l'abbesse se décide à vous flanquer dehors ?

Nona n'avait pas eu la moindre intention de chercher des noises à Zole, et il était hors de question pour elle de se laisser intimider.

— Je pourrais aller bien plus loin que ça, gamine. (La torsion s'accentua.) Je pourrais te briser les doigts, articulation par articulation.

Yisht s'exprimait sans émotion, mais quelque chose dans son intonation ne laissait planer aucun doute. Elle mettrait sa menace à exécution.

— T'arracher les yeux...

Nona se cabra pour s'éloigner du mur, ce qui lui arracha un cri de douleur. Il avait fallu qu'elle choisisse la seule issue ne donnant pas sur l'un des autres bâtiments du couvent, et il n'y avait aucun témoin en vue.

— On est une vraie guerrière, à ce que je vois, dit Yisht en la plaquant à nouveau contre la pierre. Les menaces restent sans effet sur toi. Mais je t'ai observée. Tu l'aimes bien, la petite invalide. Si tu me contraries de quelque façon que ce soit, il se pourrait bien qu'elle tombe dans le vide par une nuit venteuse.

Elle libéra Nona d'une violente bourrade, comme pour lui montrer le funeste destin qui guettait Hessa, et Nona tomba la tête la première à cause de la roche irrégulière, rouvrant l'une des lacérations de son dos. Le temps qu'elle se relève, Yisht avait disparu.

— Alors, comment ça s'est passé avec les Sœurcières ? voulut savoir Clera sitôt que Nona fut entrée dans le dortoir. Tu m'as manqué en Lame. Au bain et au dîner aussi, d'ailleurs ! Jula s'est dit qu'il avait dû y avoir un imprévu avec sœur Poêlon, et qu'elle t'avait gardée pour un cours particulier, mais moi...

— Elle te croyait morte, expliqua Jula, allongée sur son lit. Je cite : « Nona ne manquerait un repas pour rien au monde... »

— J'ai dîné au sanatorium pendant que sœur Rose changeait mes pansements et m'enlevait quelques points.

— Alors..., dit Clera. (Elle roula à plat ventre, laissant reposer son menton contre ses mains.) Quel est le secret ? Où sœur Poêlon vous emmène-t-elle, petites Sœurcières ? C'est lié à la dixième marche, n'est-ce pas ? Je l'ai toujours dit.

— C'est bien la dixième marche, tu avais vu juste. Tape du pied au bon endroit, et ça ouvre un passage secret, dit Nona en s'asseyant sur son lit avec des gestes mesurés.

— Oh, la menteuse ! (Clera ramena ses genoux sous elle.) Allez, parle !

— Sœur Poêlon a dit qu'elle donnerait une punition exemplaire à...

— Quelle couarde tu fais ! Tu es l'une des chouchoutes de Poêlon, dorénavant. Elle ne te fera rien.

— ... celle à qui je me confierais, compléta Nona.

— Oh, fit Clera, déçue. (Elle se ressaisit aussitôt.) Dis-le à Jula ! Et elle me le répétera.

Pouffant de rire, Nona s'allongea sur le côté en prenant soin de ne pas solliciter son dos meurtri. Sœur Poêlon lui avait bel et bien conseillé de garder le secret, mais elle avait toujours été d'un naturel discret, même avant son arrivée à la Mansuétude. Lorsque sœur Pomme lui avait demandé de se déshabiller, le premier soir, elle avait accepté même si elle n'en avait pas envie, car elle avait bel et bien besoin de prendre un bain. Mais révéler un secret vous exposait bien plus que n'importe quel degré de nudité. Plutôt se promener dans le plus simple appareil que de révéler sa vraie nature. Celle que les gens de son village avaient découverte. Que sa mère avait découverte. Et son village, elle l'avait quitté dans une cage sous les huées et sous une pluie de mottes de terre. C'était des injures qu'elle avait le plus souffert.

Elle éprouva des difficultés à trouver le sommeil cette nuit-là, environnée par les doux bruits de ses camarades parties au pays des rêves. Des images d'Ara et de Hessa manipulant les énergies de la Voie ne cessaient de défiler dans l'obscurité. De mains saturées d'une lumière brillante que l'on projetait sur les murs couverts de symboles, ou qui se rétractait dans la chair pour l'imprégner d'une force à faire frémir.

Lorsque ces visions finirent par s'effacer, Nona ne parvint toujours pas à trouver refuge dans les songes. La poigne d'acier de Yisht l'empêchait de s'échapper, et la douleur sourde de ses ecchymoses l'ancrait dans la réalité. Elle n'avait rien dit aux autres. Cela aurait eu pour seul effet d'effrayer inutilement Hessa. Tout ce que Nona avait à faire, c'était s'abstenir de se venger de Zole. Mais, outre cela, l'humiliation l'empêchait aussi de parler. L'étrangère l'avait neutralisée avec une facilité déconcertante, et Nona avait honte de la peur qu'elle avait ressentie alors. Elle resta allongée là dans les ténèbres. Ce ne fut qu'après le passage de la lune convergente que son esprit en ébullition la laissa sombrer dans l'oubli.

Près de trois semaines s'écoulèrent avant que le dos de Nona soit complètement cicatrisé. Elle retrouva alors les cours de Lame avec enthousiasme, se mesurant au couteau avec les novices les plus âgées et les plus expérimentées, sans toutefois se frotter à Zole. Bien entendu, elle serait contrainte de l'affronter si sœur Suif le lui ordonnait, mais l'enseignante se gardait bien de laisser Ara et Nona s'approcher de la fille du frimas.

Nona veillait à tenter le parcours de la Lame au moins trois fois par semaine depuis qu'elle n'était plus dispensée de cours de Voie. Mais elle avait beau déployer des trésors de patience, s'enduire la plante des pieds de résine, elle ne dépassait jamais la moitié de la distance, et cela dans un bon jour. Avec leurs balancements et leurs rotations inopinées, les tuyaux articulés semblaient adopter une configuration inédite chaque fois qu'elle retentait l'expérience, ce qui l'empêchait de définir une trajectoire à l'avance. Elle disposait néanmoins d'un lot de consolation : Zole n'avait pas encore réussi à franchir le premier tiers de la Voie de la Lame sans chuter.

Il existait cependant une ombre au tableau : Jula ne s'entraînait plus avec ses amies. Clera et elle s'étaient brouillées subitement, après un septain qu'elles avaient toutes les deux passé à Vérité en compagnie de leurs familles respectives. Clera refusait d'aborder le sujet, mais ne manquait pas une occasion d'envoyer des volées de bois vert à la pauvre Jula, qui paraissait simplement perdue, désorientée.

— Pourquoi tu traites tout le monde comme des chiens, Clera ? avait demandé Ara après un vif échange à l'issue duquel Jula s'était enfuie en larmes.

— Tout le monde ?

— Tout le monde ? répéta Nona, interloquée.

Jula venait de tourner à l'angle du scriptorium, au fond de la cour, et Nona se demanda comment, au bout de deux années passées à encaisser les coups et à les rendre, de simples mots pouvaient encore avoir un effet si destructeur.

— Tout le monde, insista sévèrement Ara.

Nona fronça les sourcils. Peut-être qu'Ara disait vrai. Si vous n'étiez pas amie avec Clera, vous n'étiez rien pour elle.

Clera rattrapa sa pièce en argent au vol, et examina l'effigie de l'empereur.

— Peut-être que comme ça je ne manquerai à personne quand je mourrai, rétorqua-t-elle en haussant les épaules.

Ruli rejoignit ses camarades le jour où sœur Suif abordait le maniement de l'étoile de jet avec Nona et au moins un tiers des novices qui venaient de passer récemment en classe Grise. Nona n'en avait jusque-là tenu qu'une entre ses mains, et très brièvement encore : lorsque sœur Roue l'avait blessée pendant l'ordalie du Bouclier, et elle en gardait une cicatrice blanche sur sa paume.

Le lancer des étoiles se révéla moins ardu que leur réception, mais Nona n'aurait jamais cru qu'il serait difficile de toucher une cible avec ne serait-ce qu'un semblant de précision. Malgré tout, elle fut l'une de celles qui obtinrent les meilleurs résultats, avec Zole et, étonnamment, Ruli, qui venait pourtant tout juste, elle aussi, de découvrir l'étoile de jet. Clera et Ara étaient toutes les deux d'avis que Zole avait déjà manipulé ce genre de projectile, même si la première n'était guère une experte en la matière. Elle semblait même proche du cas désespéré, sœur Suif ayant émis des doutes sur sa faculté à toucher quoi que ce soit avec une étoile de jet, y compris le sol.

Lorsque Bray donna enfin de la voix, toutes les élèves avaient mal aux bras à force de s'exercer, sœur Suif ayant insisté pour qu'elles se servent de leurs deux mains, et les entailles bénignes étaient légion.

— Novices, dit la moniale en appelant la classe à se réunir autour d'elle.

Cela n'avait rien d'étonnant. La Lame n'était pas le genre de cours auquel la cloche mettait aussitôt un terme.

— Étant donné que les styles de combat pratiqués par la novice Zole ne sont pas sans vous causer des difficultés, il était sans doute temps que le jour du forgeage annuel du Caltess arrive. Trois jours durant, à compter de septain prochain, nous descendrons en ville. J'attends de vous que vous fassiez bonne figure devant les apprentis du Caltess. Deux élèves parmi Leeni, Darla, Alata, Sheelar et Croy entreront dans l'arène des épéistes, et trois de celles qui n'ont pas été choisies pour cette discipline participeront au concours du combat à mains nues.

La course jusqu'aux bains qui concluait toujours le cours de Lame était devenue une affaire sensible depuis l'arrivée de Zole, et même cette information cruciale qu'était l'imminence du forgeage dut attendre la fin de la ruée. Toutes les novices rassemblèrent les vêtements qu'elles porteraient après leurs ablutions et se réunirent devant l'entrée principale, prêtes à concourir. Darla, dont l'orteil n'était pas encore consolidé et dont la constitution n'était de toute façon pas propice à ce genre de performance, ouvrit les portes tandis que ses camarades s'égayaient autour d'elle.

Nona n'était pas avantagée par sa petite taille, même si elle avait repris quelques centimètres à ses amies au fil des ans, à force de manger à sa faim. Zole, Ketti et Clera prirent une longueur d'avance sur la portion de terrain dégagée qui succédait à la Demeure du Cœur, mais Nona savait qu'elle comblerait son retard au niveau des virages serrés qui longeaient la laverie pour contourner ensuite la longue bâtisse trapue du chai. Au moment où les trois coureuses de tête amorçaient le premier angle acéré au milieu des vapeurs s'échappant de la laverie, Nona fonça droit vers le mur opposé, y prenant appui pour bondir dans l'étroit passage séparant les deux bâtisses. Le temps que ses concurrentes émergent du nuage de vapeur, elle avait pris la première position.

— Comm…

Clera s'étrangla d'indignation, ce qui lui fit perdre à la fois son souffle et quelques enjambées cruciales.

Nona et Ketti évitèrent habilement une sœur Roche ébahie et firent irruption dans les bains, victorieuses d'Ara, de Zole et de Clera qui les talonnaient.

— Comment va-t-elle choisir ?

Cette question était sur les lèvres de toutes les novices qui se dépouillaient de leur habit avec une hâte confinant à l'indécence.

— Sur quels critères ?

— Peu importe, tant qu'elle me choisit, dit Clera en se débarrassant de son deuxième soulier avec son pied déjà déchaussé. Je ne vois pas pourquoi elle m'écarterait.

Ayant décrété cela, elle s'engagea précipitamment dans la touffeur des bassins.

— Parfois, il faut disputer des épreuves, parfois elle choisit ses préférées, dit Alata en enlevant son jupon. La dernière fois, elle a pris ses préférées.

Diverses opinions continuèrent à fuser, mais Nona s'élança à la poursuite d'Ara, toutes deux s'immergeant simultanément dans la chaleur enveloppante. En refaisant surface, Nona se laissa partir à la dérive, léthargique dans la blancheur aveuglante de la vapeur, tandis qu'autour d'elle les bavardages, le chahut et les éclaboussures perdaient toute signification.

— Bon, fit Clera, ses cheveux noirs se déployant en éventail à la surface de l'eau fumante. Le Caltess. Tu seras en terrain familier.

Dans la brume saturée d'humidité, on distinguait les silhouettes des novices qui flânaient au milieu du bassin ou discutaient près du bord par petits groupes.

— Comment ? dit Nona, tirée de sa torpeur.

Elle recula devant Clera en se propulsant avec les mains, car il s'en fallait d'un mètre que ses pieds touchent le fond du bassin. Elle n'avait pas la moindre idée du temps qui s'était écoulé, même si elle avait dû rêvasser un long moment, à en croire ses doigts tout ridés. Elle se retrouva dans le coin du bassin le plus éloigné du vestiaire.

— Le Caltess. Terrain familier, répéta Clera.

— Je n'y ai passé que quelques mois.

Elle savait pertinemment que le forgeage aurait lieu un jour, toute élève de la classe Grise y étant confrontée tôt ou tard, mais la date n'était jamais dévoilée bien longtemps à l'avance, car elle dépendait de la grille des combats du Caltess et des divers engagements que Partnis Reeve avait pu prendre.

— Mon père va parier sur moi, dit Clera, se rapprochant encore pour bloquer son amie dans l'angle du bassin, ses ondulations créant un courant qui se propagea jusqu'aux jambes et au ventre de Nona. Et il gagnera assez d'argent pour être libéré.

— Je croyais que les combats étaient privés, répondit Nona.

Elle se remémorait les braillements de la foule qui montaient jusqu'au grenier, cette masse vivante qui était plus que la somme de ses composants, telle une créature animale à part entière. Elle se demanda ce qu'elle ressentirait en combattant dans de telles conditions.

— Ils le sont, petite gourde. (Clera disparut brièvement sous la surface pour resurgir encore plus près de Nona et lui cracher de l'eau au visage, telle une fontaine.) Mais ça ne veut pas dire que les gens n'ont pas le droit de parier sur un vainqueur, ou que des hommes fortunés ne peuvent pas payer pour espionner les novices depuis les balcons.

— Mais le poing-lame doit rester secret…

On devait y recourir lorsque cela s'imposait, avait dit sœur Suif, mais pas en faire vainement étalage.

En souriant, Clera écarta une mèche de cheveux que la touffeur ambiante avait plaquée sur l'œil de Nona.

— C'est surtout nous qui les intéressons, plutôt que le poing-lame, dit-elle.

Puis, telle une sirène, elle sortit son buste de l'eau d'un vigoureux battement de jambes avant de s'écarter dans une gerbe d'éclaboussures. Ara vint prendre sa place, ses cheveux mouillés paraissant moins blonds.

— Tu es inquiète à cause des Tacsis ? Tu sais que Raymel Tacsis ne se bat plus, n'est-ce pas ?

— Je le sais, oui, répliqua Nona avec un geste d'indifférence.

Il avait d'autres chats à fouetter qu'une petite paysanne réfugiée dans un couvent. Deux longues années avaient passé sans incident, depuis la venue des Noi-Guin et le procès intenté par le Grand Prêtre. Mais mère Vitrage refusait toujours d'autoriser Nona à quitter la Mansuétude le septain, alors que plusieurs moniales se rendaient à Vérité en même temps que les novices pour les chaperonner.

Ce soir-là, dans l'obscurité du dortoir, Nona s'imagina vivre à nouveau dans le grenier du Caltess, au milieu des tonneaux, des caisses et des rouleaux de corde, avec des dizaines d'enfants vendus dont le sommeil était peuplé de rêves agités. Elle s'interrogea au sujet des frères Tacsis et de leur père, qu'elle n'avait jamais vu mais qui avait gaspillé des fortunes pour l'éliminer. Même si tous trois pensaient encore à elle de temps à autre, malgré les deux années qui s'étaient écoulées, ils n'avaient aucun intérêt à profiter de sa visite au Caltess pour assouvir leur vengeance. Elle serait entourée de témoins, sans même parler de sœur Suif et de plusieurs autres moniales Écarlates.

Nona ne parvint pas pour autant à trouver le sommeil. Quelque chose la taraudait, comme si quelqu'un faisait crisser ses ongles contre un tableau noir, dans un silence qui n'empêchait pas le désagréable tressaillement viscéral que ce geste induisait en temps normal. Était-ce simplement le signe que Nona était soucieuse ?

Elle se faufila hors de son lit et passa lentement entre les deux rangées de lits. La chemise de nuit qui lui frôlait les jambes lui avait été offerte par Ara. D'ailleurs, tout ce que Nona possédait lui avait été offert : sa simple présence au couvent, elle la devait à l'abbesse, qui était certainement aussi à l'origine du paiement annuel de ses frais de scolarité, officiellement versés par un donneur « anonyme ».

Sans prendre la peine de se munir de la lanterne qui luisait non loin de la porte, à côté du lit de Mally, Nona se glissa dans la salle commune et gagna l'entrée principale. Le fer de la poignée était froid sous ses doigts. Le vent charriait discrètement sa menace, geignement aussi discret que le courant d'air qui s'immisçait par l'interstice séparant le battant et le sol. Le contact de la poignée s'accompagna d'une sensation d'alerte, d'un élément plus noir que la nuit, plus glacé que le blizzard, à la fois multiple et étrange. Nona ouvrit la porte, juste assez pour coller son front dans l'entrebâillement. Les chuintements du vent semblaient se gausser de sa piètre tentative de furtivité.

Quelqu'un se tenait si près de l'entrée du dortoir que Nona eut un instant le souffle coupé par le choc, et que son cœur sembla se paralyser dans sa poitrine. Mais, comme si de rien n'était, la personne continua de tracer à main levée des motifs invisibles devant elle, dans le vide. Les yeux que l'on distinguait au-dessus de l'écharpe noire qui couvrait le bas du visage appartenaient à Yisht. Des yeux de requin, d'après Ruli. Ternes et morts. La femme était si absorbée par sa besogne que le léger mouvement de la porte ne l'alerta pas. Nona la regarda terminer son motif, son doigt semblant troubler durablement l'air, comme une goutte d'eau sur du verre. Puis Yisht se décala vers la droite et répéta ses gestes. Cherchait-elle quelque chose ?

Un doigt blanc, si pâle qu'on l'aurait cru gagné par le gel, traça de nouvelles circonvolutions dans l'air, leur motif s'inscrivant sur les rétines de Nona, comprimant son cerveau et provoquant une sensation aussi désagréable que familière. Des sceaux !

Sans prendre le temps de réfléchir, Nona ouvrit la porte à la volée. Elles restèrent toutes deux immobiles, Nona frigorifiée par le vent carnassier qui plaquait sa chemise de nuit toute fine contre son corps, et Yisht avec la main sur la poignée de son épée, en révélant quelques centimètres rutilants. Puis, sans un mot, la guerrière baissa le bras et s'éloigna, la nuit semblant se densifier autour d'elle, l'absorbant totalement au bout de cinq pas.

— Fermez-moi cette satanée porte ! cria quelqu'un depuis le dortoir de la classe Grise.

Nona obéit en frissonnant, et s'empressa de retourner se coucher. Elle s'endormit rapidement, presque contre son gré, son esprit manipulant les formes alambiquées que Yisht avait laissées en suspens.

Cage.

Nona suivait les méandres d'un fil de feu.

Cage.

Ce mot érafla sa concentration. Elle tâcha de s'approprier la voix qui lui parlait. *Je suis dans une cage, celle dans laquelle j'ai passé toute ma vie enfermée. J'étais déjà dans une cage avant même que Giljohn m'emmène, et je n'en suis jamais sortie depuis. Une cage faite à partir de mes propres os.*

Le fil dessina une triple spirale, identique à celle du parcours de la Lame, s'élevant et retombant pour adopter une configuration à la fois neuve et familière qui s'infléchissait tandis que Nona la pourchassait.

Cage. Réveille-toi !

Je ne dors pas.

Le chemin qui la précédait se convulsait tel un serpent en proie à une mortelle souffrance, s'entortillait sur lui-même, et elle continua à le suivre, descendant parmi les volutes du sceau…

Cage !

Nona ouvrit un œil.

— Tu m'inquiétais, dit Ara, penchée si près d'elle que ses cheveux lui chatouillaient le cou.

Elle s'écarta tandis que Nona tournait la tête vers elle, la découvrant agenouillée à son chevet et déjà habillée. Tous les autres lits étaient vides. D'ailleurs, le dortoir était désert, et baigné de rayons obliques.

— O-où sont-elles toutes passées ? demanda-t-elle, le sceau lui brûlant toujours les rétines.

— D'abord, petit déjeuner. Ensuite, Lame, dit Ara en se relevant. Tu dois te lever et t'habiller tout de suite. (Elle marqua une pause, dévisagea Nona.) À moins que tu veuilles voir sœur Rose ? Jula voulait aller la chercher. Les autres ont simplement été étonnées que tu ne te lèves pas, mais Jula a pensé que tu étais peut-être souffrante.

— Elle n'est tout de même p…

— Non. J'ai dit que j'irais personnellement au sanatorium si je n'arrivais pas à te réveiller. Ensuite, Hessa a confirmé l'impression de Jula, mais d'après elle, tu avais plutôt besoin de sœur Poêlon. Elle a dit que quelque chose clochait chez toi, que c'était sans doute lié à la Voie, et qu'elle irait consulter sœur Poêlon après le petit déjeuner si tu ne t'y montrais pas.

— Tu as prononcé mon nom, mon vrai nom.

Ara se mordilla la lèvre inférieure.

— J'ai pensé que cela valait la peine d'essayer, le reste ayant fait chou blanc…, expliqua-t-elle d'un air légèrement penaud. Il va falloir que tu t'essuies le visage. Et ton oreiller est sans doute un peu mouillé.

— Tu m'as jeté de l'eau à la figure ?

— Deux fois. Et je t'ai tiré les cheveux. Oh, et tu auras aussi des traces d'ongle sur le bras, parce que je t'ai pincée.

Nona se redressa en s'essuyant le visage sur sa couverture.

— Heureusement que mon nom a marché ! Encore un peu, et tu mettais le feu à mes cheveux ou tu m'embrassais comme le prince de ce vieux conte pour enfants.

Ara baissa aussitôt la tête.

— Dis-moi que tu n'as pas fait ça ! protesta Nona en sautant du lit pour enfiler son jupon.

Ara lui décocha un franc sourire.

— C'est la première chose que Clera aurait essayée.

Nona ôta sa chemise de nuit et enfila ses sous-vêtements en fronçant les sourcils.

— À ce propos, où est-elle ? Elle n'avait pas d'avis sur la question ?

— Si, répondit Ara en lui tendant son habit. D'après elle, tout allait pour le mieux, et sœur Suif nous écorcherait vives si nous étions en retard au cours de Lame. Ou pire : elle nous priverait de forgeage.

— Sur ce point, elle n'a pas tort ! répliqua Nona en chaussant ses souliers à la va-vite. (Elle courut vers la sortie.) Presse-toi ! Je meurs de faim !

Nona engloutit son petit déjeuner et se rendit à son premier cours en continuant à ressasser les événements de la nuit. Grâce au sceau qu'elle avait tracé, Yisht l'avait renvoyée se coucher, la plongeant même dans un sommeil si profond qu'elle avait bien failli ne pas se réveiller. Mais comment parler de cela aux moniales ? Et comment aurait-elle prouvé ce qu'elle avançait ? Yisht avait été envoyée à la Mansuétude par la propre sœur de l'empereur, et pouvait manifestement agir à sa guise. Même si elle avouait avoir eu recours à un sceau, elle prétendrait avoir voulu dissuader Nona de s'en prendre à Zole.

Le reste de la semaine fut consacré aux séances de Lame, au grand dam de Maîtresses Voie, Savoir et Âme. Quant à Maîtresse Ombre, elle se déclara au contraire soulagée du fardeau de ses novices obtuses, et prête à consacrer le temps ainsi dégagé à la préparation d'une nouvelle toxine qui nécessiterait des cobayes, une fois que lesdits cobayes auraient regagné le couvent.

Sœur Suif imposa à la classe Grise un rythme impitoyable, et c'était percluses de courbatures que les élèves retrouvaient leur lit chaque soir. Elle se servait de Zole et du répertoire technique peu familier de celle-ci pour faire comprendre à ses ouailles que les combattants du Caltess ne recourraient pas forcément à des styles qu'elles maîtrisaient.

—Nona et Zole, ordonna l'enseignante en leur faisant signe de s'approcher.

On devait bien s'affronter tôt ou tard, songea Nona.

Zole roula des mécaniques et écarta les mèches trempées de sueur qui lui tombaient devant les yeux. Elle avait la moitié du visage constellée de sable parce que Ara avait réussi à la projeter au sol. Il s'agissait de la seule victoire à l'actif de l'héritière Jotsis, soit dit en passant.

—Alors, on en redemande ? demanda Zole, de marbre.

Nona lui adressa un sourire féroce. Elle avait pratiqué les mouvements de Torca que Zole affectionnait, et prêté une attention toute particulière aux performances de sa rivale des tribus du frimas lorsque celle-ci affrontait d'autres novices de la classe Grise.

Elles commencèrent à se tourner autour, précisant la position de leurs pieds par de petites corrections rapides avant de se toucher mutuellement. Nona, ferme sur ses appuis, avait abaissé son centre de gravité de façon à contrer les prises auxquelles Zole aimait recourir. Quant à cette dernière, elle empoigna l'habit de Nona, juste au-dessus du cœur. Nona voulut lui attraper le coude tout en fléchissant encore plus ses jambes pour ne pas être déséquilibrée, mais Zole lâcha la tenue de Nona, et contourna sa garde avec son autre bras en un geste mesuré et fluide que Nona aurait dû n'avoir aucun mal à parer… pourtant, ce fut tout l'inverse. Les paumes de Zole se dirigèrent vers son visage. Elle raffermit sa prise sur le coude de sa rivale, mais n'eut pas la force de stopper le mouvement, car Zole était plus robuste physiquement. Zole ne porta pas un coup à proprement parler – la lenteur relative qui avait berné Nona impliquait que son geste ne mobilisait guère de puissance –, mais déstabilisa Nona par des soufflets retentissants.

—La tendresse noi-tal ! annonça sœur Suif. Ce n'est pas parce que votre adversaire s'est battu de telle ou telle façon contre quelqu'un d'autre qu'il va vous réserver le même traitement. Il est important de varier les techniques. Un guerrier prévisible, aussi talentueux soit-il, mourra prématurément par rapport à un soldat moins doué, certes, mais mieux à même de dissimuler ses intentions.

Les traits de Zole restèrent impassibles. Nona aurait préféré des railleries, ou un sourire narquois : alors, elle aurait au moins eu l'impression d'exister.

Maîtresse Lame réserva l'humiliation finale au sizain après-midi, avant le repos du septain et le départ pour Vérité qui aurait lieu tôt le primain matin.

— Rompez.

La voix de sœur Suif claqua comme un fouet, et toutes les novices engagées dans un duel s'interrompirent. Hors d'haleine, Nona adressa un sourire radieux à Clera qui fit semblant de chanceler, même si la sueur qui gouttait de sa frange était bien réelle. Leur affrontement s'était soldé par un *statu quo*, à la suite d'un enchaînement mêlant coups de poing, parades et coups de pied fulgurants. La différence de taille entre les deux amies était bien moindre que par le passé, et Nona était sans doute un brin plus rapide que Clera, mais cette dernière compensait ce désavantage par une créativité née de sa nature matoise.

— Zole ! dit sœur Suif en tendant le doigt vers l'intéressée.

Nona poussa un gémissement, craignant d'être à nouveau sacrifiée à cette adversaire ô combien polyvalente. Elle avait déjà mangé du sable à quatre reprises au cours des trois derniers jours. Mais Zole se dirigea vers l'entrée, poussa l'un des battants et se pencha à l'extérieur. Un instant plus tard, elle revint accompagnée de Yisht.

La guerrière du frimas s'avança avec Zole au milieu des autres novices, les scrutant de ses yeux de squale soulignés par ses pommettes saillantes. Elle portait le manteau noir qui ne la quittait jamais par-dessus plusieurs ceintures en cuir de la même couleur, et une tunique qui avait sans doute arboré jadis une nuance de jaune, mais avait ensuite été brunie par l'âge et la crasse.

— Yisht-Raani, ici présente, est une guerrière jouissant d'une renommée certaine, et son épée se négocie à un prix élevé. Je lui ai demandé de vous faire une démonstration de son art martial cet après-midi. À mains nues, cela va de soi. Tant qu'à faire, j'aimerais qu'il y ait des survivantes pour le forgeage du Caltess.

Nona voulut se porter volontaire. Un feu couvait au fond d'elle, et ce feu désirait voir couler le sang de Yisht. Mais quelque chose dans le regard mort de l'étrangère la fit hésiter. Elle découvrit que sa main tremblait, et comprit que c'était la peur qui retenait son geste.

— Qui va-t-elle affronter ? demanda Darla, les joues encore échauffées à la suite de son duel avec Jula.

Elle mesurait une tête de plus que Yisht et était d'ossature plus robuste.

—Vous toutes, répondit sœur Suif, comme si elle estimait la question stupide.

—Qui commence ? insista Darla, qui savait rarement quand elle devait se taire.

—Tout le monde.

Les novices, douze au total, s'alignèrent en vue de l'assaut, Zole se positionnant à l'arrière du groupe, vite rejointe par Nona.

—Qu'est-ce qui te prend ? siffla Clera tandis que Yisht se postait près du mur, ses lames plaquées contre la pierre. On va bien se marrer !

—Sœur Suif n'est pas idiote, répliqua Nona sur le même ton. Cette femme est dangereuse. Je veux la voir combattre. Sois prudente. Je suis sérieuse !

—Approchez, dit Yisht en faisant signe à ses adversaires.

Darla, Ara et Ketti furent les premières à arriver au contact, contraignant les autres à attendre leur tour ou à se masser sur les côtés. Yisht se baissa pour éviter un coup de Darla, et celle-ci, entraînée par son élan, finit par se cogner contre le mur. Mais pendant l'exécution de son geste, son corps imposant servit de bouclier à Yisht, qui en profita pour adopter un angle d'attaque surprenant et saisir Ara par le poignet tout en déviant, de l'autre main, un coup de pied de Ketti.

Désormais entravée, Ara ne pouvait plus tirer parti de ses excellents réflexes : mue par le désir d'éviter une fracture, elle n'avait d'autre solution que de se laisser plaquer contre le mur par la guerrière. Ce fut le moment que choisirent Alata et Leeni pour assaillir Yisht simultanément, la brune lui portant un puissant direct dans les côtes tandis qu'elle neutralisait Ara, et la rousse ne parvenant à saisir qu'une jambe au lieu de deux, contrairement à ce qu'elle escomptait. Sœur Suif n'avait pas beaucoup insisté sur le travail d'équipe, puisque les sœurs Écarlates étaient la plupart du temps appelées à agir en solo. En revanche, elle avait passé de nombreuses séances à liguer ses novices contre un ennemi supérieur. En isolant un membre de l'adversaire, Leeni s'était rendue vulnérable, mais son comportement était conforme aux instructions de Maîtresse Lame. Si ses camarades suivaient son exemple, l'affrontement tournerait court rapidement.

De toute évidence peu gênée par le coup de poing d'Alata, Yisht lui enfonça son coude dans le cou. Elle était vive, sans être dotée des réflexes d'une Hunska, et parvint, sans que Nona sache comment, à dévier un nouveau coup de pied de Ketti vers son épaule puis à intercepter le bras de Clera, qui s'apprêtait à s'abattre sur son visage.

—Elle prévoit tout.

Nona s'était fait cette réflexion à voix haute, et un grognement affirmatif de Zole lui confirma qu'elle avait vu juste. Yisht semblait anticiper les réactions de ses adversaires et être toujours en mesure de se défendre, alors même que les novices hunskas étaient plus rapides qu'elle.

Trois novices, Jula, Katcha et Ruli, mordirent le sable en autant de secondes, et elles n'étaient pas près de se relever… Quant à Darla et Ara, sonnées, elles étaient adossées au pied du mur. Leeni, pour sa part, avait la semelle de Yisht en travers de la gorge et avait été contrainte de la lâcher. Enfin, Ketti venait de se recevoir lourdement sur le dos, la guerrière lui ayant fauché les jambes.

Pendant que Clera cherchait à décocher des coups de pied, alors même que Yisht lui tordait le poignet, Nona bondit par-dessus Alata qui venait d'être neutralisée, et Zole l'imita tandis que Sheelar et Croy tentaient de prendre la guerrière en tenaille.

Yisht libéra une Clera déjà déséquilibrée, et donc condamnée à tomber, pour saisir Sheelar avec son bras libre, l'autre étant immobilisé par Croy, qui s'était avancée sur son flanc gauche. Cela lui offrit les appuis nécessaires pour lever les deux jambes, projetant Clera contre Zole d'un coup en pleine poitrine. Nona, qui s'était déjà élancée et commençait à être rattrapée par la gravité, fonçait droit vers l'autre jambe tendue.

Croisant les bras devant son visage pour amortir le choc, Nona percuta le pied de Yisht, et les chutes s'enchaînèrent subitement. Le temps que Nona se relève en se tenant les côtes, Yisht s'était arrangée pour organiser une collision entre Sheelar et Croy, tant et si bien que ni l'une ni l'autre n'étaient plus en mesure de se battre. Clera se trouvait désormais derrière Nona et luttait pour faire entrer un peu d'air dans ses poumons. Quant à Zole…, elle sauta par-dessus Clera et visa Yisht à la nuque.

La guerrière entérina sa défaite en levant la main, et Zole s'abstint de frapper. Autour d'elles, les novices gisaient dans le sable au nombre de dix. Certaines d'entre elles, notamment Clera, étaient en train de reprendre leurs esprits et s'apprêtaient à s'engager à nouveau dans la mêlée, mais plus de la moitié, dont Ara, ne risquaient pas de se relever de sitôt.

— Les premières novices qui toucheront le mur du fond seront sélectionnées pour les duels du Caltess, annonça sœur Suif sur un ton si badin qu'il fallut un moment aux élèves pour assimiler ses paroles.

Clera fut la première à réagir, profitant du fait que Jula se trouvait à quatre pattes juste devant elle pour s'appuyer dessus, lui enfonçant la tête dans le sable par la même occasion. Elle se rua vers l'arrivée sans même prendre la peine de se redresser complètement, si bien que sa course représentait un curieux mélange de quadrupédie et de pertes d'équilibre. Zole eut tôt fait de la doubler pendant qu'Alata se relevait et commençait à courir en se tenant la gorge, tandis qu'une Croy encore chancelante faisait un croc-en-jambe à Leeni, qui tentait de se redresser.

Nona les regarda. Avait-elle envie de retourner là-bas ? De se battre dans l'enceinte du Caltess, en présence de Partnis Reeve ? D'alimenter sa bourse pendant que les riches citoyens véridiens parieraient sur la direction des premiers jets de sang ? Elle repensa à Raymel Tacsis. Serait-il présent parmi les spectateurs ? Se sentirait-il encore plus humilié si Nona n'était pas sélectionnée pour faire partie des combattantes du couvent ? Ou bien avait-elle envie de le regarder bien en face pour lui montrer qu'elle n'avait pas peur ?

Jula s'était redressée sur les genoux et crachait du sable. Clera et Zole s'étant déjà approprié deux des trois places disponibles pour les duels du Poing, Nona pouvait encore s'approprier la dernière. Elle s'élança d'instinct, passant en trombe à côté de Jula tout en se fendant d'un mot d'excuse, ce qui ne l'empêcha pas d'accélérer encore.

Chapitre 30

Le Caltess avait une odeur qui n'appartenait qu'à lui. Nona ne l'avait pas remarquée lors de son arrivée avec le croque-mitaine, mais ce jour-là, parmi les multiples relents de Vérité, ce furent ceux de l'arène qui éveillèrent le fantôme de Saida. Sueur, sang, sciure, égouts, bière éventée et vin suri… On pouvait, rien qu'en humant l'air du Caltess, le connaître intimement du sol au grenier.

Les cinq compétitrices de la classe Grise, accompagnées des moniales Suif, Silex et Roche, se virent accorder un coin de la grand-salle pour s'entraîner. Les enfants de Partnis avaient dressé une longue table sur laquelle les cuistots déposaient le repas de midi et des rafraîchissements à intervalles réguliers. Cela épargnait aux sœurs et aux novices d'avoir à se mêler aux divers résidents du domaine.

Le reste de la classe Grise, sous la houlette de sœur Bouilloire, observait les préparatifs dans une zone délimitée par des cordes, située dans un coin de l'établissement où l'on vendait de la bière, les soirs de combats. Yisht avait également fait le déplacement, mais elle arpentait le Caltess telle une prédatrice en quête d'une proie, sans se soucier des frontières entre les catégories de population.

Pendant tout ce temps, Nona se sentit exposée aux regards, encore plus que si ses camarades et elle s'étaient restaurées à la même table que les combattants, les apprentis et les gamins achetés par Partnis. Elle savait pertinemment qu'un œil était collé au moindre interstice, à la moindre fissure du plafond, même si, bien sûr, de nouveaux roitelets exerçaient sans doute leur emprise sur la couvée du grenier : Regol et Denam avaient rejoint les apprentis depuis belle lurette. Mais c'était à peu près tout ce qui avait dû changer dans ce grenier poussiéreux envahi de marchandises.

Plusieurs jeunes hommes venus des quartiers des apprentis se prélassaient non loin de l'entrée principale, observant les novices avec un détachement teinté d'amusement, même s'ils avaient probablement déjà assisté à ce genre de spectacle en plusieurs occasions. Même les combattants aguerris cherchaient manifestement un prétexte pour déambuler dans la salle, puisqu'on les voyait circuler plus que de raison.

Une fois, Nona vit passer Gretcha, la Gerant aux tempes grisonnantes qui s'était battue dans la seconde arène le premier soir, lorsque Saida et elle avaient vu Raymel à l'œuvre. La guerrière adressa aux novices un sourire aux incisives amplement séparées.

— Quelle géante ! souffla Clera.

Nona se contenta de hocher la tête. En largeur, son abdomen équivalait à peu près aux bras de Gretcha, des bras qui étaient couverts de tatouages rouge et noir évoquant les anneaux d'un serpent.

Deux autres combattants gerants, de véritables montagnes de muscles, interrompirent leur activité pour regarder les novices pratiquer leurs katas. Le premier avait sur le visage des cicatrices qu'il semblait s'être lui-même infligées et qui donnaient une allure démoniaque à son sourire, même si son regard était dénué de toute malveillance. Le second, dont les cheveux gris allaient se dégarnissant, affichait une expression renfrognée indiquant peut-être qu'il aurait volontiers dévoré une novice pourvu qu'on lui en laisse l'occasion. Il y eut aussi un jeune homme qui passa d'un pas guilleret près des élèves du couvent à pas moins de quatre reprises, fredonnant un petit air sans se départir d'un sourire sardonique.

— C'est Aegon, dit Alata, la première fois. Il vient tout juste d'être embauché, et est originaire de Durn, par-delà la mer.

— Comment tu le sais ? demanda Croy, son regard s'attardant sur la porte derrière laquelle le dénommé Aegon avait disparu.

Nona estima qu'il devait être avenant, dans la catégorie svelte et ombrageux.

— Tout le monde le sait, dit Clera, avant qu'un claquement de doigts de sœur Suif les renvoie, elle et ses camarades, à leurs activités respectives.

L'heure approchait... Certes, le Caltess ne vivait pas au rythme d'une cloche, mais ses habitants n'en commencèrent pas moins à se rassembler peu à peu. Sœur Suif mit un terme à l'entraînement et autorisa les novices à aller observer les combattants.

— Qui est-ce ? s'enquit Clera, désignant Partnis Reeve.

Un verre de vin à la main, il était cerné d'une kyrielle de combattants et d'apprentis.

— Le propriétaire, répondit Nona.

Elle n'avait jamais vraiment réussi à haïr Partnis Reeve, même si elle avait conscience qu'elle aurait dû.

Le maître du Caltess s'entretenait avec ses encadrants et ses formateurs tout en observant ses invitées. Nona avait déjà vu les encadrants, deux hommes minces d'un certain âge qui portaient la tenue vert foncé du Caltess. Elle remarqua également une femme – ou peut-être s'agissait-il d'un homme, car la personne se dissimulait sous une robe à capuche – qui se tenait un peu à l'écart du groupe, et que les moniales surveillaient du coin de l'œil dès qu'elles avaient un moment de libre. À l'opposé de la foule se trouvait un individu que Nona crut reconnaître. Il paraissait plus petit que la moyenne des guerriers massés autour de Partnis, même s'il devait malgré tout frôler le mètre quatre-vingts, et détonnait dans son pantalon en peau de phoque et sa chemise confectionnée avec la fourrure de plusieurs petits animaux. Le *tular* suspendu à sa hanche et ses joues couturées de cicatrices finirent par ferrer le souvenir adéquat et le ramener à la surface. Cet homme avait naguère secouru Nona, qui n'avait pas senti venir Denam, la brute qui terrorisait les enfants du grenier... Il répondait au nom de Tarkax.

Enfin, les enfants descendirent du grenier sous le regard vigilant de Maya, la géante qui jouait pour eux le rôle de mère.

— Tu passes la première, Nona, dit sœur Suif en lui indiquant le ring. Ne casse personne.

Nona prit appui sur la plate-forme et franchit d'un bond les cordages qui délimitaient le rectangle dans lequel elle se mesurerait à son adversaire. Elle ne comprenait toujours pas le sens de ce mot : « ring », et cela l'irritait. Un garçon blond, de carrure modeste, se posta dans le coin opposé au sien. Il avait l'air nerveux. Nona regarda autour d'elle, s'apercevant que sa modeste élévation – moins de deux mètres – lui offrait une perspective entièrement neuve. Il y avait là les moniales, Zole, Clera, Croy et Alata ; elle pouvait même soutenir le regard des colosses du Caltess, presque sur un pied d'égalité. Gretcha, debout tout près du ring, lui adressa un large sourire en frappant son torse imposant avec son énorme poing.

— Battez-vous ! aboya l'un des encadrants.

Et le garçon s'avança en levant les poings.

Nona se pencha vers l'arrière et lui décocha un coup de pied sitôt qu'il arriva à sa portée. Son talon rencontra le plexus solaire, et le garçon s'effondra sur le plancher, tout l'air chassé de ses poumons. Nona, méfiante, se demanda si l'on était en train de lui jouer un tour pendable. Ses camarades semblaient tout aussi interloquées.

— Au suivant ! cria l'encadrant.

Passant un long bras musculeux sous les cordes, Gretcha cueillit le perdant tandis qu'une fille solidement charpentée, au teint rougeaud, prenait sa place sur le ring, dans une robe souillée par la poussière et les toiles d'araignée du grenier.

Il fallut deux coups de poing et un pied appliqué au creux du genou pour la neutraliser. Par deux fois, elle tenta de se relever, malgré les coups de coude que Nona lui assenait dans le dos. Mais il n'y eut pas de troisième fois.

L'adversaire suivant fut une fille aux cheveux sombres, plus jeune que Nona. Elle chercha à esquiver le coup de poing initial de la novice, et se révéla assez vive, même si cela ne suffit pas. Le point de Nona s'encastra dans son nez, et elle tomba à la renverse avant de fondre en larmes, le sang lui coulant sur les lèvres et sur le menton. Gretcha la souleva à bras-le-corps par-dessus les cordes, avec une mine renfrognée qui avait plus à voir avec la compassion qu'avec un quelconque dépit.

Nona affronta six adversaires d'affilée avant que sœur Suif la rappelle.

Ce jour-là, Zole, Clera et elle se mesurèrent à une longue série de « stagiaires », à savoir des enfants du grenier que Partnis avait achetés et mis au travail, le temps que Maya puisse déterminer leur potentiel. Nona soupçonnait fortement ces soi-disant stagiaires de ne pas recevoir beaucoup de leçons, et d'enchaîner surtout les tours de piste lorsqu'ils n'étaient pas occupés à étudier les combats de leurs aînés. Puisque de nombreux Hunskas et Gerants devaient attendre l'adolescence pour entrer en pleine possession de leur nature, à savoir respectivement des réflexes prodigieux et une taille imposante, Partnis n'avait pas envie que ses encadrants perdent leur temps avec les enfants qu'il achetait chaque année par lots de dix.

Nona remarqua que les formateurs prenaient des notes, consignant les marmonnements de Partnis. Le forgeage ne concernait pas les novices, non. Partnis cherchait à évaluer la bravoure de ses stagiaires. Mais pourquoi ne pouvait-il pas tout simplement les opposer à ses propres apprentis ? Nona n'en avait pas la moindre idée.

Zole affronta ses adversaires avec une brutale efficacité, cherchant apparemment à leur faire mordre le plancher en leur portant le moins de coups possible. Lorsque son tour venait, Yisht s'approchait du ring pour lui parler dans la langue du frimas. Instructions, encouragements, menaces ? Nona ne le sut jamais.

Elle se surprit à vouloir laisser une chance à ses adversaires de la battre, leur permettant de déclencher leurs attaques et sanctionnant ensuite leurs erreurs au lieu de les punir pour avoir fait preuve d'initiative. Au contraire, Clera semblait profiter pleinement du fait qu'elle pouvait frapper sans être frappée, se servant des stagiaires comme de mannequins d'entraînement et les rouant de coups de poing ; c'était à croire qu'elle cherchait à déterminer le nombre de coups qu'ils étaient capables d'encaisser avant de s'effondrer. À l'issue des six premiers combats, dont le dernier l'opposa à un imposant garçon de ferme qui ne semblait pas briller par son intelligence, c'est éclaboussée de sang et souriante que Clera quitta le ring.

Chaque novice affronta un nouveau groupe de six stagiaires après le déjeuner. Ceux-là étaient plus âgés et semblaient avoir reçu un entraînement, ou du moins avoir développé leur musculature et leur endurance. Certains des Hunskas étaient au moins des demi-sang. Aucun ne donna aux filles du couvent le moindre fil à retordre.

Le soir venu, la foule des spectateurs grossit, alimentée de nouveaux combattants et de personnes dont la présence ne se justifiait que par leur tenue luxueuse. Partnis se sépara de son verre et d'une cuisse de poulet pour s'intéresser aux duels de plus près. S'il reconnut Nona en la dévisageant, il n'en laissa rien paraître. Quant à la jeune fille, elle ne lui prêta aucune attention. Dans un coin du ring, elle attendait sa troisième salve de concurrents.

Le deuxième de ses six adversaires du soir fut aussi le premier à la toucher. Il s'agissait d'un jeune homme de haute taille aux cheveux plus noirs que l'aile d'un corbeau, affublé d'une cicatrice donnant l'impression qu'il était toujours sur le point d'esquisser un sourire. Il la laissa porter quelques coups de poing, conscient qu'elle ne chercherait pas à le terrasser ; à l'évidence, il avait bien observé son comportement au fil de la journée. Il dissimula ses réflexes, grognant lorsqu'elle le frappait et faisant mine de chanceler. Lorsque Nona voulut lui décocher une botte fatidique, il réagit avec toute la vivacité d'un Hunska absolu en lui assenant un direct à la gorge. S'enfouissant dans le temps, Nona parvint à se décaler pour recevoir le coup à l'angle de la mâchoire. Elle valsa, crachant du sang, et amortit son déséquilibre contre les cordes. Son adversaire l'observait, et le sourire qu'il arborait n'était en rien dû à sa cicatrice.

— Aïe, dit Nona, découvrant ses doigts écarlates et adressant à son adversaire un sourire tout aussi rouge.

Le reste du duel fut bref, violent, unilatéral. Nona cria « au suivant ! » sans même laisser le temps à l'encadrant de réagir.

Son dernier adversaire fit trembler le plancher en enjambant les cordes. C'était un Gerant brun dont les os lourds supportaient une musculature généreuse, un beau garçon qui devait avoir un ou deux ans de plus que Nona et jouir d'une popularité certaine auprès des enfants du grenier, à en croire les vivats qui s'élevèrent. Même s'il fallait reconnaître que les petits encourageaient depuis quelques heures tous ceux qui paraissaient susceptibles de pouvoir résister plus de quelques secondes aux novices du couvent.

— Salut, dit le garçon, affable, en frappant sa large paume avec son poing charnu. Je vais essayer de ne pas te défigurer.

Nona se précipita vers lui et se laissa glisser sur le dos pour passer entre ses jambes. Elle s'était déjà relevée qu'il n'avait même pas encore cherché à se retourner… ce qu'il n'eut d'ailleurs jamais l'occasion de faire, car Nona avait profité de son acrobatie pour lui enfoncer son pied à la naissance des cuisses, et ce stratagème se révéla aussi efficace que sœur Suif l'avait annoncé à ses élèves. Le jeune homme resta inerte, les épaules voûtées, silencieux à l'exception d'un chuintement féroce. Puis, sans crier gare, il tomba d'abord à genoux, avant de se coucher sur le plancher en position fœtale, les mains crispées sur son entrejambe.

Le deuxième jour fut consacré à la Lame. Au matin, Alata et Croy montèrent sur le ring, d'abord armées de couteaux émoussés puis d'épées en bois, pour se mesurer à un petit groupe constitué des tout meilleurs stagiaires du Caltess. Le beau Gerant faisait partie des trois adversaires d'Alata, et il lança à Nona un regard vénéneux en se hissant dans l'arène avec bien moins d'allant que la veille. Et, l'épée en main, il ne résista pas plus longtemps. Alata para l'un de ses coups, se baissa pour esquiver un ample geste, et lorsqu'elle se redressa, ce fut avec sa lame plaquée contre le cou épais du jeune homme.

Les autres joutes furent du même acabit, aucun stagiaire n'approchant la victoire de près ou de loin, même si le jeune Hunska qui avait réussi à faire saigner Nona parvint à marquer une touche contre Croy avant que celle-ci lui « ouvre » la gorge.

— Maintenant, ils vont nous faire combattre les apprentis, dit-elle, sur un ton rien moins qu'enthousiaste, à l'issue de la dernière épreuve de la matinée.

— Tu as déjà vu comment ça se passait ? demanda Nona.

— On était là l'an dernier, Leeni et moi, pour les combats aux poings, dit Alata. Le Caltess ne s'occupe pas du tout de ses stagiaires ; en revanche, il met le paquet sur ses apprentis. La Voie et le Savoir, ils ne connaissent pas, ils passent leur temps à se battre. Pendant qu'on assiste aux cours d'Âme et qu'on broie des poudres basiques, ils se battent. Avec les stagiaires, on s'amuse bien. Ensuite, le Caltess prend sa revanche.

Le déroulement de l'après-midi tint toutes les promesses évoquées par Alata. Les apprentis qui montèrent sur le ring avaient été endurcis par des années d'entraînement intensif. Grâce à sa vivacité de Hunska, Alata remporta deux matchs contre deux Gerants, le premier n'étant nul autre que Denam, le géant roux que Nona avait connu, du temps où elle vivait dans le grenier du Caltess. Il mesurait désormais près de deux mètres quarante, et semblait perpétuellement sur le point d'exploser, tant la pression des muscles sur son ossature semblait forte. Lorsque, d'une virevolte, Alata contourna sa garde et lui enfonça son épée en bois dans l'estomac, il saisit l'arme dans sa grosse pogne et, pendant une fraction de seconde, Nona crut qu'il allait purement et simplement briser le crâne de la jeune fille, mais le cri de l'encadrant marqua la fin du duel. Denam jeta les deux épées au sol et quitta le ring en débitant un chapelet de jurons.

Quant à Croy, elle ne remporta pas la moindre manche. Elle possédait un talent inné pour l'escrime, mais seulement un soupçon de sang hunska, une combinaison qui fut loin de combler l'écart entre les quelques mois qu'elle avait passés à manier l'épée en cours de Lame et les années d'entraînement que les apprentis avaient à leur actif.

Ce fut Regol qui signa la première défaite d'Alata. Le grand garçon au sourire sardonique qui régnait sur le grenier à l'époque de Nona était devenu un grand jeune homme au sourire toujours aussi sardonique qui ne s'était pas départi de sa vigilance d'antan. Il se révéla vif comme l'éclair et extrêmement doué, prenant le dessus sur Alata lors d'un échange de parades, de feintes et de coups de taille qui se déroula dans un flou fulgurant. Alata fut ensuite vaincue par tous les apprentis hunskas, mais aussi par l'un des Gerants plus âgés.

Deux novices regagnèrent le couvent ce soir-là, le détail de leurs défaites inscrit en ecchymoses violacées sur leur peau. Croy parcourut les cinq cents derniers mètres de la Voie de Seren en boitant et, le temps d'arriver en vue des piliers, Alata paraissait sur le point de défaillir. En les voyant toutes deux ainsi chanceler, Nona se demanda si elles réussiraient vraiment à atteindre les bains.

— Demain, c'est toi qui te coltines les apprentis, lui dit Alata en guise d'au revoir.

Le troisième et dernier jour du forgeage, ce fut à nouveau Nona que sœur Suif choisit pour relever les premiers défis du Caltess. Les spectateurs étaient encore plus nombreux que la veille. Il n'était parfois guère gratifiant d'assister à un duel d'épée, dont la conclusion pouvait survenir rapidement, et l'emploi d'armes en bois ne donnait pas lieu aux effusions de sang susceptibles de divertir les masses. Un combat à mains nues, en revanche, constituait un spectacle à part entière, puisque tout le monde en comprenait le déroulement, ou pouvait au moins se bercer de cette illusion. Et puis, le sang finissait souvent par couler.

— Apprends quelque chose, lui ordonna la moniale en la poussant vers le ring.

Nona se retourna.

— Pas de « ne casse personne », cette fois ? s'enquit-elle.

— *Essaie* de ne casser personne, répondit sœur Suif avec l'un de ses rares sourires.

Nona bondit par-dessus les cordes et se posta dans son coin. Un instant plus tard, Regol monta sur le ring sans se hâter. Les enfants du Caltess entonnèrent son nom, d'abord discrètement, puis de plus en plus fort à mesure que la foule se resserrait autour de l'arène. Si les stagiaires s'étaient battus dans la tunique poussiéreuse qu'ils portaient au grenier, les apprentis, eux, n'étaient vêtus que d'un épais pagne blanc, les femmes ajoutant à cela une bande d'étoffe autour de leur poitrine.

Tarkax des tribus du frimas s'était rapproché du ring, donnant l'impression d'avoir rapetissé à cause des colosses gerants qui se trouvaient derrière lui. Il observait Nona avec une curiosité modérée, attendant sans doute d'être impressionné. Il s'entretenait discrètement avec Yisht, leurs lèvres remuant à peine. Nona se demanda ce que ces deux guerriers des glaces pouvaient bien avoir à se dire. Peut-être partageaient-ils simplement leur mépris pour les techniques de combat du peuple du Goulet ? Mais, d'après Ara, Sherzal avait assisté à un bal donné par Thuran Tacsis, et Partnis était à la solde des Tacsis. Si Tarkax était au service du Caltess et Yisht à celui de la sœur de l'empereur, alors…

Regol salua la foule d'un geste de la main, et décrivit un tour complet sur lui-même avant de s'intéresser à Nona. Le sourire moqueur qu'il affichait d'ordinaire s'élargit, gagna en sincérité.

— Ma petite Nona. Tu as bien grandi.

— Tu te souviens de moi. Ça me touche, dit Nona, répondant bien malgré elle au sourire de Regol. Mais je ne vais pas te ménager pour autant.

Regol acquiesça, la mine soudain grave. Il se posta au milieu du ring, son sourire se figeant, et il souffla, si bas que Nona l'entendit à peine :

— Les gens ne t'ont pas oubliée, n'en doute jamais une seconde. Les enfants ont la mémoire courte, mais pas les adultes. Loin de là.

Il regarda subrepticement vers la gauche, et Nona comprit le signal. Dans les derniers rangs des spectateurs, derrière Partnis, derrière les riches badauds parés de fourrures et de joyaux, se tenaient Raymel Tacsis et ses deux mètres soixante-dix drapés dans une cape gris foncé qui ne faisait rien pour atténuer la large carrure. Un fin cercle d'argent retenait ses cheveux blonds, dégageant un front qui surmontait des traits changés. Des veines se détachaient sur la blancheur de son cou, noires comme si la nuit avait suinté de sa cape, et quelque chose n'allait pas avec son œil gauche, même si, à une telle distance, Nona ne pouvait déterminer ce dont il s'agissait précisément. Peut-être le blanc était-il injecté de sang.

La jeune fille rejoignit Regol au centre du ring.

— Il est venu me voir combattre ?

Pour une raison qu'elle ignorait, les yeux vairons de son ennemi juré lui avaient glacé les entrailles, éveillant en elle une émotion qu'elle avait toujours trouvée encombrante. La peur.

— Il est venu te voir déguster, tu veux dire, répliqua Regol en déliant les muscles de ses bras et de sa nuque.

— Tu vas me faire mal ? demanda Nona avec un rictus, le feu qui montait au fond d'elle chassant progressivement son malaise.

— Non. Je vais te vaincre. Soumets-toi sans équivoque, et fais vite, histoire que j'aie un bon prétexte pour m'arrêter. Le proch…

— Battez-vous !

Le cri de l'encadrant trancha au milieu des encouragements des gamins du grenier.

— Le prochain, c'est Denam. Surtout, ne le laisse pas t'attraper.

Regol frappa à l'instant précis où il achevait de prononcer ce dernier mot, dirigeant un coup de pied tournant vers le torse de Nona. La jeune fille ralentit le monde, étirant chaque seconde pour la changer en éternité, mais elle avait beau puiser en elle, le pied de Regol fondait vers elle à la même vitesse. Elle para le coup en cherchant à le dévier, mais contre un homme adulte cela n'eut guère d'effet. Le bras dont elle s'était servie pour bloquer l'attaque se trouva simplement repoussé contre sa poitrine sans amortir le choc. Elle se sentit décoller du sol, vit des visages figés défiler devant ses yeux et se ramassa sur elle-même au moment de l'embrassade brutale avec les cordes. Le rebond la projeta au sol, et elle s'empressa de se relever, luttant pour emmagasiner de l'air. Tout son corps n'était plus que douleur.

Détendu, Regol ne chercha pas à pousser son avantage. Son sourire avait retrouvé ses accents moqueurs tandis que les vivats le cernaient.

— Tu es plus rapide que moi…, siffla Nona avec effort.

Ce constat lui faisait plus mal que ses poumons endoloris.

— C'est un fait. Mais tu vas gagner en rapidité, et moi, j'ai déjà réalisé mon potentiel.

Nona adopta la posture de la lame. Peu de Hunskas atteignaient le paroxysme de leurs possibilités avant l'âge de quatorze ans, mais cela n'empêchait pas le choc de la confrontation avec une personne qui lui était si clairement supérieure.

— Battez-vous !

Nona passa à l'attaque, enchaînant les coups de pied sautés et testant les défenses de Regol par des directs, mais ses assauts ne rencontraient que le vide. Plus vif et doté d'une meilleure allonge, Regol parvenait à la tenir à distance et elle ne savait plus comment réagir. Il prit la décision pour elle en déclenchant un balayage vif comme l'éclair. *In extremis*, Nona sauta par-dessus sa jambe, pas strictement à la verticale mais en s'orientant vers l'avant pour viser l'épaule de son adversaire en pleine rotation.

Regol venait de lui tendre un piège. Il leva le coude pour contrer l'assaut. Entraînée par son élan, Nona était soumise à un scénario écrit d'avance. Elle se contorsionna, dressant ses bras pour se protéger, mais la violence du choc l'obligea à relâcher sa tension, et le coude de Regol rencontra brutalement sa tempe.

Elle se retrouva étendue sur le plancher, les rugissements de la foule formant un écho ténu derrière les bourdonnements de ses tympans ; c'était à croire que Bitel venait de sonner pour alerter tout le couvent. Nona releva la tête, et le monde tournoya devant ses yeux tandis que la silhouette de plus en plus proche de son adversaire se précisait.

— … rends-toi, lui intima Regol à voix basse.

Nona leva une main en écartant les doigts au maximum. Il y eut une accalmie dans le brouhaha de la foule, puis le boucan repartit de plus belle, divisé entre invectives et félicitations. Nona roula sur le dos, luttant contre la nausée tandis que Regol s'éloignait.

Nona n'assista pas aux duels de Clera et de Zole. Couchée sur la table de ce qui ressemblait aux quartiers des apprentis, elle entendit les spectateurs s'égosiller, entendit des rires, des huées, des hoquets de stupeur. Ses oreilles bourdonnaient toujours, et elle se sentait épuisée, alors même que son combat n'avait duré que quelques instants. Sœur Silex lui avait donné de l'eau sucrée et ordonné de se reposer. Sœur Roche, avec une mine renfrognée qui accentuait la grossièreté de ses traits, s'était penchée sur elle, l'obligeant à écarquiller les yeux et à suivre l'un de ses doigts avec une douceur surprenante.

— Tu vas t'en remettre, mon enfant. Mais c'était ton dernier combat pour aujourd'hui.

Au bout d'un laps de temps qui parut à Nona à la fois long et très court mais avait duré environ une heure, Clera la rejoignit en boitant et s'assit à côté d'elle sur la table.

— On est finies.

— Tu as une tête à faire peur, dit Nona en se redressant.

Elle se sentait beaucoup mieux. Bien mieux, assurément, que Clera qui avait un œil au beurre noir et la lèvre fendue.

— Si tu voyais l'autre fille…, répliqua Clera, dévoilant des dents rougies.

— Tu as battu une apprentie ?

— Quoi ?! Non. Tu es folle ? Elle m'a corrigée en beauté. Je parlais de Zole.

Nona regarda autour d'elle. Elle se trouvait effectivement dans les quartiers des apprentis, sur la table où elle avait posé des quantités de plats, à l'époque où elle vivait au Caltess.

— Où est-elle ?

— Sœur Silex la ramène au couvent. (Nouveau sourire jovial.) À dos de mule ! (Elle grimaça en portant ses doigts à sa lèvre blessée.) Cette fille ne sait jamais quand s'arrêter ! Ceci dit, elle a réussi à en blesser une. Tu sais, Talitha, la grande Hunska avec les tresses ?

Nona acquiesça même si la description ne lui disait rien.

— Elle avait immobilisé Zole. Pas moyen pour elle de se libérer. Mais ça ne l'a pas empêchée de lui coller son pied en plein visage, dit Clera en mimant le geste. Magnifique.

— Et ensuite ?

— Je crois que Talitha lui a cassé le bras, répondit Clera en haussant les épaules.

Sœur Suif apparut sur le pas de la porte, offrant à Nona un bref aperçu de la foule enfiévrée. Mais quelqu'un attira son attention avant qu'elle entre dans la pièce.

— Non. Nous retournons au couvent, dit-elle.

À cause du bruit, Nona n'entendit pas ce que disait l'autre personne.

— C'est vraiment le cadet de mes soucis, Reeve.

— …

— Ce qu'il veut, je m'en moque.

Sœur Suif allait se détourner de son interlocuteur, mais celui-ci s'interposa entre elle et la porte, se ravisant simplement au moment d'attraper le bras de la moniale. Sans doute le regard insistant de celle-ci l'avait-il dissuadé d'agir.

— Je ne sais pas ce qu'on vous a dit, ma sœur, mais il ne s'agit pas d'une vulgaire canaille des bas-fonds ! Il est l'héritier d'une des plus anciennes familles de l'Empire, pour l'amour de l'Ancêtre ! Un jeune homme raffiné qui a reçu une éducation complète…

Cette fois, ce fut la voix de sœur Suif qui se perdit dans le vacarme.

— …

Et celle de Partnis s'éleva en réponse.

— Beaucoup de jeunes gens ont des… besoins. C'est regrettable, je l'admets. Cepen…

Sœur Suif recula dans la pièce et ferma la porte au nez de Partnis.

— Tu te sens en état de te déplacer, Nona ? Nous rentrons.

Nona posa les pieds sur le sol. Les bruits et les odeurs du Caltess lui emplissaient la tête d'images : Raymel Tacsis sur le ring, mince tableau délimité par une fente du plancher, environné par la voix protéiforme de la foule, Raymel Tacsis à genoux, un geyser de sang jaillissant de son cou lacéré, Saida couchée sur le sol avec son bras déformé, Raymel Tacsis avec son œil écarlate et les doigts noirs qui rampaient sous la peau de son cou. Nona secoua la tête pour s'éclaircir l'esprit.

— Je veux me battre.

— Selon sœur Roche, tu as reçu un violent coup à la tête. Il n'y a aucune honte à capituler pour aujourd'hui, dit sœur Suif en traversant la pièce pour rejoindre Nona.

Elle lui prit le menton pour lui tourner le visage et le scruter attentivement.

— Je me sens mieux.

C'était la vérité. Nona se sentait mieux. Pas bien, mais mieux.

— Ton adversaire est prêt. Tu as beaucoup à apprendre de lui, mais la leçon serait rude, et peut-être que tu en as assez reçu pour aujourd'hui.

— Je vais me battre.

Sœur Suif se mordilla l'intérieur de la joue, se rembrunit, puis finit par lâcher le menton de Nona.

— Le monde est un endroit dangereux. Ce n'est pas te rendre service que de te cacher tes faiblesses. Je t'autorise à te battre.

Ayant décrété cela, elle se dirigea vers la grand-salle, et Nona la suivit.

Depuis le jour où elle avait terrassé Raymel Tacsis, jamais Nona ne s'était retrouvée confrontée à un colosse comme Denam. L'apprenti semblait occuper la moitié du ring, et elle était obligée de se dévisser le cou pour le regarder.

— Je vais te casser en deux, gamine, dit-il avec un rictus.

Il avait certainement les bras qu'il fallait pour mettre sa menace à exécution sans effort. Deux années de croissance l'avaient rendu encore moins avenant qu'auparavant. Son visage, rouge de colère, présentait une kyrielle de vilaines pustules qui parsemaient un soupçon de barbe poil-de-carotte et colonisaient aussi ses bras, son dos en étant également constellé.

— Tu ne devrais pas enduire tes muscles d'huile ! Ce n'est pas bon pour ta peau ! cria Clera, postée près du ring, juste derrière son amie.

Nona, hilare, fut obligée de se cacher derrière sa main, tandis que la fureur déformait les traits de Denam.

Raymel Tacsis s'était rapproché de l'arène, dominant de toute sa taille les marchands et les nobles au milieu desquels il se tenait désormais. Parmi les nombreux spectateurs, un seul paraissait avoir assez de cran pour accepter sa proximité au lieu de s'écarter de lui, et en dépit de l'affluence, une zone déserte s'était formée autour d'eux. L'homme en question, debout à droite de Raymel, avait couvert sa maigreur squelettique d'une robe en soie bleu ciel. Sa petite tête était juchée sur un cou long et grêle, il avait des yeux très clairs et des cheveux sombres ramenés vers l'arrière de son crâne en boucles clairsemées. Il semblait plus intéressé par Raymel que par le duel, puisqu'il multipliait les regards discrets dans sa direction.

Quant à Raymel, il était obnubilé par Nona. Son œil gauche ne comportait ni blanc ni iris à proprement parler, seulement un cercle rouge autour du noir de la pupille. Nona s'imaginait presque une créature inhumaine tapie au fond de ce regard. Mais l'œil droit, d'un bleu à l'éclat malveillant, appartenait bel et bien au Raymel qu'elle avait connu.

— Battez-vous !

Au cri de l'encadrant, Nona se rua sur Denam, qui bougea telle une pierre s'enfonçant dans un miel des plus denses : c'est à peine s'il tressaillit quand la jeune fille lui assena un coup de pied au ventre. Elle aurait aussi bien pu cogner dans un mur. Elle se faufila habilement sous la pogne qui cherchait à l'attraper, pour porter une série de coups de poing aux principaux centres nerveux de la cuisse droite, puis un coup de pied particulièrement traître au creux du genou. Le géant réagit avec une telle lenteur que Nona en profita pour frapper trois fois les points les plus vulnérables de la jambe gauche, autant de coups qui auraient dû neutraliser ces membres pendant près d'une heure.

— Même Regol est capable de frapper plus fort que ça.

Nona avait cru que Denam s'effondrerait, mais il l'attaqua comme s'il ne s'était rien passé, et elle fut obligée de se jeter sur le côté pour éviter l'envergure de ses bras.

Vrillant sur elle-même, elle franchit à nouveau la garde de Denam, concentrant ses efforts sur la jambe droite à s'en faire mal aux mains, mais les épaisses couches de muscles ne lui cédaient rien. Elle frappa la rotule de toutes ses forces, puis battit en retraite d'un bond pour éviter que son adversaire se saisisse d'elle.

Elle garda ses distances, reprenant son souffle. Denam pesait au moins quatre fois son poids, et elle n'était pas assez puissante pour le blesser. C'était à peine s'il remarquait des coups de poing qui auraient terrassé n'importe quelle novice.

— Tu n'es pas la première Hunska que j'affronte, petite sainte.

Dépitée, Nona repartit à l'assaut en esquivant lestement les mains de son adversaire. Il gardait les jambes serrées, n'ignorant pas comment s'étaient déroulés les précédents combats de la jeune fille. Cela n'empêcha pas celle-ci de s'en prendre à la partie la plus proéminente du pagne de Denam, avant d'effectuer une roulade pour s'écarter de lui. Le géant poussa un rugissement qui enrichit le chœur de la foule puis le noya temporairement. Son visage s'était empourpré plus que Nona l'aurait cru humainement possible en l'absence de toute hémorragie… mais il persista à vouloir l'intercepter.

Nona continua à éviter ses charges maladroites d'un pas de danseuse, lui criblant l'entrejambe de ses meilleurs coups. Mais cela ne lui apporta aucun résultat concret, et elle sentait l'épuisement la gagner inexorablement. Aucun Hunska n'était capable de virevolter trop longtemps à travers les instants successifs sans que son corps l'abandonne, et la journée avait déjà été éprouvante pour Nona.

Même lorsqu'elle se livrait à ses adroites esquives, Raymel ne quittait jamais vraiment son champ de vision. À chaque accalmie, quand elle s'éloignait de Denam et attendait qu'il revienne au contact, elle risquait un coup d'œil vers son ennemi. Il arborait désormais un hideux sourire, anticipait l'instant où Nona se viderait de son énergie, permettant à Denam de l'immobiliser. Les assassins Noi-Guin et la corruptibilité du Grand Prêtre avaient sans doute fort diminué le volume de la bourse des Tacsis, mais combien cela leur avait-il coûté d'obtenir de Denam la promesse de briser l'échine de Nona, de lui crever les yeux avec ses gros doigts ? Un souverain ? Nona n'aurait pas été étonnée d'apprendre que la somme se comptait en piécettes, ou qu'une simple requête polie avait suffi.

Nouvelle prise d'élan dans les cordes, nouvelle danse d'un coin à l'autre du ring. Nona savait qu'elle perdait en vivacité. Même Denam, de plus en plus rouge et transpirant, semblait privé d'une partie de sa hargne. Mais dans l'espace confiné du ring, il ne faisait aucun doute pour Nona que le Gerant finirait par avoir raison d'elle… À moins que son cœur éclate avant.

Les cris de la foule s'unirent en une succession de « oooh » et de « aaah » dignes d'un jeu de balle, Nona échappant à l'étreinte de Denam avec de moins en moins de marge.

— C'est cela, cours tant que tu le peux ! lui cria Raymel, profitant d'une quiétude momentanée de la foule pour se faire entendre. (Il s'approcha encore, à quelques mètres du ring à peine.) C'est la dernière fois que tu auras l'occasion de fuir.

À ces mots, Nona s'arrêta net, droit sur la trajectoire de Denam, son regard passant d'un colosse à l'autre. Raymel avait tué Saida, aussi sûrement que s'il l'avait étranglée de ses propres mains. Et, vautré dans le luxe, il attendait que son sous-fifre accomplisse la sale besogne à sa place. Le bon sens aurait voulu que Nona quitte le ring et fonce se réfugier au couvent. Mais une colère noire enfla en elle, étouffant la voix de la raison.

Le Gerant roux lança un appel sanguinaire, et projeta sa main vers l'avant.

Nona se plongea au cœur du temps, et calibra un saut qui l'amena, les jambes fléchies, à prendre appui sur le bras de Denam, le poussant dans la direction opposée à la sienne. Le colosse chercha à la déloger autant qu'à se saisir d'elle, mais elle s'éleva d'une poussée. Les spectateurs auraient simplement l'impression que Denam avait cherché à l'intercepter, sans y parvenir.

Le bond de Nona l'amena par-dessus les cordes du ring, les yeux rivés sur sa cible. Raymel eut le temps de lever la tête et de commencer à se protéger avec ses bras, mais elle l'avait pris au dépourvu ; il n'avait aucune chance d'interrompre l'attaque. Se retournant en plein vol pour présenter ses pieds en premier, Nona heurta violemment le torse de Raymel et se retint à sa nuque pour ne pas tomber. Immédiatement après, et bien avant qu'il ait eu l'occasion de l'attraper, elle sentit une force inconnue s'emparer d'elle, comme si des serres aussi acérées qu'invisibles s'étaient enfoncées dans son esprit, pourfendant ses souvenirs pour mieux laisser jaillir les émotions. Elle sentit *leur* présence. Ceux qui partageaient désormais l'âme de Raymel, les passagers qui l'avaient ramené de son long séjour à la frontière de la vie et de la mort. Ils étaient tapis sous sa peau, scrutant Nona grâce à l'œil écarlate.

Le contact ne dura qu'une fraction de seconde, mais Nona comprit d'instinct que si Raymel avait les deux yeux ouverts, seul l'écarlate la distinguait vraiment, la *reconnaissait* même. Au fond d'elle naquit une sensation particulière tandis qu'elle rencontrait les créatures tapies dans le crâne du combattant d'arène. Cette communion s'évanouit au bout d'un instant, mais pour Nona, qui avait ralenti le temps, cela parut une éternité. Une sensation puissante et perverse qui devait autant à la douleur qu'à la nausée l'enveloppa.

Une dizaine de pensées se bousculèrent dans le minuscule intervalle dont Nona disposait pour réfléchir. Elle devrait filer. Elle devrait le tuer. Laisser sa marque sur lui.

Son corps agit de son propre chef.

— Pour Saida.

Elle enfonça ses griffes, lacérant le cou épais de Raymel, puis s'écarta d'un bond pour éviter que ses poings se referment sur elle. Au prix d'une acrobatie, elle se rétablit sur ses deux pieds juste devant le ring et écarta les bras pour se stabiliser, même si, en faisant cela, elle semblait plutôt inviter les applaudissements.

Une ombre passa sur elle. Une main assez grosse pour lui broyer le crâne était en train de descendre vers elle, attachée au bras d'un Denam furibond qui s'était penché contre les cordes. Cette fois, Nona n'aurait pas le temps de bouger. Mais sœur Suif parvint à devancer Denam, lui prenant le poignet dans un étau et isolant l'auriculaire avec son autre main. Une fraction de seconde plus tard, Denam était agenouillé sur le plancher, suppliant qu'on le libère, d'une voix éraillée par la douleur, tandis que sœur Roche entraînait Nona vers l'entrée du Caltess. Aux yeux de Denam, du public et même des moniales, sans doute, l'événement passerait certainement pour un accident : l'apprenti avait projeté Nona hors du ring, provoquant une collision avec un membre de l'assistance, et la novice s'était aussitôt écartée.

Mi-poussée mi-portée vers la sortie, la jeune fille ne quitta pas des yeux Raymel Tacsis, autour de qui s'affairait l'homme en robe bleue. Quelque chose clochait. Les lames qui s'étaient enfoncées de quinze centimètres dans un mur en pierre avaient de toute évidence été tenues en échec, comme si la peau de Raymel leur avait été inhospitalière. Au lieu d'y laisser des plaies béantes, elles n'avaient infligé qu'une blessure superficielle, entamant à peine la chair. Tandis que la déferlante de sa colère refluait, Nona se rendit compte qu'elle aurait pu se rendre coupable du meurtre d'un noble, et se retrouver devant une centaine de témoins, les mains pleines de sang. Même les moniales lui auraient tourné le dos. À supposer qu'elle ait réussi à fuir le Caltess, les soldats impériaux l'auraient traquée des plages de la Marn à la frontière du Scithrowl. Et pourtant… Au fond d'elle, elle s'avouait déçue.

Raymel, un œil écarlate et l'autre bleu, soutint le regard de Nona sans prêter la moindre attention à l'Académicien qui s'occupait de lui. Il gardait une main plaquée contre sa gorge alors qu'un maigre filet de sang commençait tout juste à s'insinuer entre ses doigts. Ce fut dans cette confrontation à distance que Nona fut à nouveau prise d'une violente nausée.

Chapitre 31

— Qu'est-ce qu'ils mangent, au juste ?

— Quoi ? demanda Nona en se retournant.

Clera se trouvait derrière elle dans la file des novices, qui attendaient que Bhenta leur ouvre la porte pour accéder à la grotte de l'Empoisonneuse.

— Qu'est-ce qu'ils trouvent à manger là-bas ? demanda Clera.

— Qui ça ?

— Ceux du frimas. Ils ne peuvent tout de même pas suçoter de la glace.

— Ils chassent.

De son vivant, le père de Nona avait chassé lui aussi sur la banquise.

— Et qu'est-ce qu'ils chassent ?

— L'ours blanc, le hoola, le lynx. Ce genre d'animaux.

— Et ils les mangent ?

— Mon père vendait les fourrures.

— Et les ours, ils mangent quoi ?

— Ils descendent des endroits reculés pour se nourrir.

— Mais je te parle des tribus lointaines. Zole dit que son peuple vit à près de mille cinq cents kilomètres au nord.

— Oh. (Nona fronça les sourcils.) Du poisson, je crois. Et depuis quand tu adresses la parole à Zole ?

— Du poisson ? Je croyais que tout était gelé.

— Oui, mais en dessous il y a la mer, répliqua Nona.

— Elle est à des *kilomètres* sous la glace ! Comment…

Le cliquetis de la clé dans la serrure mit un terme à la discussion. Bhenta ouvrit la porte et dévisagea les novices d'un air peu amène jusqu'à ce qu'elles se mettent en route. Clera prétendait que Bhenta tenait sa pâleur mortelle et ses yeux d'un bleu surnaturel, très inquiétant, d'un poison de sœur Pomme qui aurait eu des effets secondaires, et que la moniale avait fait d'elle son assistante à titre de compensation. Mais Nona avait appris auprès de sœur Bouilloire qu'une telle apparence physique devenait de moins en moins rare dans le Goulet, pourvu que l'on se rende un millier de kilomètres plus à l'est, et que Bhenta prendrait le voile dès l'année suivante pour devenir sœur des Silences.

L'Empoisonneuse attendit que la classe Grise ait fait son entrée derrière Bhenta. D'épais rideaux couvraient les trois ouvertures verticales qui donnaient sur la falaise, si bien que la grotte était plongée dans une semi-obscurité mouvante. Les trois bancs avaient été poussés contre les parois, séparés par des lanternes, et les chaises empilées au-dessus pour laisser un vaste espace libre. Même le bureau de sœur Pomme avait été débarrassé des fioles et des autres objets singuliers qui l'encombraient d'ordinaire. Nona était troublée par les ombres tressaillantes. *Enfin, au bout de tout ce temps, on va peut-être apprendre autre chose que les poisons*, songea-t-elle. Elle n'enleva pas pour autant la pellicule de cire dont elle s'enduisait l'extrémité des doigts avant le cours d'Ombre. Avec sœur Pomme, il ne fallait jamais relâcher sa vigilance ; tout ce que vous touchiez était potentiellement un petit piège qu'elle vous réservait.

— La lumière est l'intruse, dit l'enseignante à voix basse, comme si elle avait la certitude d'être épiée. Celles qui parmi vous ont déjà entendu ce laïus, allez vous entraîner.

Elle fit signe à un groupe de quatre ou cinq novices de se retrancher au fond de la salle, là où l'obscurité était la plus dense. Nona surprit un sourire sur les lèvres de Leeni, qui fit remonter ses mains le long de son corps, des cuisses au visage, semblant attirer la nuit à elle. Sa peau, d'ordinaire presque aussi pâle que celle de Bhenta, devint difficile à distinguer, comme si le halo timide de la lanterne ne parvenait pas à s'accrocher à sa silhouette. Par comparaison, Nona voyait le teint mat d'Alata presque comme en plein jour.

Un profond malaise lui retourna l'estomac, sensation qui la gagnait à intervalles réguliers depuis le forgeage du Caltess et qui n'avait fait qu'empirer dans les jours qui avaient suivi son retour. Peut-être Raymel s'était-il arrangé pour l'empoisonner sans qu'elle s'en rende compte lorsqu'elle s'en était prise à lui, ou plus tôt dans la journée. Peut-être avait-il assisté à ses combats précisément pour la voir mourir dans d'atroces souffrances. Si tel était le cas, il n'avait pas choisi le bon dosage. Nona n'avait raconté sa mésaventure qu'à Ara et à Clera. La première s'était demandé s'il ne pourrait pas s'agir d'un enchantement. Les Noi-Guin étaient réputés recourir à des sortilèges marjals capables de faire pourrir la peau d'un homme de bonne constitution en l'espace d'une semaine. Clera, pour sa part, avait ri, déclarant que la plupart des adolescentes ressentaient les mêmes symptômes tous les mois et qu'elles s'y habituaient. Toutes les deux lui conseillèrent d'aller voir l'abbesse, ce qu'elle refusa catégoriquement. À supposer que l'une des moniales se soit rendu compte que son contact avec Raymel n'était pas le fruit du hasard, que Nona avait tenté de le tuer, l'abbesse n'en avait de toute évidence pas été informée, et Nona n'avait aucune intention que cela change. Mère Vitrage avait enduré une épreuve odieuse qui aurait pu s'achever par un sort pire encore, la dernière fois que Nona avait éveillé la colère des Tacsis. Et voilà qu'elle avait remis cela… même si elle avait infligé au fils aîné de Thuran Tacsis une blessure bien moins profonde qu'elle l'avait escomptée. Cette lutte n'appartenait qu'à elle, et à elle seule.

— … lumière est un bienfait temporaire.

En tendant l'oreille, Nona s'aperçut que l'Empoisonneuse s'était laissé emporter par sa thématique et atteignait des sommets de poésie. Elle se secoua et s'efforça de lui prêter attention.

— Elle renaît à la faveur d'une bougie qu'on allume, ou sous l'œil ardent du soleil. Avant sa venue, tout n'était que ténèbres. Lorsqu'elle s'en ira, tout ne sera plus que ténèbres. La patience de la nuit est infinie. Quant à l'ombre, elle est la guerre, la plaie où s'affrontent lumière et obscurité. Où la lumière saigne.

L'Empoisonneuse ménagea une pause pour replacer une mèche rousse sous sa coiffe.

— Regardez autour de vous : l'ombre est sans cesse en mouvement. Chaque ombre comporte deux sources : la lumière, et ce qui bloque la lumière. Les deux bougent. Et si nous quittions cette grotte pleine de flammes dansantes et de novices rongeant leur frein, il n'y resterait malgré tout aucune ombre inerte. Le soleil suit sa course, l'Abeth avance, les nuages vont et viennent. Pour vous cacher, vous devez comprendre la nature de ce mouvement. Apprendre quand rester immobile et quand vous déplacer. Dans le cadre de notre cours, je vous enseignerai la patience et la furtivité. Nous les étudierons jusqu'à ce qu'elles deviennent pour vous une religion à part entière, tant et si bien que sœur Roue fera irruption dans cette pièce pour vous traiter d'hérétiques.

» Il arrivera certainement un jour que vous deviez votre salut à votre faculté de rester cachées, ou que la vie d'une personne dépende de votre capacité à franchir avec subtilité une ligne de défense. Si vous prenez l'Écarlate ou le Gris, ce sera assurément le cas, mais sachez que, quelle que soit la façon dont vous déciderez de servir l'Ancêtre, la discrétion sera l'un des talents les plus précieux que vous aurez acquis pendant votre scolarité.

Sœur Pomme formait une masse sombre devant les particules de lumière dorée qui suivaient le contour des rideaux.

— Pour aujourd'hui, je veux que vous trouviez un endroit où vous asseoir. Cherchez la patience, comme Maîtresse Voie vous l'a appris, et observez vos sœurs plus expérimentées pendant qu'elles se débusquent mutuellement. Ou, en tout cas, faites de votre mieux. Neuf fois sur dix, dissimulation équivaut à absence de détection.

— On ne va pas apprendre à tisser les ombres ? demanda Clera tandis que les novices commençaient à se disperser.

Nona s'arrêta pour lui répondre.

— D'après sœur Bouilloire, il existait une sœur Grise capable de libérer son ombre… Son ombre partait se balader et… enfin bref…

Elle s'interrompit, notant l'absence de réaction de l'enseignante. Au couvent, elle répondait au nom de Pomme. Dans les souterrains, elle était sœur Pomme ou l'Empoisonneuse, selon l'humeur du moment. Mais dans l'obscurité, comment la considérer autrement que comme l'Empoisonneuse ? Nona avait bien conscience du fait que si elle avait pu distinguer le visage de la moniale, elle aurait décelé dans son regard l'éclat dur qui lui rappelait toujours combien Maîtresse Ombre était dangereuse.

— Je préconise la patience, et tu réagis dans l'impatience ?

L'Empoisonneuse leva les mains, amassant de l'ombre comme on soulève des toiles d'araignée. L'obscurité sourdait entre ses doigts écartés.

— L'ombre ne se tisse pas, c'est la lumière que nous manipulons. Comment une personne peut-elle ne projeter aucune ombre ? Seulement si elle tisse la lumière de façon qu'elle poursuive son chemin comme elle l'aurait fait en l'absence de l'ombre. (L'ombre se densifia autour de ses mains tandis qu'elle parlait.) Pas besoin d'être extrêmement douée pour détacher son ombre, il suffit d'avoir le couteau adapté. Lesquels couteaux sont, fort heureusement, beaucoup plus rares que les novices qui parlent trop vite. Car il n'y a sans doute pas plus téméraire et sot que d'agir ainsi lorsqu'on manipule l'ombre. Détachée, une ombre peut constituer une arme féroce, mais il arrive aussi qu'une fois libre elle cesse d'écouter sa propriétaire, et ait tôt fait de se perdre dans la grande obscurité.

L'Empoisonneuse serra les poings et comprima les mottes de nuit, les muant en une sorte d'encre qui lui coula entre les doigts. Elle accentua la pression, grognant sous l'effort, puis rouvrit les mains. Chaque paume semblait percée d'un trou noir qui était en réalité un petit granulé.

— Prenez, dit Maîtresse Ombre, promenant son regard de Clera à Nona. Si on veut agir sur les ombres, il faut avaler la nuit, vous ne croyez pas ?

Non sans hésitation, Clera prit la petite boule sombre posée sur la main gauche de l'enseignante, l'obscurité formant un écrin brumeux autour de ses doigts, et Nona s'appropria l'autre. L'objet était dur et froid.

—Avalez, maintenant.

Nona posa le granulé sur sa langue. Immédiatement, une terrible amertume gagna ses papilles, remontant jusqu'à la face interne de ses joues. La nausée qui lui vrillait déjà le ventre se mua en fil tranchant autour de ses entrailles. La douleur manqua de lui arracher un cri. Elle n'avait qu'une envie : recracher le granulé, mais elle serra les dents et, malgré les haut-le-cœur, s'efforça de produire assez de salive pour déglutir. Elle avait l'impression que sa langue était en train de se racornir. Avec un hoquet de dégoût, elle parvint à avaler les ténèbres. Mais Clera se contenta de cracher plusieurs fois une salive noire.

—Par l'Ancêtre ! C'est répugnant.

—Tout comme le fait de cracher par terre dans ma grotte, Clera Ghomal, dit l'Empoisonneuse en fronçant le nez. Peu importe. La vérité est une pilule bien amère à avaler, n'est-ce pas, Nona ?

—Oui, Maîtresse Ombre, articula la jeune fille, les lèvres engourdies et ridées.

—Quant à Clera, elle a, je pense, reçu une dose suffisante, elle aussi. Novice Clera, as-tu déjà triché à l'un de mes examens ?

—Non, répondit Nona, devançant son amie alors qu'elle n'en avait eu nullement l'intention.

—Oui, dit Clera, les yeux écarquillés. J'ai échangé mon creuset avec celui d'Arabella, le mois dernier quand elle avait le dos… (Elle plaqua les mains sur sa bouche.) … tourné. Et pendant le contrôle d'antidotes, j…

Elle continua à parler, étouffant ses aveux mais pas le son de sa voix.

—Vous feriez bien de tourner votre langue sept fois dans votre bouche avant de parler, mesdemoiselles. La vérité est une hache. Employée à tort et à travers, elle blesse tout le monde. Je vais vous le prouver. Nona, quelle question redoutes-tu le plus de ma part ?

—J'ai peur que vous me demandiez la véritable raison pour laquelle ma mère m'a vendue.

Les mâchoires de Nona frémissaient, et sa langue mourait d'envie de déballer toute l'histoire sans se faire prier.

L'Empoisonneuse accusa le coup, et dit :

—J'en connais une plus intéressante. Pour qui as-tu déjà eu le béguin, Nona ?

—Arabella, et vous, et Regol…

Rouge pivoine, Nona fonça vers la sortie en se tenant la bouche à deux mains, poursuivie par le rire de sœur Pomme, et Clera s'élança derrière elle à une seconde d'intervalle.

—Elle nous a empoisonnées ! cria celle-ci, gravissant les marches deux par deux derrière Nona. Cette garce nous a empoisonnées.

—Elle nous avait bien dit qu'elle profiterait de nos séances de préparation au forgeage pour concocter une nouvelle substance.

Nona était incapable de se taire, même en pleine course. Elle jeta un regard par-dessus son épaule, craignant d'être poursuivie ; elle ne s'était jamais sentie si vulnérable.

Elle émergea sous un soleil couchant dont le rougeoiement lui parut aveuglant après son séjour dans l'obscurité de la grotte. Clera entra en collision avec elle, et virevolta d'un pied sur l'autre avant de se stabiliser dix mètres plus loin. Les deux jeunes filles se retrouvèrent face à face dans la cour, déserte à l'exception de sœur Serpillote qui venait de sortir de la laverie.

—Pourquoi…

—Arrête ! Sinon, je te plante ça dans l'œil !

Clera tira de son habit une étoile de jet, différente du modèle à cinq branches que l'on trouvait dans l'armurerie du couvent puisqu'elle n'en comportait que quatre et était de dimensions plus réduites.

—Où tu as eu ça ? demanda Nona, incapable de se refréner.

Et puis, ce n'était pas comme si Clera comptait vraiment la blesser…

—Partnis ! finit par hurler son amie, les lèvres agitées de tics irrépressibles.

—Pourquoi…

—Qu…

Les deux amies avaient commencé à parler en même temps, mais, conscientes qu'elles seraient obligées de dire le fond de leur pensée, elles filèrent dans des directions opposées, Clera s'élançant à toute allure tandis que Nona était ralentie par la douleur qui la taraudait.

Elle vomit avant même d'avoir atteint le Nécessaire, mais ce ne fut qu'au bout d'une heure que le goût amer disparut, et qu'elle fut à nouveau en mesure de mentir.

—Je ne suis pas un monstre.

Les mots avaient sur sa langue un goût douceâtre.

À l'entrée des cavernes, elle retrouva Clera qui tâchait de prendre son courage à deux mains pour retourner voir sœur Pomme. La cour était déserte, les autres novices s'étant rendues au cloître ou étant encore en train de dîner au réfectoire.

Nona la rejoignit, capable de marcher sans se tenir le ventre même si la douleur restait présente.

—Où tu as eu cette étoile ? Et pourquoi ?

—Je te l'ai dit, rétorqua Clera, furibonde. Partnis Reeve me l'a donnée. Il veut que je me batte pour lui. Mon père lui a confié que je ne comptais pas prendre l'Écarlate à la fin de ma scolarité. (Elle se suçota les dents, grimaçant sans doute à cause du goût amer qui lui restait en bouche.) Au fait… pourquoi ta mère t'a-t-elle vendue, alors ?

Nona se dirigea vers la porte restée entrouverte.

— Finissons-en, dit-elle en s'engageant dans la descente, et Clera la suivit.

À leur retour, la salle avait retrouvé son apparence coutumière, et sœur Pomme, assise à son bureau, consultait un parchemin.

— Novice Clera, novice Nona, comme c'est gentil à vous d'être revenues, les accueillit-elle en pointant sa baguette, une mince tige de saule torsadé, vers le passage qu'elle était en train de lire. Je m'intéressais justement à l'aloès tendre, une plante que la glace nous a prise. Apparemment, elle fait des merveilles lorsqu'il s'agit de gommer l'amertume d'une saveur. J'aurais bien aimé l'incorporer à ma toxine de vérité qui, comme vous avez pu le remarquer, n'est pas le genre de substance que l'on peut administrer discrètement. (Plaquant ses paumes sur son bureau, elle se leva.) Peut-être qu'il en reste quelques graines dans les archives de la cathédrale… (Elle s'approcha des deux élèves, restées près de l'entrée.) Qu'avez-vous appris, les filles ?

— Qu'on ne peut pas vous faire confiance, dit Nona.

La moniale éclata de rire.

— Ça, c'est une leçon que j'essaie de t'inculquer depuis le premier jour, Nona Grisaille. Finiras-tu par la retenir ? (Elle coula un regard vers la gauche.) Et toi, Clera ?

— Que la vérité est une arme, et les mensonges le bouclier dont elle est indissociable.

— Voilà qui est parler en vraie poétesse, dit sœur Pomme, posant une main sur l'épaule de chaque novice pour les inciter à se rapprocher l'une de l'autre. Mais lorsque je vous ai demandé quelle leçon vous avez retenue… Je voulais que vous me répondiez : la patience.

Sur ces entrefaites, elle entrechoqua les têtes de Nona et de Clera.

Chapitre 32

— C'est à ça que ressemble la mer ?

Nona était assise avec ses amies, les jambes dans le vide. Le clair de lune révélait le bord opposé de la doline et l'eau lointaine, mais les ténèbres avaient pris possession de tout le reste. La profondeur de la Hyaline se comptait en brasses autrement plus nombreuses que le vide qui séparait les novices de la surface de son eau. Cela dépassait l'entendement de Nona.

— Ha ! dit Ruli. (Elle manifestait le plus souvent son amusement par un mot, rarement par un éclat de rire.) La mer est immense.

— Je le sais, ça, je ne suis pas idiote, rétorqua Nona.

Elle avait consulté les cartes de sœur Férule, qui représentaient la ceinture complète du Goulet, même si celles qui détaillaient les contrées les plus lointaines dataient de plusieurs siècles.

— Je parlais de la profondeur.

Ruli fit « non » de la tête, et Clera pouffa de rire, alors que Nona savait pertinemment qu'elle ne s'était jamais rendue sur le rivage.

— La mer est plus profonde, dit Ruli. Mon père avait l'habitude de me citer l'extrait d'un ouvrage. (Elle fronça les sourcils, cherchant à mobiliser ses souvenirs.) « Quel que soit le sort qui la guette, la mer se referme sur elle-même et garde ses secrets, effaçant d'un revers de vague tout ce qui est advenu. Ses abysses sont patients. Patientes et avides sont ses profondeurs inconnues de ceux qui en effleurent la surface, croyant dès lors tout connaître d'elle. Il est des lieux obscurs qui s'étendent à perte de vue, là où la lumière n'a jamais pénétré, là où le regard de l'homme ne se posera jamais. Quelles merveilles… » Le reste m'échappe. (Elle ramena ses cheveux en arrière et se pencha pour regarder par-delà ses orteils.) Mon père veut que je rentre à la maison quand j'aurai terminé mon cursus.

D'après lui, il n'y a pas que l'Église de l'Ancêtre en Abeth. Mais je crois que je vais rester. Et si je ne peux pas devenir sœur des Silences, alors je serai une Sainte.

—Tu ne penses pas qu'il reste des choses à découvrir, dehors? demanda Hessa, perchée non loin de là sur un rocher.

Elle ne s'asseyait jamais au bord de la doline, sans doute consciente qu'elle mourrait noyée à cause de sa mauvaise jambe si elle venait à tomber.

—Oh, si, bien sûr. Tu n'as même pas idée de ce qu'il reste à découvrir. Mais ici non plus je n'aurais pas assez de toute une vie pour me cultiver.

Elle s'enveloppa plus étroitement dans sa chemise de nuit, car si le vent se réchauffait à l'approche de la lune convergente, il n'avait pas perdu son mordant.

—C'est comme ça qu'elles te retiennent, en te disant que tu es libre de t'en aller, dit Clera. Alors, ta famille s'acquitte des frais de scolarité année après année, mais qui finit par partir, en fin de compte? Il y a toujours quelque chose qui te retient: la foi, les mystères, l'orgueil... Apparemment, cet endroit s'arrange toujours pour te ferrer. (Elle pencha la tête en arrière.) Mais pas moi. Dès qu'on me proposera l'Écarlate, je déguerpirai.

—Yisht nous épie, je me trompe? demanda Ara. (Ruli voulut vérifier si elle avait raison.) Ne te retourne pas!

—Elle nous espionne en permanence, tu veux dire, répondit Hessa. Enfin, «nous»... Toi et Nona, du moins.

—Elle n'est pas censée surveiller Zole? s'enquit Clera.

Elle jeta un caillou dans le vide et en suivit la chute vertigineuse jusqu'à l'eau.

—Ghena l'aurait vue gravir le Dôme, dit Ruli, et serait allée prévenir l'abbesse, qui n'a pas voulu l'écouter.

—Comment ça? demanda Nona.

—Cela vaut pour toutes les sœurs, expliqua Ruli. Elles sont toutes terrifiées à l'idée que Sherzal pourrait reprendre Zole. C'est ce que j'ai entendu dire. Mais pourquoi se soucient-elles de cela? Je n'en sais rien. Peut-être que le Grand Prêtre serait en colère? Bref... Vous saviez que Zole suit des cours particuliers avec sœur Pôelon? Et avec l'Empoisonneuse! (Elle croisa les bras.) C'est pour ça qu'aucune sœur ne lève le petit doigt contre Yisht. Elles pensent que si elles chassent Yisht, Zole s'en ira aussi. Donc, Yisht est libre d'escalader le Dôme si ça lui chante.

—Ghena passe son temps à inventer des histoires, déclara Clera, sceptique. J'espère que j'aurai quitté la classe Grise lorsqu'elle terminera la classe Écarlate. Cela dit, elle a raison sur un point: Yisht trame quelque chose. Elle passe *tout* son temps à fouiner.

— Je pense qu'elle cherche quelque chose, intervint Hessa.

— Tu crois qu'elle ira nous dénoncer auprès de mère Vitrage ? demanda Ruli. Pour ce soir, je veux dire.

Il arrivait aux novices de quitter leur dortoir en catimini pendant la nuit, mais cela ne rendait pas cette activité licite pour autant.

— Eh bien, si ça arrive, ce sera ta faute, dit Clera. Tu aurais pu nous réunir aux bains, où il y a de la vapeur à revendre.

— Je ne peux pas faire ça aux bains. Je ne sais pas pourquoi. Peut-être parce que l'air y est sans cesse en mouvement.

— Ici aussi il l'est... Il y a du vent, au cas où tu n'aurais pas remarqué.

— Mais pas en bas ! protesta Ruli en indiquant l'eau. Enfin, moins. Je ne sais pas... Peut-être qu...

— Peut-être que tu n'en es pas capable du tout.

— Nous n'allons pas tarder à en avoir le cœur net, dit Ara, alors pas la peine de vous disputer.

Elle avait raison. La convergence était imminente, la lune ayant presque atteint son zénith, et les ombres de la doline rapetissaient contre la paroi la plus proche. Sous les pieds des novices, une seconde lune, rectangle rouge, dansait sur l'eau.

La chaleur se posa sur les épaules de Nona, gagnant en intensité. Elle plissa les yeux. Clera et Ara se couchèrent sur le dos, les yeux fermés et les bras en croix, pour accueillir la lumière éclatante.

L'eau de la doline commença à fumer, prise entre deux lunes incandescentes. En l'espace de quelques minutes, le gouffre s'emplit de brume, nouvelle surface mouvante qui montait rapidement vers les pieds de Nona. Elle se réjouit de ne pas avoir remis son habit ; il faisait désormais plus chaud sur le plateau qu'aux bains, et la sueur perlait sur ses bras, coulait le long de ses côtes sous le fin tissu de sa chemise de nuit.

Lorsque la vapeur atteignit le niveau du sol, elle s'épancha sur la roche telle une chaude couverture avant d'être dissipée par le vent dont la circulation était désorientée par la convergence. Ara et Clera se redressèrent.

— Vas-y, essaie, dit la seconde.

— C'est ce que je fais, dit Ruli en levant les mains, tandis que la vapeur continuait à s'élever régulièrement du fond de la doline pour s'estomper autour des novices sous l'effet du vent.

Son front pâle se barra d'un pli, et elle devint encore plus blanche. Son visage ruisselait de sueur.

— Je ne vois rien, remarqua Clera.

Nona aurait pu en dire autant. Elle percevait cependant une présence qui lui picotait les doigts, s'étendant vers ses paumes et l'asticotant mentalement. Son estomac choisit cet instant précis pour former un nœud si douloureux qu'elle se plia en deux et manqua de basculer dans le vide.

— Là !

Ara tendit le doigt. Légèrement en contrebas, la brume s'était agglomérée pour adopter une forme… non identifiée.

— C'est une personne, articula Nona entre ses dents serrées.

La silhouette s'approcha, gagnant en blancheur et en consistance au milieu de la vapeur. Son visage était vierge de traits ; il aurait pu s'agir aussi bien d'un homme que d'une femme, ce qui éveilla chez Nona le souvenir de la statue de l'Ancêtre érigée à l'intérieur du Dôme.

— Je… vous l'avais… bien dit !

Ruli affichait un sourire radieux malgré l'effort évident qu'elle devait fournir.

— Montre-nous un cheval, maintenant ! dit Clera. Non ! Sœur Roue… Non ! Bouilloire et Pomme. En train de s'embrasser !

La silhouette se dissipa, et Ruli poussa un soupir de soulagement.

— C'est formidable, Ruli, dit Ara, se penchant devant Nona pour presser affectueusement l'épaule de Ruli. Tu as au moins un soupçon de sang marjal, voire le demi-sang !

— Tu n'auras aucun problème pour tisser les ombres, renchérit Hessa. Si tu le souhaites, tu pourras à coup sûr devenir une sœur Grise.

— Il y a un goût de reviens-y, dit Clera, s'allongeant à plat dos, un bras sur les yeux.

La convergence atteignait son paroxysme, et la lumière passerait bientôt son chemin. Dans les confins glacés, la fonte serait à son comble, les tribus cherchant à récolter les bienfaits de la lune avant que les lacs gèlent à nouveau.

— Qu'est-ce que tu sais faire d'autre ?

— Juste ça, répondit Ruli en s'allongeant à son tour. Et encore… Cela me donne des maux de tête.

— Tu devrais en informer mère Vitrage, lui conseilla Hessa.

— Elle n'en a que pour la Voie, dit Ruli avec un petit rire. Dans ce couvent, tout le monde n'en a que pour la Voie. (Elle haussa les épaules.) Si je suis vraiment capable de manipuler les ombres, l'Empoisonneuse le saura bien assez tôt, et elle m'aidera. (Sourire.) Bouilloire et Bhenta aussi. Entre Grises, on se serrera les coudes !

Les cinq amies regagnèrent discrètement leur dortoir tandis que la chaleur de l'astre déclinait. Déjà, le vent retrouvait sa voix et les faisait frissonner en plaquant leurs chemises de nuit moites contre leur corps.

Toute à sa douleur, Nona mit une éternité à s'endormir. Raymel s'était arrangé pour l'empoisonner à son insu, et elle devait trouver un moyen de résister.

Le lendemain, elle bâilla pendant le cours de Voie, comme cela lui arrivait souvent même lorsqu'elle avait passé une bonne nuit. La sérénité se montrait fuyante, la Voie hors d'atteinte. Sœur Pôelon lui avait répété cent fois qu'elle fournissait trop d'efforts : « La sérénité n'est pas une émotion que l'on peut s'approprier, que l'on peut conquérir par pure volonté. Elle est un don auquel tu dois t'ouvrir. »

Mais Nona avait beau chercher désespérément à se refréner, la sérénité n'était pas encore venue la chercher pour la poser délicatement sur la Voie.

Sœur Poêlon toussota pour attirer l'attention de ses élèves occupées à méditer. Elle se tenait debout près du grand coffre cerclé de fer qui se trouvait à l'avant de la classe, et se détachait en noir sur un fond de vitraux baignés de soleil.

— Il existe une ligne qui divise et une ligne qui unit ; elles ne forment qu'une seule et même ligne et son nom est Voie.

Les déclarations sentencieuses de l'enseignante irritaient de plus en plus Nona, surtout depuis qu'elle se savait bel et bien capable de toucher la Voie. En classe Écarlate, elle avait laissé les remarques philosophiques de sœur Poêlon passer sur elle sans l'affecter, guettant simplement une occasion de s'entraîner sur le parcours de la Lame, mais elle se sentait dorénavant obligée d'écouter le cours, avec l'espoir vain que la moniale lui apprendrait quelque chose d'utile.

— Il existe un fil qui circule en toutes choses, qui relie les histoires les unes aux autres, un fil qui court dans les veines, la moelle et la mémoire de toutes les créatures vivantes.

Elle est bien gentille avec ses discours, mais ce serait tellement plus commode si elle nous disait tout bonnement ce qu'elle attend de nous..., songea Nona en poussant un soupir. *Lorsqu'on comprend quelque chose, on doit théoriquement pouvoir l'expliquer. Et dans le cas contraire, on n'a rien à faire à un poste d'enseignement.* Une chose était certaine : avec les divagations poétiques de la vieille femme, les novices n'étaient guère plus avancées.

Se surprenant à dodeliner de la tête, Nona se redressa brusquement en battant des cils pour tâcher de garder les yeux ouverts. Le mystérieux poison des Tacsis semblait agir par intermittence, les symptômes disparaissant et réapparaissant sans raison évidente.

Profondément dépitée par cette sérénité qui la tenait en échec, Nona avait plusieurs fois quitté le couvent pour s'efforcer d'atteindre la Voie de la seule façon qui lui avait jusque-là réussi.

Elle avait donc pris l'habitude de fausser compagnie à ses amies et de s'aventurer vers l'étroit éperon qui marquait la limite du plateau.

Là, voûtée pour résister au vent, elle contemplait les alentours horticoles de Vérité et le Goulet qui se rétrécissait progressivement vers l'est, coincé entre les glaciers. Pourvu qu'elle regarde en contrebas, elle distinguait les vignobles du couvent, blottis contre les tombants rocheux, à l'abri des intempéries.

Ce ne serait pas la première fois que la douleur et la colère la guideraient vers la Voie. Pour la colère, rien de plus simple : le simple fait que Raymel Tacsis respirait encore suffisait à l'éveiller. Elle avait eu envie de le tuer lors du forgeage, et même si plusieurs jours s'étaient écoulés depuis, ses doigts la démangeaient pendant la nuit, avides de sang. Pourtant, elle avait à peine réussi à l'égratigner avec ses griffes. Avait-il reçu la protection de son voisin en robe bleue, peut-être par le biais d'un enchantement ? Ou bien les diables qui partageaient son enveloppe corporelle servaient-ils d'armure à leur hôte ?

Quoi qu'il en soit, Nona ne s'était pas montrée digne de Saida. À quelques mètres à peine de l'endroit où elle avait été maltraitée, Nona avait frappé Raymel au cou… et il vivait toujours. Il lui suffisait de songer à l'amie déplorable qu'elle avait été, et n'avait plus qu'à se baisser pour ramasser sa colère. Et sa douleur.

Il fallut du temps. Du temps pour embraser sa fureur et la laisser se changer en incandescence, du temps pour que la douleur monte du tréfonds de son être, en ce lieu secret où Nona la tenait cachée. Mais elle en était capable, et chaque fois qu'elle atteignait son objectif, son esprit en proie au chaos donnait naissance à la Voie. La ligne lui apparaissait pendant un instant, étirait ses méandres de-ci de-là tel un serpent dans les affres de l'agonie. Et, la seconde d'après, Nona s'y retrouvait projetée à une vitesse effroyable.

La première fois qu'elle avait réussi à toucher la Voie lors d'une excursion de ce genre, le contact avait été fugace, et l'énergie lui avait échappé en une explosion qui avait fait vibrer les volets du couvent, tandis qu'une nuée d'oiseaux s'était abattue, tuée en plein vol. Le bruit avait été si fort que nul n'avait compris d'où il provenait. Sœur Férule avait évoqué l'hypothèse d'un effondrement, quelque part parmi les nombreuses cavernes dont le plateau était criblé.

Lors de la deuxième tentative, puis de celles qui avaient suivi, Nona avait réussi à canaliser l'énergie de la Voie vers la roche, fracassant le calcaire et le pulvérisant même par endroits, sans toutefois provoquer de dégâts visibles par les moniales. Mais dix fois au bas mot, elle avait eu beau déployer de gros efforts pour ralentir son approche, pour trouver son équilibre comme elle le faisait quand elle voulait progresser prudemment sur le parcours de la Lame, elle n'avait effectué qu'un pas et n'avait pas plus tôt esquissé le deuxième que la Voie l'avait rejetée.

— Nona ?

— Oui ?

Nona redécouvrit la salle de classe aux majestueuses couleurs, les novices assises tout autour d'elle, et sœur Poêlon qui se tenait debout à ses côtés.

— Oui, Maîtresse Voie ?

— Tu m'avais tout l'air d'avoir franchi la ligne séparant la sérénité du sommeil de plomb, dit l'enseignante, suscitant quelques gloussements.

— Navrée, Maîtresse Voie.

— Je disais que tu allais m'accompagner à l'Académie.

— Moi ?

— De même que Hessa et Arabella. Chaque année, le vingtième septain, j'y emmène les Quantals de la classe Grise. Lorsque Quantals il y a, j'entends. Il est important pour vous d'être exposées aux enchantements marjals et, réciproquement. Les maîtres Académiciens sont convaincus du bien-fondé d'un enseignement en magie de la Voie pour leurs étudiants.

Bray résonna, et tandis que ses échos s'atténuaient, sœur Poêlon, faisant grise mine, congédia la classe avec un geste d'irritation qui n'était guère dans sa nature. Clera fit valser sa chaise en voulant être la première à atteindre l'escalier.

Lorsqu'elle s'attabla au réfectoire ce soir-là, Nona retrouva Clera qui avait déjà attaqué un bol de ragoût. Quant à Darla, elle avait jeté son dévolu sur un pilon qui semblait avoir appartenu à un cygne plutôt qu'à un poulet, et semblait déterminée à le dépiauter jusqu'à la moelle, les joues et le menton luisant de graisse.

— Tu es en retard. Ça ne te ressemble pas, parvint-elle à articuler tout en rongeant son os.

De toutes les novices, elle était la seule dont l'appétit semblait plus développé que celui de Nona.

— Sœur Roue m'a gardée.

Ce n'était pas vrai… Elle avait à nouveau essayé d'arpenter la Voie, se fondant sur sa colère pour y accéder. Comme à l'accoutumée, ses efforts pour ralentir et garder la maîtrise du processus avaient été vains, et elle avait été rejetée en quelques secondes. Tout ce qu'elle avait récolté pour prix de sa tentative, c'était plus d'un mètre de fissures courant en étoile sur la roche.

— J'ai vu Roue faire des messes basses avec Yisht, derrière la porcherie, dit Clera entre deux bouchées, sans lever le nez de son bol. Je crois qu'elles manigancent quelque chose.

Nona chercha Zole du regard, mais elle n'était pas là. Sherzal, soucieuse des « besoins nutritionnels » spécifiques à la tribu de sa pupille, lui envoyait souvent des colis de nourriture, et l'on trouvait souvent Zole en train de se restaurer dans le cloître. Son ordinaire se composait de poisson séché, parfois accompagné de morceaux peu appétissants qui évoquaient des tentacules. À d'autres moments, elle ingérait ce qui ressemblait à des cubes de graisse noircie par l'âge dont l'odeur nauséabonde faisait larmoyer Nona. Jamais personne ne demandait à goûter.

Se faufilant entre Clera et Ketti, Nona se servit du ragoût et un quignon de pain.

—Sœur Roue préférerait encore se couper le nez plutôt que de manquer le quatrième psaume avant d'aller dîner. Elle est la dernière nonne sur terre qui aurait l'idée de comploter contre l'Église.

—Peut-être que ce n'est pas après l'Église qu'elle en a, lui fit remarquer Ara en rapprochant une chaise située de l'autre côté de la table, et en se penchant pour prendre du pain. Peut-être qu'elle ne te considère pas comme appartenant à la communauté des croyants, Nona. Il faut bien avouer que tu massacres toutes les prières qu'elle t'apprend.

—Je retiens les paroles!

—Dans ta bouche, on dirait des menaces de mort. Même si tout le monde ne savait pas déjà que tu la détestes, il suffirait de t'écouter en classe d'Âme pour s'en convaincre.

Ara s'assit.

—Je ne la déteste pas, dit Nona, marquant une pause pour mastiquer et déglutir. Simplement, je n'ai absolument aucune sympathie pour elle.

—Bon, oublie sœur Roue. Dans quatre jours, nous nous rendrons à l'Académie!

—J'y suis déjà allée, répondit Nona.

Elle enfourna une montagne de ragoût, la découvrit brûlante, commença à respirer par petits halètements tandis qu'Ara, en mal de précisions, la foudroyait du regard.

—Et...

Nona finit par remporter la bataille et entreprit de mâcher la nourriture, la langue douloureuse.

—Pas de quoi en faire tout un plat.

—Comment se fait-il que tu aies eu le droit d'y aller? Je voulais la visiter avec mon père, mais on ne nous a jamais laissés entrer! dit Ara. (Elle s'adressa à Hessa, qui venait d'apparaître au milieu d'un groupe de novices plus âgées et s'approchait de la table de ses amies en boitant.) Elle dit qu'elle est déjà allée à l'Académie!

—Moi aussi, répliqua Hessa. Pas de quoi en faire tout un plat.

—Quoi?! (Outrée, Ara lâcha sa cuillère, provoquant quelques éclaboussures de sauce.) Quel scandale. Je suis donc la seule, dans ce couvent, à ne pas avoir eu les honneurs d'une visite guidée?

— Tout ce que tu as à faire, c'est demander à une personne qui veut te vendre de t'y amener, expliqua Hessa. Et Nona n'y a jamais mis les pieds, elle a simplement eu accès à mes souvenirs.

Nona cilla.

— Mais…

Elle se tapota le front avec ses doigts repliés. Hessa disait vrai… Cela s'était produit cette fameuse nuit où elles avaient mentalement quitté le dortoir, grâce au lien filé, un exploit que Nona était encore bien incapable d'accomplir, puisqu'il fallait, pour le réaliser, être en mesure de frôler la Voie sans pour autant la toucher.

— Oui, tu dois avoir raison. (Remarquant que Ruli semblait hypnotisée par la vapeur qui s'élevait de son bol, elle ajouta :) Ruli ? Que…

La vapeur se convulsa tels les anneaux d'un pâle serpent, et Nona fut prise d'un odieux malaise. Elle bascula sans un mot, entraînant des assiettes et du pain dans sa chute. Elle heurta le sol au bout d'une éternité.

— Nona ! Nona !

Agenouillée près d'elle, Ara lui tenait le visage entre ses mains.

— … qui lui arrive ?

— Sœur Rose…

— Non !

La main de Nona se ferma autour de la cheville de Jula, qui s'apprêtait à partir.

— Elle n'a pas besoin de sœur Rose, dit Clera, plus pour contrarier Jula que parce qu'elle était convaincue de ce qu'elle avançait.

— Tu plaisantes ? demanda Ara. (Elle ôta ses mains, et se redressa en position accroupie.) Elle est souffrante.

— Elle va bien. Elle a glissé.

Clera se leva, faisant signe aux novices des autres classes de regagner leur place.

— Je ne suis pas malade, siffla Nona. J'ai été empoisonnée.

— Raison de plus pour qu'on t'emmène au sanatorium, dit Ruli, accroupie comme Ara.

L'inquiétude se lisait sur son visage.

— Je vais être renvoyée si les moniales apprennent ce que j'ai fait, dit Nona, se recroquevillant sous l'effet de la douleur qui lui vrillait le ventre, même si l'intensité des crampes commençait à s'atténuer.

À cet instant précis, le risque d'expulsion ne lui semblait pas un prix si déraisonnable, si cela lui permettait de se sentir mieux.

— On ne peut pas te laisser dans cet état, dit Ara, échangeant un regard avec Ruli. Tu pourrais en mourir. Et qui t'a fait cela ? Tu penses vraiment que cela a un rapport avec Raymel Tacsis ?

— Rien ne m'oblige à rester empoisonnée. (Nona chercha à se lever, et Clera l'aida à se rasseoir sur sa chaise.) Nous savons fabriquer des antidotes. L'Empoisonneuse y veille depuis deux ans.

— Tu dois d'abord connaître la substance. Nous connaissons treize antidotes différents. On ne pourra pas tous les préparer, et la moitié d'entre eux est incompatible avec l'autre, dit Hessa, saisissant sa béquille et se levant de sa chaise avec effort.

— Il y aurait bien le remède noir…, dit Nona.

— … qu'on n'a pas encore appris, rétorqua Hessa. Et qui est susceptible de tuer le patient ou de provoquer sa cécité.

— Sans compter que sœur Pomme garde tous les ingrédients, leur fit remarquer Ruli.

Ayant regagné sa place de l'autre côté de la table, elle s'était penchée pour ne pas être obligée de hausser le ton.

— On ne sait même pas où elle les range, dit Clera en recommençant à manger.

— Dans une grotte, répondit Nona.

— Non, sans blague…, se moqua Clera, la bouche pleine.

— Cela vaut quand même la peine de chercher. Je connais mieux les grottes que vous, et j'ai repéré quelques endroits où elle a pu ranger ses ingrédients, dit Nona, se balançant d'avant en arrière pour moins se focaliser sur la douleur, qui était encore vive mais allait diminuant.

— Comment ça, tu connais mieux les grottes ? s'enquit Ara, les sourcils froncés.

— Pendant sa captivité, avant l'ordalie, expliqua Hessa.

Elle aussi fronçait les sourcils, mais depuis que Nona s'était effondrée.

— Oh.

— N'oublions pas le verrou, dit Jula.

Clera pouffa avec mépris.

— Si, c'est verrouillé, insista Jula. La porte est toujours fermée à clé. On ne pourrait pas descendre dans la salle d'Ombre s'il n'y avait pas sœur Pomme ou Bhenta pour nous permettre d'y accéder.

— Nous ? (Clera se désintéressa de son bol et s'essuya la bouche d'un revers de la main.) Tu comptes te faufiler dans les grottes sans te faire repérer, Jula ? Ce serait bien la première fois dans ta petite vie de sainte que tu enfreindrais le règlement.

Jula baissa les yeux.

— Nona a besoin de nous.
— De moi, rectifia Clera. Je peux l'ouvrir, cette porte.
— Comment comptes-tu t'y prendre ? demanda Ara.

Clera réfléchit un moment, ses yeux brillant au milieu de sa chevelure noire.

— Je vais voler la clé à Bhenta, claironna-t-elle, ce qui lui valut les remontrances de ses camarades, car elle avait parlé relativement fort.

Mais personne ne semblait l'avoir entendue au milieu du brouhaha des quatre classes qui mangeaient, des conversations à bâtons rompus et des couverts qui s'entrechoquaient.

— Non, je m'en occupe, dit Hessa à voix basse. J'en suis capable. Mais concernant l'antidote, nous ne sommes pas plus avancées.

Elle s'éloigna en boitant. Les autres la regardèrent partir, échangèrent un regard et acquiescèrent. Hessa n'avait pas pour habitude de se vanter. Si elle affirmait pouvoir s'occuper de la serrure, ce n'était pas des paroles en l'air.

Zole fit son entrée, se frayant un chemin entre les novices qui étaient en train de quitter la table voisine. Aussitôt, les conversations se tarirent à celle de la classe Grise.

— Ce soir, conclut Nona.

Et elle se laissa à nouveau accaparer par son ragoût.

Ce soir-là, avant de regagner le dortoir, Nona fit un saut au scriptorium. Elle toqua au battant, patienta. Le vent charriait une pluie fine, presque verglaçante. Se pelotonnant dans l'embrasure, elle allait frapper à nouveau lorsque la lourde porte s'ouvrit par légers à-coups.

— Nona ! dit sœur Bouilloire en souriant.

Elle restait plus grande que la jeune fille, même si leur écart de taille s'était réduit au fil du temps.

— Entre.

Nona se faufila dans l'entrebâillement et regarda autour d'elle, tandis que Bouilloire refermait la porte. Quatre grands pupitres inclinés occupaient la majeure partie de l'espace, avec plumes et encriers à portée de main, et sur chacun était fixé un parchemin déplié, même si un seul d'entre eux était occupé. Sœur Balafre, encadrée de lanternes sur pied, était en effet penchée sur un épais volume. Elle accorda un bref regard à Nona avant de se replonger dans sa lecture. D'après Clera, elle avait choisi son nom à cause de la cicatrice qui lui barrait la joue, évitant un œil laiteux pour ensuite disparaître sous ses courts cheveux gris. Quant à Jula, elle affirmait que Balafre avait été blessée au cours d'une mission bien longtemps après avoir pris le voile, et que son nom était donc lié à une autre cicatrice, peut-être à un secret.

—Que pouvons-nous pour toi ? demanda Bouilloire, une lueur malicieuse dansant dans ses yeux, comme souvent. Tu as besoin d'une transcription ?

—Je voudrais profiter de la bibliothèque.

Bouilloire plaqua ses paumes l'une contre l'autre avec enthousiasme, ce qui lui valut une remontrance muette de la part de sœur Balafre.

—Je t'ai appris à lire, et maintenant tu as envie de t'attaquer à un livre, un vrai ! Ce doit être cela qu'on ressent quand un enfant fait ses premiers pas ! Par ici, par ici !

Nona la suivit dans la bibliothèque, une salle dont les dimensions étaient sensiblement les mêmes que celles du scriptorium, à ceci près qu'elle ne comportait aucune fenêtre, ses murs étant couverts de livres du sol au plafond. Une autre porte donnait sur une galerie bordée d'étagères chargées de boîtes contenant des centaines de parchemins.

—Alors, nous avons des textes sacrés, des écrits en rapport avec la spiritualité, la vie des saints et des sœurs révérés par notre ordre, expliqua la moniale en englobant les rayonnages d'un ample geste. Par là-bas, ce sont des traités concernant les différents styles de combat qui ont cours dans le Goulet et ailleurs. Ici, l'histoire et la généalogie des Sis. Puis des ouvrages relatifs aux mystères de la Voie… N'espère pas y trouver une signification quelconque. (Elle tendit le doigt vers le mur de droite.) Les livres gris sont conservés là-haut, sur la dernière étagère. Et ici… (Elle passa ses mains sur les tranches d'une dizaine de tomes bloqués par un rail verrouillé.) … c'est la fiction !

—Pourquoi c'est fermé ? demanda Nona.

Les manuels d'empoisonnement, je peux encore comprendre… mais la fiction…, songea-t-elle.

—« Raconte-moi une histoire », c'est déjà le début de la séduction, expliqua la moniale en détachant ses doigts des reliures à contrecœur.

—L'abbesse ne garde pas ce genre d'ouvrages ! protesta Nona en rougissant.

—Pas ici, en tout cas, lui confirma Bouilloire. (Son sourire réapparut.) Mais qu'on se le dise, Nona : lire un livre est aussi dangereux qu'entreprendre un voyage. La personne qui le referme n'est pas toujours la même que celle qui a découvert la première page. Traite les livres avec respect.

—J'ai… le droit de les lire ?

—Quand bon te semble. Mais veille à les ranger bien à leur place. Et ne les endommage pas. Ce sont mes bébés. Mes vieux bébés à la peau toute ridée. Et sœur Pomme m'a confié un poison spécialement conçu pour celles qui oseraient corner ne serait-ce qu'une page.

—Comment puis-je atteindre ceux qui sont rangés en hauteur? demanda Nona, scrutant la plus éloignée des étagères, qui suivait le périmètre de la pièce en rasant le plafond.

—Grandis! lui suggéra Bouilloire d'un air jovial. Crois-moi, tu devrais éviter de lire ces ouvrages-là, Nona. Attends d'avoir grandi. (Sur ce, elle se détourna.) Je serai avec sœur Balafre si tu as besoin de moi.

—Alors, tu as trouvé?

Lorsque Nona regagna le dortoir, Ara l'attendait près de l'entrée. Les autres novices étaient déjà couchées, ou en train d'enfiler leur chemise de nuit.

—Oui.

Nona se dirigea vers son lit, les bras croisés contre la poitrine. Un accès de fièvre s'était emparé d'elle, et cette position lui donnait l'impression de pouvoir limiter ses frissons. Elle se laissa tomber sur son matelas, trop frigorifiée pour parvenir à se changer alors que son habit lui collait à la peau là où elle avait transpiré. Devant Ara et Clera, elle sortit son ardoise de sa poche intérieure, et se pencha avec un grognement d'effort pour la poser sous son lit en prenant bien soin de ne pas effacer ce qu'elle y avait soigneusement consigné.

—Tu as trouvé, souffla Clera.

—Oui.

Nona s'allongea lourdement. La formule figurait dans un volume rédigé par sœur Cuivre du Piton de Gerran, plus de deux cents ans auparavant, et était précédée d'avertissements encore plus sévères que ceux de Hessa. Mais elle l'avait trouvé. Le remède noir.

Chapitre 33

— Dépêche-toi !

Clera pressait son visage contre les barreaux de la grille permettant d'accéder à l'escalier qui menait à la salle d'Ombre.

— Allez, vite !

— Elle fait de son mieux, dit Ara.

Hessa s'approcha, sa mauvaise jambe se balançant en même temps que sa béquille. Dos à la roche, Nona examinait les bâtiments du couvent, plongés dans le silence et l'obscurité. Une chouette ulula tandis que des rats furetaient à petits pas agiles. Ara découvrit légèrement la lanterne pour permettre à Hessa de s'orienter.

— Attention aux marches, dit Nona en tendant le bras, au cas où son amie viendrait à trébucher.

— Par ici, renchérit Ara, laissant cette fois le halo de la lanterne dévoiler toute la largeur de la grille.

Le soleil ne se lèverait pas avant une heure encore : la convergence était passée, sa chaleur avait déserté la roche, et les étoiles se cachaient dans un ciel couleur de charbon. C'était les heures grises, celles du sommeil de plomb de l'humanité et d'un monde qui souriait aux téméraires.

Si d'aventure une novice venait à s'éveiller pour assouvir un besoin naturel, elle se rendrait compte que la lanterne avait disparu. Mais un autre danger guettait aussi les quatre amies, puisqu'elles risquaient d'être découvertes par la moniale qui serait chargée d'allumer le four à pain au matin, voire par sœur Suif ou l'une des sœurs Écarlates chargées de la patrouille nocturne.

Hessa atteignit la grille, la lanterne dévoilant un demi-sourire tranquille, signe de cette placidité qui, d'après sœur Poêlon, devait mener les vraies descendantes des Quantals jusqu'à la Voie.

—Tu vas tout faire sauter ? s'enquit Nona, prise d'un accès de frayeur.

Elle imaginait sœur Pomme debout devant la grille réduite en mille morceaux, avec le soleil matinal qui lui chauffait les épaules.

—La Voie circule en nous comme une signature que nous apposons sur le monde, expliqua Hessa, citant de toute évidence sœur Poêlon. Nous sommes complexes et changeantes, et notre signature est à notre image.

Un geste de sa main attira l'attention de Nona. Ses doigts ne brillaient pas, mais semblaient cependant plus éclatants, plus réels que tout le reste.

—Mais une serrure... Une serrure, c'est de la simplicité, peu importe le talent qui a présidé à sa conception. Elle est fermée ou elle est ouverte. Son fil épelle l'un ou l'autre de ces mots. Et si... j'attrape le fil en question, que je tire dessus...

Ara, Clera et Nona tressaillirent en entendant le cliquetis du mécanisme.

—Bon, je rentre, conclut Hessa.

—Cela vaut pour vous autres, dit Nona en prenant la lanterne des mains d'Ara.

—Pas question ! protesta l'intéressée en voulant se réapproprier l'objet.

Mais Nona ne l'entendait pas de cette oreille.

—Je n'ai pas besoin de vous.

—Sornettes, nous pouvons couvrir plus de terrain à trois. Le temps presse !

Sur le front d'Ara apparurent les deux sillons verticaux qui témoignaient toujours de son entêtement.

—Nous n'avons qu'une lanterne, donc impossible de nous séparer, dit Nona, entrouvrant la grille juste assez pour se faufiler dans le tunnel. Évitons d'être punies toutes les trois. (Elle tira la grille derrière elle au moment où Ara voulait la rejoindre.) Aidez plutôt Hessa. Elle pourrait trébucher dans le noir.

Clera parut entendre raison, ou du moins se rendre compte qu'elle n'avait aucune envie de se retrouver dans le collimateur de sœur Pomme. Elle entama la remontée en prenant Hessa par le bras.

—Mais tu es empoisonnée ! (Ara ne s'avouait pas vaincue.) C'est bien pour ça qu'on est venues. Et si ton mal empirait ? Et si tu avais besoin de nous ?

—Si je me fais prendre, ce sera mon excuse : j'ai été empoisonnée. J'ai besoin de ces ingrédients, contrairement à vous.

Sans plus attendre, Nona dévala avec aisance les marches familières.

Passé la porte de la salle d'Ombre, Nona n'avait qu'un ancien souvenir pour se guider, celui de sœur Pomme les escortant, l'abbesse et elle, toutes deux entravées, jusqu'à la claustration pour y passer la nuit. Elles avaient bien dû croiser cinq ou six intersections, chaque branche s'aventurant vers les noirs secrets du Roc de la Foi.

Au bas de l'escalier, Nona regarda un moment danser la flamme de sa lanterne, puis se concentra sur les motifs que le halo inscrivait sur l'obscurité. De tous les chemins menant à la lucidité que sœur Poêlon lui avait enseignés, c'était à celui-là qu'allait la préférence de Nona. Pendant les quelques minutes qui suivirent, elle s'abandonna à l'étreinte froide et rugueuse de la transe, chaque ombre se parant de logique, chaque détail de la roche hurlant pour attirer son attention.

Une odeur métallique, typique des lieux souterrains, flottait dans l'air. Nona frissonna, même si, en dépit de l'humidité ambiante, la température n'était pas particulièrement fraîche. En son for intérieur, elle s'imagina pénétrant dans un labyrinthe aussi immense que la flamme qui l'éclairait était minuscule. Sœur Férule avait un jour montré à ses élèves un moulage représentant la coupe transversale d'une fourmilière, si complexe, si finement étudiée que Nona s'était demandé comment les fourmis parvenaient à en retrouver la sortie. Ce soir-là, elle était l'une de ces fourmis.

Elle progressait lentement, examinant le sol. La réserve de l'Empoisonneuse ne pouvait pas se trouver bien loin de la salle de classe, et elle décèlerait fatalement les traces d'un passage régulier. Le mélange de boue et de gravillons accumulés dans les plis de la roche témoignant d'un usage fréquent, c'était les intersections qui réclameraient une attention toute particulière.

Elle fut pour la première fois confrontée à un choix en présence d'une fissure, à peine assez large pour qu'un adulte puisse s'y immiscer, qui s'ouvrait dans la paroi du tunnel. Nona s'agenouilla pour examiner le sol. Une goutte d'eau glacée lui tomba sur la nuque, lui soutirant un frisson et faisant vaciller la flamme de sa lanterne par la même occasion. Elle remarqua alors quelque chose de surprenant. À une vingtaine de centimètres de la bouche de la crevasse, un soulier à bout rond avait laissé une empreinte dans la boue, qui s'était depuis solidifiée dans les stries de la roche. La marque était nette, précise. Si sa propriétaire l'avait laissée longtemps auparavant, les infiltrations d'eau en auraient certainement brouillé les contours… Prenant une profonde inspiration, Nona se faufila dans l'ouverture en se plaçant de profil.

La faille descendait en pente douce, jonchée de fragments de pierre demeurés captifs de la géologie. Nona osa une allure relativement soutenue, car elle s'attendait à voir le tunnel s'élargir, mais elle se rendit vite compte qu'au contraire, il se rétrécissait progressivement. Elle ne voyait pas l'Empoisonneuse circuler dans un lieu si exigu, les bras chargés d'ingrédients et de fournitures pour alimenter le chaudron de ses élèves. Pourtant, quelqu'un avait bel et bien emprunté ce passage.

Elle frôlait désormais les parois, le seul bruit étant celui de sa respiration et la seule odeur celle de sa lanterne fumante, mariée à des relents de pierre et d'humidité vieux de plusieurs siècles.

Nona poursuivit son chemin alors même que le tunnel continuait à s'amenuiser. La faille semblait devoir s'effiler à l'infini pour se fermer complètement, et la jeune fille commença à redouter de se retrouver coincée, incapable de se retourner ou de battre en retraite, condamnée à l'étreinte froide de la roche jusqu'à ce que sa lumière défaille ou que la soif la rende folle.

— La personne a certainement fait demi-tour, dit Nona, les ténèbres engloutissant le son de sa voix.

Ses craintes se gaussaient d'elle, l'incitant à aller de l'avant.

À proximité du point le plus étroit, Nona remarqua des traces de suie sur la paroi, difficiles à manquer puisqu'elles se trouvaient à quelques centimètres de son nez, sa nuque frottant contre l'autre mur. La fumée de sa lanterne s'élevait dans le passage, couvrant les marques noires de la précédente visiteuse.

— Oui, elle aura fait demi-tour ici, dit Nona.

Elle parcourut cependant encore un bon mètre à force de contorsions. Plus le moindre signe de fumée sur les murs. Sur le point de rebrousser chemin, elle marqua néanmoins une pause et huma l'air. Sa source de lumière émettait l'odeur âcre de l'huile de roche en combustion, mais l'atmosphère était imprégnée d'une odeur plus douce, très ténue. D'anciens relents de fumée, certes, mais émanant d'un matériau de bien meilleure qualité que celui auquel les novices avaient droit. Nona avait déjà senti cette odeur dans le vestibule de la maison de l'abbesse et dans la Demeure du Cœur, lorsque le Grand Prêtre avait rendu sa sentence.

Elle poursuivit son chemin, désormais à l'étroit et contrainte de se tourner lorsque la crevasse devenait moins large que son bassin. En un certain point, la pierre referma ses mâchoires sur sa tête, si bien qu'elle ne pouvait plus ni avancer ni reculer. La terreur lui tint lieu de lubrifiant, et elle parvint à se dégager quelques secondes plus tard. Son courage l'abandonna avant que la faille ne recommence à s'élargir, mais à ce stade elle n'avait plus d'autre choix que de progresser, centimètre par centimètre, ce qu'elle fit, les yeux pleins de larmes et maudissant sa stupidité.

Enfin, les parois la libérèrent et elle atteint en titubant un espace plus aéré, un nouveau tunnel. Au-dessus de sa tête, elle avisa une cheminée qui ne semblait ni naturelle ni faite de main d'homme, mais résulter d'un mélange des deux influences lui donnant un aspect « fondu ». Le passage où elle se trouvait était jonché de débris tombés du conduit vertical qui était, selon les endroits, fracturé, lisse ou incisé de marques de pioche. Pour Nona, tout cela n'avait ni queue ni tête.

Le conduit vertical s'ouvrait trop haut pour que Nona puisse l'atteindre, un éboulis bloquait le tunnel sur la gauche, et Nona ne se sentait pas encore le courage de franchir la faille en sens inverse. Elle opta donc pour le choix restant et se dirigea vers la droite.

Sale et tout égratignée, elle s'entêta, négociant plusieurs failles plus modestes et croisant même un drapé de roche né des infiltrations d'eau glacée dans le soubassement du plateau. Elle connut un moment d'affolement en songeant que la doline Hyaline devait se trouver toute proche. Cette réserve d'eau était-elle solidement contenue par la roche ? Nona ne risquait-elle pas de finir noyée dans l'obscurité si l'eau investissait ces canaux ancestraux ?

— Pomme n'est jamais venue par ici. Pas pour stocker des ingrédients, en tout cas.

Convaincue par le son de sa propre voix, elle commença à rebrousser chemin.

C'est là qu'elle l'entendit. Rien qu'une fois, au loin. Un raclement de métal et de pierre. Tendant l'oreille, elle retint son souffle et attendit. Rien. Elle s'évertua à atteindre un stade supérieur de lucidité, psalmodiant le mantra que sœur Poêlon lui avait appris.

— « Une flamme solitaire dans les ténèbres. Une unique note persistant dans un lieu désert. Une étincelle seule en surplomb d'un lac ridé par le vent. »

Toujours rien… Non, c'était inexact. Il n'y avait rien, à l'exception de la voix très faible de l'eau qui coulait, plusieurs mètres et sinuosités en arrière. Le son se répéta. Métal et roche.

Chassant sa peur par un grognement hargneux, Nona alla de l'avant. Vingt mètres plus loin, le tunnel s'élargit à nouveau, mais elle ne remarqua aucune trace dans la boue indiquant une présence humaine. Les sons se répétaient désormais à intervalles plus fréquents, à moins qu'à force de se rapprocher, Nona soit en mesure d'en percevoir de plus discrets. Une pioche contre la pierre. Quelqu'un creusait la roche, mais les réverbérations ne donnaient pas le moindre indice concernant le point d'origine des bruits.

Plus loin, ceux-ci s'atténuèrent, alors Nona repartit en arrière, et elle découvrit un tunnel creusé en hauteur dans la paroi de la faille par où elle était arrivée. À cet endroit, les sons gagnaient en ampleur. Dénouant la cordelette de son habit, elle en attacha une extrémité à l'anneau de sa lanterne et passa l'autre autour de sa cheville. Puis elle bondit, s'accrocha au rebord de l'ouverture, pas plus large qu'un tuyau d'évacuation, et s'y hissa, sa lanterne se balançant à sa suite.

Une minute plus tard, Nona était en train de ramper à plat ventre. Les coups de pioche étaient désormais si forts qu'elle décida de cacher le halo de sa lanterne et de poursuivre son chemin à l'aveuglette.

Au bout de ce qui lui parut une éternité de froid et d'humidité, au cours de laquelle elle se cogna deux fois la tête et s'érafla les genoux, elle aperçut un soupçon de lumière tandis que les coups redoublaient d'ardeur. Elle distinguait l'issue du passage sous la forme d'une tache plus claire uniquement décelable dans une obscurité totale.

Disciplinant sa respiration, Nona se traîna jusqu'à l'issue du conduit, qui donnait sur un tunnel plus récent et de dimensions plus généreuses. En contrebas, une silhouette vêtue de noir s'attaquait à la roche, et l'avait presque assez effritée pour disparaître complètement dans la crevasse ainsi pratiquée. Le sol poli par l'eau était jonché de débris. La personne devait être à l'œuvre depuis des semaines entières.

Nona l'épia, fascinée, et ce faisant, prit conscience d'une sensation nouvelle. Elle avait jusque-là été accaparée par la présence menaçante de la roche qui l'environnait, obnubilée par la longueur et l'inconfort du trajet qui l'attendait au retour… à supposer qu'elle parvienne à se remémorer son itinéraire. Mais un fait nouveau exigeait désormais son attention, plus envahissant que le fracas de la pioche, plus prégnant que les tonnes de roche. Une plénitude. Une altérité. Une présence ancestrale débordante d'énergie qui lui brûla la peau et fit trembler ses mains.

La personne marqua une pause et se saisit d'une bouteille en cuir posée sur un caillou, à l'orée de la zone d'excavation. Elle leva le coude et but en écartant de son front des mèches trempées de sueur.

Yisht ! À l'instant précis où Nona la reconnut, formulant son nom mentalement, la guerrière braqua son regard vers le conduit où Nona était cachée. La jeune fille se fit toute petite, se plaquant contre la roche et retenant son souffle. Elle attendit ainsi un long moment, jusqu'à ce que Yisht ait fini de se désaltérer, avant de commencer à battre en retraite.

N'ayant pas la place de se retourner, elle recula sur les coudes et tira sa lanterne fumante en s'efforçant de ne pas la faire crisser contre la pierre. L'orée du passage s'éclaircit : Yisht s'approchait certainement ! Nona accéléra de son mieux ses contorsions tout en se gardant d'émettre le moindre bruit. Si la guerrière se hissait dans le conduit, elle risquait de sentir l'huile de roche consumée, ou d'apercevoir le halo lumineux. Combien de temps s'écoulerait alors, avant qu'un couteau fende l'air ? Et si elle ne possédait pas d'arme de jet, Yisht agirait personnellement ; ce serait un jeu d'enfant pour elle de tuer Nona, puisqu'elle avait pour ainsi dire vaincu la classe Grise à elle toute seule. La jeune fille aurait amplement le temps de se décomposer sans que quiconque la retrouve.

Ses pieds finirent par rencontrer le vide, et elle se faufila tant bien que mal hors du conduit, non sans recevoir un violent choc au menton à cause d'une aspérité. Quelques instants plus tard, elle s'était déjà engagée dans la crevasse, ne s'autorisant qu'un faible rai de lumière pour éviter de s'assommer dans l'obscurité. Elle fuit, traquée par des ombres, glissant, trempée de sueur. Certaine qu'une main allait se poser sur son épaule d'une seconde à l'autre.

— Tu les as ?

— Oui, siffla Nona. Chuut !

Clera roula sur le côté pour descendre de son lit et rejoindre Nona. Ara s'étira en bâillant, emmitouflée dans sa couverture. Quant à Hessa, elle dormait apparemment à poings fermés.

— Tout s'est bien passé ? chuchota Clera, si près de Nona que son oreille tressaillit.

— Oui, retourne te coucher.

Elle déposa les ingrédients volés dans son coffre à vêtements, un à un. La charbonnelle enveloppée dans son tissu, la poudre d'ail rouge dans son sachet en papier et le vif-argent dans son pochon de cuir graissé, sans oublier les sels alcalins et le soufre. La réserve de sœur Pomme occupait la grotte voisine de la salle de classe : un espace vaste et aisément accessible où Nona avait trouvé les ingrédients réunis en bottes, ou soigneusement rangés dans des sachets, des fioles et des pots étiquetés. Si elle n'avait pas été induite en erreur par l'empreinte de Yisht, elle aurait accompli son forfait en un rien de temps.

— Comment te sens-tu ? Je reste avec toi, si tu veux.

— Je vais bien. Va te coucher.

— Mais tu as bien tout ? Même le vif-argent ?

— Oui.

— Parfait, dit Clera. (Elle pressa affectueusement le bras de Nona, hésita un instant, puis s'éloigna.) Au fait, tu sens la boue.

Nona se dépouilla de son habit et le fourra sous son lit. La question de la propreté se réglerait au grand jour. Elle se glissa sous sa couverture, dont la laine rêche irrita ses genoux déjà écorchés. L'obscurité ambiante était peuplée de tunnels qui s'enchaînaient à l'infini et d'étroits goulets de roche qui, entraperçus à la faveur d'une flamme timide, se resserraient inexorablement sur sa personne. Elle se coucha sur le côté et remonta ses genoux contre sa poitrine pour présenter aux ténèbres la cible la plus menue possible. Depuis le forgeage, elle se recroquevillait ainsi pour soulager la douleur, celle des premiers élancements provoqués par la mystérieuse substance que Raymel lui avait administrée, et qui n'avaient fait que s'aggraver depuis. Rien de fulgurant, bien sûr… Il voulait évidemment s'assurer qu'elle connaîtrait une lente et odieuse agonie. Elle avait entendu dans la bouche de sœur Pomme une kyrielle d'histoires horribles concernant des toxines produisant de semblables effets. Des venins qui dépouillaient les os de leur chair en l'espace de quelques semaines, d'autres qui provoquaient d'abord la cécité, puis des desquamations plus terribles que n'importe quelle brûlure, avant que le sujet soit emporté, des mois plus tard, par une crise de démence. Pour la première fois, Nona remarqua qu'elle n'avait mal qu'aux genoux, aux mains, aux bras et à la mâchoire. Sa tête, ses viscères, ses articulations… Tout ce qui jusque-là lui avait fait souffrir le martyre se portait comme un charme. Elle avait répondu à Clera qu'elle allait bien pour éviter que celle-ci reste dormir avec elle… Mais elle n'avait pas menti. Elle sentait simplement un résidu de la plénitude qui l'avait envahie lorsqu'elle était en train d'épier Yisht. Une sensation qu'elle n'avait vécue qu'une fois auparavant, et pas avec une telle intensité : près de la porte noire qui donnait sur le Dôme de l'Ancêtre, au fond du couloir des cellules monacales.

Avant de céder au sommeil, elle se posa simplement deux questions : Yisht était-elle tout simplement passée par la grille, comme elle ? Et sœur Pomme et elle se rendraient-elles compte que quelqu'un l'avait laissée ouverte ?

À la pause entre le cours de Lame et le dîner, Nona, Ara et Hessa se réunirent sur le plateau balayé par le vent, autour d'une dépression peu profonde, en partie abritée. Elles avaient en effet érigé des murets à partir de la roche que Nona avait fracassée au cours de ses séances d'entraînement secrètes.

L'allumage du feu s'était révélé cauchemardesque, la maigre quantité de petit bois que les novices avaient réussi à se procurer s'étant éteinte avant même d'embraser les morceaux de charbon subtilisés dans les cuisines. En désespoir de cause, Nona et Ara restèrent assises, frigorifiées, pendant que Hessa se mettait en quête de la sérénité nécessaire pour atteindre la Voie, et puisait dans l'énergie de manière mesurée pour enflammer le charbon.

Elles entreprirent alors de concocter le remède noir dans des casseroles dérobées, là encore, dans les cuisines, ce qui était moins risqué que de chercher à chaparder l'équipement adéquat dans le local de l'Empoisonneuse. En l'absence de balance, Hessa pesa les ingrédients à l'aide d'une règle graduée, posée en équilibre sur un couteau de table.

Possédant par ailleurs toute une collection de cailloux qu'elle avait préalablement pesés pendant le cours d'Ombre, elle affirmait qu'en les plaçant à la distance adéquate par rapport au centre de gravité de la règle, et moyennant quelques calculs, elle pourrait estimer la masse d'un objet posé symétriquement. En théorie, la méthode était simple, du moins pour Hessa. Mais le vent du Goulet soufflait sur ces drôles d'ingrédients qui cherchaient tantôt à rouler tantôt à s'envoler, et qu'on ne parvenait pas à tasser sur la règle vacillante… De l'avis de Nona, l'opération relevait de la devinette plutôt que de la rigueur scientifique exigée dans le cours de Savoir.

La préparation dura plus longtemps que prévu. Comptant sur le vent pour dissiper les vapeurs nocives, les novices étaient obligées de se déplacer en catastrophe chaque fois qu'il changeait de direction.

— Le vent glacé ne va pas tarder à se lever, dit Ara.

— Si c'est le cas, il se pourrait que l'exploration soit décidée, dit Nona en ajoutant une goutte de vif-argent à la mixture noire nauséabonde qui mijotait dans la casserole.

Prise de frissons, Ara serra ses bras autour d'elle.

— Peut-être bien, répondit-elle.

Les explorations commençaient presque toujours un jour où le vent glacé soufflait. Il était déjà arrivé que des novices disparaissent au cours de la leur, et soient découvertes mortes de froid plusieurs jours plus tard. Ou que leur dépouille ne soit jamais retrouvée.

En définitive, les trois amies manquèrent le dîner et regagnèrent le couvent après la tombée de la nuit dans leur habit empestant la charbonnelle, non sans avoir jeté dans le vide leur casserole irrémédiablement gâtée et laissé les braises encore rougeoyantes s'éteindre à l'abri de leur âtre improvisé. Nona transportait le remède noir dans une petite fiole à parfum qu'Ara avait apportée lors de son arrivée au couvent. Une fois le remède épaissi par la chaleur et passé au tamis, étape lors de laquelle les filles avaient pris bien garde de ne pas mettre leur peau en contact avec lui, il n'en était resté qu'une infime quantité.

— Tu ne vas tout de même pas avaler ça, si ? Tu connais son surnom : l'antidote-tueur, n'est-ce pas ? demanda Hessa en s'efforçant de ne pas se laisser distancer par Nona et Ara. Même à supposer que je ne me sois pas trompée dans les proportions, tu courrais un risque terrible. Va tout avouer à l'abbesse. Elle sera certainement en colère, mais tu ne seras pas renvoyée.

— Je vais y réfléchir. Je ne me sens pas si mal que ça aujourd'hui.

La douleur et les nausées l'avaient quittée du jour au lendemain, mais Nona n'avait pas eu le cœur d'en informer ses amies, après tout ce qu'elles avaient fait pour elle. Et puis, face à un ennemi qui avait eu recours à l'empoisonnement, mieux valait être bien préparée. Elle était persuadée que sœur Pomme et d'autres membres de l'ordre des Silences ne se séparaient jamais d'une collection de petites fioles pour faire face aux imprévus… et que le remède noir était du nombre.

L'estomac dans les talons, les trois élèves regagnèrent leur dortoir en catimini pour se changer, et Nona fut contrainte d'emprunter une chemise de nuit à Ara. Elles enveloppèrent les trois habits souillés dans celui que Nona avait sali la veille au soir, et se rendirent à la laverie. Si une moniale venait à identifier l'odeur de la charbonnelle et décidait d'examiner le baluchon de plus près, elle découvrirait une véritable ode au crime. Fort heureusement, la charbonnelle n'était pas un ingrédient couramment employé, et sœur Pomme semblait ne jamais fréquenter la laverie.

Nona entra à la suite d'Ara. Les manches de sa chemise de nuit d'emprunt claquaient autour de ses mains, mais étaient tout de même moins longues qu'à une époque. Il fallut à l'Élue et à son Bouclier près d'une heure pour fouler les vêtements dans les bassines en bois, puis les passer dans l'essoreuse à rouleaux afin d'évacuer un maximum d'eau avant de les laisser à sécher.

Pendant ce temps, les bras dans l'eau froide jusqu'aux coudes, et le dos douloureux malgré l'excellente condition physique que leur garantissaient les cours de sœur Suif, elles travaillèrent dans le noir. De la lumière aurait pu attirer inutilement l'attention.

— J'ai vu Yisht, dit Nona dans l'obscurité.

Sa voix était à peine audible par-dessus les clapotements.

— Moi aussi, avec Zole, pendant le cours d'Âme, répondit Ara.

Sœur Roue autorisait en effet la guerrière à assister à ses leçons, arguant du fait que tout le monde pouvait tirer profit d'une meilleure instruction en matière spirituelle.

— Je parle des grottes.

— Quoi ?!

— J'ai emprunté le mauvais chemin, et je l'ai trouvée occupée à creuser.

— Creuser ? Pourquoi ? Où ça ?

— Je crois qu'elle cherche à pratiquer un chemin vers un endroit précis, sous le Dôme. Il y a quelque chose qui est caché là-bas, et c'est très puissant.

— Sang et crocs, Nona ! Et tu as attendu ce soir pour m'en parler parce que… ?

— Parce que si j'avais parlé en présence de Clera, la moitié du couvent serait sans doute déjà informée.

— Clera est capable de garder un secret. Quand elle y a intérêt.

— Elle…

Nona voulut défendre Clera, mais elle revit l'étrange étoile de jet et sa protestation mourut dans l'œuf. Elle n'avait plus jamais abordé le sujet, et Clera s'était abstenue, pour sa part, de lui demander la vérité à propos de sa rencontre avec Giljohn. Un marché rondement mené.

— Elle sait garder les siens. Pour ceux des autres, elle n'est pas très douée.

Ara pouffa de rire.

— Alors, pourquoi tu ne nous as rien dit pendant qu'on préparait le remède ? Ce n'était toujours pas assez intime pour toi ?

— Hessa m'aurait obligée à en parler à l'abbesse.

— Elle a bon dos, Hessa ! C'est moi qui vais t'y obliger.

— Tu voudrais que je lui dise qu'elle s'est brûlé la main pour me protéger d'un homme que j'ai ensuite attaqué, ce qui m'a forcée à m'introduire dans les souterrains pour voler des ingrédients coûteux qui, soit dit en passant, appartiennent au couvent ? Pour autant que nous sachions, mère Vitrage a pu demander à Yisht de creuser un tunnel d'accès, ou lui donner la permission d'explorer les grottes. Yisht avait peut-être la clé de la grille.

— Mais ce n'est pas vrai.

— Non, en effet. J'ai remarqué un conduit vertical d'excavation récente, et je parierais qu'il débouche dans les quartiers des invités. Yisht aura creusé le sol de sa chambre pour pouvoir explorer les souterrains.

— Dans ce cas, c'est réglé, dit Ara. Elle est indéniablement coupable.

— Mais l'abbesse la laisserait probablement s'en tirer à bon compte. Je ne sais pas comment Sherzal fait pression sur elle, mais elle est pieds et poings liés ! (Nona souleva avec effort un habit détrempé et le chargea dans le baquet de rinçage.) Non, nous devons agir nous-mêmes.

— Comment comptes-tu t'y prendre ? Elle nous tuerait toutes si nous l'affrontions ! protesta Ara en actionnant l'essoreuse.

Son visage se réduisait à de petites touches scintillantes, là où la lueur lointaine émanant du scriptorium filtrait par les fenêtres de la laverie.

— Je suis encore en pleine réflexion.

Ayant dit cela, Nona se concentra sur l'habit qu'elle devait rincer.

Les mains douloureuses et toutes ridées, les deux amies quittèrent la laverie juste à temps pour rejoindre les novices de leur âge qui quittaient le cloître, se rendant au dortoir pour l'extinction des feux.

Le temps de parcourir la distance restante, Nona, diminuée par la maladie qui n'avait cessé de revenir à intervalles réguliers tout au long de la journée, se retrouva en queue de peloton. Elle gravit les marches du perron l'une après l'autre. Trois événements se produisirent simultanément. Un fragment de glace lui frôla le visage, un cri aigu retentit, et le pied d'Ara s'enfonça dans ses côtes. L'impact suffit à projeter les deux amies dans des directions opposées. Avant qu'elles heurtent le sol, un amas de glace fragilisée, plus gros que la tête de Nona, s'abattit à l'endroit précis où elle se trouvait un instant auparavant, projetant une salve d'éclats durs sur Ara et sur elle.

— Par l'Ancêtre ! hoqueta Ara. Ce n'est pas passé loin !

Nona ne put lui répondre ; elle avait le souffle coupé. Étendue sur le dos, elle gardait les yeux rivés sur le bord du toit ourlé de stalactites. N'avait-elle pas discerné une ombre ? Une ombre très fugace ? Mais peut-être que ses yeux fatigués et son imagination, mise à rude épreuve ces derniers temps, lui avaient joué des tours.

Nona et Ara se relevèrent, s'abritèrent sous le porche et s'époussetèrent mutuellement.

— Quelle journée, fit Ara, entrant la première.

Ce fut plongée dans ses pensées que Nona rejoignit son lit. Yisht venait-elle donc d'essayer de la tuer ? Pensait-elle avoir été épiée dans les tunnels ? Si tel était le cas, elle n'avait certainement que des soupçons, sinon elle aurait choisi une réaction plus frontale.

Chassant Yisht de son esprit, Nona s'affala sur son matelas, épuisée et affamée. Une journée entière s'était écoulée sans qu'elle s'entraîne ne serait-ce qu'une minute en vue de sa visite à l'Académie. Il n'en allait pas de même pour Hessa, évidemment, alors qu'elle était celle qui avait le moins besoin de travailler. Nona revit l'école de l'Académie à travers les yeux de son amie, ce lieu de grandeur et de gravité sculptées dans la pierre, peuplé d'Académiciens blasés. Et elle se vit en leur présence, petite novice dans un habit resté humide et sentant encore vaguement la charbonnelle, une jeune fille capable, pourvu qu'elle entre dans une fureur noire, de faire exploser quelques-unes des coûteuses dalles de l'édifice.

Chapitre 34

Le sizain suivant, le vent glacial souffla vraiment pour la première fois depuis l'arrivée de Zole. Tapie dans le creuset noirci par le feu où elle avait préparé le remède noir avec ses amies, Nona s'efforçait de trouver la fureur dont elle avait besoin pour toucher la Voie. Mais, à la merci des crocs acérés du vent, elle éprouvait des difficultés à mobiliser la fougue nécessaire. Exposé à son regard, au loin sur le plateau, le couvent faisait le gros dos sous le ciel maussade, telle une bête destinée à l'abattoir. Elle finit par baisser les bras, et fila vers la tour du Savoir en espérant qu'elle ne serait pas en retard pour le cours.

En réalité, elle fut la première à faire résonner l'escalier de ses pas, car seule sœur Férule était déjà arrivée.

— Bonjour, novice.

Sœur Férule leva le nez de son bureau derrière lequel elle avait tendance à laisser reposer son imposante masse pendant toute la durée de ses cours, se servant de sa règle pour indiquer les directives inscrites à la craie sur le tableau tout proche.

— Bonjour, Maîtresse Savoir, répondit Nona en allant s'asseoir au fond de la classe.

— Il fait frisquet, n'est-ce pas ?

— Oui, Maîtresse Savoir.

C'est cet instant précis que choisit la mince pellicule de givre qui épousait le côté de son visage pour s'écraser au sol.

Hessa fit son entrée claudicante quelques instants plus tard, et parut surprise de ne pas être arrivée la première.

— Quel est le trésor le plus précieux du couvent ? demanda Nona, se surprenant elle-même.

Mais sœur Férule accueillait toujours les interrogations de ses élèves avec bienveillance, et Nona avait pris l'habitude de lui poser des questions.

— Le cœur-de-nef, répondit la moniale sans la moindre hésitation.

— Et il se trouve dans les profondeurs de la Demeure du Cœur ?

— C'est exact. (Sœur Férule referma le livre qu'elle lisait avant d'être interrompue par Nona.) Tu comptes le dérober ?

Elle dévisagea la jeune fille avec une telle insistance que celle-ci commença à se persuader qu'elle ne plaisantait pas, puis éclata de rire.

Les autres représentantes de la classe Grise firent leur entrée plus ou moins en même temps, Ara ayant les traits tirés, Clera s'affalant d'un air théâtral en travers de son pupitre, Jula disposant sa plume, son parchemin et son ardoise avec sa méticulosité coutumière tandis que Darla, scrupuleusement penchée au-dessus de son encrier, se débrouillait, sans qu'on sache bien comment, pour faire déborder l'encre en l'ouvrant. Mally, la déléguée, s'assit au premier rang. Alata et Leeni prirent place l'une à côté de l'autre, entrelaçant leurs doigts sous les tables d'un geste assuré qui témoignait de leur attachement mutuel. Quant à Zole, elle se dirigea vers sa place habituelle, au milieu de la salle, le visage serein comme si elle était perpétuellement en transe.

— Aujourd'hui, dit sœur Férule en abattant sa règle sur son bureau, nous allons parler de la glace.

Zole plissa légèrement le front en entendant cela.

— En classe Écarlate, nous avons évoqué l'épaisseur de la banquise, sa progression à notre époque comme au cours des périodes précédentes. Une progression gouvernée par un facteur précis : l'agonie de notre soleil. Aujourd'hui, nous allons étudier les peuples qui y ont élu domicile. (Elle adressa un sourire amical à Zole.) Un sujet que nul ne connaît mieux que toi, novice. Peut-être souhaiterais-tu nous raconter une anecdote au sujet des tribus du frimas ?

— Non.

Les lèvres de Zole avaient à peine remué, mais le mot avait été prononcé à haute et intelligible voix.

— Et pourquoi donc, novice ? s'enquit l'enseignante, son expression manifestant tout à la fois sa surprise, son amusement et son agacement.

— La glace doit être vécue. Il n'existe pas de mots dans vos livres pour saisir son essence. Un voyage sur la banquise : tel est le prix à payer pour ce savoir.

— Hmm..., fit la moniale en tapotant plusieurs fois son bureau avec sa règle. Nous tenons là notre première observation ; les tribus du frimas possèdent leurs propres codes comportementaux, et ces codes ne rejoignent pas toujours les nôtres. Il vous faudrait parcourir des centaines de kilomètres vers le Scithrowl, à l'est, ou vers l'ouest, par-delà la mer, pour rallier Durn et faire l'expérience d'une culture foncièrement différente de celle du Goulet. Mais parcourez une cinquantaine de kilomètres vers le nord ou le sud, et vous serez confrontées à un peuple dont les mœurs vous sembleraient plus étrangères que celles du premier Durnisien venu. (Elle regarda l'ensemble de la classe.) Je suis certaine que votre nouvelle camarade et son chaperon ont éveillé votre curiosité. Posez-moi des questions dignes d'intérêt, et je vous ferai part de… (Un coup d'œil en direction de Zole.) … des maigres informations dont je dispose.

—Que mangent-ils ?

La main de Nona fusa vers le plafond, mais sa question lui avait déjà échappé.

—Parfait ! dit sœur Férule, donnant un nouveau coup de règle sur son bureau. Directement dans le vif du sujet. Ils mangent du poisson.

—Mais comment font-ils ? La banquise fait plusieurs kilomètres d'épaisseur !

Nona avait vu les parois qui formaient le Goulet, la bordure de la banquise, et même à cet endroit la glace mesurait plusieurs centaines de mètres d'épaisseur.

—C'est vrai.

Sœur Férule se saisit du globe de blancheur éclatante qu'elle gardait sur son bureau, et dont la bande colorée, préservée par la chaleur passagère de la lune convergente, était devenue si fine qu'elle semblait devoir disparaître.

—Mais il existe des endroits où l'océan s'ouvre, où la glace a fondu sous l'effet d'un courant chaud venu des profondeurs. Dans certains cas, la mer reste accessible à longueur d'année. Plus loin vers le nord ou vers le sud, là où règnent les saisons, la glace ne fond qu'au plus fort de l'été, et là-bas, l'eau vive se limite à des poches qui ne mesurent jamais plus de deux kilomètres de diamètre mais regorgent de vie marine. L'existence des tribus du frimas est organisée autour de l'une des mannes permanentes, ou alors elles se nomadisent, passant d'une oasis éphémère à l'autre au fil des saisons. Au cours de leurs voyages, elles explorent les systèmes souterrains qu'il leur arrive de rencontrer, cherchant à se frayer un chemin vers le soubassement rocheux, vers l'une des cités souterraines abandonnées par les Absents.

L'esprit vagabond de Nona se porta vers les histoires que son père lui avait racontées au sujet des tunnels de glace. Elle ne gardait pas de souvenirs précis de ces séances de contes, seulement des impressions : lui qui la faisait sauter sur ses genoux, et elle qui restait médusée par l'étrangeté des anecdotes… Les récits eux-mêmes, c'était grâce à sa mère ensuite qu'elle avait pu les graver dans sa mémoire, alors qu'elle était encore dans sa tendre enfance.

Elle regardait ses camarades sans les voir, elle ne distinguait plus que des passages tortueux d'obscurité luisante qui s'enfonçaient toujours plus loin, gorgés de nuit ancienne et de possibilités neuves. Lorsque Bray donna de la voix, la tirant de ses aventures mentales, Nona constata avec étonnement que le cours était achevé et que ses amies étaient en train de se lever.

Après le déjeuner, en cours de Lame, les élèves s'entraînèrent au lancer d'étoiles sur cible, y consacrant près de deux heures. Sœur Suif avait installé douze panneaux hauts d'environ deux mètres et présentant une anatomie masculine assez détaillée pour amuser les novices. Elle les avait disposés par groupes de quatre, respectivement à trois mètres, neuf mètres et quatorze mètres de la ligne de tir.

—Si vous souhaitiez atteindre une cible plus éloignée, il aurait vraiment mieux valu opter pour un arc. Les étoiles de jet sont moins encombrantes, plus discrètes à l'usage, idéales en milieu urbain ou dans des lieux confinés. En contrepartie, elles pèchent en termes de précision et de dégâts infligés, expliqua l'enseignante en décrivant des allers et retours derrière les novices qui attendaient leur tour pour s'entraîner.

Ce qu'elles firent jusqu'à avoir mal au bras et les doigts constellés de petites coupures. Et ce n'était encore que le début.

—Cela vous paraît difficile ? demanda sœur Suif sans interrompre ses allées et venues, sauf pour prodiguer un conseil par-ci par-là ou rectifier la posture d'une élève. Vous aurez bien de la chance si votre cible de chair et d'os reste devant vous les bras ballants. Visez les yeux. Avec la tête, de manière générale, vous avez de bonnes chances d'ôter toute combativité à quelqu'un. Mais les yeux… c'est vraiment la garantie d'arrêter net n'importe quel adversaire.

À côté de Nona, Ruli faisait preuve, depuis la première leçon, d'un tel talent avec les étoiles de jet que cela agaçait ses camarades. Elle décocha un tir d'une flexion du poignet, et une pointe de son projectile se ficha dans l'œil de la cible la plus proche. Le noir de la pupille, plus précisément.

—Crâneuse, dit Clera, debout à droite de Nona. Recommence.

Elle avait hérissé sa propre cible de trois étoiles : une dans le front, la deuxième près des côtes et la troisième à une bonne trentaine de centimètres du cou. Un bel échec.

Ruli obéit, envoyant voler une nouvelle étoile qui se planta dans l'autre œil de son mannequin.

—Quelle injustice flagrante ! C'est impossible de prévoir où la pointe va se planter ! pesta Clera en envoyant sa quatrième étoile.

Elle manqua complètement sa cible.

—Si le bonhomme était plus proche et que j'avais une lance, je pourrais lui picoter le nez rien qu'en me penchant, rétorqua Ruli en haussant les épaules.

Nona projeta quatre étoiles coup sur coup, atteignant le visage sans faillir. Deux de ses projectiles avaient même terminé leur course dans les yeux de la victime.

À l'extrémité de la rangée, Darla effectua son dernier essai, puis toutes quatre allèrent récupérer leurs étoiles pour laisser la place à leurs camarades.

— Toi, tu as manqué les pupilles, grommela Clera, à qui l'exploit de Ruli restait encore en travers de la gorge.

— Quand tu as un morceau de métal dans l'œil, tu passes une sale journée, pupille ou pas, dit Nona avec indifférence.

— Si ça peut te faire plaisir…, répliqua Ruli avec un sourire radieux. Un jour, tu seras confrontée à un ennemi qui aura vraiment de tout petits yeux, et tu regretteras que je ne sois pas là !

Aux bains, après le cours, Nona fit la planche tandis que ses camarades chahutaient, bavardaient ou discutaient au bord du bassin. Bercée par la chaleur et l'eau mouvante, tout n'était autour d'elle que blancheur vaporeuse, les lentes volutes de moiteur trouvant un écho dans son esprit. Le lendemain, les étudiants de l'Académie se donneraient en spectacle devant sœur Poêlon et d'autres spectateurs triés sur le volet. En contrepartie, Hessa ferait la démonstration des subtilités du tissage d'ombre, Ara canaliserait le pouvoir de la Voie sur laquelle elle aurait effectué trois, voire quatre pas avant d'en libérer l'énergie en courtes salves maîtrisées. Quant à Nona… la petite paysanne de la Grisaille… cette meurtrière en puissance que l'on avait soustraite à la potence… quelle contribution pourrait être la sienne sans que l'on se moque d'elle sous cape ?

À son retour, elle n'en serait pas moins empoisonnée et confrontée au même dilemme : avouer qu'elle s'en était prise à Raymel, ou prendre le risque de s'administrer le remède noir pour tenter de résoudre elle-même son problème. Et, par-dessus le marché, ou plutôt par-*dessous*, il y avait Yisht qui cherchait à exhumer un secret, tel un ver dans cette pomme qu'était le couvent.

Nona poussa un soupir désabusé en se rendant compte qu'un bain chaud n'était pas toujours une panacée.

La Mansuétude loua un chariot pour que sœur Poêlon et ses ouailles puissent se rendre à l'Académie. Le reste de la classe vint leur dire au revoir devant la tour de la Voie, toutes les filles, à l'exception de Zole, se massant autour des trois chanceuses pour leur taper sur l'épaule, les enlacer ou leur prodiguer une autre marque d'affection, chacune selon son tempérament.

— On veut être fières de toi ! dit Darla, envoyant valser Nona à cause d'une bourrade qui se voulait affectueuse.

— Donne-leur de l'inédit, à ces sales garnements de l'Académie ! dit Clera en mimant une explosion.

Jula sourit à Nona en serrant brièvement ses mains entre les siennes.

— Que l'Ancêtre veille sur toi.

— Sois prudente ! renchérit Ruli en l'enlaçant.

— Ne perds pas, lui ordonna Alata d'un air sévère.

Ara et Nona aidèrent Hessa à se hisser dans le chariot.

— Vous avez de la chance, leur fit remarquer Clera tandis que sœur Poêlon prenait place à côté du conducteur. L'Église estime manifestement qu'une moniale doit toujours se déplacer à pied. Je suis sérieuse. Même sœur Nuage n'a pas eu droit à un cheval ! Sans la patte folle de Hessa et l'âge canonique de sœur Poêlon, vous en seriez quittes pour une longue promenade.

Le conducteur fit claquer son fouet, et le chariot, tiré par deux chevaux, se mit en branle avec une secousse. Nona s'accrocha au flanc du véhicule en repensant à la cage de Giljohn. Un nouveau périple commençait…

Le véhicule suivit la piste qui contournait la façade arrière de la porcherie et du « poulailler », une longue bâtisse aux proportions bien trop imposantes pour l'usage qu'on lui attribuait. À gauche du sentier, quelques mètres seulement de roche dénudée séparaient le chariot du vide. D'après Clera, une novice avait voulu faire une farce à quelqu'un, effarouchant un cheval qui avait cherché alors à regagner les plaines par le chemin le plus court, entraînant dans sa chute son chargement et son conducteur. Fort heureusement, rien de tel ne se produisit ce jour-là, et le chariot s'engagea sans incident dans la forêt de piliers qui se tendaient vers le ciel. Même sœur Férule n'avait pas la moindre idée de leur origine. Ils n'étaient mentionnés dans aucun livre de la bibliothèque. Une fois l'obstacle négocié, Nona se demanda combien de temps s'écoulerait avant que l'Abeth l'oublie, avant que les remous de sa vie s'estompent. Même si elle réussissait à ériger mille fûts de pierre plus hauts, plus larges que les plus grands arbres connus, le monde poursuivrait sa course, oublieux d'elle comme il l'était des inconnus qui avaient bâti les piliers du couvent.

Tandis que Nona regardait les colonnes rapetisser au loin, Hessa se décala vers elle.

— Je sais ce que tu penses.

— Ça m'étonnerait.

— Je ne pense pas qu'il reste assez de temps pour qu'on nous oublie. Pas si nous accomplissons des exploits extraordinaires. Si notre étoile brille de tous ses feux, on se souviendra de nous jusqu'à ce que la lune tombe, entraînant la fermeture du Goulet.

— Ce n'est pas si terrible.

— Ça le sera si on est encore en vie pour observer le phénomène !

Sœur Poêlon les dévisagea d'un air sombre.

— Il n'est jamais bon pour deux novices d'être liées par les fils. Tu as commis une erreur en te livrant à cette expérience, novice Hessa, même si tu ne savais pas que Nona était porteuse du sang. (Elle massa distraitement son moignon.) Et voilà que vous partagez vos réflexions, en sus de vos rêves et de vos douleurs… Quand deux êtres sont si étroitement associés, la vie de l'un a tendance à refléter celle de l'autre, leur cadence s'unifiant progressivement jusqu'à ce que les coïncidences n'existent plus. Seulement un partage des cycles de crise et de paix.

Hessa baissa la tête, honteuse, alors Nona lui toucha timidement l'épaule.

— Moi, ça ne me paraît pas si désastreux. Ça veut simplement dire qu'on partagera nos ennuis si on reste ensemble.

Le chariot négocia l'Escalier de la Vignerie, une descente vers les plaines plus longue mais moins traîtresse que la Voie de Seren, et, n'en déplaise à son appellation, dépourvue de la moindre marche. Une fois arrivés au pied du plateau, ils bifurquèrent vers la route de Rutland qui les conduirait à Vérité, passant devant les vignobles du couvent, nichés au creux des falaises.

Les majestueuses portes de la ville étaient ouvertes et accueillaient autant de visiteurs ayant une affaire urgente à régler dans la cité que d'habitants aspirant à gagner l'extérieur en toute hâte, ce qui provoquait une bruyante marée humaine où coups de coude et claquements de fouet faisaient loi.

Nona resta voûtée, les genoux remontés contre la poitrine, tandis que le chariot progressait au ralenti.

— J'avais oublié l'odeur, dit Hessa.

Elle était la seule élève de la classe Grise à ne pas s'être rendue à Vérité pour le forgeage du Caltess. Ara fronça le nez tout en scrutant la foule avec fascination.

— Tu verrais ce qui se passe les jours fériés ! Il y a tant d…

Elle s'interrompit, se rappelant que si la convoitise de Sherzal la condamnait à vivre piégée sur le Roc de la Foi, Hessa était piégée tout aussi sûrement par sa mauvaise jambe.

— Désolée.

L'abbesse gardait Ara au couvent à la demande de sire Jotsis, l'oncle de la jeune fille, qui redoutait toujours une tentative d'enlèvement de la part de Sherzal. Toute l'inimitié qu'Ara ressentait pour Zole tenait à ce péril qui pesait sur ses épaules chaque septain. Car Ara ressentait physiquement le besoin de se rendre en ville. Rien de tel, selon elle, qu'une virée d'achats. Nona n'avait pas d'opinion sur la question, étant donné qu'elle n'avait jamais eu d'argent et ne s'était donc jamais adonnée aux emplettes. Mais il s'agissait vraisemblablement d'un sport de contact en vogue chez les Véridiens, à en croire les étals qui s'entassaient les uns sur les autres, le long de l'artère desservant les portes de la ville.

Au bout d'une centaine de mètres, la circulation se fluidifia, et l'attelage poursuivit son chemin d'un pas de promenade sur l'artère pavée, encadrée d'édifices aux allures grandioses, dont les trois ou quatre étages étaient réservés à l'hébergement des visiteurs tandis que les rez-de-chaussée accueillaient des restaurants. Forgerons, charrons, artisans du cuir spécialisés dans la vêture, la sellerie ou la bourrellerie et toutes sortes d'hôtelleries peuplaient les rues adjacentes. Plus loin dans la grand-rue, ces commerces cédaient la place aux tailleurs et aux joailliers, aux orfèvres de l'argent et de l'or, dont les boutiques étaient surplombées de luxueux appartements parfois dotés d'un balcon auquel s'accoudait quelque locataire occupé, tout en savourant un verre de vin, à observer la marche d'un monde qu'il dominait littéralement.

Les couleurs flattaient l'œil de Nona. Au couvent, tout était gris, noir ou, s'agissant du calcaire, d'un vert fade tirant sur le jaune. Lorsqu'une sœur Écarlate portait l'habit de son ordre, elle créait une éclatante éclaboussure sur cette morne palette. À Vérité, c'est à peine si ses atours auraient interpellé les badauds plus de quelques secondes.

Le conducteur tourna à un carrefour important et s'engagea dans une rue qui montait en pente douce vers un quartier résidentiel. Nona fut progressivement envahie par un sentiment de familiarité. En se tournant, elle constata que Hessa la regardait. Hessa, qui lui parut soudain très jeune dans son habit trop grand pour son corps frêle, avec son visage aux traits si fins, si anguleux qu'elle aurait pu passer pour l'une de ces petites fées sylvestres qui peuplaient les contes de mamie Even. Le soleil, encore timide à l'est, donnait à ses boucles blondes un aspect éthéré, les changeant en une sorte de halo. Pendant quelques instants, Nona eut l'impression que son amie n'avait pas changé depuis l'époque pourtant lointaine de la cage de Giljohn. Pas d'un iota.

— Ce sont mes souvenirs, dit Hessa, se penchant pour toucher le bras de Nona tout en se tenant au flanc du chariot avec son autre main. Ce sont mes souvenirs qui te reviennent.

Une ombre passa sur elles et, en levant les yeux, Nona avisa une immense tour en brique surmontée d'une cloche exposée aux éléments. Elle l'avait déjà vue. Mais à travers d'autres yeux que les siens. Lorsque l'Académie leur apparut, Nona aurait pu guider le conducteur dans les rues.

Ils contournèrent le grand édifice où Hessa et les autres avaient été testés, passèrent devant d'autres bâtiments scolaires et traversèrent une vaste cour pavée. Un groupe de soldats défila devant eux, une vingtaine d'hommes avec leur lance calée contre l'épaule, qui portaient une tunique vert et or dont le blason pectoral représentait un grand arbre noir sur un fond de soleil levant.

— Les troupes impériales, expliqua sœur Poêlon. Et là, jeunes filles, il s'agit du palais impérial.

La moniale tendit son moignon vers l'imposant mur d'enceinte qui s'étirait dans le lointain. Juste derrière lui s'élevait un fort rond. Nona n'aurait pu imaginer plus inexpugnable forteresse ; c'était à croire qu'elle appartenait à une autre époque, une ère de géants bâtisseurs qui l'avaient extraite par pans de roche entiers. Un peu plus loin s'élevait une autre bâtisse qui paraissait petite dans l'ombre de l'enceinte, mais dont les dimensions pouvaient certainement rivaliser avec celles du Caltess, qu'elle surpassait par ailleurs en majesté.

— Et là-bas, pointant le bout de son nez au-dessus du mur impérial, c'est le Fort de l'Arche. Nous nous dirigeons vers l'Académie Mère. Tous les bâtiments qui nous entourent font partie de l'Académie, mais l'Académie Mère en est le cœur.

— Pourquoi est-elle adossée contre l'enceinte du palais impérial ? demanda Nona.

Cela lui semblait curieux, car ça donnait l'impression que la ligne de démarcation entre les deux domaines avait fait l'objet d'un litige entre l'empereur et les Académiciens.

— Pour être le plus près possible de l'Arche, expliqua sœur Poêlon, remuant la main comme pour soustraire quelque chose à l'air qui l'environnait. Vous sentez ?

Nona percevait bel et bien quelque chose, même si la sensation l'avait gagnée si insidieusement qu'elle ne s'en était tout d'abord pas rendu compte. La même plénitude, le même pouvoir endormi qu'elle avait détecté au cœur du Dôme de l'Ancêtre imprégnait ici l'atmosphère. Émettant de lentes pulsations.

— C'est comme… au couvent, dit-elle, éveillant subitement la curiosité de l'enseignante.

— Hessa ? Arabella ? Vous sentez quelque chose ?

Mais les deux jeunes filles paraissaient seulement sceptiques.

— Très peu de gens, même parmi les Quantals, sont capables de percevoir cette aura. (Elle posa son regard clair sur Nona.) Elle ressemble à celle du cœur-de-nef, en plus puissante, plus riche.

— Mais… (Ce fut au tour de Nona de rester interloquée.) Le cœur-de-nef se trouve dans les profondeurs de la Demeure du Cœur et…

D'un geste, sœur Poêlon lui intima le silence.

— Le cœur-de-nef se situe sous la Demeure du Cœur, certes. Et l'Académie a été bâtie à proximité immédiate de l'Arche, afin que ses membres puissent mettre en œuvre des magies qui leur resteraient inaccessibles en n'importe quel autre lieu de l'Empire.

» Sans son cœur-de-nef, la Mansuétude ressemblerait au premier couvent venu. Sa présence rend la formation des sœurs Mystiques cent fois plus aisée, de même que le travail sur les ombres de celles qui ont un soupçon de sang marjal dans les veines. Le cœur-de-nef ne se contente pas de nous tenir au chaud. Il est le cœur même de notre communauté. Un don de l'Ancêtre. (Elle tendit le doigt vers les murs du palais qui se dressaient derrière les toits de l'Académie.) Il en va de même pour l'Arche, jusqu'à un certain point. Elle est encore plus puissante. De fait, il faudrait longer le Goulet sur des milliers et des milliers de kilomètres pour trouver son équivalent en termes de magie… Il faut savoir que deux autres Arches seraient encore libres de toute glace, d'après la rumeur.

— Combien sont-elles sous la glace ? demanda Hessa.

— Comment établir un compte précis ? répondit sœur Poêlon en pinçant les lèvres. Ce qui est perdu est perdu. Les ouvrages anciens ne s'accordent pas sur la question. Le *Palimpeste* est celui qui se livre à l'estimation la plus haute, puisqu'il évoque le nombre de mille vingt-quatre.

Nona écarquilla les yeux en entendant cela. Des nations s'affrontaient pour prendre le contrôle de l'Arche. Des empereurs assassinaient père et fils. Mille vingt-quatre, c'était colossal.

— Mais réfléchissez, poursuivit sœur Poêlon. Si on les répartissait équitablement sur la face de l'Abeth qui n'est pas sous l'emprise de la glace, chacun d'entre eux serait séparé de son voisin par plus de sept cent cinquante kilomètres. Leur nombre n'empêche pas leur rareté. Elles sont plus rares encore que les cœurs-de-nef !

— *Les* cœurs-de-nef ? Je croyais qu'il n'en existait qu'un seul !

Sœur Poêlon sourit.

— Chacune des nefs qui ont conduit les tribus jusqu'en Abeth en avait un au cœur de ses moteurs. Nos ancêtres ne possédaient pas qu'un seul vaisseau. Même si chacune des races n'avait employé qu'une seule nef, il y aurait tout de même eu quatre cœurs-de-nef au total. Je crois bien que sœur Férule a eu accès à des textes suggérant une véritable armada.

— Une armada ! s'exclama Nona, s'efforçant de se représenter une myriade de vaisseaux voguant dans les ténèbres semées d'étoiles.

—Oui, une armada, lui confirma la religieuse. Même si je n'ai connaissance que de cinq ou six cœurs-de-nef dans tout l'Empire, et que ce chiffre ne doublerait probablement pas, même si l'on venait à écumer Durn et le Scithrowl.

Le chariot s'arrêta devant les colonnades du vaste portique de l'Académie. Des soldats à la solde de l'empereur lui-même se tenaient au garde-à-vous sur les marches qui s'élevaient derrière les piliers, précédant d'immenses battants de bronze sombre comportant chacun une dizaine d'ombons lustrés, aussi gros que des boucliers.

Sœur Poêlon dit au conducteur d'attendre, et escorta Nona, Ara et Hessa vers l'escalier en marbre. Puis la moniale s'orienta vers une porte plus petite, dont l'unique panneau s'ouvrait dans le battant de gauche de la grande entrée. Elle y toqua, et fut introduite avec ses élèves dans un vestibule à colonnades aussi majestueux que le Dôme de l'Ancêtre dressé sur le Roc de la Foi.

Nona suivit du regard les piliers qui se perdaient dans les hauteurs, et fit la grimace. La nausée qui revenait périodiquement la tenailler depuis son séjour au Caltess lui nouait à nouveau l'estomac, quoique moins vivement que les fois précédentes. Comme s'il ne s'agissait que d'un écho d'alerte.

—Je sais ce que Yisht convoite, souffla-t-elle à Ara tandis qu'un Académicien de haute taille, vêtu de noir, les emmenait, elle et les autres, plus avant dans l'édifice. Elle compte voler le cœur-de-nef!

—Mais tu as dit toi-même qu'elle creusait sous le Dôme! Or, le cœur-de-nef se trouve sous la Demeure du Cœur.

—Non, il est sous le Dôme! insista Nona, se fiant à une impression viscérale.

Les histoires qui couraient au sujet de la Demeure du Cœur n'avaient certainement pour objectif que d'induire d'éventuels voleurs en erreur.

—Quoi?! fit Ara en s'arrêtant dans le couloir, bordé des deux côtés par des bureaux.

—Elle a raison, dit Hessa, altérant sa trajectoire pour se rapprocher de ses amies.

Cette fois, Nona et Ara réagirent en chœur.

—Quoi?!

— Comment le sais-tu? ajouta Nona sur un ton sévère. Tu disais que tu ne sentais pas sa présence!

—Pas besoin, répliqua Hessa en s'éloignant vers sœur Poêlon. Il n'y a qu'à suivre les canalisations jusqu'à leur point d'origine. Et ce n'est pas la Demeure du Cœur!

Chapitre 35

Guidées par l'Académicien, elles arrivèrent enfin dans une grande salle desservant les quatre niveaux de l'édifice, qui s'achevait par une coupole constituée d'une myriade de vitres. Des galeries circulaires s'ouvraient à chaque étage, et des dizaines d'Académiciens ou de membres du personnel étaient présents. Accoudés ou non aux balustrades, ils observaient les nouvelles venues ou discutaient par petits groupes. Les plus âgés avaient fait apporter la chaise de travail à haut dossier, et s'étaient approprié des places bénéficiant d'une vue imprenable.

Nona se rendit compte qu'elle transpirait, et pressa une main contre son ventre. Manifestement, le mystérieux poison de Raymel s'était simplement tapi au fond d'elle et avait choisi, pour une raison qu'elle ignorait, de s'épancher à nouveau dans ses veines.

En matière d'ameublement, on ne comptait qu'une longue table en chêne dressée contre le mur du fond, et dont la dizaine de chaises était tournée vers la salle, ainsi que huit tabourets en bois tout simple qui jouxtaient l'entrée. Quatre Académiciens et un prêtre de l'Ancêtre siégeaient, chacun portant une robe d'une couleur bien spécifique. Sœur Poêlon alla prendre place auprès d'eux, tandis que le guide en robe noire repartait dans le couloir qu'il avait emprunté avec les visiteuses.

L'un des Académiens attisa tout particulièrement la curiosité de Nona. Les vertèbres saillantes de sa nuque, qui supportaient une petite tête évoquant un crâne grimaçant, suggéraient une maigreur qui faisait peine à voir malgré l'ample robe bleu ciel qu'il arborait. Son regard pâle, dénué d'expression, était braqué sur Nona. Elle avait déjà vu cet homme, au Caltess, près de Raymel Taçsis. Peut-être était-ce la magie de l'Académie qui avait sauvé la vie de son ennemi juré, ou bien les démons tapis sous sa peau de Gerant. Se pouvait-il qu'elle eût été empoisonnée par l'Académicien lorsqu'elle avait tenté de tuer Raymel ? Les Tacsis lui avaient-ils ordonné d'assister à l'audience ce jour-là pour mener l'affaire à son terme ? Nona se figea, sentant les mâchoires d'un piège se fermer sur elle. Elle pouvait parler à sœur Poêlon, mais l'Académie ne risquait-elle pas de prendre ombrage de son témoignage ? Sans compter que l'enseignante ne ferait que lui répéter ce que l'abbesse lui avait déjà dit, à savoir que Thuran Tacsis avait prêté serment devant l'empereur. Que l'affaire était close. Nona serra les dents pour lutter contre la nausée qui montait en elle.

Le doyen des Académiciens se leva. C'était un vieillard chenu dont la peau semblait avoir été atrocement brûlée bien longtemps auparavant, et dont les yeux avaient l'aspect laiteux qui accompagnait parfois la cécité.

— Nous souhaitons la bienvenue à nos dernières invitées : sœur Poêlon du couvent de la Mansuétude et trois novices du même âge que nos étudiants de troisième année.

Il marqua une pause tandis que quelques applaudissements polis s'élevaient des étages.

— Mes excuses, Maîtresse Voie, mais le temps nous est compté. Si vous êtes prête, nous allons commencer immédiatement, déclara-t-il en indiquant les tabourets disposés près de la porte.

Sœur Poêlon fit signe aux novices de s'y asseoir. Cinq d'entre eux étaient déjà occupés par trois étudiants de l'Académie en tunique grise, le plus proche étant une fille d'une blondeur éclatante, voisine de Chara et de Willum. Chara n'avait rien perdu de la mine austère que Nona lui avait connue, et ses cheveux noirs coupés à ras dévoilaient la peau sombre de son crâne. Quant à Willum, son apparence avait perdu un brin de sa banalité, car son menton paraissait avec l'âge moins fuyant, et ses yeux plus brillants qu'avant. Les deux derniers tabourets avaient été choisis par deux novices de la confrérie de l'Ancêtre, vêtus de soutanes brunes : un garçon aux joues rouges et aux cheveux couleur de sable, et Markus, qui esquissa un sourire à l'intention de Nona. Celle-ci se laissa tomber sur l'un des trois sièges encore libres sans même attendre qu'on lui en donne la permission, et s'adossa contre le mur. Hessa s'installa à côté d'elle.

Le doyen des Académiciens s'éclaircit la voix.

— Nous commencerons par… (Il se pencha pour que sa voisine de droite, une femme anguleuse, lui souffle un nom à l'oreille.) … la novice Hessa et la proxime Chara.

Il tapa dans ses mains. Sœur Poêlon se leva en poussant un soupir, et fit signe à Hessa de la suivre vers une issue qui se trouvait dans le mur de gauche, pendant que l'Académicienne qui avait renseigné le doyen accompagnait Chara dans une pièce située sur la droite. L'enseignante avait promis d'expliquer aux novices ce que l'on attendait d'elles avant le déroulement des épreuves, et Nona subodora que le moment était arrivé. En ce qui la concernait, les chances pour qu'elle parvienne à faire autre chose que s'écrouler purement et simplement lui paraissaient réduites.

En l'absence de Hessa et de Chara, l'Académicien en robe noire réapparut, chargé d'un panier de charbons ardents qu'il posa à égale distance des deux issues. Puis il recula et, environ une minute plus tard, un gong retentit.

— Chara est donc devenue adepte du feu, dit Markus, à deux tabourets d'elle, avec un sourire nerveux. (Nona se tourna vers lui, et parvint à lui rendre son sourire tant bien que mal, malgré la douleur.) Les étudiants ont besoin d'une source commode.

Le gong résonna à nouveau, et les deux portes se rouvrirent, révélant les participantes. Chara s'empressa de se pencher au-dessus du panier, si près des charbons que Nona songea que ses cheveux devaient être sur le point de s'embraser. Quant à Hessa, elle s'approcha en boitant, le front plissé sous l'effet de la concentration et les yeux rivés sur Chara. Nona aurait cru la trouver en pleine transe sereine. Si Hessa n'était pas capable de gravir une marche sans aide extérieure, sur la Voie elle se montrait plus agile encore qu'Ara, et toutes deux surpassaient allégrement Nona, qui était encore incapable d'obtenir plus qu'un simple frôlement.

— Qu'est-ce qu'elle fait ? articula-t-elle péniblement.

— Elle manipule les fils, dit Ara.

Chara se redressa, les yeux empreints de feu. Elle décrivit une forme avec ses mains, et des flammes jaillirent des braises sans jamais retomber, façonnant un serpent qui s'enroula autour de ses paumes. La chaleur ne l'atteignait pas, ne marquait pas sa peau, sa tunique ne roussissait même pas. En revanche, la douleur de Nona empira, vibrant jusque dans ses os. Les doigts crispés sur son ventre, elle fouilla ses poches intérieures et, au prix de multiples tâtonnements, en sortit la fiole contenant le remède noir.

— Tu te rends, novice ? demanda Chara avec un mépris évident.

Elle tendit vers Hessa son bras autour duquel le serpent de feu s'était enroulé. La bête se dressa pour frapper.

Le pli qui barrait le front de Hessa disparut, comme si elle venait de résoudre une énigme à cet instant précis.

— Un fil relie ton feu aux braises, dit-elle tout en pinçant son pouce et son index, mimant le geste de tirer une ficelle invisible.

Elle continua à remuer les doigts, quelques fines mèches de ses cheveux se soulevant sous l'effet d'une brise inexistante. Ce fut au tour de Chara d'être déstabilisée.

— Plaît-il ?

Rebroussant chemin le long du bras puis du corps de Chara, le serpent se rencogna dans le panier plus vivement encore qu'il en était sorti.

— Ils sont toujours liés, dit Hessa.

Chara serra les poings d'un air mauvais. Une fois encore, des flammes naquirent des braises, moins véhémentes que les précédentes, plus timides dans leur contact avec la proxime.

— Et tous les éléments du charbon sont encore en contact…, dit Hessa.

On percevait dans sa voix un étonnement mâtiné d'émerveillement, comme si la proximité de l'Arche lui permettait de déceler de stupéfiants détails qu'elle n'aurait jusque-là qu'entraperçus.

— Il y en a tant…

Se calant contre sa béquille, elle leva ses mains en coupe et écarta les doigts ; c'était à croire qu'elle filtrait des bribes d'air. Les flammes qui s'élevaient du panier furent aspirées par les charbons ardents, bientôt suivies d'un tumulte surnaturel de fumée. En quelques instants, et malgré la résistance acharnée de Chara, le rougeoiement décrut, les braises s'éteignirent. Le feu s'évanouit comme s'il n'avait jamais existé.

Chara tomba, hors d'haleine, semblant avoir retenu son souffle pendant tout ce temps et n'avoir retrouvé qu'à cet instant précis la capacité de respirer. Hessa s'approcha d'elle en boitant, et lui adressa un franc sourire.

— Merci de ce que tu m'as enseigné, proxime.

Chara dédaigna la main que Hessa lui tendait, et retourna s'asseoir, la mine maussade, tandis que Hessa reprenait place entre Ara et Nona. À la table, les Académiciens s'entretinrent à voix basse pendant que, dans les galeries des étages supérieurs, les spectateurs échangeaient leurs impressions sur le même ton.

— Sœur Poêlon nous dit à quoi nous attendre, expliqua Hessa. On est associées à un élève d'un niveau proche du nôtre, afin qu'on ne se fasse pas de mal.

Nona restait aussi immobile que possible, son poing tellement crispé autour du remède noir qu'elle redoutait de briser la fiole.

— Qu'est-ce que faisait Chara ? demanda-t-elle entre ses dents serrées, histoire de se distraire.

— Bien des Marjals travaillent avec les éléments. L'air, le plus fréquemment. Plus l'élément est léger, plus c'est facile. Vient ensuite le feu. L'eau est plus rare, et la terre extrêmement rare, expliqua Hessa. (Elle fronça les sourcils.) Tu penses qu'elle m'a oubliée ? J'ai eu l'impression qu'elle ne m'avait pas reconnue… Ça va, Nona ? Tu fais peur à voir.

Nona évacua la question d'un geste.

— Comment sais-tu tout ça ? Sœur Poêlon ne nous l'a jamais appris… si ?

Hessa haussa les épaules.

— Elle a en partie abordé le sujet avant que tu passes en classe Grise. Mais j'ai surtout consulté les livres de la bibliothèque pendant que vous étiez toutes en train de vous taper dessus.

Le doyen se leva à nouveau.

— Le duo suivant se compose de la novice Arabella et du proxime Willum.

Sœur Poêlon retourna dans la pièce voisine, cette fois avec Ara, et l'Académicienne emmena Willum du côté opposé. Le panier fut enlevé, et rien ne vint le remplacer. Les deux concurrents réapparurent au son du gong, Ara tout auréolée de sa blondeur tandis que Willum paraissait nerveux et avait pâli. Il avait troqué sa tunique d'étudiant contre une robe à manches longues qui lui tombait jusqu'aux pieds et était constellée de sceaux brodés au fil d'or. L'habit semblait peser aussi lourd que le garçon qui l'avait revêtu.

— On dirait les symboles de la tour de la Voie, dit Hessa. Les sceaux de négation, spécifiques à la Voie. (Elle plissa les yeux.) Et quelques sceaux plus polyvalents. Mais toujours axés sur la négation.

Les deux élèves se rapprochèrent l'un de l'autre et se tinrent face à face. Rien ne se produisit. Les lèvres d'Ara frémissaient en écho au mantra de sérénité qu'elle se récitait, et Willum ne la regardait même pas, se concentrant plutôt sur ses poings, tendus devant lui.

— Ah.

Un hoquet échappa à Nona lorsque la douleur enfla brusquement. Elle voulut porter la fiole à ses lèvres, et son bras lui obéit par saccades.

— Nona ! protesta Hessa en voulant interrompre son geste. Tu es folle ?

— E-mpoisonnée !

— Demande de l'aide, alors ! On est à l'Académie. On y trouve plus de magiciens marjals que dans tout le reste de l'Empire !

— Q-que fait-il ? demanda Nona à propos de Willum, pour détourner l'attention de Hessa.

Il n'était pas question pour elle de se placer à la merci des Académiciens. L'homme en robe bleue était certainement celui qui avait préservé Raymel de ses lames. Rien ne disait qu'il ne serait pas enclin à veiller à nouveau sur les Tacsis.

— Il est en train de bâtir un mur, répondit Hessa, sans quitter Nona des yeux. Un mur invisible. Il existe des failles… dans tout ce qui existe… Des failles dans l'étoffe du monde, des endroits où la Voie a fourché, laissant un accroc. Willum entraîne la rotation de ces emplacements et les rassemble. On raconte qu'au toucher, ce genre de mur semble constitué de verre. C'est un talent rare. Son mur est statique, mais il paraît que les grands maîtres savent en créer de mobiles. La rumeur veut que le mage de Durn possédait une épée d'accroc, une lame invisible capable de transpercer l'acier de n'importe quel adversaire !

Elle posa sa main sur celle de Nona pour l'empêcher de boire le remède.

— Ne fais pas ça !

— Il le faut. Je…

Mais tout en parlant, Nona sentit la souffrance refluer, et ses muscles contractés se détendirent ; elle s'affaissa vers l'avant, vomissant de la bile.

— Il a terminé.

Nona se redressa en affectant de ne pas remarquer le dégoût qu'elle inspirait à sa voisine de gauche. Willum attendait. S'il avait bel et bien construit un mur, Nona n'en voyait pas le moindre signe. Les minutes s'égrenèrent, Ara s'installant dans sa transe et la douleur de Nona rapetissant pour n'être plus qu'une morne aura, même si elle se sentait toujours extrêmement nauséeuse. Elle aurait voulu retourner dans les tunnels, autant pour savoir si Yisht avait beaucoup progressé que pour connaître le répit dont elle avait bénéficié cette nuit-là.

Enfin, Ara parla d'une voix grave, caverneuse.

— Tu es prêt ?

Willum acquiesça en s'humectant les lèvres.

Nona perçut l'écho des pas d'Ara sur la Voie. *Un. Deux. Trois. Quatre.* Jamais encore Ara n'était allée si loin. Peut-être la proximité de l'Arche aurait-elle permis à Nona d'effectuer deux pas au lieu d'un. *Cinq.*

Ara regagna son corps dans un soubresaut, sa chevelure se dressant en corolle d'or autour de sa tête. Les énergies la drapaient de possibilités éclatantes, frémissaient contre sa peau. Nona songea que son amie devait être allée trop loin, mais Ara projeta le pouvoir vers l'avant, provoquant une lézarde qui ressemblait à un éclair, un éclair qui aurait été la proie des flammes.

L'assaut d'Ara rencontra le mur, à un mètre de Willum, et le choc de la déflagration ébranla la salle. Nona eut l'impression fugace qu'une énergie incandescente s'aplatissait, longeant la paroi invisible en arc de cercle ; seul un faible écho atteignit le torse de l'étudiant et fut absorbé par les sceaux brodés, comme si ces symboles étaient en réalité des accès vers un ailleurs.

Une tiède salve d'applaudissements parcourut les galeries. Willum se fendit d'un salut hésitant, puis se retira dans la pièce voisine.

— Alors ? Il a gagné ? demanda Nona.

— Non. C'est Ara qui l'a emporté. Si la robe de Willum n'avait pas été brodée de sceaux, il aurait été blessé… Or, ce genre d'habit coûte plus cher qu'un domaine nobiliaire; ça ne fait pas partie de l'accoutrement normal d'un Académicien. Cela étant dit, c'est déjà impressionnant qu'il ait réussi à arrêter un impact d'une telle puissance. Ara aurait été bien en peine d'en déclencher un autre avant un certain temps…

Les Académiciens reprirent leur conciliabule, leur doyen abreuvant sœur Poêlon de questions. Nona se pencha pour regarder Markus. En deux ans, ses traits avaient changé, devenant plus harmonieux. Mais peut-être avait-il toujours été d'une beauté frappante sans que Nona s'en rende compte… Il était beau garçon, quoique d'une manière bien différente de Raymel Tacsis, dont l'arrogance gâtait l'harmonieux visage et la mâchoire volontaire.

— Que sais-tu faire? lui demanda-t-elle.

— Je suis un empathe.

— À savoir?

— Eh bien… Je peux te faire rire.

— Tu me fais marcher!

Markus grimaça, faisant pendre sa langue d'un côté tout en louchant. Nona s'esclaffa, interrompant momentanément la discussion des adultes.

— C'est de la triche, siffla-t-elle.

— Mais n'est-ce pas ça, la magie? rétorqua Markus avec un sourire jovial. Et puis, je dis la vérité. Je suis capable d'entrer dans ta tête pour te faire rire… ou pleurer. Si nous devions nous affronter, je pourrais t'obliger à t'avouer vaincue.

— Pour ce qui est de rire ou de pleurer, je ne me prononce pas, mais jamais tu n'arriverais à me faire capituler.

— Je ferais le maximum, dit Markus, d'humeur toujours gaie et posée.

— Ça ne marcherait pas. Je ne suis pas du genre à renoncer. Tu dois tout de même t'en souvenir, non?

Mais tout en disant cela, Nona se demanda à quel point Markus se souvenait vraiment d'elle. Elle-même revoyait un garçon sérieux qui aimait se mesurer aux autres, et elle ne discernait guère de trace de cette personne à l'Académie Mère. Deux années passées au monastère avaient changé Markus, ou peut-être son évolution était-elle à mettre sur le compte de son pouvoir. Sans doute ne pouvait-on pas entrer dans l'esprit des gens sans que ceux-ci vous influencent un peu en retour.

— … novice Nona et la proxime Luta, annonça le doyen, qui s'était levé pendant que Nona avait l'esprit ailleurs.

La troisième étudiante était une grande fille dont la chevelure blonde mangeait la moitié du visage. L'œil visible était noir, empreint d'hostilité, et la pommette correspondante semblait assez anguleuse pour pouvoir faire couler le sang.

Nona suivit sœur Poêlon dans la salle voisine pour se préparer. Lorsqu'elle entra, sa nausée s'apaisa. Aussi déconcertée que soulagée, elle observa les tableaux accrochés au mur pendant que la moniale refermait la porte. Nona se sentit cernée par ces Académiciens en robe noire dont les traits peints affichaient tous la même expression sévère.

— Ton adversaire est une ombreuse, Nona.

— Elle va se cacher et ensuite me sauter dessus ? J'ai le droit de la frapper ?

— Non ! dit l'enseignante en tapant du pied. Pas question ! Ni coups de pied, ni morsures, ni coups de tête... Bref, rien de ce que sœur Suif t'a appris, par l'Ancêtre ! Seule la Voie compte.

— Mais je sais à peine la frôler. Et puis comment cela m'aiderait-il contre les ombres ? J'ai le droit de lui envoyer de l'énergie ?

— Non, je ne crois pas que tu en sois capable, Nona. Mais si jamais tu venais à découvrir cette aptitude – et on aurait déjà vu plus étrange, si près de l'Arche –, sache que ton adversaire portera une robe sigillée. Donc, oui, tu auras le droit de lui « envoyer de l'énergie ». Cependant, je m'en voudrais de ne pas t'avoir précisé que sa robe n'est pas efficace à moins de dix pas de distance. Plus près, tu risquerais de pulvériser son occupante. Ce qui serait problématique.

— Dans ce cas... qu'est-ce que j'ai comme solution ? Lui dire des gros mots ? demanda Nona, perplexe. Et elle, qu'est-ce qu'elle peut me faire ?

— Le travail des ombres ne se limite pas à ce que sœur Pomme t'a montré pour le moment, tant s'en faut. La dissimulation est la plus basique des manipulations qu'il rend possible. Une ombreuse sait susciter la peur. Il arrive que d'autres soient capables de t'instiller de l'obscurité. Le plus aisé consiste à aveugler la cible, mais un membre infecté par l'ombre peut aussi te trahir.

— Vous êtes sûre que je ne peux pas purement et simplement lui donner un coup de pied dans la tête avant qu'elle commence ?

— Nona, je t'engage à trouver ta sérénité, elle sera une armure qui te protégera de ce genre d'attaques.

— Même contre votre histoire d'infection ?

— Oui.

— Et c'est tout ? La sérénité est plus forte que les ombres ?

— Luta ne perdra pas de temps. Alors, trouve ta sérénité plus vite encore.

Sœur Poêlon se mordilla la joue.

—Les scindeurs peuvent se servir de leur propre ombre pour attaquer. Lacérer la chair. Et il n'existe pas de protection physique contre cela. Il est cependant possible de pallier cette difficulté par un tissage adroit des fils. Ou alors, tu peux tout bonnement neutraliser l'ombreux physiquement. Mais la scission est une faculté rare, et dans l'hypothèse peu probable où la jeune Luta en aurait la maîtrise, mon homologue lui interdit en ce moment même d'y avoir recours, tout comme je suis en train de te dire de ne pas frapper cette pauvre fille.

Nona pensa au public qui assisterait à sa performance, tous ces Académiciens au visage grave, l'esprit accaparé par les subtilités des enchantements marjals… *Et moi qui suis déjà nerveuse devant les spectateurs qui sont peints sur le mur…*

—Je ne crois pas que j'y arriverai… Je suis nulle en sérénité, même au couvent, en présence de mes amies. Ici, avec tous ces inconnus…

—C'est un spectacle, Nona, dit sœur Poêlon en souriant. Tu es une guerrière. Certes, la Voie coule dans tes veines, mais nous avons conscience, toi et moi, qu'au fond de toi tu es une combattante. Et qu'est-ce qu'un combat, si ce n'est une démonstration de force? (Elle marqua une pause avant de reprendre sur un ton sentencieux.) « Chaque étoile qui tournoie dans les noires profondeurs des cieux brille pour la simple et bonne raison que l'humanité a posé son regard sur elle ». Tout exploit doit se réaliser en présence de témoins. Va, et accomplis un exploit.

—Bon…, fit Nona sous le regard désobligeant des personnages représentés sur le mur. Être sereine…

Elle commença à se réciter mentalement la chanson de la lune. *Tombe, tombe, tombe la lune…*

—Ton adversaire ne tergiversera pas. Alors, trouve ta sérénité au plus vite.

—Vous ne m'aidez pas, là!

—Le monde nous ménage rarement, mon enfant.

Chapitre 36

Nona s'engagea dans la salle. Luta apparut quelques secondes plus tard par la porte opposée, pâle derrière le rideau tout aussi clair de sa chevelure, le regard intense.

« Tombe la lune, bientôt, bientôt »

Luta regarda autour d'elle. Grâce à la coupole vitrée, la salle bénéficiait d'un bon éclairage. Cela n'empêchait pas l'ombre de se former, légère mais bien réelle au pied du mur est, et profonde sous la table des Académiciens que sœur Pôelon était en train de regagner.

« Viendra la glace, fini la lune, fini, fini »

Luta s'avança vers le mur est, et là où elle passait les ombres s'amenuisaient, car l'obscurité s'amassait autour de sa robe, telle une brume grise. De nouveau assaillie par la douleur et la nausée, Nona serra les dents. Elle regarda subrepticement l'Académicien vêtu de bleu. Était-il responsable de son état ? Raymel aurait-il pu lui ordonner de jouer avec elle ?

« Et nous tomberons, tous, tous. Si vite, si vite… »

Nona ne se sentait nullement sereine. Elle avait plutôt envie de vomir. De se rouler par terre, de gesticuler pour se distraire de sa condition. De se ruer à travers la pièce pour terrasser la fille d'un coup à la gorge.

Luta passa devant la table du jury en marmonnant des enchantements. Les angles de son ombre jusque-là fine et facile à discerner s'étaient multipliés ; elle comportait des recoins sombres et mouvants, où l'on y distinguait les pieds ou le dossier d'une chaise qui s'étiraient comme les antennes filiformes d'un énorme insecte noir. Dans la moelle de Nona, la douleur s'embrasa, mais elle parvint, sans trop savoir comment, à ne pas y céder.

« Bientôt, bientôt tombera la lune »

Nona envisagea la sérénité comme un épais manteau blanc, une fourrure d'ours polaire, douce, enveloppante, qui engourdissait les rigueurs du monde, ôtait à ses barbelures tout leur mordant. Sa douleur se mua en élément lointain qui appartenait à une autre personne qu'elle. Guère plus qu'un objet suscitant de la curiosité. Nona s'interdit de se demander pendant combien de temps cette amélioration perdurerait.

Autour de Luta, les ombres tournoyaient, ébauchant des silhouettes ambiguës et autorisant toutes les élucubrations. En elles résidaient les cauchemars de Nona ; ils se nourrissaient de ce qu'elle avait à leur offrir. Ils étaient les ténèbres au fond desquelles se dressait Raymel Tacsis tandis qu'au premier plan, Quat'Sabots, blessé à mort, cherchait en vain à se relever.

Luta leva les bras, et les ombres se propagèrent vers Nona, s'enroulant autour d'elle, duveteuses, pour lui prodiguer leurs froides caresses. La peur que Nona sentit monter venait du tréfonds de son être, et non de l'extérieur. Il s'agissait de l'effroi qu'elle avait connu dans la forêt de Rellam, talonnée par l'obscurité et cernée d'arbres murmurants. La peur panique de mourir noyée dans la doline Hyaline, des ossements des novices enfouis dans la vase noire. La peur de l'échec. La peur que la vérité éclate au grand jour, et qu'elle soit reconnue comme le monstre qu'elle était, ce qui signerait la fin des amitiés qu'elle avait nouées.

Sans le cocon de sérénité dont elle s'était parée, peut-être Nona aurait-elle pris la fuite ou se serait-elle recroquevillée en position fœtale, terrifiée. Peut-être. Mais elle ne le croyait pas. En tout cas, pas sous cette coupole, en présence de tant d'inconnus. Par une nuit noire, en revanche, dans un quartier reculé… L'affaire aurait été bien différente.

Les ombres l'enveloppaient étroitement, mouchetant sa peau de diverses nuances de gris. La sensation évoquait une eau froide et souillée qui cherchait à s'immiscer en elle. Mais, comme toute eau, la matière finissait par couler.

— C'est tout ce dont tu es capable ? articula-t-elle entre ses dents serrées, taraudée par une souffrance encore intense mais lointaine.

Luta s'affaissa, sa seule ombre lovée à ses pieds. Elle voulut parler, mais la douleur de Nona revint en force à cet instant précis, et un spasme prit possession des traits de Luta, les déformant et changeant sa résignation en fureur animale. La proxime tendit à nouveau les bras, les doigts douloureusement écartés, et son ombre se projeta vers l'avant comme si le soleil déclinait rapidement derrière elle, se déployant tel un fantomatique éventail pourvu de griffes.

Le temps d'un battement de cœur, Luta avait troqué la défaite annoncée contre une rage aveugle. Nona ralentit le monde, mais ne put empêcher l'ombre de l'assaillir et, à son contact, sa peau se fendit comme sous le tranchant d'un couteau. Pour Nona, il ne faisait aucun doute que les entailles seraient de plus en plus sévères à mesure qu'elles remonteraient vers son cou, son visage : les traits de Luta n'exprimaient pas la moindre compassion.

Au fond de la salle, le jury commençait à peine à comprendre le changement qui s'était opéré chez Luta : le temps qu'ils réagissent, tout serait déjà terminé. Nona se propulsa vers l'arrière, à l'oblique, mais une ombre se mouvait aussi vite que la lumière, et la jeune fille savait que sa manœuvre ne suffirait pas. En désespoir de cause, elle invoqua ses lames et, se sachant immunisée contre leur pouvoir, taillada la main de l'ombre qui s'accrochait à elle. L'effet fut immédiat. Au contact des griffes invisibles, la partie supérieure de son adversaire se dissipa aussitôt. Au même instant, le monde de Nona explosa en brillants fragments de souffrance, si étourdissants qu'elle ne vit pas le sol se rapprocher inexorablement, ni ne ressentit le choc de la collision.

Captive des profondeurs, Nona entendit des voix, et ces voix la ramenèrent à la surface.

— … avec elle ?

Un timbre masculin.

— Comment a-t-elle réussi à se défendre ? C'était une scission !

Une intonation féminine, plus jeune.

— Oui. (Nona reconnut la voix de sœur Poêlon.) Oui, il s'agissait bien d'une scission. Comment avez-vous pu laisser une étudiante si instable se mesurer à ma novice ? Je ne vais pas en rester là, vous pouvez me croire. (Son pas traînant se rapprocha.) Je ne serai pas la seule à penser que cette attaque ne devait rien au hasard. Les gens se demanderont comment Thuran Tacsis peut avoir le bras si long…

Nona se rendit compte qu'elle ne souffrait plus du tout. Même les entailles que l'ombre lui avait infligées aux jambes étaient insensibles.

— Charité bien ordonnée commence par soi-même, ma sœur, dit la voix masculine.

Nona se trouvait dans une salle aux dimensions bien plus modestes que celle où elle avait passé son épreuve. Elle garda les yeux fermés et resta parfaitement immobile, de peur d'interrompre la conversation.

— Qu'insinuez-vous là ? demanda la moniale, offusquée.

— La proxime Luta a agi de son propre chef, dit la femme. Vous avez bien vu que nous avons été obligés de la traîner ; elle était incontrôlable. Même la détérioration de son ombre n'a pas suffi à la calmer. L'un des empathes du monastère a instillé cette colère en elle. Vous devez vous entretenir avec le prêtre, ou avec frère Jax de Saint-Croyus.

— Je refuse d'envisager un seul instant qu'un serviteur de l'Ancêtre, qu'il soit frère ou simple novice, ait pu…

— Cela ne nous dit pas comment votre novice a résisté… Corrigez-moi si je me trompe, mais les magies de la Voie n'offrent pas de défense dans un tel cas… Comment a-t-elle réussi à endommager l'ombre de Luta ? demanda la femme, avant de revenir à sa question initiale. Et pourquoi est-elle si malade, alors qu'elle ne souffre que de coupures superficielles ?

— Si elle a pu résister, c'est que c'est une Marjal, déclara l'homme.

— Et son mal est causé par l'affrontement des sangs, dit sœur Poêlon. En elle s'affrontent la Marjal et la Quantal.

— L'affrontement des sangs, répéta l'homme. Exacerbé par la proximité d'enchantements marjals… Toutefois, je me demande ce qui l'a déclenché. En temps normal, il faut un événement significatif. Votre Maîtresse Ombre est une Marjal primante, n'est-ce pas ? Mais quelques ombrements basiques auraient donc suffi à provoquer une réaction de cette ampleur ?

— Elle a touché Raymel Tacsis il y a deux semaines, répondit sœur Poêlon. (Plus sèchement, elle ajouta :) Vous nous l'avez laissé bourré de démons, ce garçon, je me trompe ?

Un silence, puis :

— Cela expliquerait bien des choses.

— L'affrontement du Marjal et du Quantal est toujours le plus véhément, intervint la femme. (Elle ne semblait pas convaincue.) Mais je n'ai jamais entendu parler d'un cas si sévère. Son métabolisme était dangereusement décalé. Elle devait souffrir le martyre. Je ne vois pas comm…

— C'est une triple-sang. Une Hunska absolue.

— Par le sang de l'Ancêtre !

Le silence s'empara momentanément de la salle.

— Une triple-sang ? demanda l'homme, sceptique. Vous rendez-vous compte d…

— Mieux que vous le croyez possible, Rexxus Degon, rétorqua sœur Poêlon qui, pour une fois, accusait son âge.

— Vous feriez bien de la ramener au couvent au plus vite, avant que l'empereur ait vent de ce qui s'est passé. Et prévenez Nevis. Cela faisait longtemps que nous n'avions pas eu un Grand Prêtre de sa trempe… Même si ce n'était pas bien difficile de faire mieux que ses prédécesseurs. S'il est de votre côté, vous avez une chance.

Nona comprenait les mots employés par les adultes, mais ils refusaient de former un tout cohérent. Si elle était une triple-sang…

cela ne faisait-il pas d'elle l'Élue ? Et Ara, dans tout cela ? Elle formula son questionnement de façon plus pragmatique.

— Je ne suis pas empoisonnée ? demanda-t-elle en ouvrant les yeux.

Le plafond arborait le bleu d'un ciel qu'elle n'avait jamais vu, et les ornements en stuc le colonisaient de toutes parts tels d'anguleux nuages curieusement entrelacés.

— Tu n'es pas empoisonnée, non.

Le visage de sœur Poêlon apparut dans le champ de vision de Nona.

— Et depuis combien de temps nous espionnes-tu, au juste ?

Nona se redressa.

— Mais, mes lames, je les ai toujours eues…

— Tes… ? intervint l'Académicienne aux longs cheveux gris, celle qui portait une robe blanche.

— Mes lames.

On avait transporté Nona dans un sanatorium qui ressemblait, à bien des égards, à celui de sœur Rose, et elle était étendue dans une galerie basse de plafond où s'alignaient de nombreux lits.

— Comment cela, des lames ? demanda la femme, perplexe.

D'un geste fluide, sœur Poêlon sortit de son habit un couteau, vingt redoutables centimètres d'acier sombre assez effilés pour vider une proie.

— Montre-nous, dit-elle en tendant l'arme vers Nona.

Mobilisant le souvenir du bras de Saida qui se brisait avec un bruit moite, écœurant, Nona frôla la lame sans la toucher. Sœur Poêlon trembla sous l'effort qu'elle devait fournir pour maintenir le couteau dans la même position, et lorsque Nona retira sa main, il y avait trois lignes claires gravées dans l'acier correspondant à trois encoches dans le tranchant.

— C'est remarquable !

Rexxus, le doyen des Académiciens, l'homme qui avait présidé aux duels, s'approcha pour examiner les dégâts.

— J'ai toujours été cap…

— Nous appelons cela une aberration, dit la femme, considérant le couteau de sœur Poêlon d'un air renfrogné. Un talent marjal isolé. Ce n'est pas si rare chez les enfants, avant que le sang se manifeste distinctement… Même si, bien entendu, on ne rencontre presque jamais de lames d'accroc.

— Orren de l'Allonge de Manners sait dresser un mur d'accroc mobile…, lui fit remarquer Rexxus sans quitter des yeux la main de Nona. Mais cela… (Il secoua la tête.) Emmenez-la, ma sœur, vite. Et en toute discrétion.

Chapitre 37

— Le chariot est reparti sans demander son reste ! dit Ara. On était vraiment inquiètes !

— Je suis rentrée à dos d'âne, dit Hessa en s'installant confortablement sur l'une des chaises que sœur Rose avait apportées au sanatorium. C'est moins amusant que je l'aurais cru. J'ai encore plus mal au derrière qu'à ma jambe !

— Maîtresse Voie et moi, on a été obligées de revenir à pied, alors qu'elle a au moins mille ans, renchérit Ara, estimant sans doute que Hessa ne devrait pas se plaindre. Pourquoi tu ne t'installes pas définitivement au sanatorium ? Tu y passes déjà le plus clair de ton temps.

Ara n'avait pas tort. Nona avait bel et bien le sentiment d'être la meilleure patiente de sœur Rose. Elle regarda au-dehors. Un liseré de givre s'accrochait à chaque arbuste.

— Si le temps empire, on nous enverra en exploration. Il faut qu'on s'occupe de Yisht avant.

— Ou qu'on prévienne l'abbesse, dit Hessa, exaspérée.

— Mère Vitrage ne veut rien entendre quand il s'agit de Yisht, dit Ara. Cela me dépasse. Et que dire de sœur Roue ? Manifestement, elle est en adoration devant Yisht ; elle passe son temps à faire des messes basses avec elle.

— Évidemment que l'abbesse nous écouterait si on la prévenait que quelqu'un veut voler le cœur-de-nef ! s'exclama Hessa. Sans lui, notre couvent ressemblerait à tous les autres. La moitié des Quantals ne pourraient plus jamais atteindre la Voie, et celles qui ont un soupçon de sang marjal ne seraient plus en mesure de pratiquer l'ombrement ; il faudrait être au moins une primante pour y arriver. Et je doute que l'abbesse garderait son poste encore longtemps…

— D'accord, on lui en parlera, mais seulement en dernier recours, dit Nona, qui n'avait aucune envie d'en arriver là. Mais suppose que je réussisse à stopper Yisht sans être obligée d'avouer que j'ai lésé sœur Pomme, et ce, avant notre départ en exploration…

— Pour ça, il faudrait déjà que tu ailles mieux, dit Hessa. Qu'est-ce qui t'est arrivé ? Tu as pris le remède alors que je te l'avais déconseillé ?

— Non, répondit Nona en tapotant la poche où elle avait rangé la fiole. Rosy ne sait pas vraiment ce qui cloche chez moi, mais je vais mieux, apparemment.

Sœur Poêlon lui avait fait jurer de garder secrète son affinité marjal, en lui précisant qu'elle ne tiendrait informée que l'abbesse pour le moment. Cela faisait un siècle que l'on n'avait pas vu de triple-sang, et cette révélation aurait fait l'effet d'un coup de tonnerre chez les Argathiens. La foule en liesse voudrait porter Nona en triomphe jusqu'à l'Arche, camperait dans la forêt de piliers. Quant à l'empereur et à ses sœurs, ils ne reculeraient devant rien pour tenir Nona en leur pouvoir… Sœur Poêlon n'avait rien affirmé en ce sens, mais le sous-entendu était limpide. Rexxus avait beau avoir accepté de garder l'affaire confidentielle, sœur Poêlon doutait apparemment de sa sincérité. Il ne fallait pas oublier non plus que nombre d'Académiciens avaient assisté aux épreuves ; il était parfaitement envisageable qu'un ou plusieurs d'entre eux résolvent l'énigme de leur côté, et comprennent ce qui s'était passé.

— Je pourrai partir dès qu'elle m'aura examinée une dernière fois.

Au fond du couloir, la porte s'ouvrit, et Ruli passa la tête dans l'entrebâillement. Elle s'était fait un chignon très strict, et ce changement radical de coiffure fit rire Nona. Ruli fut bousculée par Clera, et toutes deux se précipitèrent vers elle, encore moites de s'être baignées.

— Qu'est-ce que c'est que cette histoire ? Tu es cinglée de vouloir t'en prendre à Yisht, dit Clera.

Elle fit trembler le matelas en s'asseyant à l'extrémité du lit.

— Elle convoite le cœur-de-nef, expliqua Hessa. Si elle arrive à ses fins, autant fermer la tour de la Voie pour de bon.

— Excellent ! Je ne supporte plus ces séances de méditation aride, dit Clera avec une moue dégoûtée.

— Et nous n'aurions plus d'eau chaude, fit remarquer Nona.

— Comment compte-t-on s'y prendre, au juste ? demanda Clera, une lueur de vertueuse indignation dans le regard.

— Je ne vois pas comment nous pourrions réussir, dit Ara.

— Il doit bien y avoir un moyen, rétorqua Clera.

— Elle est capable de vous battre sans même dégainer son épée, dit Hessa. Et de toute façon, les sœurs vous empêcheraient de l'attaquer.

Ensuite, l'abbesse vous confisquerait votre habit. Même à supposer que vous puissiez la vaincre sans que personne s'en aperçoive, qu'est-ce que vous feriez d'elle ? Vous l'enfermeriez dans un placard en espérant que personne ne l'entende ?

— Jetons-la dans la Hyaline, dit Clera d'un air sombre.

— On ne va tout de même pas la tuer !

Scandalisée, Ruli était encore plus pâle que d'ordinaire.

— J'ai un plan, dit Nona en se rasseyant. J'ai tout prévu, sauf sa conclusion. Et non, Clera, je n'ai pas envie de la jeter dans la doline.

— Dans ce cas, nous t'écoutons, répondit Ara, se levant du lit pour approcher une chaise, comme si elle ressentait le besoin d'une certaine distanciation pour évaluer la proposition de Nona de manière adéquate.

Celle-ci fronça les sourcils. Elle avait le sentiment de s'enfoncer jusqu'au cou dans les ennuis avec ses amies, la certitude que, quoi qu'elles décident de faire, elles ne pourraient plus revenir en arrière, et que leur choix gouvernerait leur avenir… À supposer qu'il leur reste plusieurs années à vivre. Rien n'était moins sûr.

— Sous mon lit, vous trouverez un sachet attaché à l'une des lattes du sommier. (Elle s'adressa à Hessa.) Lorsque je me suis introduite dans la réserve de l'Empoisonneuse, je ne me suis pas contentée de lui voler les ingrédients du remède noir.

Un sourire naquit lentement sur le visage de Clera.

— Vous y trouverez une botte d'herbe à chat séchée, et…

— … les composants de l'avachine, roucoula Clera. On l'empoisonne, et elle sera trop affaiblie pour…

— Mais tout le monde verra ce qui lui arrive, protesta Hessa.

— Pas si on agit dans les tunnels, dit Nona.

— Et ensuite ? demanda Hessa.

— Ça… J'avoue que je n'ai pas encore d'idée.

Au fond d'elle, Nona avait bien envie de ligoter Yisht, de la traîner jusqu'au gouffre le plus reculé et de l'y laisser suspendue.

— Tonneaux…, fit Ruli, relevant la tête. Les tonneaux !

— De quoi parles-tu ? dit Ara.

— On n'a qu'à la cacher dans un tonneau, expliqua Ruli.

— Formidable. On aura enfermé une guerrière redoutable dans une barrique.

— On pourrait facilement la faire rouler dans le vide ! remarqua Clera.

— Je parle d'un tonneau à vin. Au chai, il y en a un certain nombre qui sont vides. On la met dedans avec un rembourrage de paille, et on le place avec ceux qui doivent partir. Une cargaison doit partir demain.

— Et quand quelqu'un ouvrira le tonneau ? demanda Nona.

— Le chariot se rend à Marsport. Je le sais parce que c'est mon père qui doit réceptionner le chargement. Il exporte du vin par bateau vers Durn, et sa rune est inscrite sur les tonneaux qui lui sont destinés. Je n'aurai qu'à dessiner le symbole sur notre tonneau, et le tour sera joué !

— Brillante idée, dit Clera en battant des mains. (Elle se massa le front, se remémorant sans doute la façon dont Yisht l'avait assommée pendant le cours de Lame.) L'équipage pourra faire tomber le tonneau par-dessus bord pendant la traversée de la Marn ?

— Ça ne marchera pas, répliqua Hessa en cognant sa béquille contre sa chaise. Un tonneau de vin vaut un souverain au bas mot. Vous ne croyez pas qu'ils vont compter les tonneaux qu'ils sont censés embarquer ? Les inventaires sont scrupuleusement renseignés et…

— Je sais bien, dit Ruli. C'est même moi qui aide sœur Chênaie à remplir les parchemins. D'après elle, je suis une négociante née.

— Mais Yisht réussirait à se libérer et à revenir, n'est-ce pas ? demanda Ara. Je veux dire, tout cela est bien joli, mais on prendrait le risque qu'elle nous tue simplement pour l'avoir éloignée pendant quelques jours ?

— Tu ne comprends pas, dit Nona. Le conduit que j'ai découvert mène forcément à la chambre de Yisht. En constatant qu'elle n'est pas venue protéger Zole, c'est là que les sœurs iront la chercher en premier. Elles verront le tunnel, nous y veillerons. Elles mèneront leur enquête, et l'abbesse comprendra que c'est le cœur-de-nef qui est visé. Le temps que Yisht s'échappe, toutes les moniales de la Mansuétude auront reçu l'ordre de l'arrêter, et Sherzal s'attirera des tas d'ennuis par la même occasion !

En Âme, Hessa et Nona s'assirent ensemble au fond de la classe. Sœur Roue affirmait que plus une novice se plaçait loin du tableau, plus elle était susceptible de devenir pécheresse. Nona s'enorgueillissait donc de s'adosser contre le mur du fond, tandis que le nez de Zole aurait presque pu se couvrir de poussière, tant sa propriétaire se collait au tableau. Yisht restait toujours debout pendant les leçons, ou tout du moins pendant les cours d'Âme, puisque c'était la seule matière dont l'enseignante acceptait sa présence. Mais elle se tenait évidemment le plus près possible de sa protégée.

Ce jour-là, même si son regard était tourné vers la guerrière du frimas, Nona observait en réalité l'œil-de-bœuf qui s'ouvrait un peu plus haut. À l'extérieur, le vent glacé gonflait ses joues, soufflant assez fort pour couvrir la litanie de sœur Roue. Les salves de neige fondue constamment charriées par la bourrasque donnaient l'impression que le Dôme était un grand navire avançant à reculons sur une mer de gelée.

—Comment espère-t-elle s'échapper avec ? souffla Hessa.

—Quoi ? répondit Nona sur le même ton.

—Le... L'objet... Si Yisht s'en empare. Comment compte-t-elle l'emporter ?

—Elle a réussi à entrer. Elle sait qu'elle pourra ressortir. Et elle ignore sans doute que sœur Poêlon et moi sommes capables de percevoir le cœ... l'objet.

—Mais elle connaît le tissage des fils. Sherzal ne l'aurait pas envoyée ici, sinon. Une dizaine de sœurs sauront immédiatement qu'elle l'a déplacé, peut-être même avec quelques minutes d'avance. Il n'y a qu'à voir la rapidité avec laquelle elles ont réagi quand tu as brandi ton couteau.

—À ceci près qu'aucune des sœurs n'était née quand le cœur-de-nef a été installé. Comment seraient-elles liées à lui ? Et y ont-elles seulement accès ? Peut-être qu'il est emmuré. Ou que les fils n'adhèrent pas à sa surface... Je ne sais pas.

Nona regarda Yisht à la dérobée. Silhouette sombre contre le mur, la guerrière, une main sur la poignée de son *tular*, observait sœur Roue. *D'où lui vient la certitude qu'elle pourra quitter le couvent avec le cœur-de-nef sans se faire remarquer ?* se demanda la jeune fille. *Elle se croit vraiment capable de balayer d'un revers de main les sœurs Écarlates qui lui barreraient le passage ?*

—Nona et Hessa –j'hésite à leur donner le nom de novices– répéteront sept fois la prière pour l'empereur en présence de l'Ancêtre, à la fin du cours, dit l'enseignante, haussant le ton pour se faire entendre malgré les mugissements du vent. Maîtresse Savoir m'a laissé entendre qu'à une époque malheureusement révolue, on pouvait fendre la langue d'une novice trop bavarde en cours. Qu'on se le dise : tout progrès n'est pas bon à prendre.

À cause de la punition que Nona et Hessa s'étaient attirée, Clera fut obligée de préparer le poison toute seule sur le promontoire où ses camarades et elle avaient concocté le remède noir, une semaine auparavant. Sans Hessa pour allumer le feu, et avec le vent qui ne perdait rien de sa véhémence, Clera allait passer un sale quart d'heure... à supposer même qu'elle parvienne à ses fins.

Tandis que Hessa et Nona rabâchaient les quatorze vers – pas un de moins – de la prière pour l'empereur, au pied de la statue d'or de l'Ancêtre, Ara et Ruli s'occupèrent du tonneau et de la falsification de l'inventaire, la seconde étant chargée de manier la plume pendant que la première servait de « leurre », une tâche pour laquelle elle était toute désignée, eu égard à sa beauté et à son rang social.

Nona remua. Elle commençait à avoir mal aux genoux, sœur Roue, farouche partisane de l'idée que la douleur et la dévotion avançaient main dans la main, n'ayant pas jugé bon de leur fournir des coussins.

—« Ancêtre, guide l'empereur dans ses choix et dans ses actes. Puisses-tu veiller sur lui tant au lever qu'au coucher du soleil. Puisses-tu veiller sur lui durant les longues veilles de la nuit. Puisses-tu… »

—Elle est partie, dit Hessa en s'avançant légèrement.

Elle avait l'autorisation de prier assise à cause de sa mauvaise jambe, un privilège qui semblait autant offusquer sœur Roue que si la jeune fille, abandonnant l'Ancêtre au profit de l'Église de l'Espoir, s'adonnait à l'observation des étoiles.

Nona cessa de prier mais resta agenouillée, surveillant l'entrée. Sœur Roue n'aimait rien tant que surprendre ses novices en plein acte de désobéissance.

—Il est encore là ? demanda Hessa.

—Oui, dit Nona.

Elle percevait toujours la présence de l'artefact dans la partie arrière du Dôme. Son aura était cependant moins puissante que dans les tunnels, où elle avait pu sentir ses pulsations rythmées à travers la roche. Yisht touchait certainement au but.

—On pourrait chercher s'il y a un moyen d'y accéder à partir d'ici, suggéra Hessa.

—Ce n'est pas pour rien que Yisht a choisi de passer par les tunnels. S'il s'agissait simplement d'ouvrir une porte et de descendre quelques marches, le cœur-de-nef serait déjà sur le point de quitter l'Empire.

De retour au dortoir, Nona prit une décision.

—Je te rejoins, Hessa. J'ai quelque chose à faire avant.

—Tu vas tout dire à l'abbesse.

Pas l'ombre d'une question dans la voix de Hessa.

—Comment…

—On est liées, au cas où tu l'aurais oublié, répondit Hessa en se tapotant le front.

—Il le faut. Et s'il arrivait malheur à l'une d'entre vous parce que j'ai cherché à sauver ma peau… ?

Hessa lui adressa un pauvre sourire et ne chercha pas à la dissuader. Nona s'éloigna en se demandant ce que son geste allait lui coûter concrètement.

La distance qui la séparait de la demeure de l'abbesse était courte, mais elle eut l'impression d'entreprendre le plus long périple de son existence. Mère Vitrage la renverrait du couvent. Et si sœur Roue avait son mot à dire, le châtiment se révélerait bien pire encore.

La maison grandit progressivement dans son champ de vision, menaçante, destinée à briser ses rêves. Sœur Chênaie arriva dans son dos.

— Où vas-tu comme ça, Nona ?

— Je dois voir l'abbesse, répondit la jeune fille en ayant l'impression d'assener une évidence.

— Tu risques de prendre racine. Mère Vitrage a été convoquée au palais. Sœur Pomme et sœur Suif l'accompagnent. C'est moi qui assurerai le cours de Lame demain. Qu'est-ce que tu voulais ?

— Je... Aucune importance.

Elle est partie ? Comment est-ce possible ?

— Quand reviendra-t-elle ?

Sœur Chênaie gravit les marches du perron et sortit une grosse clé de sa poche.

— Demain ? Peut-être après-demain. Avant le départ de la classe Grise en exploration, avec un peu de chance, si c'est cela qui t'inquiète. Je peux faire quelque chose pour toi ?

— Non, dit Nona. (Elle tourna les talons, animée de sentiments ambivalents.) Mais merci.

À qui d'autre pouvait-elle s'adresser ? En l'absence de l'abbesse, le couvent se trouvait sous la responsabilité de Roue et de Rose, les sœurs supérieures. Nona se méfiait de la première presque autant que de Yisht. Quant à sœur Rose, elle avait bon cœur mais manquait d'autorité, et Nona ne voyait pas comment elle pourrait bien lui venir en aide.

Nona regagna le dortoir sans se hâter. De toute évidence, elle n'avait plus le choix. Ses amies et elles allaient devoir s'occuper de la voleuse elles-mêmes.

Lorsque l'heure du coucher sonna, Clera n'était toujours pas revenue. Nona resta assise sur son lit, entourée d'Ara et de Ruli. Ses deux amies avaient déniché un tonneau vide et y avaient apposé la rune indiquant les fûts destinés à l'exportation. Ruli avait falsifié le registre, et Ara avait « emprunté » les outils de tonnelier qui permettraient d'ouvrir puis de refermer le tonneau, la question cruciale étant de savoir comment il convenait de manier lesdits outils. Mais Ruli avait vu sœur Balafre se livrer à cette opération une dizaine de fois, et affirmait que cela n'avait pas l'air sorcier.

— Qu'est-ce qu'elle fabrique ? demanda Ruli, qui tordait la couverture de Nona entre ses mains.

— Si elle ne se dépêche pas, Mally voudra certainement éteindre la lanterne, dit Ara, regardant les hautes fenêtres dont les panneaux étaient opacifiés par le givre.

— Et informer les sœurs de son absence, intervint Hessa, allongée sur son lit, de l'autre côté de l'allée.

Ruli hocha la tête. Mally ne portait pas Clera dans son cœur.

— Vous devriez aller la chercher, dit Jula, voisine de Hessa, avec un triste sourire.

Elle continuait à s'inquiéter pour Clera, qui passait pourtant son temps à lui dire des méchancetés. Nona allait lui concéder que c'était une bonne idée lorsque Clera, ruisselant de pluie et de neige fondue, s'engouffra dans le dortoir en faisant claquer la porte contre le mur.

— Je crois que je me meurs.

— Arrête ton cirque et viens un peu par ici, dit Ara en se saisissant de sa serviette.

Le teint rougi par le froid, Clera semblait avoir livré une bataille.

— Beurk, tu empestes, dit Ara en fronçant le nez.

— Malkin a pissé sur mon habit de rechange, et je n'ai pas eu le temps de me changer, expliqua Clera.

C'est à peine si Ara eut le temps de glisser une serviette sur le matelas avant que Clera s'y laisse tomber lourdement, faisant jouer les ressorts.

— Malkin a uriné sur ton habit de rechange… et donc c'est celui que tu as mis ? demanda-t-elle en échangeant un regard avec les autres.

Nona était elle aussi perplexe. *Une chose est sûre : le chat de l'abbesse peut être une plaie. Mais le reste de l'histoire n'a ni queue ni tête.*

— Évidemment…, dit Clera en levant les yeux au plafond. (Elle baissa la voix.) Je sortais du cours d'Âme et j'allais passer des heures à pratiquer l'alchimie sans autorisation. D'après vous, quelle est la première chose que j'aurais envie de faire en rentrant ?

— Enfiler une tenue pro… Oh ! Je comprends, dit Ruli en souriant. Tu as enlevé ton habit propre, et tu t'es servie de celui que Malkin a « honoré », comme ça, il t'en reste un qui est présentable.

Clera fit « oui » de la tête.

— Je comptais me prélasser dans le bain, bien entendu, mais ce fichu poison m'a pris une éternité !

C'est vrai que ça m'a paru interminable, songea Nona. *Alors, dans le vent et le froid…*

— Bon, alors, tu l'as ? demanda-t-elle sans compatir à la situation de Clera.

— Évidemment ! Je ne m'appelle pas Clera pour rien ! fanfaronna son amie en lui présentant une petite flasque hermétiquement scellée. Le sirop d'avachine. Il te mettra un homme à genoux en moins de temps qu'il n'en faut pour le dire. Presque aussi efficace que moi, donc.

— Tu es consciente qu'elle nous tuera si nous échouons, n'est-ce pas ? demanda Ara en tendant la main vers la flasque.

Clera la lui céda volontiers.

— Nous ? dit-elle. Je croyais que c'était Nona qui s'y collait.

— Nous, répéta Ara. Une fois Yisht neutralisée, on ne sera pas trop de quatre pour la déplacer.

— Et si ça tourne mal, l'abbesse aura notre peau, conclut Ruli.

— Façon de parler, dit Ara.

— Et Yisht nous tuera, précisa Nona.

— Là, ça n'aura rien d'une expression, répondit Ara, la mine soucieuse.

Chapitre 38

— On aurait dû tester l'avachine ! souffla Clera.

— C'est ce qu'on a fait. Et puis, de toute façon, c'est toi qui l'as préparée. Tu es en train de nous dire que ton travail ne vaut rien ? demanda Ara.

Nona contourna ses amies pour se poster à l'angle de la laverie et vérifier que la cour était bel et bien déserte. Son habit se plaquait contre ses jambes à cause du vent incisif, et elle avait déjà les mains engourdies. Elle se refusait à imaginer comment l'exploration se déroulerait dans de telles conditions.

— Ça a marché avec Hessa, marmonna Ruli.

Puis, sur un signal de Nona, elle se rua de l'autre côté de la cour pour se tapir contre la façade du scriptorium.

— Oui, c'est vrai, répondit Nona alors même qu'il n'y avait plus que la nuit pour l'écouter.

Hessa s'était effondrée, et ses amies l'avaient laissée en sécurité sur son lit, couchée en chien de fusil. Mais le poison ferait-il effet si rapidement sur une adulte dans la force de l'âge ? Et si les tribus du frimas étaient de constitution différente ?

Nona fit signe à Clera de traverser, puis envoya Ara la rejoindre presque aussitôt.

Une minute plus tard, les quatre amies étaient réunies sous le porche abritant l'entrée des grottes de l'Empoisonneuse.

— Tout va bien de ton côté ? demanda Clera à Ara.

— Parfaitement, grogna l'intéressée, agenouillée devant la serrure qu'elle devait forcer. Maintenant, tais-toi.

Hessa avait passé des heures à essayer de lui apprendre les rudiments du crochetage.

— Mais la serrure des grottes est différente ! avait protesté Ara lorsqu'elle avait enfin réussi à forcer celle du placard qui se trouvait dans le vestibule du dortoir.

— Tu es à côté de la plaque !

Hessa, consternée, avait bien failli en lâcher sa béquille.

— Qu'il s'agisse de telle ou telle serrure, qu'elle soit simple ou complexe, qu'il s'agisse d'un loquet ou d'un pêne... Peu importe, il n'y a que deux possibilités : c'est ouvert, c'est fermé. Tu dois simplement trouver le fil correspondant au mécanisme et tirer dessus.

— Comme ça ?

— C'est le fil du chêne dont les planches sont issues.

— Et là ?

— Tu viens de faire tourner l'un des boulons...

Ara n'avait déjà pas brillé par son habileté en présence de Hessa, et la nuit et le vent glacé ne lui facilitaient pas la tâche. Agacée, Clera tapa du pied.

— Magne-toi !

— La ferme ! rétorqua l'héritière Jotsis en collant son œil contre l'orifice, comme si la serrure allait ainsi moins se faire prier.

Ruli apparut au loin, faisant rouler le tonneau sur la portion du plateau qui séparait la tour du Savoir de l'entrée des grottes. À un moment, le vent manqua de la priver de son précieux chargement. Nona voyait déjà Ruli se lancer dans une course éperdue, et le fût basculer dans le vide, s'écrasant en contrebas dans les vignes.

— À ce rythme-là, on risque de croiser Yisht, dit Clera en serrant ses bras autour d'elle, tandis qu'Ara s'acharnait sur le mécanisme.

— Elle a un tunnel dans sa chambre. J'en suis sûre. C'est la seule explication plausible, dit Nona en s'accrochant aux barreaux gelés de la grille.

Chaque seconde qu'elle passait exposée à la vue de tous avec ses amies accentuait son sentiment de vulnérabilité. Ruli arriva enfin, et le tonneau leur offrit un semblant de protection contre le vent.

— Elle n'aurait pas pu creuser à partir d'ici, dit-elle. Quelqu'un l'aurait entendue.

— De toute façon, c'est le seul moyen, renchérit Nona en haussant les épaules. Elle a certainement exploré le chemin que j'ai pris sans le suivre jusqu'au bout.

Yisht disposait d'une chambre dans l'aile des invités, rattachée à la Demeure du Cœur, sous laquelle, d'après ce que Nona avait pu constater sur le terrain, passait le tunnel partant des grottes d'Ombre. Elle s'était toujours réjouie du fait que Yisht n'avait pas été autorisée à pousser son rôle de garde du corps jusqu'à dormir auprès de Zole dans le dortoir de la classe Grise, mais sans doute cela aurait-il mieux valu, tout bien considéré.

— Tu vas devoir pulvériser la porte, Nona ! dit Clera.

— Pulvérise-la, renchérit Ruli en soufflant dans ses mains.

— C'est moi qui vais vous pulvériser si vous ne vous taisez pas ! rétorqua Ara, sans doute moins sereine qu'elle aurait dû l'être.

— Je crois que quelqu'un arrive, dit Clera qui scrutait la partie est du plateau plongé dans l'obscurité.

« Clic ».

Ara se redressa et poussa la grille.

— Vite, faites entrer le tonneau !

Quelques instants plus tard, les novices avaient refermé le battant et y avaient calé le fût.

— Ça ne tiendra pas, dit Nona en le tapotant. Un coup de vent, et il dévalera les marches.

— On ne peut tout de même pas laisser quelqu'un pour le tenir. On ne sera pas trop de quatre pour déplacer Yisht, lui fit remarquer Ara en imitant son geste.

Elle fronça les sourcils en constatant que ce simple mouvement suffisait à ébranler le tonneau, qui reposait en partie dans le vide, la première marche étant bien trop étroite pour l'accueillir.

— Non, en réalité on n'a pas besoin d'être toutes les quatre pour neutraliser Yisht, dit Nona en indiquant son habit, sous lequel elle gardait la flasque d'avachine que Clera avait préparée à partir d'herbe à chat. Je vais me mettre en position, et je vais l'attendre. Quand j'en aurai terminé, je reviendrai vous chercher pour que vous m'aidiez à la traîner.

Sans attendre la réaction de ses camarades, elle chipa la lanterne des mains d'Ara et dévala l'escalier.

— Sois prudente ! lui lança Clera. Si tu brises la flasque en te tortillant dans les tunnels, tu risques d'y rester coincée un bon bout de temps !

Il lui fallut environ un quart d'heure pour suivre l'itinéraire du premier soir et atteindre le site d'excavation de Yisht. Un quart d'heure qui lui fit l'effet d'un quart d'éternité. Dans les parties les plus délicates à négocier, au point le plus étroit de la faille et dans le passage exigu qui reliait les tunnels de l'Empoisonneuse à la zone creusée par Yisht, Nona s'attendait à entendre d'une seconde à l'autre la flasque céder à la pression, et à sentir l'extrait d'herbe à chat lui couler le long de la jambe. Si la victime buvait le poison, celui-ci faisait instantanément effet, chaque muscle se relaxant si rapidement que la personne pouvait à peine lever un doigt avant de s'écrouler. Il fallait alors impérativement veiller à ce qu'elle n'avale pas sa langue. Nona et les autres avaient pris bien soin de respecter les instructions de l'Empoisonneuse lorsqu'elles avaient couché Hessa.

En revanche, lorsque la décoction traversait l'épiderme, on rapportait des effets plus variés, et dont la survenance était retardée ; tout dépendait du point d'entrée de la substance dans l'organisme. Nona projetait de la jeter au visage de Yisht et de prendre ses jambes à son cou. L'avachine aurait tôt fait de sceller la perte de la guerrière du frimas. Avec de la chance, celle-ci avalerait également quelques gouttes du poison, et s'effondrerait encore plus tôt que prévu.

Nona se posta à l'entrée de l'étroit conduit situé en hauteur, sa lanterne attachée à la cheville comme la fois précédente. Elle guettait le moindre scintillement de lumière, le moindre son. Rien. Elle continua cependant à attendre. En cours de Lame, le jour où Yisht avait vaincu à elle seule toutes les novices, à l'exception de Zole, sœur Suif avait commenté sa performance.

« Une bonne combattante vit dans l'instant, mais voit aussi l'avenir. Plus elle est douée, mieux elle est capable de déceler ce qui se profile. Nous sommes tous capables de cultiver le talent que l'Ancêtre nous a donné à la naissance. Mais certaines personnes d'héritage marjal développent cette compétence à l'extrême. Discerner les choses cinq secondes avant tout le monde permet de compenser en grande partie la célérité d'un adversaire hunska. » À bien y réfléchir, Nona se rendit compte que Yisht avait anticipé ses moindres gestes. Mais était-ce le fruit de son expérience, ou dû à autre chose ?

Rapprochant sa lanterne, elle sortit du conduit et se réceptionna dans le tunnel plus large. Une rotation du mécanisme, même infime, lui permettait de dispenser assez de lumière pour discerner l'entrée de la zone d'excavation. Elle sentait le pouvoir du cœur-de-nef vibrer jusque dans la moelle de ses os, chanter dans ses veines, dresser le duvet sur sa peau, l'emplir tout entière de possibilités. Elle n'aurait eu qu'à souhaiter décoller du sol pour y parvenir, elle en avait la certitude.

Elle s'avança, fébrile, mais les pieds fermement ancrés dans le sol. Yisht avait pratiqué dans le calcaire une incision ascendante qui permettait de se tenir debout et de manier la pioche sans encombre. Elle courait sur une vingtaine de mètres, un exploit qui laissa la jeune fille bouche bée. Par endroits, les parois étaient constellées de marques laissées par l'outil, mais elle remarqua également de curieuses zones où la roche semblait avoir fondu, comme dans le conduit vertical qui, estimait-elle, devait déboucher dans la chambre de Yisht.

Autour de la zone creusée, l'air semblait vibrer sous l'effet du cœur-de-nef. Le pouls de Nona ralentit pour se conformer à ce *tempo*. Elle ferma les yeux, et la Voie lui apparut tel un vaste fleuve trop brillant pour qu'elle puisse le contempler, trop brillant pour qu'elle puisse détourner le regard.

Elle tourna les talons et s'empressa de rebrousser chemin, dérapant sur les gravillons qui jonchaient la roche. Hessa lui avait conseillé de tendre son embuscade au plus près de l'entrée des grottes. Cela paraissait l'évidence même, mais Nona n'avait envisagé jusque-là qu'une seule possibilité : celle de se poster à l'entrée de la zone d'excavation pour attendre que Yisht revienne sur les lieux de son crime. Elle se livra à de nouvelles acrobaties, de nouvelles contorsions tout en faisant preuve du plus de discrétion possible, et s'arrêta à quelques mètres de la cheminée par laquelle arriverait la guerrière. Alors, couvrant sa lanterne et la réglant au minimum, elle se mit à l'affût.

L'attente et les ténèbres naturelles lui inspirèrent plus de peur que les ombres enchantées de Luta. Yisht l'avait bien plus terrifiée que Raymel Tacsis le pourrait jamais, malgré son œil écarlate et les démons qui lui rampaient sous la peau. Raymel l'aurait massacrée avec une joie cruelle, avec enthousiasme : il se délecterait de lui donner la mort. Mais Yisht agirait machinalement, sans plus se soucier d'elle qu'un boucher s'inquiète des pourceaux qu'il égorge. Et pour Nona, c'était une idée plus exécrable encore.

Elle faillit pousser un cri lorsqu'elle perçut un glissement, puis un coup sourd, tout près d'elle. Elle se colla contre la paroi, la bouche sèche, serrant le flacon d'une main tremblante. Le conduit vertical formait un disque un peu plus sombre que le reste du tunnel, et elle voyait la corde remuer légèrement sans que l'on puisse encore voir la personne qui était en train de descendre.

Nona se força à desserrer son étreinte autour de la fiole au moment où deux bottes noires apparurent, piégeant la corde entre elles. Puis vinrent des jambes vêtues de noir. Des hanches étroites. Sans crier gare, Yisht lâcha la corde.

Nona s'enfouit dans l'instant de toutes ses forces pour ralentir la chute de Yisht le plus possible. Puis elle lança le flacon dans le tunnel enténébré, si nerveuse qu'elle douta de toucher sa cible, sans même parler d'atteindre le visage, alors même qu'elle avait réduit son ennemie à une quasi-immobilité. Mais sitôt qu'elle eut décoché son tir, et perdu toute maîtrise de son projectile, elle sut qu'elle avait visé à la perfection, de la même façon qu'il lui arrivait de rater sa cible en cours de la Lame, mais jamais d'être surprise par le résultat d'un tir.

Yisht leva la main tout en tombant, interceptant le flacon à trente centimètres de son visage pour amortir le choc, comme si elle avait conscience de la fragilité du récipient et du danger qu'elle courrait s'il venait à se briser. Elle avait déjà lâché sa lanterne pour dégainer un couteau qu'elle lança selon la trajectoire exacte qu'avait suivie la fiole. Prise d'une terreur froide, Nona esquiva l'assaut. C'était à croire que Yisht avait prévu ce qui allait se passer à la seconde près, et avait préparé sa défense un millier de fois.

Nona se jeta vers la gauche, passant frénétiquement en revue les solutions qui s'offraient à elle et découvrant que seule une poignée d'entre elles détenaient une lueur d'espoir à la clé.

Elle voit l'avenir. Elle sait comment je vais réagir.

Nona heurta le sol et roula immédiatement pour s'écarter de la trajectoire d'une nouvelle dague. Elle se releva, une grosse pierre dans la main gauche et, dans sa dextre, quelques cailloux plus petits qu'elle décocha le plus vite possible sans pour autant compromettre la précision de ses lancers. Elle enchaîna les tirs, raté, touché, touché, raté ; tous ses projectiles étaient encore en plein vol qu'elle connaissait déjà l'issue de leur course… Une autre lame fendit l'obscurité, trahie par un subtil scintillement. Nona la dévia de la main gauche avec sa pierre.

Le premier caillou passa à quelques centimètres du flacon pour frapper Yisht à la poitrine. Celle-ci avait déjà lâché le récipient, bien consciente de ce qui se passerait s'il éclatait dans sa main.

Le deuxième caillou fracassa la partie supérieure de la fiole, provoquant une modeste éclaboussure. Le troisième toucha la paume de Yisht. Le quatrième aurait manqué le flacon si la guerrière le tenait encore, mais il le cueillit en pleine chute, le faisant voler en éclats et aspergeant Yisht de sirop d'avachine.

La mare d'huile s'échappant de la lanterne de Yisht s'embrasa, soulignant les gouttes de sirop qui maculaient sa veste d'un noir luisant. Nona n'était pas du tout persuadée que la substance atteindrait la peau à travers l'étoffe. Elle comptait surtout sur les émanations provoquées par les flammes, et sur le fait qu'un peu de poison avait aspergé la paume de Yisht lorsque le flacon avait explosé.

— Nona Grisaille, dit Yisht sur un ton monocorde. Tu as choisi de périr bien loin de la civilisation.

Elle dégaina son *tular*. Dans son fourreau ouvert sur toute la longueur, la lame ressemblait à un étroit rectangle d'acier plat, légèrement plus large à l'extrémité qu'à la base.

Nona devait gagner assez de temps pour que l'avachine fasse effet, mais pas trop, sans quoi Yisht prendrait l'ascendant. Elle avait le choix entre rester dans la lumière et compter sur ses réflexes pour esquiver l'épée de la guerrière, même si celle-ci saurait tout ce qu'elle ferait dans les prochaines secondes, ou fuir au hasard dans l'obscurité.

Les mains tendues, elle s'élança dans le tunnel dont elle avait apprivoisé les cinquante premiers mètres, adoptant une allure bien trop soutenue pour la rassurer, même si elle aurait pu accélérer encore.

Des bruits de bottes la pourchassaient dans la nuit. Elle envisagea de se ruer sur la gauche en espérant que Yisht passerait sans la voir… Mais la guerrière ne serait-elle pas en mesure d'anticiper également ce genre de comportement ? Se pouvait-il qu'elle devine ce qui allait se passer à quelques mètres de distance, et pas seulement quelques secondes dans l'avenir ? Nona n'avait pas envie d'en avoir le cœur net.

Elle avait dépassé le croisement. Ou était sur le point de l'atteindre. Quoi qu'il en soit, elle n'aurait pas le temps de se hisser dans le conduit. Yisht était en train de combler la distance qui les séparait : Nona la sentait si proche qu'elle aurait pu lui raccourcir les cheveux d'un coup de *tular*.

Enfer. Le tunnel risquait de s'incurver brutalement quelques mètres plus loin. Ou alors Nona pouvait déraper sur des gravillons, se fracturer la jambe à cause d'une fissure. Yisht ne manquerait pas de la trouver évanouie ou blessée, et l'achèverait alors sans jubilation ni remords. Nona s'immobilisa au prix d'une glissade en s'orientant vers l'une des parois. Quitte à mourir, autant le faire en croisant le regard de l'ennemie et en sortant ses griffes.

Yisht s'approchait à vive allure, sans le moindre déséquilibre. Nona courut à sa rencontre, frôlant le mur d'une main et tendant l'autre, ses lames invisibles fendant l'obscurité.

Elle trébucha sur le sol irrégulier, à l'angle du sol et de la paroi, et bascula vers l'avant au moment précis où Yisht arrivait au contact. Une onde de choc lui parcourut le bras dans un crissement de métal, la collision de la lame et de ses griffes se propageant jusqu'à son épaule. Elle exécuta une roulade et se releva dans le même mouvement, les bras tendus. Derrière elle, Yisht poussa un juron dans la langue du frimas, et s'immobilisa en chancelant.

— Tu m'as empoisonnée.

Nona tourna les talons et s'enfuit, accompagnée sur quelques mètres par les pas de Yisht. Puis le bruit disparut. La guerrière marmonna quelque chose d'une voix pâteuse.

Un instant de silence. Puis le son d'une chute progressive.

Nona poussa un soupir de soulagement et se défit de toute la tension qui l'habitait. Elle fit un pas vers Yisht. Et un autre.

Qu'est-ce qui me prend ?

Elle avait besoin de ses amies. Elle rebroussa chemin lentement, écartant les bras pour se repérer dans l'espace.

Yisht se jeta maladroitement sur elle, enrageant de voir que sa ruse n'avait pas fonctionné.

Nona s'enfuit en laissant libre cours à sa terreur dans l'obscurité. Elle heurta une paroi, rebondit tandis qu'une explosion de douleur lui parcourait le crâne, et tomba, enchaînant les roulades alors que le sang commençait à couler. C'est à ce moment-là que Yisht trébucha sur elle, clouant la jeune fille sous son poids et lui immobilisant les avant-bras avec ses coudes pour lui prendre la gorge dans l'étau de ses mains. Et commencer à l'étrangler, dans les profondeurs de la terre et l'obscurité totale.

Bloquée comme elle l'était, Nona ne pouvait ni se servir de ses lames, ni bouger, ni respirer. Folle de rage, elle sortait et rétractait ses griffes, commençant à distinguer des lumières qui n'existaient pas dans ce monde de ténèbres tandis qu'elle entendait le sang battre contre ses tempes. Elle résista. De toutes ses forces. Et fut vaincue.

— … a…

Tant de douleur pour émettre un son si ténu… Mais elle ne pouvait pas faire mieux, son gosier semblant s'être réduit au diamètre d'un brin de paille. Rien n'avait changé. Nona était toujours clouée au sol. Elle n'y voyait goutte. Elle avait toujours le cou dans un étau. Les bras immobilisés. Pourtant, elle respirait. Mais alors, tout était différent !

Elle emplit plusieurs fois ses poumons avec une délectation qui le disputait à la douleur. Les paumes étaient simplement posées contre sa gorge. Au prix de quelques efforts, elle parvint à dégager ses bras maintenus par les coudes de Yisht, puis détacha les doigts de la guerrière un à un.

— Je. T'ai. Eue.

Des mots brefs. Douloureux. Victorieux.

Nona se débattit pour se libérer. La guerrière n'était pas très grande, mais ses os semblaient de plomb… Avec son bras ankylosé, la jeune fille avait le plus grand mal à bouger. Dans un accès d'effroi, elle se rendit compte qu'elle était progressivement gagnée par l'avachine, dont la tunique de Yisht était imprégnée. Son affolement lui donna des forces, mais il lui fallut se contorsionner pendant plusieurs minutes pour se libérer enfin de son carcan, faible comme un nourrisson et complètement désorientée.

Réfléchis, Nona. Réfléchis. C'était Hessa qui lui parlait, la voix de son amie perçant la terreur qui lui embrouillait l'esprit.

Prenant une profonde inspiration, Nona tendit les mains pour palper Yisht. Se fiant à l'orientation du corps de la guerrière, elle s'éloigna d'un pas mal assuré, frôlant la roche du bout des doigts.

Elle avança dans les ténèbres souterraines, ancestrales, espérant à chaque mètre parcouru qu'elle finirait par retrouver la lanterne que Yisht avait abandonnée. Plus le temps passait, plus son désespoir grandissait.

Elle n'avait tout de même pas échappé à l'étau qui l'étranglait pour périr dans ce labyrinthe qu'était le Roc de la Foi !

Elle fit appel au mantra de lucidité pour retrouver son calme et ouvrir son esprit ainsi que sœur Poêlon le lui avait montré. Elle ralentit l'allure, déployant tous ses sens.

De la fumée lui monta aux narines. Elle huma l'air. Recommença.

Au prix d'une minute de tâtonnements à quatre pattes, elle trouva un résidu huileux près de la lanterne de Yisht. Le feu s'était éteint. De là, il lui fallut encore une minute pour récupérer sa propre source de lumière, toujours couverte et debout là où elle l'avait laissée ; seule une flamme timide hantait encore la courte mèche. En la soulevant, Nona eut l'impression de porter l'une de ses camarades tant l'effort faisait trembler ses membres. Mais le réconfort de cette lueur au sein des ténèbres était inestimable.

— Par l'Ancêtre ! Tu as une sale mine.

Ruli tira Nona par les bras, puis lui essuya le front avec son mouchoir.

— Oh, fichtre ! Ton cou !

La tête de Clera apparut au-dessus du tonneau.

— Elle est à tes trousses ? demanda-t-elle en ouvrant de grands yeux.

— Je l'ai eue, murmura Nona.

— Il faut faire vite, dit Ara en l'enlaçant brièvement. On te suit.

Elles trouvèrent Yisht étendue, face contre terre, son *tular* brisé en deux contre la paroi ; la partie de la lame encore sertie dans la poignée était creusée de deux profonds sillons.

— Bon sang, co..., fit Clera en ramassant l'épée pour la présenter à la lumière de la lanterne de Nona.

— Il faut... qu'on la déplace, dit celle-ci avec effort. Pas le temps.

Clera s'agenouilla auprès de la guerrière.

— D'abord, je dois lui administrer le reste, dit-elle en sortant un autre flacon de parfumerie qui avait appartenu à Ara.

Elle entrouvrit les lèvres de Yisht et y fit couler le breuvage. Il s'agissait de la dose maximale que l'on pouvait donner sans risque par voie orale. Sans *grand* risque. À en croire les tables que l'Empoisonneuse avait demandé à ses élèves de mémoriser, Yisht devrait rester hors d'état de nuire pendant plusieurs jours. Le principal danger qui la guetterait, hormis l'asphyxie, serait la déshydratation.

Pendant que Clera s'assurait que le liquide coulait correctement dans la gorge de la guerrière, Nona se livra à une fouille succincte de celle-ci, lui confisquant deux dagues et cinq crucilames. Pas question de faciliter l'évasion et le retour de Yisht de quelque façon que ce soit. En passant ses doigts à l'intérieur de la tunique, elle rencontra un objet froid. Il s'agissait d'une amulette, d'un sceau forgé dans un métal noir, assez menu pour que Nona puisse en faire le tour avec son pouce et son index. Comme les symboles que Yisht avait tracés dans le vide, à l'extérieur du dortoir, celui-ci attirait l'œil, déformait le champ de vision de Nona. Les doigts de Yisht tressaillirent, et elle émit un son guttural, peut-être une menace.

— Il marche, ton truc ? demanda Nona en cassant le cordon de l'amulette d'un coup sec pour la glisser dans l'une de ses poches intérieures.

— Encore quelques secondes, dit Clera d'un air soucieux. Elle est plus coriace qu'elle en a l'air. Et l'Ancêtre sait qu'elle m'a toujours paru redoutable !

Il leur fallut une éternité pour traîner Yisht jusqu'à l'entrée des tunnels, un trajet marqué pour Nona par un moment d'effroi lorsque la tête de la guerrière bascula, et que ses yeux de squale mort se braquèrent sur elle.

La seule réelle difficulté qu'elles rencontrèrent se présenta au niveau de la fissure qui séparait le domaine de sœur Pomme de la zone d'excavation. Le franchissement de cet obstacle ne se fit pas sans mal pour Ara et Clera, même si Nona ne cessait de leur répéter que le passage allait s'élargir d'une seconde à l'autre. Clera perdit son sang-froid, et elle se serait mise à hurler si Ara ne lui avait pas assené une saine bourrade dans le dos pour lui faire franchir le dernier goulet d'étranglement.

— Comment allons-nous la faire passer ? demanda Ruli.

— Une chose est sûre : on ne peut pas la hisser là-dedans ! dit Ara, à propos de la cheminée verticale.

— Même avec ça ? demanda Nona en tirant la corde qui avait permis à Yisht de descendre dans les tunnels.

Ara s'en était déjà servie pour monter dans la chambre et s'assurer que les moniales remarqueraient l'orifice.

— On n'y arrivera jamais, dit Clera. Et quand bien même… Comment on la déplacerait ensuite sans nous faire remarquer ?

— Bon, dit Ruli, on la fera donc passer par la faille. Mais comment ? Elle est aussi lourde que Darla !

— On la taille en morceaux ? suggéra Clera.

— Elle n'est pas si grande que ça, dit Ara. Et qu'importe si on l'égratigne un peu ! Cela permettra à sœur Pomme de trouver la zone d'excavation. Après ça, elle ne reviendra pas. J'ai pas raison, Yisht ?

En définitive, les novices décidèrent de traîner la guerrière, Clera et Ara portant les pieds tandis que Nona et Ruli poussaient les épaules.

Même si, en raison des contraintes techniques, Ruli poussa Yisht en étant elle-même poussée par Nona, puisqu'elles n'avaient pas la place d'avancer à deux de front, et que Nona n'avait pas recouvré ses forces. Ce qui devait arriver arriva. Yisht resta coincée.

— Tournez-la ! Tournez-lui les épaules ! cria Clera, au bord de l'hystérie.

— C'est ce qu'on a fait, lança Ruli sur le même ton. C'est la tête, le problème.

— Bah, coupe-lui les oreilles ! Ou autre chose ! Je ne sais pas. Il est hors de question que je reste ici plus longtemps.

Nona s'arc-bouta, mais la tête de Yisht s'était coincée entre les parois.

— Attendez, on réessaie, dit Ruli.

Nona recula, et s'aperçut alors que son amie avait sorti un petit pot en terre cuite.

— De la graisse ? souffla-t-elle péniblement.

— Oui.

— Pourquoi. Tu. Trimballes. De la. Graisse ?

— J'ai un *tas* de choses dans mes poches, Nona Grisaille, rétorqua Ruli sur un ton guindé, avant de reprendre ses manipulations.

Son idée se révéla sage, et Yisht franchit l'obstacle comme saute le bouchon d'une bouteille.

L'étape de l'escalier se révéla cauchemardesque, de même que la mise en tonneau et l'ajustement du rembourrage. Sans oublier la fermeture, puisque Ruli s'arrangea pour se broyer le pouce avec le marteau de tonnelier.

— Vous êtes sûres qu'elle pourra respirer là-dedans ? s'enquit Ara tout en faisant basculer le tonneau sur le flanc avec ses amies pour le faire rouler jusque dans la cour du chai.

— Non, dit Clera.

— Non elle ne pourra pas ? Ou non tu n'es pas sûre ?

— Non au sens de « je m'en moque ».

— Elle a voulu s'emparer du cœur-de-nef, Ara. En plus, tu la détestes, dit Ruli.

À l'entendre, elle cherchait à se persuader du bien-fondé de sa remarque autant qu'à convaincre Ara.

— Elle va certainement essayer de nous assassiner si on la revoit, et je doute qu'on serait capables de l'en empêcher, donc franchement, elle peut bien crever là-dedans, je m'en fiche, conclut Clera. (S'arc-boutant contre le tonneau, elle commença à le pousser en voûtant les épaules pour se préserver du vent glacé.) Venez !

Chapitre 39

— Elle est en route !

Ruli s'approcha d'un pas guilleret sous les bavardages habituels qui se réverbéraient dans le réfectoire.

— Le chariot descend l'escalier de la Vignerie en ce moment même !

— L'Ancêtre soit loué ! dit Ara en regardant Zole à la dérobée.

Celle-ci, assise à l'extrémité de la table de la classe Grise, faisait un sort à son repas sans jamais lever le nez.

— Oui, grâce soit rendue à l'Ancêtre ! renchérit Hessa dans un accès de piété qui ne lui ressemblait pas. (Elle se massa le cou.) Je ne veux plus jamais revoir cette femme.

Nona imita son geste. Le lien forgé par Hessa aurait dû s'estomper au fil du temps, et Nona avait eu l'impression que c'était bel et bien le cas, mais son amie avait autant souffert qu'elle de la tentative d'étranglement. Le petit groupe ne devait son salut qu'à la chance, aucune des novices ne s'étant réveillée et n'étant partie alerter sœur Rose : l'avachine avait empêché Hessa de se débattre et de faire du bruit pendant que Nona luttait pour sa vie. Sans cela, leur absence aurait été remarquée et tout leur plan s'en serait trouvé compromis.

— Nous devons simplement veiller à ce que l'abbesse découvre ses manigances, dit Nona en ingérant une véritable pelletée d'œufs brouillés.

Elle voulut ajouter quelque chose, mais jugea plus sage de s'abstenir.

— Il faut d'abord qu'on se rende compte de son absence, dit Ara. Alors, les sœurs fouilleront sa chambre. Elles découvriront le conduit. À ce moment-là, nous n'aurons plus qu'à expliquer ce qui s'est passé.

Nona aurait cru que l'abbesse, ou à tout le moins sœur Poêlon, viendraient l'interroger au sujet de son sang marjal. Pendant toute sa scolarité, elle s'était appliquée à cacher ses lames. Et maintenant que leur existence avait été révélée de la façon la plus fracassante qui soit, personne ne semblait s'y intéresser, ce qui rendait Nona perplexe. Ara lui avait rabâché que la découverte d'une triple-sang était un véritable événement, et que les Académiciens avaient certainement été très impressionnés par son cas. Mais l'abbesse était restée dans sa demeure, se livrant à quelque occupation seulement connue de l'Ancêtre, et en sortant uniquement pour se rendre au palais. Quelqu'un allait-il se dévouer et apprendre à Nona à se servir de son héritage marjal pour autre chose que l'ombrement?

Des vivats s'élevèrent.

—Quel temps?

—Deux cent six, lui lança Ara depuis la plate-forme.

Nona cilla. Loin en contrebas, en partie cachée par ses orteils, Clera se livrait à une danse victorieuse. Elle avait battu son record personnel en terminant le parcours pour la première fois, mais aussi celui de la classe Grise jusque-là détenu par Croy avec deux cent dix graduations.

—À toi! dit Ara en tirant le levier pour réinitialiser le pendule.

—Sang béni! jura Nona en remontant ses jambes sur la plate-forme et en s'approchant de la ligne de départ à petits pas collants. Cette fois-ci sera la bonne.

Elle posa prudemment un pied sur le premier tube, tâtant le terrain. Comme toujours, le parcours lui faisait l'effet d'un gant qui refusait, quoi qu'elle fasse, d'épouser la forme de sa main. Et, pour filer la métaphore, si la Voie de la Lame était un gant, le problème ne concernait pas seulement sa taille mais sa conception même. Il manquait de doigts!

Nona atteignit la moitié du parcours. *J'aurai au moins battu mon record personnel…*, songea-t-elle. Sur ces entrefaites, elle bascula dans le vide avec un cri de dépit.

Clera, qui était restée en bas près du levier de l'étage inférieur, remonta avec elle jusqu'à la plate-forme en lui prodiguant ses conseils. Nona fit celle qui n'entendait pas.

« Viendra la glace »

Elle fit appel au mantra de sérénité. Mais sa sérénité, c'était dans le supplice de l'affrontement de son double héritage marjal et quantal qu'elle l'avait trouvée.

« Fini la lune, fini, fini »

En présence d'une vingtaine d'Académiciens intransigeants.

« Et nous tomberons, tous, tous »

En affrontant Luta qui amassait des ombres pour la frapper de terreur.

« Si vite, si vite »

— La ferme ! cria-t-elle en se retournant, en équilibre sur une marche. (Clera manqua de lui rentrer dedans.) La ferme, Clera, sinon je te jure que je te fais tomber dans l'escalier.

— Oh, ça va, d'accord. Je cherchais simplement à t'aider, rétorqua son amie.

Nona comprit qu'elle l'avait piquée au vif, même si elle discernait mal ses traits dans la pénombre. Elle poursuivit son ascension d'un pas rageur.

« Et nous tomberons, tous, tous »...

Au lieu de s'asseoir les jambes dans le vide avec ses camarades, Nona s'adossa contre le mur, les yeux rivés sur la Voie de la Lame, dédaignant tout ce qui se passait autour d'elle tandis que son mantra muet frémissait au fond de sa gorge.

Bravant l'interdit édicté par son amie, Clera vint lui agiter sa main sous le nez.

— C'est ton tour, l'informa-t-elle. Est-ce que ça va ?

— Oui, ça va, dit Nona, en s'arrêtant sur la ligne de départ, les pieds noirs de résine. Je suis sereine. (Elle effectua le premier pas sur le parcours.) Putain, je suis tellement sereine que si je dérape, je continuerai à marcher dans le vide.

Elle se sentait enveloppée d'un cocon de lueur dorée. Elle distinguait le monde avec une pure aisance, comme si elle se tenait à l'extrémité d'un long tunnel, à l'écart des remous, de l'immédiateté de la réalité.

Elle fit un deuxième pas. Puis trois autres. Et un autre encore.

Elle tomba, précipitée dans le vide comme à l'accoutumée, alors qu'elle espérait flotter telle une plume. La seule différence était que, grâce à sa sérénité, elle n'attachait pas beaucoup d'importance à son échec.

Clera chuta avant même que Nona ait pu remettre le cadran à zéro. Elle rebondit dans le filet et se réceptionna directement sur le plancher au prix d'une acrobatie.

— Trop fébrile. C'est toujours pareil après un tour réussi. (Elle s'interrompit.) Bon, faut que je file, cette chère Silex doit m'emmener en ville. (Son sourire se fana.) On a transféré mon père à Rutter, la première prison dans laquelle il avait commencé à purger sa peine. La pire de toutes.

— Je croyais qu'ils s'apprêtaient à le libérer ?

Nona ne comprenait rien à l'affaire. Pour elle, une dette était liée aux notions d'amitié et de devoir, mais le père de Clera croulait sous une masse nauséabonde de reconnaissances de dette, de pénalités de retard, d'intérêts, de dividendes, d'amendes qui semblait augmenter constamment.

— C'est des histoires de politique, dit Clera, navrée. (Sa victoire sur le parcours de la Lame semblait oubliée.) J'ai peur qu'il meure au cachot.

Ce n'est pas sain, comme endroit. Il y a des rats, des maladies. Et son principal créancier a réclamé une sanction de vingt coups de fouet, avec des amendes supplémentaires à la clé…

— J'espère qu'il va bien, dit Nona en pressant affectueusement l'épaule de son amie. Désolée de t'avoir crié dessus.

Clera lui sourit, les yeux brillants, puis lui tira la langue et partit retrouver sœur Silex qui devait également chaperonner d'autres novices ce jour-là.

Nona continua à s'entraîner jusqu'au déjeuner, restant la seule constante parmi les élèves qui se relayaient sur la Voie de la Lame. Au bout de dix tentatives, elle n'avait pas réussi à dépasser le premier tiers du trajet. Les tuyaux ne tournaient pas comme il fallait, leurs diverses sections ne pivotaient pas dans le bon sens, c'était le parcours tout entier qui clochait. Elle avait beau se déplacer avec une extrême lenteur, déployer des trésors de prudence… Le sol persistait à se jeter à sa rencontre.

Elle fut la dernière à se présenter au réfectoire pour le déjeuner, ce qui ne lui était jamais arrivé auparavant. Clera s'était isolée en bout de table, et regardait son bol de soupe sans le voir. Nona la rejoignit.

— Comment ça s'est passé ? demanda-t-elle, en attrapant un morceau de pain et la louche calée contre le flanc de la grande soupière émaillée qui la séparait de Clera.

— C'est important, la famille, n'est-ce pas ? demanda celle-ci, sans quitter des yeux le néant qui tenait son attention captive.

Nona pensa à sa mère, et ses mâchoires se crispèrent.

— Eh bien, oui. En tout cas, ça le devrait.

— Ma mère n'a aucune force de caractère, dit Clera. On pourrait supposer le contraire. Mais il n'en est rien.

— Oh, fit Nona, en ayant l'impression d'avoir pris la conversation en cours de route.

— À une époque, elle était tout pour moi. Quand j'étais petite, je pleurais dans mon lit parce que je me disais qu'elle allait mourir, et que je ne saurais pas comment exister sans elle. Ça paraît bête, mais c'est ce que je pensais.

— Qu… (Nona reposa sa cuillère sans l'avoir utilisée.) Il est arrivé quelque chose à ton père ?

— Ils vont le libérer, dit Clera en faisant sauter sa pièce de monnaie fétiche sur le dos de sa main. Toutes ses dettes sont effacées.

— Mais c'est… formidable ! dit Nona. J'ai bon ?

— Oui, répondit Clera avec un sourire sans joie.

Elle recommença à jouer avec son sou. Nona remarqua alors qu'il ne s'agissait ni de la piécette en cuivre des débuts ni de la couronne d'argent qui l'avait remplacée.

—C'est… c'est de l'or!

—Oui, dit Clera en faisant disparaître le souverain à l'intérieur de son habit. Mon sou a fait des petits.

—Je…, commença Nona en croisant le regard de son amie. Je suis vraiment contente pour toi!

—Merci. (Clera baissa la tête et saisit sa cuillère.) Je me demande à quelle distance se trouve la côte. J'espère que Yisht ne s'échappera pas avant.

Après le repas, Nona regagna la Demeure de la Lame, lieu de frustration extrême. Elle reprit son entraînement avec d'autres camarades, et continua à essuyer échec sur échec.

Plus tard, sœur Bouilloire vint observer les élèves qui s'exerçaient cet après-midi-là, s'occupant du levier de remise à zéro du mécanisme à leur place. Elle assista à une vingtaine de chutes d'affilée, puis Sessa, de la classe Sainte, réussit à venir à bout du parcours dès son premier essai.

—Cent quatre-vingts, annonça la moniale en consultant le cadran.

Ce fut ensuite le tour de Nona, qui chuta au bout de trente graduations. À peine avait-elle atteint la première spirale que le contrepoids avait fait son office, et qu'elle s'était sentie soulevée par le tuyau.

—Soixante-neuf! dit-elle en se recevant dans le filet, près de sœur Bouilloire. Mais comment avez-vous fait… ?!

— J'ai couru, répliqua la religieuse avec un sourire radieux.

Nona se rembrunit.

—Vous ne m'aidez pas, là! Et le temps de sœur Effraie… Vingt-six graduations… C'est du chiqué, avouez.

—Ou alors elle courait plus vite que moi…

Nona gravit pesamment les marches. D'autres novices se succédèrent sur le parcours, mais le flot commença à se tarir à mesure que l'heure du dîner approchait. Une heure plus tard, Ruli et Nona se retrouvèrent seules. Sans doute l'humeur exécrable de la seconde avait-elle dissuadé ses camarades de s'attarder, et qu'elles avaient préféré se livrer à leurs ablutions avant l'heure du couvre-feu, pour se dépouiller de la sueur accumulée sur la Voie de la Lame.

Nona foudroya les tuyaux du regard.

—Ce tas de ferraille et de câbles est ridicule. Pourquoi passons-nous autant de temps sur ce jeu débile? Il ne rime à rien.

—Mais c'est à ça que ça sert, un jeu, non? À passer le temps? demanda Ruli en haussant les épaules. Et puis, sœur Bouilloire dit que c'est bien plus qu'un jeu. D'ailleurs, sœur Poêlon pense la même chose. Peut-être que si tu n'y arrives pas, c'est justement parce que tu considères le parcours comme un jeu.

— À ton avis, je devrais en faire une question de vie ou de mort ? Cesser de le considérer comme une distraction ? Je pourrais découper le filet...

Cela aurait le mérite d'être radical. Rendre la chute mortelle, songea-t-elle. Lorsqu'elle s'était mesurée à Yisht dans les tunnels, ou à Raymel pour sauver Saida, elle avait agi sans filet de sécurité.

— Oui, je devrais découper le filet.

— Ha ! Ha ! fit Ruli. Allez, on s'en va.

— Vas-y, toi.

— Tu ne viens pas ? demanda Ruli d'un air soucieux.

— Ne t'en fais pas pour moi.

Du cran, des réflexes. Aucune retenue. Voilà à quoi se résumait un combat. Voilà à quoi avaient ressemblé les luttes cruciales auxquelles Nona s'était livrée au cours de sa vie.

— Je veux juste réessayer un peu toute seule.

Ruli se tourna vers la porte, baissa la tête et commença à s'éloigner.

— Attends, la rappela Nona au moment où elle allait quitter la plate-forme. Donne-moi ton pot de graisse...

Ruli parut contrariée, mais n'en tendit pas moins le petit récipient en terre cuite à Nona.

— Ne fais pas de bêtises.

Nona attendit que le bruit des pas de Ruli s'évanouisse.

— Des réflexes.

Elle inspecta ses pieds poisseux.

— Aucune retenue.

C'était ainsi qu'elle avait abordé la Voie, avec la fougue de la colère, et chaque fois qu'elle s'était astreinte à ralentir, elle était tombée. Mais peut-être ne correspondait-elle pas aux canons privilégiés par la Mansuétude. Peut-être n'était-elle pas faite pour se couler dans ce moule.

Elle entreprit de gratter la résine collée sous la plante de son pied gauche. Quand elle s'engageait sur la Voie de la Lame en toute sérénité, elle chutait en toute sérénité également. Elle redoublait de précautions, avançait à pas de loup... et tombait. Sœur Bouilloire avait achevé le parcours en soixante-neuf graduations. Il fallait fatalement qu'elle eût couru. Quant à sœur Effraie, la légende avançait le chiffre de vingt-six graduations. Sans doute avait-elle volé. Nona commença à nettoyer son autre pied.

Dix minutes plus tard, elle mit le pendule en route et se posta au bord de la plate-forme, scrutant la naissance du tuyau, à quelques centimètres de ses orteils.

— Non.

Elle recula une fois, deux fois... jusqu'à ce que ses épaules rencontrent la porte.

— Non.

Elle ouvrit le battant, descendant quelques marches de l'escalier.

— Des réflexes. Aucune retenue.

Elle gravit les degrés, crispant ses orteils pour prendre des appuis solides, s'engouffra dans la salle et se rua vers le parcours, sur lequel elle se jucha d'un bond, les pieds enduits de graisse. La gravité s'empara d'elle, sa glissade l'entraîna dans le vide à une allure terrifiante. Et c'est là, enfin, que Nona put se plonger dans l'instant présent, réduire la course du pendule à celle d'un escargot.

Elle fonça vers les spirales. Parfois, il fallait agir dans la précipitation ou ne rien faire du tout. Si quelqu'un vous demandait si vous l'aimiez, vous ne pouviez pas différer votre réponse. De la même façon, il existait des chemins faits pour la vitesse.

Nona s'engagea dans la première montée, ses pieds semblant se mouvoir de leur propre chef, et pour la première fois, même si ses appuis laissaient franchement à désirer... elle sentait qu'elle avait fait le bon choix !

Les échos de Bray chassèrent Nona du porche de la Demeure de la Lame et la poursuivirent dans la cour. Elle longea la laverie à fond de train, et négocia l'angle du bâtiment au prix d'un dérapage à l'instant précis où Suleri s'apprêtait à fermer l'entrée du dortoir pour la nuit. La porte ne serait pas verrouillée, mais quiconque arrivait après le passage de Suleri, qui était désormais l'aînée des novices, était réputée avoir enfreint le couvre-feu, et la faute était consignée sur le registre que l'on communiquait à mère Vitrage chaque septain. Or, Suleri, encore mal installée dans son pouvoir, n'était pas encline à la clémence.

— Attends !

Nona gravit le perron d'un bond, et se faufila sous le bras de la jeune femme, entamant une glissade ; elle faillit rater l'entrée de son dortoir.

Suleri claqua la porte.

— Où sont tes souliers, Nona ?!

L'intéressée ne daigna pas lui répondre. Après tout, ce n'était pas comme si elle n'avait pas remarqué... Elle s'engouffra dans le dortoir de la classe Grise.

— Devinez quoi !

— On part en exploration, demain aux premières lueurs, dit Ara, qui était en train de discuter près de l'entrée avec Mally.

— Euh. Ah bon ?

Autour d'elle, ses camarades avaient étalé leur paletot sur leur lit ou étaient occupées à l'essayer.

— Tes affaires sont sur ton lit. C'est sœur Silex qui nous les a apportées. Il y a aussi une toile cirée.

Tout excitée, Nona en oublia la grande nouvelle qu'elle comptait annoncer et s'empressa d'aller découvrir ses affaires. Sœur Suif leur avait appris l'an passé les rudiments du campement en pleine nature, mais les leçons lui paraissaient désormais bien lointaines, et leurs détails passablement flous, ce qui éveilla son inquiétude.

— Vous vous souvenez de ce qu'on a appris en cours d'orientation ?

— Non, dit Clera.

Elle avait manifestement un problème avec les boutons et les passants de son paletot.

— Et on va où, au juste ?

Nona palpa son propre paletot, un épais manteau noir qui lui arriverait certainement aux chevilles. Jamais elle n'avait porté un vêtement de si bonne facture, mais là d'où elle venait, les gens se terraient dans un abri lorsque le blizzard se mettait à souffler. Le vêtement semblait très chaud ; cependant, Nona n'était pas pour autant séduite par l'idée de couvrir une longue distance en terrain découvert avec cette simple couche d'étoffe doublée pour la protéger du vent glacé.

— Est-ce que nous connaissons déjà notre destination ?

— On est toutes censées se rendre au Kring ! dit Clera. (À force de tirer, un bouton en bois lui resta dans la main.) Quelle plaie !

— Le quoi ? fit Nona.

Ce terme éveillait en elle un sentiment de familiarité, quelque chose en rapport avec les histoires de mamie Even.

— Tu devrais le savoir ! Je comptais justement sur toi pour m'y conduire !

Clera remit le bouton à sa place, comme s'il pouvait se ressouder par magie.

— C'est plus loin que la Grisaille. Un objet que les Absents ont abandonné derrière eux. Une colonne de fer noir aussi épaisse qu'un arbre et encore plus haute.

— J'en ai entendu parler, dit Nona en fronçant les sourcils.

La description à laquelle s'était livrée Clera lui avait rafraîchi la mémoire, même si aucune information supplémentaire ne lui revint. Elle se demanda si l'amulette de Yisht, froide dans sa poche, avait été façonnée à partir du même métal.

— À quoi sert-il ? demanda-t-elle.

— La question… se pose encore. (De dépit, Clera jeta le bouton et cracha par terre.) De toute façon, l'orientation n'entre pas en ligne de compte pour notre exploration. On a le droit de demander notre chemin. On peut même implorer les gens de nous abriter du vent pour la nuit. Qui refuserait d'héberger des novices de l'Ancêtre ?

Encadrant son visage avec ses mains, elle battit langoureusement des cils.

— Non, ce qu'il faut, c'est survivre aux autres.

— Qui donc ?

— Les *autres*, pardi ! dit Clera en englobant le dortoir d'un ample geste. Tout le monde. Tout l'Abeth. Notre monde est plein de gens affamés. Et les gens affamés sont dangereux.

— Je crois qu…, commença Nona.

Mais elle laissa sa phrase en suspens, car Zole s'approchait d'un pas décidé.

— Où est Yisht ? demanda-t-elle sans émotion particulière.

Ses yeux noirs arboraient une ressemblance frappante avec ceux de la guerrière.

— Pas la moindre idée, rétorqua Clera. On était justement en train de se dire que ce doit être une piètre garde du corps, si elle n'est même pas capable de se protéger elle-même.

— Si vous lui avez fait quelque chose…

— Cause toujours…, dit Clera en la congédiant d'un geste. Tu vas nous en mettre plein la vue avec ton Torca, et après Nona te mettra les tripes à l'air. Alors, du balai.

Réussissant la prouesse de paraître aussi calme que menaçante, Zole retourna vers son lit.

— J'espère qu'on réussira à la semer pendant l'exploration, dit Nona en la regardant s'éloigner.

— Vers la fin, la plupart des novices font front commun, expliqua Clera. Il se peut qu'on se sépare en petits groupes les premiers jours, mais étant donné qu'on se rend toutes au même endroit, on va finir par se marcher dessus.

Haussant les épaules, Nona poussa son équipement d'exploration sous son lit et commença à se déshabiller. Au bout d'une minute, elle était pelotonnée sous ses couvertures, et un instant plus tard elle rêvait déjà.

Sœur Silex réunit la classe Grise après le petit déjeuner, et Hessa profita de la fin du repas pour dire au revoir à ses camarades, passant un bras affectueux autour des épaules de Nona. Celle-ci, qui ne s'était jamais habituée à ce genre d'effusions, resta stoïque.

— Fais attention à toi.

— C'est l'exploration… Ce sera forcément dangereux, dit Nona avec un sourire.

— Fais attention quand même, répliqua Hessa en desserrant son étreinte. Si tu tombes d'une falaise et que tu te casses les bras… je ne risque pas de l'ignorer.

— Ça te donnera une occasion de briser notre lien en mon absence, rétorqua Nona. Et si tu n'y arrives pas, arrange-toi au moins pour qu'on puisse échanger nos expériences positives, pas seulement nos déboires ! En revanche, garde tes cauchemars pour toi. Et quand je serai en train de grelotter dans une congère, je veux que tu ailles prendre un bon bain, histoire de me réchauffer.

— J'essaierai, dit Hessa avec un grand sourire. Tu vas me manquer. Je vais me sentir seule sans toi et les autres.

— Au moins, tu ne seras pas obligée d'affronter Nona à la course tous les soirs pour avoir la dernière pomme de terre, intervint Ara en serrant Hessa dans ses bras.

Puis elle entraîna Nona vers la sortie, sœur Silex leur faisant signe qu'il était temps de partir.

— Suivez la Voie ! leur lança Hessa, appuyée sur sa béquille. Si vous vous perdez, suivez la Voie. Elle est là pour ça !

Les novices suivirent la moniale jusqu'à la demeure de l'abbesse, devant laquelle elles patientèrent, faisant le gros dos pour se protéger du vent qui les agressait malgré leur paletot. Toutes portaient un paquetage en plus de leur sac de couchage. Nona avait reçu un petit couteau à dépecer, deux collets, un nécessaire à feu et une petite casserole en fer.

— Je suis déjà gelée, dit Clera depuis les profondeurs de sa capuche.

— Qui est-ce ? demanda Ara en désignant une silhouette qui venait d'apparaître à l'angle de la demeure de l'abbesse.

— C'est un homme ! s'écria Jula, outrée.

— Tarkax, dit Nona.

Le guerrier arborait les peaux de phoque noires et les fourrures qu'il portait déjà au Caltess, et ne souffrait apparemment pas de la bourrasque. Un sourire très blanc fendit son visage cuivré.

— Charmante journée en perspective, mesdemoiselles !

Et, frôlant les élèves, il alla toquer chez mère Vitrage.

Quelques instants plus tard, l'abbesse apparut sur le pas de la porte, engoncée dans des vêtements chauds et tenant sa crosse d'une main protégée par une épaisse mitaine noire. Sœur Suif sortit à son tour, ayant déjà endossé son paletot.

— Novices ! s'exclama l'abbesse, obligée, à cause du vent, de crier pour se faire entendre. C'est une épreuve cruciale qui vous attend, mais une épreuve que vous surmonterez brillamment, je n'en doute pas. Sœur Suif et sœur Silex vous ont appris tout ce que vous deviez savoir pour atteindre votre destination : il ne me reste plus qu'à vous rappeler que, quelles que soient les conditions dans lesquelles se déroulera votre exploration, quelles que soient les embûches que vous rencontrerez, vous représentez notre Église, vous êtes des ambassadrices de notre foi en général et du couvent de la Mansuétude en particulier. J'attends de votre part un comportement en rapport avec votre statut. Et n'oubliez pas... Si quiconque venait à lever la main sur vous... Je vous donne expressément l'autorisation de la lui trancher. Prenez soin de vous. Sœur Suif vous attendra au Kring.

Mère Vitrage allait regagner le chaleureux halo lumineux de son vestibule, mais elle se ravisa.

—Au fait, vous êtes en présence de Tarkax, pisteur et guerrier célèbre également connu sous le nom de Pieu du Gel. Il sera le garde du corps de Zole en l'absence inexpliquée de Yisht. Il ne lui fournira aucune aide au cours de l'exploration, sauf circonstances bien particulières.

Ayant conclu en ces termes, mère Vitrage rentra chez elle, refermant la porte avec un « toum » catégorique.

—Pieu du Gel ! J'ai tellement lu à son sujet ! s'écria Jula.

En bonne fille de scribe qu'elle était, elle piaillait presque d'excitation.

—Tu me fais marcher ! dit Darla, la dominant de toute sa taille.

—Pas du tout ! protesta Jula. (Le visage de Darla lui apparaissait cerné par les bords de sa capuche, comme à l'intérieur d'un tunnel.) Il est célèbre ! Il figure dans les feuilles de chou qu'on vend le septain, devant la bibliothèque d'Abon. Les tribus du frimas ont écrit des chansons à propos de lui !

Nona se pencha vers Ara.

—Il travaille pour Partnis Reeve, j'en suis sûre.

—Ce qui voudrait dire qu'il est à la solde des Tacsis.

Debout de l'autre côté de Nona, Clera s'immisça dans la conversation.

—Pourtant, Thuran Tacsis et Sherzal se détestent, non ?

—Ces dernières années, c'est sûr que ce n'est pas l'amitié qui les étouffe. Zole doit être horrifiée, dit Ara, à qui cette perspective ne semblait pas déplaire.

Même si Nona ne distinguait pas le visage de l'Élue, elle savait que celle-ci était en train de sourire. Ara n'était pas d'un naturel rancunier, l'exception à ce trait de caractère étant la sœur de l'empereur et toutes les personnes gravitant autour d'elle.

Clera tira Nona par le bras.

—S'il est au service des Tacsis, tu devrais peut-être essayer d'amadouer Zole, en fin de compte... L'ennemi de mon ennemi étant mon ami. (Elle haussa les épaules.) Mais on dit aussi que l'ami de mon ami est souvent un abruti.

Ce disant, elle tendit discrètement son pouce ganté de noir vers Ara.

Sœur Suif descendit le perron en faisant signe aux novices de se rassembler autour d'elle. Nona se plaça à côté de Tarkax.

—Tiens, mon amie du Caltess, la salua-t-il avec un sourire affable.

—Vous m'avez dit que vous combattiez dans l'arène, rétorqua Nona.

L'homme tendit une main vers l'ouest, et l'autre vers l'est.

—Et qu'est-ce que le Goulet, si ce n'est une arène ?

Nona se renfrogna.

—Vous m'avez menti.

—Occupe-toi de ce que dit ta moniale, dit Tarkax en lui donnant une petite tape sur la nuque, sans malveillance aucune.

—… de là, nous ferons route vers le site de départ, aux confins des Fens d'Harran. Après, ce sera à vous de vous débrouiller, conclut sœur Suif avant de s'engager sur la voie Carrossée.

Nona lui emboîta le pas tout en se massant la nuque et en se demandant comment Tarkax avait pu hériter d'un surnom aussi stupide que Pieu du Gel.

—Je me demande vraiment comment on va survivre à tout ça, dit Jula.

La classe Grise progressait péniblement depuis que sœur Suif avait donné le signal du départ, plusieurs heures auparavant, et Jula avait bien dû proposer sept ou huit variantes de cette rengaine depuis que le groupe avait quitté le Roc de la Foi.

—La classe Grise part en exploration tous les ans, Jula. Croy en est à sa troisième participation ! Pour la première, cela faisait à peine une semaine qu'elle avait quitté la classe Écarlate.

Ruli, les joues rougies par le froid et les yeux brillants, semblait heureuse de partir par monts et par vaux.

—Mais on n'a reçu aucun entraînement ! se lamenta Jula, avant de se plaindre du frottement de ses souliers.

—Mais si, on a été formées, dit Ara. Et l'exploration est aussi un moyen de progresser !

—Cesse de geindre, Jula, renchérit Clera, qui avançait droit devant sans jamais regarder autour d'elle. Ça se saurait s'il y avait des novices qui étaient mortes pendant une exploration.

Arrivant en terrain découvert au sortir d'un petit val, le groupe fut brusquement assailli par le vent glacé qui parcourait les champs désolés de ses mugissements. Nona chancela avant de se voûter légèrement pour résister au souffle, tandis que deux de ses camarades tombaient à genoux. Tarkax se contenta de rentrer la tête dans les épaules et de poursuivre son chemin sans forcer l'allure, suivant Zole comme s'il n'avait affaire qu'à une brise un peu plus corsée que la moyenne.

Le zénith trouva le groupe abrité contre le flanc d'une étable. Le soleil, gigantesque, écarlate dominait le ciel, mais se montrait avare, et le peu de chaleur qu'il dispensait était aussitôt confisqué par le vent. Le regard perdu dans le vague, Nona grignotait son pain et son fromage en songeant à Raymel Tacsis. Avait-il commandité l'attaque de Luta à l'Académie ? Ou bien les protestations du doyen étaient-elles sincères ? Dans cette hypothèse, l'Église abritait en son sein un ennemi qui avait plongé Luta dans une crise de folie, par le truchement de Markus ou de l'autre étudiant. Nona ne pouvait se résoudre à envisager que Markus ait pu avoir un rôle dans tout cela, mais peut-être leur séjour commun dans la cage de Giljohn n'était-il pour lui qu'un souvenir purement factuel qu'il pouvait extraire de sa mémoire et analyser sans émotion.

Thuran Tacsis avait prêté serment devant la cour, devant l'empereur, que l'affaire était terminée. Le nom de Nona Grisaille avait été prononcé en présence de Crucical : sa mère... Non, Nona ne devait pas penser à sa mère. Elle était couverte de sang quand elle avait été exclue de son village, et même si le rouge avait été lavé, il en restait des traces indélébiles.

— Il y a du grabuge sur la côte, à ce qu'on dit, déclara Darla, interrompant le fil des réflexions de Nona.

— Du grabuge ? répéta Nona, se remémorant les pirates durnisiens.

Sans leurs exactions, jamais Sherzal n'aurait osé se rendre à Vérité et s'exposer au courroux de son frère.

— Les Durnisiens ont débarqué en force. Ce sont des troupes régulières qui ont traversé la mer sur des navires pirates, c'est simplement qu'elles ne portaient pas leur uniforme. Et Crucical a rappelé le général Cathrad qui était en poste à la frontière avec le Scithrowl.

Nona leva la tête.

— Comment sais-tu ce genre de chose ?

D'ordinaire, c'était plutôt Ara qui la tenait informée de tels événements.

— Mon père est officier, directement sous les ordres de Cathrad. Il est revenu avant le général pour réunir des informations, expliqua Darla d'un air entendu. D'après lui, des corsaires ont débarqué sur nos rivages et ont envoyé des petits groupes de pillards vers la banquise du nord, profitant du fait que l'empereur et Velera sont retenus dans les environs d'Honisport.

— Donc... Mieux vaut éviter de se rapprocher de la glace ?

— Sauf si tu veux prendre part à la guerre.

— On est vraiment en guerre ?

Nona n'avait pas compris que la situation était si grave.

— On est toujours en guerre, dit Darla en haussant les épaules. On l'est depuis que les glaces ont commencé à se rapprocher, c'est ce que dit mon père. La seule différence, c'est le nom qu'on lui donne. En ce moment, on appelle ça des pillages. L'Église devra jouer son rôle. Pourquoi crois-tu que l'abbesse n'a plus une minute à elle ? On raconte même qu'elle s'est rendue à la cour !

— Et on nous envoie en exploration quand même ? s'enquit Nona.

Darla eut un geste d'indifférence.

— Concrètement, le Kring se trouve dans la direction opposée, donc on s'éloignera des hostilités. C'est probablement pour cette raison que le couvent l'a choisi comme destination pour cette année. L'an passé, on devait se rendre sur l'île de Hern. Et puis, de toute façon, l'exploration a de tout temps fait partie de la formation des moniales. À ce qu'on raconte, notre entraînement est le produit de son époque. Donc il n'est guère étonnant que nous soyons confrontées à la guerre…

Les pistes et les sentiers du cœur de l'Empire éveillèrent chez Nona le souvenir de ses voyages avec Giljohn, même si l'itinéraire que le croque-mitaine avait choisi passait par des chemins plus confidentiels encore, et qu'avec lui l'activité pédestre était réduite au strict minimum. Mais lorsque le vent glacé soufflait, tous les paysages revêtaient le même aspect morne, non dénué d'une certaine beauté. Une fine pellicule de givre couvrait les champs, occultant les cultures. La plupart des plants survivraient au gel, puisque les fermiers privilégiaient des semences adaptées aux conditions climatiques, mais il y aurait toujours des gens pour parier sur un vent de Goulet assez persistant pour faire pousser des variétés plus précieuses, et donc plus vulnérables. Les haies étaient lourdes d'un givre qui colonisait leurs moindres brindilles, émoussant leurs épines, changeant toute la végétation en sculptures luisantes, chatoyantes, surnaturelles qu'il semblait préserver, conserver derrière sa vitrine exclusivement pour le plaisir des yeux… Ce n'était que provisoire. Mais, un jour, le phénomène serait définitif.

Dans la forêt, le torsepin et le chêne-gelure se paraient de glaçons, une multitude de stalactites qui s'accrochaient à chacune de leurs branches et étaient, pour certaines, plus longues que le bras de Nona. Lorsque le blizzard atteignait son paroxysme, même la lune convergente ne pouvait faire complètement fondre la glace, et, à chaque nuit qui passait, les glaçons croissaient, se multipliaient jusqu'à ce qu'enfin, le vent cède ou que l'arbre se fende sous son cristallin fardeau. Des hommes avaient ainsi péri en traversant des bois soumis au souffle glacé. Lorsque la lune se levait, chaque rameau se dépouillait, en l'espace de quelques minutes, de piques pesant l'équivalent d'un homme adulte, changeant la voûte arborée en piège cauchemardesque, en cataracte tranchante.

Le soir tombé, alors qu'ils venaient de passer par la ville d'Averine, ils franchirent une chaîne de modestes collines et gagnèrent une ligne de crête offrant une vue imprenable sur le fleuve Crécelle qui serpentait vers la mer de Marn. Sœur Suif parvint à dénicher une grange où passer la nuit, à proximité de la berge et d'un village répondant au nom peu inspiré de Pont, rapport à la longue structure de pierre éponyme qui enjambait la rivière, reliant les deux parties de la bourgade.

Tandis que Nona s'installait dans le foin, Jula lui demanda si elle savait d'où le fleuve tirait son nom.

—Non, répondit-elle.

Deux années plus tôt, elle aurait considéré un tas de foin comme une couche princière. Mais son lit improvisé lui parut ce soir-là inconfortable et source de démangeaisons, sans compter qu'il régnait dans la grange un froid polaire. La Mansuétude avait certes instruit Nona dans toutes sortes d'arts guerriers, mais le couvent l'avait aussi rendue faible d'un certain point de vue. L'exploration et les leçons qu'elle pourrait en tirer arrivaient bien tardivement… alors Nona comptait leur prêter une extrême attention.

—Quand la grande fonte a lieu –ici, elle se produit juste avant l'aube–, le flot est si impétueux qu'il fait s'entrechoquer les pierres qui forment le lit de la rivière. J'ai lu ça dans l'*Histoire géographisée de l'évêché quantal*, de Hennan, expliqua Jula. (Elle ne tenait pas en place dans le tas de foin.) Je ne vais pas réussir à dormir…, se plaignit-elle.

—Essaie tout de même, lui dit Nona. Je doute qu'on dorme dans un endroit plus confortable demain soir.

Le couvent avait affrété un bateau pour conduire les exploratrices jusqu'aux Fens d'Harran. Pour Nona, il ressemblait aux barques des pêcheurs du Blanc Fleuve, mais en dix fois plus long. Le grand mât était couché contre la coque, étroitement enveloppé dans sa voile. L'équipage déploierait les deux lors du trajet du retour, qui exigerait de remonter la rivière à contre-courant, mais pour emmener les novices vers l'aval, vers les fens, il suffirait de se laisser porter par le courant de la Crécelle.

Assises ensemble près de la proue, Nona, Ara et Clera bravaient les éléments. Les bourrasques avaient éveillé une houle intermittente, soulevant l'eau par salves pour mieux la réduire à néant l'instant d'après.

— Je deviendrai quelqu'un, dit Clera.

— Tu l'es déjà.

— Ma naissance n'a pas fait de moi une Sis. Je ne suis pas non plus une double-sang sur les épaules de laquelle repose une prophétie. Mais je deviendrai quelqu'un. Quoi qu'il en coûte.

— À t'entendre, c'est à croire qu'on est en travers de ton chemin, dit Ara.

Clera regarda autour d'elle, comme si elle n'avait jusque-là pas remarqué la présence de ses amies.

— Notre monde est ancien, et nous sommes la jeune génération. Nous n'avons qu'à le conquérir. (Elle reporta son attention sur le fleuve.) Il faut simplement accepter d'en payer le prix. Ainsi va le monde. Profits et pertes. Le coût dépend de l'offre et de la demande. Ce fonctionnement vaut en tout cas pour ceux et celles qui ne sont pas riches de naissance. Nous faisons des choses qui nous répugnent pour des gens que nous ne portons pas dans notre cœur, et nous continuons malgré tout, parce que nous savons qu'un jour cela changera, qu'un jour l'autorité changera de camp.

» J'ai un plan. Je ne sais pas précisément comment les pièces s'imbriquent ; d'ailleurs, je ne les ai pas encore toutes identifiées, ces pièces.

Elle présenta sa main gantée comme si elle tenait sur sa paume les éléments auxquels elle faisait référence.

— Elles sont complexes, elles étincellent de tous leurs feux… Mais je me débrouillerai pour qu'elles s'accordent et, ce jour-là, je briserai le monde pour en fabriquer un autre.

Ara pouffa de rire.

— Tu répètes une pièce de théâtre, Clera ? Ou bien le reste des ingrédients que Nona a volés à l'Empoisonneuse t'est monté au cerveau ?

Clera baissa la tête.

— Je ne fais que dire ce qui me vient à l'esprit. Ce qui me turlupine depuis un certain temps. L'exploration n'est pas sans risque, contrairement à ce qu'on voudrait nous faire croire. Nous n'avons aucune garantie de rentrer toutes saines et sauves. Donc, si vous avez quelque chose à dire, autant le faire sur ce bateau.

Nona se rendit compte qu'elle n'avait rien à répondre à cela, et le silence se fit.

On jeta l'ancre le long d'une plage gelée derrière laquelle la berge formait un tombant d'environ deux mètres de haut, creusé par l'érosion et surmonté de buissons ourlés de givre. Jula fut la première à qui l'on ordonna de descendre, ce qu'elle fit en sautant dans l'eau peu profonde. Petite silhouette esseulée se détachant en noir sur les galets gris, elle attendit ses camarades pendant que les bateliers s'évertuaient à stabiliser l'embarcation dans le courant.

Vint ensuite le tour de Ruli, puis de plusieurs autres novices. Nona suivit Ara. Les galets disparaissaient au profit d'une zone de terre meuble avant d'atteindre le relief concave de la berge. Nona se lança dans l'ascension, de la boue plein les mains. Elle découvrit alors une morne étendue bourbeuse à moitié gelée, par endroits hérissée de joncs.

Tarkax fut le dernier à descendre, enjambant l'eau d'un bond et remontant la plage avec un sourire jovial.

— Je suis là pour la protéger, elle, déclara-t-il d'une voix forte en tendant le doigt vers Zole. Toi, toi et toi. (Il désigna les novices attroupées sur la berge.) Je ne lèverai pas le petit doigt pour vous. Ordre des moniales. Si vous vous attirez des ennuis, je ne bougerai pas, même si vous êtes à l'article de la mort. Faites comme si je n'étais pas là.

Sur ces entrefaites, il gravit la berge en deux sauts puissants, et s'éloigna sans se presser pour inspecter le terrain.

Sœur Suif s'adressa aux élèves depuis la proue du bateau.

— Novices, vous avez quatre jours pour atteindre le Kring.

Derrière elle, les bateliers procédaient à la délicate opération qui consistait à faire virer le bateau de bord.

— Les campagnes ne sont pas sûres. Il n'est pas exclu que vous croisiez des pillards durnisiens, mais votre propre peuple constitue un danger autrement plus grand. Il n'y a pas plus imprévisible qu'un paysan affamé. Vous rencontrerez des populations sur le qui-vive, méfiantes, prêtes à frapper les premières sans le moindre avertissement. Mais ce peuple sera peut-être aussi l'instrument de votre salut : il faut parfois s'en remettre à la bonté des inconnus. Si vous voyagez par groupes trop importants, il est peu probable que quelqu'un accepte de vous héberger. Mais si, à l'inverse, vous êtes trop peu nombreuses, vous serez à la merci des personnes malintentionnées.

La quille crissa contre le lit de la rivière, et deux bateliers munis de perches s'attachèrent à orienter l'embarcation dans le sens inverse du courant tandis que sœur Suif levait la main en signe d'au revoir.

— Que l'Ancêtre soit avec vous, jeunes filles.

— J'espère que l'Ancêtre va nous fournir des vivres et une tente bien douillette, dit Nona en se forçant à sourire.

Voyant Darla peiner à gravir la berge humide, Nona sauta au bas de la pente pour l'aider, et s'enfonça jusqu'aux chevilles dans une mélasse glacée.

— Quelle merde. Je hais la boue.

Darla pouffa de rire, et termina l'ascension sans son aide.

Les bateliers s'arc-boutèrent contre leur perche tandis que le pilote tournait le gouvernail, et le bateau dériva vers l'eau profonde. Le vent glacé gonfla la voile dressée et, en l'espace d'une minute, sœur Suif, l'équipage et l'embarcation tout entière rapetissèrent ; Nona aurait pu tendre le bras et les cacher avec son pouce.

Se sentant soudain très seule, malgré la présence de ses camarades qui maugréaient, Nona constata que la boue menaçait d'engloutir complètement ses souliers.

— Flûte.

Chapitre 40

Pendant que les douze novices se livraient à un débat houleux pour déterminer le nombre de groupes et leur répartition dans chacun d'eux, Nona s'isola pour regarder le fleuve. Elle savait dans quelle direction partir. Vers l'est, en suivant le Goulet. Bien au chaud, à l'abri du couvent, l'entreprise lui avait paru aisée.

— Tu n'auras aucun mal à t'orienter, toi qui as grandi dans la nature, lui avait dit Alata, sur un ton où se mêlaient mépris et jalousie.

Nona n'avait même pas pris la peine de lui expliquer que les pauvres habitants de la Grisaille ne passaient pas leurs journées à arpenter la région, mais plutôt à gratter une terre ingrate dans l'espoir de ne pas succomber à la faim qui leur tordait les entrailles. Oui, son village avait compté quelques chasseurs qui sillonnaient la forêt à la recherche de gibier. Cependant, pour un homme versé dans l'art de la traque, il y avait dix fermiers, certes au fait des caprices du vent et de la qualité de la terre, mais qui ne s'étaient jamais aventurés à plus de dix kilomètres du sol de terre battue où ils avaient poussé leur premier cri de nourrisson.

Lorsque votre itinéraire était délimité par deux falaises de glace hautes de trois kilomètres, vous n'aviez, semblait-il, aucune raison de vous perdre. À ceci près que vous vous trouviez au niveau du sol, cerné d'arbres qui entravaient votre progression, et que vous pouviez vous perdre dans un espace ne dépassant pas une poignée d'hectares, errant au petit bonheur la chance quand bien même vous feriez l'impossible pour vous orienter dans les règles de l'art. Le Goulet ne mesurait guère que soixante-quinze kilomètres de large, mais il aurait tout aussi bien pu s'étendre sur dix mille kilomètres puisque les arbres et les reliefs occupaient votre horizon. Nona repensa au globe de sœur Férule : l'Abeth tout de blanc représenté, avec simplement cette bande de couleur si fine que vous risquiez de ne pas la remarquer, de prime abord. Tant de choses dans la vie étaient une question de point de vue. De situation géographique. D'époque.

En classe, sœur Poêlon avait montré aux novices des dessins qui changeaient d'aspect deux, trois, voire quatre fois en fonction de votre disposition d'esprit. La sérénité, la patience et la lucidité se comportaient selon le même principe. Rien ne changeait, hormis votre façon d'envisager le monde. Il ressemblait à ce qu'il avait toujours été mais, moyennant un écart mental et l'angle de vue adéquat, il pouvait en un instant se renverser complètement, changer du tout au tout, l'ensemble de ses éléments acceptant de votre part une nouvelle interprétation.

Nona se demanda s'il en allait de même pour les grands mystères de l'existence. Les manigances politiques de la cour et de l'Église, la trame complexe des faveurs et des obligations, mère Vitrage ne pourrait-elle pas, en modifiant subtilement la perception qu'elle en avait et en mettant l'accent sur une interaction qui semblait à première vue subsidiaire, les envisager avec une lucidité nouvelle ? Les voir comme de simples mécanismes qu'elle avait la possibilité d'orienter selon ses désirs, moyennant de petites impulsions ici et là ?

Cela valait-il également pour l'amitié ? Nona pouvait-elle se dépêtrer de sa relation avec Ara et Clera pour en envisager les mystères d'un œil neuf, et ainsi la rendre simple, compréhensible ?

Parmi ses camarades, on se dirigeait vers la résolution du débat. Nona voyagerait avec Ara, Clera et Ruli. Jula s'associerait avec Alata, Leeni et Zole tandis que les autres formeraient un troisième groupe. Les hostilités reprirent à l'évocation des itinéraires respectifs. Personne n'avait envie de traverser la zone marécageuse des fens, et l'on se disputait le trajet le plus enviable, celui qui consisterait à remonter la rivière à travers une forêt de pins, dans l'espoir de trouver des sentiers préservés des intempéries. Le conciliabule dura une bonne heure, mais Nona se doutait que, par beau temps, ses amies auraient continué à se chamailler pendant des jours.

— Ça s'annonce mal ! dit Darla en indiquant l'ouest.

L'amoncellement de nuages noirs qui se rapprochaient inexorablement surmontait désormais un mur de blancheur.

— Une tempête de glace, dit Zole en fronçant les sourcils. Nous devrions nous abriter dans les bois.

Joignant le geste à la parole, elle se mit en route sans tenir compte des protestations de ses camarades cherchant à lui rappeler qu'elles étaient censées se disperser, et non emprunter toutes le même chemin.

Nona, tournée vers l'aval, scrutait le paysage en plissant les yeux.

— La tempête, d'accord, mais j'ai pire ! dit-elle.

En aval, des silhouettes au nombre de dix ou douze environ, suivaient la berge au pas de course, fonçant à travers les buissons pour devancer la tempête.

— Des Durnisiens ? s'enquit Ara en la rejoignant sur le point le plus élevé de la rive. Ce sont des lances que je vois là ?

— Courez ! s'écria Jula.

Elle n'avait pas pour habitude de se comporter en chef, mais tout le monde lui obéit. Même Tarkax.

Quelques instants plus tard, le groupe se précipitait vers l'orée de la forêt qui se dessinait au loin. Nona ne se retournait pas, se concentrant plutôt sur le terrain qu'elle foulait. Focalisées sur les arbres entrecoupés de bandes d'ombre, les novices furent prises au dépourvu par le vent qui se leva sans crier gare, voile blanc chargé de fragments de glace acérés. Elles n'y voyaient plus à un mètre, et le mugissement des rafales couvrait leurs cris. Déséquilibrée, aveuglée, Nona perdit brusquement tous ses repères. Lorsqu'un tronc apparut, immense dans son champ de vision, elle l'évita *in extremis*.

S'ensuivirent une fuite de cauchemar, une partie de cache-cache dans la neige qui s'abattait. Au bout de cent mètres, ce ne fut plus la tempête qui occupa le champ de vision de Nona, mais la forêt, les pins si densément plantés que c'était à peine si elle parvenait à se frayer un chemin. Elle était obligée de forcer le passage, s'égratignant sur les branches sèches. À cause du vent qui faisait rage et balayait les cimes, elle ne percevait que quelques cris au loin. Son imagination fertile invoquait dans chaque recoin ombreux des Durnisiens aux yeux fous, prêts à jouer de leur couteau ou de leur hache.

Lorsque la tempête céda enfin, Nona était frigorifiée, épuisée, trempée, et elle se sentait seule. En émergeant de la forêt, une heure plus tard, elle chercha à s'orienter. Elle finit par trouver une piste laissée par un chariot, et la suivit.

Elle avançait péniblement, voûtée pour résister au vent, les pieds engourdis dans ses souliers mouillés et tout crottés. Les ornières qu'elle suivait étaient parfois pleines d'eau sale et recouvertes d'une pellicule de glace qui se rompait sous ses pieds lorsqu'elle prenait un mauvais appui. Elle surveillait la route sans faillir, ses camarades ne quittant jamais ses pensées. Des images de ses amies transpercées par une lance durnisienne défilaient dans sa tête. Elle s'arracha à ce genre de réflexions. Ruli et Jula avaient certainement pris la fuite. Et concernant Clera et Ara, le plus à plaindre serait le pillard qui aurait décidé de s'en prendre à elles. Elles s'en sortiraient et, pour les retrouver, Nona avait tout intérêt à se diriger vers le Kring. S'il leur était arrivé malheur dans la forêt, elle aurait très bien pu y errer pendant un mois sans pour autant localiser leurs dépouilles.

Nona suivit les traces qui lui paraissaient les plus récentes. Elle avait bien conscience que cela lui permettrait de rallier la Grisaille, la région étant difficile à manquer si l'on mettait le cap globalement à l'est en se décalant un peu vers le nord. Elle se renseigna au sujet de la ville la plus proche auprès d'un vieux charbonnier qu'elle localisa en se fiant à une mince volute de fumée qui s'élevait à l'oblique parmi les arbres, puis d'un fermier qui ramenait une vingtaine de chèvres faméliques au bercail, après les avoir accompagnées sur la lande. L'homme lui proposa une place au coin du feu, mais elle n'aima pas son regard trop enfiévré, souligné par de hautes pommettes. Aucun de ses deux interlocuteurs n'avait de nouvelles des autres novices.

Nona restait vigilante, redoutant les pillards mais se méfiant aussi de tout être humain de manière générale. Tordant ses mains couvertes de suie, le charbonnier l'avait mise en garde contre les pirates durnisiens qui rôdaient dans les confins, tuant les personnes âgées et emmenant les jeunes pour les vendre dans leur pays, sur le marché aux esclaves. Mais Nona ne se sentait pas menacée dans l'immédiat. Les pillards se trouvaient derrière elle, pas devant. Quant aux paysans, seuls les plus désespérés n'avaient pas interrompu leurs tâches agricoles pour se terrer dans leur foyer en attendant que le blizzard s'apaise. Le Goulet n'était jamais aussi désert que lorsque le vent glacé soufflait, et si ce blizzard pouvait se révéler fatal, il indiquait aussi qu'un inconnu décidé à le braver était sans doute aussi dangereux que lui.

À mesure que le jour déclinait, le vent se fit de plus en plus incisif, et Nona trouva un muret de pierres sèches derrière lequel s'abriter. Il avait été conçu pour préserver le bétail des intempéries, et des brebis étaient d'ailleurs blotties les unes contre les autres lorsque Nona arriva. Elles braquèrent sur la jeune fille leurs yeux globuleux aux pupilles géométriques, un regard tout en vacuité qui n'empêcha pas les deux parties de trouver un terrain d'entente : faire comme si l'autre n'existait pas, et profiter de l'abri en bonne intelligence.

Le mur était ancien, peut-être plus vieux encore que les bosquets tout proches ; il avait sans doute été bâti à l'époque où le vent était trop violent pour permettre aux arbres de pousser. Nona avait envisagé d'établir son campement au milieu de ceux qui poussaient le long de la rive, mais les bêtes gardaient leurs distances avec cet endroit, et la jeune fille elle-même se méfiait des éternels grincements des troncs, de la sagesse patiemment accumulée au cours de leur croissance.

Assise au pied du mur, enveloppée dans son paletot et dans sa couverture tandis que l'obscurité grandissait, elle écouta le vent balayer les reliefs, chanter au milieu des ramilles, souffler son murmure impérieux parmi les pierres. Autour d'elle, les brebis décalaient leurs sabots fendus pour mieux se presser les unes contre les autres.

Le mauvais temps s'éloigna. Nona mangea la moitié de la nourriture qui lui restait, à savoir un œuf dur et du pain rassis, puis s'endormit le ventre toujours creux.

Dans son sommeil, le vent lui parla, l'arrachant parfois à ses rêves pour mieux l'y replonger ensuite. Et même si chaque songe différait de celui qui l'avait précédé – ils se succédaient, tantôt sombres, tantôt endiablés, tantôt empreints d'une allégresse qui se suffisait à elle-même –, tous se trouvaient reliés par un seul et même fil. Une ligne cabossée, tour à tour séparatrice et unificatrice, qui ne s'interrompait jamais, à l'instar de l'écriture coulante de sœur Bouilloire, dont les mots tracés finissaient par former un fleuve qui lui-même se changeait en récit. Le récit de la vie de Nona.

Les songes s'évanouirent sans laisser la moindre trace, à tel point que Nona se demanda si elle avait vraiment rêvé. Mais le fil était toujours là, ce fil qui était la Voie, et la Voie la ramena vers l'instant présent. Elle rouvrit les yeux. À l'est, le ciel suggérait un infime éclaircissement. Le passage de la lune convergente ne l'avait pas réveillée, malgré l'agitation et les bêlements des brebis, malgré le vent chargé de neige fondue. Quelque part dans la nuit, un son clair avait percé la voix des bourrasques. Le crissement d'un métal contre un autre. Nona se redressa lentement sur les genoux et scruta le paysage à la faveur d'un ensellement de la partie supérieure du mur. Sur la gauche se trouvait la crête, suggestion de noir contre l'arrière-plan gris foncé du ciel. Sur la droite, le champ descendait en pente douce vers l'étroit cours d'eau et le bosquet clairsemé.

À la lisière, un entrelacs d'ombre capta son attention. Elle redoubla de vigilance. Rien de tel qu'un amas d'arbres noirs comme la nuit pour donner corps au produit de votre imagination fertile… Aucun signe suspect. Seulement les contours sombres des troncs, et le silence. Pourtant, les brebis quittèrent une à une le mur qui les protégeait, et trottinèrent vers la crête.

Nona ne les imita pas. Elle n'avait aucune raison de s'aventurer à découvert, de révéler sa présence à un éventuel ennemi rôdant dans les parages.

L'aube gagna le ciel avec une lenteur exaspérante, muant le noir en gris par petites touches, dévoilant d'inoffensives ramilles là où la nuit avait dessiné aux arbres des bras menaçants, révélant des troncs penchés là où Nona avait cru voir un monstre l'épier en silence. En gagnant peu à peu les reliefs, le soleil suggéra un peu de vert sous la pellicule de givre.

Mais la lumière avait beau s'étendre, progresser, elle ne parvenait pas à donner un sens à l'amas sombre qui se trouvait en bordure du champ, tout près des premiers arbres.

Nona étouffa un hoquet, avalant de l'air froid. Ce pli, là, était un genou, et celui-là un bras, tandis que telle courbure était celle d'un bouclier. Près de cinq ou six hommes gisaient dans l'étreinte de la mort, parmi les broussailles, et l'on distinguait une main tendue au milieu d'un écheveau de bruyère hérissée d'aiguillons.

Que faire ? Passer son chemin comme si de rien n'était ? Chercher à savoir ce qui s'était passé, au risque de se mettre en danger ? Nona observa attentivement la crête, puis l'obscurité qui s'attardait entre les arbres. Rien ne disait qu'elle n'était pas espionnée… Mais pour quelle raison l'aurait-elle été ?

Elle fit appel à sa lucidité en commençant à jongler mentalement, guidant chaque balle d'une main à l'autre selon sa trajectoire inéluctable. Elle se représenta d'abord trois balles, comme lorsque Amondo enseignait son art aux enfants du village, puis une quatrième, qui entrait en scène quand l'artiste s'adressait aux passants pour s'attirer un public. Ensuite vint la cinquième balle, destinée à ensorceler, et la sixième : à la fois clou du spectacle et première balle à donner des sueurs froides à Amondo. Lorsque Nona ajouta la neuvième balle à son numéro, le monde qui l'entourait semblait emprisonné dans du cristal, privé de ses contrastes ; plus rien ne rehaussait les ombres, plus aucun détail n'était souligné. Il était à la fois identique et différent. Nona se leva, et tous les éléments qui l'environnaient lui hurlèrent leur signification secrète, chaque pièce du casse-tête lui céda ses secrets. Elle avait atteint une lucidité si exacerbée que cela lui brûlait les yeux. Rien n'avait changé, et pourtant… le monde n'avait plus rien à cacher ; Nona Grisaille lisait en lui à livre ouvert.

Ils étaient cinq hommes étendus là : des guerriers tous autant qu'ils étaient, et plus précisément des pillards, à en croire leur accoutrement et les taches de sel dont leur cape était maculée. Nona s'approcha à pas feutrés, et le mystère de la forêt se déploya devant elle.

Le vainqueur avait terrassé ses victimes avec des dagues de jet et une épée à lame fine. Des attaques précises, sans frénésie ni clémence. Le massacre avait commencé à l'abri des arbres et s'était achevé à l'orée du bosquet. Nona respirait désormais l'odeur des morts, le sang, les habits non lavés, ce fumet putride qui trahissait l'indigne vérité de ceux qui ont été passés par le fil d'une épée. Le givre avait colonisé des cheveux derrière lesquels on devinait des yeux bleus. Il y avait aussi une épée et une hache délaissées, et des mains tantôt blanches et ouvertes, tantôt crispées dans un ultime instant d'agonie et noircies par le sang séché. Tous avaient rendu leur dernier souffle.

Du bout du pied, Nona tira à elle la sangle d'un paquetage. Elle s'empara de la viande séchée et des biscuits durs qu'elle trouva enveloppés dans une toile cirée, et les ajouta aux miettes de nourriture qui lui restaient. Mourant toujours de faim, elle voulut s'approprier un autre sac… et se figea. Du tréfonds de sa transe de lucidité monta une information qui lui fit l'effet d'un coup à l'estomac. Non loin de là, elle percevait les battements d'un cœur humain. Sur quelles preuves se fondait cette impression ? Elle n'aurait su le dire. Elle savait simplement que c'était la vérité. Elle se redressa devant le bosquet silencieux, formé d'ombres et d'arbres juxtaposés.

Les pillards suivaient la lisière du bosquet, le long de la rive, et c'était lorsqu'ils s'en étaient écartés pour se diriger vers le muret derrière lequel Nona dormait qu'ils avaient été attaqués. Dix mètres après la première traînée de sang, Nona s'écarta de l'itinéraire suivi par les Durnisiens, qui s'inscrivait par intermittence dans le verglas et la boue en partie figée par le froid, et s'engagea plus avant dans la forêt, écartant les ronces, se forgeant un chemin au milieu des branches pointues et cassantes des buissons d'ardna massés entre les aulnes. Elle avait l'impression de faire autant de bruit que toute une armée. Son instinct lui commandait de partir, de reprendre la route du Kring et de laisser ce mystère à d'autres. Mais, au fond, pourquoi quelqu'un lui aurait-il tendu un guet-apens dans cette forêt transie, au lieu de l'attaquer dans son sommeil ?

Nona remarqua d'abord le sang sur les feuilles, sur un tronc, puis vit une trace rouge étalée sur un autre arbre. Ensuite seulement, elle vit une botte. Une jambe. Alors, en contournant un imposant chêne-gelure, elle découvrit le corps qui y était appuyé, la tête pendante, le visage dissimulé par la capuche d'un paletot.

Le cœur soudain hésitant à battre, elle resta pétrifiée par la terreur. Quelques secondes plus tard, ce qu'elle avait pris pour le sixième cadavre bougea la tête.

— B-bonjour, Nona.

Sœur Bouilloire, avec ses yeux noirs et son visage si pâle. Le sang qui bordait sa bouche était d'un rouge très cru, et elle avait perdu le sourire qui ne la quittait d'ordinaire que rarement.

— Bouilloire !

Nona tomba à genoux auprès de l'enseignante.

— Que…

En avisant la main blanche de Bouilloire crispée autour du manche d'un couteau, Nona resta sans voix. Autour de la blessure, le paletot était imprégné de sang, et l'on ne distinguait que le pommeau de l'arme, une boule d'acier : le reste de la poignée disparaissait sous la paume de la moniale.

— Ma petite Nona, dit-elle, recouvrant le sourire qui n'appartenait qu'à elle. Tu m'as trouvée. (Elle toussa, ses lèvres se maculant d'écarlate.) Oh, je devrais éviter de faire ça. Ça fait mal.

La vue brouillée par les larmes, Nona posa une main sur l'épaule de l'enseignante et l'autre sur ses cheveux.

— Ça va aller. Ça va aller.

— Tu dois fuir, petite Nona, dit la moniale.

Elle scrutait les arbres sans avoir besoin de bouger la tête.

— Non, vous les avez tués. Ils sont tous morts. J'ai vérifié.

— C-ce n'était pas moi, répondit Bouilloire en s'humectant les lèvres. Tu n'aurais pas de l'eau ?

Nona se pencha pour fouiller dans sa gamelle.

— C-ce n'était pas moi, répéta la religieuse en souriant. C-catastrophe naturelle. Je ne les aurais pas empêchés de vous retrouver, toi et les autres. Cela… fait partie de l'exploration. U-un coup dur, je sais… Mais à l'image de notre époque, Nona.

— Qui les a tués, dans ce cas ? demanda Nona.

Elle surveilla les alentours tout en portant sa gourde aux lèvres de la moniale. Toute lucidité l'avait désertée en une fraction de seconde, tant avait été grand le choc de découvrir le visage de sœur Bouilloire.

— La Noi-Guin. C'est à cause d'elle que je t'ai suivie.

— Pourquoi ?

Trop de questions se bousculaient, et Nona ne savait pas laquelle privilégier.

— Elle a décidé de te régler ton compte. C'est qu'ils ont leur fierté, ces Noi-Guin. Elle a laissé s'échapper une fillette il y a deux ans de ça. Elle tenait à laver cet affront, peu importe que Thuran Tacsis ait prêté serment devant l'empereur.

— Où est-elle ?

Nona avait extrait de son lit un couteau identique à celui qui était enfoncé entre les côtes de la moniale.

— J-je l'ai blessée, dit Bouilloire avec un rictus. (Ses dents étaient tachées de sang.) Je ne l'ai pas ratée. Mais… elle s'est enfuie. (Une grimace de douleur.) Toi aussi, tu dois fuir. Elle pourrait revenir. Avec du renfort.

— Pas question, dit Nona. Je suis plus en sécurité avec vous.

— Non. Les Noi-Guin ne connaissent pas ta destination. Ils nous ont pris en chasse quand nous avons quitté le couvent, ou alors ils savaient que nous déposons les novices sur la rive de la Crécelle. Mais l'objectif change chaque année. Couvre tes traces, et file vers le nord avant d'obliquer vers le Kring. Normalement, tu devrais pouvoir rattraper Ara.

Elle est en sécurité, sœur Pomme la suit comme son ombre. Et ce n'est pas une tempête qui risque de perturber Pomme, tu la connais.

— Pomme ! On est toutes surveillées, alors ? demanda Nona, fronçant les sourcils.

En dépit de ce qui s'était passé, du sang qui gouttait des branches, elle trouvait le procédé cavalier. Elle avait l'impression que les dés étaient pipés depuis le départ.

— Non, ma petite Nona…, dit Bouilloire en souriant, comme si elle avait lu dans ses pensées. Pas toutes. Juste toi, à cause des assassins. Ara… à cause de son… père. Et surtout… l'Élue.

— Comment ça, « et surtout » ?

Bouilloire cracha un peu de sang.

— Pomme de reinette va me tuer. Mais… (Elle haussa les épaules, ce qui lui arracha une grimace, et regarda le couteau.) … dans ce cas, elle va devoir se dépêcher de venir.

— Que voulez-vous dire ?

— Arabella n'est pas l'Élue. Et toi non plus.

Bouilloire posa sa main sur celle de Nona, qui n'avait pas quitté son épaule. Elle était glacée.

— Vous êtes toutes les deux des… Boucliers, en quelque sorte. Zole est l'Élue. C'est une quadruple-sang, une vraie de vraie.

Une larme coula sur la joue de Bouilloire.

— Tout droit sortie des légendes. Elle est venue pour nous sauver, Nona. J'en suis persuadée.

Nona cilla.

— Zole ? demanda-t-elle, craignant que Bouilloire ait perdu la tête.

— C'est ce qui a convaincu l'abbesse de la bonne foi de Sherzal. Le fait qu'elle accepte de confier sa pupille à l'Église.

— Sous la garde de Yisht…

— Yisht est une guerrière réputée.

— Et maintenant, il ne reste plus que Tarkax pour protéger Zole…

— Pieu du Gel jouit d'une réputation meilleure encore, dit Bouilloire, le souffle douloureux. Et personne ne sait que Zole est l'Élue. Si vous êtes prises en chasse, c'est Ara qui sera visée.

Bouilloire se tut un long moment, assez pour qu'une salve de questions supplémentaires se forme dans l'esprit de Nona : comment pouvait-elle se rendre utile ? Parviendrait-elle à confectionner un travois pour transporter la blessée… ? Les pillards avaient forcément de la ficelle…

— Tu dois t'en aller, reprit la moniale. Va. Trouve Ara.

— Je ne vous quitterai pas, répliqua Nona en s'asseyant à croupetons, les bras croisés.

—Je ne te laisse pas le choix, dit la moniale d'une voix chuintante. En l'absence de l'abbesse ou d'une sœur supérieure… c'est moi qui incarne l'autorité.

—Vous m'en direz tant.

—C'est un ordre. Que je te donne au nom de l'Ancêtre.

Nona haussa les épaules.

—Je n'ai jamais été totalement convaincue par cette histoire d'Ancêtre. Ma préférence va à l'Église de l'Espoir. Ou peut-être aux dieux des tunnels.

—Nona!

Bouilloire chercha à se redresser, mais retomba contre le tronc en étouffant un cri de douleur.

—Je ne plaisante pas. Tu *dois* partir. Les Noi-Guin vont revenir en force.

—Si c'est ça, je les tuerai, dit la jeune fille avec un geste d'indifférence. (Elle réfléchit quelques instants aux paroles de la moniale.) Votre assaillante blessée, comment appellerait-elle à l'aide?

—Les Noi-Guin sont des ombreux. Elle pourrait contacter un membre de son clan avec qui elle serait liée.

—Jusqu'à quelle distance?

—Cela varie. Un kilomètre? Dix? La plupart des ombreux sont capables de lancer un appel simple à une distance généreuse.

—Eh bien, appelez-la.

—Qui donc?

—Sœur Pomme, rétorqua Nona, comme si c'était l'évidence même.

—Mais Arabella…

—C'est moi que les Noi-Guin veulent, pas elle. Et ils me prendront en chasse si je m'enfuis. Donc, quelqu'un doit venir ici pour les en empêcher. Et pour ce qui est d'Arabella… S'il faut quelqu'un pour la protéger, je suis le Bouclier, pas vrai? J'ai réussi l'ordalie. Contrairement à vous.

—Mais…

—Appelez-la! cria Nona.

—Je ne veux pas qu'elle me voie mourir! répondit Bouilloire sur le même ton.

De stupeur, Nona s'assit.

—V-vous n'allez pas mourir, articula-t-elle d'une voix éraillée. Il est tout petit, ce couteau.

—Il était enduit de poison, Nona. Il me ronge. Je le sens au plus profond de moi.

—Attendez! dit Nona en fouillant son habit, ses gestes rendus maladroits par le chagrin. J'ai le remède noir!

— Ma petite Nona, dit Bouilloire avec son sourire d'antan. Misère, où as-tu trou…

— Je l'ai préparé. (Nona déboucha la fiole.) Vous devez le boire !

Bouilloire lui adressa un faible sourire.

— Plutôt boire de l'eau de vaisselle. Tu devrais t'en débarrasser. C'est une potion dangereuse, même quand ce n'est pas une novice qui l'a préparée.

— Mais…

— Je suis sœur des Silences, Nona. J'ai déjà pris le remède noir. Je l'ai pris sitôt que j'ai vu cette femme. C'est pour cela que je suis encore en vie. Mais cela ne suffira pas.

— Sœur Pomme saurait quoi faire. Elle pourrait agir. Elle est l'Empoisonneuse ! Elle pourrait…

— Ce surnom lui colle encore à la peau ? demanda Bouilloire avec un sourire qui n'était plus qu'un fantôme de ses sourires passés.

— Appelez-la !

— Non.

— Appelez-la, sinon je jure sur l'Ancêtre de traquer ces Noi-Guin et de tous les tuer. Ensuite, je trouverai le Tétragode, et j'éradiquerai tous ceux que je trouverai à l'intérieur.

— Nona !

— Je m'en fiche, j'ai vu qu'elle avait laissé des traces de sang. Elle est partie vers l'ouest, vers la rivière.

Elle se leva.

— Tu es vraiment décidée, à ce que je vois, dit la moniale, étonnée.

Nona se demanda ce que son attitude avait de surprenant.

— Je ferai ce que j'ai dit, je le jure.

La jeune fille s'élança le long du sentier qu'elle avait créé à travers les broussailles.

— Nona !

Nona se retourna. Tout autour de Bouilloire, l'ombre s'était amoncelée, brume noire qui s'épanchait dans le vent.

— Vous pouvez la joindre ?

Bouilloire, la nuque reposant contre l'écorce, était désormais d'une pâleur mortelle, et une larme coulait au coin de son œil.

— Toujours. Un millier de kilomètres n'y changeraient rien.

Elle leva faiblement le bras, et les ombres devinrent plus intenses encore, la nuit s'étira, convoitant l'infini, comme si, derrière la moniale, le soleil venait de se coucher.

— C'est fait. Elle sait que j'ai besoin d'elle. Elle sait où je me trouve.

— Promis ?

—Je le jure.

—Au nom de l'Ancêtre ?

—Au nom de l'Ancêtre. Et de l'Espoir, et des Dieux Absents dont l'écho se perpétue dans les tunnels, et des divinités trop modestes pour avoir un nom, celles qui dansent dans les boutons d'or et accompagnent la chute de la pluie. Va, maintenant. Pour l'amour de tout ce qu'il y a de sacré en ce monde, va. Tu m'épuises, Nona. Et je dois me concentrer sur ma survie. Cela lui briserait le cœur de me retrouver morte. (Elle prit une inspiration superficielle pour ne pas accentuer la douleur.) Elles sont toutes les deux parties par là. Si tu prends ce chemin, tu finiras par croiser un semblant de piste et tu auras de grandes chances de retrouver Ara et les autres. Essaie de voyager avec Ara et Zole. Tarkax sera sans doute en mesure de te protéger si les Noi-Guin parviennent à retrouver ta trace. (Malgré la douleur, la moniale parvint à happer un peu d'air.) Allez, va-t'en !

Nona posa sa gourde sur les genoux de Bouilloire et déposa un baiser sur son front glacé. Puis elle partit à toutes jambes.

Chapitre 41

Clera trouva Nona avant que Nona trouve Ara. Elle apparut en fin d'après-midi sur la piste forestière, pourchassée par des nuages noirs.

— Nona ! Attends !

Soulagée, Nona se retourna, et sentit aussitôt la sueur qui lui baignait le front se figer sous l'effet du vent glacé.

— J'ai eu du mal à te rejoindre ! dit Clera, essoufflée. Moi, je courais pour te rattraper. Et toi, pourquoi tu es si pressée ?

— Même chose que toi, dit Nona avec un grand sourire. Les autres sont en sécurité ? J'étais en train d'imaginer le pire.

— Je ne sais pas. Tu es la première que je croise.

Les mains sur les cuisses, Clera chercha à reprendre sa respiration.

— Pendant un moment, je ne savais plus du tout où j'étais, donc je suis quasiment sûre qu'on est les dernières. Par le sang de l'Ancêtre ! Où tu as déniché ça ? demanda-t-elle, les yeux rivés sur l'épée courte que tenait Nona.

La lame en acier bleuté de Durn était aussi longue que le bras d'un homme adulte, du bout des doigts au creux du coude.

— Je l'ai prise à un pillard. Tu crois qu'elles sont saines et sauves ?

Clera gonfla ses joues et souffla.

— Je ne sais pas. Mais nous devons trouver Ara, et les autres aussi… Un pillard ? Tu veux dire un de ceux qui nous pourchassaient ? (Elle se retourna pour scruter posément la piste et les arbres.) Ils vont vouloir la récupérer, leur épée.

— Non, crois-moi. Allez, on y va, dit Nona en s'éloignant à petites foulées.

— Attends-moi ! (Clera fut obligée de forcer l'allure pour ne pas être distancée.) Ils sont à tes trousses ?

— Ce n'est pas exclu. Et nous devons trouver les autres.

— Comment ça, « ce n'est pas exclu » ? demanda Clera d'un air méfiant. (Elle paraissait nerveuse.) Ce que tu dis n'a aucun sens…

— Ne gaspille pas ta salive, lui conseilla Nona tandis que le vent commençait à forcir.

Moins de cinquante mètres plus loin, elles furent assaillies par des rafales qui cinglaient les torsepins, les changeant en mêlée hurlante, et projetant en travers du sentier des glaçons aussi longs que l'épée de Nona.

— Tu… Tu as tué le propriétaire de cette épée, n'est-ce pas ? demanda Clera en se baissant, vive comme une Hunska, pour esquiver un glaçon brisé.

— Disons qu'il n'est plus là pour en parler.

Les bourrasques confisquèrent la réponse de Clera, à supposer qu'elle ait eu envie de réagir aux propos de son amie, et toutes deux passèrent les dix minutes suivantes dans un tourbillon de neige, de vent et de branches arrachées, évitant ces projectiles autant que faire se pouvait, et se fiant à l'épaisse étoffe de leur paletot à capuche pour amortir les chocs qui déjouaient leur vigilance.

Une heure plus tard, elles traversèrent un champ de pommes de terre assiégé par le mauvais temps, que divisait une allée criblée de flaques dont la surface gelée crissa sous leurs pieds. Les haies étaient émaillées de pommes dont la robe rouge sombre luisait du givre auquel elles devaient leur nom.

— Où est-elle passée ? C'est vraiment de l'Ara tout craché. Elle va m'obliger à cavaler jusqu'au Kring, dit Clera en rattrapant à nouveau Nona.

— Je te trouve bien décidée à la retrouver, dit Nona. Et moi qui croyais que tu ne l'appréciais pas…

— Si, je l'aime bien, répondit Clera en happant un peu d'air. Quant à toi, tu devrais jeter cette épée. Elle t'alourdit, et ce n'est pas comme si tu allais t'en servir. On en est encore à apprendre le maniement du couteau !

— Tu estimes que je devrais m'en débarrasser ?

Nona ralentit.

— Elle doit peser une tonne, dit Clera.

Nona s'arrêta complètement. Brandit la lame entre elle et son amie.

— Je devrais m'en débarrasser ? répéta-t-elle en plongeant son regard dans les yeux noirs de Clera. Je n'en ai pas besoin ?

Clera reporta son attention sur le sentier qui les attendait.

— Nona…

Nona lâcha l'épée, dont la pointe se planta dans le sol, entre elle et Clera.

— Allez, viens, dit-elle.

Et elle reprit sa course.

— Ohé, par ici les novices !

Un cri venait de retentir dans leur dos.

Nona et Clera dérapèrent un peu en voulant s'arrêter, puis se retournèrent. Quelques secondes plus tard, Nona serrait Ara dans ses bras. Le regard brillant, les joues rougies par le vent, l'héritière Jotsis lui rendit son étreinte.

— Qui êtes-vous, et qu'avez-vous fait de Nona ? demanda-t-elle. Depuis quand tu nous fais des câlins ?

— Je suis ton Bouclier. Un Bouclier, ça se garde au plus près.

Ara n'avait pas fait de feu. Son campement se résumait à un abri contre le vent, et à une bûche pour s'asseoir.

— Maintenant, nous devons retrouver Zole.

— Pourquoi diable… ? protesta Clera.

— Zole ? (Le sourire d'Ara disparut.) Elle est sous la responsabilité de Tarkax. C'est Jula et Ruli que nous devons chercher !

— Non. Zole. Parce que sœur Pomme n'est plus là pour veiller sur toi, et que nous avons besoin de Tarkax, au cas où quelqu'un s'en prendrait à toi. Et puis, les pillards durnisiens sont en train de battre la campagne. J'ai vu un autre groupe, à trois kilomètres d'ici. Ça fait le troisième.

— Je n'ai pas vu sœur Pomme ! Elle était là ? s'enquit Ara en regardant aux alentours, comme si l'Empoisonneuse avait pu se cacher derrière un arbre.

— De quels pillards tu parles ? Je n'en ai aperçu aucun, moi, dit Clera en scrutant le sentier.

— Il faut qu'on avance ! dit Nona en se remettant en route.

— Nona ! crièrent Ara et Clera en chœur.

Nona se retourna.

— Sœur Pomme te suivait de loin. Elle est de l'ordre des Silences, alors pas étonnant que tu n'aies rien remarqué. Et, oui, Clera, il y avait d'autres pillards. Ils ne nous ont pas vues à cause du vent, ou alors on ne les intéressait pas. Rien ne dit que ça se passera de la même façon la prochaine fois. (Elle s'éloigna). En route.

Ara voulut savoir comment Nona avait appris la présence de sœur Pomme, ou plutôt son absence, étant donné que nul ne pouvait voir une sœur Grise qui souhaitait rester invisible. C'est ainsi que, tout en progressant à marche forcée, Nona raconta à ses amies tout ce qui était advenu, passant néanmoins sous silence le fait que Zole était la quadruple des légendes, une information qui ne la réjouissait d'ailleurs pas particulièrement. Loin d'elle l'idée d'être la préférée de sœur Poêlon… Simplement, à ses yeux, cette histoire défiait toute logique. En confiant Zole à l'Église, Sherzal avait gagné la confiance de mère Vitrage, ce qui représentait un atout précieux, puisque cela la lavait de tout soupçon concernant Ara et Nona. Pourquoi la sœur de l'empereur aurait-elle cherché à les enlever, puisque ni l'une ni l'autre n'était l'Argatha promise par la prophétie ? Elle avait au contraire remis l'Argatha entre les mains de l'abbesse.

Et pourtant... Nona savait pertinemment que l'on ne pouvait pas se fier à Sherzal. Elle avait bel et bien tenté d'enlever Ara. Elle avait fait entrer Yisht à la Mansuétude dans l'intention de s'introduire sous le Dôme de l'Ancêtre... Et si elle avait sacrifié Zole en échange d'une chance de s'approprier le cœur-de-nef ?

L'exposé de Nona parut satisfaire Ara.

—Ainsi, tu as passé la matinée à explorer les bois et à t'occuper de sœur Bouilloire... Cela explique pourquoi tu as eu toutes les peines du monde à me rattraper. (Tout en parlant, Ara avançait à petites foulées, économisant son souffle.) Mais Clera a eu autant de mal à te rattraper, toi... Pourquoi était-elle si en retard sur nous ? Sœur Suif nous a recommandé de ne pas présumer de nos forces, de nous préserver, et c'est ce que j'ai fait dès que je me suis retrouvée à bonne distance de nos poursuivants.

Toutes deux se tournèrent vers Clera. Le visage empourpré par l'effort, elle se tenait le flanc et la fatigue se lisait sur son visage. Voyant que ses amies la regardaient, elle s'arrêta en chancelant.

—J'ai besoin d'une halte. Je ne peux pas courir jusqu'au Kring. Il reste pas loin de quatre-vingt-dix kilomètres.

—Pourquoi tu étais si en retard par rapport à Ara ? demanda Nona.

—Je te l'ai déjà dit, je me suis perdue, compris ? dit Clera, exaspérée. Je suis de la ville, moi. Tu as peut-être été élevée par des loups, et Arabella a certainement eu l'occasion de pratiquer la chasse, mais moi, tout ce que je connais, c'est les rues, les marchés, les maisons. Dès que je vois plus de trois arbres en même temps, je sais que je me suis gourée.

La deuxième nuit, un abri leur vint sous la forme d'une porcherie appartenant à un groupement de masures à l'aune duquel le village de Nona aurait pu passer pour un modèle de prospérité. Les novices furent tout d'abord accueillies par les pointes d'une fourche et une convergence hâtive de paysans au regard farouche, armés de haches et de houes. L'offre initiale, à savoir une mise à mort brutale, fut ramenée à un niveau acceptable grâce aux efforts diplomatiques d'Ara, qui parvint à négocier la location de la porcherie inoccupée avec, à la clé, une couche de paille fraîche et la menace d'une réaction violente en cas de « comportement suspect ». Une fois dans l'intimité de leur nouveau logis, Clera sortit de son habit une poignée de pièces d'argent, de laquelle elle isola un sou de cuivre pour acquérir une miche de pain noir qui ne semblait pas avoir levé, ainsi qu'une portion de beurre rance.

— Comment ça se fait que tu as autant d'argent ? demanda Nona en mastiquant sa ration de pain.

— Je te l'ai dit, le sort a enfin favorisé mon père, répondit Clera, la joue gonflée par un morceau de mie qui, à en croire le bruit, contenait plus de gravillons que de farine.

Elle fit sauter son souverain d'or d'articulation en articulation.

— L'Église nous enseigne la foi, mais l'expérience nous apprend que l'argent peut déplacer des montagnes. L'Église prône le *credo* de l'Ancêtre, mais c'est l'or qui parle. Tous nos faits et gestes, le pouvoir impérial, les temples, la guerre, les alliances, les meurtres, les hôpitaux... Tout baigne dans l'argent. Les courants qui parcourent notre société, qui la font danser sont purement financiers. La politique, la religion, l'amour et même la haine... Ce ne sont que des concepts que les gens invoquent. Le seul langage qu'ils comprennent, c'est... (Elle tint la pièce d'or devant ses yeux, entre le pouce et l'index.) ... *ça*.

— C'est une vision du monde très superficielle, déclara Ara, blottie dans son paletot liseré de glace.

— Dit celle qui est née avec une cuillère en or dans la bouche.

— Certaines choses ne s'achètent pas, rétorqua Nona.

Clera secoua la tête.

— On pourrait dire que tout a un prix, un prix qui se révèle étonnamment faible, en général. Même s'il y a des gens qui pensent que quelque chose qu'on ne peut pas acheter n'a aucune valeur.

— Et l'amitié dans tout ça ?

— Ah. (Clera s'allongea.) Là, il faut prendre garde à ce qu'on fait.

Ara fut en mesure d'établir que plusieurs novices avaient traversé le village quelques heures auparavant, mais de là à connaître leur nombre, et le retard exact que Nona, Clera et elle avaient accumulé... Nona était presque certaine qu'elles étaient les dernières. Et, dans le cas contraire, cela voudrait dire que les novices concernées avaient été capturées par les Durnisiens.

Elles se relayèrent toute la nuit pour monter la garde. Nona passa le temps en scrutant l'obscurité, se demandant si Bouilloire avait survécu et imaginant quel carnage sœur Pomme avait dû semer dans le cas contraire. Elle s'interrogea également au sujet des pillards qu'elle avait découverts, gisant tout désarticulés là où la Noi-Guin les avait laissés. Ils étaient jeunes, portant une courte barbe blonde, avec des yeux couleur de bleuet. Qu'est-ce qui avait bien pu les pousser à franchir la mer ? Ils lui avaient paru trop bien nourris, et disposer d'un équipement en trop bon état pour que cela les incite à terroriser de pauvres hères. Un guerrier possédant une bonne épée en fer aurait-il vraiment fait voile vers l'Abeth pour voler une chèvre famélique ?

À l'affût dans le noir, Nona y peignait donc des pillards, insufflait de la vie dans leurs membres pâles. Poursuivraient-ils leur incursion dans les terres, ou battraient-ils en retraite, craignant d'être coupés de la mer lorsque viendraient les armées impériales ?

La nuit se déroula sans incident notable. Si des pillards s'étaient approchés, ils avaient sans doute passé leur chemin dans l'espoir de ferrer des proies plus enviables que ce que les masures du village semblaient leur promettre. Les trois filles se levèrent dès que le ciel commença à s'éclaircir, et prirent la direction de la vallée peu encaissée qui s'étirait vers le nord-est pour rejoindre les lointaines collines derrière lesquelles le soleil ne tarderait plus à poindre.

— D'après elle, c'est le seul itinéraire viable. Enfin… le seul qui soit assez facile pour nous permettre de rattraper les autres. Et c'est bien ce que nous cherchons à faire.

Clera avait pris la tête du groupe. La vieille femme qui leur avait extorqué un sou de cuivre pour le pain de la veille leur avait également indiqué où se trouvait la Faille d'Aemon, une gorge qui, selon ses dires, était le seul moyen sûr de franchir un obstacle répondant au doux nom d'Échine du Diable.

En étudiant la configuration du terrain, Nona comprit qu'un fleuve de glace similaire à celui qui avait pris possession de la Grisaille avait colonisé les environs, mais plus récemment : peut-être cent ou deux cents ans auparavant, guère plus. En se retirant, la glace avait laissé la pierre à nu, striée de crénelures représentant les zones de roche plus dure. L'Échine du Diable était de ces crêtes de granit inflexible épargnées par l'implacable et lent courant de la glace qui avait entamé la matière plus tendre. Se dressant jusqu'à mille mètres d'altitude, si abrupte que ses flancs étaient presque verticaux, elle étendait sur près de vingt kilomètres, selon un axe nord-sud, sa silhouette en lame de rasoir.

Les novices avaient entendu parler de l'Échine du Diable. Ara l'avait même vue quand elle était enfant ; on la lui avait présentée comme une curiosité sur le trajet, un jour que sa famille allait rendre visite à des parents éloignés. Mais ce ne fut qu'en s'approchant, harcelées par le vent glacé, que les trois jeunes filles comprirent la nécessité de chercher un passage sûr.

— Hâtons-nous vers la Faille d'Aemon. Tant mieux si on retrouve les autres, et sinon tant pis. Au pire, on les retrouvera au Kring, dit Clera.

On forme presque le groupe qui était prévu au départ ; il ne nous manque que Ruli.

La traversée des mornes étendues rocheuses se révéla plus longue que prévu. Des fissures de quelques kilomètres de long qui mesuraient par endroits plusieurs mètres de large entravaient leur progression. Ailleurs, la zone était criblée de dolines, certaines emplies d'eau noire, d'autres vides mais dotées de rebords tranchants, certaines assez larges pour que l'on puisse s'y noyer, d'autres modestes et donc périlleuses pour les chevilles si l'on n'y prenait pas garde.

Tard dans l'après-midi, les filles arrivèrent en vue de la Faille, et en début de soirée commencèrent à se frayer un chemin dans un dédale de ravins rocailleux qui serpentaient à travers la roche fracturée, montant progressivement vers le défilé, encore éloigné de près de huit cents mètres. Le vent qui les harcelait depuis qu'elles avaient quitté le Roc de la Foi connaissait une accalmie ; c'était à croire que l'Échine du Diable le dissuadait de souffler autrement que par courtes salves.

— Le vent change, remarqua Ara.

— Peut-être qu'on aura un vent de Goulet dans le dos à partir de demain, et qu'il nous poussera jusqu'au Kring, dit Clera.

Nona partageait cet espoir. Son père avait passé la majeure partie de sa vie à chasser sur les glaciers, et elle à se terrer derrière tout ce qui pouvait lui tenir lieu d'abri lorsque le vent glacé soufflait. Pendant les trois jours qu'elle venait de passer à endurer le blizzard, le respect qu'elle éprouvait pour son père s'était encore accru, et une nouvelle inquiétude s'était fait jour en elle concernant Yisht. Une femme qui avait grandi dans un environnement si hostile allait-elle vraiment renoncer à ses ambitions, renoncer à laver l'affront que lui avait infligé un groupe d'enfants ?

Un rayon de soleil perça les nuages, se propageant sur les reliefs accidentés. Nona s'arrêta net. De la même façon qu'un chœur de voix limpides résonnant à l'unisson était porteur d'une puissance intrinsèque, un instant passé à contempler en silence l'ombre des nuages traversée par des rais de lumière recélait une sorte de magie.

— Tu as raison, il change, dit Clera. On arrivera à bon port et on sera bien au chaud en un rien de temps. Je vais dévaliser le Marché Couvert.

Elle paraissait cependant nerveuse, et ne cessait de jeter des coups d'œil à la ronde.

— On devrait…, commença Nona.

Mais elle ravala aussitôt ses paroles pour suivre du regard un petit caillou qui venait de ricocher près d'elle. Elle se tourna lentement, prête à se ruer à l'abri, tandis qu'Ara et Clera se figeaient. Tarkax se tenait à la bouche d'une petite grotte qui s'ouvrait dans le flanc du ravin, une dizaine de mètres plus haut. Les trois filles en avaient dépassé l'entrée sans rien remarquer. Il leur adressa un signe impérieux, et posa un doigt contre ses lèvres. Derrière lui, on distinguait une silhouette menue couverte d'un paletot.

— Venez ! dit Nona.

— Non ! protesta Clera. Nous devons avancer. On ne peut pas lui faire confiance.

Nona se retourna. Son amie n'avait pas bougé. Ara resta indécise, prise entre deux feux.

— On est là pour ça ! dit Nona. On devait trouver Tarkax, comme Bouilloire me l'a conseillé. Pour qu'il protège Ara, vu que sœur Pomme est partie. L'idée, c'était précisément de nous fier à lui.

— Eh bien, je ne suis pas d'accord. (Clera tendit le bras vers la Faille d'Aemon.) C'est là-bas que nous devons aller. Le seul moyen d'atteindre notre destination. Sœur Suif nous attend. Maintenant qu'on a compris que les Durnisiens posent un sérieux problème, elle aura certainement fait venir la moitié de nos Écarlates.

— J'ai dit à Bouilloire qu'on retrouverait Tarkax, insista Nona, que le comportement de Clera laissait perplexe.

— Eh bien, voilà, on l'a trouvé. Maintenant, on s'en va. N'oublie pas qui il est. Je l'ai vu parler avec Yisht au Caltess. Si on ne l'avait pas enfermée dans un tonneau, ce serait elle qui se trouverait dans cette grotte. Elle que sœur Bouilloire t'aurait dit de rejoindre pour veiller sur Ara. Et tu lui aurais fait confiance, toi, à Yisht ?

Nona ne répondit pas, se contentant de regarder Tarkax, qui avait reculé, s'accroupissant dans l'ombre de l'entrée de la caverne.

— Allez ! dit Clera, s'éloignant dans la ravine qui s'orientait vers la Faille d'Aemon.

— Non ! Clera !

Nona avait fait une promesse à Bouilloire. À une mourante. Une amie.

— Viens, dit-elle à Ara, lui faisant signe de la suivre.

Et elle entama l'ascension de la pente abrupte qui la mènerait auprès du guerrier du frimas.

— Mais, Nona…, dit Ara, la suivant d'un pas hésitant. Et Clera, alors ?

— Elle finira par nous rejoindre, décréta Nona, sans bien savoir si elle avait vraiment envie que Clera décide de rester.

Nona fut la première à atteindre l'abri. Tarkax n'avait pas bougé. Il surveillait le relief accidenté sans jamais décaler son regard vers Nona.

En passant à côté de lui, la jeune fille eut la surprise de découvrir quatre silhouettes. Ses yeux devaient encore s'accoutumer à la pénombre, mais l'une des personnes était si imposante qu'il ne pouvait s'agir que de Darla. Elle n'alla pas immédiatement trouver ses camarades, mais se retourna pour vérifier où étaient Ara et Clera. La première venait de croiser Tarkax, et la seconde, manifestement prête à distribuer des coups de poing, avait commencé à courir pour la rattraper.

—Nona!

Jula et Ruli lui firent la fête.

—Contente que les Durnisiens ne t'aient pas découpée en morceaux, minus, dit Darla.

Elle ôta sa capuche, révélant un œil au beurre noir et un nez ensanglanté. Nona se demanda dans quel état sa camarade avait bien pu laisser le pillard qui s'en était pris à elle.

Quant à Zole, elle lui fit l'aumône d'un regard mais ne s'éloigna pas de Tarkax pour venir l'accueillir.

—Qu'est-ce que vous faites ici? demanda Nona à la cantonade.

—Des soldats sont postés à la Faille d'Aemon, dit Tarkax, les yeux toujours rivés sur l'extérieur. Une dizaine environ. Ils sont en embuscade, donc difficile d'être plus précis.

—Des pillards! s'écria Ara. Si loin de la côte?

—Des soldats, la corrigea Tarkax. Pas des Durnisiens.

—Je ne vois pas où est le problème, dit Clera, restée à l'entrée de la grotte. Le général nommé par l'empereur aura probablement envoyé un détachement tenir le défilé, au cas où les Durnisiens arriveraient en force.

—Ne reste pas là, tout le monde peut te voir, gamine, dit Tarkax en faisant signe à Clera de s'avancer. Et ils ne sont pas au service de l'empereur. Ils ne portent pas d'uniforme. J'en ai tué deux dans les ravins. L'un est mort plus lentement que l'autre. Il a dit être à la solde des Tacsis.

—Thuran Tacsis..., dit Ruli en touchant le bras de Nona. Mais il a juré de te laisser tranquille. Il l'a juré en présence de l'empereur!

—Il s'est bien gardé de s'engager, en ce qui concerne Ara, lui fit remarquer Clera.

Tarkax s'approcha du petit groupe.

—Certaines personnes diraient n'importe quoi pour parvenir à leurs fins. À votre place, je n'attacherais pas trop d'importance au serment d'un Tacsis.

Il dégaina son *tular*, la lame plate quittant son fourreau avec le même chuintement que celle de Yisht, dans les tunnels.

—Ils arrivent. Ils ont certainement envoyé de nouveaux éclaireurs qui vous auront repérées.

— On ne peut pas rester ici ! dit Ara. Nous devons fuir.

Tarkax interposa sa lame entre elle et la sortie.

— Nous serions rattrapés, et tués en terrain découvert. Ici, ils ne peuvent venir que d'une direction.

— Mais ils sont douze ! protesta Darla, qui n'avait pas bougé.

Tarkax haussa les épaules et délia les muscles de sa nuque.

— Douze, c'est gérable si le terrain m'est propice.

— Vous, là-bas !

Près d'une heure s'était écoulée lorsque ce cri retentit enfin. Sans doute les hommes des Tacsis s'étaient-ils déployés, croyant que leurs proies prendraient la fuite. Le temps s'était rarement écoulé avec une telle lenteur ; Nona avait l'impression de s'accrocher à chaque instant pour le figer avec ses réflexes de Hunska. Tarkax avait rengainé son *tular* et avait informé les novices que sœur Suif enverrait des sœurs Écarlates à leur recherche quarante-huit heures plus tard. Il leur avait dit également que cela importait peu, puisque tout serait réglé avant le coucher du soleil, si personne n'était mort d'ici là.

— Nona ? demanda Ara, le visage dissimulé par la pénombre. Ça va ? Tes yeux ont l'air… bizarres.

— Il y a plus grave, répondit Nona, tournée vers l'extérieur.

Le cri se répéta.

— Vous, là-bas !

— Je serai le seul à parler, dit Tarkax en posant un doigt sur ses lèvres. Ils ne doivent pas savoir combien nous sommes, ni découvrir notre identité. (Il mit ses mains en porte-voix.) Je vous écoute !

— Nous voulons la fille ! Livrez-la-nous, et nous partirons.

— J'ai fait la connaissance de deux de vos collègues, à l'est d'ici, dans le ravin, cria Tarkax. Ils ont rejoint l'Ancêtre. Je suis Tarkax, le Pieu du Gel. Si vous voulez la fille, vous allez devoir venir la chercher. (Il s'adressa aux novices par-dessus son épaule.) Avec un peu de chance, ils vont perdre une heure à chercher leurs morts.

— Pourquoi feraient-ils cela ? s'enquit Ara.

— Les morts, c'est plein d'enseignements, répondit Tarkax. Les ai-je abattus à l'arc, attaqués par-derrière, garrottés, tués ensemble ou en deux lieux différents, ai-je agi seul, m'ont-ils blessé ? (Il eut un geste d'indifférence.) Un homme prudent voudrait connaître la réponse à ces questions. Ces soldats… Mon nom leur est familier. Ils vont vouloir s'assurer que je suis bien celui que je prétends être. Peut-être attendront-ils des renforts. Plus ils passent de temps dehors à se refroidir, mieux cela vaudra pour nous.

—Vous n'êtes pas capable d'en terrasser douze à vous tout seul, n'est-ce pas ? demanda Ara.

Le guerrier se rengorgea.

—Je suis Tarkax, le...

Il fit la grimace.

—Aïe ! fit Ara, le visage soudain contracté par la douleur.

Elle voulut regarder derrière elle, mais Nona avait déjà réagi. C'est en achevant de se retourner qu'elle ressentit une vive douleur sur le côté du cou. Elle vit Clera et Zole arriver au contact, échangeant coups, esquives et parades avec une vivacité digne de Hunskas absolues. Elles se retrouvèrent au sol, Clera clouée sous le poids de Zole.

—Il faut maîtriser Zole ! dit Ara en se ruant vers les combattantes.

Elle voulut saisir le poignet de la fille du frimas, mais n'y parvint pas.

Pendant ce qui parut une éternité à l'aune d'un duel hunska, Tarkax ne réagit pas. Ara réussit enfin à attraper Zole par le bras, malgré le coup que celle-ci lui porta à l'estomac. Nona se contenta de regarder la scène, envahie par une certitude aussi glacée que son désespoir était ardent. Jula, Ruli et Darla étaient elles aussi immobiles comme des statues, mais cela parce que le sang hunska ne coulait pas dans leurs veines.

Du sang à la commissure des lèvres, Clera réussit à se dégager, cédant une touffe de cheveux noirs à Zole qu'Ara avait saisie à bras-le-corps en profitant du fait qu'elle était brièvement focalisée sur Clera. Tarkax effectua un bond en arrière, sur la gauche, pour se rapprocher de la paroi de la grotte. Quant à Nona, elle observait toujours ce qui se passait, le cou douloureux là où l'aiguille enduite de poison l'avait atteinte.

Se couchant à plat dos, Ara avait passé ses bras sous les aisselles de Zole et croisé ses doigts contre la nuque de celle-ci tout en lui immobilisant les hanches avec ses jambes, mais cela n'empêcha pas la fille du frimas de lui enfoncer ses doigts sous les côtes, lui arrachant un cri tant la douleur était intolérable. Cela suffit à Zole pour se dégager au prix de quelques contorsions, et effectuer un roulé-boulé afin de se rapprocher de Clera.

Nona ne fit rien. Elle ne pouvait pas agir. Elle devait voir comment la situation allait tourner. Pour que le doute ne soit absolument plus permis. Alors, elle suivit attentivement la scène.

Tarkax se réceptionna près de son paquetage, et l'ouvrit à la volée.

Zole se releva après avoir exécuté une roulade, et se précipita sur Clera. Un coup de pied de cette dernière, dirigé vers son visage, la cueillit au défaut de l'épaule et elle s'effondra au prix d'un craquement sec, les muscles de Clera ayant absorbé son élan.

Tarkax fouilla frénétiquement son sac pour en sortir un petit ballot de cuir qu'il entreprit de dérouler. Il abritait une dizaine de petits tubes de la même matière, scellés à la cire et cousus à même la bande protectrice. Une étoile de jet brouilla la vue de Nona, confisquant les tubes de Tarkax. Elle appartenait à Clera.

Ara se leva avec raideur. Zole roula sur le flanc et se redressa brusquement en position assise, ses yeux lançant des éclairs. Quant à Tarkax, il tira son *tular* au ralenti.

— Toi ? dit Ara, horrifiée. Pourquoi ?

Elle fut obligée de se faire violence pour réussir à faire un pas supplémentaire.

Zole ne s'était pas encore relevée ; elle retomba même sur le côté tandis que Tarkax chancelait. Son *tular* lui échappa, et il s'écroula, se cognant violemment la tête.

— Pour l'argent, répliqua Clera en se relevant lestement. Un beau paquet d'argent. Assez d'or pour que ma famille entre dans le clan des Sis, et j'en passe.

Elle se tourna vers Nona, qui n'avait pas bougé d'un pouce depuis que la morsure du projectile avait entériné la trahison de son amie.

— C'est après Ara qu'il en a, Nona. Thuran Tacsis a juré à l'empereur qu'il ne te ferait pas de mal. Il se servira d'elle pour que les Jotsis accèdent à ses exigences, puis il la revendra. Tout ça se fera par des intermédiaires. Elle ne perdra qu'un mois ou deux de sa vie, et quelques perspectives d'avenir. Mais quelle importance, puisqu'elle se destine à l'Écarlate ? (Elle s'approcha.) Donc, tu vois, c'est trois fois rien. (S'approcha encore. Assez près pour chuchoter à l'oreille de Nona.) Tu vas me manquer, Nona.

Elle eut un mouvement de recul.

— Bon sang, qu'est-il arrivé à tes yeux ? Ils sont noirs... Complètement n...

Le poing de Nona rencontra sa tempe, le genre de coup qui met un point final aux conversations et aux combats. Avant même que Clera heurte le sol, Nona s'était ruée vers le sac de Tarkax, comme dans un mauvais rêve. Clera l'avait donc abandonnée pour un motif aussi futile que l'argent ? Sœur Pomme affirmait que la confiance était le plus insidieux des poisons, et Nona l'avait bu jusqu'à la lie.

— Vite, ligotez-la ! s'écria-t-elle en lançant à Darla une corde trouvée dans le paquetage de Tarkax. Vite ! Et bâillonnez-la, tant qu'à faire.

Quelques secondes plus tard, elle se saisit de la trousse à potions, en prenant bien soin de rester accroupie pour être moins visible de l'extérieur. L'étoile de jet de Clera, celle à quatre branches que Partnis Reeve lui avait offerte, était encore plantée dans le cuir. Le choc avait fait sauter quatre bouchons, et le contenu des tubes concernés avait coulé.

Elle rapporta le tout au fond de la grotte et se précipita au chevet de Tarkax.

— C'est lequel ? C'est lequel ? demanda-t-elle en lui agitant les fioles sous le nez.

Mais le guerrier avait les yeux vitreux, et du sang suintait sur sa joue et son front, là où il s'était blessé en tombant. Il avait cherché l'antidote, mais de quelle fiole s'agissait-il ? Nona ne pouvait pas choisir au hasard. Elle risquait de lui administrer une substance tout aussi nocive que la première.

Elle s'approcha d'Ara, lui prit le visage entre ses mains afin que leurs regards puissent se croiser.

— Tu as été empoisonnée, Ara. Clera t'a piquée avec une aiguille. Elle était enduite de teinture de verrouille. Ce n'est pas la première fois que ça t'arrive. Souviens-toi de notre premier cours avec l'Empoisonneuse. Tout ira bien.

Elle s'adressa à Ruli, qui regardait Darla et Jula ligoter une Clera évanouie.

— Aide-moi, on va l'allonger.

Ensemble, elles couchèrent Ara sur le sol, troublées par le contact désagréable des membres raidis par le poison.

— Tes yeux, Nona, dit Ruli, une main toujours mêlée aux cheveux d'or d'Ara. Qu'est-ce qu'ils ont ?

— J… (Nona porta ses doigts à ses paupières.) Je ne sais pas. Je vois parfaitement. Ils ne me font pas mal.

— Mais ils sont tout noirs… Comme si quelqu'un y avait versé de l'encre.

Ruli semblait effrayée, mais il y avait ce jour-là bien plus terrifiant que les yeux de Nona.

— J'ai pris le remède noir… Celui que j'ai préparé avec Hessa et Ara.

— Pourquoi ?! demanda Ruli, horrifiée. Mais pourquoi tu as fait ça ?

Nona tendit le doigt vers les reliefs exposés à la lumière du jour.

— Les soldats ne sont pas venus que pour Ara. Peu importe les promesses que Thuran Tacsis a pu faire, et ce qu'on l'a obligé à dire. Raymel Tacsis veut se venger, et il y a forcément quelqu'un, parmi ces hommes, qui sait que ça va très mal se passer s'ils reviennent sans moi. Peut-être qu'ils en sont tous conscients. Et si c'est le cas, je n'ai aucune intention d'être capturée et de finir dans une salle de torture parce que j'ai été empoisonnée. Je veux pouvoir me battre jusqu'au bout.

Ce n'était pas un mensonge, pas tout à fait. Lorsque Tarkax leur avait signalé que les soldats convergeaient vers la grotte, elle avait porté la fiole à ses lèvres, craignant de se voir administrer un poison qui leur permettrait de la capturer vivante... Mais qu'est-ce qui l'avait finalement décidée à en boire le contenu ? Le souvenir du soir où Clera avait concocté le sirop d'avachine. Elle avait justifié l'odeur nauséabonde en invoquant le pauvre Malkin parce que, n'en déplaise à la nomenclature, la comptine que sœur Pomme leur avait apprise disait vrai : c'était la ségrenelle qui sentait l'herbe à chat, pas l'herbe à chat.

—Je l'ai pris parce que je n'avais plus confiance en mon amie.

Telle était la vérité et, comme toutes les vérités, elle était douloureuse et difficile à entendre.

Nona avait volé, entre autres ingrédients utiles, de l'herbe à chat et de la ségrenelle dans les réserves de sœur Pomme. Après la séance d'alchimie de Clera sur le plateau, il manquait un peu de ces deux composants, la ségrenelle ayant en effet été coupée pour cacher le fait qu'elle avait été utilisée... Mais cela n'avait pas suffi à berner Nona, car l'odeur avait éveillé ses soupçons et, tout en se maudissant d'être si méfiante, elle avait surveillé Clera. Le jour du départ en exploration, Nona savait pertinemment que son amie transportait de la teinture de verrouille... Restait simplement à comprendre pourquoi.

—Zole essaie de parler, dit Jula.

Elle s'était agenouillée auprès de la fille que Sherzal avait placée au sein du couvent. La quadruple descendante venue endosser sa place dans l'Histoire.

—C'est Tarkax qui a reçu la dose la plus forte, puis Ara, puis moi. Zole a été piquée pendant l'affrontement, mais Clera devait être à court d'aiguilles, ou alors elle aura utilisé la même deux fois.

—Tue. La, articula Zole lorsque Nona se fut agenouillée à côté d'elle.

Ses yeux noirs avaient pris une nuance terne.

—Pas question, répondit Nona.

Quoi que Clera ait pu faire, elle restait une amie. Leur lien n'était pas fait pour être rompu.

—Elle est bien attachée.

—Tue.

—Non ! rétorqua Nona. Dis-moi ce que veut Sherzal. On va probablement mourir ici, de toute façon, alors autant que tu craches le morceau. Les Tacsis ne laisseront pas de témoin. Parle-moi, et je ferai tout mon possible pour que ça traîne en longueur. Ainsi, tu auras une chance de te battre.

Zole parvint à expulser un mot malgré ses mâchoires bloquées.

—Argatha.

—J'en doute fortement, dit Nona, fronçant les sourcils. C'était le cas. Avant. Mais quelque chose a changé, puisqu'elle t'a confiée à mère Vitrage.

— Argatha. Pas. Quadruple-sang.

— Si. C'est ce que raconte la prophétie. Quatre sangs parlant d'une même voix, et l'Arche tendra l'oreille.

— Quatre. *Cœurs.*

— Oh, misère.

Ruli comprit.

— Yisht !

— Yisht, oui, dit Nona. Sherzal veut s'approprier quatre cœurs-de-nef, pas une quadruple. Et Yisht n'a aucune raison de renoncer à dérober celui de notre couvent. (Elle s'adressa de nouveau à Zole.) De quoi l'Arche est-elle capable ?

Zole voulut secouer la tête, ce qui se traduisit par un infime mouvement.

— Tu ne sais pas ?

— Non.

— Moi, je sais, dit Jula d'une voix blanche.

— Toi ?

— Enfin… je sais ce que racontent les livres de la bibliothèque à son sujet. Certains d'entre eux, du moins. J'ai aidé Hessa à faire des recherches. Depuis deux ans, c'est à ça qu'elle passe son temps, pendant que, nous, on s'entraîne au combat.

— Et donc ? demanda Nona, sans trop savoir pourquoi elle s'engageait dans cette conversation.

Après tout, le ravin était peuplé de soldats prêts à les passer par le fil de l'épée.

— Qu'est-ce qu'ils racontent, ces livres ?

— Un tas de choses. Miracles, remèdes, sagesse, une vraie panacée…

— Autant dire rien de concret, conclut Nona, qui avait toujours douté de l'intérêt qu'il y avait à consulter des livres.

— D'après Hessa, il y a un fil conducteur. C'est comme ça qu'elle a trouvé les ouvrages adéquats. Elle est très douée pour tisser les fils. Meilleure que…

— Viens-en au fait ! aboya Nona.

Au fond d'elle, elle voyait déjà les soldats se déployer sur les pentes, le soleil saignant sur la lame de leurs épées.

— La plupart des sources s'accordent pour dire que l'Arche peut nous emmener vers l'Espoir, de la même façon que les quatre tribus sont venues ici grâce à leurs vaisseaux. Et…

— Et ?

Nona n'avait pas oublié le sourire qui était apparu sur le visage de Sherzal lorsque Ara avait tenté de l'intimider avec le pouvoir de la Voie, et n'avait pas eu l'impression d'avoir affaire à une femme prête à accomplir l'impossible pour fuir vers un lointain soleil. Même si ledit soleil était assez incandescent pour éclipser les braises mourantes des étoiles qui émaillaient les cieux.

— Et… elle contrôle la lune. Elle peut la faire tourner, orienter la convergence différemment…

— Par l'Ancêtre ! s'exclama Ruli en se couvrant la bouche avec sa paume.

— Merde ! dit Darla, médusée.

— Par les dieux ! renchérit Nona.

Une personne qui aurait la possibilité de contrôler la lune n'aurait aucune envie de fuir l'Abeth… Elle s'en rendrait maîtresse !

Un cri leur parvint de l'extérieur.

— Donnez-nous Nona Reeve ! Les autres seront libres de partir.

— Mais Clera disait qu'ils en avaient après Ara…, dit Ruli, perdue.

— Ils lui ont menti. C'est Raymel qui est derrière tout ça, pas Thuran.

Nona se demanda ce qui se serait passé si l'intermédiaire des Tacsis avait joué franc-jeu avec Clera. Aurait-elle exigé une meilleure rémunération au nom de leur amitié, ou aurait-elle accepté une somme inférieure, au motif que Nona n'avait pas de famille susceptible de réclamer vengeance ? Elle se demanda depuis combien de temps Clera était à la solde des Tacsis. Et quelle information elle leur avait fournie pour changer sa pièce de cuivre en couronne d'argent.

— Donnez-nous Nona Reeve !

Clera ouvrit les yeux et commença à se débattre pour desserrer ses liens, grognant derrière le morceau de tissu dont Darla s'était servi en guise de bâillon. Venait-elle tout juste de reprendre connaissance ? Ou avait-elle encore cherché à abuser son entourage ? Pourquoi ce soudain affolement, d'ailleurs ? Nona s'aperçut qu'elle ressentait de la colère envers son amie, mais pas de la haine. Jamais Clera ne l'aurait vendue. Les Tacsis s'étaient servis de Clera, l'avaient trompée, attisant son ressentiment envers Ara, l'héritière fortunée.

— Nous voulons seulement la fille !

Nona fit volte-face.

— Je vais y aller, dit-elle, mais dans tous les cas vous allez devoir vous battre.

— Nous battre ? dit Darla avec un petit rire désabusé. (Elle décocha un coup de pied à Clera pour qu'elle cesse de s'agiter.) Avec quoi ? Nos poings contre leurs épées ?

Nona confia l'étoile de jet de Clera à Ruli.

— Voilà, ça fait déjà un mort.

Elle alla ensuite ramasser le *tular* de Tarkax que l'on avait oublié dans la pénombre de la grotte, et le remit à Darla.

— Enfile son pantalon et sa veste. Tu n'es pas beaucoup plus imposante que lui. Garde ta capuche. S'ils ont peur de toi, cela te donnera un avantage.

Enfin, elle prit le long couteau et la hache que le guerrier du frimas portait à sa ceinture. De près, il sentait la fumée, et aussi une épice que Nona ne parvint pas à identifier.

— Tiens, Jula.

— E-et toi, avec quoi tu vas te battre ?

Les armes tremblaient entre les doigts de Jula. Elle avait un talent inné pour le combat, malgré toute l'affection qu'elle vouait aux livres, mais son effroi était bien réel. Et pour cause... Les soldats des Tacsis ne feraient qu'une bouchée des novices, exactement comme les apprentis de Partnis Reeve. Des adultes bien entraînés contre des enfants. Certes, Darla était aussi robuste qu'un homme. Cependant, elle n'était pas familiarisée avec le maniement du *tular*, et même si elle avait crispé ses doigts autour de la poignée à s'en faire blanchir les articulations, cela ne les empêchait pas de trembler. Sans compter que les assaillants étaient douze, et Nona la seule Hunska en état de se battre.

— Je vais vous raconter une histoire.

— Comment ça ? aboya Darla, pas impressionnée pour deux sous.

Elle semblait enrager d'avoir peur.

— Une histoire, dit Nona en faisant signe à ses amies de s'asseoir. On a le temps. S'ils n'avaient pas l'intention de chercher les victimes de Tarkax, ils auraient déjà donné l'assaut.

— Quelle histoire ? demanda Ruli, jouant avec l'étoile de jet de Clera tout en surveillant celle-ci.

— Une histoire vraie.

Nona se tourna vers Ara, qui était toujours captive du poison.

— J'ai menti concernant la raison pour laquelle mon village m'a donnée au croque-mitaine... Pourquoi ma mère les a laissés faire... Je n'ai pas arrêté de mentir. Il est temps maintenant que je vous dise la vérité.

Tout le monde l'écoutait à présent. Même Darla, qui n'était pas présente au bord de la doline lorsque Nona avait expliqué les raisons de sa présence au couvent, mais avait certainement appris son histoire auprès d'autres camarades. Tout comme Zole, peut-être.

— Une fois, un jongleur est venu dans notre village. Il a été mon premier ami...

Alors, Nona s'épancha. Lors de son deuxième témoignage, elle avait dit la vérité quant au motif du départ d'Amondo, et aux reproches maternels qui, à l'époque, dépassaient son entendement d'enfant. Elle avait dit vrai en expliquant qu'elle s'était lancée à la poursuite du jongleur, suivant en cela les indications de la mère Sible. Ce n'était que lorsque les premiers arbres de la forêt de Rellam s'étaient dressés au bord de la piste qu'elle avait quitté le domaine du réel.

Amondo avait dit qu'il y a des fantômes partout, mais dans la plupart des endroits ils sont au moins cachés dans les recoins, ils attendent leur heure, tapis à angle droit par rapport au monde. Dans la forêt de Rellam, en revanche, on les voit, ils se dessinent sur la voûte des arbres, dans le demi-jour, leurs visages difformes sont figés dans l'écorce des troncs anciens. Et on peut aussi les entendre hurler dans le silence, sans tout à fait le rompre.

J'ai continué sans me soucier des fantômes et des fées, car lorsqu'une peur véritable prend possession de vous, elle chasse toutes les autres, celles que les gens essaient de vous donner, de vous inspirer à coups d'histoires et de regards sombres. Une peur véritable naît tout au fond de vous.

J'ai continué, car j'ai pensé que si je rebroussais chemin maintenant, ce ne serait que le premier d'une longue série de renoncements, que je me détournerais de la moindre source de frayeur, de la moindre nouveauté, et que jamais je ne quitterais l'endroit où mon père m'avait amenée. J'y passerais une vie de labeur, j'y vieillirais et puis j'y mourrais sans jamais avoir quitté des yeux la masure de ma mère, et la glace resterait pour toujours cette ligne que j'entrapercevais au loin. Je n'aurais aucune importance en ce monde, et le monde n'en aurait aucune pour moi.

Et cela m'inspirait un effroi plus grand que les ombres qui s'intercalaient entre les arbres.

Je me suis laissé guider par le sentier, prenant soin de ne pas m'arrêter, parce que c'est lorsqu'on s'arrête que l'on se fait rattraper. Prenant soin aussi de ne pas forcer l'allure, parce que dans une forêt hantée, la précipitation est la première étape d'un affolement débilitant, d'une course éperdue au terme de laquelle vous vous égarez au fin fond des bois avec une cheville cassée.

J'ai marché jusqu'à ce que l'obscurité m'empêche de distinguer la piste, puis je me suis assise, adossée à un tronc, et j'ai scruté les ténèbres. La pluie est venue, chargée de neige fondue qui s'accumulait sur les feuilles et commençait à goutter avant de glisser jusqu'au sol avec de doux bruits humides que seule mon imagination pouvait muer en cauchemar.

C'est la convergence qui m'a réveillée, repeignant le monde en rouge ardent et en ombres noires, et les broussailles se convulsaient sous les branches crûment soulignées. Alors que le sol commençait à fumer, j'ai cru entendre un cri au loin, et j'ai repris mon chemin, filant comme le vent. Je savais pertinemment que c'était Amondo.

Je l'ai croisé sur le sentier. Il a surgi de la brume alors que je courais dans sa direction. Nous avons bien failli entrer en collision, mais j'ai de bons réflexes ; je me suis coulée sur le côté à la dernière seconde. C'est arrivé si vite qu'il ne m'a même pas vue. Je l'ai hélé, mais il s'est perdu dans une nappe de brouillard rosé.

J'ai cru qu'il s'éloignait, mais j'ai entendu le bruit de ses pas s'interrompre soudain.

— Nona ?

— C'est moi ! Je t'ai suivi.

— Par l'Ancêtre ! Cache-toi ! Cache-toi vite parmi les arbres !

C'est alors que j'ai entendu le pas lourd de ses poursuivants, et puis des cris, des appels se sont élevés à nouveau.

— Bon sang !

Amondo est revenu vers moi, surgissant dans une brûlante corolle de brume. Il m'a saisie par le bras pour m'entraîner sous le couvert des arbres, à l'écart du sentier. Les ronces ont déchiré ma jupe avant de m'entailler les jambes.

— Chuut, a-t-il dit en m'entraînant derrière un tronc et en me bâillonnant avec sa main.

La bande qui était à ses trousses est passée dans un tonnerre de métal, de bottes et de souffles éraillés.

Une minute plus tard, Amondo a retiré sa main et desserré l'autre, étau autour de mon bras.

— Qu'est-ce qu'ils te veulent ?

— Je leur dois quelque chose.

— Pourquoi tu es parti ?

— J'étais à court d'hospitalité dès le premier jour, Nona. La vraie question est : qui voudrait s'attarder plus longtemps ?

La convergence avait entamé son déclin. Déjà, la brume s'était réduite à l'état de filaments auxquels le vent donnait la chasse entre les troncs. Le clair de lune avait retrouvé sa douceur naturelle, et dévoilait l'inquiétude, la vigilance qui marquaient les traits d'Amondo.

— Je veux savoir…

— Les gens veulent toujours savoir des choses… Jusqu'au moment où on les leur révèle, et alors il est déjà trop tard. La connaissance est un tapis de dimensions fixes, moins vaste que le monde. Ce qui doit t'inquiéter, ce n'est pas ce qu'il y a sur les parties laissées à nu, mais ce qu'on a fourré *sous* le tapis.

— Je ne comprends pas.

Amondo n'avait plus rien du jongleur qui avait enchaîné des pitreries en échange d'un quignon de pain. Il me paraissait plus âgé, plus triste, plus sage.

— Il existe une ligne, Nona, une ligne embrasée qui sillonne le monde. Elle traverse les songes, se faufile sous les racines, parcourt le ciel… Et elle mène à toi.

— Moi ? ai-je dit, sceptique. Pourquoi ?

Il s'est composé un sourire à mon intention.

— Chassez la curiosité, elle revient au galop. L'important, c'est que parmi les hommes qui me traquent, il en est un qui est capable de suivre cette ligne. Il la décrit comme un fil. C'est un homme rusé aux doigts plus habiles encore… Il est capable de prendre un cil et d'y faire trois nœuds, le bougre. Alors, ce fil, il n'arrêtera jamais de le suivre. Il ne voulait pas aller te chercher dans ton village, aussi c'est moi qu'il a envoyé…

— Tu devais me livrer à lui ?

Un creux s'est formé dans mon ventre tandis que mon visage se tétanisait.

— Mais tu as dit qu'on était am…

— Beau travail, Amondo, gronda une voix gutturale, un peu plus loin le long de la piste.

Des formes floues passèrent d'ombre en clair de lune pour se fondre à nouveau dans l'obscurité. Des hommes en uniforme, l'épée au côté, qui faisaient un doux cliquetis de cotte de mailles en marchant.

— Et moi qui commençais à douter de toi ! (Un éclat de rire.) Personne ne l'a enlevée. Pas même notre jongleur itinérant. Non, elle est partie de son propre chef. Formidable.

Les soldats nous ont encerclés. Deux d'entre eux ont immobilisé les bras d'Amondo, un troisième m'a saisie par la peau du cou.

Le chef, celui qui était capable, d'après Amondo, de suivre mon fil, s'est avancé sous la lune. Il n'était pas vieux, pas beaucoup plus que le jongleur, mais il ne nous ressemblait pas ; je n'avais pas l'impression d'avoir affaire à une vraie personne. Il n'avait pas l'air de souffrir de la faim. La barbe qui lui mangeait tout le cou était d'une propreté impeccable. Même sous la lune, sa cape restait écarlate, et les bandes d'argent qui soulignaient ses épaules prenaient une teinte sanglante.

— Ce qui ne nous empêchera pas de te faire déguster. Vu que tu t'es enfui.

Il a fait signe aux deux soldats concernés, et ceux-ci ont commencé à tordre les bras d'Amondo, qui s'est mis à crier tout de suite.

— Ensuite, évidemment, nous te tuerons, a ajouté l'homme lorsque le jongleur s'est tu pour reprendre son souffle. Afin que le secret ne soit jamais éventé.

C'est là que je suis passée à l'acte. J'avais les mains libres, alors j'ai tailladé ce que j'ai pu, la peau, le muscle, les tendons, les artères… Sœur Suif a raison : dans le dedans, les gens sont comme des pourceaux… Son sang a jailli si fort que j'en ai eu les épaules trempées, alors même que je bougeais aussi vite que j'en étais capable.

Je devais atteindre le barbu aux doigts habiles, ne pas lui laisser l'occasion de se livrer à ses tours de passe-passe. Je lui ai ouvert le ventre avant même qu'il se rende compte que je m'étais libérée. Les mailles de sa cotte se sont fendues avec une série de petits tintements. C'est seulement à cet instant qu'il a remarqué ce qui se passait, et il s'est plié en deux en se tenant la panse. Sa barbe, je la lui ai fendue, et un torrent de sang a coulé de sa gorge béante.

Ensuite, ça a été un concert de hurlements, de plaies, d'esquives. J'ai fini par escalader un homme armé d'un couteau que je cherchais à semer en tournant autour d'un arbre. Je lui ai planté mes lames dans le dos pour me tracter jusqu'en haut. Un pied en appui sur sa ceinture, je lui ai entaillé le cou ; j'ai pris mon élan pour me hisser sur ses épaules et sauter sur le dernier soldat, une femme. Elle n'avait pas lâché le bras d'Amondo, et elle avait commencé à dégainer son épée.

Après, tout a été terminé. Ils étaient étendus de tout leur long dans les fourrés, les arbres étaient éclaboussés, l'écorce marquée ici et là par des coups d'épée. Debout au milieu du carnage, j'étais vêtue de leur sang et je hurlais. J'en voulais encore. Et Amondo s'est enfui… Il était mon ami, et je l'avais sauvé… Mais il s'est enfui.

— Et c'est comme ça qu'ils m'ont trouvée le lendemain matin. Voilà mon secret, voilà pourquoi ma mère m'a livrée au croque-mitaine. Je suis un monstre.

Nona s'avança lentement vers l'extérieur, alors que le jour mourait sur les reliefs.

— C'est mon secret, ma honte. Je suis Nona Grisaille, la guerre coule dans mes veines, et les cris de mes ennemis sont une mélodie.

— Attends ! protesta Darla. Ça ne rime à rien. Où tu les as trouvés, tes couteaux ? Tu as su t'en servir instinctivement ? Comment tu as fait pour tuer six guerriers ?

Nona frôla la paroi d'un geste vif, et une pluie de fragments s'éparpilla sur le sol. Elle laissait quatre profonds sillons dans la roche sombre.

— Mais… ils avaient des épées, insista Darla, avec un geste de la main pour faire bonne mesure.

— Il ne faut jamais agiter une épée en forêt. Ni sous-estimer une bête sauvage, aussi chétive soit-elle.

Darla n'avait rien à répondre à cela. Elle posa simplement ses doigts sur les marques creusées dans la roche, d'un air songeur.

Depuis le début du témoignage de Nona, Ruli était restée tapie au fond de la grotte.

— Écarlate et argent ? demanda-t-elle.

— Quoi ?

Maintenant que la vérité était sortie au grand jour, Nona n'avait plus qu'une envie : partir avant que ses amies saisissent toutes les implications de son récit.

— Il portait une livrée écarlate et argent ? Et les autres, ils étaient en uniforme ?

— Je..., commença Nona, cherchant à se remémorer la scène.

Elle revit principalement du sang, et des plaies.

— Peut-être.

Oui.

— Ce sont les couleurs de Sherzal, expliqua Ruli. Le chef de ton village en avait forcément conscience. Tout comme il devait avoir compris qu'il ne pourrait jamais faire le poids... Tu étais recherchée par la propre sœur de l'empereur. Ta mère avait sans doute abouti à la même conclusion. Le croque-mitaine représentait ta meilleure chance de survie. Il allait te cacher au vu et au su de tous. Ta tête était mise à prix, on t'a donnée à lui sans contrepartie, et il t'a enfermée dans une cage pour te vendre... C'est tout ce qu'ils ont pu trouver pour assurer ta sécurité.

— Non.

Nona agita la main, comme si ses lames avaient pu réduire cette idée en charpie.

— Ça ne s'est pas passé comme ça. Ils me l'auraient dit...

— Ah oui, vraiment ? demanda Ruli en se levant. (Nona trouva insupportable l'inquiétude qu'elle lut sur le visage de son amie.) C'était pourtant le meilleur moyen pour que tu ne reviennes jamais...

— Je sors, dit Nona en s'avançant vers l'entrée de la caverne. Dès que ça aura commencé, v...

— Ils sont *douze*, Nona ! s'écria Jula en la suivant.

Mais elle s'arrêta net, comme si elle venait de découvrir une tout autre personne que sa camarade. Un animal farouche, peut-être, dont les yeux ressemblaient à des orifices pleins de nuit et dont les mains étaient depuis longtemps souillées par le sang.

— Tu as beau avoir des... dagues invisibles, ils ont des épées aussi grandes que toi ! Et tu n'es pas dans une forêt au milieu de la nuit ! N'y va pas !

— Il me reste la Voie, Ruli, dit Nona avec un pauvre sourire.

— Au couvent, peut-être. Mais ne nous voilons pas la face… Même là-bas, tu n'es déjà pas très douée. Ara est bien meilleure. Et Hessa… elle en sait déjà plus que sœur Poêlon au sujet des fils ! Mais n'est-ce pas pour cette raison que Sherzal convoite le cœur-de-nef ? À une telle distance, même une Sœurcière aurait des difficultés à atteindre la Voie. Et puis toi, pour la sérénité… on repassera. (Il baissa la tête.) Ne le prends pas mal.

— J'ai renoncé à la sérénité, répliqua Nona en souriant. Ce n'était pas pour moi. En revanche, j'ai établi un nouveau record sur le parcours de la Lame…

— Qu'est-ce que la Voie de la Lame a à voir là-dedans ? demanda Darla.

— Un nouveau record ? renchérit Ruli. (Elle se retourna. Tarkax gisait dans une mare de sang, Ara et Zole étaient pétrifiées, Clera ligotée et bâillonnée.) Tu as réussi à le terminer ? Euh… Bravo ?

— Je me suis servi de la graisse.

— Quoi ?!

— La graisse que tu m'as donnée. Depuis le début, je faisais tout de travers. Plus je ralentissais, plus je faisais attention et moins j'allais loin. Quelque chose n'allait pas. Ne collait pas. Alors, j'ai procédé comme avec la Voie. J'ai couru. J'ai nettoyé la résine et l'ai remplacée par la graisse. Le parcours est essentiellement en descente, et le temps que tu atteignes les portions montantes, tu vas assez vite pour les franchir sans problème.

— Et le tire-bouchon dans tout ça ? demanda Ruli, médusée.

— Si tu atteins une vitesse suffisante, tu peux glisser le long de la face interne, lui révéla Nona avec un grand sourire. C'est merveilleux. Tout s'emboîte parfaitement. Tous les choix, l'équilibrage, tout prend sens pour peu que tu abordes le parcours à la vitesse du combat. Je l'ai réussi en trente graduations !

— Trente ?! s'offusqua Ruli. C'est impossible.

— Sœur Effraie reste plus rapide. Mais j'étais contente quand même.

— Ça ne change rien, intervint Darla en agitant l'épée de Tarkax. En quoi un jeu stupide va t'aider quand tu seras dehors ?

— Mais justement, ce n'est pas qu'un jeu. Si on s'entraîne sur le parcours, c'est pour une bonne raison.

— Pour cultiver notre équilibre et notre synchronisation, dit Jula.

— Quand on est hunska, oui. Mais les Quantals utilisent cet exercice pour se préparer à arpenter la Voie. Je… Subitement, tout m'est apparu sous un jour nouveau, conclut Nona en s'orientant vers l'extérieur.

— Une illumination, souffla Jula.

— Exactement.

Sœur Bouilloire lui avait enseigné ce mot, mais il ne lui était pas revenu à temps. Une illumination. Voir le monde d'un œil neuf, une compréhension exacerbée. Comme lorsque les images cachées de sœur Poêlon prenaient soudain tout leur sens, une bosse se changeant en un creux, une jeune femme se muant en vieillarde. Le même phénomène s'était produit avec Clera. En prenant un peu de recul, Nona avait aussitôt décelé la trahison. La nouvelle image n'effaçait pas l'ancienne : la bosse était toujours un creux, mais s'était également réapproprié sa nature de bosse ; la vieillarde était encore jeune, mais accusait également son âge. Quant à Clera, elle était à la fois son amie et son ennemie.

Et Nona comprenait également qu'il n'avait tenu qu'à elle de découvrir la vérité. La pilule amère de sœur Pomme… Si, ce jour-là, elle n'avait pas interrogé Clera à propos de l'étoile de jet, c'était parce qu'elle n'avait elle-même aucune envie de parler d'Amondo, de la forêt, du sang. De révéler le monstre affamé de mort qu'elle était. Si seulement elles avaient échangé leurs vérités respectives, elles n'en seraient pas là. Mais cette vérité, comme tant d'autres avant elle, était trop pénible pour être avouée.

Une illumination ? Elle se revit à neuf ans, les cheveux encore collés par le sang des six soldats de Sherzal. Elle revit Giljohn tenant d'une main les rênes de Quat'Sabots, la cage chargée dans le chariot qui cahotait sur le chemin. Elle revit Stephen le Gris en grande conversation avec lui. Sa mère qui pleurait. Elle s'était concentrée tant de fois sur ce souvenir, pendant si longtemps… Était-il possible de le considérer autrement ?

— Donc, tu penses que tu es désormais capable d'arpenter la Voie ? demanda Ruli. Même dans un endroit comme celui-là ?

— Je pense que oui. Je dois simplement avoir assez de colère en moi.

Au couvent, à proximité immédiate du cœur-de-nef, sa fureur lui permettait d'atteindre la Voie. Ce serait également le cas dans cette grotte… pourvu qu'elle parvienne à mobiliser assez d'émotion. Et cette fois, elle ne chercherait pas à mesurer ses gestes, à se freiner pour favoriser sa stabilité. Elle foncerait le long de la Voie pour récolter tout le pouvoir accessible. Et elle se l'approprierait. Elle n'avait pour cela qu'à puiser en sa fureur, ce qu'elle fit… Mais où était l'incendie qui l'avait naguère ravagée ? Il n'en restait qu'une braise. Se pouvait-il vraiment que sa mère ait voulu la sauver ?

— Reste, dit Darla, la tête basse. Tu n'es pas obligée de sortir. On pourrait… toutes fuir dans des directions différentes.

— Non, répondit Nona.

Si les novices prenaient la fuite, Darla serait la première à être capturée.

— On n'a qu'à attendre, suggéra Jula. L'effet du poison finira par se dissiper, alors Tarkax pourra se battre et…

— Et sœur Suif viendra avec d'autres Écarlates, compléta Ruli.

— Va.

Zole avait réussi à insuffler un peu de conviction dans ce verbe. Elle comprenait. Si vous vouliez remporter un combat perdu d'avance, vous deviez en prendre l'initiative et non la laisser à l'adversaire. Vous deviez prendre l'ennemi au dépourvu.

— Je dois…

Mais une immense et sombre entité s'empara de Nona, et elle perdit pied avant même d'avoir pu achever sa phrase.

Elle fut si promptement happée que c'est à peine si elle se sentit tomber. Elle ne distinguait rien, pas même de l'obscurité. Elle sentait seulement une attraction, une course précipitée. Puis elle regagna brutalement son corps. Une cour pavée, la Demeure du Cœur sur la droite, sur la gauche le Dôme de l'Ancêtre qui se dressait derrière les dortoirs… Nona était entrée dans le crâne de quelqu'un. Pas le sien. Elle s'appuya sur sa béquille, boita un peu. Hessa !

Les pensées de son amie l'envahirent, tel un flot prêt à l'engloutir. Nona lui cria qu'elle devait s'en aller, qu'elle devait absolument regagner la grotte, mais Hessa continua à avancer comme si de rien n'était.

Hessa savait bien qu'elle aurait affaire à Yisht. Mais cela n'empêcha pas une terreur froide de lui comprimer le cœur lorsqu'elle découvrit que la grille d'accès aux tunnels était ouverte. Elle avait enduré avec Nona les odieux instants où celle-ci avait cru mourir étranglée. Certes, c'était Nona qui avait suffoqué, mais Hessa avait également eu l'impression que ses propres poumons allaient éclater, à force de chercher un air qui se refusait à elle.

— Pourquoi êtes-vous donc revenue ? murmura Hessa.

Cela n'avait aucun sens. Yisht avait-elle envie de mourir ?

— Qu'est-ce qu'on fait ici ? demanda Ghena en serrant ses bras autour d'elle pour se protéger.

Le vent glacé arrivait affaibli au terme de son règne, mais sa morsure restait bien réelle.

— Va voir l'abbesse. Dis-lui que Yisht s'est à nouveau introduite dans les tunnels.

Hessa logeait avec la classe Écarlate depuis que les Grises étaient parties en exploration.

— L'abbesse ? Tu es folle ! protesta Ghena. Elle va me tuer. On est au beau milieu de la nuit.

Le fait que Hessa l'avait non seulement pincée pour la tirer d'un sommeil réparateur, mais aussi persuadée de la suivre, malgré ses protestations, n'arrangeait en rien le tempérament grincheux de Ghena.

— Dis-lui que Yisht est revenue. C'est si tu ne le fais pas qu'elle te tuera ! Sérieusement, Ghena, c'est une question de vie ou de mort.

— Par les mamelles de l'Ancêtre ! (Ghena cracha par terre et s'éloigna en courant vers la demeure de l'abbesse.) T'as intérêt à avoir vu juste, Traîne-la-Patte !

Poussant un soupir, Hessa reporta son attention sur la grille. Elle avait extrait des fils de tout ce que Nona avait soutiré à Yisht : sang, cheveux, vêtements, sans oublier un couteau que la guerrière cachait dans sa botte. Chaque filament brillant, tout enroulé, elle l'avait étiré de toutes ses forces en son for intérieur, percevant la fureur impuissante de la guerrière qu'un voyage mouvementé entraînait vers l'ouest à bord d'un tonneau. Ce qui avait effrayé Hessa, ce n'était pas l'intensité de cette colère, mais sa froideur.

Hessa poussa la grille, révélant la gueule béante des tunnels dont les ténèbres absorbèrent le halo de sa lanterne. Avec un nouveau soupir, elle s'engagea dans la longue et pénible descente.

Aucune des novices n'avait imaginé un seul instant que Yisht pourrait revenir alors que son méfait avait été découvert. Comment avait-elle déjoué la vigilance des sœurs Grises qui surveillaient les abords du couvent ? Hessa n'aurait su le dire. Toujours était-il que Yisht devrait ensuite se mesurer aux Écarlates. *Elle est folle de croire qu'elle pourra atteindre le cœur-de-nef, et surtout s'enfuir avec…*, songea la jeune fille.

Les fils s'étaient mis à vibrer dès que Hessa avait commencé à chercher le sommeil cette nuit-là. Un frémissement si ténu qu'elle ne s'était tout d'abord pas rendu compte que sa nervosité n'était pas en cause. L'avant-veille, Nona avait fait une terrible découverte. La mort et les défunts. Sœur Bouilloire était impliquée, d'une façon ou d'une autre, mais l'événement n'avait pas suffi à matérialiser le lien mental qui reliait les deux amies, car Nona s'était endurcie face à la peur. Cela n'avait cependant pas empêché Hessa d'être profondément marquée, et elle avait été incapable de dormir.

Mais ce soir-là, malgré les saccades incessantes, l'épuisement l'avait emmenée au pays des songes. Puis les fils l'avaient arrachée à un cauchemar, au prix d'une traction si énergique que la douleur avait brouillé pendant un certain temps son champ de vision.

Devant la porte de la classe d'Ombre, Hessa s'arrêta, appuyée contre sa béquille.

— Qu'est-ce qu'elle fabrique ici ? Pourquoi est-elle passée par là ?

Hessa savait que les efforts de Yisht étaient apparus au grand jour. Des moniales s'étaient relayées dans l'aile des invités jusqu'au soir, après le départ de la classe Grise en exploration. Elles avaient forcément découvert le conduit creusé dans la roche, posté des sentinelles, pris les mesures qui s'imposaient pour protéger le cœur-de-nef et mis en cause la responsabilité de Sherzal.

—À quoi vais-je servir ? se demanda Hessa. (Secouant la tête, elle poursuivit la descente d'un pas rendu encore plus maladroit par la surface irrégulière.) Enfin bon... Si je m'en tire avec une simple chute, je pourrai m'estimer heureuse...

Elle parlait tout haut pour se donner du courage. Devant ses yeux, les fils menant à Yisht serpentaient dans les ténèbres.

Dix mètres plus loin, ses guides s'orientèrent vers une faille de la paroi, qui s'ouvrait si bas que Hessa serait contrainte d'abandonner sa béquille et de poursuivre son chemin en rampant.

—Comment a-t-elle fait pour...

Mais, bien entendu, même si la fissure avait fortement impressionné Nona, ses camarades et elles avaient ensuite prouvé que le passage pouvait accueillir Yisht.

Hessa se mit à quatre pattes sur le sol boueux. Ou plutôt à trois pattes, puisqu'elle en était réduite à traîner sa mauvaise jambe derrière elle. Elle se retourna pour s'engager dans la faille en position assise, poussant sa lanterne devant elle et priant pour ne pas rester bloquée, priant pour que Yisht ait déjà été arrêtée, et non en train de parcourir le chemin en sens inverse.

Une vingtaine de mètres séparaient la faille du tunnel plus spacieux que Nona avait découvert, mais il fallut une éternité à Hessa pour parcourir cette distance, et lorsqu'elle émergea enfin, elle tremblait comme une feuille et respirait avec difficulté. Au point le plus étroit, elle avait remarqué que la paroi avait été creusée, et que des sillons étonnamment réguliers élargissaient le conduit.

—Elle a donc une affinité avec la roche.

Qui aurait pu se douter que Yisht bénéficiait du plus rare talent élémentaire qu'on puisse trouver chez les Marjals ?

Hessa orienta sa lanterne vers le haut. L'issue du conduit vertical qui perçait le plafond avait été condamnée par des planches. La jeune fille s'intéressa au tunnel dans lequel elle venait de déboucher. À tout instant, une lame pouvait fondre sur elle, s'enfoncer en elle jusqu'à la garde. Alors, sa vie serait achevée, elle rejoindrait le grand récit de l'Ancêtre, devenant une goutte d'eau de plus dans cet océan. *Je devrais attendre les sœurs.*

Les fils invisibles qui circulaient entre ses doigts indiquaient que Yisht n'était pas à proximité immédiate... Mais était-elle venue seule, ou

Hessa risquait-elle de tomber sur un complice silencieusement tapi dans le conduit obscur, prêt à l'égorger ?

Hessa se résigna à continuer à ramper, centimètre après centimètre, mètre après mètre, usant le fond de son habit.

— Si j'en réchappe, c'est sœur Serpillote qui va me tuer.

Elle poursuivit son chemin, bien consciente que, quelque part dans les recoins sombres qui l'entouraient, Yisht avait cherché à étrangler Nona.

Quelques minutes plus tard, elle découvrit en levant les yeux l'entrée du conduit horizontal qui permettait de rejoindre la zone d'excavation où Nona avait trouvé Yisht. Une corde à nœuds y pendait, sans doute installée par les moniales du couvent au cours de leur enquête. Sans cette présence salvatrice, Hessa n'aurait jamais pu espérer se hisser dans le passage. Et même avec l'aide de la corde, elle fut contrainte de frôler la Voie pour se donner assez de force dans les bras. Au prix de gros efforts, elle se retrouva à plat ventre dans le conduit, hors d'haleine. Elle répugnait à s'engager pleinement sur la Voie, dont les énergies la perturbaient, l'emplissaient de rêves de puissance qui, dans le meilleur des cas, cadraient mal avec son esprit ordonné. Elle préférait de loin pratiquer son affinité avec les fils qui, lui semblait-il, requérait bien plus de subtilité. Ce qu'elle aimait donc, c'était côtoyer la Voie sans se laisser dominer, subjuguer par elle. À bien des égards, le tissage des fils n'avait rien à envier à la puissance brute des moniales qui arpentaient la Voie, et était donc comparable aux miracles que mère Vitrage accomplissait sans recourir aux menaces ni à la violence. Aux yeux de Hessa, la Voie se rapprochait des méthodes grossières et brutales que privilégiaient les Tacsis… même s'ils n'en avaient pas l'exclusivité, naturellement. D'autres Sis y avaient recours.

Une modeste traction sur le fil adéquat informa Hessa que Yisht se trouvait désormais toute proche, très absorbée par sa besogne. La jeune fille la voyait presque, engagée dans l'incision ascendante qu'elle s'était attachée à creuser au fil des semaines. Elle poursuivait sa tâche en ce moment même, s'interrompant de temps en temps pour palper la roche, la rendre moins résistante pour qu'elle cède aisément sous sa pioche.

C'était la première fois qu'un fil fournissait des informations si détaillées, si imagées à Hessa. Elle contempla sa paume où les filaments se mêlaient. *Tiens, tiens,* songea-t-elle. C'est là qu'elle les sentit. Les vibrations du cœur-de-nef bourdonnaient le long de ses fils, envahissant tout, même la roche environnante. Fébrile, Hessa reprit son chemin de plus belle, se contorsionnant furieusement dans l'étroit passage, l'espace qui l'entourait se chargeant de détails à mesure que le cœur-de-nef lui instillait son pouvoir. Elle détecta des filaments qui correspondaient à d'autres personnes. Ceux de Nona, de Yisht, de trois moniales qu'elle pourrait identifier si seulement elle prenait la peine de suivre la piste et de l'inspecter. Lorsqu'elle déboucha enfin dans le tunnel principal, jonché de débris, elle commençait à distinguer les fils qui circulaient dans les parois, trouvant leur origine dans le temps jadis, l'époque des mers anciennes et des feux de la terre. Elle discernait même ceux de l'eau qui avait autrefois sculpté ces tunnels, avant de se retirer vers les fleuves et les océans, ceux qui se tendaient vers le ciel, ou s'enfouissaient par percolation dans le sol noir pour fonder de secrètes rivières.

Hessa secoua la tête pour bannir toutes ces visions, et se concentra sur son objectif. Elle comprenait désormais pourquoi Yisht progressait à un rythme si soutenu. Son affinité avec la roche lui permettait de solliciter son pouvoir marjal pour creuser plus facilement, mais la proximité du cœur-de-nef exacerbait encore ses talents.

Hessa comprit aussi que les moniales n'auraient pas pu tendre des fils d'alerte autour du cœur-de-nef et dans les tunnels, au cas où Yisht reviendrait, contrairement à ce qu'elles avaient fait avec le couteau noi-guin de Nona. Les battements du cœur-de-nef créaient des ondes que l'épaisseur de la roche n'entravait nullement, et qui auraient réduit à néant la présence des fils tissés. Seuls les fils véritables pouvaient survivre, et aucun entrelacs créé par l'esprit humain n'aurait subsisté longtemps dans de telles conditions.

Une autre corde, accrochée à un piton enfoui dans une fissure, permettait de rejoindre le niveau du sol à l'orée du conduit. L'une des moniales qui étaient venues voir de quoi il retournait n'avait pas les qualités athlétiques nécessaires pour accomplir le périple sans aide. Il ne s'agissait donc pas d'une Écarlate.

—Nona ! Nona !

Nona secoua la tête, cracha un peu de l'eau glacée qui lui coulait sur le visage.

—Où… ?

—Ils sont en train de se rassembler à nouveau devant la grotte.

Jula apparut dans son champ de vision, une gourde à la main. Le plafond de la grotte ondoyait de rouge et d'ombre tandis que le soleil déclinait derrière les reliefs.

—Tu es tombée… Ça fait des heures que tu es allongée là à marmonner… On croyait que tu avais été touchée par la ségrenelle… par le remède noir… Ou les deux.

Nona tourna la tête vers l'entrée. Darla, le *tular* à la main et le visage dissimulé par sa capuche, avait revêtu les peaux de phoque de Tarkax, qui semblaient tout juste à sa taille.

— Elle se montre régulièrement pour ne pas qu'ils croient qu'on a fui par le tunnel du fond, expliqua Ruli.

À ces mots, Nona chassa les dernières bribes des pensées de Hessa et chercha à se lever.

— Il n'y a pas de tunnel, protesta Jula, foudroyant Ruli du regard. On a vérifié.

— Je vais t'aider, dit Ruli en passant son bras sous celui de Nona.

— Attendez ! cria celle-ci, assez fort pour attirer l'attention de Darla. J'étais avec Hessa... Ce que je veux dire, c'est que je voyais à travers ses yeux. Yisht est retournée au couvent. Elle n'a pas renoncé à voler le cœur-de-nef. Hessa va essayer de l'en empêcher.

— Yisht ? De quoi tu parles ? demanda Darla. (Elle s'approcha d'un pas martial, enjambant d'abord Tarkax, puis Ara.) Comment tu le sais ?

— Et comment Hessa peut-elle espérer l'arrêter ? s'enquit Ruli.

— Elle va se faire tuer ! dit Jula, horrifiée.

Nona se redressa en position assise.

— Elle est persuadée d'en être capable. Elle n'a plus peur. C'est pour ça qu'elle m'a renvoyée. On ne se fond l'une avec l'autre que lorsqu'il nous arrive quelque chose de grave.

Darla pouffa.

— Misère, si elle nous voyait en ce moment ! On a douze calamités qui nous guettent. Douze.

Nona fronça les sourcils.

— S'agissant des liens filés, les coïncidences n'existent pas, dit-elle, citant sœur Poêlon.

La vieille moniale leur avait expliqué, à Hessa et elle, que le rythme de leurs deux vies allait s'harmoniser... Or, en cet instant, elles étaient toutes deux confrontées à la mort.

— Hessa se croit capable de vaincre Yisht ? demanda Ruli, dubitative.

— Oui. Mais elle n'y arrivera pas, dit Nona avec un air d'impuissance. C'est à cause du cœur-de-nef ; il te donne du pouvoir, il te fait croire que tu es invincible... Exactement comme la Voie. Mais Yisht la tuera !

Darla reprit sa surveillance des pentes environnantes, sachant que la lumière rasante la rendait invisible

— Pourquoi ça arrive ? dit Ruli en aidant Nona à se lever. Je veux dire, pourquoi ça arrive *maintenant*. Pourquoi Yisht cherche-t-elle à s'emparer du cœur-de-nef au moment exact où on risque de mourir piégées ici ?

— Ce n'est pas nous qui allons mourir, déclara Nona en enlevant son paletot. C'est eux.

Elle fléchit ses poignets, et sentit ses griffes d'accroc se former.

— Quant à Yisht, elle n'aurait pas pu mieux tomber. La moitié des Écarlates sont venues avec sœur Suif pour nous raccompagner au bercail. Et la plupart des sœurs Grises sont de sortie également. Et si, en plus de ça, le couvent a appris ce qui est arrivé à sœur Bouilloire… Il n'est pas exclu que mère Vitrage envoie d'autres moniales pour nous prêter main-forte… Yisht a vraiment bien choisi son moment.

— Les soldats qui étaient partis vérifier les dires de Tarkax sont revenus. J'en compte à nouveau douze postés autour de la grotte. Ils ne vont pas tarder à passer à l'action, dit Darla.

Elle s'était exprimée à voix basse, mais sa nervosité était palpable.

Nona voulut s'avancer vers l'extérieur.

— Je v…

Mais la terreur de Hessa lui sauta à la gorge. Elle lutta pour échapper au lien filé, bien consciente qu'elle en serait réduite à regarder son amie se défendre, et que les autres avaient cruellement besoin d'elle. Mais la force du lien était supérieure. Nona s'écroula, impuissante tandis que les ennemis s'apprêtaient à donner l'assaut, et renoua mentalement avec Hessa. Devenant son témoin silencieux.

Hessa glissa le long de la corde, cherchant à localiser le sol avec sa jambe valide, sa lanterne brûlante fumant et se balançant au creux de son coude. Arrivée au terme de sa descente, elle s'effondra sur la pierre froide et humide, les bras tétanisés.

Puis elle leva sa source d'éclairage, et poussa un cri d'horreur. À moins d'un mètre de son visage, sœur Silex était adossée contre la paroi, à l'aplomb du conduit. Son long cou adoptait un angle curieux, les os formant une bosse du plus mauvais effet sur la peau sombre, là où la déformation était le plus prononcée. La flamme de la lanterne se reflétait dans son regard vitreux, et un mince filet de salive rougie s'était formé à la commissure de ses lèvres.

Va-t'en, dit Nona. Mais dans le vacarme des pensées de Hessa, elle ne fut pas entendue.

La jeune fille se tourna vers l'entrée de la zone d'excavation, où luisait au loin le halo de la lanterne de Yisht. Les coups de pioche et les petits éboulis résonnaient jusque dans le tunnel principal. Hessa reporta son attention sur la défunte. Une sœur Écarlate, une guerrière accomplie, digne de l'enseignement de la Mansuétude. Et Yisht l'avait vaincue.

Va-t'en ! cria Nona, mais les pulsations du cœur-de-nef l'empêchaient de se faire entendre.

Hessa leva les mains. Les fils or, argent, noir et écarlate qu'elle avait soustraits à Yisht étaient accrochés à ses doigts. Elle tira sur le filament d'or, et fut balayée par un flot de réminiscences sanglantes, issues du passé de la guerrière du frimas. En dévidant la bobine mentale, elle aurait distingué le glacier, elle aurait vu Yisht à l'âge où les souvenirs ne se forment pas encore : innocente, enveloppée dans des fourrures. Et si elle sollicitait le brin écarlate, elle pourrait influencer l'esprit de cette femme, voire la faire renoncer à une opinion, aussi enracinée fût-elle. Quant au fil argenté, il ancrait l'âme de Yisht dans son corps. L'arracher reviendrait à la terrasser. Hessa savait qu'elle en était capable. Elle tenait la vie de Yisht entre ses mains, et le cœur-de-nef lui octroyait toute la puissance, toute la lucidité nécessaires.

Hessa se rapprocha de la zone d'excavation, s'égratignant les genoux sur les débris, s'entaillant les paumes et déchirant son habit. Sur la roche fracturée, le halo de sa lanterne dévoila des éclaboussures sombres. Elle porta un doigt à l'une des taches luisantes.

— Du sang !

Ainsi, Yisht n'était pas sortie indemne de sa confrontation avec sœur Silex…

Un fracas terrible s'éleva du conduit et, quelques instants plus tard, un nuage de poussière se déploya, opacifiant tout. Aveuglée, Hessa fut prise d'une quinte de toux.

Ce fut le silence. Puis, alors que la poussière commençait à se déposer, elle entendit que l'on déplaçait une pierre. Elle parcourut le dernier mètre et se posta à l'angle de la zone d'excavation pour scruter la pente abrupte que Yisht avait taillée dans la roche. Elle était entièrement éclairée. Une source de lumière bien plus puissante que n'importe quelle lanterne avait capté les dernières corolles de poussière, les changeant en or. Hessa crut tout d'abord que Yisht avait atteint la surface, mais elle finit par distinguer la silhouette noire de la guerrière, cernée de rais lumineux, comme si elle tenait un soleil miniature entre ses mains, à mi-corps. Et s'il s'agissait d'un astre, alors il ressemblait à l'Espoir, ce jeune soleil irradiant d'or et de blancheur, plutôt qu'à l'étoile rouge d'Abeth.

Et quelle chaleur… Même à cette distance, Hessa commença à transpirer.

— Jamais elle ne pourra partir avec…, dit-elle, plissant les yeux pour éviter d'être aveuglée.

La lumière changea dans une cavalcade d'ombres mouvantes ; les vibrations du cœur-de-nef s'altérèrent. Yisht se tourna sur le côté, tenant toujours le cœur-de-nef ; on distinguait la forme sombre de ses os sous la chair rougie par la sphère ardente.

Sors de là ! hurla Nona et, pendant une fraction de seconde, elle eut l'impression que Hessa avait tendu l'oreille.

Mais la jeune fille continua à épier Yisht, cachée à l'angle du passage ; sa détermination s'était cependant dissipée comme une nappe de brume soumise au blizzard. Jamais la guerrière ne pourrait emporter le cœur-de-nef. Elle commença à battre en retraite. C'est alors que Yisht appliqua l'artefact contre la paroi rocheuse. L'air se peupla d'un bourdonnement assourdissant – c'était à croire qu'un millier de moustiques avaient été conviés à un festin –, et la pierre se rétracta telle de la boue. Alors, Yisht s'avança dans le néant.

— Non !

Hessa venait de comprendre ce qui se passait. La guerrière du frimas était une demi-sang marjal, voire une primante, mais son affinité avec la roche lui permettait seulement de se faciliter la tâche, d'affaiblir la pierre pour accélérer le passage de la pioche, d'assourdir le bruit de l'outil lorsqu'elle avait ouvert le passage dans sa chambre. Par ailleurs, peut-être savait-elle intuitivement où se situaient les tunnels, les fissures… Mais la proximité du cœur-de-nef avait accru son talent, lui permettant d'évider les derniers mètres en l'espace de quelques heures à peine. Et maintenant qu'elle détenait le cœur-de-nef, qu'elle le touchait, elle commandait les mouvements de la roche. Hessa n'avait aucune idée de ce que cela pouvait bien coûter à Yisht. Si le cœur-de-nef était enfoui, et non entre les mains d'une moniale, il devait bien y avoir une raison… Mais tel était sans doute le prix à payer si la Marjal entendait s'échapper. Elle pourrait atteindre la destination qu'elle s'était choisie par le chemin le plus court, qu'elle refermerait ensuite. Sans doute rejoindrait-elle les troupes de Sherzal.

Hessa laissa courir sa main à l'angle du passage, et tira tous les fils de Yisht simultanément. La guerrière fut violemment projetée en arrière, hors de l'orifice qu'elle avait creusé, la paroi opposée interrompant son vol plané avec un craquement qui arracha une grimace à Hessa. Elle connut un instant de culpabilité, car elle n'avait pas eu l'intention de blesser la femme… Puis se sentit ridicule. Elle savait exactement le sort que Yisht lui réserverait si elle lui en laissait l'occasion. Une fraction de seconde plus tard, elle tira le fil doré, et les pensées et les souvenirs de la guerrière l'envahirent.

Toujours piégée dans l'esprit de son amie, Nona reçut un flot d'images. Le halo brûlant de l'une d'elles attira tout particulièrement son attention et, songeant que cela pouvait être important, elle la saisit au vol : le sceau noir de l'amulette de Yisht se détachait devant les instants qui défilaient, devant les réminiscences, les sensations. Et avec cette découverte vint un renseignement précieux. Il s'agissait d'un sceau de négation, conçu un siècle auparavant par un maître sigillier, selon un art désormais en voie de disparition. Ce bijou était la clé pour contourner les défenses de la demeure de l'abbesse. Car Yisht s'était vu confier une deuxième mission, entre-temps abandonnée : mettre la main sur les secrets du couvent. Et l'amulette devait pouvoir annuler n'importe quel enchantement, ou tout du moins le troubler.

Yisht recouvra lentement ses moyens, l'éclat du cœur-de-nef se déployant autour d'elle à mesure qu'elle se redressait.

Tue-la ! hurla Nona. *Vite !* Hessa se trouvait tout près du cœur-de-nef, et avait en sa possession des fils extraits du sang même de Yisht… Elle pouvait casser le filament argenté qui commandait l'esprit, et la guerrière s'effondrerait pour toujours.

Hessa se mit à l'ouvrage, triant les fils avec son esprit habile pour isoler ceux qui l'attachaient à Yisht.

— Posez le cœur-de-nef par terre.

Hessa n'avait fait que bouger les lèvres. Pourtant, Yisht lui obéit, non pas contre sa volonté, mais parce que sa volonté avait changé.

Achève-la ! Nona savait bien comment pensaient les tueurs. Et Yisht était une tueuse, contrairement à Hessa. *Ne lui laisse pas le moindre répit !*

Yisht tendit la main, et un pan de roche se détacha soudain du plafond.

Il n'y eut pas de douleur, aucun souvenir du choc. Hessa avait simplement conscience que le monde s'était penché, que l'huile échappée de sa lanterne s'était embrasée, quelque part près de ses jambes, et qu'elle ne distinguait désormais Yisht que d'un œil injecté de sang. Elle n'avait pas mal, et c'est bien ce qui l'effraya le plus.

Yisht s'approcha, un fin couteau à la main, la démarche hasardeuse, comme si quelque chose s'était brisé en elle lorsque Hessa l'avait projetée contre la paroi.

— Sa touche personnelle, songea Hessa, ses lèvres remuant à peine.

Un bruit humide accompagnait son souffle.

Nona se débattit de toutes ses forces contre le lien qui l'attachait à Hessa, en vain. Le monde se mit simplement à trembler, comme si Yisht s'était ravisée, décidant de solliciter toutes les magies de terre pour broyer son ennemie plutôt que de jouer de sa lame.

— Nona ! (Une gifle répandit une traînée de feu sur sa joue.) Nona !

On lui hurlait au visage.

Nona n'ouvrit pas les yeux. Ils l'étaient déjà… En revanche, elle recouvra la vue petit à petit. Darla s'évertuait à la réveiller.

— Debout ! Ils arrivent au grand complet !

— Arrange-toi pour gagner du temps ! hoqueta Nona.

De stupeur, Darla la lâcha.

— Quoi ?!

— J'ai besoin d'une minute, dit Nona, se redressant en position assise. Il faut que j'aide Hessa.

Son ombre étirée par le soleil mourant se tendait vers l'arrière de la grotte pour en rejoindre la pénombre. Elle serra le poing, tendant un seul doigt gainé d'une lame d'accroc.

— Attendez, on vous l'envoie, cria Darla à l'intention des soldats. (Puis elle rentra dans la grotte.) S'ils ont l'intention de nous tuer de toute façon, pourquoi tiennent-ils absolument à ce qu'on te livre à eux ?

— Ils veulent éviter que je meure dans l'affrontement. Une fois que les hostilités sont déclenchées, tout peut arriver.

Nona entreprit de trancher la jonction entre son ombre et ses pieds.

— Arrrgh, bordel ! Par les dieux, ça fait mal !

Elle savait que ses lames pouvaient couper les ombres, une leçon que sa mésaventure à l'Académie lui avait enseignée. En revanche, elle ignorait jusque-là que le processus était aussi douloureux que d'entailler sa propre chair.

— Que... ?! fit Ruli, pétrifiée d'horreur à la vue de l'ombre en dents de scie qui se convulsait, dévoilant un interstice lumineux entre elle et sa propriétaire. Comment tu comptes les arrêter ?

— Pas « les ». « *Elle* », rectifia Nona en pratiquant une longue estafilade qui lui arracha un cri de souffrance.

Pendant ce temps, Darla souleva le corps raidi d'Ara et s'avança vers l'entrée de la grotte.

— On a été obligées de l'empoisonner pour qu'elle se tienne tranquille ! lança-t-elle.

— Qu'est-ce que tu fais ? demanda Jula en rejoignant Ruli.

Sa dague tremblait dans son poing, et il était difficile de dire si elle s'adressait à Nona ou à Darla.

— Je transgresse les règles, déclara Nona.

D'un bond, elle se jeta sur son ombre mutilée pour l'empêcher de rejoindre la grande obscurité, puis se propulsa à la rencontre de Hessa. Elle était terrorisée à l'idée d'arriver trop tard, à l'idée qu'elle risquait, au terme de sa course effrénée le long du lien qu'une peine immense avait forgé entre Hessa et elle, de ne découvrir qu'un espace vierge à la place de son amie.

La pointe du couteau flottait à quelques centimètres de l'œil de Hessa. Quant à sa propriétaire, elle était assise sur des cailloux, juste devant la jeune fille. De l'autre main, elle tenait le cœur-de-nef, sphère bleuâtre dont les maintes facettes ne laissaient pas d'émerveiller Hessa ; c'était à croire que des formes fantomatiques tantôt familières tantôt inconnues flottaient à sa surface. Yisht tenait l'orbe pressé contre sa tunique qui laissait apparaître une plaie rouge aux bords déchiquetés.

— … Je n'ai aucun penchant pour la cruauté, gamine.

Nona s'aperçut que Yisht parlait.

— Mais tu t'es introduite dans mon esprit, et je ne peux pas tolérer pareille transgression.

Hessa sentit une odeur de viande grillée, et comprit qu'elle en était la source, même s'il n'y avait encore aucune douleur. Elle était terrorisée par la lame qui continuait à s'approcher alors même qu'elle avait reculé sa tête au maximum.

Nona, désorientée, était réduite au statut de simple observatrice. Son plan était ridicule. Quelque part, elle avait des mains, des mains pleines d'ombre, mais elle ne savait pas du tout comment mettre son idée à exécution. Son talent ne lui permettait pas d'envoyer ce torrent de noirceur à Hessa.

Aide-moi, Hessa !

Et là où ses ordres, ses exigences étaient passés inaperçus, à moins que Hessa les ait ignorés, son appel à l'aide atteignit son amie. Même entre les griffes de Yisht.

— Comment ?

Aide-moi à traverser ! cria-t-elle en essayant de montrer à son amie ce qu'elle voulait faire.

— Facile !

Hessa se sentait partir à la dérive, par-delà la douleur, par-delà toute volonté de résister. Elle entendait le chant de l'Ancêtre, une mélodie aux voix innombrables dont la beauté surpassait tout ce qu'elle avait pu imaginer. Mais son amie l'appelait au secours…

Ce fut pour elle un jeu d'enfant que d'empoigner les fils sombres comprimés entre les poings malhabiles de Nona pour leur faire franchir la distance grâce au lien mental qu'elle avait forgé. *Nous sommes les enfants de Giljohn.* Cette pensée fit son bonhomme de chemin dans l'esprit apaisé de Hessa tandis que le chant de l'Ancêtre gagnait en puissance. *Des sœurs de cage.*

Reste ! Nona chercha à la retenir. Elle la sentait partir, et ignorait tout de sa destination. Comment la suivre ?

La pointe de la lame traça une ligne brûlante contre la joue de Hessa, et ce fut dans ce moment de douleur qu'un vortex s'éleva du sol, si impérieux, si pétri de noirceur que la roche fracturée crépita sur son passage. L'ombre de Nona surgit de Hessa et, comme une extension de sa volonté, se rua sur Yisht, la rouant, la labourant de coups en lui hurlant sa haine dans un registre inaudible pour l'oreille humaine.

Malgré le sang, le flou qui envahissait progressivement le champ de vision déjà réduit de Hessa, Nona vit Yisht reculer, sa veste réduite en lambeaux. Elle se détourna vivement et s'éloigna en chancelant, tout en cherchant à brandir le cœur-de-nef pour repousser son assaillante. Mais l'ombre grandit, se muant en une géante monstrueuse qui reflétait sans doute la personnalité profonde de Nona : hérissée de haine, grosse de fureur. Yisht recula dans le passage qui avait exigé tant d'efforts, tant de sueur. C'était un cul-de-sac. La roche n'offrait aucune échappatoire.

— … arrivent…

— Réveille ! Toi !

— Je suis réveillée.

Elle rouvrit les yeux.

— Nona…

C'était Jula qui venait de parler, en désespoir de cause. Elle lui faisait ses adieux. À l'extérieur, des bruits de bottes enflaient. Une flèche griffa la paroi, et tomba sur le sol.

Retrouvant ses esprits, Nona se redressa lestement en position accroupie. La fureur dont elle avait besoin la nourrissait de la tête aux pieds, faisait vibrer tout son corps.

— Je suis née pour tuer. Les dieux ont fait de moi leur instrument de désolation.

Elle dévia négligemment une flèche, et en saisit une autre au vol avant qu'elle se plante dans la gorge de Jula.

Puis elle s'élança vers le jour devant lequel se massaient de hautes silhouettes, comme autant de dents noires dans la bouche de la caverne. Ara était offerte à leurs pieds. Une pluie de flèches décochées au hasard vers l'obscurité ricochaient contre les murs pour s'éparpiller sur le sol autour de Nona. Derrière elle, Darla poussa un cri de défi et de bravoure. Alors qu'elle se ruait vers ses ennemis, Nona fut doublée par quelque chose qui passa en tournoyant près de son oreille, dispersant les ultimes rayons de soleil pour se loger dans le visage du soldat le plus proche. L'étoile de Clera, maniée par Ruli, autrement plus douée avec les armes de jet.

Sans se soucier du sol irrégulier, Nona puisa dans sa colère, dans chaque source de chagrin, de fureur et de désespoir pour orienter son esprit vers la Voie. Elle n'eut aucun mal à déverser l'émotion requise. Elle avait senti Hessa partir, senti cette âme d'une intelligence et d'une gentillesse exemplaires rejoindre une entité lointaine, comme un fleuve se jette dans l'océan. Hessa n'était plus, mais elle avait parcouru la fin de son chemin sur ses deux pieds, vierge de tout handicap, sans boiter, sans se satisfaire de marcher. Elle avait couru sans crainte vers la mort. Et Nona redoutait la vie sans elle.

Elle heurta la Voie de plein fouet sans même chercher à ralentir sa course ou à trouver l'équilibre comme elle l'avait fait jusqu'à ce jour : elle se servit au contraire de la célérité qui lui avait permis d'achever le parcours de la Lame, car la sérénité n'était qu'un frein. Elle négocia les impossibles méandres de la Voie, franchissant ses circonvolutions en un clin d'œil et se fiant à son instinct pour ne pas dévier du chemin, quoi qu'il puisse advenir.

Sa course mentale rejoignit la réalité alors qu'elle se précipitait à toutes jambes vers les soldats massés à l'entrée de la grotte. Elle s'orienta vers l'une des parois pour y prendre appui, et bondit en donnant une puissante impulsion pour gagner de la hauteur. Sa vitesse, la soudaineté de son action et le fait que les hommes n'étaient pas accoutumés à la pénombre lui permirent de s'élever au-dessus des épées braquées vers elle. L'homme qu'elle visait, plus vif que la moyenne, parvint à orienter son arme, mais elle se contorsionna pour en éviter la pointe, ses mouvements dans le monde physique et sa course le long de la Voie se complétant harmonieusement.

Les bras tendus, elle encastra ses deux poings dans le visage de l'homme. Ses griffes d'accroc de quinze centimètres de long jaillirent de ses articulations, lui permettant de s'arrimer à sa cible pour se jucher sur ses épaules et se propulser derrière les autres soldats, libérant ses lames d'un geste cinglant. Une épée fondit sur elle tandis qu'elle franchissait les derniers ennemis, mais elle parvint à balayer l'air avec ses mains juste avant le contact. Au moment du choc, un son clair de métal s'éleva, et Nona se réceptionna en exécutant un roulé-boulé sur la pente rocailleuse tandis que des morceaux d'épée nettement sectionnés s'abattaient autour d'elle.

Nona glissa de la Voie au moment même où elle heurtait le sol. L'impact aurait dû lui rompre les os, ou du moins la cribler de plaies entravant sérieusement ses capacités physiques. Mais, drapée dans les énergies de la Voie, la jeune fille abandonna plutôt un canal de roche fracassée dans son sillage avant de s'immobiliser, ramassée sur elle-même en posture de combat. Elle avait perdu le fil des foulées qu'elle avait effectuées sur Voie, mais elle était allée loin, à tel point que l'énergie emmagasinée avait commencé à déborder aux environs du dixième pas ; Nona remarqua que le bénéfice de la Voie s'amenuisait à chaque enjambée supplémentaire, même si la montée en puissance restait enivrante, inexorable. Nona avait ressenti une telle extase, à vrai dire, que seule sa chute lui avait permis de quitter la Voie ; elle ne l'aurait jamais abandonnée de son plein gré.

Tapie derrière ses ennemis qui n'avaient pas encore fait volte-face, Nona avait conscience que le choc de la chute lui avait sauvé la vie.

Elle devait lutter pour s'approprier pleinement ce que la Voie lui avait offert, et sa peau saturée d'énergie brute fumait. Autour d'elle, la roche tremblait, et les fragments qu'elle avait libérés sur son passage commençaient à s'élever du sol en tournant lentement sur eux-mêmes.

Nona ouvrit la bouche, libérant un hurlement pour lequel son corps semblait trop petit, et ce marteau vengeur s'abattit sur le sol, faisant tomber les soldats comme autant de tiges de blé fauchées par le moissonneur, avant de se propager dans les ravins environnants, se réverbérant même sur les lointains flancs de l'Échine du Diable. Ce cri lui laissa les poumons et la gorge à vif, éclaboussant les cailloux des alentours d'écarlate brillant. Nona sentit qu'elle se scindait en morceaux épars, en images d'elle-même, en résonances temporelles tandis que le pouvoir qu'elle s'évertuait à juguler faisait vibrer l'étoffe de la réalité.

Grâce aux énergies de la Voie, Ara s'était divisée en trois le jour de l'arrivée de Zole au couvent, et elle avait eu toutes les peines du monde à se recentrer. Nona comptait désormais neuf parties, certaines capturées en plein roulé-boulé, d'autres massées autour d'elle tandis que certaines commençaient tout juste à se redresser ou achevaient leur rétablissement.

Au moment précis où son pouvoir d'emprunt menaçait de l'éparpiller sur les reliefs, elle ressentit une vive douleur à la poitrine. Une matière froide la perforait, avide, un gouffre affamé qui siphonnait la magie qu'elle avait engrangée.

Nona comprit que tout ce qui la définissait allait voler en éclats en l'espace d'un battement de cœur, lacéré par la puissance de la Voie. Elle devait se reconstituer, trouver le fil qui lui redonnerait cohérence et forme. La seule chose qui lui vint à l'esprit, tandis que sa victime n'en finissait pas de tomber, le visage ravagé, fut qu'elle mourait d'envie de tuer le reste de ses ennemis.

Ce fut suffisant.

Avec un craquement sec d'os qui se rompt au fond d'un organisme, tout se remit en place, et Nona redevint elle-même, s'étant approprié les énergies de la Voie qui la renforçaient désormais, formant un rempart autour de sa chair. Et tous les cailloux qui flottaient au-dessus du sol commencèrent à retomber.

Nona tira sans ménagement le devant de son habit, là où, pour une raison mystérieuse, la sensation de froid puisait dans ses forces nouvellement acquises. Le tissu se déchira, et l'amulette de Yisht tomba de la poche intérieure arrachée. Nona s'en débarrassa d'un revers de main, avant que le fer du sceau de négation puisse lui soutirer davantage de puissance.

Elle ralentit la marche du monde, s'enfouit plus que jamais au fond de l'instant présent. La chute des cailloux semblait ne jamais devoir s'achever. Et lorsqu'elle se rua vers l'adversaire le plus proche, un homme de haute stature armé d'une hache, elle fendit l'air plus vite que la plus vive des lances. Dans un cri de rage, elle percuta l'ennemi, et l'acheva avant qu'il ait eu le temps de tomber.

Elle circula parmi les soldats en armure, virevoltant, tournoyant tandis que de terribles blessures s'ouvraient au contact de ses doigts. Mailles et boucliers n'étaient d'aucune utilité contre ses lames. Avec le pouvoir de la Voie ancré dans ses muscles, ses os, elle pouvait d'un coup de pied briser la hanche d'un homme protégé par du métal. La violence faisait chanter son sang. Elle se baissa pour éviter une lame cinglant l'air, lacéra le genou d'une femme puis se jeta sur l'ennemi le plus imposant de tous, un guerrier de deux mètres dix dont la musculature imposait le respect. Elle bondit vers son visage. Le coup qu'elle lui assena à la gorge fut si féroce que les petits os de la nuque se dispersèrent dans une gerbe d'écarlate.

Elle poursuivit son œuvre au rouge. À un moment, elle arracha une flèche plantée dans sa ceinture et l'enfonça dans l'œil de l'archer qui l'avait décochée. Cela faisait si longtemps que Nona préservait son secret, elle avait déployé de tels efforts pour paraître… normale… Mais la vérité était étalée au grand jour en jets de matière poisseuse sur le paysage. Elle était arrivée à la Mansuétude avec l'étiquette d'une meurtrière, après avoir commis un premier massacre qui lui avait valu de séjourner dans une cage. Et bien avant cela, les enfants de son village avaient vu clair en elle ; elle était la renarde tapie dans le poulailler. Billem Smithson avait essayé de lui faire mal, et elle avait dit à sa mère : « Il avait ça à l'intérieur de lui. » Elle devait avoir trois ou quatre ans.

Elle esquiva nonchalamment deux épées qui avaient entamé vers elle une descente paresseuse, puis un coup de lance, se précipitant vers une forêt de jambes, tailladant les cuisses, fendant les muscles et les artères, griffant l'os. Les novices, les moniales, les sœurs… Toutes sauraient qu'elle était un monstre, un animal enragé, inadapté, indigne de recevoir la compagnie des gens de bien en général et des Saintes en particulier.

Une hache faucha l'air entre les mains d'un homme blême, aux abois ; il risquait de blesser un ami plutôt que d'atteindre Nona. Pourtant, par pur hasard, il la surprit en pleine acrobatie, ne lui laissant presque pas le temps de réagir.

Avec ses lames, Nona débita le manche de l'arme en plusieurs morceaux, tout en se projetant vers l'avant. La tête de la hache s'envola, terminant sa course dans le buste de la femme dont Nona avait pulvérisé le genou, et dont la chute n'était pas encore achevée.

Les quatre hommes qui étaient en première ligne lors de l'invasion de la grotte venaient de découvrir le carnage qu'elle avait semé. En dehors d'eux, un seul soldat était encore indemne. Les quatre premiers marquèrent un temps d'arrêt, une hésitation qui leur coûta cher, puisque Nona en profita pour sauter au visage du cinquième, le faisant tomber, hurlant, parmi les dépouilles de ses frères d'armes.

Nona releva la tête. À la vue de ses cheveux qui dégoulinaient de sang, les quatre survivants eurent un mouvement de recul. Le *tular*, lancé avec une puissance dévastatrice qui n'avait d'égal que l'imprécision de Darla, faillit alors décapiter le soldat posté le plus à gauche, mais termina sa course enfoncé dans son sternum jusqu'à la garde. Passant son bras en travers des épaules de l'ennemi voisin, Jula le poignarda au cou à maintes reprises en hurlant, pendant que Ruli faisait tomber un troisième individu en abattant une grosse pierre au creux de son genou.

L'ultime survivant prit la fuite à travers la pente. Nona ramassa une lance rendue glissante par le sang de son défunt propriétaire. L'énergie de la Voie commençait à déserter ses membres, et le projectile lui parut lourd. Mais elle visa juste, cueillant le fuyard entre les omoplates. Il s'effondra.

Nona haletait, les mains et les cheveux couverts d'un sang dont elle sentait le goût sur sa langue et qui maculait également ses jambes, imprégnant son habit comme si elle était d'ores et déjà une sœur Écarlate. Elle promena son regard sur les blessés qui tressaillaient encore et sur les morts inertes, redoutant de lire un jugement sans appel sur le visage de ses amies.

Ruli, Jula et Darla n'avaient pas quitté leur position. Les cheveux ternes de Jula se dressaient dans tous les sens, et ses épaules, son visage et son cou étaient éclaboussés de sang ; elle n'avait pas lâché le couteau de Tarkax. La pierre de Ruli était couverte de matière sombre. Elle avait broyé le crâne de son adversaire lorsqu'il était tombé, et était tout aspergée d'écarlate. Darla retira le *tular* avec un bruit moite, et le brandit au-dessus de sa tête. Pendant quelques secondes, les trois novices restèrent ainsi, reprenant leur souffle. Puis elles se livrèrent à une clameur triomphante, et Nona se joignit à elles. Le cœur battant, les yeux pleins de larmes, elle eut l'impression que sa poitrine allait éclater, grosse d'un mélange de peine et de jubilation inexplicable, un sentiment que les mots n'auraient su façonner et s'approprier.

Il lui fallut un moment pour retrouver le souvenir de Hessa. Sa mort lui paraissait encore irréelle. Nona ne projetait plus aucune ombre, et ne ressentait rien pour son amie. Certaines émotions trop intenses avaient cette faculté de se rendre invisibles de près, comme ces motifs formés par le glacier qui ne trouvaient tout leur sens qu'une fois observés avec un certain recul. Nona tomba à genoux, rattrapée par l'épuisement. Avec le temps, elle trouverait la distance nécessaire, et le chagrin qui l'envahirait alors serait de taille à faire pleurer les morts. Elle le redoutait déjà.

Nona alla trouver Ara qui était couchée un peu à l'écart. L'un des soldats avait eu le temps de lui attacher les poignets. Il n'avait pas voulu se fier au poison, mais la verrouille accomplissait toujours vaillamment son œuvre. Nona chercha le regard de son amie tout en tranchant la corde.

— Ils sont tous morts, Ara.

Elle baissa les yeux sur son habit portant la couleur du massacre. Elle ne pouvait pas encore se résoudre à évoquer le sort de Hessa. Elle n'avait qu'une envie, retourner au couvent à toutes jambes pour tuer Yisht de ses propres mains.

Ruli s'approcha, les mains désormais vides.

— Certains sont encore en vie, dit-elle.

C'est alors que Nona prit conscience des gémissements.

— On devrait y remédier, suggéra Darla en considérant son *tular* ensanglanté d'un air songeur.

— On ne risque rien, dit Jula, dont la manche ruisselait d'écarlate. L'important, c'est de remettre les autres d'aplomb. Ensuite, on s'en ira.

Sur la pente régnait l'odeur odieuse de la mort.

— Oui, laissez-les, et aidez-moi plutôt à porter Ara, dit Nona.

Elle voulut se relever. Ce faisant, son regard fut accroché par un éclat de métal rutilant, plus loin dans le ravin.

Les derniers rayons du couchant s'étaient posés sur l'Échine du Diable, une perle de lumière soulignant la courbure lisse d'une spallière d'acier qui venait d'apparaître. Elle faisait partie d'une armure d'acier qui protégeait son propriétaire des pieds à la tête, une véritable carapace articulée, digne d'un crustacé, et dont le heaume formait un cylindre percé d'orifices. Nona fut frappée de stupeur à l'idée qu'il existait un homme capable de marcher avec un tel fardeau.

— Ramenez Ara dans la grotte ! hurla-t-elle.

Au moins cinq des assaillants respiraient encore, même s'ils ne passeraient sans doute pas la nuit. Nona s'agenouilla près d'une combattante aguerrie au visage marqué d'une cicatrice, et dont la respiration se faisait sifflante. La pointe d'une hache avait enfoncé les mailles de sa cotte entre ses côtes. Nona la secoua sans ménagement.

— Qui est-ce ?

— Tu l'i… gnores donc ? dit la femme avec une grimace de douleur. Attends seulement… qu'il se rap… proche.

— C'est Raymel Tacsis ?

Évidemment. Seul un Gerant pourrait supporter un tel poids.

Nona s'engagea un peu dans la pente, dérapant sur des gravillons, et s'avança dans le ravin au fond duquel courait un ruisseau chantant.

Les proportions gigantesques de Raymel lui causèrent un nouveau choc. L'épée qu'il tenait calée contre son épaule devait bien mesurer deux mètres et peser plus lourd qu'elle.

—Avec les sorcières, il vaut toujours mieux prendre son temps, dit Raymel Tacsis en posant la pointe de sa lame contre le sol. J'aurais sans doute dû venir avec plus de soldats. J'aurais préféré te capturer vivante, afin que nous passions un peu de temps ensemble. Mais mon père tient ses troupes d'une main de fer, et il a estimé que tu ne valais pas la peine qu'il rompe la promesse faite à l'empereur. En tout cas, cette année. Nous nous sommes trouvés en désaccord.

Sa voix grave n'avait rien perdu de ses accents onctueux, mais en filigrane, à la lisière de sa perception, Nona crut entendre d'autres intonations, d'autres mots chuchotés par des êtres anciens, cruels, plus avides encore que son ennemi juré.

Nona recula, calquant son pas sur celui de Raymel.

—Je croyais que tu étais une guerrière, fillette ? (Trois nouvelles enjambées.) Tu m'as semblé bien fougueuse au Caltess. Les deux fois.

Nona continua à battre en retraite, longeant le ruisseau.

—Alors, où est ta bravoure maintenant que ta magie s'est épuisée ? demanda-t-il, continuant à traîner son épée au milieu de la pierraille, lui soutirant des crissements discordants.

Nona cilla. La Voie subsistait dans les ténèbres, derrière ses paupières, écho fantomatique qui lui était devenu inaccessible maintenant que la fougue était retombée. Elle parviendrait peut-être à l'invoquer à nouveau, le lendemain matin. Mais pas avant. Quant aux griffes d'accroc… Elles avaient à peine égratigné Raymel, protégé par les démons qui faisaient désormais partie de lui. Nona continua à reculer.

Raymel s'immobilisa.

—Alors comme ça, tu essaies de m'éloigner de ta couvée ?

Il se tourna vers la grotte, regarda les corps étendus devant l'entrée. Darla disparut dans la pénombre, Ara dans les bras. À une poignée de secondes près, Raymel n'aurait rien vu.

—Tout ceci… (Il fit osciller son poing gantelé devant son gorgerin d'acier, pour rappeler à Nona qu'elle l'avait égorgé.) … était déjà lié à un de tes oisillons. Lorsque j'ai été guéri, je me suis senti l'obligation d'apprendre son nom. Saida. Une sale petite paysanne, exactement comme toi. Il est inconcevable qu'un Tacsis meure pour quelqu'un de son espèce ! (Il fit signe à Nona de le rejoindre.) Tu es toujours fâchée à cause de cela ? Je parie que oui. Montre-moi donc l'étendue de ta colère.

Nona ramassa un galet dans le lit du ruisseau et continua à battre en retraite.

— Tu ne veux pas ? (Raymel ménagea une pause.) Je me réjouis qu'elle soit morte. Mon seul regret est de ne pas lui avoir ôté la vie moi-même, à un moment que j'aurais choisi. Mais père a décidé de la faire pendre sans délai. Il n'est pas homme à tolérer le moindre scandale.

Il rengaina son épée et ouvrit grand les bras, semblant mettre Nona au défi de l'attaquer.

— Tu te souviens de ses hurlements ?

En son for intérieur, Nona vit apparaître Saida à la place de la fureur qu'elle attendait. Le visage de son amie exprimait ce mélange de timidité et de gentillesse qu'elle connaissait si bien. Si elle avait été là, elle se serait évertuée à soigner les blessés, ces soldats que Nona avait dépecés. Saida voulait raccommoder les gens, pas leur faire du mal. Nona recula encore d'un pas.

Raymel haussa les épaules dans une protestation d'armure.

— Manifestement, tes amies ne pourront pas toutes prendre la fuite aussi vite que toi.

Il se dirigea vers la grotte à une allure qui aurait obligé la plupart des adultes à trottiner pour ne pas se laisser distancer.

Le caillou de Nona ricocha contre son heaume. Il ne se retourna pas.

— Ruli ! Jula ! hurla-t-elle. Darla ! Il arrive. Prenez garde.

Une onde de frayeur glaça la moelle de ses os. Le vent se rappela à son souvenir ; il avait perdu de sa conviction, s'étiolait, mais sa morsure restait vive puisqu'elle s'était dépouillée de son paletot.

— Il arrive !

Elle ne savait pas quoi faire. Elle voulait que ses amies prennent la fuite, mais alors Raymel ferait résonner les ravins des cris d'Ara, de Zole et de Tarkax.

Darla se présenta à l'entrée de la grotte avec le *tular* encore empoissé de sang. En découvrant le colosse qui enjambait les cadavres, elle resta médusée.

Faisant fi de son épuisement, Nona se rua vers Raymel, comblant la distance à cinq mètres de la grotte. Elle se jeta sur lui, se propulsant avec le plus de fougue possible pour lui enfoncer ses griffes d'accroc au creux des reins. Une main perça la dossière, l'autre ripant sur le métal et y laissant de vives traînées. Se hissant plus haut, Nona racla l'armure de toutes ses forces pour enfoncer son second jeu de griffes juste sous les omoplates de Raymel.

Le guerrier poussa un cri guttural et entreprit de se tourner. Même à supposer que les lames invisibles lui aient fait mal, elles ne lui auraient guère infligé que des égratignures. Le sang ne jaillissait pas à flots, ni ne suintait par les fentes que Nona avait pratiquées dans le métal de la dossière. Elle poursuivit son ascension pendant que Raymel achevait sa rotation, plantant ses lames comme on plante un piolet pour escalader un iceberg.

Une grosse main chercha à l'attraper, une main si énorme qu'elle aurait même pu lui broyer le crâne comme s'il s'était agi d'une noix. Rétractant ses griffes, la jeune fille saisit le pouce et l'index de Raymel, si épais avec le gantelet qu'elle ne parvint pas à refermer ses poings autour.

Ses réflexes de Hunska lui permirent de gravir le poignet de Raymel puis de se jucher sur le promontoire métallique de son coude avant que son gros poing se referme juste en dessous d'elle, dans le vide. Lui crochetant le creux du bras avec une jambe, Nona balafra la visière de son heaume en mobilisant toutes ses forces : un coup ascendant allant de gauche à droite, auquel répondit, à l'instant précis où la jeune fille lâchait prise, une entaille descendante courant de la droite vers la gauche.

L'acier intransigeant se refusa à ses lames jusqu'à ce qu'elles rencontrent la première des nombreuses perforations de la visière par laquelle le guerrier distinguait le monde qui l'entourait. Alors, les griffes d'accroc parvinrent à trancher le métal de fente en fente, avant de retrouver la surface pleine avec un léger à-coup.

Nona effectua un saut périlleux en plein vol et se reçut sur ses pieds, mais trébucha immédiatement sur un soldat qui tenait sa panse blessée, et tomba sur lui de tout son long. En levant les yeux, elle avisa les hachures que ses griffes avaient tracées sur le heaume de Raymel, formant une quantité de losanges sur la surface métallique ; on apercevait désormais un œil torve, ainsi qu'une partie de la pommette correspondante et du nez. Mais la chair de Raymel avait mieux résisté que l'acier. Les lames d'accroc n'y avaient laissé que des égratignures, alors que le visage aurait dû être réduit en lambeaux.

L'énorme épée s'abattit comme la foudre, pourfendant l'homme sur qui Nona avait trébuché. Elle roula sur le côté tandis que la lame ébranlait la roche. Ses réflexes hunskas s'évanouissaient peu à peu, usés par trop de prouesses extravagantes. Raymel se redressa, balayant horizontalement la pente avec son arme. Nona voulut s'enfouir dans l'instant présent, mais les interstices s'étaient réduits, et elle se sentait trop à l'étroit dans les espaces naguère béants qui séparaient les battements de son cœur. Elle sauta par-dessus le tranchant, le frôlant presque.

Si Nona commençait à être gagnée par la fatigue, son ennemi paraissait au contraire disposer de réserves d'énergie inépuisables ; il se lança à sa poursuite en poussant un cri glaçant où se mêlaient l'allégresse et la haine. Nona saisit au vol une épée abandonnée et, s'élançant pour éviter une nouvelle charge, taillada la jambe de Raymel. Elle eut l'impression de s'attaquer à une colonne en pierre. À cause de l'ampleur du choc, son arme lui échappa des mains, et une onde de douleur chauffée à blanc remonta le long de ses poignets.

Focalisée sur l'arc scintillant de l'épée de son adversaire, elle ne vit pas arriver un coup de pied oblique. L'impact l'envoya valser, et elle retomba au milieu des cadavres, tenant son flanc envahi par de la lave en fusion : dans le meilleur des cas, elle n'avait que des côtes cassées.

— Vous allez regretter d'avoir fait ça, feula-t-elle. Mais pas bien longtemps.

Furibonde, elle voulut repartir à l'assaut, mais pour la première fois, son corps la trahit, trop affecté, trop endolori pour lui obéir.

Debout au-dessus d'elle, Raymel leva le pied avec l'intention de lui piétiner les jambes.

Alors que Nona levait le bras pour se protéger, geste futile s'il en était, un petit objet passa en tournoyant au-dessus d'elle. Il disparut dans l'orifice qu'elle avait pratiqué dans le heaume et se planta dans l'œil de Raymel.

Poussant des cris insensés, Darla, Ruli et Jula dévalèrent la pente en faisant volter leurs épées d'emprunt, pendant que Raymel lâchait son arme avec un hurlement de douleur pour porter la main à son visage. Les trois novices en profitèrent pour le larder de coups jusqu'au torse, et, se tenant toujours les côtes, Nona se coula hors de la mêlée à la faveur du sol ensanglanté.

Raymel fit le gros dos sous ce déluge d'acier, puis pivota dans un fracas de métal en mobilisant son bras gauche. Ce fut Darla qui reçut l'attaque de plein fouet, au ventre, l'avant-bras du combattant la soulevant de terre. Elle fut projetée à plusieurs mètres de distance dans un bruit effroyable, tandis que Ruli et Jula tombaient à la renverse, et roulaient vers Nona, entraînées par leur élan.

De ses doigts gantés de fer, Raymel saisit l'étoile de jet par l'une de ses branches et l'ôta de son œil crevé avant de s'en débarrasser d'une chiquenaude. Derrière la partie intacte de la visière, son œil écarlate, séjour des démons, se braqua sur les novices. Il exprimait une haine à la fois glaciale et ardente, si intense qu'elle en devenait presque palpable, oppressant les jeunes filles.

Nona s'empara d'une lance, et se releva au prix d'une roulade arrière. Elle mourrait en affrontant son ennemi, l'arme à la main. Pas question de se terrer et d'accepter la défaite. Non loin de là, Ruli, hébétée, saignait de la tête, et Jula avait le poignet déformé, ce qui ne l'empêcha pas de se rétablir en roulant sur le côté et d'empoigner son couteau avec sa main valide, même s'il s'agissait de la moins habile des deux ; ses yeux flamboyaient. Quant à Raymel, sa silhouette menaçante se trouvait entièrement dans l'ombre, car le soleil avait fini par disparaître. Il avait ramassé sa gigantesque épée et s'apprêtait à mettre à mort les trois novices en une seule passe.

C'est alors qu'à l'entrée de la grotte, plus sombre que le reste des reliefs, apparut une silhouette menue dont la chevelure dorée était dans un désordre indescriptible. Arabella Jotsis, désarmée, chancelante, la démarche encore raide, s'engagea maladroitement dans la pente. Nona voulut lui hurler de fuir, mais il était trop tard. Tout était perdu. Peut-être qu'Ara pourrait au moins rejoindre ses amies dans une mort sanglante, échappant ainsi au traitement cruel que Raymel lui réservait.

Alerté par l'instinct exacerbé des guerriers –à moins qu'il ait eu l'ouïe particulièrement fine–, Raymel se tourna immédiatement vers la grotte, mais il perdit bien vite tout intérêt pour cette enfant qui ne tenait pas bien sur ses jambes, et reporta son attention sur ses futures victimes.

Ara passa les derniers mètres de la pente à trébucher, risquant la chute à chaque instant. Juste avant d'arriver au contact, elle dressa les bras vers le ciel. Nona reconnut alors le pouvoir de la Voie qui frémissait, là, entre les paumes de son amie ; elle avait réussi, en dépit des circonstances, à trouver sa sérénité. Ara plaqua ses mains contre la dossière du géant, et les énergies qu'elle avait emmagasinées s'insinuèrent en Raymel Tacsis. La matière brute de la création explosa, tout comme le mannequin d'entraînement qui avait fait les frais du courroux d'Arabella à la place de Zole. Sous l'armure de Raymel, une lumière se mit à irradier et un vacarme assourdissant accompagna une violente déflagration.

Nona secoua la tête pour retrouver ses esprits, et découvrit que si Ara avait été projetée en arrière par son pouvoir, Raymel restait campé sur ses jambes. Les vestiges fracturés de son armure dévoilaient ses deux cent cinquante kilos de muscles sanguinolents qui s'étageaient sur près de trois mètres. La marque violacée qui colonisait son cou s'étendait sur toute la largeur de son torse, formant des motifs tumultueux qui n'étaient pas sans rappeler la complexité des sceaux. Sur son flanc et dans le pli de l'aisselle, les boursouflures de grandes plaques de tissu cicatriciel lie-de-vin, peut-être des marques de brûlures anciennes, semblaient dessiner des visages malveillants. En éclatant, certaines pièces de son armure avaient laissé ici et là un sillon sanglant dans sa chair, mais il était indemne en dehors de cela. Son heaume ayant été arraché dans l'explosion, il braquait sur Nona son œil crevé qui suintait, l'autre ouvrant une fenêtre écarlate vers un esprit démoniaque. Sur ses lèvres flottait un écho du sourire qu'il affichait lorsqu'il avait violenté Saida.

À cet instant, l'instinct guerrier de Nona rejaillit de plus belle, lui procurant un dernier sursaut de vitesse, une énergie résiduelle. Elle décocha la lance qu'elle avait ramassée quelques instants auparavant, suffisamment fort pour que la pointe s'enfonce de quelques centimètres entre les côtes de Raymel et y reste fièrement plantée. Ayant profité de l'élan de son assaut pour se relever, Nona se jeta entre les jambes de son ennemi, saisissant au vol un couteau abandonné qu'elle utilisa pour frapper au creux du genou, là où pendait l'armure, car un seul rivet avait résisté. Elle enfouit la lame dans la chair, tranchant les tendons et les muscles. Déséquilibré, Raymel tomba avec un puissant cri de colère. Ruli et Jula n'eurent que le temps de s'écarter pour éviter d'être écrasées.

Même si Raymel avait tendu les bras pour amortir sa chute, la pointe de la lance, poussée par la hampe, jaillit de son dos nu et pâle. Nona se jucha sur lui tandis qu'il se redressait à quatre pattes avec un grondement de fureur muette. Elle lui plongea son couteau entre les omoplates. Encore et encore. Sous la peau du guerrier, les diables hurlaient, cherchant à gagner la surface et formant d'étranges créatures. Nona les taillada comme on achève des serpents dissimulés sous un tapis. Elle avait les mains maculées du sang brûlant et nauséabond qui jaillissait des plaies, et se sentait gagnée par une souffrance noire qui dépassait l'entendement... Mais sa fureur était plus intense encore, et elle continuait à faire œuvre d'acier, chevauchant son ennemi aux plaintes gutturales duquel elle offrait ses cris perçants en contrepoint.

Malgré son dos criblé de plaies, Raymel parvint à se retourner, la hampe de la lance se brisant, et il chercha à attraper Nona. La jeune femme recula tant bien que mal sur le dos, mais une énorme main se ferma autour de sa jambe, juste en dessous du genou.

— Non !

Nona lui enfonça sa dague dans le poignet. En elle, la peur le disputait désormais à la colère.

— Vous allez mourir, oui ?!

— Je ne peux pas, dit Raymel sans desserrer sa prise. (Crachant du sang, il commença à tirer Nona vers lui.) Ils refusent de me laisser partir.

Son œil rouge se posa sur les yeux noirs de la jeune femme, et elle comprit à cet instant qu'aucune blessure ne pourrait l'arrêter.

— Je ne peux pas mourir, répéta-t-il.

Dans les dernières secondes qui lui restaient, Nona avisa l'amulette noire de Yisht luisant entre deux cailloux, presque à sa portée. Elle se propulsa, les bras tendus. Si la main pleine de sang de Raymel n'avait pas glissé jusqu'à sa cheville, jamais elle n'aurait réussi à saisir le sceau de négation du bout des doigts.

— Je ne peux pas mourir, dit Raymel à quatre pattes au-dessus d'elle.

Nona se redressa, lui plaquant l'amulette sur le front avec son pouce.

— Si, vous le pouvez.

De l'autre main, elle retira la dague qu'elle lui avait enfoncée dans le poignet pour la lui planter sous le menton jusqu'à la garde.

Raymel poussa un cri de fauve, et Nona aperçut la lame qui brillait entre ses dents. Sur son front, le sceau de négation avait commencé à fumer, à corrompre la chair, à la désagréger tandis que montait une brume rouge. Alors, dans un concert de hurlements, les diables fuirent l'enveloppe charnelle de Raymel. L'étau se relâcha autour de la cheville de Nona, et elle s'écarta en exécutant une roulade, non sans se luxer le genou dans l'opération. Raymel Tacsis s'effondra, les bras en croix, agité de convulsions. Autour de lui, la roche était baignée d'écarlate.

Épilogue

Si vous comptez tuer une moniale, assurez-vous que votre armée est assez valeureuse. Car lorsque sœur Cage du couvent de la Mansuétude arrive sur le champ de bataille, le courage s'y révèle une denrée rare.

Elle surgit des grottes souterraines, et le Roc de la Foi fut ébranlé, comme s'il l'avait engendrée dans les profondeurs aveugles d'où il naquit lui-même.

Elle apparut parmi les bâtiments du couvent, derrière le Dôme de l'Ancêtre. Les novices les plus jeunes étaient encore dans leur dortoir, avec une moniale âgée pour veiller sur elles. Bouche bée, elles étaient postées aux fenêtres. Des années auparavant, alors que ces enfants n'avaient pas encore poussé leur premier vagissement à la face du monde, celles qui les avaient précédées avaient été témoins de l'arrivée de sœur Cage à la Mansuétude.

Sœur Cage n'a plus guère de point commun avec l'enfant qu'elle a été. Dans la cour ponctuée de torches, elle ne projette aucune ombre, et les novices comprennent alors que les histoires disaient vrai. Cage se tourne vers elles, et ses deux yeux sont d'un noir absolu, comme si l'ombre qui lui manque avait été versée dans ses orbites, prenant possession de son crâne.

Un hurlement s'élève au loin, par-delà le Dôme de l'Ancêtre, parmi les piliers. Sœur Cage tourne la tête. Elle est d'une pâleur mortelle, d'une étrange beauté, et ses courts cheveux d'un noir de jais sont hirsutes. Son habit est souillé, réduit à l'état de loques, mais l'écarlate, quoique affadi, demeure bel et bien reconnaissable, et lorsque sa propriétaire s'élance, elle semble incarner la mort venue d'en haut.

Les Pélarthis formaient un cercle vague autour de sœur Ronce qui gisait dans son propre sang. Clera Ghomal était auprès de celle à qui, en ce lieu, elle avait jadis donné le nom d'amie. Le monde semblait évoluer autour d'elles, les piliers tourner autour de l'axe qui unissait Ronce et Clera de la même façon que les étoiles du ciel tournaient autour d'un seul et même point de ténèbres.

Clera Ghomal voulut parler, mais finalement ne dit mot, car les années nous confisquent les paroles que nous pourrions prononcer en de telles circonstances, donnent à chaque vérité un goût trop amer, un poids trop lourd pour que l'on s'en déleste. Seule parmi des étrangers, elle veillait le corps d'une sœur.

Sœur Cage tira son épée en courant vers le premier Pélarthi, cette épée que sœur Suif lui avait remise moins d'une heure plus tôt. La lame en était longue, fine, sa légère incurvation servant un tranchant assez cruel pour faire hurler le silence.

Elle ne se mit pas en quête de la Voie, ne proféra aucun cri de guerre, ne lança aucun défi. Elle sema la désolation dans un groupe de six mercenaires, le fracas de son épée contre le gorgerin de sa dernière victime annonçant aux autres sa venue.

Elle s'arrêta, la tête baissée, le fil de sa lame abandonnant une traînée rouge sur la roche.

Des dizaines de mercenaires se tournèrent pour identifier la menace tandis que les six corps s'effondraient sur le plateau ; certains n'avaient pas encore compris qu'ils avaient péri, tant la mort avait été prompte à s'inviter parmi eux.

Au couvent, Bitel se mit à sonner. Là où sœur Ronce offrait sa protection, sœur Cage ne promettait que la guerre à l'état brut, sans aucun quartier. Les années où on la surnommait le Bouclier étaient depuis longtemps révolues. La Mansuétude ouvrirait ses portes. Toutes les femmes qui respiraient encore entre ses murs, de la plus jeune novice à la plus âgée des moniales, répondraient à l'appel.

Sœur Cage, touche de beauté cachée parmi ses cicatrices, posa ses yeux de nuit sur ses ennemis, leur adressa un demi-sourire qui annonçait l'amour fou qu'elle vouait à la mort, et les invita à entrer dans la danse.

Dans les rangs des Pélarthis, les cordes des arcs grincèrent, les poings se fermèrent autour des haches et des épées. Une archère au regard d'aigle, la joue lacérée par l'étoile de jet de sœur Ronce, visa la nouvelle venue.

Ils la connaissaient sous bien des noms, les Pélarthis, mais « Cage » semait l'effroi comme nul autre. Cage. Elle vous tiendrait prisonnier à jamais, sans évasion possible. On racontait qu'elle avait fait sa première victime l'année où elle avait appris à marcher. Qu'elle avait dépecé un garçon à mains nues et montré son cœur à sa propre mère.

Sœur Cage trouva l'archère blessée au milieu de la foule puissante des Pélarthis, et une entente se créa entre la mercenaire aux yeux gris et la moniale aux yeux de nuit. La flèche tomba. L'archère se détourna sans un mot, se frayant un chemin au milieu des guerriers de son clan. À sa gauche, un homme qui portait les noms de ses aïeux tatoués sur ses bras musculeux en fit autant, et deux de ceux qu'il écarta sur son passage lui emboîtèrent le pas.

Le ruisseau devint torrent, les Pélarthis abandonnant leurs morts, encore dispersés ou entassés par dizaines là où ils avaient succombé devant sœur Ronce. Ils s'enfuirent, aiguillonnés par une terreur impossible à nommer, plus imposante que leur ennemie, mais peut-être aussi ténue que la déception que l'on pouvait lire sur les traits de celle-ci.

Lorsque Nona se faufila en toute hâte entre les piliers, Clera l'attendait auprès d'Ara. Dans le ciel, les premières étoiles écarlates osèrent éclore.

— Elle est morte ?

— Comment se fait-il que tu sois là ? demanda Clera, sans tenir compte de la question qui lui était posée. Tu n'étais pas censée être là ! Comment as-tu su… et surtout, comment as-tu fait pour arriver ici ?

— Elle est morte ? répéta Nona en poussant Clera pour se précipiter vers Ara, qui était toujours lovée autour de la lance.

Elle s'agenouilla pour toucher la cascade de cheveux d'or.

— Ara ?

— Tu n'aurais jamais dû me laisser partir, lâcha Clera comme si elle souffrait, comme si c'était elle qui avait été transpercée. J'étais ligotée. Coupable. Tu aurais dû les laisser me noyer.

— Ce n'est pas comme ça qu'on traite une amie, répliqua Nona en cherchant le pouls d'Arabella.

Elle perçut un gémissement ténu, un infime tremblement de la main.

Clera laissa échapper un rire très bref, témoignage équivalent d'allégresse et de souffrance.

— Ils te prennent tous pour la grande méchante. Le marteau de l'Église. Cage la Sans-Ombre. Et tu te conduis toujours comme une enfant, Nona ! Tu fonces tête baissée, espérant… quoi, au fond ? Quand l'abbesse t'a amenée ici, petite paysanne aux pieds crasseux, tu ne comprenais pas les gens. Tout comme tu n'as pas compris pourquoi elle t'a renvoyée. D'ailleurs, tu ne comprends toujours pas. Les gens mentent, Nona, ils volent, ils trichent, ils n'ont aucune loyauté. Les gens te peinent, ils t'abandonnent. Ils t'échangent contre de l'argent.

— Je ne suis pas obligée de les imiter, rétorqua Nona. (Clera tressaillit de culpabilité sous son regard uniformément noir.) Notre Église est entièrement fondée sur des ancêtres. (D'un geste, elle désigna le Dôme.) Sur une parenté. Une famille défunte. (Elle prit la main d'Ara dans la sienne.) Mais on *choisit* nos amis. Nous vénérons des morts qu'on nous a imposés. Tu crois, toi, que nous devrions faire une croix sur une amitié à la première contrariété ?

— Quelle sotte tu fais, Nona Grisaille. Tu vas me tuer, ou bien laisser quelqu'un d'autre s'en charger ?

— Ara n'est pas encore perdue. Il faut l'amener à sœur Rose. Vite !

Elles étaient en route. Les moniales et les novices. Sœur Ronce avait juré de les protéger. Sœur Cage de se battre à leurs côtés.

— Laisse-les s'occuper d'elle, dit Clera, exaspérée. Je m'en fiche. Je ne suis pas venue pour Ara. Elle était simplement en travers de mon chemin.

Nona pressa une dernière fois la main d'Ara et se redressa.

— Tu m'as manqué, Clera. Tant d'années ont passé…

— Nous étions des enfants, Nona, dit Clera en embrassant le plateau du regard. Les enfants passent leur temps à se lier d'amitié et à se fâcher. Ce n'est pas important. C'est ce que nous faisons en ce moment même qui compte. Le grand jeu auquel nous nous livrons. Et toi, tu as choisi le mauvais camp. Celui des vaincus. Tu pourrais en changer.

— Je ne joue pas, moi. Et j'ai toujours été dans ton camp, Clera. Simplement, tu ne t'en rendais pas compte.

— Je voulais qu'elle s'enfuie.

— Je sais.

— Elle aurait dû s'enfuir. Ils étaient trop nombreux pour elle. Pourquoi a-t-il fallu qu'elle s'entête ?

Nona eut un geste fataliste.

— Où est Lano Tacsis ?

— Tu les connais, les Tacsis. (Du menton, Clera indiqua la partie du plateau qui s'étendait par-delà les piliers.) Ils n'aiment rien tant que laisser leurs sous-fifres attendrir la chair et, si nécessaire, ils arrivent ensuite pour achever la besogne.

— C'est bien vrai.

— Il est là-bas avec ses soldats et huit Noi-Guin. Ceux qui l'ont formé au Tétragode.

— Mon pouvoir n'est pas tari, dit Nona en regardant son épée.

— Tu te crois capable de me tuer sans faire appel à la Voie, ma petite Nona ?

Clera dégaina sa lame, jumelle de celle de Nona, prise sur le cadavre d'une sœur Écarlate.

Nona lui tourna le dos, portant son attention vers l'horizon.

— Je pense que je n'aurai pas besoin de te tuer. M'est avis que tu vas te battre à mes côtés. Ma sœur.

Remerciements

Un grand merci à Jane Johnson, éditrice de cet ouvrage et des six qui l'ont précédé. Non seulement elle m'a aidé à mettre mon travail en forme et m'a été une source d'inspiration, mais c'est également elle qui a acheté les droits de la trilogie pour le compte de Voyager. Quand je vous disais qu'elle méritait un grand merci… !

Toujours chez Voyager, je remercie les braves gens qui ont travaillé d'arrache-pied pour placer ce livre entre vos mains. Il s'agit notamment d'Emma Coode, de Natasha Bardon, de Katie Sadler, de Jaime Frost et de l'équipe commerciale de HarperFiction.

Agnes Meszaros m'a elle aussi apporté un précieux soutien pendant l'élaboration de cette trilogie, en sa qualité de lectrice en chef et de pourvoyeuse de chocolat !

Par ailleurs, merci à Mia Caringal, Tom Brown, Nimue Brown, Nadine Kharabian et Helen Mazarakis, qui ont lu une mouture précoce de ce livre. Enfin, mon agent, Ian Drury, et l'équipe de Sheil Land méritent une nouvelle salve d'applaudissements, car leur travail vaut son pesant d'or.

Aubin
IMPRIMEUR

IMPRIM'VERT
Votre imprimeur agit pour l'environnement

Achevé d'imprimer en août 2017
N° d'impression 1706.0245
Dépôt légal, septembre 2017
Imprimé en France
2811001-1